项狄传

〔英〕劳伦斯·斯特恩 著

蒲 隆 译

上海译文出版社

劳伦斯·斯特恩

Laurence Sterne

（1713.11.24—1768.3.18）

目 录

《项狄传》和斯特恩

黄　梅

不知道以哪种方式与劳伦斯·斯特恩（1713—1768）的小说《项狄传》（1759—1767）相遇更好：是慕“奇书”大名特来一睹风采呢，还是无意间翻开书，对着开篇发一发呆：

> 我爹或者我妈，或者两位一并算上，因为这事儿上他们负有同等责任，我真希望他们当初造我的时候对自己正在做的营生上点儿心；——兹事体大，关涉的不仅是一理性生灵的孕生，很可能还有其身躯的适当构成和体温，也许甚至包括其天禀和思想特质；——而且，尽管他们的看法可能不同，说不定整个家族命运都会因为他俩彼时彼刻的主导体液和情绪而变转呢：——如果他们充分地考量了思虑了这一切，然后再恰如其分地办事，——我十分确信自己如今在世上必是另一番面目，大大不同于读者诸君可能行将看到的我。

接下来“我”即叙述者特里斯舛·项狄便拿母亲行房时打岔惦念挂钟上弦一事开涮。字里行间透出双重的语调，既是“我”的口气，又体现了他父亲沃尔特的观点；一方面把洛克的新潮联想学说与项狄太太不合时宜的操心（上弦）扭绑在一起，另方面又让当时大众熟悉的体液论[①]观念从沃尔特针对妻子的恼怒声音中浮出来。两重叙事声音之间的张力使老项夫妇的个性如漫画般夸张凸显，种种理论得到展示，也遭到了戏弄。

即使是久经后现代游戏沙场的 21 世纪读者，面对如此腔调这般话题，也可能不免稍稍愕然。

文本的嬉闹、游荡和逾矩

《项狄传》全名是“绅士特里斯舛·项狄之生平与见解”。它突然袭击般地开了场之后，“献辞”在 1 卷第 8 章露面（此后有其他献辞陆续出现），而“作者前言”则被无拘无束地撂在了 3 卷 20 章。小说结尾记述项狄府一伙怪人的闲谈，与标题人物特里斯舛似无关联，看去像漫不经心的闲笔，并以早就死去的约里克牧师的一段半开玩笑的话结束全书。书中不时出现黑页、白页、大理石纹页和各种图解；还有大量的星号，无数的破折号，任意的标点和半截的断句，零星的或整段整页的希腊文、拉丁文。

自笛福的《鲁滨孙漂流记》（1719）面世以来，小说被普遍公认是一种记录“私人历史”的文学体裁。《项狄传》采用第一人称，拉开了架势要从头讲述主人公的经历。不过，从开始讲“我”妈受孕到最后结尾时约里克谈论公鸡公牛，洋洋洒洒九卷书并没有对特里斯舛生平说出个子丑寅卯。三分之一篇幅已过，他才出生；好容易说到他穿裤子的年纪，已经送走了全书三分之二。除了乡下庸医接生时使他鼻梁骨受伤、五岁时被脱落的窗框砸伤以及成年后在欧洲大陆旅行等寥寥几件轶事，小说讲述的都是别人——或是父亲沃尔特，或是叔父托比，或是托比的随从特利姆下士，或是医术不高而专嗜争论的斯洛普医生，或是约里克牧师，或是他母亲和瓦德曼寡妇之类的女性陪衬人物。《项狄传》可以说是大肆招摇地文不对题。

---

① 一种源于古希腊的医学学说，认为人的性情由血液、黏液、黑胆汁和黄胆汁四种体液决定。

20 世纪名作家 E · M · 福斯特曾说：该书“藏着一个神明，它的名字就是‘混乱’（Muddle）。”的确，混乱和跑题不是斯特恩的疏忽，相反却是他奉若神明的原则和始终如一的手法。如，3 卷里讲到特里斯舛鼻子受伤，结果由鼻子而一发不可收拾，从项家祖父母的婚事扯到老爸沃尔特，然后在“精神象征和讽喻含义”层次探讨伊拉斯谟①论鼻子的拉丁文句，进而在 4 卷起始引入一长段有关陌生人鼻子的寓言故事。对主要情节而言，这种离题漫游是让人烦恼而又无比有趣的打岔，恰如开场“我妈”在制造生命的关键时刻不由自主联想到时钟上弦。又如，1 卷 21 章里托比举起烟斗要说话，可直到 2 卷 6 章才得机会讲了出来。在这些东拉西扯、驷马难追的叙事游荡中，还有一章专论题外话的妙文。叙述者称题外话是“阳光”、是“阅读的生命和灵魂”，说他自有“跑题手法之诀窍”，所以，虽然他不时离题万里，却仍能让他的“主业”叙事不停滞地发展：

> 比如说吧，眼下我正要向你精彩地描绘我托比叔的顶顶古怪的性格——不巧瓜扯上了我黛娜姑妈和马车夫的事儿，引得我们游荡了数百万哩之遥，直到深入行星系统：然而尽管如此，你可以看到对我托比叔的刻画一直在徐徐地进行……
>
> ……总之，我的作品既是打岔离题的，又是直线向前的，——而且两者同时进行。

他说，让故事直线前进，“从道德上说是不可能的”，还煞有介事地为自己的情节推进方式制作出如下示意图表：

---

① 伊拉斯谟（1466—1536）为荷兰人文学者。而“精神象征”和“讽喻意义”都是中世纪神学家研讨《圣经》时常用的思路。

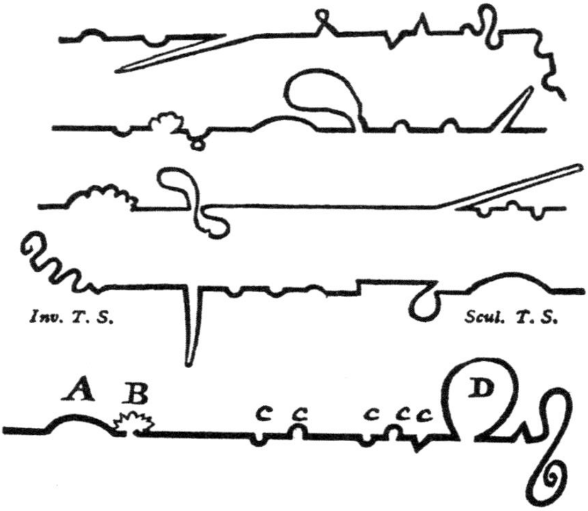

与信马由缰地跑题相呼应的是叙述者的喜剧性游戏态度。我们不妨以记述他哥哥鲍比之死的文字为例。

报丧信送到项宅。托比先看了信，说鲍比“他走了”。正在研究地图思考安排大儿子出国游历的沃尔特以为托比说他已经上路，于是两人就“走”字的歧义驴唇不对马嘴地扯了一阵皮。随后，叙述人特里斯舛另辟一章，说：

> 要么是柏拉图，要么是普鲁塔克，或塞内加，或色诺芬，或爱比克泰德，或泰奥弗拉斯托斯，或卢奇安，——也可能是更晚些时候的某一位——卡尔达诺，或佛陀，或彼特拉克，或斯特拉——再不就是某位圣者或教会领袖，圣奥古斯丁，或圣西普里安，或圣伯尔纳①，总之有那么一位说过，当我们失去朋友和子女时难免会痛哭失声，这是难以抵制的自然感情……

① 上述一系列人名中除“斯特拉”不详，其他均为西方极著名的古代哲人、学者、圣徒。

笔锋如此一转，叙述顿时和生活中的悲剧拉开了距离。随后三岔两岔便岔到了似乎更不相关的事物，即沃尔特心爱的小母马：

> 我父亲有匹心爱的小母马，于是把它配给一匹极漂亮的阿拉伯儿马，一心想让它生只良驹供自己驱策：他这人不论盘算什么都信心百倍，天天深信不移地谈论他的小马驹，好像它已经养成了，调教好了，上了缰、备了鞍，就在门外立等他去骑似的。可是，由于［仆人］欧巴迪厄的某种疏失，我爸的殷切期望最后只落得了一头骡子，而且是那类畜生中最丑最丑的一个。

老沃尔特对神骏马驹朝思暮盼却不期而来得个丑骡子，实在让人忍俊不禁。但是人们恐怕也很难想像比这离儿子/兄弟的意外死亡更远的话题了。然而特里斯舛/斯特恩的荒唐妙笔还在后：

> 我妈和我托比叔以为我爸准得把欧巴迪厄整死——这场祸事准保会没完没了。——看看！你这个混蛋，我爸指着那骡子吼道，你搞的什么名堂！——不是我搞的，欧巴迪厄说。——我怎么知道不是你？我爸回驳说。
>
> 由于这个机巧的对应，我爸眼里游动着得胜的泪光……

至此，由于点出了沃尔特常常借不顺心的事展示学问和机智，或更确切地说是通过智力活动逃避痛苦和烦恼，这一番离题更远并（借双关的“搞”字）涉笔性玩笑的主仆对话同时却又把读者带回了鲍比之死的主题。

随后，仿佛是回应叙述者前面提出的那个长名单，沃尔特这位本应沉痛哀悼儿子的父亲开始冲着托比滔滔不绝背诵前辈智者议论死亡的文句。探明了事态的欧巴迪厄匆匆赶赴厨房报信并在那里开展另一场有关生死的热烈讨论。与此同时，项太恰巧从门前经过，无意听到丈夫奔涌的语流中有“妻子”一词，不由得把耳朵凑近门缝窃听那些云遮雾罩的哲言；赶上那位父亲从加卢斯①丧命的典故说到苏格拉底死前向法官陈述的自辩词，正欲罢不能地朗朗背诵：

……“我有友人——我有亲眷——我有三个无依无靠的孩子，”——苏格拉底说。——

——这么说，我妈嚷道，推开了门——项狄先生，你的孩子比我所知可多了一个。

——老天，我少了一个——我爸说，站起身离开了屋子。

由于对话者各自心目中语境不同而造成阴错阳差的误会，是典型的喜剧情境，与丧子之痛形成无法调和的强烈反差。读者不能不随着笑，不能不感受到喜剧和悲剧原是在生活中共生共存；但是听见自己笑声的回音却又不免觉得有些莫名的不安，悟察到在亲人丧生的情境中这笑声来得唐突刺耳。

这种闹剧精神贯穿了全书。

特里斯舛/斯特恩对重要而“严肃”事物——包括生死，包括宗教机构，也包括各种学问和理论体系———概嬉笑嘲弄，相反对鼻子、胡须之类却常常采取貌似郑重的态度长篇大论地阐述，又是“精神象征”，又是“讽喻含义”，又是神学讨论；对仆人特里姆的言论也一本正经地表示推重，可以说是系统地大事化小，小题大做。叙述曾在沃尔特或托比的一个姿势，一只飞旋的苍蝇或停在门口的一头驴子上用足笔墨，把被基督教文化忽略的肉体和鸡毛蒜皮的物事推到聚光灯下。特里斯舛还常常利用语言的双关性或歧义性做文字游戏，并特别喜欢暗涉肉体和情欲的不雅玩笑。沃尔特质问

① 加卢斯（前70—前26）：罗马军人及诗人，以写给情人的诗留名于世。有关他的死因的传说涉及性事。

仆人丑骡驹来历时用的那个“搞”是典型的双关语，同样典型的例子还有寡妇瓦德曼吞吞吐吐地打问托比在“何处”受伤，闹出连篇误会。对于窗户脱落砸伤小特里斯舛一事的描述也是如此，一面拉扯上牛顿引力学说，另一面拿男孩受伤部位大做文章。像前些年发现“□□□□□□□”妙用的中国作家一样，斯特恩津津乐道地强调该部位的“不可说”性，排列出许多“********＊”。伊安·瓦特编辑的《项狄传》常常为这类词语做注释，其他一些学者也详细考证、解释了各式各样的双关语，指出被喋喋不休地谈论的Hobby-Horse、鼻子，还有颊髭等等都有性指涉含义。后结构主义批评思潮十分注意文艺作品的选材框架（framing）所暗含的意识形态标准，将其视为权威对个体的“压制”，认为主流小说聚焦于主人公通向成功和自我完善的精神之旅，相对忽略或压抑琐屑的和肉（实）体的事物，因而斯特恩反其道而行之的尝试在当代评者中赢得了一片叫好。

很多人认为，《项狄传》一方面继承了拉伯雷们的传统，另一方面与现代文化相通，甚至可称之为第一部“现代”小说。有人说他是普鲁斯特的前驱，也有人把他和弗吉尼亚·伍尔夫并论——因为他注重心理意识和瞬间感受，简直是“意识流”的鼻祖。不仅如此，斯特恩还像“后现代”派一样对写作活动以及文本与生活的关系高度自觉，不时把写作困境搬到前台来讨论。他借特里斯舛之口在4卷8章中调侃道：写到如今，自己比12月前老了一岁，却连出生第一天还没写完，岂不是“写得越多，需要写的就更多——相应地，诸位读的越多，要读的也更多。这对各位的眼力神能有好处吗？”

颠覆主流叙事范式、互文性、所指不可追索，等等等等，这些近时文学批评的时髦术语行话似乎都可以毫不牵强地用于《项狄传》。有关《项狄传》的评说像是演示文论的范本，有的强调小说中的断裂和不连贯性；有的显示了论者的解构主义和新历史主义思想背景；有的从巴赫金多声部理论切入，最终聚焦于对“欲望”的拉康式的分析；还有的运用读者反应理论；连一些与理论不大搭界的著述中也会出现“解构的文本”之类小标题。有学者把斯特恩的小说看作是与洛克等大牌哲学家的对话，声称前者对“玩意儿（Hobby-Horse）”和“性无能”的强调隐含对一系列两极对立关系——如游戏与工作，文学与哲学，女性与男性，肉体与灵魂——中主从等级秩序的解构。还有人，如伊瑟尔（W. Iser），语气更为强烈，认为《项狄传》中持续的跑题以及混淆大小轻重的戏言放逐了主人公，颠覆了主次顺序，“推翻了目的论的暴政”。一些女性主义批评家也持类似看法，或认为情节设置负载着小说的意识形态题旨、斯特恩作品乖离传统直线情节意味着对父权的抵制破坏，或得出“男权理性在《项狄传》中被无限推延”的结论。

不论斯特恩是否真的那么“解构”，他借用双关语之类以触目的方式“把被排除在外的生活从幕后带到了理想的前脸上来”的做法，显然与拉伯雷和斯威夫特一脉相承。《项狄传》直接点出了塞万提斯和拉伯雷的名字，还让特里斯舛宣布说：人是一种“兽”。有关与法国农人共舞的一段记述颇有文艺复兴时代遗风，毫不扭捏地把官能享乐与祈祷以及天堂拉扯到一起。特里斯舛旗帜鲜明地为躯体争一席之地：“对于［人］所得的一切，灵魂和肉体是合伙拥有人”。身为国教会牧师的斯特恩显然是他的后盾。

文学越界、商业运作和人生沉浮

如此全方位越界的文本似乎有几分天马行空。

斯特恩和他的小说，真的那么叛逆、那么特立独行吗？生前死后，他都曾受到不少指摘，18世纪中期的文化领袖约翰逊博士、19世纪小说家萨克雷和20世纪学者利维斯博士（1895—1978）都对其作品或有所贬低或严词诟病，这些都是误判误读或无端偏见吗？

照弗吉尼亚·伍尔夫的说法，作家斯特恩相当“复杂”。

斯特恩的父亲是士绅人家小儿子的次子①。英国长期实行长子继承制，长子与非长子之间的差别时常判若霄壤。非长子地位往往在人的思想、性格和行为中打下深刻烙印，很多英国小说，如中国读者熟悉的《傲慢与偏见》和《简·爱》等，都有相关描述。斯特恩家这一脉已经“非”了至少两代，使他从小生活在对比强烈的双重处境中。一方面，父亲罗杰是潦倒的下层军官，母亲是随军小贩的女儿，家庭年收入不过区区数十英镑，很难维持绅士身份。更何况罗杰是个不肯算计的任性之人，有笔钱到手，立马今朝有酒今朝醉地租住大宅让全家过一年快活日子；还曾因区区一只鹅与上级军官争执甚至决斗，以致身负重伤。在那些日子里，小斯特恩随父母从一处驻地转移到另一处军营，颠簸奔走于英格兰和爱尔兰的镇镇乡乡，经历过“几乎被船板裂缝中涌上来的海水冲走”的险境，更见证了四个弟妹的出生和死亡。另一方面，他家有货真价实的贵戚，有时能出入甚至暂住他们的华屋大院，还在亲友庇护下读了书，进了剑桥：

> 他和约翰·霍尔-斯蒂文生在耶稣学院庭中一棵大栗子树下读拉伯雷、罗切斯特和阿芙拉·贝恩，读荷马、维吉尔和忒奥克里托斯，读各种坏书和好书，所以他们称那棵树为知识树。斯特恩还进而奚落“种种修辞学、逻辑学和形而上学……”（伍尔夫语）

在与教会有千丝万缕关系的大学里，上述作家中至少前一组人名声可疑——王政复辟时代的“宫廷才子”罗切斯特（1647—1680）或英国最早的职业女性写手贝恩（1640—1689）之流绝非中规中矩的标志。是的，大学时代的斯特恩已有明显的出格之相。

当时英国大学里等级差别非常触目。聘有私人辅导教师且携带

① 按其家庭里活到成年的男性子嗣排序。

若干马匹仆佣的豪门子弟在校园中恣意优游；而塞缪尔·约翰逊（即日后的约翰逊博士）则因出身寒微、无力承担起码费用，痛苦挣扎在辍学边缘。斯特恩有家族背景和亲戚接济，景况稍好于约翰逊，却毫无疑问仍然很“差钱”。他和家产继承人霍尔一道潇洒，“好”、“坏”兼读，玩赏秽亵，尽情怀疑嘲弄各种“学”。可是，两人的疏狂怎么可能完全同调？在斯特恩一边，如此行事有多少是天性使然？有多少是追随阔少？有多少源自流传已久的浪荡子风格？有多少与父亲的下层军人生活圈相关？另有多少是狷介书生的倜傥不羁？

斯特恩自十来岁起靠伯父堂哥等人的帮助入学接受教育。堂兄弟们与自己的悬殊地位以及寄人篱下的处境能不触动少年的心吗？剑桥校园里藉苦读谋求出路的穷学生与终日纵酒享乐的纨绔儿之间的鸿沟又怎能不刺痛青年的眼？双重处境必然带来双重或多重眼光。《项狄传》中很多令人捧腹的笑料是与猝不及防的死亡和灾祸挂钩的，这并非没有来由，其中的突兀和不谐与作者的双面经历及复杂态度分不开。

斯特恩家族多年来在教会里颇有势力。靠叔叔雅各的提携，劳伦斯·斯特恩离开剑桥后顺利谋到一份教会职务。在彼时那经过了革命也经过了复辟的英国，社会等级依旧相当森严。不论是教会里还是军队中的职位（即当时的主要“公”职）大都是堂而皇之地按势力、“关系”和金钱运作瓜分的——这种状况的改变有待此后漫长的改革历程。

对斯特恩来说，成为牧师恐怕无关强烈宗教信仰，而更多是现实的稻粱谋。叔父大人也不完全是出于亲情而提供免费面包——他看中了斯特恩的文才。于是，在一段时间里斯特恩留在约克城打拼，成为本地辉格党笔杆子。他在报刊上舞文弄墨，维护辉格内阁并深度介入下院补缺选举和教会内的派系之争，也因此被对立方无情抹黑。这番历练深化了他对社会和政治的了解。他显然感到了幻灭——党派文人不合他的口味，即使此前他曾心怀谋升迁求闻达的希冀。1742年他和叔父分道扬镳。值得注意的是，斯特恩不是捏个借口隐退（一句身体欠佳可以遮掩一切），甚至不愿悄然撤离，相反却在报上登出一则充满挖苦意味的公开信，招摇地声称鉴于本人已得到种种好处遂决定跳槽转向，特向自己过去曾无端攻击的人士表示歉意云云。这不是临阵脱逃，而是掉头向叔父雅各及其阵营甩了一颗暗器。斯特恩早非少不更事的小儿。如此决绝而率性，似乎身上到底还是有其先人因一鹅与人失和、愤而决斗的影子。

多年后，斯特恩说：那种捉刀生涯有违他的道德准则和人格尊严。不论这严正之辞是否有点自恋和夸张，也不论其他桃色传言多么脍炙人口，能够确认的是，几年走笔时政和最后反戈一击都没有给斯牧师带来什么额外利益。“好处”之说应当是在讽刺他人和世态。叔侄决裂并不涉及真正的政治转向或经济悬赏。斯特恩携妻离开约克城，去他的乡下堂区萨屯（后来由于妻方关系他又兼管了另一个小堂区）安营扎寨，料理牧师业务，种树修房，甚至买地种田。

得罪了当权派，在教会中晋职提薪已然无望。务农辛苦却难见成功，只是惨淡维持。逐步偿还亲戚助学的培养费是酸涩的负担。多年来关系疏淡的老母（孀居）现在却携妹妹杀出来以底层人死缠烂打精神要求分享富裕光景，令他焦头烂额。时时给生活涂上阴影的还有自学生时代即染上的肺痨病。九九归一，斯特恩的收入虽优于父亲当年，却同样永远不敷支出。时光流逝，夫妻间龃龉渐多，先生不时曝出绯闻八卦；妻子心理失衡，疯癫起来自以为是“波希米亚的女王”。

乡下牧师的日子过得不易，却并非没有赏心乐事。对于斯特恩，读书和写作有时是营生，但更经常是嗜好。像很多乡绅地主一样，他也喜欢园艺、绘画、音乐和打猎。虽然叔父的敌意始终在纠缠困扰，斯特恩在教士圈里仍不乏旧雨新知，邻居中有他新结识的好友，相距不很远的古城堡里还住着老同学霍尔-斯蒂文生。当然，还有熟悉的约克城。斯特恩少不了要进城去赶热闹（比如赛马周）

或赴约会……

直到《项狄传》的问世打破了这一切。

那一年斯特恩四十六岁。虚构作品尚未完稿，他就物色了一家有地位的出版商谈判出书。《项狄传》前两卷在约克城面世后引起不小动静。一炮而红的部分原因在于，这位乡村牧师很与都市接轨地进行了商业运作。他自拟一封表扬信，让他当时的情妇（一约克城女歌手）以个人名义寄给伦敦名演员、文化大腕加里克，居然真的获得了后者的推举。随后斯特恩再接再厉，不失时机地结识各类名流和文化赞助人。小说即将于伦敦再版，他精心策划求得另一位举足轻重人物即画家霍加思作插图，还经私下沟通后将这一版奉献给政坛要人“庇特先生”①。不论献辞在书中出现的地方可能多么出人意料、采用的词语可能多么别出心裁，对受赠人的选择却绝非偶然。后来斯特恩以亲昵笔调将该书第 9 卷即最后一卷再次献给那位“高贵平民”，同时评议后者受封为贵族一事，似乎在曲笔张扬庇特和自己的共同“进步”。尚未脱尽“恩主”荣光的高官受赠人与新旧参半的文人奉献者彼此辉映、水涨船高——献辞既是自我标榜，也是一种推销手段。

如此看，奇书声名鹊起不仅仅因为文本破除律令大胆越界。相反，它的异样和出格在某种程度上是高超的迎合而非对抗。因为对“新奇”的慕求恰恰是商业社会的本质。那时的英国已有“追新时代”（Age of Novelties）之称，小说家菲尔丁很到位地指出“时尚”乃“当世之主宰”。自觉或不自觉，斯特恩抓住了时代的本质特性，情形与 20 世纪乔伊斯的旷世奇书《尤利西斯》不无相似，似乎拒人千里之外的“诡”和“奇”在另一层面上可以是招幌和诱饵，可能非常的人间烟火。

---

① 即老庇特（William Pitt，1708—1778），曾两度出任英国政府首脑。“先生”之称标明他当时的平民身份，后来他在《项狄传》后几卷陆续推出期间于 1766 年受封为查特姆伯爵。

从另一个层面看，斯特恩与主流小说或文化传统也并非势不两立。传统本身是多样的。《项狄传》问世不久就有人推出一册《解说斯特恩》，指责他“抄袭”。斯特恩对前人——特别是拉伯雷、塞万提斯、勃顿（1577—1640）、蒲柏和斯威夫特等讽刺作家——的继承和借镜已为学界所公认。他的文字游戏和讽拟笔法信手拈来，轻松自然，还因为那实实在在是他和某些约克郡地主朋友的生活方式和生活态度。小说中的怪人轶事或多或少以作者在霍尔-斯蒂文生家结识的一帮自称“鬼魔社”的贵族和士绅为原型。贯穿全书的闹剧精神和肉欲玩笑与这些绅士们定期聚会、豪饮、讲糙话取乐的群体生活一脉相通。也就是说，在很大程度上，斯特恩的虚构世界和特定现实生活息息相通。唯其如此，项狄家老哥俩的古怪个性才唤起了读者的盎然兴趣，“项狄式（的）”才能演变成英语中的一个能长久流通的形容词。至于那位仿佛被放逐到叙事边缘的主人公特里斯舛，其实也一直牢牢占据着中心位置。他的讲述即是表演，他本人及他的个性、思想和感情与讲述活动几乎融为一体。因而，不论他离题万里还是肆意耍笑，都是紧扣主题的自我展示。对项狄府的记录像理查逊笔下喋喋不休的自我描述一样，表达着对私人内心世界的高度关注。细究之下，《项狄传》与笛福、理查逊或菲尔丁所代表的主流写实小说似乎相通多于拒斥、承袭多于扬弃。

与此相似，某些当代西方学者推重的针对诸种等级秩序的“颠覆”“拆台”的锐利笔锋，定睛看时便不那么真枪实弹，有时更像无伤宏旨的插科打诨、淘气卖乖。诗人蒲柏的《劫发记》以英雄史诗的战争语言描述当代富裕人家小女子梳妆打扮、打牌斗嘴的日常生活，既讥诮古典风格的过时，又挖苦现代生活的琐屑；同时却又使两者都浓彩重墨地呈现在人们眼前，是双重的讥讽，也是双重的肯定。作为这一传统的继承者，斯特恩的讽刺是双刃的也往往是有限度的，他自觉地以庄严笔调提升琐碎，以“塞万提斯式幽默，……以对待宏大事物的庄重来描述愚蠢而渺小的琐屑枝节”，关注“小”的意图虽赫然存在，但对“大”的批评或拆解却未必伤筋动骨。斯特恩所师承的书卷俳谐传统（learned wit）在很大程度上是那个时代的特权文化——若非相当的有闲有钱有学问，如何能玩斯特恩式成本昂贵的文本游戏？如何能忽而拉扯洛克和牛顿的当代理论，忽而对古代文豪旁征博引，忽而陈列希腊拉丁，忽而拿传统神学插科打诨？在斯特恩笔下，书卷的“雅”和笑话的“俗”有某种共生关系——在很多时候读者需要相当的古典文学修养才能充分体会他的诙谐机智。就连他为特里斯舛选定的东拉西扯、闲庭信步的文风都与地位有关——那种文体乃是“高贵而多才者的主要特征”，暗示执笔人并非格拉布街上的穷酸卖文者，写作只凭自己高兴，是随心所欲的行为。而且，值得着重指出，他对肉体和游戏的注重指向“有闲”和放浪，对新教禁欲规条和工作伦理的抵制与约克郡地主的“鬼魔社”文化姿态有千丝万缕的联系，而后者又是某些离经叛道的上层社团（比如在18世纪英国活跃一时并引起无限好奇和无数谣言的所谓“地狱之火俱乐部”）的效仿者。此类群体活动及其参与者的政治取向和思想影响极为纷杂，对各类等级秩序有多少附和多少破坏，需要仔细分辨。如果把斯特恩的游戏姿态过于当真，将其书中若干见解从原初历史上下文中剥离出来投进今日之各种“后”主义场域中，得出的结论恐怕更多折射了当下一些人的思想倾向和理论关怀，却未必符合作者和《项狄传》的实况。

其实，项狄宅世界里分明地存在着男女之别、主仆差异。小说标题中的“绅士”二字并非无关紧要之笔，也决不像有人断言的那样主要是被嘲笑的靶子。叙述者在介绍主要人物如沃尔特或托比之时，反复使用“绅士”一词界定身份。兄弟俩都曾是创造大英帝国的社会中坚——一个是退伍军官，曾在海外作战并在战胜法国人的关键战役中光荣负伤；另一位，也就是回乡隐居、日益沉迷于玄学的沃尔特，原本是做土耳其生意的伦敦国际贸易商。在当时的英国，商人地位低于地主士绅，但是在生意人中外贸商（merchants）的地位最高，胜于一般批发商，更不必说逐级降等的零售商、制造商和各类小店主。不同档次的商人“文雅程度”或“绅士化程度”

不同，得到的社会尊敬也不一样。大家心里有数。沃尔特原属于商人中的高贵者，后来更是以息影田园、埋头学问的方式来完成向货真价实的绅士的转变——也就是说，怪异是有闲的产物，是绅士身份标签。叙述不遗余力突出对某一“玩意儿”（Hobby-Horse）的痴迷，如托比一门心思钻研旁门左道的弹道学（顺便说，这也是斯特恩的热衷）和攻城游戏，恐怕更多是赞赏有趣的闲适和无为。与约翰逊博士因强烈个性、尖刻谈吐和渊博学问而成为伦敦社交界红人的情形不无相似，斯特恩貌似逾矩的文字恰恰应合了正在努力使自己更“雅驯”更“脱俗”的绅士淑女和准绅士淑女的需要。因此，虽然《项狄传》中有耐人寻味的真越界、真突破和真性情，我们却不宜过分夸大这一面。伊瑟尔有关“统治项狄府的是自我的特异性”的断语虽言之有理，却仍无法让人由此推导出他的结论——即认为那所地主庄园的“特点不合 18 世纪世界观的规范和价值”。

和拉伯雷或斯威夫特相比，斯特恩的文字显得更轻佻，更闲逸。前两位常常把讽刺锋芒对准有重大社会影响的事物，而后者却极为严格地限定了项狄世界的空间限度，不越一介绅士的私宅和领地。闹剧式狂欢精神虽然有平民文化的底蕴，但是在特定的历史情境里也可以和失了根或正在失去根基的浪荡贵族心态和行为结缘。充斥性隐喻和性玩笑的英国复辟时代喜剧就是佐证。巴赫金说：“后来……狂欢风格的许多形式，脱离了自己的民间基础，从广场转到这一条室内假面的道路上来……在所谓名士派的浪漫生活中，同样有条件地保存下来了一些狂欢风格的痕迹；不过在这里，大多数情况下我们见到的，是退化了的庸俗化了的狂欢式世界感受。”这个判断可与斯特恩们相关？

有些大名鼎鼎的巨著，比如《尤利西斯》或《追忆逝水年华》，我从来没有本事持续阅读。《项狄传》也是如此。读一读，放一放，再随缘随机地翻开书另读或重读某一段，是我和这类书打交道的常态。可庆幸的是，断续的相逢有时带来意外惊喜。

《项狄传》不是解构大全，也未必能成为创新指南。其自由笔触与其说是有“颠覆”意图或作用，不如说是反映出当时小说作为尚未定型的文类所拥有的可塑性和相对宽阔的空间。它可以恣意地嬉戏、游荡于斯威夫特的《木桶的故事》（1704）、理查逊的《克拉丽莎》（1748）和菲尔丁的《琼斯传》（1749）之间。与其说它表达了对主导意识形态的对抗和破坏，不如说体现了在当时调整阶级关系的社会格局中，仍处在成长与融合时期的英国统治阶级思想文化的丰厚、驳杂和柔韧。

它的迷人之处恰恰在于那种杂拼无序、似是而非的品格。大肆渲染的善感多情可能突然现出冷静算计或沾沾自喜的神色；最荒唐不经的场景却常常是生活中朴素的真实；似乎严重的离经叛道同时是精心营造的讨巧；轻松调笑里纠结盘踞着挥之不去的不幸或苦痛。斯特恩仿佛和我们的当下有几分相通——他把人生的尴尬苦恼以及书卷的沉滞说辞组合点化成五花八门的“具”（剧），有如马戏团小丑手中鲜艳夺目的物什，耍得四下翻飞。

不论是项狄世界的偶然闯入者还是虔敬观光人，倘有幸目睹缤纷五色在眼前旋腾，且珍惜缘分从容领略吧。下一步不必规划：深察细味、考较辨思固然可贵，急赶紧追想挖出后面的“名堂”亦天经地义。索性放下书本溜之大吉也可能歪打正着——和斯特恩们打交道又何必作茧自缚，说不定我们游荡到万里外之时，对老项家的阅读“却一直在徐徐地进行”呢。

《项狄传》

陈思和

关于《项狄传》，最早听说这部书名是在二十多年前。大约像我这样年龄的“文革”后的文科大学生，都很难忘记当时流行的两本小册子，一本是福斯特的《小说面面观》，一本是费迪曼的《一生的读书计划》，都是很薄很通俗的书，不约而同地把英国 18 世纪作家劳伦斯 · 斯特恩的《项狄传》列入现代主义的先驱之作，给以了很高的评价。那时西方现代主义文学思潮刚刚传入中国，弗吉尼亚 · 伍尔夫、乔伊斯、普鲁斯特、卡夫卡、福克纳等人的著作风靡一时，很快就引导了文坛的风气。但是对于《项狄传》则几乎无人推荐，大约斯特恩毕竟属于 18 世纪的作家，很难进入现代读者的视野。

费迪曼称这部小说为现代小说的“伟大源泉和先驱”。他非常概括地举了三个特点：“首先就会注意到全书几乎没有真正的事件，在第四卷之前，主角一直尚未诞生。全书一再离题，有时夹着空页，有时插入图解，句逗混乱，印刷怪异。其次会发觉这是一本巧妙处理性欲的奇书，就某种意义而论，可说是一本男性愉快地漫谈性爱的书。……第三个特点，这部作品，那时代的人比现代人更容易接受，因为书中洋溢的感受性或情绪性，在现代人看来很像是感伤性。”我以为这段话基本上概括了这部奇书的艺术特点和现代性价值，至今的评论也没有超出这个范围。福斯特在谈论小说的各种特点时，把斯特恩的小说归入了“幻想”的一类，干脆说：“《项狄传》中隐藏着一个神怪，名叫‘捣蛋精’。”这样的推荐对于当时的现代主义文学的狂热爱好者来说，吸引力是不言而喻的。所以我对这部文学经典一直抱着深深的神往和期待。

终于，在二十多年后，《项狄传》有了中译本。我在上海的书店里似乎没有找到这部小说，后来还是托朋友从北京买到的。但是看着厚厚七百多页的小说，才翻了几页就不得不放下了。——无论是内容叙事还是篇幅冗长，现在已经失去了阅读的环境和心境。转眼到了新年，让我最开心的是读陆灏兄编的《无轨列车》，里面所载董桥的一篇随笔中，谈到了伍尔夫创作所受的影响——绝对不是乔伊斯；文学上的影响，伍尔夫从小熟读了劳伦斯·斯特恩和亨利·詹姆逊，《项狄传》的意识流技法她非常在意。这句话一下子激起了我再读《项狄传》的欲望，我想起伍尔夫确实写过好几篇关于斯特恩的随笔，二十多年前的阅读热情又重新回到了我的心间。

对于这部西方文学的经典，我自然无资格去说三道四，何况我读的是中译本，小说在语言上的探索性和放肆性已经无法复原当初的魅力。正如费迪曼所说的第三个特点，那时代的人比现代人更容易接受，因为作家是个紧密结合时代的人。他的语言的诙谐、讽刺和双关意义，都是与当时英国社会的时尚联系在一起，一旦时尚消失，人们就很难感受其语言的时代特征和针对性。我可以打一个比方，我们在十多年前读王朔小说的那种快感，就是因为王朔的语言中隐含了颓废和虚无的力量，锋芒针对当时社会的主流风气和时尚。那时他的小说激怒了很多人，但是其批判的尖锐性和消解主流文化的力量却是他的小说受到欢迎并广为流行的真正原因。（可惜很多批评家没有意识到这一点，反而把王朔的成功简单地归咎为消费市场，结果是与这个被人为构筑的“消费市场”一起遮蔽甚至剥离了作家的批判性。）正因为王朔小说的时代性与时尚性是混淆在一起不可分的，一旦时过境迁烟消云散，批评家又没有很好地阐释作品的真正生命所在，以后的人们就无法从王朔小说中感受到时代意义和艺术力量，只觉得其搞笑而已。我以为斯特恩的魅力有点类似王朔现象，他的许多对社会现象的讽刺与奚落，我们已经无法体会；带双关语的粗俗成分（尤其是许多赤裸裸的性与生殖器官的暗示），也是与当时的俗习、风气甚至黑话切口联系在一起的，现在很难用中文完全再现出来。因此，现在这部小说是很难达到当时英国社会万人空巷阅读的盛况了。

从影响上说，斯特恩在小说里一再提到塞万提斯和拉伯雷，更早的源头可以追溯到古希腊晚期的卢奇安（周作人翻译过四十万字的《卢奇安对话》），都是以消解神圣、癫狂传奇、发扬民间的粗俗文化和怪诞文化为艺术核心的一流。《项狄传》的出版肯定遭受保守人士的激烈反对，甚至连当时文坛上的权威约翰逊博士都断言这部小说肯定不会流传下去，因为它显然是冒犯了当时社会的主流趣味，尤其是主流文人自以为是的审美趣味。但是正如作家自己所称道的："全城一半人咬牙切齿地痛骂我的书，另一半人则把它捧上了天，——好在他们骂归骂，书还是照买不误。既然如此，我们就得尽快出第二版了。"这种成功恐怕不能仅仅解释为作家讨好或者迎合了消费市场，如果仅仅是这样也未免把文化精神产品看简单了。任何文化精神产品的成功，都有它内在的原因，除了被权力操作推广那种特殊途径（如样板戏等）以外，真正受到民众欢迎的文化精神产品，多少是贯通了民间文化的审美核心，也就是在民间的隐性文化里找到了生命力的源泉。所以面对上流社会的切齿之声，斯特恩自豪地说："这也是比我优秀的人的命运。成名之路，如同上天之路一样——必须经历磨难，我必须谦逊如一，直到我有幸受到的攻击像拉伯雷、斯威夫特一样多；因为我受到的迫害还不及他们的一半。"结果形势朝着好的方向转化，到了 1767 年作者完成了第九卷《项狄传》时，英国著名的评论报刊发表评论说："可能，在拉伯雷已出现过后的所有作家中，只有斯特里舛（即《项狄传》的叙述者）最有资格双手叉腰，趾高气扬地在屋里踱着步说'谁敢与我比肩'。"斯特恩继拉伯雷、斯威夫特以后在欧洲文坛上的地位由此奠定。

应该说，《项狄传》是一部没有完成的巨著。作家从 1759 年开始创作出版《项狄传》第一、二两卷起，直到 1767 年 1 月出版第九卷，差不多是按照计划每完成两卷出版一次。但第九卷是例外，书出版不久，斯特恩就因肺部大出血而去世。如果天假其年，《项狄传》至少是二十卷，这在第一卷第十三章作家已经有过暗示。而现在我们读到的《项狄传》不过是原来计划中的一半还没有完成，因此，我很难认同历来的评论家对这部作品所作的内容不完整、叙事支离破碎的简单概括。同样，也很难把这一切因为没有最后完成而显示出来的结构上的破碎视为作家在技巧上的超越性、对传统小说形式的自觉颠覆等等，如果把《项狄传》与欧洲任何一部经典的古典小说的前几章（而不是全部）对照，其饶舌议论、牵丝攀藤、枝叶横生的叙述风格当为时代的风气，不过《项狄传》的篇幅过大、作家性格古怪、写作不拘一格的作风导致了它的特别的怪诞与另类。如研究者特别强调主人公一直到第四卷才诞生，代表了对于传统传记小说的颠覆。其实作为一部人物传记，对生命的计算方法有不同的，可以从人物呱呱下地为生命的开端，也可以从其生命受孕时刻为生命开端，这在中国传统文化里一点也不稀奇。《红楼梦》写贾宝玉要从神瑛仙子与绛珠草写起，《说岳》写岳飞要从大鹏鸟投胎写起，《水浒传》写一百零八将从洪太尉误走妖魔的天罡地煞写起，其实都是在追溯生命的起源。《项狄传》从“我”的父母在某时刻造爱结胎写起，本来就是主人公斯特里舛的生命之始，不必斤斤计较于是否出生。小说第一卷第一章写父母造人，第四章考究生命得胎的具体日期，第五章确认其出生的日子（前者时间是1718年3月第一个星期天和星期一之间的晚上；后者是1718年11月5日，我发现有好几篇关于《项狄传》的论文都把这两个时间搞混了），并且让主人公发表见解：“我，绅士斯特里舛·项狄，被带入了我们这个卑鄙龌龊、灾难深重的世界。——我倒希望自己降生在月球上，或者其他任何一个星球上（木星或土星除外，因为我绝对忍受不了寒冷的天气），因为在其中任何一个星球上（不过金星的情况我不好说），我的情况都不会比在我们这个邪恶肮脏的星球上糟。”到这里，已经把斯特里舛·项狄先生的生命形成与见解都包括在内了。

《项狄传》的完整书名叫做《绅士斯特里舛·项狄的生平和见

解》，所以斯特恩强调的人物传记里“生平”虽然没有展开，“见解”却非常充分。这是作家这种议论风格的精华所在。斯特里舛·项狄先生既是那个姗姗来迟的家伙，又是从头到尾充当了故事的叙事人。他一开始就为自己的见解做了描绘。在前面所引用的那段开场白里，主人公接下来说：“并不是说这个星球情况不尽如人意，要是一个人生在这个星球上有高爵位或大家产；或者能够想方设法地讨口官饭吃，弄个有权势的差事干的话；——但我的情况却不是这样；——所以人人都要按照自己的销路行情来议论集市；——正因为如此，我再一次声明它是创造出的世界中最糟糕的一个；——我不妨实话实说吧，打我在这个世界上呼吸的头一个钟头起，直到难得吸进一口气的此时此刻，因为我在佛兰德斯顶风滑冰得了哮喘病；——我一直是世人称之为命运的那种东西的玩物。”我以为这段生命的开场白非常有意思，历史记载中的斯特恩是个快乐主义者，虽然谈不上大富大贵，但属于那种风流倜傥、多才多艺、快乐至死的才子加浪子，但他从年轻时就因为肺部出血感受到来日无多的威胁，妻子又是个怪癖的精神病患者，所以除了及时行乐以外，我们从这段开场白里也能够感受到一个感伤主义者的内心惶恐以及对世界的厌倦。斯特恩也曾经卷入了当时的政治和宗教的争斗漩涡，受到过来自同一阵营的陷害，这在小说人物描写中都有影射，可惜的是由于《项狄传》头几卷的成功使他长期沉湎于名流的浮华生活中，过早去世又中断了进一步体验生活的严酷性，所以《项狄传》的讽刺与批判的现实性远不如他的前辈拉伯雷和斯威夫特，他的机智博学的才华和古怪促狭的讽刺，多半都通过项狄的父亲与叔叔的冗长对话表达出来。但是在快乐主义的语言狂欢外表下，作家悲观的内心世界似乎也是不容忽视的，由于把视线集中在内心，因为他会把自己的生命视为“命运的玩物”，一切都是身不由己的，一切怪诞的形式均从这里释放出来。

研究者津津乐道的是这部小说的结构怪诞，如费迪曼所说的“有时夹着空页，有时插入图解，句逗混乱，印刷怪异”。其称得上最怪诞的地方莫过于印刷中插入整张的黑页与空白页，这显然是与叙事情节和叙述心理有关。

第一卷第十二章写牧师约里克的故事，这个形象的智慧与人生故事，都有作家的夫子自况在内，多少是个理想型的人物。这一章写约里克牧师在敌人的中伤和阴谋中死去，他被埋葬在教堂墓地，墓前竖立一块朴素的大理石墓碑，上面刻着几个字，既是他的墓志铭，又是他的挽歌——“哀哉，可怜的约里克！”接下来，作家写了一段回肠荡气的话：“约里克的鬼魂听到他的碑文以各种悲怆的语调每天都要念上十次，表示出对他的怜惜和尊敬，便感到莫大的安慰——一条小径穿过教堂墓地经过他的墓旁，——路过的人无不驻足扫上一眼，然后叹息着走开，哀哉，可怜的约里克！”一再重复碑文的挽歌，足见作家的沉重心情，紧接着是一张黑色的插页，有人认为是反映了欧洲早期黑纸白字的挽歌传统，其实即使没有任何内容，这全黑的颜色本身表示了一种沉重的哀悼，完全是由叙事情绪所决定的一种表达形式。

第六卷第三十七章，小说写脱庇叔叔坠入爱河，有一大段议论爱情的定义。脱庇叔叔是小说里的重要人物，一个残伤的军人，因腹股沟受伤而羞于示人，像这样的人爱上了一个寡妇，其复杂的心情难以言说。所以到了第三十八章，作家便要求读者用白纸描画自己心目中的情人（不是妻子）。于是，一张空白的书页赫然在目！作家要读者用自己的爱情想象来揣摩和体验叔叔的甜蜜心情，接下来作家兴奋地喊道：“令人乐不可支的书啊！你的书皮里至少会有一页，恶意不会把它涂抹，物质不能把它歪曲。”显然这张空百页里寄托了作家赋予读者的巨大的快乐的空间。

作为一个天才作家，斯特恩在创作中自然会故弄玄虚，炫耀渊博知识和人生见解，涉笔成趣到了挥洒自如的境地，福斯特把这种艺术想象力称之为“捣蛋精”。这对以后的现代主义文学，甚至是后现代的文学，都产生了不可忽视的影响，但这些天马行空似的写作把戏对于今天的文学创作来说，已经是一种先锋文学的常识了。页码章回颠倒、插入各种符号、信口开河废话连篇，等等，即使在中国当代作家莫言、刘震云、阎连科、林白等作家的文字里也能俯拾可见，不过还是与主流的阅读习惯和审美趣味相违。（最近林白的长篇《致 1975》，初稿里光前言部分就写了十七万字，与小说正文几乎篇幅相等，最后在出版编辑的建议下，十分不情愿地把小说改作上下两部，文体实验的意义被消解。）所以我总觉得，《项狄传》如果早二十年译成中文，那才是适逢其时，盛况可以想象，先锋搞怪文学的老祖宗交椅是稳坐的了。但现在，关于《项狄传》的介绍和研究只能在非常狭小的学术圈子里展开，应者寥寥。我浏览了一下相关研究，在中国的专家们大致有两种意见，一种是强调小说的超前创作理念和作为现代先锋的实验意义（李维屏等）；另一种是主张把这部小说还原到历史环境里，认为其怪诞和突兀的技法，只是反映了小说体裁“在 18 世纪作为尚未定型的文类所拥有的巨大的可塑性和相对宽阔的空间”（黄梅）。作为一个纯粹的读者我不可能参与专家们的讨论话题，但我想，斯特恩的夸张的形式实验不可能是孤立产生的，其实任何真正的先锋形式的实验背后，一定是有作家自身的生活内容作为支撑，我更加喜欢弗吉尼亚·伍尔夫对斯特恩的赞美：“这个被痨病折磨、容易激动的清癯的男人说，他遇事总是听命于第一个冲动，是一堆感受的集合体，很少被理智所控制，然而它不但一一记录下了他所有的感受，而且能坐在桌子旁把它们整理了再整理，又是增补又是修改，直到最后每个场景都很清晰，每个腔调都能被感知，每个词语都恰到好处。”伍尔夫所归纳的这样一些特点我们今天已经很难从文本上感受了，但接下来更重要的是：“他的声誉在一定程度上依赖那无法模仿的文体，但是它的最可靠的基础，还是他不寻常的生活热忱和他不断思考世界时那种盎然乐趣。”①

---

① 以上观点分别来自李维屏等《英国第一部实验小说〈项狄传〉评述》（《外国语》2002 年第 4 期），黄梅《〈项狄传〉与叙述的游戏》（《外国文学评论》2002 年第 2 期），伍尔夫对斯特恩的评论引自黄梅的文章。

最后我还是想赞美一下《项狄传》的翻译，这种奇书的翻译不仅需要勇气，更需要技术。我没有读过《项狄传》的原著，也无法讨论其翻译是否忠实的问题。但是我读那流畅的文字时充分感受了译者对汉字的深刻理解。举个简单的例子，主人公名字斯特里舛中“舛”字的运用，显然不仅仅是音的相近，更主要是凸现了这个名字所包含的错误、不顺的含义，与小说的原意中的“忧伤”之意相吻合。这部小说里大量涉及当时人事、典故以及民间俗语黑话，不是简单的汉语对应意义所能表达的，译者选用了最权威的版本，并参考其他不同版本，增补、翻译了近千条注释。我很欣赏的是，译者在书前还翻译了一篇詹姆斯·A·沃克撰写的长达六十多页的序言，平实、全面地介绍了斯特恩其人其书，据译者说，这篇序行家都以为“十分优秀”，而“翻译这么一篇《序》，尽管比译者自己改头换面、七拼八凑写一个还要费劲，但心里踏实得多”。从这些细节的地方，都能看到译者的苦心所在，功夫所在。

序

一、《项狄传》引起的反响

一七六〇年一月初，大卫·加里克收到正在约克过冬的职业歌手凯瑟琳·富曼特尔小姐一封措辞生动活泼的来信，信中要求他扶持的不是一出新戏，不是一名新演员，也不是她自己，而是一部新书。

> 有两卷书刚刚在这里出版，就引起了极大的轰动，销路好得惊人；因为出版后只两天功夫书商就售出了两百册——而且畅销势头还在继续。这部书就是《特里斯舛·项狄的生平与见解》……您要是还没见过它，请找一本来读读，因为这部书妙趣横生，活泼洒脱，极具个性。如果您认为它果然如此，在城里美言几句，我肯定，会给作者帮个大忙……作者名叫斯特恩，是一位地位显赫的绅士，又是约克教堂的受俸牧师，博学机敏，在这一带颇有声望——然而，正人君子则说，年轻女士们不宜读他的书，所以也许您也会认为由一位年轻女士来推荐此书不太适合。可是，贵族名流却对它推崇备至，说它是一部好书，尽管有些地方有点低俗……

要是这位大演员知道给他写信的人不过是誊抄了由另一个人写好的信稿，知道《项狄传》的作者本人就是那个不真诚的歌手抄写并签名的那封信的炮制者的话，对于这种想入非非的做法他也许会觉得乐不可支，不禁哑然失笑，要不就会对这位闯劲十足的小说家的欺骗行径大为恼火。然而，由于加里克对这一伎俩全然不知，收到一本推荐过的书后，他读了一遍，随即便在他的朋友中间大力宣扬该书的优点。有了这位公认的大众口味调节师鸣锣开道，这部小说立即走红起来，不久以后，伦敦所有的风雅之士都在津津乐道这部新书。

在前两卷中，可资谈论的东西还真不少。对于那些通晓约克郡方言的人来说，"特里斯舛·项狄"意为"一个悲伤而古怪的人"，而这部作品的内容与书名又如出一辙。打开书扫上一眼，就可以看见到处散布着一些不合常规的斜体字和黑体字，有些段落全用大写字母，有的全是小写字母，有括号与手号，有一连串的破折号和星号，有一页书两面全抹上了油墨。再仔细一看就会发现，有法语写的长段，拉丁语和希腊语写的短段；有书袋气十足的脚注，在第十八章中间有一段献辞（而且是戏拟的）；有一章洋洋洒洒长达六十页，有一章短短的只有四行；有一段对月亮的祈祷，有一份令人望而生畏的法律文件，到头来却证明只是一段滑稽的模仿，有一条由三个索邦学院的饱学博士用法语作的庄严声明，还有一段多处中断的关于辱没良知的布道文。而且极端反常出格的是，书名页上宣告"生平与见解"的这位"绅士"到头来只不过是一个胎儿！这两卷书颠三倒四，精彩纷呈——题材千变万化，离题话语纵横挥洒；时间顺序混乱；淫猥下流的双关语与回肠荡气的柔情蜜意双管齐下，不敬的插科打诨与虔诚的道德说教兼收并蓄；细致入微的性格描绘、奇谈怪论、俏皮风趣以及表现它们的活跃敏锐的文笔——使《项狄传》成为一部风行一时的著作。

甚至连批评家也喜欢这部书。"难得一见的特里斯舛·项狄啊！"《伦敦杂志》赞叹道，"——你明达事理——幽默风趣——哀婉动人——富有人情味——真是难以言表！——我们该怎么称呼你呢？——拉伯雷，塞万提斯，还是什么人？……如果你出版五十卷，都像这两卷一样充满了有益而又有趣的内容，我们就会大胆地说，你一定会拥有读者，受人崇拜的。"《每月评论》的褒奖虽缺乏项狄的风格，但同样真诚恳切，该杂志担心的只是由于离题闲话扯得过远，特里斯舛可能还没有讲完他的故事就撇下了这部作品。该杂志还大胆“称赞特里斯舛·项狄先生，作为一位作家远比当今任何一个小说家更有天分，更引人入胜。他的人物性格鲜明独特，他的观察敏锐中肯；有几点例外的是，他的幽默轻松真诚”。其他评论家也是同样推崇备至，于是这部书的名气与销量在同步增长。

人们读这部书时，对于该书作者的好奇心便油然而生。各类期刊转载了头一卷对滑稽大王约里克的描写，“当作该作品的标本；有些人甚至认为这就是作者的性格，因此应按他的意思予以展现”。人们对作者的兴趣，随着有关这位乡下教区牧师的无端传闻从约克郡飘然而至，与日俱增，到了三月初更显得热气腾腾，因为当时写作“不为糊口只为出名”的斯特恩在伦敦露面，巴不得满足一下人们对他的所有好奇心，也极想享受玩味一下他的辛勤劳动为他赢来的颂扬。

正如斯特恩的传记作者威尔伯·L·克罗斯所说，这次伦敦之行的故事读起来更像传奇，而不是信史。冬季伊始，斯特恩在一名副牧师的陪护下离开了他写出《项狄传》前两卷的地方——萨顿和斯蒂林顿的住宅，住进了约克大教堂庭院里的一幢小屋，在这里他可以更好地照料患精神紊乱症的妻子，也可以更好地教育学起舞蹈的十二岁的女儿，还可以更加方便地跟富曼特尔小姐随意调情。在这里，他于三月初的一个早晨邂逅了正要动身前往伦敦的好友斯蒂芬·克罗夫特先生；为了求他做伴，克罗夫特主动提出带他一同前往，并且支付他的一切费用。斯特恩得到“一个小时的宽限回家打点他最好的裤子”，然后在约克的公共马车上与朋友会合，跟他一起于三月四日晚抵达伦敦，没有人声张，也无人知晓。

跟克罗夫特的女婿借住了一宿之后，斯特恩第二天一早便出门，心急火燎，连早餐都等不及，就赶往他在伦敦的代理人多兹利兄弟开的书店。在那里，他的虚荣心得到了满足，因为当问及《特里斯舛·项狄》这部作品时，他被告知：“这样一部书无论出多少钱在伦敦是搞不到了。”上午晚些时候，他受到了詹姆斯·多兹利的热情接待。尽管《项狄传》在约克出版之前詹姆斯曾拒绝接受这部书稿，他现在却以二百五十英镑买下了前两卷的版权，又以三百八十英镑获得了已经写了一部分的第三第四两卷的版权。斯特恩对他“以自己的大脑做了抵押”，要将《项狄传》接着写下去，每年出版两卷，至于写多少卷心里并没有谱，而且准备要将他随身小心带到伦敦的一批布道文立即出版。一切谈妥之后，这位小说家才回到他的大惑不解的朋友们那里，“连蹦带跳地进了房间，说他是欧洲最富有的人了”。

次日早晨斯特恩登门拜访了“亲爱的加里克先生”。加里克随即接待了他，几乎将他介绍给了伦敦所有的才子名士，“能给我帮的忙都帮了，能给我的面子都给了”。几天后，在给他“亲爱的迷人女郎”凯瑟琳·富曼特尔的信中他写道：

> 我的住所，每时每刻都挤满了你的那些要人，他们争先恐后地向我表示敬意——甚至连所有的主教也向我致敬，我将在星期一早晨前去拜访他们——这个星期我要跟切斯特菲尔德勋爵一同进餐——下个星期天罗金厄姆勋爵要领我进宫——尽管我房间里有很多人，我还是抓住这片刻功夫告诉我最最亲爱的小咪这一切，以及我永远永远都将属于她。

不久更大的荣耀雨点似的落到这位幸运的小说家头上。格洛斯特主教威廉·沃伯顿热情地把《项狄传》推荐给城里他所有最要好的朋友，说他是“英国的拉伯雷”，并给了他一袋几尼，福肯伯格伯爵则授予他科克斯沃尔德副牧师之职，这是约克教区的肥缺。大约一个星期以后，他对“亲爱的情人”草草写道：“从早到晚我的住所里总是高朋满座，顺便提一句，它是城里最最斯文的地方——这两天我跟王室寝宫的两位贵妇一起吃饭——然后又跟罗金厄姆勋爵、埃奇科姆勋爵——温奇尔西勋爵、利特尔顿勋爵，一位三教——等等——一起进餐。——我向你保证，我的小咪，特里斯舛已成时尚。”

四月一日，即印有给皮特的得体的献辞和贺加斯的雕版画的《项狄传》第二版①出版的头一天，斯特恩对罗金厄姆勋爵去温莎接受嘉德骑士称号时向他发出的加入其随从之列的邀请洋洋得意。这一个月的时光过得飞快，他发现自己几乎因“奔走于大人物之间”而跑断了腿。按照诗人格雷的说法，陪客一般提前半月受到邀请在斯特恩要用餐的地方吃饭；根据约翰·克罗夫特所言，斯特恩“经常提前一个月就收到贵族名流的请帖，因此，同他结交的那股劲头几乎赶得上进议院的兴趣了”。

我们已经看到，在斯特恩的文学关系当中，他对切斯特菲尔德伯爵、沃伯顿主教和利特尔顿勋爵给予他的关注十分高兴。也许在当时他正受到爱德华王子的极大关注。他在王子的宾客中很高兴见到一名苏格兰的“奇怪的毛头小伙”，一个名叫詹姆斯·鲍斯威尔的人，他认为斯特恩是自己所结识的最佳同伴。他立马草就了一首蹩脚诗歌，称赞这位一夜之间让伦敦趋之若鹜的“讨厌的受俸牧师”：

全凭时尚之手的装饰打扮，
他成了贵客嘉宾处处露脸：
他忙不迭地四处奔走，
与名公显达连连交游，
置身于风流才子中间，
他立即变成了翩翩少年。
在拉内拉夫公园②里，

① 即伦敦第1版。

② 1742年在伦敦切尔西区拉内拉夫伯爵的庭院里开辟了一个公共游乐场，叫拉内拉夫公园。里面有著名的圆形大厅，直径150英尺的大厅中央有半圆形贵宾席，周围有包厢。该园于1804年关闭。

特里斯外乡绅招摇过市；
窃窃私语在四处飘忽。
他走到哪里都招人耳目；
一个个侍者都眼巴巴儿地瞅，
看他经过时是什么派头；
“他来啦，托马斯！你瞧，
他的那本书写得可真巧妙。”

但是最让他志得意满的还是声名显赫的老巴瑟斯特勋爵给予他的独特荣誉。这位老勋爵是蒲伯和斯威夫特的朋友，也是艾迪生、普赖尔和康格里夫的至交。很久以后斯特恩写道：

> 一天，他走到我跟前，当时我正在威尔士亲王的宫廷里。“我想认识你，斯特恩先生；但是你也理当知道，希望有这份荣幸的是谁。你听说过，”他接着说，“一名老巴瑟斯特勋爵，你们的蒲伯和斯威夫特们都对他高唱赞歌，誉不绝口：我跟那一类天才生活了一辈子，可是比他们活得长；我以为再也找不到能跟他们分庭抗礼的人了，多年来我已经结清了账目，合上了账本，心想再也不会把它们打开了，然而你在我心里点燃了在我死之前再度打开它们的愿望；我现在就是这么做的；那就跟我回家吃饭去吧。”

二、《项狄传》的作者

在游览期间，斯特恩对伦敦的上流社会了解了很多，这个社会同样也对他了解了很多。所有见过他的人都知道，如同他书中的约里克牧师一样，斯特恩腰杆笔直，身材高大，但却骨瘦如柴，大鼻子，厚嘴唇，没有血色的脸庞上闪动着的炯炯有神的、深陷的眼睛，赋予这张把智慧与幽默联为一体的面孔一种好色的神秘。一七六〇年四月号的《皇家妇女杂志》发表了他的一篇传略，同时被伦敦的大多数报纸转载。直到此时，人们才大体知道这个因为风度机敏、妙趣横生，为所有见过他的人所倾倒的乡村牧师，出身于富贵人家。父亲是一名军官，叔父是约克副主教兼教堂赞美诗领唱，曾祖是约克大主教，他本人也是一名才华横溢的牧师，毕业于剑桥大学。

斯特恩于一七一三年出生在爱尔兰，因为他父亲在其中做掌旗官的第三十四步兵团在乌得勒支和约签订以后就撤到那里。他一生的前十年过着一个随军人员过的那种险象环生、朝不虑夕的生活。后来，他写到这些早年的生活：有十来次向新营盘仓皇“撤营”（刚一到，“一切就乱了套”，于是又得搬家），他们家一连有五六个孩子，个个“体质过于娇弱，天生就不会长命”（其中四个“在这种疲惫的旅程中离开了我们”），在这篇悲怆的记述中，斯特恩描绘了一幅充满了挣扎和动荡的漂泊生涯的画面。然而，对于一个男孩子，这种景象多变、情谊随便而混乱，又可扬名四海的生活，未必不是一件赏心乐事。对于这位尔后要以含蓄高超的技巧描述我的脱庇叔叔和特灵下士的战斗和回忆的艺术家来说，能与在威廉和马尔博罗麾下于佛兰德斯作过战的人亲密友好地度过童年真是一大幸运。但是这样一种漂泊不定、自由散漫的生活对于一个天生可塑性强、不够稳定、正在成长的孩子来说是不大适合的，于是在一七二三年或一七二四年，他父亲安排他上了学，由约克郡的亲戚们照看。

当他的家人继续从军之时，劳伦斯开始在哈利法克斯附近接受一种零星的教育。据传他在那儿只有在自己愿意并且“挨的打比上的课多”的时候才学习，不过，在那里他为自己写作中反映出来的对法语和古典文学应付裕如的学识打下了基础。从他对哈利法克斯织布业的观察中产生了涉及线索、线束和线网的生动比喻，这些东西在《项狄传》中屡屡出现。读完文法学校后，斯特恩于一七三三年作为一名减费生上了剑桥大学的基督学院。一七三七年，他从该校获得学士学位，一七四〇年获硕士学位。他的堂兄理查德，叔叔雅克和曾祖父、大主教理查德都曾是基督学院的一员，在他之前在这里上过学。

斯特恩大学生活的详请十分缺乏——据说他“读得少，笑得多，有时以为难自己的老师取乐”，他“离开剑桥时得到了一个怪人的名声，但对他并没有什么害处；他有的是才华，如果他愿意发挥的话”——但有几件重要的事情还是清楚的。斯特恩继续研究古典作品，他的朋友约翰·霍尔（即后来的约翰·霍尔-史蒂文森）把拉伯雷和其他法国才子的作品介绍给他，他后来在《项狄传》中利用了他们的滑稽故事。对于形式逻辑迂腐的规则，他养成了一种嘲弄性的轻蔑。在他看来，那只不过是一种毫无意义的文字游戏，后来在“我”父亲的理论、什牢坑驳鸠的故事和视察宴会的辩论中，对它进行了讽刺。他对“睿智的洛克”的哲学和作品推崇备至，因为在洛克的观念学说中他发现了对他自己的善感禀性的一种解释。他后来宣称洛克对他的思想和写作的影响在“他的字里行间”都可以找出来。一天早上，斯特恩醒来时发现，由于肺部的一根血管破裂，他“鲜血流得满床都是”，而且意识到死神一旦发现了他的住所，随时都有可能回来，在他情愿放弃这个世界确定的欢乐之前把他领到另一个世界不确定的至福中去——这种意识促使他在任何大大小小的经历和感觉中都尽情行乐，尔后也许把这种意识塞进了他匆匆流逝的岁月中去。

离开剑桥后，斯特恩进了教会，这倒不是因为他特别虔诚，而是因为他在大学追求享乐使他负债累累，也因为他的叔叔雅克，一个老于世故的身兼数职的人，既是克利夫兰副主教，又是约克教堂赞美诗领唱，当时屈尊关注这个年轻人，并认定斯特恩也许在推行他叔叔的计划时可能成为有用之材。就这些动机而言，斯特恩与他的许多同事不相上下，因为在那时，牧师一职就像律师或者医生一样，通常是个世俗的职业，而不是一种神职，许多比斯特恩还要有来头的异教徒都得意洋洋地穿着法衣。结果，他于一七三八年正式就任他叔叔管辖区的一个村庄林中萨顿的教区代牧职位；一七四一年在约克大教堂得到了受俸牧师的职位；一七四四年在位于萨顿村北面两英里的斯蒂林顿过起了安定生活。

斯特恩是否打算在他的职务要求他去的那个荒凉的地方生活，还是个疑问。但肯定无疑的是，在以后的两年中他并不是经常造访萨顿，因为他把萨顿的事务留给一名助手主持，而他自己则生活在约克娱乐中心、时尚中心和教会政治中心的附近。因为就其地理位置而言，约克当时实际上是北方的首府。一年到头许多富有时尚的人家常住在那里；而有些人来是为了在这里过冬，因为在这里有集会，有音乐会，有剧院，有舞会；还有一些人在五月和八月蜂拥而至，是为了看斗鸡和在克耐维斯米尔举行的盛大的赛马会。勾画一下斯特恩的情况并不难，由于在剑桥居住从而使兵营的那种自由散漫的作风变文雅了，以一个单身汉的能耐，跻身于礼堂和剧院、咖啡馆和赛马场的寻欢作乐的人群中，相互问候，开开玩笑，与宗教界和世俗的名公贵胄厮混，在调情和私通中自娱，但眼睛始终十分警觉，时刻在寻找最有利的机会。

正是在这段快活的时光里，斯特恩遇到了伊利莎白·拉姆利小姐，经过求爱，最终结了婚。拉姆利小姐是约克一位牧师的女儿，按照约翰·克罗夫特的说法，她尽管是“一个平平常常的女人”，但却是在“阔绰的环境里”长大的，并且“有很多人拜倒在她的石榴裙下，因为据说她很有钱”。斯特恩温情脉脉地追了她两年，拉姆利小姐终于被在《多情客游记》中找到高超表现的那种催人泪下的情意打动，后来于一七四一年三月，成了他的新娘。然而，即使新郎的情感也无法抑制斯特恩那压倒一切的对滑稽的喜爱，按照一篇同时代人的记述，婚后的第一个礼拜天，斯特恩就大讲特讲《路加福音》第五章第五节：“我们整夜劳力，并没有打着什么。”从而使他的堂区居民为之震惊。

这桩婚事让拉姆利小姐的表妹伊利莎白·罗宾逊觉得很有意思，她后来出了名，就是大名鼎鼎的女才子蒙塔古夫人，她是从当时正在巴思进行矿泉疗养的哥哥的一封来信中得知的。他在信中写道：“我们的表姐贝蒂·拉姆利嫁给了一名一度迷恋于放荡生活的牧师，他占有一个年薪一百来英镑的肥缺，以后还有望挣得更多。我们这位亲戚会有多大的希望与一个轻浮易变的男人建立起稳定的感情，我不得而知。但我想她在处理此事时，用的将不是美貌，而是自己的手段。”

的确，几乎从刚一开始，就像克罗夫特所说的那样，“斯特恩和他的妻子就不很谐调”。性格不合——斯特恩性情反复无常，他能否适应与哪个人过循规蹈矩的婚姻生活，很成问题——他们之所以没能和睦相处，“主要是他对婚后生活的不忠”。他们的麻烦不断，其中有一个传言就讲斯特恩夫人如何抓住自己的丈夫与女仆在一起，就用粗暴的“手段”对待他，尔后就精神错乱了，“把自己幻想为波希米亚女王”。另一个传言讲她发现丈夫偷走了他们为女儿存在保险柜里的嫁妆钱就气晕了，醒来后与斯特恩大吵一通，然后就将此事恶意张扬了出去。然而，过错并不能统统记在斯特恩的账上。斯特恩夫人是个难得高兴又从不满足的人，与这样一个人结为夫妻，天长日久，就是对一个不像斯特恩的性情那么飘忽不定的哲学家，也是一种考验。蒙塔古夫人尽管认为斯特恩不是“做好丈夫的那种人”，但她也把她的表姐描述成一个“令人头痛的人，因为她能在一个月内把个个城镇搅个天翻地覆”。她又在另外一个场合写道：“斯特恩夫人是一个非常正直的女人，优点很多，但是这些优点就像烦躁的豪猪身上竖起的刺，她认为稍有冒犯就立即把利箭射出去；她是不会做一件错事的，但她做正确事情的方式却非常令人不快，要避免与她争吵，唯一的办法就是保持适当的距离。”

至于斯特恩本人，尽管他有严重的缺点，有时却对妻子万般温存；他关心她的物质享受。她常常生病，斯特恩每次都能精心照料她；他从不责怪她，尽管她花钱大手大脚，而斯特恩完全有责怪的理由。当然，并不是天天都吵吵闹闹的。我们偶尔也会看见这对夫妻一起安排自己的事务，一起去邻居家做客，一起在约克购物，高高兴兴、亲亲热热地驾着马车一起出去。当斯特恩夫人幻想自己是波希米亚女王的时候，她丈夫的滑稽感与好性情合为一体，促使他“怀着对一个戴王冠的脑袋应有的全部尊敬，把她作为女王对待”。“为了劝她到户外去呼吸新鲜空气”，该文继续写道，斯特恩由于喜欢打猎，“便建议按波希米亚盛行的方式追猎。为此他搞了一些袋子，里面装满了豆子，他驾一辆单马轻便马车把妻子拉进一片茬地时，便把袋子绑在车轮上。马车一跑动，袋子嘎嘎作响，便惊起了野兔，灵猩就跑去捕捉它们”。约翰·克罗夫特比任何其他描写过这对夫妻的人都更要了解他们。他记述道，尽管斯特恩夫人“常说，由于他们吵吵闹闹，就是英格兰最大的宅子都容不下他们俩，但他们每天还是互写情书”。

结婚以后随之而来的就是斯特恩生活方式和地位的改变。由于财力不足，也许起初是因为想和他的新娘在约克定居，他很快就搬到那座郡城北面八英里的萨顿，在那里一住就是二十年，过着一个乡村牧师，后来又是乡绅地主的幽静生活，只是偶尔才打断一下。

斯特恩管理着两个堂区，礼拜日早晨在萨顿布道，下午在斯蒂林顿讲经，毫无疑问，用的是同一篇布道文；他关心自己的堂区居民，尽管他有惊人的审慎，但并不克制自己附带享受一下乡下的欢乐。克罗夫特给我们留下了一些“闲话”，不过却又是真话：一个礼拜天，斯特恩走过田野到斯蒂林顿去讲道，他的猎犬惊起了一窝山鹑，据说，斯特恩“立即回家去取枪，而把在教堂里等他的教徒扔在那里不管”；还有一次，正当斯特恩滑冰时，“池塘中间的冰破了，他掉进了水里，因为他与他的教民不和，没有一个人愿意去救他”。由于斯特恩的脾气变化无常，他那些稳重实在的乡下邻居“一般认为他是个疯子，或者是个呆子”。就像约里克牧师的情况一样，（斯特恩的）“那股锐利的疾风，一天中总有十次让他冒犯别人的索具”。然而，有关他主持仪式的记录则显示了他对自己的教友关怀备至。除了几次像克罗夫特所记录的偶发事件，他似乎与自己的教民们相处得相当和睦。

作为约克的一名受俸牧师，斯特恩积极地参与教区的政治活动；除了完成自己的任务，他还经常替其他牧师在大教堂布道；还不到三十岁，就挑选他在大教堂里在一个新上任的大主教面前做首次布道，他在约克的特殊场合发表的两篇布道文印成了小册子销售——其中的一篇《良心的滥用》是在“众多品格高尚的绅士”的“一致要求”下出版的。斯特恩非常喜欢这篇文章，所以把它放在《项狄传》第二卷里，作为约里克牧师的布道文呈现给更广大的公众。的确，作为一名讲道者，总的来说，斯特恩似乎是成功的，尽管由于大出血嗓音不够洪亮。通过宣讲的训练，又由于对戏剧和艺术感兴趣，斯特恩从而意识到了姿势和手势的重要性，所以他后来在《项狄传》中细致入微地描写有启发性的人体的姿势时表现得独树一帜。

从事牧师活动的同时，斯特恩还雄心勃勃，全面兼营农业。他的产业逐年增加。斯特恩夫人烦躁不安地忙着处理家务和她的“鹅”时，斯特恩却潜心于改良土地，大幅度地增加大麦、燕麦、油菜、小麦和土豆的收成。但是他干过了头，到头来收获不多，得到的只有从他貌似增长的家产和财富中产生的辛酸。的确，务农带来的最好的结果就是《项狄传》中描写我父亲“计算牛沼所需的修剪、烧草、筑篱等等这些简单花销”这段文字，它似乎是对他自己过大野心的一个小小的讽刺。因此，为什么斯特恩在一七六〇年要从务农中解脱出来，转向从事更有意思、更劳有所得的文学就很好理解了。

在年复一年的播种和收割、坚信与布道中，斯特恩并没有忽视自己的娱乐活动。他打猎滑冰，乐此不疲，我们已略知一二。除了这些高强度运动，他还增加了一些平静的娱乐，就像特里斯舛·项狄一样，“在月亮的某些盈亏变化中间……既当琴师，又当画匠”。“他的娱乐并不固定。”斯特恩在当地被称为疯子，克罗夫特对个中的原因做不充分的解释时写道。“他一度常常拿起枪来射击，直到变成一名神枪手，然后他又拿起笔来画画。”起初他的艺术典范是贺加斯，斯特恩模仿他的风格，并把他的《美的分析》推荐给《项狄传》的读者；后来，斯特恩的风格变得更为理想化，也许是因为与克里斯托弗·斯蒂尔及其学徒乔治·罗姆尼有过一次短暂的交往造成的。斯特恩对绘画理论和绘画历史的了解从《项狄传》中可以找到大量的证据。在这本书中，斯特恩提到了大量的艺术术语和批评标准，提到了很多艺术大师和他们的作品。在斯特恩对特灵和“我”父亲的演说姿势所做的细致描写中，在他根据德·帕尔斯的“画家的尺度”而对他的模拟献辞所做的精确分析中，在他对假冒的鉴赏家的批评“尺度”所表现的不耐烦的态度中，在他的关于“那些意大利艺术家的Poco più和Poco meno——那难以察觉的稍强或稍弱像决定雕像中的精确美丽的线条那样决定句子里的精确美丽的线条”的狂文中，斯特恩展示了他对艺术的精通和热情。他的结论是，一个作家确实很像一个画家：各自都必须知道他的素材的哪些部分“他应当投到暗处，——哪些地方他应当放到明处”；各自都不得不在两害之间做出选择，认定“违真情有可原，反美则难以宽恕”。

当放下画笔拿起琴弓的时候，斯特恩既能拉小提琴，又能拉大提琴，琴艺娴熟，至少也能在朋友的聚会上助助兴；《项狄传》提供的证据表明：他的音乐知识绝不亚于他的绘画知识。其中有名的证据有吹出了“我所听过的最甜美的声音”的可怜的玛丽亚的故事，有约里克用来评价自己布道的奇特的音乐“角色”，还有特里斯舛用来惩罚那些敏感听众耳朵的用跑调的克雷莫纳小提琴演奏的幕间音乐会。斯特恩经常通过精确地描述某个词或词组的发音，用“无数的音符、曲调、土音、唱腔、神态……口齿”以区分情感的细微差别。例如如果“我”父亲不是“把手搭在你的胸口上……用的是argumentum ad hominem① 的性质绝对需要的那种温柔的、不可抵御的轻声”来加强的话，他那迂腐的论据会显得多么苍白无力。不

① 拉丁文：针对人的辩论，针对人的偏见或兴趣，而不是针对问题。

论是在委婉细腻，还是在雄浑有力的篇章中，斯特恩风格的细微差别一再证明了他对和声有一种灵敏而又训练有素的欣赏能力。斯特恩认为："不管怎么说，写一本书也就像哼一支歌——您只要使它合您的调门就行了，小姐，您把它提多高还是压多低并不重要。"从而，又一次揭示了在他的脑海中各种艺术是如何紧密结合在一起的。

然而，《项狄传》未来的作者最重要的娱乐则是读书。在漫长冬季的白天和夜晚，当天气或他的健康状况把他幽禁在牧师住所里时，斯特恩就通过博览群书来消遣，并充实他那敏锐的头脑。当他写自己的著作时，他的记忆中最为活跃（有时就放在手边）的是拉伯雷、塞万提斯和伯顿的《忧郁的解剖》，他把这些人的思想、措辞以及风格技巧加工改造为自己的东西。他喜爱的程度以及其对《项狄传》的贡献仅次于上述几位的是蒙田、伊拉斯谟、贺拉斯、培根、斯威夫特和霍尔。但斯特恩对文学总体上都很熟悉，无论是古代的还是现代的，也很熟悉各种各样的专门学科，从医学到传记、历史和政治学。他熟悉重要的神学和哲学著作；非常了解法国拉伯雷的追随者及英国新古典主义的才子们；他似乎对"我"的脱庇叔叔"夜夜熬个通宵以狂热的研究烘干（他的）血液"的那一长串军事著作的大部分都有直接的体验。通观斯特恩的作品，可以发现在他的思想和风格里渗透着洛克的影响，在节奏和措辞上弥漫着莎士比亚和《圣经》的影响。

然而，尽管博览群书，斯特恩并不是一位伟大的思想家。他才思活跃敏捷，有时表现出一种直觉上的逻辑，但缺乏深入持久思考的能力。他的才智受感性的支配，没有产生出什么重大的观念。从该词最好意义上说，他甚至算不上一个饱学之士：《项狄传》的"博学"十之八九都是从编纂者那里借的二手材料，引人注目的是伯顿、贝尔和钱伯斯。更确切地说，斯特恩有一个剪贴簿式的头脑，里面收集了五花八门的信息，不管它们是否重要，来自何处。这就是他的阅读——世界文学名著、古怪的学识、露骨的废话、模棱两可的俏皮话、专业科学、哲学和神学著作饶有兴味地混合在一起，——这个“剪贴簿”年复一年地在萨顿那座安静的牧师住宅里塞满了这些东西，后来经过优化改造，有时候还进行奇怪的组合，在《项狄传》的字里行间再现出来。

但是，就是在萨顿过乡居生活期间，斯特恩的娱乐生活并不是局限在自家的火炉边。他和夫人经常出去拜访他们的“挚友”，即住在斯蒂林顿庄园的克罗夫特一家，一起吃晚饭，听听音乐，讲讲故事或说说笑话，消磨一个晚上。偶尔，他们也会与福肯伯格勋爵及夫人在纽堡小隐修院吃饭打牌，每过一两个礼拜，只要道路好，健康状况允许，斯特恩就会驾着马车去约克维持他的社会和职业交往。斯特恩夫人常常陪他前往，上市场买点东西，看望看望自己的朋友，斯特恩则逐一走访一下他的朋友，或参加一下礼堂里举行的音乐会，或者闲聊，或在乔治客店的咖啡屋里聊聊天，了解了解世界新闻。乔治客店“是家大客店，那些喝酒不多，不想多花钱的人，可以在那里看看报纸”。然后可以坐车去看望朋友，去萨顿以东的三十五英里的时髦的海滨胜地斯卡伯勒喝喝矿泉水。

不过在这些外出旅行中，最令他难以忘怀的还是在他剑桥的朋友霍尔-史蒂文森家快乐的逗留。霍尔-史蒂文森在结束了国外之旅后就结了婚，并隐退到家宅——骷髅堡里，这是一堆用扶壁加固过的怪诞的平台和角楼，怪凄凉地耸立在一潭死水似的护城河上。距海滨索尔特本两英里半，主人重新给它起了个特别的名字：“飘摇堡”。斯特恩偶尔和他的酒肉“同伙”，“疯魔社”的成员们在这里过上一两个星期。“疯魔社”是十来个约克郡的牧师和乡绅组成的不敬神灵、大吵大闹、头脑发疯的小团体，他们在一定程度上模仿梅德门纳姆修道院臭名昭著的“修士”的作风，他们聚集在斯克尔顿，白天骑马，打猎，钓鱼，晚上喝着勃艮第葡萄酒，唱歌，谈笑，“狂欢”。在晴朗的日子里，斯特恩和他的主人常骑马到吉斯伯勒看望一个寡妇和她的女儿，或者去索尔特本度过许多令人愉快的下午，在平坦的海滩上赛车，“一只轮子浸在海水里”，一口气跑上五英里。也许，这么多次来“飘摇堡”做客跟《项狄传》中癫狂的幽默的关系比斯特恩一生中的任何事情所形成的还要密切。霍尔-史蒂文森拥有一个“优雅的书房”，据说，斯特恩在里面发现了大量稀奇古怪的图书，给他自己的书提供了不同寻常的知识。那些放肆的故事、下流的笑话，以及拉伯雷式的拉丁双关语，斯特恩的“同伴们”用它们缩短了漫长的冬夜，它们毫无疑问也给《项狄传》提供了许多笑料、模棱两可的俏皮话和粗俗的双关语。霍尔-史蒂文森实际上出现在书里，具有讽刺意味的是，成了谨慎而有告诫作用的尤金纽斯；聚到一起喝他的勃艮第酒的这群古怪而又幽默的人也具有一些特点，通过把这些特点与对他人的观察以及书中的一些记忆融合在一起，斯特恩创造了特灵、“我”的父亲和“我”的脱庇叔叔这些不朽的形象。

然而，《项狄传》的创作是斯特恩参与宗教政治活动的结果。雅克·斯特恩起初之所以帮助自己的侄子，据说，是希望侄子会对自己有用。一开始，雅克·斯特恩发现自己对这个年轻人的资助得到了很好的回报。几年内这个牧师写了一些政治性的小册子，还给报纸写了一些“恶劣的信”，成功地支持罗伯特·沃尔浦尔爵士和本地的辉格党人；虽然缺乏关于这段时期的记载，但很有可能在一七四五年动荡的几个月内，当托利党和辉格党，天主教和新教徒之间的界线呈现出危险态势的时候，斯特恩又一次用手中的笔支持了他叔叔的党派。毫无疑问，他对罗马教会的强烈偏见就是从这个时期开始的，当时他的叔叔过于热心地深挖细找了所有的雅各宾党人和天主教徒，不管是真正的还是想像的。斯特恩对于托利党的一个嫌疑分子，作家、古文物专家兼著名的产科大夫约翰·伯顿医生非常厌恶，所以后来在《项狄传》中把他用漫画的笔法写成了斯娄泼医生，那个“矮小、敦实、猥琐的”旧教信徒和男接生员。斯特恩反对天主教会，认为它是“一个金钱体制，千方百计操纵人的情感和弱点，而他们自己的口袋却装着扒窃来的东西”，它的历史总是离不开“残暴、凶杀、劫掠和流血的场面”，所以用一贯使用的言词抨击，直到后来在法国和意大利住过一段时间以后，才发现天主教徒既讲人情，又性情快乐。

然而，在那几年的某个时期，这位赞美诗领唱和他的侄子关系冷淡了起来，到四十年代末，最终发展成为一种公开的深仇大恨。按斯特恩的说法，之所以产生争吵，“是因为我不愿意在报纸上写（政治）文章”；按当地的议论，说这两个人“闹翻是因为这个领唱最宠爱的情妇有了劳伦斯的孩子”。不论什么原因，雅克·斯特恩拆侄子的台比当初扶持他更加积极。他从初露的小小端倪想出一种绝活，把这个年轻人永远搞臭：他设法让斯特恩的寡母和妹妹寄宿在一个慈善机构，很可能是一个关押债务人的监狱里。因为她们长期以来纠缠这位教区牧师要钱，公正地说，超过了他敢给自己的妻子和幼女的数目——“正是这个地方，”斯特恩告诫道，“一个无情的传闻可以对我（作为一个牧师）造成最实际的危害。”——然后雅克散布流言，说她们之所以到那里去，是由于斯特恩不管她们。这一招十分灵验。有证据表明斯特恩与母亲争吵后最终言归于好，继续给钱赡养母亲；然而，斯特恩从来也没能完全平息四处迅速传播的流言。后来拜伦的嘲弄使它成了警句，永远流传下去：“斯特恩那只狗，宁愿对着一只死驴哀鸣也不肯救助自己活着的母亲。”斯特恩在《项狄传》中写道：“整个攻击计划马上就实施了，——盟军方面毫不留情，——约里克则根本没有想到有与他作对的计划实施，——以至于他，好一个随和的人！满有把握地以为他的提拔机会正在成熟时，——他们已经摧毁了他的根基，他便倒下了，就像在他之前已经倒下了许多志士仁人一样。”

在这次打击的以后几年里，这位蒙受羞辱的教区牧师不再积极参与牧师会政治。但在一七五八年，大教堂教长约翰·方塔尼和约克郡律师弗朗西斯·托法姆之间的争吵达到了白热化的程度。经过多年的钻营谋划，弗朗西斯·托法姆占有了与约克主教管区有关的大部分法律事务所。斯特恩用斯威夫特的笔法就这两个人和他们的追随者之间的长期斗争的高潮和结局写了一本针对弗朗西斯·托法姆的辛辣的讽刺作品，题名为《政治传奇》。这本后来被叫做《一件温暖而又舒适的风衣的故事》的小册子，在一七五九年初印刷出版。第二年，伦敦的报纸报道说："世界上所有严重的争论都不可能造成这次争论所带来的后果。"尽管这本妙趣横生的作品在一片嘲笑声中戳穿了托法姆博士的自命不凡，但它的流传却有损于牧师会整体的尊严，最后，斯特恩接受了别人的劝说，同意将它付之一炬，只留下寥寥几本。但是，这本作品使他的朋友十分开心，这就煽动他去试着再写一本讽刺幽默作品，不要中途脱逃。据说，"直到他写完《风衣》以前，他几乎不知道自己还能写作，更别说用幽默逗读者发笑了。"这种妙语预示了他尔后的讽刺技巧以及"我"父亲和"我"的脱庇叔叔的爱巴马儿。它的成功使斯特恩大受鼓舞，便开始认真地从事文学创作，于是从《政治传奇》灰烬中诞生了《项狄传》。

从一七五九年一月底开始，斯特恩"能写多快就写多快"，到六月他就已完成了开头两卷小说的初稿。尽管他满怀热情，但也有消沉的时候。一次，当斯特恩把小说中的一些散页读给斯莠林顿山庄的一群人听时，他的几个听众睡着了，"斯特恩对此大为恼火，一气之下把手稿扔进火里，要不是克罗夫特从火里抢出了烧黄的稿子，这部作品就永远湮没了。"他的朋友们不止一次地对他小说中的粗俗部分提出抗议，认为这不合牧师的身份。对一个朋友，他是这样回答的："注意名声就会浇灭他火样的激情，就会阻碍幽默的奔流，如果他还想继续写下去，希望有人阅读，他切不可留心自己的饰带或法衣。"对另一个朋友，他则猛烈抨击了"这种低级的谨小慎微的德性"，而且在替自己辩护时，把自己的名字与那些具有他最喜欢看到的这种美德的人联系在一起："我不认为我走得有斯威夫特那样远——他还与拉伯雷保持着一定的距离，而我跟他还保持着一定距离——斯威夫特说过我不敢说的数以百计的事情，除非我是圣帕特里克教堂的教长。"由于经费困难，当地的书商和伦敦的多兹利兄弟都不想冒险出版这么一部史无前例而又颠三倒四的作品。但是，斯特恩修订了他的著作——他写道：“我烧毁的才智比发表的还多。”一个朋友慷慨解囊，借给他“一百英镑来印书”，两卷书于十二月末出版；一七六〇年三月、四月和五月，我们已经看到，这位欢快的作者作为伦敦的要人在到处招摇。

五月的最后一个星期，斯特恩乘着自己的马拉的自己的马车，载誉回到约克郡。不到三个月前，他还是一个默默无闻的乡村牧师，连去伦敦的开销都支付不起，但现在也许是英格兰最有名的一个人物。他在首都的一群朋友打赌，一封写给“欧洲特里斯舛·项狄”的信也会送到他的手中。克罗夫特写道，这封信“邮到约克郡，在去萨顿的路上迎候斯特恩的邮递员脱帽把信交给了他”。回顾斯特恩呆在伦敦的那段时间，克罗夫特宣称“他的虚荣骑上了他最慢的爱巴马儿，随他纵横驰骋，不受任何限制，他也四处吹嘘他从未享有过的青睐，并且……自以为他的人品为女士们所倾倒，因此他把思想完全转到对女人献殷勤上。”毫无疑问，习惯于见快乐决不放过的斯特恩尽情享受着自己的胜利果实。然而，他已经意识到他这种名声很不牢靠，他把自己比做“一个时髦小姐，人人都想追她，因为这就是时髦，她也许两星期后成了街头女郎，想跟斯特尔下士混一顿饭吃都做不到”。

的确，即便在斯特恩还没有离开伦敦的时候，一种对他本人和作品不满的潜在的暗流便开始显露出来。在不了解《项狄传》的作者之前，许多读者都曾赞扬过这本书，但当他们得知该书的作者是一个牧师，他舍弃了自己牧师的饰带和法衣，追求小丑的帽子和铃铛时，便三缄其口了。一些文人也对该书大加指责：沃尔浦尔认为它平淡乏味；戈尔德斯密思认为它粗俗、唐突、空洞；理查森认为它跑野马，不连贯，不得体。后来，索多和马恩的主教“偶尔读到了”其中的一部分，便把它改名为《不知羞耻的项狄》。总是喜欢大造声势的报界发起了攻击，连篇累牍、充满敌意的文章开始出现在报刊上，有些指责是严肃认真的，而更多的则是瞎起哄，嘲弄斯特恩的淫秽。在许多讽刺诗中，一首书信体的假托是项狄写给牛津大学神学专业的学生的，规劝他们努力提高的学业不是神学，而是秽语，在这一方面，要学习他的榜样。一篇代表性的散文攻击，突然变成了对小说及其作者的一种挖苦性的赞歌：

> 这是一部优秀的作品，满篇是调笑脏话。但最出色的一点是——也许你还不知道——特里斯舛是英国国教的一个牧师［谢天谢地，不是遵从国教惯例者］——注意那牧师！你可认识那样一个快活的神职人员？——他可有讲粗话的诀窍！——他可把宗教开尽了玩笑！——他把一篇布道文引进下流故事，用插话的形式让讲道者赌咒发誓，你将作何感想？……在这种教诲中没有 **STERN**① 的东西可言——Nomini nulla fides。②

然而，许多铺天盖地压在“诙谐得粗俗的约里克”头上的批评应该指向那些源源而来的批评和拙劣地模仿《项狄传》的粗俗廉价的小册子才对。当那位敏感的世界公民问他的书商为什么会写出像斯特恩那样的著作时，他被告知，“出版这本书就是为了销售；除了针对它的批评，随后推出的书没有一本比它更畅销。”在杂七杂八的模仿之作里，许多纯属假冒伪劣的笑料，斯特恩的美不可企及，而斯特恩的暗示则完全被庸俗化了。“有一本批评特里斯舛的小册子，”斯特恩读到了其中的第一本后叫嚷起来，“我希望他们再写一百本这样的东西。”尽管这些信笔乱画的蹩脚文人的作品，潦倒文化的陈词滥调把他吹上了天，但他们的口气却臭不可闻；还远远没有数到一百本，斯特恩就嚷道：“上帝饶了我吧，我是这些粗俗作品的祸根。”

离开伦敦的前几天，他设法出版两卷人们长期等待的《约里克

① 英文 STERN（严肃的）与作者的名字 STERNE 仅差一个字母。
② 拉丁文，意为“有名无实”。

先生的布道文》，还附上了一份长长的赞助者名单，几乎囊括了英国当时所有的名流，以“平衡”他的人格，这样做的结果只能增强人们对他的异议。人们普遍指责这两卷书的书名趣味低下，一位最激烈的批评家在五月号的《每月评论》上愤然宣称，该书是

> 基督教创建以来对良知和体统的最大冒犯——即便是在异教风行的日子里，这也是一种难以容忍的冒犯……这个约里克究竟是何许人也？我们听说过一个叫约里克的小丑——我们还在一本黄色传奇里读到过约里克这个名字。但从小丑和荒唐可笑的传奇作家的嘴里传达严肃的宗教指令合适吗？谁真相信一个诚挚的牧师会穿着滑稽小丑的衣服登上讲坛呢？

但这些布道文，正如斯特恩在序言里所说，“主要是弘扬慈善以及一切以律法和先知为依托的那些类似的品德”，而且这些布道文“发于情，而不是出自理”，所以几乎受到普遍的赞扬。刚刚所引用的那位《每月评论》的评论家，尽管对使用约里克这个名字怨气冲天，但又宣称这些布道文“在用英语写的这类作品中……是写得最自然、最纯净、最优美的；尽管里面找不到多少动情和虔诚的色彩，但还是不乏描写人心灵和情感的微妙的笔触，把这些现象分离出来考虑，正是思想具有博大的仁爱、和善、善感的表现。如果我们把它们看作道德说教文章，确实，都值得高度称道，同样也适合娱乐、教育细心的读者”。大多数有品位的批评家和读者都同意这种看法。这些布道文宽泛而又轻松地谈到了宗教的世俗利益和慈善的快乐；由于有从宗教和世俗历史中抽出来的生动的戏剧插曲和人物素描，所以使这些布道文更加生动活泼；而且写得文笔流畅，又把口语的灵活多变运用到了炉火纯青的地步。但对于那位对“斯特恩其人”不大喜欢的约翰逊博士来说，这些布道文不过是超度杯“表层的泡沫”而已，只可在乘驿车旅行时阅读解闷：“如果由着我的性儿，”他咕哝道，“我是不屑一顾的。”

与此同时，为萨顿和斯蒂林顿安排了一个副牧师，并清算了自己农庄上的抵押和租约后，斯特恩便把家迁到了科克斯沃尔德，“与萨顿相比这是一个幽静的去处”，在斯蒂林顿北面八英里左右的地方。在这个他命名为“项狄家宅”的低矮、零乱、有山墙的住所里，他开始着手第三、第四两卷的写作。昔日在伦敦给斯特恩一袋几尼，还给了“书以改进他的风格”的格洛斯特主教这时给斯特恩写了信，劝他写“有用”的作品，避免“冒犯体统和良好风范”。这位幽默大师回信满口应承他“自觉自愿、心领神会”，“不会得罪任何人”，但同时又说他担心“在写《项狄传》这样一本书时，把里面的一切都肢解为束手束脚的幽默也许非常困难”。他愿意尽力而为，“尽管，大人，我也愿意开怀大笑”。他笑着写主人公的断鼻子和怪名字，笑着再现了厄努尔夫的可怕的咒语，从而含沙射影地攻击了一下天主教，笑着在什牢坑驳鸠的故事和视察宴会的记述中对哲学和宗教中的经院习气做了轻松的讽刺，笑着对迂腐的批评家做了笼统的攻击，而对《每月评论》上的这类人进行了具体的抨击，笑着把序言放错位置，散失一章，议论具有下流暗示的鼻子，斯特恩这样一路写下去——尽管也想在“修剪、挖掘、开沟、除草、砍去老根、运走垃圾”时偶尔放松放松——一直苦干到十二月，圣诞节前的一周，他前往伦敦，关照新写的两卷付印出版。

斯特恩的第二次首都之行比第一次更热闹。“自到这儿后，我就没有在家里吃过一顿饭，”他在写给斯蒂芬·克罗夫特的信中说（至于“我最最亲爱的小咪”早已被忘到九霄云外去了），“在这儿，去年还只有一个朋友敬重我，而如今已有三个。”当《项狄传》于一七六一年一月二十八日问世后，除了一个批评家，其余的都对斯特恩心怀不满，因为他们指责他以约里克的名义出版他的布道文，他断然拒绝接受，还由于他显然讽刺了他们行当的“规矩”，因此他们攻击这部作品枯燥乏味、毫无幽默可言。这显然有失公允，因为尽管第三卷就已经相当不错，但第四卷却是斯特恩迄今创作出的辉煌之作；尽管批评家大肆攻击，但书还是十分畅销。“全城一半人咬牙切齿地痛骂我的书，另一半人则把它捧上了天，”斯特恩在二月份写给克罗夫特的一封信里写道，“——好在他们骂归骂，书还是照买不误，既然这样，我们就得尽快出第二版了。”一个月以后，持续不断的指责给了他一个机会，使他再次把自己与两位伟大的讽刺先辈联系起来。“如果对手们知道他们的痛骂和恶意反倒帮了我和作品的忙，”他宣称，“他们就会安静一点——不过这也是比我优秀的人的命运。他们发现，成名之路，如同上天之路一样——必须经历磨难，我必须谦逊如一，直到我有幸受到的攻击像拉伯雷、斯威夫特一样多；因为我受到的迫害还不及他们的一半。”

社交季节结束了，到六月下旬，斯特恩乘驿车返回约克郡，一到那里，他很快就以异乎寻常的热情履行他的堂区职责。他定期布道，关心他的教友。在国王加冕日，他款待全体乡亲用的是“一整头大烤牛……牛头也没有割掉，牛角经过装饰”。这段时间，他的家庭生活一帆风顺，《项狄传》第五、第六卷的写作往前进展。“乘着我为妻子买的马车出行可真是令人心旷神怡，”那年初秋他给一位朋友的信中写道，“莉迪有一匹她特别喜欢的小马。——在她们玩乐的当儿，我就赶写我的特里斯舛。我想，这两卷是最好的。——只要我活着，我就要写下去，事实上，这就是我的爱巴马儿：我太喜欢脱庇叔叔的幻想性格了，以至于我也变成了一个空想家。——我的莉迪娅替我抄写书稿，我的妻子则一边打毛衣，一边听我读稿子。”

不可或缺的几章写完了，十一月底，斯特恩又到了伦敦。就是这一次，在约舒亚·雷诺兹爵士家里，发生了他与约翰逊博士唯一的一次为人所知的会面。据说，这位字典编纂家说道：“在最近我参加的一次社交聚会中，特里斯舛·项狄自我介绍了一番；特里斯舛·项狄难得坐下来，他告诉我们他一直在写一篇给斯宾塞勋爵的献辞；他 sponte suâ① 从口袋里把它掏出来；说 sponte suâ，是因为

① 法文：自发地。

没有人请他读；他就开始朗读起来；没读几行， sponte meâ，先生，我告诉他说那根本不是英语。”据说，当晚，斯特恩传看了“一幅下流得连妓院都不高兴看到的素描画”，看到这种情形，约翰逊博士便离开了房间；后来他告诉雷诺兹小姐，他“宁肯放弃同她哥哥交往的荣幸，也不愿会见像斯特恩这样一个无耻的牧师”。

批评家们一直翘首等待《项狄传》最新的几卷问世，好卷土重来，攻击斯特恩的低俗。可是当他们读了新出的两卷之后，其中展示的新颖、丰富、出人意料的幽默和动人的情感使他们又惊又喜。特灵对死亡的评述，“我”的脱庇叔叔的战役，勒菲弗的死亡，处处为人倾倒；脱庇叔叔的誓言被称为“天才的幻想”；勒菲弗的故事几乎全国每一家报刊都转载了。斯特恩和他的作品享有了空前的声誉。

但小说家来伦敦时身体已经十分衰弱，在伦敦的紧张应酬引发了他害过的最严重的肺出血。他必须找一个气候温暖、对他的肺比英国更相宜的地方长期休养；因此，安顿好万一他客死异国的后事后，他于一七六二年一月初开始了与“跨着大步的无赖似的骇人的罪人”——死神的有名的赛跑。他的“蜘蛛腿”几乎支持不住他了，他的声音已经细若耳语，面孔像洗碗布一样，没有血色，他说。而他的精神，正如他在《项狄传》下一卷里所说的那样，从来也没有

> 遗弃过我，也从来没有把那些出现在我的道路上的物体染成黑色或病恹恹的绿色……死神来敲我的门时——你命令他下次再来；而且用的是一种如此漫不经心的欢快语气，以致死神对自己的使命产生了怀疑——
>
> “——这件事肯定出了什么差错。”他说……天哪！我要给他造成意想不到的麻烦——因为我要飞奔到加龙河畔，我说道，一次也不回头往后看……Allons！我说；车夫啪地甩了一鞭——我就像一颗出膛的炮弹似的离开了，跳了六七下就进了多佛尔。

意外地受到巴黎“总是清纯、宜人”的空气和一到那里受到的“出乎意料的欢迎”的刺激，这个面色苍白、身着黑衣的人健康改善得很快，于是他在法国的首都呆了半年，才开始南下。他在给加里克写的信上说：“特里斯舛在这里几乎跟在伦敦一样有名，至少是在你们这些有地位、有学问的人中间如此，他把我引进了许多圈子(简直就像在伦敦)……我也把许多人变成了项狄主义者——因为众所周知，我比以前项狄化了五十倍，胡说八道得比你以前听到的还要多。”霍尔-斯蒂文森的一位朋友托罗特先生在这段时间见过斯特恩，他写道：

> 我有时都嫉妒我们的朋友斯特恩先生的快乐性情；对于这个幸运儿来说，一切都是色彩斑斓的。其他人觉得忧郁和哀伤的东西，在他的眼里都呈现出一派快活欢笑的景象。他唯一的追求就是快乐；但他不同于有些得到了快乐却不知道如何享受的人，因为他把快乐之杯饮得一滴不剩，仍然意犹未尽。

但到了春天，正一心安排让夫人和莉迪娅去国外与自己团聚时，他又旧病复发。此后，他主要关心的就是舒舒服服地让自己和家人去图卢兹。

在“炎热得如同尼布甲尼撒二世的火炉”一样的天气里，南行的旅程持续了三个星期。对此，斯特恩在《项狄传》第七卷中给世人做了理想化的描述。舒舒服服地安顿在图卢兹后，斯特恩坐下来把脸转向飘摇堡寻求灵感，并开始“诱惑脱庇叔叔，我让他一头栽到爱河里”。但即使是“在这些欢乐的平原上，在这温暖和煦的阳光下”，斯特恩还是感觉到自己的工作难以有多大的进展。经济拮据，他认为“法国人永远的平庸”所造成的思想厌倦，“与疟疾、热病、大夫进行不懈的斗争”，凡此种种，都令他苦不堪言。春天他离开了图卢兹，总是满怀希望地辗转各地，在蒙彼利埃过冬。但他的心仍留在英国，把妻子、女儿舒适地如愿安顿在法国后，一七六四年早春，他踏上了归程。在途中，他又在巴黎逗留了一段时间，见到了最近被逐出下院的朋友约翰·威尔克斯，和其他一些英国同胞——他热情地称他们为“善良慷慨的人”，他忍不住和他们生活在一起，“在这个充满诱惑的城市里过着粗服乱头放浪形骸的生活”，一直到五月末，他才离开“无用之邦”，再渡海峡，去“见我的妻子约克郡教堂”。

然而在没有他的情况下，他的妻子教堂又苦熬了一段时光，因为斯特恩在伦敦花了几个星期拜访朋友，在约克享受夏季的欢乐，花了两个月；又在北部海岸最时髦的海滨胜地斯卡伯勒度过了两周的“交游玩乐生活”。九月底，他终于在科克斯沃尔德定居下来。他让他的副牧师去管理他的教徒——断言他的肺永远不允许他再布道了。于是，他便在“哲学棚屋”里坐下来，因为脱庇叔叔的恋爱仍在那里缓慢地进展着，他又想出新招从自己在国外的漫游中挤出一点油水来。没有费多大气力，他便写出了“有史以来旅行家或旅行作家计划或进行过的最别致的一次法国旅行的游记”；在对自己前几年合乎习俗的几卷处理不当先做了一番说明后，这一部分被安置在第七卷中，而把脱庇叔叔和沃德曼寡妇的爱情留给了第八卷，好让读者抓住他的一团乱麻的主线。一七六五年元月，新的两卷在伦敦出版后，由于格调轻佻，由于按旅游手册铺排他的旅行，由于昂杜莱女修道院院长的故事的粗俗，他遭到了讽刺挖苦；但它们的一些巧妙的插曲、文雅的幽默都深得公众的青睐，所以非常畅销。

斯特恩在伦敦的社交季节，尽管像过节一样快乐，但临近结束时却被疾病中断了，他便前往巴思休养了一个月，坐着让庚斯博罗给他画了一幅肖像，并且与一群漂亮的寡妇和少女“厮混”。由于不计其数的打情骂俏，巴杰特把斯特恩称做“与漂亮娘儿们鬼混的老不正经”，未必反感的萨克雷则攻击他是一个“不中用的老流氓”。斯特恩的自我辩白很可能是诚实的，他说：“我的头脑中总得有一个情人——它能使灵魂平静……不过我谈恋爱用的是法国人的方式，注重情感——（他们说）l'amour n'est rien sans santiment. ”① 尽管斯特恩向一位巴思情人把自己描述为“纯属精神生活，没有任何婚姻目的”，但至少另有一个情人，在她身上他愿意“享尽余生……即便我没有立锥之地”。

一七六五年的夏天斯特恩是在约克郡度过的，只要他经常性的肺出血稍有减轻，他就努力扩充他们的布道文第三、第四卷的赞助名单，这两卷在当年冬天出版。“你看见我的第七、第八个不肖子了吗？”他问一个朋友，当然，他指的是《项狄传》的最新两册。

> 我生下了两个与教会更加相关的东西，我正在为它们悔罪——它们（又）将进行自我惩罚。大约在九月中旬，可望等着包裹②——以约里克第三、四卷的形式面世。你必须知道，这些作品将在我的项狄式的性格里保持一种平衡，正因为如此，它们才被我的朋友和在赞助蔚然成风以后曾在一部书前面露过脸的众多的最显赫、高贵的人士推向世界——我感到难过的是你的名字没有包括在朋友们的名字中间——没有出现在它有权进入的那种有地位的人士中间——所以还是让我把它写进去吧。

这样叫人难以推脱的请求自然不会被置之不理，当总共近七百名赞助者的名单公之于众时，它实际上囊括了当时英国的所有名人，还有法国的克雷比永、狄德罗、德·霍尔巴赫和伏尔泰这样一些名流。

斯特恩在伦敦停留，只是为了把他的布道文交给贝克特。贝克特元月将它出版。然后，他就尽快前往欧洲大陆，因为他要在法国和意大利过一个“欢乐的”冬天，跟新朋老友玩乐，探望夫人和莉

① 法文：没有感情，则无所谓爱。

② 双关语，原文为 sheets，一指书尚未装订，又暗指让犯通奸罪者光头，光腿，身裹白布站在公众场合悔罪以受惩罚的古老习俗。

迪娅，搜集素材，这些材料再跟先前旅游的回忆融合在一起，后来他又加以改造，使《多情客游记》篇篇生辉。一七六六年七月，他又回到科克斯沃尔德他那“平静的隐居所”，着手写下一册《项狄传》。然而，由于心头被愁云笼罩，工作便进展缓慢。肺出血又屡屡发作；他发现自己不能再尽堂区职责，这也令他惴惴不安；妻子又大肆挥霍——几乎比在法国说定的数额翻了一番，虽然他从未向她抱怨过，但总是忧心忡忡。据目前所知，那年夏天，他只公开露过一次面；但就这仅有的一次，也让他声誉鹊起。由于约克公爵的光临，那个季节的赛事比以往更加声势浩大，喜气洋洋，好始好终的最后一幕是，礼拜天他们请早就认识公爵大人的斯特恩在大教堂于公爵面前登坛布道。就在这个几乎三十年前他一举成名的地方，斯特恩宣讲了一篇被伦敦各报报道的“精彩演说”，这也是斯特恩在彼得大教堂的告别辞。

一七六七年一月一日，斯特恩乘驿车去伦敦，“又产下一仔”——事实证明，这是最后一个“项狄嫡传”。斯特恩很快就不知不觉地卷入了赴宴、看戏、聚会的漩涡。月底，印有献给当时的查塔姆伯爵皮特的优美献辞的单卷本《项狄传》问世，使他高兴的是，“最受人们的青睐”。因为脱庇叔叔爱情故事的令人震惊的结局，再加上——用柯勒律治的话说——“恣意调笑”，他受到了严厉的批评；的确，还有一些被激怒的人甚至写信给斯特恩的好友约克大主教，暗示应当解除这个不轨的牧师的圣职。但大多数批评家已经把他看成了英国的拉伯雷，对他的新作大加赞赏。《评论报》写道：“我们希望这本书更能照顾一点纯真男女的耳朵；但可能，在拉伯雷已出现过后的所有作家中，只有特里斯舛最有资格双手叉腰，趾高气扬地在屋里踱着步说‘谁敢与我比肩’。”脱庇叔叔的爱情故事和打乱的章节被认为十分有趣；但对“像大风天的轻云一般，飞过我们的头顶，永不复返”的时间的动人的感叹，对“曾经坐在我爱戴的塞万提斯从容的笔端的最甜蜜幽默的文雅精灵”的抑扬顿挫的祈祷，以及关于“坐在河岸上，用笛子吹奏晚祷曲，她的山羊卧在她身旁”的玛丽亚的缠绵的田园牧歌——凡此种种都是华美的篇章，在全国各种报刊上转载。这些篇章，连同勒菲弗的故事，脱庇叔叔与苍蝇的小事在斯特恩多情的同时代人看来，都是作者天才的最优秀的创作，应该占有自己的一席之地。

正是这年冬天，在伦敦的宴会圈子中，斯特恩邂逅了伊丽莎——伊丽莎白·德雷珀，并且向她求爱。伊丽莎白·德雷珀是东印度公司驻孟买的一位官员的妻子，当时二十二岁——这是斯特恩风流一生中的一次很大的感情冲动。她是一个迷人的女郎，明眸善睐，有一张“我所见过的最美的鹅蛋脸”，对于一个孤独的五十三岁的病夫来说，她活泼的谈吐、丰富的感情具有强烈的吸引力。可以肯定的是，斯特恩对德雷珀夫人的爱是柏拉图式的。身为一个“没有一星半点性欲”的慢性病人，他毫不隐瞒自己对德雷珀夫人的迷恋。他的话与其说是求爱者说给情人的，倒不如说是父亲说给女儿的。然而，很快，他便写道：

> 我的妻子已经来日无多……我不知道哪个女人，比你更适合代替她……我所缺乏的青春，将由机智和幽默来补偿——斯威夫特爱他的斯黛拉，斯卡龙爱他的曼特农，或者是沃勒爱他的萨查里莎，都比不上我爱你。我歌颂你，我选中的妻子！所有上面的那些名字，尽管也很不凡，但都要让位于你，伊丽莎。

当她丈夫指令她四月启航到孟买去的时候，斯特恩觉得他们的分别就是“灵魂与肉体的分离——除了那可怕的一刻的感受，什么都无法比拟”；她走了以后，他写道：“发信十分钟后，这个可怜的约里克的身体就垮了，我胸部的一根血管破了，血流不止，一直流到今晨四点。我用血浸透了你给我的所有印度手帕——我想这血是从我的心里流出来的！”

在分手前，双方都同意给对方写一本记录自己生活和情感的日记。只有斯特恩的那本日记保留至今，有一部分他为她描绘了他在伦敦滞留的几周里，以及夏天他退隐科克斯沃尔德创作《多情客游记》期间，他凄凉的处境的动人画面。在他创作《多情客游记》并天天记日记的时候，这位病人时时刻刻都在思念他的伊丽莎，以致有时某种幻觉似的东西闪上心头。还在伦敦的时候，他已经开始“在这类由这种处境引起的，仅仅靠自己温情抚慰的心灵的无奈的痛苦中感受到了一种快乐”；在科克斯沃尔德，这种深情的快乐，还有他对伊丽莎的思念屡屡把她的身影真切动人地带到他的身边。“亲爱的热情！”他满怀欣喜地向她喊道，“你在一瞬间便把时间滞后了几代的东西推向前进——我感到你一天有十次在我的身边——我跟你一谈就是几个小时，伊丽莎——我采纳你的建议——我听从你的论理……——在我们这种磨难时期，我把值得为之生活的一切都归功于一颗温情的心的魔力。”这就是当时的情感心态——一个病人的心渴望在自己温馨的幻想中寻求安慰（这本身不过是斯特恩无法“稍长地思考任何严肃问题”的病理表现）——这也正是下面的《多情客游记》中那段著名的呼唤的起因。

> 可爱温顺的人的精神啊，它会立即屈从于幻想，因为幻想会哄骗自己疲惫时的期望和忧伤！——自从你算定了我的日子，好久好久了，我都没有把这么多的日子踩碎到这块着魔的土地上；当我的路途过于崎岖，脚不能行，过于陡峭，力不能支的时候，我就离开它，走到幻想撒满了快乐花蕾的坦途上去；在坦途上拐上几个弯儿以后，我就体力恢复，精神振奋地回来了。

的确，正如克罗斯所说，《给伊丽莎的日记》的重大意义在于这样一个事实：那就是它“表露了病态的情感……而这正是《多情客游记》的创作源泉，在《多情客游记》的创作期间，斯特恩的身体因肺痨急剧消瘦……两部作品互为补充，互相印证。在日记里，我们能读到对伴随着耗人的疾病的伤感的粗糙的表述，在《多情客游记》里，人们能读到让作者跻身于英语散文大师中的细腻艺术的情思”。

这年夏天，发生了一件可怕的事。斯特恩夫人和莉迪娅前来探望，为了能长久居留法国，她们希望强行分居。但斯特恩很达观地面对了这种局面，所以会面远比他所恐惧的要缓和得多。“我最亲爱的伊丽莎，一切都比我所希望的好，”十一月一日的日记里，斯特恩怀着满意之情写道，“妻子和女儿陪了我两个月，今天总算走了……按她们的意愿把各种事情安排妥当后……我已用人道和慷慨像征服别人一样，征服了她——她离开了我，多半还爱着我。”

夏天，斯特恩的身体康复得很好。但在夏末，他又开始吐血；他废寝忘食地辛苦了十一月这整整一个月写完《多情客游记》之后，身体就彻底垮了，一连三个星期，他都没有迈出房间一步。“约里克，”他给一个朋友写道，“因为《多情客游记》已经心身交瘁——的确，一个作家必须亲身感受，否则读者就感受不到——但我的躯体已经被我的感情撕扯得支离破碎了。”尽管已经切实听到了死神坚定的脚步声，他还是一如既往地冒险去了伦敦。他希望能见一见那里的许多朋友，也希望环境的改变会再一次在他身上创造奇迹，还希望在他的新作把他以新的品格展现给自己的读者时，自己能够身在这个大都市。“我要长眠了；在圣诞节把账结清，”他开玩笑说，“除非我要带来的东西……被印刷厂的学徒卡死，我就有幸给各位展示纯洁的头脑所能孕育出的最干净的两个小子——他们也很调皮，mais cela n'empeche pas①。”由于计划要用《项狄传》来娱悦读者，所以怎么逗他们，让他们发笑，他并不总是小心翼翼的；而《多情客游记》有意“要教我们比现在更爱世界，爱我们的同类”，他着力描写的是铸成人道的那些“更温柔的感情和爱心”。他

---

① 法文：但无妨大局。

说，“由于我写了《项狄传》，世人满以为我自己比我实际上更像项狄”；还以为这个不为糊口，只为出名而写作的人是急于目睹自己的公开变形的。他预言道，在卧室里读过《项狄传》的人将会在客厅里读《多情客游记》。

一七六八年二月底，《多情客游记》出版后，一切完全在斯特恩和朋友们的意料之中。第一版在一个月内便销售一空，除了《批评报》，到处是一片赞扬声，因为该报的前主编曾被斯特恩挖苦为乖戾的旅客斯迈尔芬格斯。甚至沃尔浦尔，这位只在《项狄传》中看到“胡言乱语”的作家，也说这本新作“尽管铺排过度，还是十分喜人”，而且也称赞了该书的“良好的情趣和细腻的笔法”。长期以来，一些友善的批评家就鼓励斯特恩发挥他偶尔使《项狄传》满篇生辉的写感情的才华；如今，斯特恩就在一系列用细腻的色彩描绘的、纯正而又活泼的散文叙述的短文里描述了他的法国之旅中的动人事件和美妙情感。公正地说，情感的真诚、机智的纯正还有商榷之处：在那些回肠荡气的场景中，还有一些斧凿之痕，一分明显，好像是斯特恩在读者面前装模作样，恳求读者带着作者自己的感受去观察，去流泪；在其表面纯真的后面，人们会瞥见，用萨克雷的话来说，“萨梯①的眼睛在树叶中窥探”。与《项狄传》相比，《多情客游记》画面不是那么广阔，人物性格不是那么多样，人情味、幽默感没有那么丰富，然而尽管篇幅短，范围窄，《多情客游记》在英语散文中还是最接近完美的。

但是斯特恩没有充分享受到最后胜利的喜悦。一次流感导致了胸膜炎，三月十八日，他因该病不治与世长辞。被一群朋友派去探视的一名仆人回来说：“我到了斯特恩先生的住所；女主人开了门；我问先生情况怎么样。她让我上楼去护理室。进了屋子，我看到先生已奄奄一息了。我在那儿等了十分钟；等到五分钟的时候，他说：‘时候到了。’然后他抬起手，好像要挡住别人打他，一分钟后

① 希腊神话中的森林之神，人形羊尾羊角，贪玩、好色。

就咽了气。”很快，各家报纸便登出讣告，有些报纸还加上了哈姆雷特的哀叹：“哀哉，可怜的约里克……一个滑稽百出妙想天开的家伙。”《伦敦杂志》意识到有关他的偏颇的议论，于是宣称，同时在诠释可能是他写过的一段最有名的话，“如果指控精灵带着自己的轻率飞向天国法庭，呈交它们时就会脸红”，要么“记录天使在记下它们时，每写一项就会在上面洒一滴眼泪，将它永远洗刷干净”。听到斯特恩的死讯后，德国批评家、戏剧家莱辛说：“我若能让斯特恩多活一年，我宁愿自己少活十年。”

对于斯特恩的人品，每个读者尽可以有自己的评判。今天，已经没有多少人再会像萨克雷一样指责他是一个懦弱、虚伪的约瑟夫·瑟菲斯①，一个“不中用的老流氓……自负……险恶……诙谐……虚伪”；然而，即便是在这个谨慎宽容的时代，也并不是人人都同意斯特恩书信编辑者刘易斯·P·柯蒂斯的说法：“他那些曾经被记在邪恶账上的错误”，如今好像“只不过是些瑕疵而已”。平心而论，斯特恩可以说是一个身心不够稳定，不够虔诚，不够纯洁的人——是一个恼人的丈夫，一个行为不轨的牧师。但同样可以毫不偏袒地说，在这些事情上他的表现也极少，即便有的话，也比他同时代人平均水平低，而十八世纪的牧师在圣洁方面可是堕落到了无以复加的地步。他的理性思维，已经说过，并不强；尽管他的确热爱毕达哥拉斯的信徒，因为他们“离开躯体，以便很好地思维”，但对他来说，“理性的一半，就是感觉”②；所以他的行为“像苍蝇随意乱叮一样……出于第一冲动”的时候多，而出于事先的深思熟虑的情况少。即便他的作为有时造成了不良后果，即便在寻求情感刺激的时候，他把正确的感觉和正确的行为混为一谈，但他本人既不邪恶，也不虚伪。蒙塔古夫人从不乱赞扬人，对她的表姐十分了

① 谢立丹的戏剧《造谣学校》里的伪君子。
② 即以感觉为源泉，为基础。

解，她承认“他有错误，不是因为邪恶，而是因为轻浮”，并且明确地说：“他严肃认真不足，但和蔼善良有余。”

童年时代随军过着居无定所的生活，青年时期缺乏可靠的家庭关爱，在剑桥肺出血之后总有挥之不去的恐惧，担心他“一定会中途丧命，再也享受不到可以从想像中借来的美好时光”，所以斯特恩也许是无意识地养成了一种享乐主义，这使他张开双臂，无论是生活的快乐还是痛苦，来者不拒，一概兴味十足地揽入怀中。而从对待自己生命的这种宿命论的态度产生出了他的哲学——如果用这个名堂可以抬高身价的话——慈心笑口。正像《项狄传》的写作一样，斯特恩的一生，“汲汲于以乐为本，抗病免灾”；可以肯定的是，这一生命历程的伦理含义或社会效果被他项狄化了，他使自己和他人都改信了“真正的项狄主义，随你们想着反对它吧，它敞开了心和肺，就像所有那些带有几分它的性质的爱，它使血液和其他维持生命所必需的体液自由地在它的渠道里流淌，使生命的轮子长期转动，快乐循环”。

三、《项狄传》

还在《项狄传》油墨未干的时候，读者们就相互询问这本书要说什么，貌似的混乱目的何在，风趣和智慧，柔情与秽语格格不入地搅和在一起是什么意思？习惯于理查逊的明白流畅、菲尔丁的活泼易懂的读者，一看到斯特恩的稀奇古怪、忽走忽停、戏谑放肆，还有急促的充满习语的会话文体，便如坠五里雾中。“如果这本书真有什么差错，”开头两卷出版以后，霍尔-斯蒂文森的一位朋友写道，“也许就是斯特恩的有些笔触太微妙，不是每个读者都能完全看出来的。”岁月的流逝并没有使这些笔触变得更容易发现，也没有使该书复杂的结构、幽默、说教和情感变得更加明白。

结构

对《项狄传》的读者来说，最直接的混乱来源是该书本身明显的混乱。尽管斯特恩指出该书是从 ab Ovo① 开始的，但随后就好像在朝四面八方漫游——的确，有时候是同时在朝各个方向漫游——没有形式，没有计划。近期的一位反映公众意见的批评家谈及"《项狄传》的绝对无序……被一种丝毫不关心秩序、统一或逻辑的气势挥洒出的一种不确定的主题"。但这本书的绝大部分还是精心计划、按部就班地写出来的；尽管谁也不打算或希望把它整理得井然有序，但只要公允地思考一下斯特恩的意图和作品本身，就会打消该书只是兴之所至胡拼乱凑这么一种印象。

据斯蒂芬 · 克罗夫特的回忆，斯特恩原本的计划是"让主人公特里斯舛 · 项狄遍游欧洲，对各个朝廷发表议论，然后批评反思不同的政府……最后让特里斯舛成为一个阅历丰富、不折不扣的英国绅士回国"。这个格式在结构上与斯特恩最早仿效的拉伯雷和斯威夫特的讽刺游记雷同，并深受他多次讽刺的文艺复兴时期的礼仪书的影响，随着经历和自信的增加，他感到自己的才华在发展，所以小说家对这种格式逐渐反感起来。他的兴趣由政治和教育转向了人和世态，结果，《特里斯舛 · 项狄的生平与见解》变成了项狄一家的成年人及其仆人和朋友们的生平与见解。

要记住，不是"生平和历险"。这种东西，斯特恩这一代人已经写得没完没了。以时间为序，笛福先后用无数的细节记述了鲁宾孙 · 克鲁索、摩尔 · 弗兰德斯和罗克萨娜等人的生平和奇特惊人的历险；就像穿在一根线上的珠子，众多的事件只不过由一个全都经历过来的人物衔接在一起，只有在创作者才思枯竭时才会结束。理查逊描写帕美拉和克拉丽莎的历史时，很少有心理透视；但要不是

① 见正文第 7 页。

他的分析技巧和极其令人信服的戏剧性结尾，他的事件同样大体上串在无时不在的主人公的线上，事件的多少恐怕要依主人公的耐力的长久而定。菲尔丁在约瑟夫·安德鲁斯、汤姆·琼斯和阿米丽亚的历险中，描绘了一个精心制造的、充满生活的三维世界，其中的许多人物都能得到观众的注意，但主人公只有一个，其中的故事的结局是以不可避免的戏剧性的方式达到的；然而创造这些作品的生活素材都是最富有生气的、公开的、身体的历险，在情节的各条线索所允许的情况下，都是按时间顺序安排的。斯摩莱特也曾生动地描述了罗德里克·兰登和佩雷格林·皮克尔的野蛮历险，但用的是早期流浪汉传奇的大致按时间顺序的直线结构。对于“生平和历险”小说来说，其中的要素不外乎沉船和哗变，强奸和谋杀，诱拐打斗和爱情，它们按时间顺序安排是必要的。

而在“生平与见解”小说中，事件并不重要，甚至也不是不可或缺的；在见解的关系和相互作用中，实际的时间顺序变得无能为力。无论是诸多场景的安排，还是单一场景的发展，都没有必要按时间顺序。一个人可以有见解——或者至少——在他出生前——可以记录下他的成人亲属的见解吧。而所有这些见解，按亲切会话的随便态度表达出来，在时间、主题上根本没有任何限制，可以从爱情谈到政治，也可以从马尔伯勒谈到摩西，然后再返回去。但这并不是说“生平与见解”就一定没有形式。乍一看去，《项狄传》是没有定形的，而实际上，该书使用了好几种重要的结构手法（还不算柯勒律治所指出的“人物的连续性” ），其事件的发展往往像显然更加理性的“生平和历险”小说一样合乎逻辑。

《项狄传》的最明显的结构手法是真正的时间顺序排列手法中的简单的一种。书中有很多地方涉及历史事件，并常常给读者提供实际日期，让他把握情节。脱庇叔叔是在一六九五年围攻那慕尔的战役中受伤的；五六年后，他乘驿车到了乡下，并在草地滚木球场上发动战役；沃德曼寡妇便立即爱上了他，但直到一七一三年底敦刻尔克拆除，他一直都没有闲暇来应付她那短暂但让人心明眼亮的进攻。“我”父亲大约是在其弟受伤退役回家的当年在伦敦开始经商的，于一七一三年（围攻登德尔蒙德七年之后）回到他乡下的家里；特里斯舛是在“我主一千七百一十八年三月的第一个星期天和第一个星期一之间的夜里怀上的”；五岁时，他经历了窗扇事件；一七四一年，他领着诺狄先生的儿子游历欧洲。等等，等等。当然，这些日期确定的事件并不是以时间顺序安排的，但谁想要找出一份完整的时刻表，列出从一六八九年特灵参军到“一七六六年八月十二日”特里斯舛坐下来写他的生平与见解的最后一卷的第一章中间所发生的事件，他也只会找到一两处因疏忽造成的前后矛盾之处。

故事的一些主要的、外在的情节是通过两个互相重叠的顺序发展的，这些情节在每一个顺序里是完全按时间先后安排的。第一个顺序主要写的是“我”父亲和他的家，特里斯舛的怀胎、出生、受洗；“我”父亲参加视察宴会，接受他的姑母黛娜的遗产，得知博比的死讯；他写作《特里斯舛全书》，决定聘一名家庭教师，让特里斯舛——在这个顺序的末尾，在第六卷的中间——穿上裤子。然后场景马上转换到了草地滚木球场上，在已经开始了的第二个顺序里，我们由此看到书的末尾，追随的是“我”的脱庇叔叔的命运，先是战争中的，继而是恋爱中的，最后是幻灭中的。

虽然有些段落，例如法国游记和可怜的玛丽亚的故事，显然是作为插曲穿插进来的，虽然斯特恩偶尔还先写出第一句，第二句就托付给全能的上帝了，还开玩笑说这是他的习惯，但依然有证据表明他对故事枝节的安排是有深谋远虑的。例如，在他写该书的开篇的时候，“我”父亲的出身论就已经了然于心了。第一卷中露头的“我”父亲的名字理论，就要求第四卷中特里斯舛不幸的施洗命名来补充；父亲的鼻子理论，先是在第二卷中有了个伏笔，从而使第三卷中的灾祸和跟在第四卷中的理论阐释成为必然。脱庇叔叔的爱巴马儿在全书自始至终在有条不紊地骑着；这部未写完的作品结束时他的不幸的爱情在前几卷中都屡屡提及，而且斯特恩一开始写作就胸有成竹。

然而，全书赖以推进的观念组合原则才是最重要的结构手法。有时候斯特恩极想信口开河，不愿妨碍想像的驰骋，除了在这种情况下做出一些新的偏离，他的作品的展开，即便看来是极为出格的离题，总是以“睿智的洛克”的理论为根据：一些观念在人的心里产生联合，要么是通过它们的自然联系，要么是通过机会，通过习惯，这些联合在一起的观念“总是成群结伙的，任何时候只要一个出现于理解中，它的伙伴则会跟着出现；如果这样的联合在两个以上，则全部观念都不可分离，因而会同时呈现出来”。①

众所周知，特里斯舛把他悲惨的受孕归咎于母亲不幸的观念联合；而类似的奇特的观念联合，有时滑稽可笑，有时格格不入，则激发指引着书中所有重大场面中的会话。例如，第二卷中，斯娄泼医生出人意料地闯进了“我”父亲的后客厅，便把斯蒂文努斯带进了脱庇叔叔的脑海中；我父亲察觉到弟弟的爱巴马儿来了，便大声呵斥起幕墙和角堡来；斯娄泼由于按自己粗俗的用法解释这个字眼，便笑了个不亦乐乎；脱庇叔叔为了纠正大夫的想法，便解释了这些字眼和别的许多军事用语；面对这种局面，父亲由于被斯娄泼的双关语激怒，又因为弟弟让他的爱巴马儿随他乱跑而生气，便侮辱了弟弟一顿；但脱庇叔叔，由于他和善的天性（这使特里斯舛记起十年前他善待一只苍蝇的事）不愿发火，而且表明决不记恨，便继续谈斯蒂文努斯和他的帆车；斯娄泼医生对这种运输方式表现出极大的热情，因为它可以迅速解救临产的妇女，而且风又不花钱；对于不花钱的东西，父亲立刻表示反对；他正在发表一通关于贸易原则的宏论时，下士进了屋子，使话题一转。第八卷里，特灵刚开始讲波希米亚国王及其七座城堡的故事，第一句还没有讲完，他就被打断——通过脱庇叔叔和他自己的观念联合——议论起反复无常、军事史、地理学、年代学、马尔伯勒公爵的大进军、火药的起源、上帝的权力和怜悯、偶发事件和自由意志，最后还议论到他早年与

① 约翰·洛克：《人类理解论》，第2卷第33章第5节。

“一个旧教女神职人员”的恋爱纠葛。这就是谈话无法预见的（但无可辩驳的）逻辑。

斯特恩经常把事件复杂化，关于脱庇叔叔和苍蝇的题外话就是一例，办法是在他的人物的联合的观念中加上他自己的。这就是他的很多题外话的根源，但这些题外话总是精心策划的，而且正如作者所夸耀的，既东拉西扯，又循序渐进，而这些题外话又屡屡插进去来突出和渲染人物。斯特恩充分利用了他对读者采用的这种自由、轻松的谈话体，极力来戏谑读者，而且显然使他高兴的是，他居然屡屡成功。结果，令人开心但难以预测的却是读者——通过联合——对《项狄传》中的观念的迂回曲折又几乎无懈可击的逻辑顺序的追索。

幽默：人物与秽语

斯特恩首先是个幽默大师——克罗斯称他是“现代文学中一个其幽默感压倒了其他才能的人的最完美的典范”——同样《项狄传》首先是一部幽默作品。斯特恩自称此书的目的在于“通过嘲讽我认为应当嘲讽的事情”并逗他的读者发笑，从而为世人做一件善事——因为笑“会为这破碎的人生增添一点色彩”。尽管本书带有说教色彩，尽管它嘲弄了装腔作势、炫耀才学的现象，甚至尽管它具有尽人皆知的善感多情，但它归根结蒂还是一部诙谐幽默的作品。无论多么严肃的题材，无论多么琐碎的题材，无一例外都能引发斯特恩对不协调现象的逗乐意识：出生、洗礼和死亡；一根割破的拇指，一颗滚烫的栗子，一把夜壶——都是惹他发笑的素材。他最精妙的幽默和讽刺在会话中处处都有展现。他没有步庞大固埃和格利佛的后尘，把特里斯舛送到国外去寻找一种荒诞、讽刺性的冒险经历，而仅仅是选择了一群疯疯癫癫的人物——不包括特里斯舛——搭起舞台让他们交谈。或者，用他自己的比喻来说，将他们一个个扶上各自的爱巴马儿，然后让他们快快活活地慢跑起来，时不时地你推我搡，把对方摔下马去。

因为斯特恩是根据主导情绪论来构思人物的。主导情绪论是琼生所谓的气质论的十八世纪的说法。所以，一个“气质性”人物就是一个其思想受一种独特的气质或情绪（斯特恩交替使用这两个词）支配的人，而这种独特的气质或情绪会影响他的眼光，歪曲他对生活方方面面的判断：“当一个人听任一种主导情绪的支配时——或者换句话说，当他的爱巴马儿变得桀骜不驯时——那就永别了，冷静的理智和充分的谨慎！”然而，斯特恩的创造要比琼生和斯摩莱特怪癖的化身丰富得多。虽然根据的是一致接受的气质论，但脱庇叔叔和父亲及其他人物从他们作者的善感的头脑里浮现出来时是人物，而不是漫画。就像塞万提斯和莎士比亚笔下那些著名的气质人物一样，他们的主导情绪被别的一些更微妙的思想感情上的品质巧妙地掩饰、软化，把他们从纯粹的怪物变成了有血有肉的人。

脱庇叔叔骑上的全速奔驰的爱巴马儿就是他对战争史和战略战术的迷恋。在进攻那慕尔时，他的腹股沟受了伤，在家养伤的四年中，他收集了大量的地图、防御工事平面图和军事历史以及军事科学的书籍，跟“堂区神父和理发师闯入堂吉诃德书房后发现他搜罗的骑士书一样多”。由于他手不释卷，埋头苦读这些书籍，所以导致他像他的那些杰出的前辈一样，不仅公然操练他的爱巴马儿——“从国家利益出发”——在他的草地滚木球场发动了一系列微型战役，而且还到了非它不想，非它不说的程度。一连串的观念让他联想到的只是一连串的大炮；约里克用“近距离平射”这一词组打了个比喻，搞得他就射弹大发了一通议论；“我”父亲笨拙地将左手插入右边的口袋，却让他想起了他负伤的“横向曲折方式”，于是把正在进行的谈话忘得一干二净，立马打发人去取那慕尔地图，好测量进攻的横切路线的回转角度；他哥哥使用的一些助动词也能让他联想到利默利克的丹麦援助部队——尽管他自己很清楚这是截然不同的两码事。

然而，跟拉·曼却的骑士不同的是脱庇叔叔并不疯。跟迷恋爱巴马儿的他的前辈——斯摩莱特笔下的特拉尼恩准将不同的是，他从各个方面讲，都是个有血有肉的人，不是一幅漫画。从他的爱巴马儿身上下来，他仍然是一个平平常常、不装腔作势的人，温和而又英勇，天真得惊人，但心中凭直觉得到的智慧却异常聪明，犹如少女一般谦虚，仁爱，善良无比。但是斯特恩将其升华为一个“蒙昧”人，浑然天成、不事雕琢的美德的化身，则未免有点儿浪漫。斯特恩又在另外一个地方宣称：“造物主把人造得纯洁、正直——拥有最温和的气质——有一颗让他行善的心，热爱保护他的同类。”他把脱庇叔叔刻画成这样的一个人，在描述特里斯舛的家庭教师时，把自己的性格概括为“率直、慷慨、大方、勇敢”。

然而，在与他的癖好不相容的事情上，脱庇叔叔的脑筋就像火星不可能点着的湿火绒，他那迷人的天真不止一次地接近于愚蠢。他那浪漫的单纯则变本加厉，最后变成了一种毫无浪漫可言的愚蠢，其实，这正就是他气质的基础，使他对他在草地上进行的模拟战的无聊视而不见，把他变成了我父亲繁琐理论的一种完美陪衬。一个人连最简单的一套推理及最普遍的一些隐喻都弄不明白，但却能读懂意大利文和拉丁文写的物理和高等数学的专著，而且偶尔还能凭记忆引用并翻译拉丁文，这确实显得自相矛盾；而他在我母亲的结婚契约里向他哥哥建议至关重要的补偿条款时表现出的精明世故与以其天真震惊了沃德曼寡妇的那个率真灵魂则表现出不可思议的矛盾。但总的来说，全书却始终如一地把他刻画为一个理解力大受限制的好人形象。在项狄家宅的后客厅，当他对那些唇枪舌剑摸不着头脑时，或当别人提出一个格外冒犯他的常识的建议时，他只是一个劲儿坐在那儿一声不响地吸着他的烟斗，或者意味深长地吹着《利利布勒罗》。正如特雷尔所说，他已经变成“厚道善良、诚挚单纯的原型，就像哈姆雷特是优柔寡断的原型，埃古是阴险狡猾的原型，夏洛克是种族仇恨的原型一样”。他集纯洁善良于一身，用赫兹利特的一句名言来说，他是“对人性的一种最好的赞美”。

脱庇叔叔的气质基于他的单纯和天真，“我”父亲则和他形成了鲜明的对比，他那过火的气质却来自他对巧妙而又曲折的思辨的热爱。虽然跟他弟弟一样被构思得十分简单，但他似乎是个比弟弟复杂一些的人物，因为他的思想活动从不停歇，他的智力冒险变化多端。他有“世人所具有的最怪的思维方式”，特里斯舛解释他有特点的气质时写道：“事实上，他的道路远远偏向一边，远离了大多数人走的路——在他面前的每一件事情对他的眼睛呈现出自己的面目和剖面，与其余的人所看到的事物的平面图和立体图完全不同。换句话说，那是一种截然不同的事物——当然要做不同的考虑。”脱庇叔叔总是生活在回忆中，仅仅用热心地考虑环境的办法来指引他的生活，而父亲则总是展望未来，学究气十足地试图以推导出的行为原则来规范他和别人的行为。作为一个十足的哲学家，他半玩笑半认真地提出一些奇谈怪论，再对它们思辨，全然不顾现实和常识，最后将它们归纳为假说，这就是他的气质。对他来说，假说本身就具有神圣和力量。“对于一个假说来说，一个家庭的名声算得了什么？”他嚷道，“……而且，假如你谈到这个——一个家族的生命是什么？”就像他之前的科内留斯·斯克里布莱鲁斯①和他之后的奥斯丁·菲弗勒尔爵士一样，他要用一些学究式的抽象的理论来规范家人的生活，尤其是他儿子的生活。他倒是不乏起码的机敏和才智；但就像蒲柏写到的，主导情绪一旦主宰了思想，

> 机敏、精神与才具只能让他变得更糟；
> 只有理性本身才能给它利器和法宝。

同样，“我”父亲的“判断最后变成了他机敏的傀儡，而他会上天入地折磨世间万物去支持他的假说……”斯特恩又补充说道：“还从来没有人像他那样绞杀过真理！”

① 阿布思诺特的作品《马丁纳斯·斯克里布莱鲁斯回忆录》中的马丁纳斯的父亲，书卷气十足，对儿子的教育充满了奇思异想。

父亲最著名的假说当属关于名字和鼻子的假说。前者认为一个人的教名对决定他的性格和生活有着至关重要的作用；像阿基米德或特里斯墨吉斯忒斯这样的大名一定会让该名字的拥有者成为伟人，而像尼基或西姆金那样平庸的名字——或者像特里斯舛这样一个可怜透顶的名字——将不可避免地会让它的拥有者身份低下。后者认定一个人鼻子的长度跟他的身心和性格的力量之间有着直接的关系；父亲"不明白英国的这个最显赫的家族怎么能忍受一连出现的六七个短鼻子"而"同样数目的又长又漂亮的鼻子一个接着一个连成一条直线［将会］把这个家族抬举到王国最好的肥缺上去"。还有一些别的假说。一个是沃德曼寡妇要得到脱庇叔叔的伎俩所表明，或许启发给"我"父亲的，它认为像他们俩那样的爱情，与其说是一种感情，倒不如说是一种处境；另一个也是那个寡妇所表明的，它认定打亚当堕落起，世上的每起灾难和混乱都是女人的淫乱造成的；再一个涉及的是政治学，囊括了移民和统治、贸易和人口的复杂理论。还有一个关于灵魂的位置的假说，表明一个健康假说具有吸收属性，因为它能把关于强劲怀胎及轻松分娩的重要性的从属假说吸引到自己这边来。

在正常情况下，父亲跟脱庇叔叔一样是个温文尔雅的——但绝不是天真烂漫的——人，他对家人，对朋友，对用人都和蔼可亲。然而不幸的是，他总是遇上一些让他烦恼、沮丧的事情，因此他每每表现出来那种牢骚满腹，尖酸刻薄的古怪情趣，除了推导假说的天才，这就是他最突出的特点了。在他那些关于特里斯舛的幸福的宏论——关于他的出生、他的鼻子及他的名字的宏论——一一被现实戳穿之后，当这些理论的无用暴露无遗时，他才痛苦地意识到自己处境的讽刺意味。而当他的一些次要的思辨遇到障碍时，他也会胡思乱想，烦恼异常。除了推导假说，他最喜欢做的就是拉拢别人接受他的信仰；但却从未能让人改信他的信仰。项狄一家的独特之处，也是斯特恩的戏剧天才赖以显现的奇特之处，就是尽管每一个家庭成员都在使劲地鞭策自己的爱巴马儿，但每个人做起事来都像一条短缰绳，既让别人恼火，也有益于别人的健康。父亲认为他弟弟的爱巴马儿是“绅士骑过的最荒唐的马儿”，他心情好时，就只是嘲笑嘲笑而已，但心情坏时，则对它厉声呵斥一番。但他最终因此受到了报应。唯一能理解他那些理论的约里克牧师从来都不肯接受它们；脱庇叔叔尽管满怀善意地聆听，却永远都听不懂；母亲则宁愿呆在家里织毛衣也不愿意出外旅游，她既理解不了，也不想去理解。“倒霉透了！一天下午，他对‘我’母亲讲了半个小时之后仍毫无结果，他自言自语地说着走出了房间；——倒霉透了！他一边关门，一边咬着嘴唇说——一个要精通天地间一连串精深的推理的人——同时又有一个妻子有这样的头脑，所以，就无法把一个推理悬到她头脑里面，来拯救自己的灵魂免遭毁灭。”

虽然母亲很少露面，话也不多，而且“根本没有性格”，但她却是斯特恩创造的最可爱的人物之一。作为他刻画人物技巧的一个范例，她主要引人注目的地方是没有能力——或者缺乏愿望——替自己说话。她过着平静的、植物似的生活，但这本身却是她对“我”父亲高谈阔论的实用价值的一种突降式的评论。所以她对“我”父亲来说，也是一种陪衬。对于父亲这个几乎一切都喜欢以争论来说明的人，她不仅始终拒绝争论，而且连任何性质的问题都不提，这就成了他苦恼的第二个根源。“她不是一个知识妇女，我父亲会说——这是她的不幸——但她总可以问个问题嘛。”但她从来不问，结果，“他们俩之间的谈话很少超出一个建议，——一句回答，一次反驳；完了以后，总要用几分钟歇口气儿……然后再往下进行。”

在项狄家的用人中，除了特灵下士，谁也没有显示出与自己地位不相称的任何素质。特灵虽然话多，但却毕恭毕敬地追随着脱庇叔叔；但每个仆人，下至那名又胖又蠢的厨工，都被刻画出了鲜明的个性。在著名的厨房一幕中，斯特恩戏剧性地运用了洛克观念联合的理论，他塑造人物的经济手法，在这里表现得游刃有余，堪称全书之最。在这一幕中，特灵手拿着帽子和手杖，被别的用人围着，苏珊娜的一只手还搭在他肩上，他发表起那番关于无常的动人的演说。博比的死讯引起了众人的联想，而这正揭示出所有用人的性格特征。对于苏珊娜虚荣的头脑，它带来的是一派令人欣喜的前景，因为我母亲服丧时，她就可以接受女主人的所有服装了。对于饱受水肿折磨的厨工，它带来的仅仅是这样一种自鸣得意的感觉：她自己还活着。对于户外工奥巴代亚，因为他深知博比的学费是唯一阻碍我父亲农业计划的原因，因此它带给他一种不祥的预感，他将被派去干清除牛沼上残桩的苦差事。对那愚钝的马车夫乔纳森来说，它只让他想起了和那个男孩子最后一次见面时的情景。而对于特灵来说，它却给他带来了一次发表演说的绝好机会。“在战场上，我不是这样重视死亡…… 在战场上，奥巴代亚，他什么都不是。——但他在家里时却非常可怕，奥巴代亚说道。坐在马车上时，乔纳森说，我才不管他呢。——依我看，在床上是最自然不过的了，苏珊娜答道。——如果我能爬进做成背包的最差劲的小牛皮里逃脱他，我就在那里得逞了——特灵说——不过那是造化。”

约里克牧师当然是个经过升华的理想化了的斯特恩——他自己希望为世人所知的斯特恩；但是，无论他作为作者的一名特别辩护士是多么有效，但作为一个人物则刻画得过于拘谨，达不到完全可信的程度。特里斯舛作为作者的另一个无处不在的影子从头到尾在书中闪来闪去。他是作者个性的投射，是作者的一个便利的喉舌，因此，他与可怜的约里克有许多共同之处。二者都是非常活跃的人物，对假正经（“身体为掩盖精神的缺陷而做出来的一种神秘的姿态”）深恶痛绝；二者都轻松愉快，爱开玩笑，不在乎名声；二者都几乎不大喜欢“那种下作的谨慎美德”。关于自己，斯特恩三缄其口。在约里克身上，他描绘了自己的外表，他欢天喜地的表现，他的天真烂漫、涉世不深和他的异想天开，甚至还暗示了他与堂区居民的关系；在特里斯舛身上，他流露了许多有关自己的情况，如身体虚弱，情绪低落，还有他的衣着，他的肤色，他的嗓音，他拉琴、画画的特长，他的粗心大意、心血来潮、天性善良、多愁善感、谈情说爱的活动。约里克小心谨慎的顾问和朋友尤金纽斯，是对霍尔-斯蒂文森的一种赞扬（当然有反讽的意味），但始终未提升到一个活生生的人物的高度。这本书唯一的真正的漫画人物斯娄泼医生，即那个气冲冲、冷冰冰的男接生员和旧教徒，据说是对斯特恩的托利党宿敌约翰·伯顿医生的犀利的讽刺；两人是否言归于好过，尚无记载。但值得一提的是斯特恩出国旅行大大有助于缓和他对雅各宾党人和天主教徒的厌恶，从此以后斯娄泼医生几乎完全从书里销声匿迹了。至于沃德曼寡妇——“夏娃的女儿……就是沃德曼寡妇，而这就是我打算描绘的她的全部特征。”

《项狄传》给人们带来了多种多样的快乐，其中有一个方面让许多读者认为：斯特恩极其缺乏高雅品位，但却能惹得他的喧闹的同时代人哈哈大笑，这就是小说中的污言秽语。维多利亚时代的批评家对小说的这一特点大加抨击，认为它低级下流，所以没有艺术性可言；今天我们虽有较大的宽容，但仍不免为它感到惋惜，因为很多的污言秽语已不再为人理解，所以效果不好。因为这样的风趣在很大程度上就是倚赖短暂用语、俚语和隐藏在其第二层意思转瞬即逝的一些词语里的双关语，所以现代读者往往体会不到斯特恩的意思，发现曾经不堪入耳的东西毫无意义。像鼻子、胡子和壶嘴，像裙子衩口、裂缝和扣眼，像壕沟、廊道和试管等词明显的象征意义是没有时效限制的；但是如果斯特恩要求读者说出“一顶旧帽子撑起了檐儿”和“一顶撑檐儿旧帽子”之间的差别，或者让他找出“谁是蒂把儿的母马”，或者重讲一下苏珊娜对一件绿袍子的渴望，或者稍稍谈一下黄油圆面包，对于对后王政复辟时代的风趣语言缺乏了解（或对像埃里克·帕特里奇的《俚语与非常规英语词典》那样的著作不熟悉）的现代读者，很可能将小说家同时代人认为是一种风趣（虽然还成问题）的东西看成是索然无味的。即使再聪明的读者，如果他不熟悉拉丁文，也无法领会斯特恩自创的许多拉伯雷式词语中的幽默含义。有时候他用按发音拼写出的一个让人作呕的拉丁名字，如 Phutatorius（福大托利乌斯）来丑化一个人物；有时候他将拉丁语及英语的音节拼凑起来，构成一些合成词，如 Kunastrokius（库纳斯托洛鸠斯）；有时候他将英语词音译为一些假拉丁式拼写，如 Kysarcius（齐撒溲斯）。还有许多其他的方式，甚至在 Saint Boogar（圣布加）和 Hafen Slawkenbergius（哈缶·什牢坑驳鸠）和 Mynheer Vander Blonederdondergewdenstronke 中都能发现这样暧昧的意义。

当然，这本书中的污言秽语也不都全是玄之又玄。跟塞万提斯、拉伯雷和斯威夫特一样，斯特恩也发现身体的功能趣味无穷；像后面两位那样，他发现沉思默想受孕出生的过程其乐无穷。由于对不和谐的现象具有一种反常得古怪，可能还带有一种自我暴露的意识，他一再对性功能不全咧嘴窃笑，对此事的疑虑就像一个隐隐约约的晕环悬浮在项狄家每一个男性，包括公牛的头上。他对这样的事情，从来不像他的大多数幽默前辈或一些同时代人那么直言不讳。他的污言秽语，就像他自己一样，缺乏阿里斯托芬、拉伯雷、斯威夫特及菲尔丁那种强烈自然的气势；在他们哄堂大笑的地方他只是哑然窃笑。正如萨克雷斥责的那样："他偷偷儿地凑上去，咬着耳朵讲一个低俗下流的故事。"

然而与许多幽默作家不同的是，他不是为污言秽语而用污言秽语，仅仅是为了调笑才偶尔用之。如写库纳斯托洛鸠斯博士"可笑的弱点"和昂杜莱女修道院院长的故事的那些段落（据他的批评家说，摘自普通的巴黎人的笑话书），似乎要么就是反映了斯特恩个人的憎恶，要么就是他在艺术判断上不幸的失误，但相比而言，这样的段落并不多见。一般来说，他将污言秽语与他喜剧中的演员吻合得十分巧妙，对刻画这种人物的性格起了画龙点睛的作用。几乎所有有脱庇叔叔出现并含有双关语义的段落，描写的不是他对"女人对的一头"一无所知，就是他的腹股沟上的伤势的可疑的后果，具有讽刺意味的是，这些段落变成了斯特恩主要刻画这位好人无与伦比的天真和谦和的基础。同样，父亲就利普修斯那篇早熟的作文作长篇大论，由于脱庇叔叔的不求甚解的评论而被打断的那一幕，为脱庇叔叔头脑的简单添了点睛的一笔。那些主角是我父亲的、带有双关语义的段落，常常精心描写或以反讽手法强调：他关于孩子必须经过强劲的受孕、轻松的分娩、要有幸运的名字和突出的鼻子的著名理论毫无用处。前面说过，特里斯舛头上悬着对性功能失调的疑虑，书中几乎所有关于他的带有双关语义的调笑都有助于加强这一点。沃德曼寡妇的活动引发出的污言秽语生动地渲染了斯特恩给我们描绘的这样一幅图画——一个女人决意在她的第二任丈夫身上获得她没有在前夫身上如愿得到的东西，同时通过对比突出了脱庇叔叔“不加防卫、不加掩饰的”天真；与母亲有关的污言秽语既突出了她自身可悲地缺乏任何欲望，也强调了父亲身心交瘁的状况；与布丽奇特、特灵和苏珊娜有关的污言秽语则有助于对他们的描绘，表明他们并不完全是柏拉图式的恋人，从而加强了他们的正常与项狄一家没有情欲的奇怪现象之间的对照——甚至连乍一看上去生拉硬拽进来的热栗子的荒唐事件也能通过人物间的互责与它所引发的会话引人注目地突出了聚集在视察宴会上的那些乖僻、风趣的人物的性格。

这并不是说斯特恩自己从来没有单纯地喜欢过一个意义暧昧的笑话或一个耸人听闻的故事。我们所掌握的种种情况表明，他对在任何情况下出现的荒诞不经的事物都表现出难以控制的喜爱。但在运用污言秽语婉转地展开人物及情景上，他的娴熟程度也许是独树一帜的。关于他大多数含有双关语义的段落，正如他标榜自己的离题话那样，可以说正是由于它们，才得以让他将对人物的“一些熟悉的笔触及淡淡的标示”表现出来，而又正因为如此，读者才能比以前更了解他们。

尽管一些读者也许不大喜欢斯特恩的影射手法，然而无论如何，它也不会对他们有什么害处。斯特恩自己觉得，说《项狄传》败坏读者思想道德的指控纯属无稽之谈：“上天是不会允许特里斯舛·项狄的生平与见解有损人间半点贞洁的，”他嚷道，“愿上帝在这场烈火的考验中把（所有女性读者）保护起来，并派给我们大量伴娘，监视她们的情绪活动，直到她们平安无事看完这本书。”对于这类指责，瓦尔特·司各特爵士做出了永久性的回答，他表明：“《项狄传》中放肆的幽默并不是专过于情欲或打算败坏社会的那种。”托马斯·杰佛逊甚至认为：“斯特恩的作品……形成了迄今写出来的最优秀的道德教程。”歌德则对他称赞有加。他说：“约里克·斯特恩是迄今文学上产生过影响的那种最优秀的风趣典型。无论谁读了他的作品都会顿觉自己超脱了世间琐碎的烦恼。他的幽默是无法模仿的，再说并不是每一种幽默都会让灵魂变得平静淡泊。”

说教：讽刺与博爱

据说，斯特恩的本意是“通过嘲讽那些我认为值得嘲讽的事——或有损严谨学问的东西，为世人做件善事。我将把各行各业、各个阶层的人都拉进来，再用笑声使他们甩掉自己的荒唐”。因此，书里充满了讽刺。拉伯雷之后再没有哪个作家能把那堆僵死的思辨哲学讽刺得如此淋漓尽致；斯威夫特之后再没有哪个作家能把如此犀利的目光和如此风趣的笔触转向人类的愚蠢和弱点。“这个世界上的每件事情，我父亲说，都滑稽透顶，——而且极有风趣……还有教育意义，——只要我们能把它发现。”

遭到讽刺的第一个职业就是小说家自己的职业，因为他的书从特里斯舛的出生前的九个月写起，而且一支笔旋来转去涉及到各种主题、时间和地点，从而来嘲讽他那些循规蹈矩的同行，因为他们的小说总是从主人公的出生写起，然后按部就班按照年代顺序，用正正规规的文笔去展开，从主人公的童年、爱情写到他的结婚或者死亡。歌德说斯特恩是他那个世纪最自由的精神；尼采说他是古往今来最不受约束的作家。他通过他的无拘无束——他的古怪的写作技巧，他的场景的随意（虽然不都是任意的）跳跃，他对各种无关材料的插入，他反复对各种问题随便的尝试和他奇异的句法——使英国小说在结构、风格和内容上变得松散，也许破坏了它的形式，但却解放了它的精神，释放出了它的潜力，为我们这个时代的心理小说家，即他的精神上和审美学上的传人铺平了道路。

依然关注着自己的职业，斯特恩还为自己的作品写了篇献辞，并且冷冷地表示要将它献给随便一个能付给他五十几尼的赞助人，从而讽刺了那些在他们充斥着溢美之言的献辞中为赞助人歌功颂德的谄媚文人。而他的法国游记则是对“傻小子旅行”和脱庇亚斯·斯摩莱特那样的旅游方式的讽刺，同时也是对那种只提供旅途上的死的事实，而不涉及活的精神的导游书的讽刺。

然而斯特恩欢乐的矛头对准的主要妖魔却是那种假正经，也就是使一切形象变得虚假、畸形的那种思想狭隘、郁郁寡欢、道貌岸然的严肃正经。而这种严肃正经——它已经把聪明人哄着接受了那种“愚蠢的《大宪章》”，也就是机智和判断之间的差别，还欺骗“我”父亲过高地估计了他那头公牛，而且它一直都与公平和正直混为一谈——无论它以什么伪装出现来欺骗人类，他都统统予以抨击。他讽刺“那些堂皇晦涩的词语”只不过是严肃正经披在身上来掩盖自己缺陷的故作神秘的斗篷，同时把神学家和经院哲学家、修辞学家和几何学家、批评家和鉴赏家、医生和律师使用的专业术语也统统讽刺了一番。装腔作势和跟它结伴而行的虚假言词、浮华作风，都是斯特恩嘲弄的对象。他还讽刺了历史学家和政治学家缜密的推理和那些专业教育家“教育的脚手架”。他对那些学究气十足的旁征博引，依赖学术权威来证明不证自明的道理的做法进行了滑稽模仿。就像他之前的拉伯雷和斯威夫特那样，有时他还戏拟思辨哲学家及道貌岸然的独裁主义者的风格和派头。

斯特恩用来釜底抽薪、让人狼狈的讽刺手法往往就是一种平常而又幽默的对比和突降手法。脱庇叔叔的天真的询问或他看似平静，但却义愤填膺的《利利布勒罗》有效地抵消了父亲书卷气十足的学问；对父亲那篇用古人名言精心拼凑而成的论死亡的演说进行了评论的是特灵简简单单的话语，它像斯特恩自己的布道文一样，“发于情，而不是出自理”；正如我们看到的那样，给父亲的高谈阔论做陪衬的则是脱庇叔叔无可奈何的沉默。哪怕他的名字叫亚力山大，他也只能在那慕尔尽尽自己的职责而已。当斯娄泼医生，由于被产科革新的热衷搞得晕头转向，心里嘀咕世界在没有这些革新的情况下怎么运转了这么久时，“脱庇叔叔说道：我真希望你见过我们在佛兰德斯拥有多么庞大的军队”。什牢坑驳鸠的故事——一件精彩而又荒唐的作品，充满了对哲学和神学卖弄才学的作风的讽刺，随处有一种性质不同的潜流，这是模仿拉伯雷的为数不多的可供大师本人争光的篇章之一——故事的最终教训似乎是斯特拉斯堡这个城市之所以被法国人占领，从此以后就破败不堪，正是因为一个人的鼻子。父亲还潜心研究了基本热量和水分的自然属性，在研究中他引用了范·黑尔蒙特和亚里士多德，还批驳了希波克拉底和培根，最后以归谬法结束：“所以孩子成长的时候，人们总是教育他们远离水、火……因为它们都有毁灭他的危险——这将是有关这个问题唯一需要做的事情。”在这里，斯特恩达到了柯勒律治所谓的“一个大家习以为常的可以称之为默幽的幽默点”：“小题大做，大题小作是为了把大大小小的东西都摧毁；因为与无穷一比，万事万物都大小相等。”

斯特恩为他书中的这种说教感到由衷的骄傲。他认为自己是拉伯雷和斯威夫特的继承人，因此一次又一次地暗示在他的讽刺后面的重要目的。然而，通观全书，斯特恩并没有真正地痛斥过什么人，也没鼓吹过什么改革。他似乎只是在随意地放纵他那爱笑的思想，单纯地把嘲弄嘲弄那些无聊失调的思想观念——荒谬可笑本身当作目的。的确“讽刺”这个词也许太严重了，不能用到他那和气的胡闹上。当然，他既没有讽刺大师的那种高超的智力，也没有那种高度的认真。跟他最伟大的英国前辈，在某种程度上被他视为楷模的斯威夫特不同，他从未涉及一个讽刺作家不禁要极其认真对待的任何重大的思想上的、道德上的或社会上的弊端。而他经常取笑的就是在他那个时代中已经过了时的经院式的思维模式。斯特恩还不同于斯威夫特和斯摩莱特，因为他俩大多将讽刺的矛头对准私敌，或者至少他们的讽刺出自个人的经验，而他却从来没有愤怒或憎恨过。他对斯娄泼医生的斥责既充满恶意，又荒唐可笑；他对天主教的攻击大多是老生常谈，甚至对他的批评家的谴责也是温和的。他承认，他既没有愤怒，也没有热情；他尊重真理，但讨厌争执和臭气，并且下定决心永远不做殉道者。

斯特恩的讽刺确实并不是出于对世界的一种蔑视，也不是来自要根除邪恶的强烈愿望，而是来自他对生活中可笑滑稽现象的敏感和警觉。因此，他以一种友好的、几乎喜爱的态度来游戏他的讽刺，使他的讽刺与其说是对他身外的什么现象的斥责，还不如说是对他自己思想无聊的一种无意识的表露。因为他自己就很喜爱古怪的传说，而且只要不去把它认真看待，他倒是很欣赏他在《项狄传》中所嘲笑的种种智力花招。斯特恩实实在在地把斯威夫特的嘲讽口号“琐事万岁！”用做自己的战斗口号，直到他被南方的太阳晒暖之后才将它改为“快乐万岁！”。

如果说在他的讽刺中有什么建设性的价值，那就是他对一些约定俗成的形式和假定的原则的厌烦，以及他对复兴信仰不仅基于理智，而且基于感觉的个人判断（尤其在艺术上）的有点儿浪漫的呼吁。这样的美学标准正是人们从斯特恩那样（在十八世纪）自由地生活、写作的人身上所期望的东西；尽管作为教条，在他那个世纪日渐强大的浪漫主义中，这种美学标准要比作为楷模的他那种慈善的情感主义和对“蒙昧”人的弘扬力量弱小一些，但它仍能让他在他的作品于其中占有重要位置的那场运动早期的倡导者中占有一席之地。然而，《项狄传》中这种建设性的音调还不够强烈。如果从情感上来说，他只是个情感主义者，那么从思想上看，归根结底他也只是个可爱的尝试者。

然而，对“书呆子”的嘲笑只不过是斯特恩认为《项狄传》应具有的部分重大功绩。在《良心的滥用》一七六六年版的广告中，他把这本小说说成“一部劝惩作品”，读的人多，懂的人少，他说这番话时想到的是他的慈善哲学——沙夫茨伯里和哈钦森[1]的教诲，这不仅有哲学方面的认可，而且有广泛的教义自由方面的认可——这一点是蕴含于书中的，他希望通过这本书能将这种哲学广泛传播开来。他不是一名社会改革的斗士，但他却非常愿意以自己的方式为世人做件善事；他极具利他主义思想，渴望通过他对荒谬、浮华现象的揭露，让读者重新获得生活中的分寸感。跟斯威夫特不同，他从来不攻击严重的邪恶现象从而唤醒读者；像沙夫茨伯里一样，他愿意让他们笑着摆脱错误和愚蠢。

虽然写这本书主要是为了惹笑，但是斯特恩要使他的读者“既快乐，又聪明”，因为“良好的习惯”必须和欢笑结合起来才能使他们成为“天底下最幸福的人”。但是这位萨顿的牧师知道，这种良好的习惯最好能间接地灌输进去。他说：“古训只有通过激发热情的故事的基础融进心里，才能对我们产生巨大的力量：……我们就像铁，必须先加热后锻造。”通过激发他的读者的热情，斯特恩在《项狄传》中，像在《多情客游记》中一样，其实也像在他的布道文中一样，“打算教我们比现在更热爱这个世界和我们的同类”。因此，他“写了一种粗枝大叶的关于平民的、荒谬的、善意的项狄式的书，这本书将会对诸位的心灵有好处的——并且对诸位的头脑也有好处，假使你们能看懂的话”。

善感：幽默与情思

斯特恩的幽默和说教同他的情思一样，之所以显得与众不同，而且这些特点在自己最优秀的地方，又能被抬到绝对天才的水平，正是因为他具有最重要的而且几乎是独一无二的善感。

斯特恩善于生动地描写简短的场景，善于留心有启示性的感觉细节，善于捕捉一个情景中的戏剧性潜流及充满嘲讽意味的对照，

---

① 两人都是 17 世纪晚期至 18 世纪初期的道德哲学家。

在这些方面，迄今为止无人能超过他。这种把情感因素，也就是一种情景的幽默或哀伤具体化和戏剧化，牢牢抓住并生动描绘的能力，是他天才中的卓尔不凡的品质，——这样“把貌似微末但一时还有重要意义的思想与情感的细枝末节推向明确的意识”，这种事事留心的习性，按照柯勒律治的分析是造就幽默作家的要素——这就是一个对外界印象和影响极其合拍、特别善感的头脑的标志。斯特恩自己也意识到他拥有这样一个头脑。他步洛克的后尘，并不把他的观念归功于固有的天性，而是归功于感觉和反映——也就是他在《多情客游记》中称为“世界的伟大感官”的那个神——他承认他的独创性正是来自“一个细微的组织，那里的主宰是灵魂神圣的传递信息的本能，即那滋养生命同时又吞噬生命并以一种突如其来、不可预料的方式升华、变异各种感觉的永不熄灭的火焰”。他把这种锐利的领悟能力称为“想像或善感，根据它在作家笔下描绘场景或刻画情感时表现自己的情况而定”。它就是斯特恩作品中那种难以形容的幽默及情思笔触的起因。

在最好的情况下，斯特恩的欢笑来自纯粹的气质喜剧。这种喜剧时不时地达到纯粹和细微的高峰，也许除了他的祖师塞万提斯，无人能够超越。虽然斯娄泼的落马和栗子事件都很开心，但书中最令人愉快的场景都摆脱了打闹、粗野的怪诞作风和滑稽的舞台布景，在风格和版式上也摆脱了项狄式的小丑扮相——即拉伯雷式地罗列名词和形容词，过多地使用星号和破折号。凡此种种对斯特恩早期的读者来说似乎极其有趣。正如特雷尔所说，这些大场景的幽默“属于最深刻、最透彻的那种，它来自人性永恒的不协调和人生中反复出现、相互矛盾的目的”。单纯本身就是一种布景，它陪衬了特灵的死亡演讲；陪衬了对基本热量和水分的探讨；陪衬了特灵和脱庇叔叔从反对父亲关于名字的理论到用手势比画一场军事攻击所做的商议；陪衬了特灵向脱庇叔叔汇报他在勒菲弗床边探病的情况；陪衬了特里斯舛与那头驴的遭遇；陪衬了盖斯科因的回旋曲。

这些场景中的精妙的幽默绝不是来自附加的装饰，而是来自人物和个性的本质的表现和戏剧性的互动作用。每当项狄兄弟一出台，他俩互相同情但又彼此无法沟通的难以言传的反讽和哀愁更加强了这种幽默。这些性格的细微变化通常由一个十分平淡的字眼、手势或声调表现出来，这种平淡的东西，只有对外部影响异常警觉的斯特恩的感觉才能捕捉得到，也只有他那支削到锋利得不可思议以描绘思想感情的火花的笔才能记述得下来。

要表现斯特恩幽默的善感并不需要一个完整的场景。柯勒律治提醒大家注意父亲话语中精妙的幽默："脱庇兄弟，博学之士是不会无缘无故地写一些议论长鼻子的对话的"；同样，在脱庇叔叔的一句问话"萨福克公爵夫人对它说了些什么？"中蕴含的幽默却比引出这个问题的一段荒唐可笑的会话中的更多。虽然斯特恩讽刺"总会改变科学杆秤平衡的哲学的琐细"，但他又高呼道："意大利艺术家们的 Poco più 和 poco meno；——那难以察觉的稍强或稍弱，是如何像决定雕像中的精确美丽的线条那样决定句子里的精确美丽的线条的啊！……凿子、铅笔、钢笔、琴弓等等的轻微的触动是怎么制成真正的起伏，从而又给人真正的欢乐的啊！"对于轻微的触动能够如此善感，这正是斯特恩的艺术天才之所在。在那些针尖一样细微的段落里，一个人的脸上，或者一种声调上，或者一块肌肉的动作上的阴影变化有着无穷的寓意："哼！——脱庇叔叔说；——尽管不像一个默认的表示那样加强语气，——但却像一个人往抽屉里看、发现东西要比预料的多时发出的那类惊奇的感叹……斯娄泼医生有敏感的听觉，他明白脱庇叔叔的话，仿佛他写了一大部书来攻击那七次圣礼似的。"斯特恩幽默素描的经济在这里达到了细微的极致。书中有两起最显幽默的事件，浓缩的程度几乎毫不逊色。一起是在父亲的卧室里上演的："我已经给特灵留下了我的草地滚木球场，脱庇叔叔大声说道——我父亲笑了；——我还给他留下了一笔抚恤金，脱庇叔叔接着说——我父亲神情严肃起来。"另一起发生在厨房里："男人瞅过的最美丽的脸是什么！［特灵嚷道］……是什么！（苏珊娜把一只手搭在特灵的肩头上)——不就是堕落吗？——苏珊娜把手拿了下来。”

谁要是翻一翻《项狄传》，谁就会发现斯特恩越来越把他的善感用在唤起读者的柔情上而不是嬉笑上。这并不是说他被一片哀情愁绪所淹没；他至死都是一个幽默作家，《项狄传》的最后章节和书中的任何章节一样令人捧腹。但是关于脱庇叔叔和苍蝇及勒菲弗之死两节出版之后，受过斯梯尔的柔情和理查逊的眼泪滋养的英国民众则要求看到更多的充满深情的故事，斯特恩只好盛情难却了。转换(就算有重复，但绝不可能雷同)对他来说也毫不费事。在他自己身上喜悦与眼泪之间的界限太细，所以往往刚进入一种便又激发出了另一种。他曾经说道：“我笑着笑着就哭了起来，但在同样多愁善感的时刻，我哭着哭着又破涕为笑了。”

斯特恩的情思把洛克的联想理论与沙夫茨伯里和哈钦森的慈善学说（认为博爱创造了最高级的、惬意的自我满足，这大体上是对博爱本身的回报)熔为一炉，所以他不仅为受苦受难的人性，而且也是为这一行动在他自己心中创造的这种美妙的感受洒下一滴同情之泪。在他看来，自我满足确实要比理论上产生这一感觉的博爱更为重要。脱庇叔叔对苍蝇的柔情“立即使我的整个身心产生了一种极其愉快的感情共鸣”。在《多情客游记》中有这么一句有名的呼唤：“亲爱的善感呀！被我们欢乐中宝贵的一切或悲伤中昂贵的一切未耗尽的源泉！”斯特恩感到了“自己承受不了的过多的欢乐和忧愁”，然而在整部作品中，强调的则是愉悦的感受，而不是他那慈善的道德层面。正如我们看到的那样，连他为伊丽莎白的离去而产生的愁肠也很快就升华到这么一种高度：他能“从此情此景中产生的这种无奈的悲痛中开始感受到一种只受到自己的柔情庇护的心灵的快乐”。情感中的这种享乐主义是斯特恩对十八世纪情感主义发展的重大贡献，这种发展在《多情客游记》中达到了登峰造极的地步。

斯特恩喜欢玩弄的情感就是同情和怜悯的情感，但他的幽默感和他放任的情感融为一体，就使他的情感主义不至于变成愁容满面的缪斯。在《项狄传》大多数充满深情的段落里，他想办法保持了哀伤与欢乐的平衡。驴子和杏仁甜饼干事件、特灵汇报勒菲弗的病情、盖斯科因的回旋曲以及展示脱庇叔叔温和天性的十来处场景，都是无懈可击的。但是偶尔斯特恩的艺术直觉也不够稳健、有力，不是没有抑制他对情感的喜爱，就是未能约束他对欢笑的酷爱，从而破坏了一段温情文字的结尾。《项狄传》中有两个这样的场景值得注意。面对垂死的勒菲弗，面对可怜的玛丽亚及她的小宠物，情感主义者斯特恩居然痛哭流涕；但是他哭得也未免太久了，最后幽默家斯特恩便怀疑这是在培养一种矫情，一种客体与他的情感之间格格不入的关系（一个毕竟只是个已完成任务的士兵；另一个也只是个疯疯癫癫的农民和她的山羊）。最后斯特恩自己都大笑起来——既笑自己，也笑读者，因为他们都让自己被过分的柔情欺骗了。就像斯宾塞毁了他那造型可爱的"极乐亭"① 一样，斯特恩（根据不同的原则）也破坏了这两个场景；那些不能如场景描绘的那样感受到一种哀伤的柔情的读者确实愚钝，但是如果他连结尾时斯特恩快乐得泪光闪闪的眼睛都没看见，那他就更愚钝了。

确实，读者已不止一次地感觉到斯特恩那炯炯有神的目光在注视着他。这也应该能如此。无论在题材还是在写作方式上，小说中再没有比这一部更贴心的作品了。门在第四章一关，就再没有打开过；整部小说就是斯特恩和读者的会话，就是一部斯特恩和读者扮演主角的戏剧。斯特恩无时不在，对读者又微笑，又嘲弄；又招引，又阻挠；又揭露，又隐瞒；又引导，又误导；又迷惑，又激怒，又逗乐——有时身着教士的法衣，更多时穿着小丑的彩衣；有时痛哭流涕，更多时是露齿嬉笑；有时一目了然，更多时是神秘莫测——但永远都在。确实，他的小说和他是不可分割的，难以区别

① 斯宾塞的长诗《仙居》第 2 卷里阿克拉西亚的住处，后被居恩爵士拆毁。

的。他曾经宣称："这是我的自画像。"而他之所以写这本书就是因为他打心眼儿里就爱开个玩笑。

詹姆斯·A·沃克

绅士特里斯舛·项狄的生平与见解

Ταράσσει τοὺς Ἀνθρώπους οὐ τὰ Πράγματα,
Ἀλλὰ τὰ περὶ τῶν Πραγμάτων Δόγματα.①

第一卷

① 希腊文："使人惴惴不安的并不是行为，而是关于行为的见解。" 摘自罗马斯多葛派哲学家爱比克泰德（约60—约120）的《手册》第5章。

献与公正可敬的皮特先生[①]

先生：

潦倒文士对其献辞本无奢望，晚生更不敢有所希图。拙著写于王国一隅之草堂，晚生在此汲汲于以乐为本，抗病免灾；坚信莞尔尚可补益残生，更何况开怀大笑乎！

晚生恳求拙著能得先生之青睐（不求先生庇护，——彼当自立自强）——将其携往乡间；倘若晚生得知：彼已博得先生一哂，或者晚生妄加揆度：先生一度为之心醉，忘却片刻痛苦——则晚生之欣喜堪与出将入相者相比匹；——甚或此等欣喜晚生所知之人（唯独一人除外）皆不能及也。

先生人格伟大，
且心地更为善良，
祝先生福祚绵绵，
有先生此等同胞，
晚生自觉形秽。

作者

---

① 据斯特恩的朋友约翰·克罗夫特说，初写《项狄传》之际，斯特恩想将它题献给伟大的辉格党政治家和演说家威廉·皮特（1708—1778）。皮特当时任国务大臣，斯特恩对他十分仰慕。或许是怕一个名不见经传的牧师的献辞显得有些唐突，斯特恩出第一版时，没有献辞；然而，1760 年 3 月 28 日，当此书及其作者轰动伦敦之际，斯特恩致函皮特，试探征求皮特同意接受这篇献辞，但心里却有七成的把握。这篇献辞最初是在 4 月 2 日出版的第 1、第 2 卷的第 2 版上问世的。

第一章

我希望我的父亲或母亲，或者他们两人，都意识到了他们怀我的时候，自己是在干什么①，因为对于这件事情，他们俩都是责无旁贷的；如果他们适当地考虑过他们当时的所作所为是多么地事关重大；——这不仅仅牵涉到一个理性生命的产生，而且还可能关系到他的健全的体格和气质，或许还旁及他的精神和思想模式；——而且，尽管他们并不知晓，甚至他们全家的运气也可能受到当时最主要的体液②和情绪的影响：——如果他们对这一切做了适当的掂量和考虑，从而采取了相应的措施，——我完全相信，我就与读者可能见到的我的样子截然不同了。——相信我吧，好心的人们，这件事可不像你们许多人可能认为的那样无足轻重；——你们大家，我敢说都听说过血气③，说它如何父传子，子传孙，代代相延——诸如此类的说法可多得很呢：——那好，诸位，不妨听我一句话，在这个世界上，人头脑清楚，还是思想糊涂，人飞黄腾达，还是一败涂地，十之八九取决于他们的行为表现，以及诸位给他们安排的不同的轨道序列，这样，一旦他们行动起来，不管是对还是错，那就非同小可了，——他们一窝蜂似的走开；但由于步调总是一成不变，

---

① 当时人们普遍认为怀孕的情况决定孩子的未来。

② 体液（血，黏液，黄色胆汁和黑色胆汁），古代西方的医生认为它的平衡对身心健康必不可少。所以引申为一个人独特的精神状况；性情，心态，情绪。

③ 依据笛卡儿对古希腊医师盖仑学说的修正，血气是生物体中的粒子，极其细微，几乎无形，它们穿过大脑与周边之间的神经（神经被认为是管状的脉络），其作用是产生意志和感觉，用斯特恩的说法，负责心身的神经的力量、轻松与活力。

遍数多了，便踩出了一条路，平坦光滑得就像花园里的小径，一旦他们走惯了这条路，有时候，就是魔鬼本人也休想把他们从上面撵走。

请问，我亲爱的，我母亲说道，你该没忘了上钟吧？——老天——！父亲惊呼了一声，同时注意把声音压低，——自古以来，哪有女人用这样愚蠢的问题打扰一个男人的？请问，你父亲会说什么？——什么也不说。

第二章

——肯定地说，我在这个问题中，是看不出什么好坏曲直的，——那就让我告诉您，先生，这至少是一个不合时宜的问题，——因为它驱散了血气，而血气的任务就是护送 HOMUNCULUS① 与他携手行进，并把他平平安安地送往他的安身之地。

先生，在这个轻浮的时代， HOMUNCULUS 在愚蠢或偏见的眼里，也许显得颇为低级可笑：——在科学研究的理性的眼里，他被认为是——一个受到权利卫护的生命：——剖毫析芒的哲学家们，顺便说一下，他们拥有最恢弘的理解能力（他们的灵魂正是他们探索的反面），他们向我们无可争议地显示： HOMUNCULUS 和我们都是由同一只手创造的，——都是在同一种自然进程中产生的，——都赋予了同样的活动能力：——他像我们一样，是由皮肤、毛发、脂肪、肌肉、静脉、动脉、韧带、神经、软骨、骨头、骨髓、大脑、腺体、生殖器、体液、关节等组成的，——他是一个同样活跃的生命——而且，从该词的各种意义上说，就像英国大法官一样，确确实实是我们的同类。——他也许会获益，也许会受

① 拉丁文：小人儿。此处指精子。

害，——他也许会得到补救，——一言以蔽之，他拥有图利、普芬多夫①，或者那些最优秀的伦理作家允许在这种状况和关系中出现的一切人类应有的权利。

亲爱的先生，如果在他踽踽独行时遭遇什么不测，那将如何是好？——或者，由于恐慌，这对于一个如此幼小的旅行者来说是十分自然的，我的小绅士到达他的旅程终点时精疲力竭，狼狈不堪；——他的体力和刚气已经消耗得细若游丝；——他自己的血气则紊乱到了难以形容的地步，——而且在这种可悲的神经错乱的状态下，他深受突发事件或者一连串愁梦忧思的折磨长达九个月之久。——由于为极其孱弱的身心打下了这样的基础，将来医生和哲学家的妙手匠心绝不可能把它彻底纠正，想到这里我真是不寒而栗。

第三章

我把前面那段轶事归功于我的叔叔脱庇·项狄②先生，因为我父亲是一位优秀的自然哲学家，潜心于对细微事物的严密推理，他屡屡向我叔叔抱怨这种伤害；不过脱庇叔叔清清楚楚地记得有一次更是非同寻常，父亲注意到我挺起脑袋的姿势中有一种难以形容的偏斜（他是这么说的），于是便论证说，我这样做自有一定的道理，——老先生摇了摇头，语气中流露的忧伤之情胜过责备之意，——他说他的心里一直有种预感，他又在这一现象中看到它得到了证实，而且从他对我进行的别的上千次观察来判断，我的思想行为都跟他人的孩子迥然不同：——可是哎呀！他继续说着，再次

① 马库斯·图利乌斯·西塞罗（前106—前43），古罗马演说家和政治家；这里指的是他的《论法律》。塞缪尔·普芬多夫（1632—1694），德国法理学家，历史学家，哲学家，这里指的是他的主要作品《自然法和万民法》。

② 原文为Toby，在雅语里有“屁股”的意思，姑译为“脱庇”，以期造成联想。

摇了摇头，并且擦去了从脸颊上滚下来的一滴泪水，我的特里斯舛的不幸在他出世的九个月前就开始了。

——我母亲正坐在一旁，抬眼望了一下，——不过她对我父亲的意思根本摸不着头脑，——然而我叔叔，脱庇·项狄先生，由于经常听到这种事情，——对他的话完全心领神会。

第四章

我知道世界上不仅有许多根本不是读者的好心人，而且还有读者——如果不让这些人知晓与你有关的每件事情的底细，他们就觉得坐卧不安。

我一直心思十分细密，这正好投合了他们的这种脾气，而且也是出于我不肯让任何人失望的生性。由于我的生平与见解很有可能在世界上引起一定的轰动，而且，如果我的推测正确，我的生平与见解将把各个阶层、各种职业和各个宗派的人囊括无遗——阅读的人也不会比阅读《天路历程》① 的少——而且，事实证明，最终还会得到蒙田担心他的文章可能遭遇到的下场，那就是，成为客厅窗户里的一件摆设②；我发现有必要一一征求一下大家的意见；因此就只好请求原谅在同一条路上还要走得更远一点：正因为如此，我很高兴我已经用自己开头的方式开始了自己的历史；而且我还能够往下追踪其中的每一件事情，正如贺拉斯所说， ab Ovo。③

---

① 《天路历程》， 1678 年出第一版，是英国作家约翰·班扬的一部宗教讽喻小说，在 18 世纪极为流行。

② “我的《随笔》只是贵妇们的一件共同的摆设，而且是客厅窗户里的摆设，我为此颇为烦恼；但是这一章可能把我引进她们的内室……”——《谈维吉尔的诗》，作者为米歇尔·德·蒙田（1533—1592），法国散文家，斯特恩所喜爱的作家之一，是《项狄传》的重要思想来源。

③ 拉丁文：从卵子开始；即从头说起。罗马诗人、批评家贺拉斯（前 65—前 8）在《诗艺》中第 146 行赞赏荷马并没有从勒达的卵子（即海伦的出生）开始描写特洛伊战争的起因，而是将读者直接引入故事的中心。

我知道，贺拉斯并不完全赞赏这一做法：但那位先生说的仅仅是史诗或者悲剧；——（我忘了是哪一种）——再说，如果情况不是这样，那就请贺拉斯先生原谅了，——因为在写我已经着手的东西时，我就不会受他的清规戒律的限制，也不会受古往今来任何人定的章程准则的约束。

然而，对于不想追溯这些过于遥远的事情的读者，我能提供的最好的建议无非是，跳过本章剩下的部分；因为我有言在先，这一章仅仅是为那些爱刨根问底的好奇之辈写的。

——————————把门关上。——————————

我是我主第一千七百一十八个年头，三月的第一个星期天和第一个星期一之间的那个夜里怀上的。这一点我是确信无疑的，——可是我在描述我出生前所发生的一件事情时，怎么搞得如此琐细，那是另外一件小小的轶事造成的，这事原本只有我们自己家的人知道，而现在把它公之于众，为的就是能更好地澄清这个问题。

您一定得知道，我父亲原先是个土耳其公司的外贸商人，但离开商界已经有些年头，为的就是退隐到某郡他的祖业上，尽其天年。我相信，父亲做什么事情，总是一个循规蹈矩的人，无论是做生意，还是搞娱乐。他办事一丝不苟，事实上已经成了这种作风的奴隶，且举一个小小的例子来说吧——多年来他已养成了习惯，——一年到头，总是在每月第一个星期天的夜里——就像星期天夜晚到来一样肯定，——他亲手给那座立在后面楼梯顶上的家用大钟上发条：——而在我说的这段时间，由于他已年过半百，——他还把其他一些家庭琐事逐渐也放在这一段时间处理，以便按他常对我的脱庇叔叔说的那样，一次就把它们处理完毕，在当月余下的时间里不再受它们的祸害。

这只不过引起了一桩不幸，在很大程度上，恐怕我会把它的后果一直带进坟墓；也就是说，最终由于毫无自然关系的不当联想导致了这起事件的发生，我那可怜的母亲一听到给上述的钟上发条，对另外一些事情的想法就难免蹦进她的脑袋，——& vice versâ：① ——睿智的洛克②，肯定比大多数人更了解这些事物的性质，他声称观念的那种奇怪结合引发出的乖谬行为比其他各种偏见引发出的还要多。

然而这只是顺便一提。

这会儿我父亲的笔记本就放在桌子上，根据里面的一条备忘录，情况好像是“在圣母领报节③，即我确定怀我的那个月的二十五号，——我父亲带着我的兄长博比前往伦敦，把他安顿在威斯敏斯特学堂上学；”而且，按照同一份权威材料，好像“直到下个五月的第二个星期他才回到妻子和家人身边，”——这就使得这件事儿几乎确定无疑了。然而，下一章开头紧跟的内容使它绝对无可置疑了。

——可是请问，先生，你父亲十二月，——一月和二月在做些什么呢？——噢，小姐，——那段时间，他一直在受坐骨神经痛的折磨。

第五章

一七一八年十一月五号④，这一天，如同任何一位做丈夫的按照情理所期盼的那样，与那确定的重要日子相距九个历月，——我，绅士特里斯舛·项狄，被带入了我们这个卑鄙龌龊、灾难深重的世界。——我倒希望自己降生在月球上，或者其他任何一个星球

① 拉丁文：反之亦然。

② 约翰·洛克（1632—1704），英国哲学家，对斯特恩的思想和写作影响极为深刻。他在《人类理解论》中写道：“我们头脑中各种观念本身松散，彼此独立，如果把它们这样错误地联合起来，那就影响极大，力量极大，会使我们在行为上（道德的和自然的）、感情上、推理上和意念自身上，变得乖谬起来，所以也许没有比这更值得关心的事情了。”（第2卷第33章第9节）

③ 该节在每年3月25日。

④ 这一天正好是英国的盖伊·福克斯节，即庆祝1605年罗马天主教企图炸毁议会大厦的火药阴谋事件主谋之一盖伊·福克斯被捕的纪念日，也是1688年威廉三世在托尔湾登陆后“光荣革命”开始的日子。

上（木星或土星除外，因为我绝对忍受不了寒冷天气），因为在其中任何一个星球上（不过金星的情况我不好说），我的情况都不会比在我们这个邪恶肮脏的星球上糟，——心悦诚服地说，我以为我们的这个星球是由其他行星的残渣碎片构成的；——并不是说这个星球情况不尽如人意，要是一个人生在这个星球上有高爵位或者大家产；或是能够想方设法地讨口官饭吃，弄个有权势的差事干的话；——但我的情况却不是这样；——所以人人都要按照自己的销路行情来议论集市；——正因为如此，我再一次声明它是创造出的世界中最糟糕的一个；——我不妨实话实说吧，打我在这个世界上呼吸的头一个钟头起，直到难得吸进一口气的此时此刻，因为我在佛兰德斯顶风滑冰得了哮喘病；——我一直是世人称之为命运的那种东西的玩物；虽然我不肯冤枉她，说她使我感受到什么重大罪恶的压力；——然而，尽管有天下难得的好脾气，我还是对她申明，在我一生中的每个阶段，在她能逮住我的每个旮旮旯旯，这位粗野的女杰用了一套小主人公承受过的最可恶的飞灾横祸打击我。

第六章

在上一章的开头，我确切地向您通报了我的出生日期；——但却没有讲出生的经过。没有；这一细节完全保留下来要自成一章；——此外，先生，由于您和我可以说素昧平生，让您一下子对我的情况了解太多，未免有些不妥。——您必须耐心一点。您也看见了，我已经不仅着手写自己的生平而且也要写自己的见解；希望您通过前者了解到我的性格，我的为人，从而给您带来更大的兴趣来了解后者：我们现在只是泛泛之交，刚刚认识，当您随我继续前行时，关系便逐渐亲密起来；而且，最终将会结下友谊，除非我们俩有一个犯过错。——O diem praeclarum! ① ——凡是触动过我的

① 拉丁文：啊，多辉煌的日子。语出西塞罗《论老年》。

事情，就其性质来说，没有一件可以等闲视之的，讲起来也没有一件啰嗦乏味的。所以，我亲爱的朋友和伙伴，如果您认为我关于自己开头的叙述内容有点贫乏，——请忍耐着点儿，——让我继续讲下去，让我以自己的方式讲述我的故事：——或者我万一在路上好像时不时地聊聊闲天，——或者在我们同行时万一我有那么一时半会儿戴上一顶系铃铛的小丑帽，插科打诨——千万别跑开，——请您多多包涵，相信我比表面的样子还要聪明点儿；——而且当我们缓步前进时，或是随我大笑，或是放声笑我，或干脆，怎么做都行，——只是要耐住性子。

第七章

就在我的父亲和母亲居住的村子里，还住着一个接生婆，她是个身段儿瘦，腰杆儿直，又勤快，又善良，慈母一样的老妇人。她不大相信，她的职业是自己努力的结果，却完全相信那是女人的天性的成就。她凭着一点儿平常的见识和她多年实实在在的工作，——已经以她的方式在世界上赢得了不小的名气；——至于世界这个词儿，我需要在这里向阁下禀告一声，应该理解为我指的只不过是在大千世界的圆圈上画出的一个小圈圈，直径或方圆为四英里，而那位善良的老妇人居住的小屋，则被看作是圆心。——她好像是在四十七岁的时候就开始守寡的，景况极其悲惨，又带着三四个年幼的孩子；由于当时她举止高雅，——仪态端庄，——而且少言寡语，又深受人们的同情，她的困苦及困苦下的沉默反而以更加响亮的声音召唤出来了一种友好的扶持：堂区牧师的妻子动了恻隐之心；因为当地即使情况万分紧急，骑马走六七英里的长路也根本找不到多少算是个接生婆的那种人，她丈夫的教徒们长年为这一不便所苦，她经常为此感到痛惜；遇上黑夜，道路难行，那一带全是很深的烂泥，说是七英里路，却几乎等于十四英里；所以实际上有时候跟压根儿没有接生婆相去无几；于是她突然想到，如果给这个可怜人指点一下这一行当的简单原理，让她来干，无论对整个堂区还是对她本人，等于做了件适时的善事。由于附近没有任何女人比她本人更有资格实施她拟定的这项计划，这位女士便大发善心，付诸实施了：她本来就在该堂区的女教徒中有很大的影响，所以不费吹灰之力就完全实现了自己的愿望。其实，在这桩事情上，牧师与他的妻子完全志同道合；而且为了把事情做得像个样子，就像他妻子依照常规所做的那样，给这个可怜人一个名正言顺、依法开业的资格，——他自己还欣然缴费办理堂区长签发的营业执照，总共缴了十八先令四便士；所以，在他们俩的通力协作下，这位好女人不仅完全彻底地占有了她的职位，而且还有其全部的权利、器件和配备。

您必须知道，最后这几个字，并没有遵照类似情况下颁发给妇女团体的这类执照、特许以及权限的通行格式。它所依照的却是狄狄乌斯①自行设计的《狄狄乌斯套语》。狄狄乌斯有个癖好，喜欢用那种方式将各种文书拆卸开来，重新组装，他不仅偶然想到了这种巧妙的改动，还哄得这一带那些领有执照的老婆婆重新打开她们的证书，好把他这种花头添加进去。

我承认，我决不可能羡慕狄狄乌斯的这些花花点子：——但人各有所好。——那位大人物库纳斯托洛鸠斯②医生空闲的时候，梳梳驴尾巴，虽然镊钳不离身，却偏偏用牙齿来剔除死毛，他不是觉得

---

① 狄狄乌斯，在全书中不时地作为“伟大的教会律师”出现，意在影射讽刺弗朗西斯·托法姆博士，此人是个十分能干的约克郡律师，经过多年的扩充发展和苦心谋划，虽屡遭斯特恩的反对，终于赢得了与约克教区有关的大多数法律职位，斯特恩曾在《政治传奇》中以他为嘲讽对象（见《序》第 16 页）。就名字而言，斯特恩或许还影射尤利安努斯·塞维鲁·狄狄乌斯，此人在公元 193 年买通罗马禁卫军篡夺了罗马帝国，激起民愤，随后百姓暴动，迫使元老院判他有罪，并予处决。

② 斯特恩所造的混成词，原文为 Kunastrokius，从拉丁文 cunnus（女阴）而来，影射一名杰出的伦敦医生理查德·米德博士（1673—1754）“十分好色”的弱点，后来招致了米德的女婿们的抗议。

其乐无穷吗？不仅如此，如果您谈到这种事，先生，古往今来聪明绝顶的人，所罗门[①]本人也不例外，——哪一个不曾有自己的**爱巴马儿**[②]；——他们的跑马，——他们的硬币和贝壳，他们的鼓和喇叭，他们的琴，他们的调色板，——他们的蛆[③]和蝴蝶？——只要一个人沿着国王的大道平平静静地驾驭自己的**爱巴马儿**，而不逼着你我步他的后尘——那么请问，先生，它与你我有什么相干？

第八章

——De gustibus non est disputandum；[④] ——也就是说，**爱巴马儿**是无可非议的；就我而言，很少争长论短；要是我对它们深恶痛绝，我是不会大发慈悲的；因为在月亮的某些盈亏变化中间，根据情况，我碰巧会既当琴师，又当画匠[⑤]：——不妨告诉您吧，我自己就养着一对款步而行的马儿，我经常轮流（我也不在乎谁知道此事）骑上它们外出，呼吸新鲜空气；——尽管有时候，说来害臊，我走得太远，超出了聪明人认为适可而止的范围——可实际上，——我不是个聪明人；——再说，我又是一个微不足道的凡夫俗子，我的所作所为无关紧要；所以我很少为这种事儿发愁上火：看见后面的这类名公巨头也不大使我坐卧不安；——诸如 A， B， C， D，

---

① 所罗门（？—前 932），以色列国王，以智慧著称。

② 原文为 hobby-horse，原指跳莫利斯化装舞者腰间系的用柳条等轻质材料扎成的马形道具，舞时给人有跨马而行的感觉，后来转义为“木马”，再后引申为“癖好”，“业余爱好”，但在俚语里又有“公用马”、“妓女”等含义，姑译为“爱巴马儿”。

③ 18 世纪欧洲人对科学的兴趣成为时尚，蛆也许是指人们热中于昆虫和用显微镜观察有机物的爱好。

④ 拉丁文：趣味爱好，无可厚非。

⑤ 斯特恩把自己的许多兴趣爱好都赋予小说人物特里斯舛。他自己就是一名相当出色的画家和音乐家，所以对二者的专门术语十分精通，这一点从本书的许多段落看得十分清楚。

E, F, G, H, I, K, L, M, N, O, P, Q 等大人，全都排成一行，骑上他们各自的马儿；——有的踩着大号马镫，神态严肃，步伐从容；——有的则恰恰相反，奋不顾身，马鞭横咬在嘴里，疾驰飞奔而去，活像许多骑在抵押物身上的杂色小魔鬼，——而且其中一些人像是不折断脖子决不罢休似的。——那就更好了——我心里说；——因为万一发生了什么最不幸的事情，没有他们，这个世界也会想办法应付自如；——而至于其他，——咳，——愿上帝保佑他们一路顺风，——索性让他们骑下去好了，我不反对；因为如果这些贵族老爷今儿夜里摔下了马，——十之八九不到明儿一早，他们许多人骑马的情况将会逊色一半。

所以这些情况中没有一个能说是搅扰了我的安宁。——可是我承认，有一种情况使得我防不胜防，那就是，当我见到有人生来要大有作为，而且，要天下扬名，此人的天性总是使他乐于行善避恶；——当我看见这样一个人；阁下，就像您一样，他的准则和行为与他的血统一样高贵大方，而且，正因为如此，腐败的世界一刻也不能宽容他；——当我看见这样一个人，阁下，他骑在马上，哪怕只比我对祖国的热爱给他所限定的时间、我对他追求荣耀的热情所希望的时间多个一分半秒，——那么，阁下，我就不再当什么哲学家了，而且在第一股诚挚的急切之情涌动下，我希望**爱巴马儿**和他所有的哥儿们一起，见鬼去吧。

阁下：

就内容、形式、地点三大要素而言，拙作均乖谬异常，然仆仍以此为奉献：故特恳请阁下笑纳菲仪，惠允仆以无限谦恭之心，奉于阁下足前，——若阁下肯纡尊而眷顾，——阁下，如有此等良机，仆又欲大力推进，实乃皆大欢喜之事也。能为阁下之犬马仆而尽心竭力，深感荣幸。

特里斯舛·项狄

第九章

我向全人类郑重声明，以上献辞并不是献给什么王储、主教、教皇或君主的，——不是献给基督教世界中本国或其他任何一个王国的公爵、侯爵、伯爵、子爵或男爵的；——它也尚未向任何一个或大或小的人物叫卖兜售过，也没有公开或者私下，直接或者间接地开过价；老实说，它是一篇尚未向任何生灵呈献过的真正的处女献辞。

我特意说明这一点，无非是要消除我计划使它充分发挥作用的方法可能引起的敌对情绪；——就是把它光明正大地挂牌公开出售；现在我就是这么做的。

——每个作者都自有一套表明观点的办法；——就我而言，由于我讨厌在暗地里为了几个几尼而讨价还价；——打一开始，我就暗下决心，要在这件事情上与诸位仁兄正大光明地公平交易，试一试这样做是不是会收效更好。

所以，如若在王土之内有哪位公爵、侯爵、伯爵、子爵或男爵，需要紧凑斯文的献辞，而以上献辞又恰好中意（顺便说一下，除非它在某种程度上中意，否则我是不会舍弃它的），——谁付五十几尼，这篇献辞就大体归他使用；——我敢说哪一位有识之士应该出的价都比这个数目要多二十几尼。

阁下，要是您再琢磨一遍，就会发现它可不像有些题献那样，是粗制滥造的虚饰之作。阁下会看到，构思巧妙，着色透亮，——绘制没有败笔；——或者把话说得更像一名行家里手，——而且以画家的二十刻度的尺子来衡量我的作品，——我相信，阁下，草图最终能得十二，——构图为九，——着色为六，——表现为十三点五，——还有设计，——阁下，如果您能惠允我对作品设计自我评估，假定尽善尽美的设计为二十，——那么我以为，它不会少于十九。此外——这幅作品还有协调，**爱巴马儿**里的暗笔（它是一种次要图案，全景中的一种背景）给您本人形象中的主要亮点增添了很大的力度，使它具有神奇的表现；——而且此外，在 tout ensemble① 上还匠心独运。

好心的阁下，请将该付给作者的这笔款项汇到多兹利先生②手里，下一版中我将会留意删去这一章，并将阁下的头衔、纹章及功业，置于前一章的开头：将 De gustibus non est disputandum 一句以后以及书中涉及**爱巴马儿**的其他所有内容，仍献给阁下。——其余部分我献给**月亮神**，顺便说一句，她在我所能想到的所有**男女恩主**中，最有权威推动本书，并能使世人趋之若狂。

光明女神，

您若替**老实人**和**居内贡**小姐③牵线不是太忙——请不妨也关照一下特里斯舛·项狄。

第十章

这种帮助接生婆的慈善行为可以正正当当地邀到什么程度的小功，或者这种邀功的权利真正归于何人，——乍一看，在这部历史中似乎无关紧要；——但有一点是肯定的，那就是，那位女士，也就是牧师的妻子，当时确实把全部功劳揽在自己身上，逃之夭夭

---

① 法文：整体；总体效果。

② 詹姆斯·多兹利和罗伯特·多兹利兄弟俩是斯特恩最初的伦敦出版发行人。罗伯特（1703—1764）于 1759 年 3 月正当出版社兴旺时退休，他曾于 1759 年春拒绝了斯特恩的稿子，可是斯特恩自费在约克出版了第一二卷后，他弟弟詹姆斯（1724—1797）买下了第二版和三四卷以及两卷布道文的版权。

③ 法国作家伏尔泰的《老实人》中的男女主人公，该书于 1759 年出版并译成英文。

了：可是，无论如何，我还是不由得想起牧师本人①，虽然运气不好，他开头没想出这个主意，——但由于这个主意一摆在他的面前，他就由衷地赞同，而且心甘情愿拿出自己的钱来付诸实行，因此他有权邀到一份儿功劳，——如果不是应得的什么荣誉的一半的话。

当时，世人却乐于从另外的角度来判断这件事情。

把书放下，我给您半天时间去猜一猜这一进程的由来。

然后再告诉您，在接生婆拿到您已经得到详尽说明的那份执照前的五年里头，——我们要谈的这位牧师，因为有违礼仪，被这里的人传为话柄。他的这种违礼行为对他自己、他的地位、他的工作都极其不利；——那就是说，他每次露面，总是骑一匹可怜巴巴的公驴似的瘦马，大约值一镑十五先令。这匹瘦马，长话短说，不多形容了，简直就是驽□难得②的同胞兄弟，真是像得不能再像了，把有关驽□难得各方面的描述用在他身上，毫发不爽，——除了我记不得在哪里读过，说驽□难得患肺气肿；还除了驽□难得现在是大部分西班牙马（不分肥瘦）的荣耀，——所以，毫无疑问是一匹十全十美的马。

我清楚这位主人公的马是一匹作风贞洁的马，这可能会叫相反的观点抓住把柄：不过有一点是肯定的，那就是驽□难得的性欲自制力（从那次在杨维斯搬运夫中的历险可见一斑③）不是来自他身体上的缺陷或别的什么原因，而是来自他的血液的温和及平稳有序

① 从本书问世之日起，以下关于牧师的描写一般认为“是作者的性格，因此应按他的意思予以展现”。见《序》第42页。

② 堂吉诃德的马，“这匹马，蹄子上的裂纹比一个瑞尔所兑换的铜钱还多几文；它比郭内拉那匹皮包瘦骨的马还毛病百出。”（《堂吉诃德》第1卷第1章）

③ 虽然“它（驽骍难得）见了果都巴牧场上所有的母马都不会起淫心”，但一群属于杨维斯搬运夫的加利斯小母马却证实了他亦不过是血肉之躯而已（这为它种下了祸根）。见《堂吉诃德》第1卷第15章。

的流动——而且，让我告诉您，小姐，世界上的贞洁高雅多的是，您无论如何也不能再赞一词了。

那就让他听其自然吧，因为我的目的就是凡是登上这部剧作舞台的生物，统统公平对待，——我不能因为器重堂吉诃德的马就抹杀下面这一点；——在别的各个方面，牧师的马可以说只不过是又一匹同样的马，——因为他是**谦卑**本人能骑的一匹最瘦、最长、最可怜的驽马。

据一个处处判断力薄弱的人的估计，牧师要改善他那匹坐骑的形象是完全有能力的，——因为他有一个非常漂亮的半峰马鞍，鞍座上的衬料是绿长毛绒，钉着两排银头饰钉，他还有一副很气派的亮晃晃的黄铜马镫，连带着一套十分般配的马衣，那是由上好的灰色布料制成的，边沿上还有一圈黑色花边，末端是一绺厚实的黑色丝穗， poudré d'or,① ——这些都是在他年富力强的时候购置的，还有一副压有凸饰的豪华马笼头，应该装饰的地方都有装饰。——但由于不喜欢调弄他的坐骑，他便把这些马具统统高挂在书房门的后面；——宝马配金鞍，这一点他可是严肃认真地做到了。

在他多次周游自己的堂区时，在出去拜访附近居住的乡绅时，——您不难理解，牧师既然会有这样的任务，总会有足够的见闻，不致使他的哲学生锈。说实话，他每进一个村庄，总会引起全村老少的注意。——每当他经过时，活儿就停下不干了，——水桶就悬在了井中央，——纺车忘记了转动，——甚至玩投币和摇钱②的人们也站住目瞪口呆地瞅着，直到看不见他了为止；由于他的动作又不是最快捷的，所以他总有最充足的时间观察，——听严肃认真的人唉声叹气——心情愉快的人欢声笑语；——他以极其平静的心情承受这一切。——他的性格却是，——他打心眼儿里都爱开玩笑——而

① 法文：饰以金粉。

② 前者是把法寻（一种四分之一便士硬币）掷进洞中的游戏，后者是把钱放在一顶帽子里摇晃的游戏。

且因为他看到自己真可笑，所以他常说，即使别人用他自己的凶狠的目光看他，他也不会生气：所以他的朋友们知道他的弱点不是爱钱，于是他们就不大顾忌地取笑他戏谑成癖，——他非但不说明真正的原因，——反而和他们一起嘲弄自己；由于他的骨头上没有半两肉，他和他那匹马便一样地形销骨立，——他有时候硬说他这样的人正应配那样的马；——他们俩同属一块料，——像个半人半马怪。换在别的时候，情绪有所不同，在他的兴致不受假风趣诱惑的时候，——他会说，他发觉自己患了痨病，很快就要完蛋了；而且煞有介事地谎称，他一看到肥马就心绪黯然，脉搏明显改变；他还说，他之所以选乘那匹瘦马，不仅是为了保全面子，而且是为了抖擞精神。

在不同的场合，他会提出五十种幽默风趣而又自相矛盾的原因解释他为何要骑这样一匹患肺气肿的乏马；较可取的原因之一是气质使然；——因为他可以呆呆地坐在这样一匹马的背上，快乐地沉思 de vanitate mundi et fugâ saeculi①，好像沾了他前面的一个骷髅头的光一样；——他一边骑着马儿款款地走，一边利用这段时间做别的种种精神修炼，——就像在他的书房里一样有益；——他还可以拟布道文的论点，——或者补裤子上的窟窿，两件事办得一样稳当；——这轻快的小跑和缓慢的推论，就像风趣和判断一样，是两种水火不相容的活动。——但骑在他的爱马上——他可以把一切联合、协调起来，——他可以安排他的布道，——他可以安定他的咳嗽，——万一生理需要，他还可以安心睡觉。——简而言之，在这种情况下遇到这位牧师，他会提出任何理由，就是不给真正的理由，——他之所以不给真正的理由，只是出于谨小慎微的性情，因为他认为这一理由给他争了光。

然而事实真相却是下面这种情况：在这位绅士生活的早年，大约在他购置这套高级马鞍和马勒的时候，走另一个极端——一直是

---

① 拉丁文：关于世界的虚幻及时光的飞逝。

他的作风，或者是他的虚荣，或者随您怎么叫都行。——用他居住的那个郡的人们的话来讲，据说他一度喜爱良马，在他的马厩里总是有一匹全堂区最好的马随时备鞍待发；而住得最近的接生婆呢，我给您说过，离该村至少也有七英里，而且又处在一个糟糕透了的地区，——结果呢，这位可怜的绅士难得有整整一个星期没有人可怜兮兮地要求使用他的牲口的；他又并不是一个心肠不好的人，而且每一次的情况总比前一次还要紧急悲惨，——尽管他疼爱自己的牲口，但他从不忍心拒绝；最后就形成了这样的局面：他的马不是腿肿，就是跗蹄关节生病，再不就是蹄子发炎流油；——或者是生了马蹄瘤，或者患了肺气肿，再不就是出现了什么毛病，总而言之一句话，搞得他只见骨头不见肉；——这样他每隔九到十个月，总要扔掉一匹劣马，——只好另买一匹好马。

这样一种失衡意味着什么， communibus annis①，我倒想让同种交易中的受害者组成的特别陪审团去裁决；——不过随它去吧，这位诚实的绅士许多年来一直默默忍受，毫无怨言，直至最后，由于这类不幸的事情一而再，再而三地发生，他终于觉得有必要把这事考虑一下了；他全盘掂量掂量，心里估算估算，发现这不仅和他别的开支比例失调，而且它本身也是一笔十分沉重的负担，致使他不能在自己的堂区内做别的博施济众的事情了：此外，他还考虑，用这笔抖搂掉的开支的一半，他能做的好事抵得上现在的十倍；——而且比其他所有的考虑加在一起还要重要的一点是：这样做只把他的善事局限到一条渠道上，也就是他的堂区生养孩子的事情上，他觉得在那里，这倒是最不需要的；而没有留出一点钱照顾那些残疾人，——没留出一点钱赡养老年人，——也没留出一点钱改善他时时应邀视察的那些毫无舒适可言的地方，而在那里，贫困、疾病和苦难却在合伙光顾。

由于以上种种原因，他决定终止这笔开支；似乎只有两种可能

---

① 拉丁文：在平常的年月里。

的办法能够使他彻底脱身；——要么就是立下一条不可更改的规矩，无论干什么，马概不外借，——要么就是心甘情愿地把那匹被人们折磨得不成样子的可怜的驽马一直骑到头，尽管他伤痛累累，体力不支。

由于采用第一种方法，他担心自己不够坚定，——因此他欣然采用了第二种；尽管我说过，他完全可以解释清楚，保全他的面子，——可是，正是因为如此，他却不屑于干这种事；他宁肯忍受仇敌的轻蔑和朋友的嘲笑，也不愿苦口婆心地讲一讲事情的原委，因为那样会有自我标榜之嫌。

我对这位牧师先生的高雅情操推崇备至。单是他个性方面的这样一件举动，我认为就可与无可匹敌的拉·曼却骑士①的诚实高雅相提并论。顺便提一下，尽管拉·曼却做了许多傻事，我热爱他胜过热爱古代最伟大的英雄，还真想前去拜访拜访他呢。

然而，这并不是我的故事的寓意：我的打算是要用这件事揭示世界的性情。——因为您要知道，只要这种解释能给牧师增光，——一个人能找到这种解释才怪呢，——我想他的仇敌不肯找，而他的朋友们则不能找。——然而他刚一为接生婆忙活，并缴了教区长签发的执照费用让她开业，——全部秘密立马就抖搂出来了。他所损失的每一匹马，尤其是其中的两匹，以及这些马损失的来龙去脉，便尽人皆知，并且记在心头了。——传闻像野火般蔓延开来，——"牧师又重温了一阵刚刚袭上心头的自豪；他这辈子又要出风头了。如果情况真是这样，事情就明白得像正午的日头，他要把执照的费用装进自己的腰包，据说光这第一年就装了十次，——这样，他在这起慈善活动中居心何在就让大家去判断好了。"

他在这件事情上究竟有什么居心，他对自己一辈子在别的每一项活动中究竟有什么居心，——或者毋宁说在与这件事相关的别人的脑海中浮动的是什么见解，却是一个过多地浮现在他自己的脑海

① 即堂吉诃德。

里，在他该熟睡时过于频繁地打搅他的休息的念头。

大约十年前，这位绅士才有幸对那件事完全放心了，——因为这与他离开自己的堂区已经相距很久了，——同时整个世界已在他的身后，——而且对一位他将没有理由抱怨的法官负责。

然而，一些人的行为总有一种命中注定的结局：无论这些人想怎么决定自己的行为，但行为仍然通过一种媒质，把行为从自己真正的方向上扭转、折射回来——结果呢，尽管有一颗正直的心所能给予的种种赞扬的权利，但行为的执行者却被迫在没有赞扬的情况下活着，死去。

这位绅士就是这种事实的一个惨痛的例子。——但是要知道这种情况是怎样发生的，——而且引为前车之鉴，我一定要您读后面的两章。因为这两章粗略地介绍了他的生平和言谈，寓意就在其中。——这事儿一办完，如果没有什么事儿把我们拦在半道里，我们将接着讲接生婆的故事。

第十一章

这位牧师姓约里克，这个姓氏之所以引人注目（就像这一家最古老的纪事上显示出的一样，这个姓氏是写在结实的犊皮纸上的，现在仍然保存完好），是因为它这样一笔不错地拼写了将近，——我差一点要说九百年了；——但我不愿动摇自己的信誉讲述一件不大可能的事实，不管它本身是多么地无可争议；——因而我就只好说，——这个姓氏我不知道有多久了，一直就是这么拼写的，没有改动过任何一个字母；我完全可以大胆地说，这个姓氏是本国最有名的一半姓氏当中的一个；这些姓氏随着岁月的推移与姓这些姓的人一样经历了无数变化。——这该归因于姓这些姓氏的人的自豪，还是羞耻？——说老实话，我认为，有时候应归因于前者，有时候应归因于后者，全要看诱惑的情况而定。但这是一桩讨厌的事，终有一天把我们大家都搅得乱成一团，谁也无法站起来发誓说：“他的曾祖父就是那个做过某一件事的人。”

这一不幸却被约里克家族的人谨慎小心、卓有成效地排除了，他们虔诚认真地保存下来的我所引用的这些记载进一步告诉我们，这个家族的老祖宗是丹麦人，早在丹麦国王霍文狄鲁斯①在位时就迁移到了英国，好像这位约里克先生的一个直系祖先在那位丹麦国王的朝廷担任显要职务，一直到死。至于这一显要职务是什么性质，记载没有提及；——它只是补充说，近两个世纪来，不仅在当时的那个宫廷，而且在基督教世界的不论哪一个宫廷中，这一职务由于完全没有必要，因而彻底废除了。

我的脑海里每每浮现出这样一种想法：这个职位可能是国王的第一弄臣；——而那就是我们的莎士比亚的《哈姆雷特》里的那个约里克②，肯定正是此人，——您知道，莎士比亚的许多戏剧都是以事实为依据的。

我没有时间去查阅萨克索·格拉马提克斯的《丹麦史》来确认这一点；——但要是您有闲暇，又容易找到那本书，您不妨自己去查它个水落石出。

一七四一年，我以家庭教师的身份陪同诺狄③先生的长子周游丹麦，我正好有时间乘车以惊人的速度和他游历了欧洲大部分地区，关于我们的这次别开生面的旅行，随着本书的进展，我将提供一种极令人愉快的描述。我说我正好有时间，来证明一个在该国长期居留的人观察的实情，如此而已；——那就是说，“大自然在赋予该国居民天资和能力时既不大手大脚，也不小里小气；——而是像一位谨慎的家长一样，对他们大家都和蔼有度；观察到大自然如此平均

① 在萨克索·格拉马提克斯（约 1200 年左右在世）的巨著《丹麦史》第 3 卷里，丹麦国王霍文狄鲁斯是安勒塔斯的父亲。莎士比亚的《哈姆雷特》即取材于此。

② 参见《哈姆雷特》第 5 幕第 9 场“墓园”：“这个骷髅就是国王御用的打诨脚色约里克的脑袋。”

③ 傻瓜的常用名。

地分配她的恩赐，在这些方面使他们彼此几乎处在同一水平上；因此您在这个国家几乎很难见到得天独厚的人；社会各个阶层的人都具备大量良好平常的理解能力，人各有份。”我认为这番话确有道理。

而我们，您也知道，情况就大不一样了；——我们大家在这个问题上高低悬殊；——您要么是个伟大的天才；——要么十有八九，先生，您是个大笨蛋，是个榆木脑袋；——并不是完全缺少中间级别，——不是的，——我们不会反常到这种地步；——而是两个极端更加常见，而且在这个不安定的岛屿上程度更为突出，因为在这里，大自然在这种天赋上是极其随心所欲、反复无常的；幸运之神在馈赠她的财产时也跟她一样。

就是这些动摇过我对约里克的血统的信念。根据我对他的记忆，根据我所能找到的有关他的记述，似乎他全身上下连一滴丹麦血液都没有；在九百年里，丹麦血可能已丧失殆尽：——关于这个问题我决不想和您进行哲学推理；因为不管这种情况怎么发生，事实却是这样的：——他身上非但没有您在具有这样一种血统的人身上所寻找到的那种冷黏液，以及极其规范的感觉和情绪；——恰恰相反，他却是一种飘忽不定、经过升华的混合物，——具有种种反常多变的倾向；——他浑身上下充满了生气活力、奇思异想和 gaité de coeur①，可以说集最宜人的气候条件下出产的大成。尽管有这种船帆，可怜的约里克没有带一丁点儿压舱之物；他完全不谙世事；他二十六岁时具有的如何控制自己航道的知识就像一个蹦蹦跳跳、毫无猜疑的十三岁的小女孩一样：因此他第一次出航时，他那股锐气的疾风，您可以想见，一天中总有十次让他冒犯别人的索具；而且因为挡道的往往是稳重而且速度较慢的人，——您同样可以想见，这样一来他就总是倒霉，以致纠缠进去，难以自拔。也许在那种骚乱的根底上有某种不幸的风趣的混合物也未可知：——因为，说实话，约里克的秉性对严肃是深恶痛绝的；——对严肃本身他并

① 法文：愉快的心境。

不反对；——因为在需要严肃的场合，他一连几天或几个星期都是人世间最严肃最认真的一个；——但他反对故作严肃，而且公开对它宣战，仅仅因为故作严肃，好像是一件掩饰无知或愚蠢的斗篷；因此，故作严肃如撞在他手上，不管如何庇护，他是很少宽恕它的。

有时候，他说起话来嘴没遮拦，他会说，故作严肃是个十足的恶棍；而且还会补充说，——也是最危险的一种，——因为它很狡诈；还说，他由衷地认为，在一年里头被故作严肃诈骗去钱财的诚实、善良的人，比在七年中间遭受溜窃扒窃去钱财的人还多。他会说，在一颗欢乐的心所发现的坦率的性格里，没有危险，——除了对它自身：——而严肃的本质是谋划，因而也就是欺骗；——这是一种别人教会的伎俩，无非是想赢得世人对一个人并没有的理智和知识的赞誉；而且，尽管故作姿态，——它不比很久以前一位法国才子所下的定义更好，反而是更糟，——即：身体为掩盖精神的缺陷而做出来的一种神秘的姿态；① ——这一关于严肃的定义，约里克会大而化之地说，值得用金字大书特书。

可老实说，他是个不落俗套、不谙世事的人，而且在策略通常讲究克制的别的任何话题上都同样地孟浪傻气。约里克只有一种印象，那就是从谈及的行为的性质引起的东西；这种印象他通常转换成直白的英语，决不拐弯抹角，——而且常常不分人物、时间、地点；——因而当提及一件可鄙的或一件不光明磊落的行径时，——他不给自己片刻的功夫考虑谁是这件事的主人公，——他的地位如何，——也不考虑事后此人对他能造成多大的伤害；——只要这是一桩卑鄙的行径，——他立即脱口而出，——此人是个卑鄙的家伙。——如此等等：——而且因为他的评论通常非常倒霉，不是以一句 bon mot② 收尾，就是自始至终风趣幽默，轻松愉快，这就使约里

① 法国慈善家、道德家弗朗索瓦·德·拉罗什富科（1613—1680）的《箴言》之一。

② 法文：妙语。

克的失检如虎添翼。总而言之，虽然他从不刻意追求，但有机会时他也很少回避，总是最先想到什么就说什么，而且从不讲究客套；——很遗憾，他一辈子碰到的散布他的风趣、幽默的诱惑太多，——他浑身都是玩笑噱头①。——尽管缺乏搜集，它们并未湮没。

要知道后果如何，约里克遇到的灾难又是哪些，请读下一章，自有分晓。

第十二章

抵押债务人和抵押债权人的区别不过是钱包的饱瘪不一，就像逗乐的和取乐的区别不过是记忆的长短不同一样。但在这里面，他们之间的比拟正如评注学者们所说，非常吻合；顺便说一下，这比荷马史诗中一些最好的比拟还要严丝合缝一点；——也就是说，前者是得到一笔钱，后者是赢得一阵笑，但你都得开销，然后再就不去管它了。然而，在两种情况下，红利都是滚滚而来；——定期或偶尔的支付，只是保持对此事的记忆显豁而已；到了最后，在某个倒霉的时刻，——扑腾一下，债权人冒出来了，当场要求支付本金及到当日为止的全部利息，使双方都意识到自己的全部义务。

由于读者（我讨厌你的“如果”）对人性已有一种透彻的认识，要满足他，我倒不必多啰嗦，只消说说，我的主人公不可能这样继续下去而对这些拉拉杂杂的联想毫无体会。说实在的，他已经随心所欲地陷入了一大堆这类小额账面负债中了，尽管尤金纽斯②屡屡提

① 参见莎士比亚《哈姆雷特》第5幕第1场哈姆雷特问约里克的骷髅：“现在你的玩笑在哪儿呢……？”

② 尤金纽斯在书中自始至终是以约里克的朋友和谨慎的忠告者的身份出现的，这是对约克郡骷髅堡的性情乖僻的主人约翰·霍尔-史蒂文森的理想化描述。斯特恩和他是剑桥大学的同学，从此结下了终生不渝的友谊。见《序》第15页。斯特恩选择尤金纽斯这个名字，可能考虑到它的拉丁文意义：有教养的，高尚的，慷慨的。

出劝告，他却只当秋风过耳；因为他认为它们没有一笔是做坏事欠的；——相反，都是由于心地诚实和性情欢快造成的，这些债务，到时候全会一笔勾销的。

尤金纽斯可决不认同；所以常常告诫他，总有一天肯定会有人找他算账；尤金纽斯还苦口婆心开导补充，——到了纤悉无遗的程度。对此，约里克通常抱着漫不经心的态度哼一声作为回答！——如果话题是在田野里开始的，——讲到最后总是跳蹦子；但要是被围在众人在场的壁炉边，这名囚犯就被一张桌子和两把扶手椅子堵住了，不可能突然逃之夭夭，——于是尤金纽斯就会继续讲谨慎从事的大道理，字字剀切中理，尽管有点儿东拼西凑。

相信我，亲爱的约里克，你这样信口开河，调笑逗趣儿，早晚会叫你陷入窘境的，事后聪明也救不了你。——在你那些俏皮话中，我常常见到这样的情形，遭到讥笑的人认为自己是个受害者，在这种情况下他当然有权利这样想；而且你也这样看待他，而他又把他的朋友、家人、亲属和同党也算了进去，——他们一起还集合了由于感到有共同的危险愿意投奔到他的麾下的新兵；——说你每讲十个笑话，你就树起了一百个仇敌，——这是一个明明白白的算术问题，绝不是耸人听闻；你继续讲下去，在你耳边招来一大群黄蜂，直到被他们叮得半死时，你才相信事情原来是这样。

对于这个我十分敬重的人，我不可能怀疑在这些俏皮话中有丝毫的怨恨和恶意。——我相信，也知道，这些话确实是真诚的，闹着玩儿的：——但是，我的好兄弟，请想一想，傻瓜对这一点是区分不开的，——而恶棍则不肯去区分；而你却不知道是怎么搞的，不是惹恼了前者，就是取笑了后者，——一旦他们联合起来共同防卫，没错，他们会跟你打一仗的，我亲爱的朋友，作战的方式会使你对战争由衷地厌倦，还会对你的生活感到厌倦。

从某个兴妖作怪的角落出来的**报复行为**必然会编造一个诬蔑你的故事，就是善良的心地、端正的行为，也无法拨乱反正。——你家的好运将摇摇欲坠，——你那为好运铺平道路的人格，将处处中伤流血，——你的忠诚将受到怀疑，——你的行为会被人误解，——你的风趣将被人遗忘，——你的学识会遭到践踏。为结束你的悲剧的最后一幕，**残忍**和**怯懦**这两个孪生恶棍，受到**恶意**暗中的雇用和挑唆，将联手对你的弱点和错误攻击：——我们当中的精英，我的好兄弟，将躺在那儿任人宰割，——相信我，——相信我，约里克，如果要满足一个人的私欲，一旦决定要牺牲一个无辜而又无助的动物，从它闯入的那一个灌木林中捡些柴火生火献祭是件很容易的事情。①

每当约里克听见给他宣读这种关于他的命运的悲伤的预言时，他很少不悄然掉泪，露出一副允诺的样子倾听着，并且暗暗下决心从今往后骑在他那匹驽马上时要更加庄重严肃。——然而，哎呀！为时晚矣！——以※※※※※和※※※※※为首的大同盟早在第一次预言之前就已经形成了。——整个攻击计划，正如尤金纽斯所预见的那样，马上就实施了，——盟军方面毫不留情，——约里克则根本没有想到有与他作对的计划实施，——以至于他，好一个随和的人！满有把握地以为他的提拔机会正在成熟时，——他们已经摧毁了他的根基，他便倒下了，就像在他之前已经倒下了许多志士仁人一样。②

然而，约里克还是以可以想见的英勇，战斗了一段时间；直至最后，由于寡不敌众，而且最终又被战祸搞得精疲力竭，——但被进行这场战争的那种阴险毒辣的手段搞得更为疲惫，——他扔下剑，尽管直到最后都表现出大无畏的精神气概，——然而，他死了，而且大家普遍认为，他的心碎了。

尤金纽斯也有同样的看法，原因如下：

---

① 取坎特伯雷大主教托马斯·特尼森（1636—1715）《培根选集，或弗朗西斯·培根爵士真正轶文》（伦敦， 1679）《引言》第 16 页的大意。

② 见《序》第 17 页。比较莎士比亚《亨利八世》第 3 幕第 27 场伍尔习的话：“第三天致命的霜冻来了，好一个随和的人，满有把握地以为他的宏伟世业正在成熟时，霜冻咬噬着他的根基，他便倒下了，就像我一样。”

在约里克断气前的几个钟头，尤金纽斯走了进来，打算见他最后一面，向他诀别：他把约里克的窗帘拉开，问他感觉如何。约里克抬头盯着他的脸，抓住他的手——他感谢尤金纽斯的深情厚谊，约里克说，如果来世有缘相见，——他还会再三为此感谢尤金纽斯的，——然后，他告诉尤金纽斯，再过几个钟头，他就要永远把敌人甩掉了。——希望不至于，尤金纽斯已是泪流满面，用男人说话时能用的最温柔的语气说道，——希望不至于，约里克，他说。约里克回答时眼睛向上看着，轻轻地捏着尤金纽斯的手，如此而已，——然而这使尤金纽斯的心如刀绞。——喂，——喂，约里克，尤金纽斯一边擦着眼泪，一边鼓起勇气说，——好兄弟，把心放宽，——在这紧急关头千万别泄气，而应当信心十足；——谁知道还有什么办法，神力还能为你做些什么呢？——约里克把手按在心口上，轻轻地摇了摇头；——就我而言，尤金纽斯继续说道，一边说一边痛哭流涕，——约里克，我真的不知道怎样和你分手，——我满怀希望，尤金纽斯清了清嗓子，补充说，来日方长，你还能当主教，——我也会活着看到这一结果的。——我求你了，尤金纽斯，约里克说，一边尽力用左手摘下睡帽，——因为右手还紧握在尤金纽斯的手里，——我求你看看我的头。——我看头没有毛病，尤金纽斯答道。——哎呀！我的朋友，约里克说，我告诉你吧，这就是※※※※※和※※※※※，以及一些别的人暗中行害打伤的，现在肿得不像样子，所以我或许可以借用桑丘·潘沙的话说：我若痊愈，“主教冠就是多得像雹子一样落下地来，也没有一顶合我的脑袋。”① 约里克说这句话时，最后气若游丝挂在他颤抖的嘴唇上，随时准备弃世而去；——但这句话还是以某种塞万提斯式②的语气说了出来；——

① 桑丘·潘沙得到主人堂吉诃德保证说他一当国王，他的妻子就做王后，对此桑丘答道：“我就不信。我自己肚里有个计较，即使老天爷让王国像雨点似的落下地来，一个也不会稳稳地合在玛丽·谷帖瑞斯头上。”（《堂吉诃德》第1卷第7章）

② 讽刺式的，就像塞万提斯在《堂吉诃德》中的口吻。

他说这句话时，尤金纽斯发现他的眼睛里有一股闪烁的火光亮了片刻；——这是他精神的火花闪现的隐隐的画面，这（就像莎士比亚说他的祖先一样）常会引起举座轰动的！

尤金纽斯根据这一点相信，他那位朋友的心确实碎了；他捏了捏约里克的手，——然后轻轻地走出房间，一边走一边流着眼泪。约里克目送着他走到门口，——然后闭上双眼，——再也没有睁开。

他被安葬在某堂区他的教堂墓地的一角，墓前竖一块朴素的大理石墓碑，这是他的朋友尤金纽斯在他的遗嘱执行人的同意下为他立的。上面仅刻有这么几个字，既是他的墓志铭，又是他的挽歌。

哀哉，可怜的约里克！①

约里克的鬼魂听到他的碑文以各种悲怆的语调每天都要念上十次，表示出对他的怜惜和尊敬，便感到莫大的安慰；——一条小径穿过教堂墓地经过他的墓旁，——路过的人无不驻足扫上一眼，——然后叹息着走开，

哀哉，可怜的约里克！

① 见莎士比亚《哈姆雷特》第5幕第1场，第201行。斯特恩的黑页也许反映了早期黑纸白字的挽歌传统。

第十三章

这部支离破碎的作品的读者与接生婆分手已经很久，现在是重新向读者提一提她的时候了，之所以要再提她，无非是要让读者记得还有这么一个人活在世上，而且按照我目前的计划所能形成的最好的判断，——我打算把她一劳永逸地介绍给读者：然而每当开始讲新的话题，许多始料未及的事情又出现在读者和我之间，可能需要立即处理时；——千万要留心在这段时间不要忘记这个可怜的女人；——因为在需要她的时候，没有她，我们可就一筹莫展了。

我想我已经给您说过这位好女人在我们全村全镇可不是个无足轻重的人；——她声名远播，早已达到那重要的圈子的边沿，这个圈子里的人，无论是身有蔽体的衣衫还是没有，——总有一个圈子围绕着她；——顺便说一下，前面说到的那个圈子，每当人们说那样的一个圈子在世界上也极有分量时，——我希望在阁下的想像中它可以按展现在您面前这位人物的地位、职业、学识、能力、高度和深度（两方面都要衡量）的反比扩大或缩小。

就目前的这种情况而言，如果我还记得，我把它定在四五英里的范围内，它不仅包括整个堂区，而且还延伸到另一个堂区边沿上的两三个毗邻的小村庄；这就使圈子变得相当可观了。我还得补充一句，我说过，从她的烟囱冒出的烟里，方圆两三英里内的一座贵族大庄园和其他零星的人家、农场上的人也是很看得起她的：——然而在这里必须一劳永逸地告诉您，这一切用一幅地图描绘将解释得更加确切，现在这图正在那位雕刻师手中，而这幅地图将和本作品的其他许多情节和发展一起补充到第二十卷的末尾，① ——不是为了扩充篇幅，——对这一类想法我是深恶痛绝的；——而是作为读完我的生平与见解以后，会被全世界（现在不要忘记这个词的含

① 作者只写了九卷，显然未完成原来的计划。

义）认为要么是属于个人情况解读，要么是具有模糊或可疑的意思的那些段落、穿插或影射的评注、批注、说明和解答；——这一点，不可为外人道，不管所有的英国评论家，不管那些老爷如何口诛笔伐，观点如何不同，——我已经认定情况就是这样。——我无需告诉阁下：这一切切勿外传。

第十四章

查阅我母亲的结婚协议时，为了在我们往下讲述这段历史前使我自己和读者弄清楚一个必须澄清的问题；——我很幸运，总共还没有查上一天半的材料，就碰上了我所需要的东西；——也许会花上我一个月的功夫；——这就明明白白地表明：当有人坐下来写一部历史时，——尽管只不过是杰克·希卡思里夫特①还是大拇哥汤姆②的历史，他对一路上将会遇到什么样的艰难险阻心中没谱，——也不知道写完之前，某一次偏离会给他导致什么麻烦。历史学家，能像骡夫赶骡子那样，把他的历史，———直朝前赶吗？譬如说，他会从罗马一路直奔洛雷托③，途中从不左顾右盼一下，——或许他会贸然向你一时不差地预言他什么时候到达旅程的终点；——但这种事，从道理上说，是不可能的：因为，如果他是个胆小如鼠的人，一路走去，他会把直道偏离五十回，不是跟这帮人结会儿伴，就是同那帮人搭会儿伙，他难免要这么做的。途中还有不断吸引他的目光的各样景致，他是绝对忍不住要驻足观望的；再说，他会有各种各样的

记述要核实：

① 或许是汤姆·希卡思里夫特之误，汤姆·希卡思里夫特是一个神话里的强人，他的故事是一部流行的古老传奇，同属“巨人杀手杰克”系列。

② 大拇哥汤姆是一篇流行的古老幼儿故事。

③ 洛雷托的“圣屋”自 15 世纪起一直是意大利最著名的圣祠之一，坐落在罗马东北 125 英里处的亚得里亚海滨。

轶事要搜集：

铭文要辨认：

故事要编造：

传说要筛选：

人物要拜访：

颂歌要贴在这家的门上：

谤文要粘到那家的门上：——凡此种种，赶骡子的人和他的骡子都是不会干的。总而言之，每一站都有要查的档案，还有公正时不时地把他召回查阅的案卷、记录、文件和没完没了的家谱：——简而言之，这种东西是没有止境的；——就我而言，我得说这六个礼拜我一直在干这种事情，尽量加快速度，——可我还没有出生呢：——我只是能告诉您事情发生的时间，但却没法告诉您发生的经过，如此而已；——因此您看，这件事离结束还远着呢。

这些始料未及的故障，我得承认，起步时一点概念都没有；——可是现在我相信，随着我的进展，这些故障只会增多，而不会减少，——它们已经发出了我决意遵行的暗示；——那就是，——不着急；——慢慢来，每年写作出版我的两卷生平；——如果能让我安安静静地继续下去，能给书商定下一项过得去的协议，只要我活着，我就会一直搞下去。

第十五章

我母亲结婚协议中的这一条款，我给读者讲过，我可是煞费苦心地寻找了一场，既然现在已经找到了，我想把它摆在读者面前是顺理成章的了，——它在契约本身中的表现比我声称表现的要充分得多，所以把它从律师的手中拿过来，倒成了粗暴行为：——条款全文如下：

“**本契约进一步证明**，该商人沃尔特·项狄，考虑到与上述伊丽莎白·莫里诺将要进行，并托上帝之福将要隆重完成的拟议中的婚事以及他就此特意提出的其他各种适当、重要的事由和约因——特同意、约定、依从、认可、决定、保证并与约翰·狄克逊及詹姆斯·特纳先生等上述受托人完全达成一致，——**即**，——以防日后出现、发生、偶发或另外产生下述情况——在该伊丽莎白·莫里诺按正常情况，或者非正常情况停止孕育生养子女之前，该商人沃尔特·项狄决意停止经商；——且由于该沃尔特·项狄停止经商，他会决计置该伊丽莎白·莫里诺的意愿、赞同和爱好于不顾，——并离开伦敦市，以便退隐、蛰居于他的祖业某郡的项狄家宅，或者其他任何现已购置或日后将要购置的庄园、城堡、楼堂、馆舍，或者其中的任何部分：——届时，每当该伊丽莎白·莫里诺以其有夫之妇的合法身份有孕在身，或行将受孕时，——该沃尔特·项狄必须自己负担花费、支付金钱、合理关注，为此同意在该伊丽莎白·莫里诺充分估算的六个星期内或推算的分娩期内，——给约翰·狄克逊和詹姆斯·特纳先生或受让人，支付或让人支付一笔总额为一百二十英镑的可靠、合法的钱款，——置信托管以达到以下的用途、意向、目的和宗旨：——**即**：上述一百二十英镑必须交到该伊丽莎白·莫里诺手中或由上述的受托人使用，切实雇用一辆马车，配有健壮快速之马匹，以运载该伊丽莎白·莫里诺及其届时所怀的孩子，——前往伦敦市；还可支付她在该城市或其郊区生产分娩所需的相关的其他所有杂费和开销，——直接的，间接的，与此相关的。而该伊丽莎白·莫里诺在该段时间和各段时间内，应当并可以按此处协商同意的，随时，——和平安静地雇用上述马车和马匹，并根据本文件之要旨、真正意图和含义，在其整个旅途中可以自由进入、离开该马车，不受任何阻拦、请求、麻烦、干预、骚扰、勒令下车、阻碍、罚款、烦恼、干扰或者妨碍。——此外，从该伊丽莎白·莫里诺怀有身孕之日到此处规定、认同之时，她可随时并经常在该伦敦市内她所乐意的一处地方或多处地方，一个人家或多个人家，与亲戚、朋友或其他人等一起生活、居住，尽管她目前身为有夫之妇，但可按 femme sole① 和未婚女子行事，——只要她认为适宜就一律合法。——**本契约进一步证明**，为了上述契约更加有效地实施，根据该商人沃尔特·项狄向上述约翰·狄克逊与詹姆斯·特纳先生转移所有权的为期一年的一份买卖契约，该商人沃尔特·项狄特向上述约翰·狄克逊与詹姆斯·特纳先生，他们的继承人，遗嘱执行人，受让人，转让、销售、出卖、出让及确认以下项目归他们实际拥有；上述为期一年的买卖契约的日期为本文件日期之前一日，根据的是使用权转换为所有权法令，——项目包括项狄在某郡的**全部**领地和庄园，连同其中的一切权利、成员和附属物品；以及全部的楼、堂、馆、舍、仓房、马厩、果园、花圃、屋后、屋基、块地、庭园、村舍、土地、草场、饲养场、牧场、沼泽地、公地、树林、林下灌木丛、排水道、养鱼场、水域、水道；——连带全部租金、未来享用权、服务费、年金、年固定包出税额、爵士费、十户联保评议会②、充公产业、地产继承之献纳、矿场、采石场、重罪犯和逃犯的全部有形动产、重罪犯本身、责成行政长官传唤辩护人出庭否则剥夺法律保护的令状、因致死人命而被充公的个人财物、野生鸟兽特许饲养场以及其他全部国王授予权和领主权、产权和管辖权、特权和可继承财产等等。——**另有**受俸牧师推荐权、捐助赠送、该项狄的教区长圣俸或教区长住宅的自由处置，以及全部什一税、捐税及教区牧师享用土地”——三言两语简单说，——“我母亲可以在伦敦坐月子（如果她愿意的话）。”

但显而易见，这种性质的婚姻条款给我母亲一方的任何不正大光明的举动开了方便之门，要不是我的脱庇·项狄叔叔的话，这种举动压根儿就从未想到，为了制止它的发生，——便又附加了这样一条保障我父亲权利的条款：——“为避免此后我母亲随时虚张声

① 法文：单身女子。

② 定期召开的会议，用于召集和视察十户联保制或共同负责的地方团体的成员。

势，前往伦敦故意给我父亲制造麻烦，增加开销；——如果此类情况发生，她将丧失该契约赋予她的一切权利和资格，只等下次；——但不得有第三次，——如此等等，totiesquoties①，采用一种有效措施，仿佛他们之间并未定过契约似的。”——顺便提一下，这只是合乎情理的东西而已；——然而，尽管合乎情理，我却一直认为，该条款的全部重量实际上完全压到了我自己身上，实在残酷。

但怀我、生我注定要遭受不幸；——因为我可怜的母亲，无论这是风还是雨，——或者风雨交加，——或者风雨皆无；——或者这只是她想入非非；——或者无论拥有它的愿望和渴求有多强烈，都会误导她的判断；——简而言之，她在这件事情上是受骗还是行骗，由我决定无论如何也不合适。实际情况是，一七一七年九月末，即我出生的前一年，我母亲带我父亲进城大大地有违本意，——他却不容分说坚持这一条款——这样一来，我就由婚姻条款注定，让我的鼻子挤压得像我的脸一样平，仿佛命运旋成的我实际上没有鼻子似的。

这件事是怎么发生的，——还有我一生中的某个阶段由于这一个器官的损失，或者毋宁说是压缩，引起的什么样的烦恼和失望连连尾随着我，——到时候一定会摆到读者面前的。

第十六章

谁都可以自然想见，我父亲只能怒气冲冲地跟我母亲一起回到乡下。但开头的二十或二十五英里路，他只是一味地就那笔该死的开销跟自己过不去，其实也是跟母亲过不去，他说花掉的每一个先令本来都可以省下来的；——随后最惹他恼火的就是一年中叫人来气的那段时间了，——我跟您说过，快到九月末了，那时候他非常

① 拉丁文：每一次。

讲究的篱壁果，尤其是李子，正好准备采摘了：——“如果他是在一年别的哪一个月，被人随便叫到伦敦干一件徒劳无功的差事，他是不会说二话的。”

关于接下来的整整两站路，除了他所承受的丧子的沉重打击，没有什么可记的材料，看来他对这个儿子满怀期望，他并在笔记本上记下把他看作老年的依托，以防博比辜负他的希望。“他说，这一失望对于一个智者来说，比这一趟路上的全部花销更胜十倍，——去他的一百二十镑臭钱，——他才不当一回事呢。”

从斯蒂尔顿到格兰瑟姆①的行程中，最惹他气恼的莫过于朋友们的哀悼和第一个礼拜天他们俩在教堂出的洋相了；——关于这件事，他将用这时被苦恼磨得更加锋利的尖刻的诙谐作很多幽默风趣、令人气恼的描述，——他在那么多叫人吃不消的目光和态度下把自己和老婆暴露在全体教友面前；——以致我母亲宣称，这两站路真是可悲而又可笑，惹得她从头到尾总是又哭又笑。

从格兰瑟姆一直到他们过了特伦特河，我父亲总以为我母亲在这件事上给他要鬼花招骗了他，他实在忍无可忍了。——“肯定，”他会一而再，再而三地对自己说，“这个女人自己不会上当受骗的；——如果她会上当，——那就太软弱了！”——好一个令人不快的字眼！这个字眼使他的想像如同芒刺在背，并且在一切结束以前一直跟他捣乱；——确实，如同软弱这个词被说出来，完全萦绕在他的脑海里一样，——无疑，这个词也促使他开始去区分软弱有多少种类；——有肉体上的软弱，——也有精神上的软弱，——然后他就什么事都不肯做，一心用三段论法对一站或两站路推论，这些苦恼的起因在多大程度上，是或者不是他自己。

① 从伦敦到爱丁堡大道上的两个驿站；斯蒂尔顿位于伦敦北面 59 英里处，格兰瑟姆再往北 28 英里处。特伦特河在格兰瑟姆以北 10 英里处的特伦特河上的纽瓦克与驿道相交。约克在伦敦北面 200 英里处，离爱丁堡还有一半路。

总而言之，他从这一件事上引发出了很多令人惴惴不安的小问题，它们一出现就接二连三困扰着他的心神，结果搞得我母亲，不管她此行到哪儿去，回来的路上总不是轻松愉快。——一句话，就像她在我的脱庇叔叔跟前抱怨的那样，我父亲总会把任何活人的耐心消磨光。

第十七章

我说过，尽管父亲回家的路上情绪极其糟糕，——一路上唉声叹气，骂骂咧咧，——但他还得赔着笑脸把最坏的情况藏在心里；——他已下定决心发挥自己的这种才能，而这也正是结婚协议中我的脱庇叔叔的条款赋予他的权利；并不是一直到十三个月以后怀我的那个夜里，我母亲对他的计划没有看出一点蛛丝马迹；您还记得，那天夜里我父亲碰巧有点儿懊恼，发起了脾气，——后来他们躺在床上一本正经地聊天议论即将发生的事情时，——他便趁机告诉她：她必须尽量照他们的结婚协议办事；那就是下一个孩子在乡下生，以抵销去年那一趟旅行的开销。

我父亲是一位绅士，具有很多美德——他的脾气中却有一种辛辣的味道，这或许会，或许不会增加美德的数量。——从好处说，这叫坚忍，——从坏处讲，这叫固执：这一点我母亲了如指掌，她知道再怎么抗议都是白搭，——所以她下决心安安静静地坐下，充分利用就是了。

第十八章

因为那天夜里说好，或者确切地说是决定，我母亲应在乡下生我，于是，她就采取了相应的措施；为了这一目的怀上孩子三天左右，她便开始注意那个您常听我提到的接生婆；而那个礼拜还没过完，由于不可能请到名医曼宁厄姆①大夫，她便心里做出了最后的决定，——尽管离我们八英里的地方有个技术娴熟的手术大夫②，此人还就产科问题专门写过一本售价五先令的书，书中不仅揭露了接生婆所犯的种种错误，——而且还追加了许多奇异的改进分娩的方法，以加快横生胎儿和别的有碍我们进入世界的危险情况下的胎儿的出生；尽管这样，我得说，我母亲仍断然决定把她和我的生命只交到那老太婆手里，别人一概不行。——现在我倒是赞成这种做法；——当我们无法得到自己最想要的东西时，——决不要不得已求其次；——决不；那可是可怜得难以形容了；——今天是一七五九年三月九日，——我正在写这部醒世之作，仅仅在一周以前，——我亲爱的，亲爱的珍妮③注意到我神情有点严肃，当时她正站着对二十五先令一码的丝绸杀价，——她给绸布商讲，给他造成这么多麻烦十分抱歉；——并且立即过去给自己买了十便士一码的宽幅为一码的料子。——这是同一伟大灵魂的翻版；只是在我母亲的问题上多少有损荣耀的是，她不能像其他处在她这种境地的人所希望的那样，悍然让这种事走向那么一种暴烈危险的极端，因为那个老接生婆的确有值得信赖的地方，——至少，有过成就带给她的那种口碑；在堂区近二十年的接生营生中，把每一位母亲的儿子带进了这个世界，而没有一点能记在她的账上的闪失。

这些事实，尽管自有它们的分量，但涉及到这一选择时并不足

---

① 医学博士，皇家协会会员理查德·曼宁厄姆（1690—1759），当时英国顶尖的男助产士；但直到特里斯舛出生时才名声大振。当时一般在难产的情况下才请男助产士，也就是说，需要取出死胎，或在胎儿危及产妇的生命时，杀死胎儿。

② 指医学博士约翰·伯顿（1710—1771），约克的古文物专家和内科医生，“最有学术水平的名著”《产科论》（1751）的作者。见第 96 页注①。

③ “珍妮”在本书前半部分代表职业歌唱家凯瑟琳·富曼特尔。她于1759—1760 年的演出季节出现在约克礼堂，曾与斯特恩有一段公开的或许是柏拉图式的恋情。在书的后半部，“珍妮”大概只不过成了任何男子所爱的女子的象征。

以完全消除悬在我父亲心头的顾虑和不安。——先别说人道和正义的天理，——也不说父子、夫妻之爱的热烈，因为这些都促使他在这种情况下期望尽可能不做冒险的事情；——他觉得自己特别关注的是在目前这种情况下应当万无一失；——如果在项狄家宅生产时就是他的妻子和孩子万一碰到什么不测，他也会摆脱他容易遭受的郁结的悲哀。——他知道，世人根据事件做出判断，并且会把全部的罪责都加到他头上，从而增加他在那桩不幸中的痛苦折磨。——“哎呀！老天爷；——要是项狄夫人，可怜贤惠的女人，要是她进城生了孩子再回家的愿望得手就好了；——有人说，她曾光着双膝跪在地上祈求过。——而这个，依我看，考虑到项狄先生给她带来的运气，——并不是那种要办的大事，也许这会儿她们母子双双平安。”

这一声惊呼，我父亲知道是无法回答的；——但，它并不是仅仅为了开脱自己，——它也不是纯粹为了关心他似乎这会儿极度担心的孩子和妻子；——我父亲看问题非常全面，——而且，正如他所想的，出于他对倒霉情况可能会造成不当的使用所怀的恐惧，为了公众利益对它表示深切的关注。

他看得明白：关于这个问题，从伊丽莎白女王统治时期开始一直到他所处的时代，所有的政治作家都一致同意并十分痛心地认为：这股人与钱都涌往都城干某种无聊的勾当的潮流，——来得势不可挡，——甚至对我们的公民权利都造成了危险；——尽管顺便说说，——潮流并不是他最欣赏的意象，——而紊乱在这里却是他最喜欢的比喻，他甚至想把它塞进一个绝妙的寓言，认为它在民族机体跟自然机体中完全相同，在自然机体里血液和精神涌上头比往下流来得快；——接下来就是停止循环，这在两种情况中都是死亡。

他会说，法国的政治或法国的入侵使我们失去自由的危险微乎其微；——他也并不因为我们机体中大量的腐败物质和糜烂体液而处于一种损耗的极度痛苦之中，——他希望这种现象并不像人们想像的那么糟糕；——但他倒确实担心在某种猛烈的攻势下，我们会突然面临一个举国瘫痪的局面；——接着他会说，愿上帝保佑我们大家。

每当我父亲讲完这种紊乱的史实后，——总能拿出一套解救方案。

“我若是个专制君主，”他说着就双手提提裤子，离开扶手椅站起身来，“我会在我的首都的每条街道上委派一些能干的法官，让他们注意到这儿来的每一个傻瓜干的事情；——而且，如果在公正、坦诚地倾听申诉时，看样子没有足够的力量离开自己的家，而进城来时屁股后面跟着老婆孩子，务农的儿子，背着包袱行李等等，等等，那就把他们当流浪汉对待，由一个个警察把他们统统送回原籍。通过这种办法，我会让我的都城不致因不堪重负而动荡不安；——再不会造成头大身材小的失调现象；——现在萎缩了的极端部分，应当重新得到各自应有的一份滋养，从而恢复它们天生的力量与美丽：——我要行之有效地规定，我的国家里所有的草地和农田都得充满欢歌笑语；——欢乐好客要再度蔚然成风；——而且我将把这种权势都交到王国的地主阶级手里，以补偿我发现我的贵族现在正从他们手中拿走的东西。

“为什么法国有那么多怡人的省份，那里的宫殿和绅士的宅邸却少得可怜？”他往往会一边在屋里踱步，一边感慨系之地发问，“为何各省残存的为数不多的城堡都是那样残破不堪，——陈设简陋，处于一种坍塌荒凉的境地呢？——先生，那是因为”（他会说）“在那个国家里谁也没有什么乡村兴趣好维持；——在那个国家，无论在哪儿，人们如果还有一点点兴趣的话，那就集中在宫廷里，每一个法国人的生死，主要看‘伟大的君主’① 的脸色，全要看他满面生辉还是阴云笼罩了。”

还有一个政治原因促使我父亲严加防范我母亲在乡下生孩子会出现的丝毫闪失，那就是，——任何类似的情况会一无例外地把一

① 指路易十四。

种已经过大的均势投入他那种地位或地位更高一些的绅士们的较为脆弱的容器①里；——这，连同那部分机体正在时时刻刻建立的其他许多侵夺来的权利，最终将会证明对建立在上帝的第一个造物中的君主式家长体制是致命的打击。

在下面这一点上，他跟罗伯特·菲尔默爵士②的观点完全一致，那就是，东方世界最大的君主体制的方案结构，原来都是沿袭这种令人折服的家庭和父权模式和原型；——他说，一个多世纪以来，这种模式和原型已逐步退化为一种混合政体；——其形式，无论在种族大联合方面有多么可取，——在小联合方面却麻烦不少，——而他所看到的，除了制造悲哀和混乱，很少再有什么结果。

尽管有种种个人的和公众的理由加在一起，——我父亲却极力主张请个男助产士，——我母亲则极力反对。我父亲苦苦恳求她撤消一次在这种事情上独有的权利，允许他来替她选择；——可我母亲她则坚持自己在这种事情上的特权，要自己选择，——除了那老太婆，决不要他人帮忙。——我父亲能咋办？他简直是无计可施了；——跟她好说歹说；——进行全面论证；——跟她辩论，时而像个基督徒，——时而像个异教徒，——时而像个丈夫，——时而像个父亲，——时而像个爱国者，——时而像个男子汉：——我母亲却只像女人那样回答每一件事情；这可真有点难为她了；——因为她无法应付那么多五花八门的人物杀出重围，——这可不是一场势均力敌的较量；——这是七对一的局面。——我母亲能咋办？——她还是有一定优势的（不然她肯定已经一败涂地了），那就是内心深处个人苦恼所给的些许增援，激励着她，并使她和我父亲在争论这件事时能处

① 指女人。源出《圣经·彼得前书》第3章第7节。

② 罗伯特·菲尔默爵士（1653年卒），英国政治作家。他维护君权神授的理论基础是：家庭的父权统治是所有统治的真正的起源和样板。君主依赖天赋权利作为民众至高无上的父亲，实施统治。

在势均力敌的有利地位，——双方都唱着 Te Deum①。总而言之，我母亲要请那老太婆，——而手术医生则将获准跟我父亲和我的脱庇·项狄叔叔在后客厅里喝瓶酒，——为此还要给他五个几尼。

在结束这一章前，我必须请求允许我向我公正的读者做一番解释；——事情是这样的：——不要把我在本章内信笔写下的一两句轻率的话绝对地看作理所当然，——“我是一个有妇之夫。”——我承认把我亲爱的，亲爱的珍妮的芳名，——不时地和另外一些关于婚姻知识的笔触混杂在一起，可能自然而然地误导世界上最公正的法官做出不利于我的裁定。——小姐，在这个问题上，我唯一的请求是，绝对的公正，而您对我就像对您自己一样不乏公正的对待，——不至于预先判断或接受对我的这样一种印象：除非你有比我目前确信能拿出来指控我的更好的证据：——小姐，我也不可能如此爱慕虚荣，不讲道理，以至于希望您会因此而认为我亲爱的，亲爱的珍妮是我所供养的情妇；——不，——那会从另一极端美化我的性格，并给它一种自由潇洒的神态，这或许是它无权得到的。我要争辩的是，对于某几卷来说，您，或者世界上明察秋毫的精灵，绝不可能知道这件事的真实情况。——我亲爱的，亲爱的珍妮！和芳名一样温柔的珍妮，或许是我的孩子，这并不是不可能的。——想想看，——我出生于一十八年。——我亲爱的珍妮，或许是我的朋友，如果这样推测并没有不合情理或者放肆的成分。——朋友！——我的朋友。——当然，小姐，异性的友情可以存在，而且可以予以支持，如果没有——呸！项狄先生：——没有别的，小姐，只有一贯夹杂在异性友情中的那种脉脉温情的话。我恳请您去研读最优秀的法国传奇中纯正多情的描写；——小姐，看到各种各样纯洁地表达我有幸谈到的这种美妙的情感以千变万化的贞洁的表现形式装扮出来，真会叫您大吃一惊的。

---

① 一支古老的感恩赞歌的题目（摘自开头的歌词， Te Deum laudamus，拉丁文：我们赞美你，主啊），现在用来表示欢呼胜利。

第十九章

我宁愿试着证明最难的几何题，也不肯妄加解释，说像我父亲这样一位很有头脑的绅士，——读者肯定已经注意到了，他对哲学有深入了解，——对于政治推理也十分精通，——对争辩学（读者将会发现）也绝不是一窍不通，——竟然能够在头脑中存有一种想法，如此背离常规，——以至于我担心，当我开始向读者提起这种想法时，就是他生性一点也不暴躁，也会马上把书扔到一边；如果他生性活泼轻浮，也会因这种想法笑破肚皮的；——如果他性格严肃冷漠，一看到这本书，就会指责它想入非非，言过其实；而这种想法牵扯到的是教名的选用问题，我父亲认为教名的作用要比那些肤浅的头脑能想到的大得多呢。

在这一件事情上，他的观点是：存在着一种奇怪的好像由魔术造成的偏见：他所谓的好名字或坏名字，不可避免地影响着我们的性格和行为。

比起我父亲一方面对**特里斯墨吉斯忒斯**或**阿基米德**的名字的态度，——另一方面对**尼基和西姆金**①的名字的态度，**塞万提斯**的主人公争论这个问题时也不会更加认真，——对于巫术辱没他的功绩的力量，——或者对于为这些功绩增光添彩的**杜尔西内娅**的芳名，——他的信心也不会更强——言论也不会更多。② 他会说，有多少**恺撒**和**庞培**，仅仅在这些名字的感召下成为名实相符的伟人？他又会补

① 特里斯墨吉斯忒斯，见第 283 页注②。阿基米德（约前 287—前 212），希腊著名的数学家和发明家；尼基和西姆金当然是圣经人物尼古拉斯（或尼哥底母！）和西面的略称。

② 由于他的冒险事业屡屡失败，堂吉诃德总怪罪敌对的魔术师的高超能力；他偶尔的成功使他更感到甜蜜，因为这些历险是以他想像的情人，“拉 · 曼却女皇，举世无双的杜尔西内娅 · 台尔 · 托波索”的名义进行和增辉的。

充说，有多少人，如果不是他们的个性或气质完全像**尼哥底母**那样被削弱得一无可取，① 他们可能在世界上干出丰功伟业来的。

先生，我父亲会说，从您的眼神里（或者当这种情况发生时）我看得明白，——您并不是全心全意地赞同我这种观点的，——他还会对那些没有对这一观点仔细地追根究底的人补充道，——我承认这一观点想入非非的成分多，扎实论证的成分少；——并且还有，我亲爱的先生，假定我了解您的性格，我完全相信：向您陈述一件案情是不应该冒多少风险的，——不是把您看作辩论的一方，——而是看作一名法官，并且把我关于案情的申诉交给您在这种事情上的英明判断和诚恳探讨；——您这人不像大多数人那样有很多狭隘的教育偏见；——而且，如果我可以擅自对您进一步深入了解，——您是一位天资过人的人，是不屑于把一种意见仅仅因为它缺乏支持而压制下去的。您的儿子！——您亲爱的儿子，——对他甜美率直的脾性您寄予了厚望。——您的**比利**，先生！——无论如何您会管他叫**犹大**吗？——我亲爱的先生，您愿意吗，会把他的手放在你的胸口上说，用的是最斯文的腔调，——而且用的是 argumentum ad hominem② 的性质绝对需要的那种温柔的、不可抵御的轻声，——先生，您愿意吗，如果一个犹太人似的教父建议为您的孩子使用这个名字，同时把他的钱袋送给您，您会赞同他这样轻蔑的对待吗？——我的上帝啊！他会抬起头来说，如果我没搞错您的秉性，先生，——您是不会接受的；——您会把钱袋踹到脚下；——您会深恶痛绝地把那种诱惑朝诱惑者的脑袋砸过去。

在这一行动中您那令我敬仰的伟大思想，以及在整起事件中您对我显示的那种对金钱的万分蔑视，确实高尚；——而且，使它更

---

① 指法利赛人和犹太教最高议院的成员尼哥底母的性格，据《约翰福音》第 3 章第 1—13 节和第 7 章第 45—53 节，此人曾谨慎地夜访耶稣，内心里成了一名信徒，但在犹太教最高议院前，害怕承认自己的信仰，害怕为耶稣辩护，所以含有胆怯的、意志薄弱的等意思。

② 拉丁文：针对人的辩论，针对人的偏见或兴趣，而不是针对问题。

加高尚的则是这种行动的原则；——一种父爱对令郎叫犹大这样一个假说的真理和信念的反应，——这一卑鄙危险的想法，与这个名字密不可分，会如影随形，伴他终生，并且，最终，先生，尽管有您这么一个榜样，却把他造成了一个守财奴，一个无赖。

我从来没见过有一个能回答这个论点的人。——但是，真的，要如实地讲讲我父亲；——他的确在演说和辩论中都是锐不可当的；——他是天生的雄辩家；——θεοδίδακτος①——说服力就挂在他嘴上，逻辑学和修辞学的各种要素就混合在他的心里，——而且，他能洞察秋毫，猜透对方的弱点和情感，——结果，自然也会站起来发言，——“此人能言善辩。”总而言之，无论在问题上他处于弱势还是强势，在哪一种情况下向他发起攻击都是危险的：——而且，说来奇怪，在古人中，他从没读过西塞罗②和昆体良③的演说，也没有读过伊索克拉底④、亚里士多德⑤、朗吉努斯⑥的作品；——在现代人中，没读过福修斯⑦、肖比乌斯⑧、拉缪斯⑨，或

① 希腊文：神教过的。

② 西塞罗的《演讲术》、《布鲁图》和《演说家》发展了一套完整的修辞训练体系。

③ 马库斯·昆体良（约35—约95），罗马修辞学家，其名作《雄辩术原理》是一部关于演说家训练的详尽论著。

④ 伊索克拉底（前436—前338），雅典演说家，杰出的雄辩教师。

⑤ 亚里士多德（前384—前322），希腊最负盛名、最有影响的哲学家，逍遥派创始人；这里指他的《修辞学》，一部关于“在任何情况下发现可利用说服手段的能力”的论著。

⑥ 加修斯·朗吉努斯（约210—273），希腊著名修辞学家和哲学家，外号“学者”，据称是《论崇高》的作者，这是一部关于文学风格的感染力的著名研究著作。

⑦ 即格哈德·约翰·福斯（1577—1649），荷兰古典学者，语法学家，著名的神学家；此处指他的《修辞艺术》和《修辞笔记六卷》。

⑧ 即加斯帕·肖珀（1576—1649），德国辩论家、学者，其主要著作为《哲学语法》。

⑨ 佩特吕斯·拉缪斯（1515—1572），法国逻辑学家，因反亚里士多德主义的著作而闻名。

法纳比①的著作；——令人更惊诧的是，他一辈子从没有听过一次关于克拉肯索普②或布格尔斯戴修斯③，或者任何荷兰逻辑学家或评论家的讲座，因此不曾有丝毫细微的星火闪进他的脑海里；——他甚至不知道 ad ignorantiam 辩论④和 ab hominem 辩论的区别在哪里；因此我清楚地记得，当他陪着我把我的名字登在※※※※的耶稣学院时，⑤——我那颇有声望的导师和那个学术社团的两三位研究员对此简直惊诧不已，——一个连他所使用工具的名堂都不知道的人，竟然能够用那种方式跟他们一起工作。

然而，以他力所能及的最好的方法跟他们一起工作则是我父亲永远勉为其难的事情；——因为他有成千微小的滑稽可笑、表示怀疑的见解要卫护，——大部分见解，我的确相信，最初仅仅迈上古怪念头和一种 vive la Bagatelle⑥ 的台阶；于是他会用半个来钟头拿它们开心，一旦用它们磨利了他的诙谐，就把它们丢在脑后，等过后哪一天再说。

我提及这一点，不仅仅是要推测我父亲这许多古怪见解的发展和确立，——而且要警告博学的读者不要轻率地接待那些不速之客，因为它们自由自在、毫无干扰地进入我们的大脑以后过上几年，——最终就在那儿安家落户，——有时还像酵母一样发挥作用；——但更普遍地是按温情脉脉的方式，从嬉笑开始，——却以十足的认真结束。

---

① 托马斯·法纳比（约 1575—1647），英国人文主义者，其《语法体系》应查理一世之请，为公立学校使用所写，于 1641 年出版。

② 理查德·克拉肯索普（1567—1624），口才出众的牧师，因具有逻辑学家和辩论家的才能而出名。

③ 即弗朗西斯·布格尔斯戴克（1590—1629），荷兰逻辑学家，因其《逻辑学原理两卷》而闻名。

④ 针对无知辩论；基于对方对于所辩论事实无知的假设上的辩论。ad hominem，见第 49 页注②。

⑤ 斯特恩自己是剑桥大学耶稣学院的毕业生。

⑥ 法文：小事万岁。

这是我父亲思想奇特的表现呢，——还是他的判断终究成了对他的诙谐的愚弄；——还是他的许多思想，尽管显得古怪离奇，究竟在多大程度上会绝对正确呢；——读者见到时，自会做出决断。我在这儿所强调的无非是，在这一个关于教名影响的思想上，不管它是怎么确立的，他却是极其认真的；——他始终如一；——他自成体系，而且，像所有自成体系的推理家一样，他会转动乾坤，会扭转自然界的一切，来支持他的假说。总而言之，我再重复一遍；——他是极其认真的；——而且，正因为如此，每当他看见人们，尤其是本应更加明白的有身份的人，——给自己的孩子起名字时，就像给自己的小狗起名为蓬托或丘比特一样大而化之，漠不关心，——甚至还要马虎时，——他就会完全失去耐心。

他会说，这种现象很不好；——更何况这里面还有这样一种恶劣倾向，那就是：一旦错误地，或者不明智地起了一个恶名儿，那就跟一个人名声的情况不同了，因为一个人的名声蒙受不白之冤时，以后可能会平反昭雪；——而且，如果在他的生前不行，至少在他死后的什么时候，还有可能，——反正，总会被世人纠正过来的：可是这一种伤害，他会说，永远也消除不了；——对，他甚至怀疑议会的法案是否能管得到这种事：——他和您一样清楚地知道，立法机构对姓氏有权过问；——他会说，要不是他能提出的这些充分的理由，这个问题绝对不敢前进一步呢。

值得注意的是，尽管我父亲，我给您说过，在这种见解的影响下，对某些名字怀有强烈的爱憎；——但仍然有许多名字在他看来却是势均力敌，不相上下，所以他绝对不能厚此薄彼。杰克、狄克、汤姆便属于这一类：我父亲管这些叫做中性名字；——他绝无讽刺之意地断言，自从开天辟地以来，凡是随便叫了这些名字的人，既有傻子恶棍也有智者贤人，两种人人数相当；——所以，如同相等的力量在相反方向互相作用一样，他认为它们彼此抵消了对方的影响；正因为如此，他总是宣称：他才不会在它们当中去选择呢。博布，是我哥哥的名字，是种种中性教名中的又一个，这些名

字基本上不偏不倚，给我哥哥取这个名字时我父亲碰巧在埃普索姆①，——所以他总是感谢上苍，因为这个名字并不见得坏到哪里。在他看来安德鲁有点像代数里的负量；——他说，这个名字比干脆没有名字还要糟糕。——威廉十分高贵：——纳姆普斯又相当低贱；——而尼克呢，他说，就等于**魔鬼**。

然而，在世界上所有的名字中，他对**特里斯舛**②怀着最难以抑制的厌恶；——在世界上的任何东西当中。他对这个名字最瞧不起，——认为它在 rerum naturâ③ 中产生出的只能是极端卑贱和可怜的东西：顺便说一下，他常常卷入关于这个问题的争论中，——他有时会用 Epiphonema④ 突然慷慨陈词，或者甚至用 Erotesis，把话语的调门拔高三度，有时五度，——并且直截了当地质问他的对手，他是不是愿意负责地说，他记得，——是不是他读过，——或者是不是听说过叫特里斯舛的人，干出什么丰功伟业或者青史留名的功勋？——没有——，他会说，——**特里斯舛**！——这种事绝不可能。

我父亲除了把他的这种观点写成一本书公之于众还能企望什么呢？独自一人坚持自己的见解对缜密的思想家来说是没有多大用处的，——除非他把这些见解适当地发表出来：——我父亲干的正是这种事情；——因为，在一十六年，即我出生的两年前，他就特里斯舛这个词煞费苦心地写了一篇**专题论文**，——以极其诚恳的态度向世人表明了他对这个名字恨之入骨的缘由。

当这段故事与书名页相对照时，——难道宽容的读者不会从内心深处怜悯我父亲吗？——看见一位规规矩矩、心地善良的绅士，

---

① 英国地名，那里从詹姆斯一世时代，即 17 世纪初开始有赛马， 1730 年后每年五六月举行，从未间断。沃尔特也许是奔着那里有医疗作用的水去的。

② 原文为 Tristram，根据拉丁文 tristis，意为“忧伤的”。故译为“特里斯舛”。“舛”字有“不幸、不顺”之义。

③ 拉丁文：事物的性质。

④ 希腊文：感叹的结束语。 Erotesis 意为修辞疑问句。

尽管与众不同，——但他的见解并无大害；——在见解方面却受相互矛盾的目的的影响；——俯视这个舞台，看见他的小小的体系和愿望遭挫折，被推翻；看见一系列的事件不断地与他作对，而且用的是这样一种残酷无情的方式，好像这些事件被有意谋算跟他作对似的，只不过是为了破坏他的构想而已。——总而言之，瞧着这样一个人年近垂暮，不宜麻烦缠身难以应对，一天受着十倍的悲痛；——一天把他祈求保佑的孩子**特里斯舛**呼唤十次！——多么凄凉的双音节词啊！在他的耳朵听来，与尼古扑扑和天底下每一个恶名同音合拍。——我凭他的骨灰起誓！——如果有恶毒的精灵乐意或忙于研究凡人的目的，——它肯定就在这里；——如果我在受洗之前没有必要出生，我这会儿就给读者一个交待。

第二十章

——小姐，您怎么在读上一章时如此心不在焉呢？我在那一章里给您讲过，我母亲不是旧教徒。——旧教徒！您没有给我讲过这件事呀，先生。小姐，我求您让我把话再重复一遍，我白纸黑字，明明白白给您讲了，至少文字通过直接推理尽量把这种事给您讲得一清二楚。——那么，先生，我准是落掉了一页。——没有，小姐，——您一个字也没有落。——那么我是睡着了，先生。——小姐，我的自尊容不得您这样的托词。——那么，我说白了，我压根儿就不知道有这回事。——小姐，那正是我指责您所犯的错；而且作为对这一错误的惩罚，我一定要您马上翻回去，也就是说，您读到下面的句号时就翻回去，把那一章从头到尾重读一遍。

我硬要这位小姐悔过，不是出于胡闹，也不是出于无情，而是出自最良好的动机；因此当她又回头来读时我不会为这个向她道歉的：——这是对悄悄潜入包括她在内的成千上万的人中的读书恶趣的一种批评，——他们照直往前读，为的是追求冒险刺激，而不是这类书所具有的深沉的学识，而如果阅读得当，这样一本书无疑会对他们提供这些。——头脑应当习惯做明智的反思，并且随时得出谨严的结论；这种习惯使小普林尼断言："他从未读过一本差劲得他没有从中受益的书。"① 把希腊罗马故事漫无目的、走马观花地浏览一遍，——我断言还不如带着目的读帕里斯默斯和帕里斯门诺斯②的传说或英格兰的七大守护神的传说的好处多。

——不过我漂亮的小姐来了。您按我的意思把前一章重读过了吗，小姐？——您读过了：在读第二遍时，难道您没有注意到那段允许推论的文字吗？——那样的字一个都没有！那么，小姐，仔细考虑该章的倒数第二行，我在那里有意说道："我受洗之前，我必须出生。"小姐，如果我母亲是个旧教徒，那种结果就不会出现。*

---

① 小普林尼（62—113），罗马作家，的确写过"他每读书必然要摘引一些东西，因为他说过没有一本书会糟糕到一无所用的程度"（《书信集》3.5）；然而，"他"指老普林尼（23—79），罗马博物学家，这里描写他这一习惯的人是他的侄儿。

② 见第465页注②。

* 在孩子遇到危险时，罗马天主教仪式在孩子出生前就指示给孩子施洗礼；——但有如下附加：施洗者看见胎儿身体的某一部分，——但是索邦神学院的博士们通过于1733年4月10日在他们之间进行的一次商议，——决定即使孩子身体没有出现，施洗也仍可以借助针管注射来实行，——par le moyen d'une petite Canulle，—Anglicè a squirt[a]——从而扩大了接生妇的权利。——奇怪的是圣托马斯·阿奎那[b]，他有如此好的一种机械头脑，对解决经院神学的问题游刃有余，——在对这个问题经过千辛万苦的钻研后，——最终把它作为一个二等的 La chose impossibe[c] 的观点而放弃，——"Infantes in maternis uteris existentes（圣托马斯援引道） baptizari possunt nullo modo."[d]——托马斯啊！托马斯！

如果读者有好奇心，想弄明白提交给与会的索邦神学院博士们通过注射施礼的问题，内容如下：［斯特恩注。这里指的是下面的"备忘录"和"批复"，斯特恩把它并入本章的正文里。］

a 通过小注射针管，——通过注射器。

b 圣托马斯·阿奎那（约1227—1274），意大利神学家、经院哲学家，这里指的是他的主要论著《神学大全》。

c 不可能的事。

d 在母亲子宫里的婴儿不能用任何办法施洗礼。

这对于我这本书是一个极大的不幸，但是对于文学界来说则更为不幸；——有鉴于此，我自己的书就湮没无闻了，——在万事万物中，追新求险的恶癖已经根深蒂固地植入我们的习性之中，——而且我们如此一门心思地想那样满足我们急不可耐的欲望，——以致一种结构中只有那些粗俗的，更耽于肉欲的部分才会下沉：——而科学的微妙暗示和狡黠信息却像精灵一样远走高飞；——沉重的道德向下逃遁；并且二者都从世间销声匿迹，仿佛它们仍留在墨水瓶底似的。

我希望男读者没有放过许多像这本把女读者放在里面考察的怪诞的书。我希望这本书自有一些作用；——而且所有的善男信女，会以这位小姐为榜样，不仅学会读书，而且学会思考。

MEMOIRE presenté à Messieurs les Docteurs de SORBONNE*.

UN Chirurgien Accoucheur, represente à Messieurs les Doctueurs de Sorbonne, *qu'il y a des cas, quoique trés rares, où une mere ne sçauroit accoucher, & même où l'enfant est tellement renfermé dans le sein de sa mere, qu'il ne fait paroître aucune partie de son corps, ce qui seroit un cas, suivant les Rituels, de lui conférer, du moins sous condition, le baptême. Le Chirurgien, qui consulte, prétend, par le moyen d'une* petite canulle, *de pouvoir baptiser immediatement l'enfant, sans faire aucun tort à la mere. — Il demande si ce moyen, qu'il vient de proposer, est permis & légitime, et s'il peut s'en servir dans le cas qu'il vient d'exposer.*

REPONSE

LE Conseil estime, que la question proposée souffre de grandes

* 参阅德文特，巴黎版， 4 to， 1734， p. 366. [斯特恩注。在本引文的真实性受到质疑后加在第 2 版里。]

difficultés. Les Théologiens posent d'un côté pour principe, que le baptême, qui est une naissance spirituelle, suppose une premiere naissance; il faut être né dans le monde, pour renaître en Jesus Christ, *comme ils l'enseignent.* S. Thomas, 3 part. quæst. 68. artic. II. *suit cette doctrine comme une verité constante; l'on ne peut, dit ce S. Docteur, baptiser les enfans qui sont renfermés dans le sein de leurs Meres, et S.* Thomas *est fondé sur ce, que les enfans ne sont point nés, & ne peuvent être comptés parmi les autres hommes; d'où il conclud, qu'ils ne peuvent être l'object d'une action extérieure, pour recevoir par leur ministére, les sacremens nécessaires au salut:* Pueri in maternis uteris existentes nondum prodierunt in lucem ut cum aliis hominibus vitam ducant; unde non possunt subjici actioni humanæ, ut per eorum ministerium sacramenta recipiant ad salutem. *Les rituels ordonnent dans la pratique ce que les théologiens ont établi sur les mêmes matiéres, & ils deffendent tous d'une maniére uniforme de baptiser les enfans qui sont renfermés dans le sein de leurs meres, s'ils ne font paroître quelque partie de leurs corps. Le concours des théologiens, & des rituels, qui sont les règles des diocéses, paroît former une autorité qui termine la question presente; cependant le conseil de conscience considerant d'un côté, que le raisonnement des théologiens est uniquement fondé sur une raison de convenance, & que la deffense des rituels, suppose que l'on ne peut baptiser immediatement les enfans ainsi renfermés dans le sein de leurs meres, ce qui est contre la supposition presente; & d'un autre côté, considerant que les mêmes théologiens enseignent, que l'on peut risquer les sacremens qu'* Jesus Christ *a établis comme des moyens faciles, mais nécessaires pour sanctifier les hommes; & d'ailleurs estimant, que les enfans renfermés dans le sein de leurs meres, pourroient être capables de salut, parce qu'ils sont capables de damnation; —pour ces considerations, & en égard à l'exposé, suivant lequel on assure avoir trouvé un moyen certain de baptiser ces enfans ainsi renfermés, sans faire aucun tort à la mere, le Conseil estime que l'on pourroit se servir du moyen proposé, dans la confiance qu'il a, que Dieu n'a point laissé ces sortes d'enfans sans aucuns secours, & supposant, comme il est exposé, que le moyen dont il s'agit est propre à leur procurer le baptême; cependant comme il s'agiroit, en autorisant la pratique proposée, de changer une règle universellement établie, le Conseil croit que celui qui consulte doit s'addresser à son évêque, & à qui il appartient de juger de l'utilité, & du danger du moyen proposé, & comme, sous le bon plaisir de l'évêque, le conseil estime qu'il faudroit recourir au Pape, qui a le droit d'expliquer les règles de l'église, et d'y déroger dans le cas, où la loi ne sçauroit obliger, quelque sage & quelque utile que paroisse la maniére de baptiser dont il s'agit, le conseil ne pourroit l'approuver sans le concours de ces deux autorités. On conseille au moins à celui qui consulte, de s'addresser à son évêque, & de lui faire part de la presente décision, afin que, si le prelat entre dans les raisons sur lesquelles les docteurs soussignés s'appuyent, il puisse être autorisé dans le cas de nécessité, où il risqueroit trop d'attendre que la permission fût demandée & accordée d'employer le moyen qu'il propose si avantageux au salut de l'enfant. Au reste le conseil, en estimant que l'on pourroit s'en servir croit cependant, que si les enfans dont il s'agit, venoient au monde, contre l'esperance de ceusx qui se seroient servis du même moyen, il seroit nécessaire de les baptiser* sous condition, *& en cela le conseil se conformè à tous les rituels, qui en autorisant le baptême d'un enfant qui fait paroître quelque partie de son corps, enjoignent néantmoins, & ordonnent de* *le baptiser* sous condition, *s'il vient heureusement au monde*.

Déliberé en *Sorbonne*, le 10 *Avril*, 1733.

A. LE MOYNE,

L. DE ROMIGNY,

DE MARCILLY. ①

① 这一段文字，正如斯特恩注释中所示，是从荷兰著名内科医生兼妇科医师海因利希·冯·德文特（1651—1724）的《关于分娩指南的重要意见》中一字不差地摘下来的。可以翻译如下：

呈交给索邦神学院博士们的《备忘录》

兹有一产科医师呈报索邦神学院诸位博士：有时候会出现这样一些情况，尽管非常罕见，如一位母亲生不下孩子，孩子被留在母亲的子宫内，身体的任何部位都显露不出来，后面这种情况根据仪规，至少应有条件地对它施洗。提出这一问题的外科医师声称，通过小注射管他可以直接对婴儿施洗，而对母亲不会造成任何伤害。他提出他所建议的这种方法是否可行、合法，在他所描述的这种情况下是否可以使用。

批复

本理事会注意到所提出的问题显得十分棘手。神学家们持有这样一种假设：施洗是一种精神出生，所以意味着前面还有一种出生；正如他们所教导的，出生到这个世界上以耶稣之名再生一次是不可或缺的。圣托马斯［阿奎那］第三篇第六十八问在第十一条中，把这个教义作为一种已接受的真理来遵循；这位神圣博士说，人们不能对还处在母亲子宫里的孩子施洗，圣托马斯的观点是以这样一个事实为根据的：那就是，这样的孩子还没有出生，所以不能与其他人等同对待；他由此得出结论：他们不可能在通过人的帮助接受灵魂得救所必须的圣礼时成为一种外在活动的对象：滞留在母亲子宫里的孩子尚未见到天日，可以在其他人中间生活；因此他们不可能在通过人的帮助接受灵魂得救所必需的圣礼时，成为人类行为的对象。仪规在实践中遵循的是神学家在这些事务中的规定，而且一律禁止给滞留在母亲子宫内的婴孩施洗礼，如果他们身体的任何部分都没有显露出来的话。仪规就是教区的法规，神学家和仪规的一致意见似乎是建立一个解决这个问题的权力机构；然而本理事会一方面认真考虑到神学家的推理仅仅建立在权宜之计之上，而且维护仪规就假定人们不能直接对这样滞留在母亲子宫内的婴孩施洗，这与当前的假定相悖；另一方面，考虑到同一些神学家教导说， （转下页）

特里斯舛·项狄先生向**勒·莫因、德·罗米尼及德·马尔西利**先生表示敬意，希望他们经过不厌其烦的商议后，那一夜能睡得安稳。——他想知道在结婚仪式后，在完婚仪式前，立马草率行事，用注射器对所有的 HOMUNCULI① 施洗，是否不失为一条更加便捷保险的捷径；条件是，如上述，在此之后，如果 HOMUNCULI 情况很好，平安出生，他们个个都得重新受洗（sous condition）②——其次，假如，par le moyen d'une petite canulle，而且 sans faire aucun

---

（接上页）人们可以冒险主持圣礼，因为这些是耶稣基督所创建的救赎人类的简易、必要的方法；而且还进一步认为：滞留在母亲子宫里的孩子既然能被罚入地狱，也就能获得救赎；——基于这些考虑和有关证实已经发现对这样滞留的孩子施洗而不对母亲造成任何伤害的某种手段的说法，本理事会认为：出于相信上帝决不会对这种孩童弃之不顾，并且假定如所断言的那样，正在探讨的这一手段对于完成他们的洗礼是适合的，所以人们可以利用拟议中的应急措施。然而，既然批准拟议中的手段时，会造成对已经普遍确立的规则的改变，本理事会认为咨询者应该亲自向他的主教或适合判定拟议中的手段的用途及危险的任何相关人员呈报，而且，既然要征求主教的意见，本理事会认为必须上报教皇，因为他有权解释或背离教规，如果法律不能适应这里考虑的洗礼手段上可能出现的任何知识和功用的话，所以本理事会没有这两大权威的首肯便不能批准这种做法。兹建议咨询者至少应亲自向主教陈明并且告知主教此项决定，以便，如果主教同意下面署名博士的意见所根据的理由，为了防止在呈报、批准过程中冒险等待，可以向他授权使用他所建议的对婴儿救赎有百利而无一害的手段。虽然决定人们可以使用这种施洗方式，但本理事会仍然认为如果拟议中的婴儿来到世上，与那些使用这一权宜之计的人的期望不符时，有条件地对他们施洗是必要的；在这一点上，本理事会服从在认可对一个身体任何部位显露的婴儿施洗时，仍然规定如果婴儿有幸来到世间，可以有条件地受洗的所有仪规。

1733 年 4 月 10 日决定于索邦神学院

阿·勒·莫因
L·德·罗米尼
德·马尔西利

① homunculus 的复数。小人儿，此处指精子。

② 法文：有条件地。

tort au pere①，这事能做的话，项狄先生担心这是有可能的。

第二十一章

——我不知道楼上吵吵闹闹干什么，跑来跑去为哪般，沉默了一个半钟头之后，我父亲对我的脱庇叔叔说道，——您必须知道，他正坐在炉火的对面，一面对他穿的一条新的黑色长毛绒裤沉思默想，一面一个劲儿地抽着他那支高级烟斗；——他们可能在做什么呢，兄弟？父亲说，——我们连自己的谈话都快听不见了。

我想，我的脱庇叔叔答道，开始说话时，他把烟斗从嘴上拿下来，将烟锅在左手大拇指的指甲上磕了两三下，——我想，他说：——但要准确无误地了解我的脱庇叔叔在这件事上的态度，您必须对他的性格有所了解，所以我先把他的性格的大概情况做一番交待，然后他和我父亲的对话又会照常进行。

——请问首先提出这种看法的那个人叫什么名儿？——因为我写得过于匆忙，所以来不及把它回想或者查找一下，——他说，“我们的天气与气候反复无常。”不管此人是谁，他的看法是正确的。——但从他引出的推论，也就是：“正是这种天气给我们造成了各种各样古怪无常的性格；”——这可不是他的推论；——而是另一个人的发现，至少比他晚了一个半世纪：——接着，——我们的喜剧为什么比法兰西或者其他欧洲大陆国家已经写出或者能够写出的喜剧要好得多，这个丰富的原始材料库才是真正的天然的原因；——这一发现大约直到威廉②王统治的中期才被完全提出来，——也就是在伟大的

① 法文：通过小针管注射，且不伤害父亲。这里在开玩笑，说的是给尚在男性体内的精子注射施洗，不是给胎儿。当然有可能伤害父亲了。

② 威廉三世 1688—1702 年在位。

德莱顿①写他那些长篇序言中的一篇时（如果我没有搞错的话），极侥幸地碰上了。其实到安女王②统治的晚期，伟大的艾迪生③才开始支持这一观点，并在他的一两期《旁观者》④ 上把它向全世界做了更加充分的说明；——但这一发现并不是他的。⑤ ——然后，第四点，也是最后一点，我们气候的这种奇怪的反复无常，既然造成了我们性格的如此奇怪的反复无常，——因此，当我们在天气不允许我们外出的时候，它便在某种程度上，让我们拿来开心取乐，从而对我们有所补偿，——这一观察是我自己的；——而且正是在一七五九年三月二十六日这个雨天，早上九点到十点之间，由我突然想出来的。

所以，——所以我们的这片大丰收在望的学术田野里的工友与同仁们；所以，通过逐步的不经意的增长，我们物理学的，形而上学的，生理学的，辩论学的，航海学的，数学的，神秘学的，工艺学的，传记学的，浪漫学的，化学的，产科学的，以及别的五十门学科（它们中的大多数，同以上这些一样，以“学的”二字结尾）诸方面的知识在最近的两个多世纪里，逐渐爬上趋于各自完美的 Aκμὴ⑥，

---

① 约翰·德莱顿（1631—1700），英国诗人，戏剧家，批评家。“长篇序言”也许就是他的《论戏剧诗》（1668），不过它的问世比威廉就位早了二十年。

② 安女王， 1702—1714 年在位，威廉三世的继任者。

③ 约瑟夫·艾迪生（1672—1719），英国散文家，诗人，政治家。

④ 《旁观者》 1711 年 3 月 1 日创刊， 1712 年 12 月 6 日停刊，是由艾迪生与其朋友理查德·斯蒂尔创办发行的一个日报。

⑤ 最初的“观点”及其推论——英国的天气变化多端，因而形成了英国人性格的多变——长期以来就被英国作家和自然哲学家当作常识来接受，艾迪生与德莱顿远非“由于本地人性格的多样化而导致英国喜剧优于欧洲大陆喜剧”这一结论的仅有的护卫者。“长篇序言”是指德莱顿的《论戏剧诗》，在该文中他将这一观念比较充分地加以发展与阐述；艾迪生也屡屡指出气候对人的性情的影响，但他仅在第 371 期的《旁观者》上将英国人的脾性与戏剧联系起来。

⑥ 希腊文：顶峰。

如果我们可以从最近七年的进步中推测，我们可能不会离那里多远了。

出现这种局面时，人们希望它会结束各种各样的写作；——缺少各种各样的写作就会结束各种各样的阅读；——到了最后，正如战争招致贫穷，贫穷也招致和平①，——这必将结束各种各样的学识，——然后——我们将会一切重新开始；或者，换句话说，又正好处在我们开始的地方。

——快乐！三倍快乐的时代！我只是希望我们不仅创作的方式与风格，而且我们创作的时代也有所改变，——或者可以把它拖延二十或二十五年之久，让我的父亲和母亲方便一点，因为那时候一个人在文学界也许会碰上某些机会的。——

可是我把我的脱庇叔叔忘了，这段时间我们把他扔在那里磕烟斗里的烟灰。

他的性情属于那种特别的类型，能给我们的气氛增光添彩；如果这种性情中没有表现出太多的家族相似的明显轮廓，我就毫无顾虑地把他算做它的一件一流产品。这些家族相似的明显轮廓表明他特别的性情更多是来自血液，而不是来自风或雨，或者二者的任何变异或结合：因此我常常心里纳闷，虽然我相信我父亲自有他的道理，但他注意到我小时候举止中的一些怪癖的征兆时，——会不会决不试图以这种方式来做解释；因为所有**项狄家族**的成员始终具有一种独特的性格；——我指的是男性成员，——女性成员就谈不上什么性格了，——除了我的姑奶奶**黛娜**②，她大约在六十年前，与马车夫结了婚并生了孩子，对于这件事，我父亲根据他的教名假说，经常说，她倒可以感谢她的教父和教母们。

这事会显得十分奇怪，——而我与其让读者去猜这种事情发生了这么多年以后，竟然被保留下来要打断本来在我父亲和我的脱庇

① 一首 6 世纪就开始流行的歌曲中的两句。

② 参见《圣经 · 创世记》第 34 章第 1—31 节底拿受玷污的情况。

叔叔间维持得如此融洽的和平与统一，这到底是怎么一回事，还不如在读者的道上设下一条谜，不过这样做并不合我的兴趣。人们会以为这种不幸的全部力量首先消耗在家人中间，——情况一般都是这样：——但我们家的事从来没有按常规办过。可能这种事每次发生时，就有别的事来折磨它；并且由于种种折磨是为了我们的利益而来，而且因为这从来没有对**项狄家族**带来任何好处，它也许一直要等到适当的时刻与条件给它一个尽职的机会为止。——注意，我在这上面不做任何决定。——我的路永远指向奇异而不同的调查地带，来到我讲的事件的源头；——用的不是学究的教鞭；——也不是塔西佗①果断的笔法，因为他聪明过头，既误了自己又误了读者；——而是一颗专注于帮助寻根究底者的心所具有的殷勤谦卑；——我的写作是针对这些人的，——因而要他们来阅读，——如果这样的阅读坚持很久很久，直到世界的末日的话。

为什么这种悲伤的起因，这样为我的父亲和叔叔保留下来，我是搞不清楚的。然而它是怎么样，又向着哪一方向努力，以便成为他们之间不满的起因，在它开始运作之后，我却能够原原本本、毫厘不差地解释清楚，情况如下：

小姐，我叔叔**脱庇·项狄**，是位绅士，除了具有那些通常构成正人君子性格的美德，——他还突出地拥有一个很少或从未编目归类的品质；那就是天性谦和得无与伦比；——不过我要更正“天性”这种说法，以便我不会预先判断一个很快就会听到的问题；那就是，不管他的这种谦和是天生就有的还是后天养成的。——不管我的脱庇叔叔是以哪种方式获得的，它却是最真实不过的谦和；也就是说，小姐，不是根据说出来的话，因为他心情很不好，因此说起话来并不是字斟句酌的，——而是根据做出来的事；——而且这种谦和完全控制着他，他的这种谦和又达到难以企及的高度，几乎可

① 塔西佗（约55—约120），罗马历史学家，他的文风追求简洁，往往是箴言式的，偶尔显得晦涩而做作，对事件的解释有时显得过于细微纤巧。

以跟女人的谦和相媲美，如果这种情况有可能存在的话：那种女性的细腻，小姐，以及内心思想的纯洁，使得我们对你们十分敬畏。

您会想像得到，小姐，我的脱庇叔叔正是从这一源头汲取了这一切的；——他花费了他的大部分时间与你们女性交往；而且，由于对你们的透彻全面的了解，由于这样优秀的榜样激发出难以抗拒的仿效力量，——他便养成了这种和蔼可亲的习性。

我希望我能这样说，——因为除非是与他的嫂子，也就是我父亲的妻子，也就是我的母亲，——我的脱庇叔叔在这许多年中几乎没有跟女性交换过三言两语；——不，他的这种习性，小姐，是由一次打击造成的。——一次打击！——对，小姐，那是围攻那慕尔城①时一颗炮弹从角堡②的胸墙上炸下来一块石头，正好砸在脱庇叔叔的腹股沟上，结果就形成了他的这种习性。——这怎么会影响他的习性呢？这中间的故事，小姐，又长又有趣；——不过，如果在这里给您讲，它会把我的故事全都堆积到一起。——这是尔后的一个插曲；在适当的地方，与它相关的每一件事都会原原本本地摆到您的面前：——直到，我对这事儿无力做更进一步的披露，或者说出比我已经说的更多的话为止，——我的脱庇叔叔确实是一位谦和得无与伦比的绅士，但这谦和恰巧又被一点家族自豪感的恒温烧得精妙细微——这两样品质在他身上融为一体，所以他一听到有人提到我的姑奶奶黛娜的事情，他总会情绪激动，忍受不了。——就是对这件事最轻微的暗示也会让他血往脸上涌；——但是我父亲在男女混杂的场合却要细说这个故事，因为举例说明他的假说往往使他非这样做不可，——这时候，这一家族最纯正的一支上的不幸的枯萎病就会使我的脱庇叔叔的荣誉及谦和受伤流血；他往往把我

① 经过六十七天的顽强抵抗，那慕尔（在比利时）于 1695 年 8 月 30 日向盟军投降。

② 一种只有一个正面的军事工程，由两个半棱堡组成，伸到堡垒前的斜坡以外，以保护任何薄弱环节。

的父亲拉到一边，以可以想像得到的最大的关切来规劝他，只要能让这个故事就此打住，他怎么都行。

我相信，我父亲对我的脱庇叔叔有着兄弟之间最真诚的关爱，他愿意做一个兄弟有理由要求对方做的任何事情，使我的脱庇叔叔在这件事上或是在其他任何事上心情愉快。可是这么做是他力所不及的。

——我给您讲过，我父亲是个真正的哲学家，——善思辨，——有体系；——因而我的姑奶奶黛娜的事情对他来说后果严重，就如同行星的逆行对于哥白尼一样，——金星在自己轨道上的后滑反而坚定了以自己的名字命名的哥白尼体系的确立；而我的姑奶奶黛娜在她的轨道上的后滑，在建立我父亲的体系时也起了同样的作用。这个体系，我确信，从今往后会按他的名字而被称为项狄体系。

在其他辱没家门的事情上，我相信我父亲有着最强的羞耻感；——我敢说，他和哥白尼要不是像他们所认为的那样对真理负有义务，他们都不会在各自的问题上大肆宣扬，也不会对它给予一点注意的。——Amicus Plato，我父亲把这两个词向我的脱庇叔叔解释时常说， Amicus Plato；那就是：**黛娜**是我的姑姑；——sed magis amica veritas①——但是**真理**是我的妹妹。

我父亲与我叔叔性情之间的这种冲突，正是许多兄弟之间口角的根源。一个听到家丑外扬就受不了，——另一个不把它暗示一下简直一天都熬不到头。

看在上帝的分上，我的脱庇叔叔会喊道，——也看在我的分上，看在我们大家的分上，我亲爱的项狄哥哥，——让我们姑姑的这个故事连同她的骨灰一同安息吧；——你怎么能，——你怎么能对我们家族的名声这样缺乏感情和同情：——对于一个假说来说，一个家族的

① 拉丁文：柏拉图是我的朋友，但真理是更好的朋友。这句谚语从苏格拉底的话演变而来：“我要你想真理，而不要想苏格拉底。”见柏拉图《斐多篇》， 91。

名声算得了什么？我的父亲会这样回答。——不，如果你谈到这个——一个家族的生命是什么：——一个家族的生命！——我的脱庇叔叔会一边说，一边猛然坐回他的扶手椅里，举起双手，抬起两眼和一条腿，——是啊，生命，——我父亲会说，仍然坚持他的观点。每年被毁掉的家庭成千上万（至少在所有的文明国家），——但跟一个假说相比，都轻如鸿毛。就我对事物的简单感受而言，我的脱庇叔叔会回答说——这样的事例每一件都是真正的**谋杀**，谁想干就随他去吧。——你错就错在这里，我父亲会回答；——因为在 Foro Scientiœ① 中，并没有**谋杀**之类的事情，——这只不过是**死亡**②，兄弟。

我的脱庇叔叔决不会进行任何争辩来回答这种说法，而是用口哨吹出六小节《利拉布勒罗》③。——您要知道，当什么事使他感到震惊时，这是他通常发泄情绪的渠道；——尤其在提出什么他认为是荒谬的事情的时候。

我记得我们的逻辑学作家中没有一个，关于它们的评论家中也没有一个认为应当给这一类争论一个名称，——因此我这里不揣冒昧来做这件事情，原因有两个。第一，为防止在辩论中出现的种种混乱，

---

① 拉丁文：科学的论坛或裁决。

② 一直流行着一种反黩武主义思想，认为：谁杀一个人就是谋杀犯，谁杀一千人，就是英雄汉。

③ Lillabullero（有多种拼写，译为中文后，前后也相应略有不同），据说是爱尔兰罗马天主教徒在 1641 年对新教徒的大屠杀中所用的暗号；后来它成为一首嘲弄爱尔兰天主教徒的打油歌的歌名，在英格兰极为流行。据珀西主教所言："现在似乎显得微不足道，意思不大，但曾经比狄摩西尼的斥腓力辞或者西塞罗斥安东尼等演说的影响还要大，对于 1688 年的大革命有着不小的贡献。"（《古英语诗歌拾遗》，第 4 版 [1794] 2.373）。伯内特主教证明说："愚蠢的民谣……给（英国的）军队如此强烈的印象，没有亲眼目睹的人是很难想到的。整个军队，最后城乡所有的百姓，不断地唱它，也许一个如此无聊的东西从未有过如此巨大的效果。"（《他自己时代的历史》，4.792）。歌词据说由沃顿勋爵撰写，配了珀塞尔为拨弦古钢琴所写的一个练习曲；后面的曲谱，在《项狄传》早期的版本中未收。

让它永远显得跟其他各种论证迥然有别，——就如同 Argumentum ad Verecundiam， ex Absurdo， ex Fortiori，① 或者其他任何一种的论

① 拉丁文。 Argumentum ad Verecundiam：针对谦和的论证；要求人尊重权威。 Ex Absurdo：通过显示一个命题的一个或多个后果的荒谬或不可能性驳倒该命题。 Ex Fortiori：具有一个更强的理由；因而，更具结论性。所有这些属逻辑学中的惯常术语。

证那样：——第二，当我的头脑休眠以后，可以由我的孙子们说，——他们博学的祖父曾经跟别人一样埋头思考，卓有成效：——他还发明了一个名称——而且慷慨地把它投入到 Ars Logica[1] 的宝库，成为整个学科中最不可辩驳的论证之一。如果辩论的目的是叫对手沉默而不是叫对手信服，——那也可以说它们增强了最好的论证中的一个。

我因此根据本文严格命令：它只能以 Argumentum Fistulatorium 的名号为人所知；而不能用其他名称；——此后它应跻身于 Argumentum Baculinum 以及 Argumentum ad Crumenam[2] 之列，而今后永远会在同一章中讨论。

至于 Argumentum Tripodium，它除了女人用来反对男人，从来没有被人使用过；——还有 Argumentum ad Rem[3]，它恰好相反，只由男人用来反对女人：——因为这两种对于一次讲演完全足够；——又因为一个是对另一个的最好的回答，——因此把它们分离开为好，让它们各自在一个地方由自己来探讨好了。

第二十二章

学识渊博的霍尔主教[4]，我指的是大名鼎鼎的约瑟夫·霍尔博士，在国王詹姆斯一世在位时任埃克塞特主教，一六一〇年住在奥

---

① 拉丁文：逻辑艺术。

② 拉丁文。Argumentum Fistulatorium，字面意思：吹牧笛者的论证；吹哨者的论证（非惯常术语）。Argumentum Baculinum，从字面上讲：棍棒的论证；求助于人的惧怕心理。Argumentum ad Crumenam：针对钱包的论证；求助于人的节俭或贪婪。

③ 拉丁文。Argumentum Tripodium：针对第三条腿的论证。Argumentum ad Rem：针对事物的论证。

④ 约瑟夫·霍尔（1574—1656），先后任埃克塞特和诺里奇主教，讽刺诗人、辩论家。霍尔屡屡抨击虚荣，但这句话却在他的任何作品中都找不到。

尔德斯门街的约翰·比尔在伦敦刊印了他的《十连篇集》，他在其中一篇，在他的神圣的默想艺术的结尾部分给我们讲："一个人标榜自己是件可憎的事情；"——我确实认为言之有理。

然而，另一方面，当一件东西以一种高超的手段完成时，这件东西又是不可能被人发现的；——我想一个人竟然失去完成这件东西的荣誉，而且把有关这件东西的独出心裁的想法烂在脑袋里，离开这个世界，也是同样地可憎。

这恰恰就是我的处境。

我身不由己十分意外地讲了一段很长的题外话。这段题外话就像我所有的题外话（只有一处例外）一样，其中有一种讲题外话的高超技巧，它的优点，我担心，一直被我的读者视而不见，——不是因为他眼光不够锐利，——而是因为这是一种很少在题外话中寻找或者期望到的卓越手段；——情况是这样的：尽管您也注意到了我的题外话讲得头头是道，——而且我从我讲述的正题上飞走，远离的程度和次数堪称大不列颠作家之最；但我还是不断地注意把事情理顺，好让我的主要任务在我不在的情况下不至于止步不前。

譬如说，我刚才正要给您描绘我的脱庇叔叔的最离奇的性格的大致轮廓；——这时候我的姑奶奶黛娜与那个马车夫却跟我们不期而遇，并领着我们想入非非，遨游几百万英里进入了那个行星体系的核心：尽管如此，您仍然发现，对我的脱庇叔叔的性格的描画一直在悄悄地进行着；——并不是它的大轮廓线；——那是不可能的，——而只是当我们一路走去时星星点点地触及的一些熟悉的笔触与淡淡的标示，这样您对我的脱庇叔叔比以前就更加熟识了一些。

借助于这样的手法，我的作品的情节机制便别具一格了；两种相反的运动被引进到里面，受到协调，而二者本来被认为是水火不相容的。简而言之，我的作品是东拉西扯的，它也是循序渐进的，——而且是在同时进行的。

先生，这与地球绕着她的轴每日自转，同时又在她椭圆形的轨道上前进带来了岁岁年年，形成了我们享用的季节的变换交替，并不是一码事；——不过，我承认它提示了这一想法，——就像我相信我们所吹嘘的最伟大的进步与发现都来自那些微不足道的提示一样。

毫无疑问，题外话就是阳光；——它们是阅读的生命，灵魂；——譬如说，如果把它们从这本书中拿掉，——您可能也就把这本书跟它们一起拿掉了；——它的每一页上都会笼罩着一个严寒永久的冬天；把它们交还给作者；——他就像一位新郎走上前来①，——招来一片喝彩；带来种种变化，不致使人倒了胃口。

所有的技巧都用来很好地调制管理这些题外话，以便不仅有利于读者，而且也有利于作者，在这件事上，作者的苦恼真是值得同情的：因为，如果他开始一个题外话，——从那一刻起我注意到，他的整部作品就停滞不前了；——如果他继续讲他的主要情节，——他的题外话就得结束。

——这是粗鄙之作。——正因为如此，从一开头，您就看见，我将主体工程和它的附加部分交叉建造，并且把东拉西扯和循序渐进的运动，交错纠结到一起，一个轮子里又套一个，这样一来，整台机器，总体来看，就一直不停地运转；——而且还必须继续运转四十年，如果它能讨得健康之泉的欢心，保我能活这么久，精神又很好的话。

第二十三章

我心中有一种强烈的倾向，要在这一章一开始就信口开河，而且我不愿意让自己的想法落空。——因此，我就这样开始吧。

如果莫摩斯②的玻璃根据那位批评大师提出的修改意见真的装

① 参见《圣经 · 旧约 · 诗篇》第 19 篇第 5 节：“太阳如同新郎出洞房……”

② 古希腊神话嘲弄与非难指责之神，对人表示不满，因为人的胸口上没有窗口可以从中观察到其心中的秘密。

在人的胸口上，——首先，下面这种愚蠢的后果一定会接踵而至，——那就是说，我们当中最智慧、最庄重的人，只要我们活一天就必须拿一枚硬币缴一天的窗户费①。

其次，如果上述的玻璃真在那里安装起来了，为了了解一个人的性格，就不需要更多的手段，只消带上一把椅子，轻轻地走过去，就像走向一个屈光蜂巢那样，再往里面看，——审视那一丝不挂的灵魂；——观察她的一举一动，——她的机关；——追溯她所有怪念头，从最初产生到它们的蜿蜒发展的过程；——注视她纵情玩乐、胡作非为的情况；并在注意到她在这样的玩乐引发的较为庄严正经的举止之后，——再拿起您的笔墨，只消把您看到的，而且能十分肯定的东西录下来就行了：——但这是在这个行星上的传记作家具备不了的一种有利条件，——在水星上（多半）可能会这样，如果条件不能更好的话；——那是因为那个地区的灼热，已被计算者证明，从它的附近到太阳比烧红的热铁还要热，——我想那种灼热一定在很久很久以前把那里居民的身体化为玻璃（作为动力因②），来使他们适应这种气候（此为终极因③）；因而；在它们两者之间，他们灵魂的所有居所，从顶上到底下，也许不是别的，就是最稳健的哲学也未必能显示出相反的情况，而只能是一个清晰透亮的玻璃体（除了脐带结）；——因此，直到居民变成满脸皱纹的老人，光线在透过他们时，会发生如此可怕的折射，——或者从他们身体的表面以这样的横线反射回眼睛，以致眼睛把一个人无法看透；——他的灵魂可能也会这样，除非，由于更讲究礼节，——或者由于有那脐带结给她的小小的有利条件，——我说，也许由于别的缘故，会像在她自己家里一样在外面犯傻。④

---

① 英国以前对房屋窗户征收的税，从 1696 年一直征收到 19 世纪中叶。

② 动力因：产生动力。

③ 终极因：产生目的。

④ 比较莎士比亚《哈姆雷特》第 3 幕第 1 场：“把他关起来，只让他在家里胡闹，别让他出来犯傻。”

但是我在上面说过，这并不是这个地球居民的情况；——我们的思想不会透过身体闪亮，而是被裹在一个不晶莹透亮的血肉的黑暗躯壳里；因而如果我们想要接触了解他们的具体性格，我们必须以另外什么方式来进行。

人的智力一直迫不得已一丝不苟地干这种事情，办法确实很多很多。

譬如说，有一些人使用吹奏乐器描画他们的性格。——维吉尔在狄多与埃涅阿斯①的恋情上注意到了这一途径；——但它像名声的气息一般虚妄；——并且，更有甚者，表现了一种狭隘的天才。我不是不知道，意大利人声称他们从某种他们所用的吹奏乐器的 forte 或 piano② 所表现出的他们的某种性格时，具有一种数学的精确，——他们说这是准确无误的。——在这个地方我不敢明讲这种乐器的名字；——反正说我们中间也有就行了，——但是从来不要想依靠它来画什么；——这像谜一样，而且有意如此，至少 ad populum③：——因而我请求，小姐，当您读到这里时，您应当尽可能快地读过去，千万不要停下来追根究底。④

还有其他一些人，他们不用世上的其他任何帮助，仅仅从那人的排泄物中就可以描画一个人的性格；——但这往往给人一个非常不正确的轮廓，——除非，您真要勾勒一下他饱食终日的大致情况；而且通过对二者取长补短，从中合成一个好的形象来。

要不是我认为这种方法有股过于强烈的灯盏味儿，我是不应该反对它的，——更不会花费力气强迫您留意他其余的“非自然

① 指法玛或谣言女神的声音（另一处又说成号角）。在《埃涅阿斯纪》卷4第173行以后狄多对埃涅阿斯爱恋的事被到处恶意传播。

② 意大利文：响亮或柔和。

③ 拉丁文：对于大众。

④ 这段可能是有意含糊其词地暗指意大利阉人歌手（男童时动此手术以保持其女声），他们中的一些不顾公众的强烈反对，已被引进到英国，协助上演歌剧。

要素”①，——为什么一个人生命中最自然的活动倒被叫做他的非自然要素，——那是另外一个问题。

第四，还有一些人，他们对这些权宜之计个个都不屑一顾；——并不是由于他们自己多产，而是因为做这种事有各种各样的方法，这些都是他们从那支画笔的五笔绘图兄弟*临摹时所显示出的高明的手法中借用来的。——这些人，您一定知道，是您的伟大的记事家。

您会看到，这些人中的一个会画出一个背光的全身像；——那是坐着的那个人的性格的粗鄙的，——不忠实的，——生硬的表现。

其他的人，为了弥补此事，会在 Camera② 里制造出您的一幅画像；——那是所有手法中最不公正的，——因为，在那儿会把您按您最可笑的姿态再现出来。

在向您描述我的脱庇叔叔的性格时，为了避免以上种种错误，我决心不靠任何机械的帮助来描画它；——我的画笔也不会由曾在阿尔卑斯山的这一侧或那一侧吹响过的任何吹奏乐器来指引；——我也不会考虑他的饱食或他的排泄，——也不触及他的“非自然要素”；——而是一句话，我会从他的**爱巴马儿**中描绘出我的脱庇叔叔的性格。

---

① 从前医生专用的一个术语，指六样东西，这六样东西因为不包括在身体的成分之内，因而不是“自然”的，但这六样东西对肉体生命与健康是必不可少的，缺乏或滥用均会导致疾病；这六样东西是：空气，肉和饮料，排泄与保留，睡眠与清醒，运动与休息，以及思想情感。这可能是影射斯特恩的对头约翰·伯顿博士，他在 1738 年发表了《论非自然要素》；然而这个术语是被普遍使用的。

* 五笔绘图，一种可按任何比例机械复制印刷品与图画的工具。［斯特恩注］

② 拉丁文：私室、内室； in camera 有法院不公开审理的意思，与公开审理形成对比。然而，也可能是指 camera obscura，一个类似潜望镜的装置，被无能的艺术家广泛使用，它的简单形式可产生出一个物体的倒置、反向的影像。

第二十四章

如果我还拿不准读者肯定对我的脱庇叔叔的性格已经失去了耐心，——我会在这儿预先让他相信，没有一件工具能像我选定的那样描绘这样一件东西时如此地得心应手。

一个人与他的**爱巴马儿**，虽然我不能说他们的作用与反作用和灵魂与肉体相互作用的方式一模一样：然而毫无疑问，在它们之间有某种联系，我的看法是：在这里面有比那些带电体的表现更多的东西，——那就是借助于骑手与**爱巴马儿**的脊背直接产生接触的发热的部位。——通过漫长的旅程和大量的摩擦，直到最后骑手的身体完完全全地充满了**爱巴马儿**的成分；——因此您如果能把其中一个的脾性描述清楚，您就可以对另一个的特征与性格形成一个相当准确的概念。

依我看，即便仅仅因为我的脱庇叔叔的那种大怪癖，他经常骑乘的**爱巴马儿**也是一匹很值得描画一番的**爱巴马儿**；因为您可能从约克到过多佛，——又从多佛到过康沃尔的彭赞斯，再从彭赞斯回到约克，在这一路上您可能不会再看到这样的一匹马儿的；要不，如果您真的看到了，不论您是如何地行色匆匆，您必定会停下来把他看个仔细。他的姿态奇怪无比，从头到尾跟他的同类迥然不同，所以这种情况就时不时地形成了一种争论的话题，——他是不是真是一匹**爱巴马儿**：如同哲学家不会用其他的论据批驳跟他争论反对运动实在的怀疑论者，而只会站立起来，走到房间另一端去而已；① ——同样，我的脱庇叔叔也不会用其他论据来证明他的**爱巴马儿**真正是一匹**爱巴马儿**，而只是骑在马背上，溜一圈就是了；——让世界随

① 为驳倒伊利亚的芝诺（公元前5世纪在世）反对运动的论据，怪异的犬儒学派哲学家西诺普的第欧根尼（约前412—前323），据说曾站起来行走。对芝诺的格言式的回答是 Solvitur ambulando：行走把问题解决了。

后去决定它认为合适的观点去吧。

事实上，我的脱庇叔叔是欢天喜地地骑着他，他也把我的脱庇叔叔驮得舒舒服服，——所以世人对这件事怎么说，怎么想，他不大去伤脑筋。

然而现在正是给您描述他的时候：——但是为了规规矩矩地进行，我只求您允许我先向您介绍介绍我的脱庇叔叔是如何获得这匹爱巴马儿的。

第二十五章

在围攻那慕尔时，我的脱庇叔叔腹股沟上受伤了，这就使他不适宜再随军服役了，大家认为他还是回英国合适，如果可能的话，也好把伤治愈。

有四年光景他过的完全是囚禁生活，——一部分时间卧床不起，所有的时间足不出户；在他治伤的过程中，当然那一段时间完全花在这上面，他忍受了不可言传的痛苦，——由于 os pubis① 以及被称之为 os ilium② 的 coxendix③ 的那部分的外沿出现连续不断的剥落，——因为这两块骨头，我给您说过，被从胸墙上炸下来的那块石头砸得粉碎，伤势既受石头嶙峋的形状的作用——也与它的大小相关，——（尽管它相当大）这就使外科医生一直认为，它对我的脱庇叔叔的腹股沟所带来的伤害，与其说归因于石头投射时的冲力，不如说石头本身的重量，——医生经常给他讲，这是不幸中的万幸。

我父亲那时候刚刚开始在伦敦做生意，并且还买下了一座房子；——因为兄弟之间的深情厚谊，——父亲认为我的脱庇叔叔只有

---

① 拉丁文：耻骨。
② 拉丁文：髂骨。
③ 拉丁文：坐骨。

在他自己的住宅里能得到良好的护理与照料，别的地方都不行，——所以他把里面最好的房间让他去住。——而且更能诚挚地体现他的爱心的举动是：朋友或熟人无论在什么时候进屋，他一定要拉着此人的手领他上楼去看他的脱庇兄弟，并在他的床边聊上一个钟头。

听一个士兵受伤的故事可以减缓伤口的疼痛；——至少探望我叔叔的人是这样认为的，每天总有人前来探视，出于那样的信念造成的礼貌，他们屡屡把交谈转向那个话题，——交谈又总会从那个话题滚向围城事件本身。

这些谈话都是极其亲切的；脱庇叔叔从中得到了很大的安慰，要不是这些谈话把他带进了某些未曾预见到的窘境之中，他得到的安慰还要多得多；在整整三个月当中，那些窘境大大地延缓了他的伤愈；要不是他碰上了一种手段把他自己从窘境中解救出来，我真的相信这些窘境会把他送进坟墓。

脱庇叔叔的这些窘境是什么，——您是不可能猜得到的；——如果您能够，——那我就要脸红了；不是作为一个亲属，——不是作为一个男人，——甚至也不是作为一个女人，——而是作为一个作者脸红；因为由于我的读者迄今为止什么也猜不到，我因此在这段记忆中为自己留了一手。在这个问题上，先生，我有着一种十分微妙奇特的心情：所以如果我认为您会对下一页发生的事儿形成一点判断或可能的猜想，——我就会把它从我的书中撕掉。

第一卷　完

第二卷[①]

① 同第 1 卷一起出版于 1759 年 12 月。

第一章

我开始写一本新书，好让我有足够的篇幅从有关我的脱庇叔叔受伤的围攻那慕尔的谈话和询问说起，来说明他所处的窘境的性质。

我必须提醒读者，万一他读过威廉王的战争史，① ——不过假如他还没有，——那么我就告诉他，在那次围攻中，最令人难忘的一次攻击是由英国人和荷兰人对前沿外崖②的突出点发动的进攻，就在圈住了那大水闸的圣尼古拉堡的大门前。在那里，英国人完全暴露在圣罗什堡的壁垒③和半棱堡④的炮火之下：对这次进攻激烈争论的内容用三言两语交待，是这样的；荷兰人攻上了壁垒，——英国人控制了圣尼古拉堡大门前的掩蔽廊道⑤，尽管法国将士英勇无比，在斜坡⑥上手执刀剑，奋勇抵抗。

由于这是脱庇叔叔在那慕尔亲眼目睹过的主要进攻，——当时

① 威廉王战争随他于 1688 年 11 月登基而爆发，于 1697 年里斯威克和约签订而结束。 1689 年至 1691 年之间，战场主要在爱尔兰，威廉王成功地挫败了英王詹姆斯二世党人的威胁； 1690 年 7 月决定性的博因河战役为 1691 年利默利克的陷落铺平了道路，后面这场战役脱庇和特灵都参加了。威廉随后挥师欧洲大陆，法军在佛兰德斯发动攻势，并于 1692 年攻陷那慕尔。威廉于 1695 年夺回该要塞，这是英军的重大战果，而且也是整个战争的转折点。

② 壕沟的外侧，用来支持掩蔽廊道。

③ 棱堡突角前筑起的小型防御土墙，它的两个墙面与棱堡的两个墙面平行。

④ 只有一个墙面和翼侧的棱堡。

⑤ 壕沟边缘的一条连续的露天走廊，环绕外围工事，由堤坝或斜坡掩护。

⑥ 一条倾斜的土堤，用做掩蔽廊道的胸墙，进攻者一到上面就暴露在炮火之下。

围攻的军队被梅斯河和桑布尔河的汇流切断，双方彼此看不清对方的行动，——总的说来，脱庇叔叔在描述那次进攻时更加清楚、详细；在他清楚地讲述他的故事并且就内削壁①和外崖之间，——斜坡和掩蔽廊道之间，——半月堡②和V形棱堡③之间的差异和区别给人明确的概念，——好使和他在一起的人完全理解他在什么地方干什么时，他发现遇到了几乎无法克服的困难，他的很多窘境便由此而来。

作家们自己也是极其容易混淆这些术语的；——所以如果我的脱庇叔叔极力要解释这些术语、澄清大量的错误概念时，您也就不会那样诧异为什么他不仅常常使探访的人迷惑，有时自己也感到迷惑。

说实话，除非我父亲带上楼的那些人头脑比较清醒，或者我的脱庇叔叔有极佳的心境来解释说明，否则要使他的谈话清楚明白将是件很困难的事情，就是他尽力而为也不行。

使脱庇叔叔对这件事的描述更加错综复杂的原因是这样的，——圣尼古拉堡门前的外崖从梅斯河岸一直延伸到大水闸跟前，在进攻时，——地面上无数的堤坝、排水沟、小河和水槽纵横交错，——他感到一片茫然，便死死地陷在中间，搞得他进退两难，不知如何保全性命；正因为如此，他往往不得不放弃进攻。

这些令人困惑的冷遇给我叔叔脱庇·项狄带来的烦扰比您想像的还要多；由于我父亲对他一片善意，不断把一些新朋友和想了解情况的新来的人拉上楼时，——他只不过背上了沉重的包袱。

毫无疑问，我的脱庇叔叔自制力极强，——我相信他能像大多数男人那样保全自己的面子；——然而任何人都可以想像，当他不进入半月堡就无法退出V形棱堡，不跳下外崖就无法离开掩蔽廊

① 壕沟的内侧，位于防御土墙的根部。

② 由形成一个突角的两个墙面构成的外围工事，位于一座堡垒的主壕沟之外，一座棱堡的前面。

③ 由形成一个突角的两个墙面构成的外围工事，位于一座堡垒的主壕沟之外，一堵帷墙的前面。

道，没有滑进壕沟的危险就无法跨过堤坝时，他内心一定烦躁恼火：——他确实如此；——这些时隐时现的小小的苦恼，对还未读过希波克拉底[①]的人来说也许是微不足道的，然而谁要是读过希波克拉底或者詹姆斯·麦肯齐医生[②]的书，并仔细考虑过思想感情对消化的影响，——（为什么不像消化一顿饭那样消化一处伤呢？）——那么他就不难想像我的脱庇叔叔就因为这一点所经受的伤口的剧烈发作和恶化。

——我的脱庇叔叔不能对它作哲理方面的思考；——他感受到这种状况就足够了，——在承受它所带来的疼痛和苦难长达三个月之后，他决心要以某种方式使自己解脱出来。

一天早晨，他仰面躺在床上，因为他腹股沟上的创伤的剧痛和性质不允许他用其他姿势躺着，这时他突然想到，如果他能买到像那慕尔城镇和要塞及其近郊的防御工事的一幅大地图那样一件东西，叫人把它贴在一块板子上，那倒不失为一种使他轻松的手段。——我注意到他希望有城镇和要塞的同时还有近郊，原因是这样的，——因为我的脱庇叔叔是在离那战壕的回角[③]约三十突阿斯[④]的一堵土护墙里面负伤的，对面是圣罗什堡的半棱堡的突角[⑤]，——因此他便相当自信：他能把一根大头针扎在石头击中他时他所站的那个地点上。

他总算是心想事成，这不仅使他省去了许多难堪的解释，而且最终还证明是使我的脱庇叔叔获得他的**爱巴马儿**的一种如意的手

① 希波克拉底（约前460—约前377），古希腊哲学家，作家，号称“医学之父”。这里可能通过詹姆斯·麦肯齐医生的《健康史》（第1章第6节）指他的《论流行病》卷6（现在被认为是伪托的）第5章。

② 詹姆斯·麦肯齐博士（1680？—1761），著名的苏格兰内科医生，著有《健康史及保健术》。在其中《论思想感情》一节里，他要求那些希望保持健康的人使自己的感情绝对屈从于理性（2. 2）。

③ 顶朝里，两边开向外部的角。

④ 法国古代长度单位，相当于6. 395英尺。

⑤ 由一棱堡的两个墙面形成的锐角。

段，这一点您稍后就会看到的。

第二章

当您破费举办一次这类的娱乐活动时，最愚蠢的莫过于把事情安排得很糟糕，结果让您那些趣味高雅的批评家和雅士把它说得一无是处：最有可能使他们这样做的事莫过于把他们排斥在聚会之外，或者十足的冒犯行为就是把您的注意力以一种特别的方式投到其他客人身上，就好像桌面上没有（专职）批评家那种人似的。

——我是谨防这两种情况发生的；首先，我特意为他们留下了六个空位；——其次，我是极力讨好他们的，——先生们，我来亲亲诸位的手，——我声明只有和诸位相聚才能给我最大的快乐，——见到诸位我感到由衷的高兴，——我恳求诸位千万不要见外，不要任何客套，只管随便坐，尽情享用。

我说过我已经留下了六个空位，我还要表现得万般殷勤，为他们腾出第七个空位，——而且就在我所站的这个地点；——然而一位批评家（尽管不是职业性的，——但却是天生的）给我讲，我已经表现得很不错，我应该立即把它填满，同时也希望我在明年能腾出更多的空位。

——你的脱庇叔叔似乎是个军人，按你的描述，他决不是个傻瓜，但令人惊奇的是，他怎么，——同时也是一个昏头昏脑的糊涂虫，就像——还是去看看吧。

那么，批评家先生，我原本可以回答；但我不屑于这么做。——这是粗俗的语言，——仅仅适合那种不能清清楚楚、令人满意地描述事物的人使用，或者思想浮浅得不能深入了解人类愚昧无知的本因的人使用。再说这是勇敢的回答，——所以我拒绝这么做；因为尽管它可能非常适合我的脱庇叔叔作为军人的性格，而且如果他在他并不缺少勇气的那类进攻中还不习惯于用口哨吹《利拉布勒罗》的话，这就是他可能给出的回答；但这决不是为我做出的。您清清楚楚地看到，我是作为一名博学之士写作的；——就连我的明喻，我的典故，我的解说和我的暗喻也都是博学的，——我必须适当地维护自己的性格，也必须适当地跟它形成对比，——要不，我会有什么结果呢？先生，我干吗要半途而废呢；——就在这会儿我却准备在这儿占据一个空位，挤走一名批评家，——我本应为一对夫妇留下空位的。

——因此我这样回答：

请问，先生，在您所读过的书中，您是不是读过洛克的《人类理解论》这么一本书？——不要贸然回答我，——因为我知道，很多人没有读过却在引用里面的话，——还有很多人读过，但没有读懂：——如果您属于这两种人中的任何一种，由于我写作的目的是教育人，所以我要用三言两语告诉您这是一本什么书。——它是一部历史。——一部历史！写的是什么人？写的是什么事？写的是什么地方？写的是什么时候？别着急。——先生，它是一本历史书（它很可能把历史推荐给全世界），写的是在人的头脑中经过的事物；如果您想对这本书大力推崇，如此而已，那么相信我，您不会在一个玄学圈子里丢人现眼的。①

不过这是顺便提提。

现在如果您愿意冒冒险跟我一起去追根究底，那就会发现人的思想中的糊涂的成因是三重的。

亲爱的先生，首先是感官的迟钝。其次是当上述感官并不迟钝时，客体造成的印象微弱短暂。第三便是像筛子似的记忆，无法保持它所接受到的印象。——把打扫您的房间的女仆朵丽叫下来，如果我不能把这事说得清楚得连朵丽也可以像马勒伯朗什②那样听得明白，我就把我的系铃帽全套送给你。——当朵丽给罗宾写完信后

① 下面的一段文字是对洛克的《人类理解论》第2卷第29章第3段的释义和戏剧性的详尽阐述。

② 尼古拉·马勒伯朗什（1638—1715），法国哲学家。

把她的手臂伸到悬在右侧的衣袋的底部时；——借此机会回想一下，这个世界上还没有别的什么事物能像朵丽的手正在搜寻的东西那样能把感知器官和官能如此恰当地代表和说明。——您的感官还不至于迟钝到要我告诉您，——先生，那是一英寸的红色封蜡。

当这种东西融化并滴落到信上时，——如果朵丽摸索顶针的时间太长，结果蜡变得过硬，那么信上将不会有顶针的印痕，尽管她通常有把它印上去的冲动。很好：如果朵丽的蜡，由于没有好的，仅仅是蜂蜡，或者是质地太软的蜡，——尽管可能会印上去，——但不论朵丽多么用力去按印，它都不能把印记保持下来。最后假定那是好蜡，而且顶针也好，但在她的女主人拉铃时她急急忙忙、马马虎虎地按在上面；——无论是这三种情况的哪一种，顶针留下的印痕都不像顶针的原形，就如同它不像假铜元一样。

现在您必须懂得，这些都不是造成我的脱庇叔叔谈话混乱的真正原因；正因为如此，我才仿照大生理学家的办法对它们做了长时间的详细说明，——以便向世界展示它的来源与什么无干。

它真正的来源，我上面已经做了暗示，而且那是模糊泛滥的根源，——而且将来永远也是，——那就是用词变化无常使最高明的理解能力也困惑不解。

（在阿瑟俱乐部①）您十之八九已经读过有关过去的文史著作，——如果您读过，——他们用这么多的苦水和墨水惹起了多么惨烈的名叫字谜游戏的战事，并长期保存下来，——以致一个生性善良的人读到关于这些战争的叙述时会禁不住泪水盈眶。

宽容的批评家！在您掂量过这一切并且考虑过您自己的多少知识、言论和对话被这件事，而且仅仅被这件事时不时地纠缠扰乱之后：——在各层议会中对关于οὐσία和ὑπὸτασις②的争论，在不同学派中关于权势和精神；——关于本质，关于精髓；——关于物质，关

① 伦敦一家著名的俱乐部。

② 希腊文：本质（实质）和实质（本质），即“没有差别的区分”。

于空间；——的争论真是沸反盈天。——在更大的剧院里由于一些意义不大的词，为了一个无法确定的意思引起了多么大的混乱；——当您考虑到这种情况时，您对我的脱庇叔叔的窘境就不会感到惊奇了，——您将会对他的内削壁和外崖；——以及他的斜坡和掩蔽廊道；——他的V形棱堡和半月堡流下一掬同情之泪：那根本不是概念问题，——上天作证！他的生命被言词投入了危难的境地。

第三章

我的脱庇叔叔心想事成，搞到他的那慕尔地图后，就立即开始全身心地对它研究；对他来说，没有什么事比身体康复更重要的了，而他的康复，您已经看到，取决于他的思想感情，所以他有必要小心翼翼，使自己完全左右研究的对象，以便在谈论它时能够不带任何情感。

在长达两个星期的仔细而又痛苦的钻研中，顺便提一下，这对我的脱庇叔叔腹股沟上的伤没有一点好处，——靠了大象①脚下的一些边缘文献，以及从佛兰芒语翻译过来的戈比修斯②的军事建筑和炮火学方面的书籍的帮助，他能够比较清楚地组织他的谈话；没过两个月，——他已经相当流畅，不仅能够井井有条地发动那次对前沿外崖的进攻；——而且，到那个时候，已经深入到那种艺术的内部，超出了他的初衷所要达到的深度，——我的脱庇叔叔已经能够跨过梅斯河和桑布尔河；能够发动佯攻深入到沃邦防线以及萨尔申修道院等地段并且给他的客人清楚讲述他们每次进攻的情况，就像讲述在圣尼古拉堡堡门前他光荣负伤的那次进攻的情况一样。

---

① 可能指印地图的 28 × 23 英寸的巨幅绘图纸，但更有可能是指我的脱庇叔叔地图的涡卷饰中有一头大象的图案。

② 可能指莱昂哈德 · 戈雷修斯（全盛时期约在 1577 年）的《西班牙战争记》。

然而对知识的需求，如同对财富的渴望一样，总是得寸进尺，欲壑难填。我的脱庇叔叔越是钻研他的地图，就越是喜欢它；——我给您讲过，通过同样的过程和电解消化，我想借助这些鉴赏家的灵魂本身通过长时间的摩擦和压迫，最终能把这种快乐变为美德，——变为画面，——变为蝴蝶，变为提琴。

我的脱庇叔叔越是畅饮这科学的甘泉，他的渴望就越是热烈迫切，因此，卧床休养还不过一年，他就千方百计搞到了意大利和佛兰德斯几乎所有的城堡平面图，他一弄到手，便悉心查阅一遍，然后仔仔细细地把它们同有关它们的包围、拆除、改进的历史资料和新作逐一核对，所有这些旧著新作他都是带着强烈的专注和快乐阅读的，以至于他忘了他自己，忘了伤痛，忘了卧床，忘了饮食。

第二年，脱庇叔叔买到了从意大利语翻译过来的拉梅里①和卡塔尼奥②的书，——同样还有斯蒂文努斯③、马罗里斯④、德·维尔⑤骑士、洛里尼⑥、科霍恩⑦、沙伊特⑧、帕甘伯爵⑨、沃邦元帅⑩、布

---

① 阿戈斯蒂诺·拉梅里（约1531—约1590），意大利工程师，著有《各种人工装置》。

② 吉罗拉莫·卡塔尼奥，著有《攻防城堡新作》（1564）和其他有关军事科学的大量著作。

③ 西蒙·斯蒂文努斯（1548—1620），荷兰数学家，著有《筑城新法》。

④ 即萨米埃尔·马罗卢瓦（全盛期约在17世纪早期），法国数学家，著有《堡垒或军事建筑》。

⑤ 安托万·德·维尔（1596—约1656），法国工程师和数学家，著有《堡垒》。

⑥ 博纳尤特·洛里尼（约1540—约1611），意大利工程师，以精通堡垒工事而著名，著有《堡垒》。

⑦ 门诺·范·科霍恩男爵（1641—1704），荷兰军人和军事工程师，著有《新要塞构筑术》。

⑧ 约翰·伯恩哈德·冯·沙伊特（生活在17世纪），著有《新军事手段》和其他军事著作。

⑨ 布莱兹-弗朗索瓦·帕甘伯爵（1604—1665），军人，著有巨作《论堡垒》。

⑩ 塞巴斯蒂安·勒普雷斯特·德·沃邦（1633—1707），法国元帅，最著名的军事工程师，有堡垒攻防方面的大量论著。

隆代尔①先生的著作。还有军事建筑方面的书，多得不可胜数，就像堂区神父和理发师闯入堂吉诃德的书房后发现的堂吉诃德搜罗的骑士书一样多。②

第三年快要开始的时候，也就是九十九年③八月，脱庇叔叔发觉有必要了解一下抛射体：——由于断定从本源获取知识最好，他便从N·塔尔塔利亚④开始，此人好像最先发现：人们认为弹炮是按照一条直线来杀伤的，这完全是骗人的鬼话。——对脱庇叔叔来说，N·塔尔塔利亚证明这是一件不可能的事情。

——探求真理永无止境！

脱庇叔叔刚弄清楚哪条路炮弹不走，就又不知不觉地被牵着鼻子继续往前走，决心要弄个明白哪条路炮弹要走：要达到这一目的，而不得不重新从老马尔萨斯⑤开始，先对他做一番真诚的研究。——然后他又钻研伽利略⑥和托里切利⑦，在他们的著作中，根

---

① 弗朗索瓦·布隆代尔（1617—1686），法国数学家和建筑师，有几部军事科学的专著，包括《投弹艺术》和《构筑要塞新法》。

② 在堂吉诃德的书房里，堂区神父和理发师“只见里面有一百多部精装的大书，还有些小本子……”（《堂吉诃德》第1卷第6章）堂吉诃德很像我的脱庇叔叔，正像在后面的段落中被描述的，“他沉浸在书里，每夜从黄昏读到黎明，每天从黎明读到黄昏……这样少睡觉、多读书，他脑汁枯竭，失去了理性”（《堂吉诃德》第1卷第1章）。

③ 即1699年。斯特恩的时间有点混乱。既然脱庇是1695年7月末受的伤，1699年8月应当是第五年的开头，除非从那慕尔到伦敦花了脱庇两年的时光。

④ 尼古拉·塔尔塔利亚（1499？—1557），意大利数学家，他的《各种问题与发明》探讨了火炮的问题，他还声称自己发明了炮手的象限仪。

⑤ 弗朗索瓦·马尔萨斯（1658年卒），法国的“炮兵部队常任委员”，他最重要的著作是《军事演习》。

⑥ 伽利略·伽利莱（1564—1642），意大利天文学家和实验科学家，在他论述力学的第4篇对话录中，他论述了抛射体的轨迹，即使不考虑空气的阻力，也是一条抛物线。

⑦ 埃万杰利斯塔·托里切利（1608—1647），意大利物理学家和数学家，他的《运动论》报告了他在有关抛射体轨迹方面的发现。

据制定出的一些颠扑不破的几何规则，他发现了成为一条**抛物线**——要不就是一条**双曲线**的确切轨道，——还发现上述轨道圆锥截面的参数或正焦弦，与量和幅成正比，正如整条弹道与炮尾在平面上形成的射角的两倍的正弦成正比一样；——还发现了半参数，——停下！我亲爱的脱庇叔叔，——停下！不，不要对这种棘手、困惑的轨道进一步深究了，——步骤是错综复杂的！这迷宫中的曲径是错综复杂的！对**知识**这一诱惑人的幽灵的追求将会带给你的烦恼是错综复杂的。——我的叔叔啊！快跑——快跑——就像避开一条毒蛇那样快跑。——在你的腹股沟受伤的情况下，难道你还要夜夜熬个通宵以狂热的研究烘干你的血液，这合适吗，和善的人呀？——哎呀！这样做会加重你的伤势，——妨碍你的流汗，——升华你的精神，——耗费你的精力，——耗干你基本的水分，① ——使你时常便秘，损害你的健康，——加速你的老年疾病。——我的叔叔！我的脱庇叔叔呀！

第四章

我一点也瞧不起那个人舞文弄墨的知识，他是不懂下面这个道理的，——针对我的脱庇叔叔的上面那句激烈的呼语，世界上最简单明了的故事，——会使读者的硬腭感到冰冷而又无味，——因此，我立刻结束了那一章，——尽管我的故事才讲到半中间。

——这种类型的作家跟画家有一个共同的原则。——凡是在一丝不苟地临摹使我们的画面不那么触目的地方，我们就选择不那么邪恶的东西，认为违真情有可原，反美则难以宽恕。——这一点应该cum grano salis② 理解；不过还是随它去吧，——因为为了让那句呼语变得冷静一点，就要把类似的事情比别的任何事情做得更多

① 体内最基本的或生来就有的水分。

② 拉丁文：半信半疑地。

些——不论读者由于其他原因同意还是不同意，这并不是十分重要的。

在第三年年底，我的脱庇叔叔觉察到那锥形截面的参数和半参数使他的伤口发炎，他一气之下便放弃了对抛射体的研究，仅仅投身于钻研堡垒的实用部分；其中的快乐，就像被压缩的弹簧那样以四倍的力度反弹到他的身上。

正是在这一年，我的叔叔开始打破每天换一件干净衬衣的惯例，——脸都不刮就把理发师打发走，——开始让他的医生很少有足够的时间来包扎他的伤口，自己也不大关心，所以在七次包扎中没有问过一回医生自己的伤情如何：这时候，喂！——突然之间，因为变化快如闪电，他渴望起身体康复来；——向我父亲发牢骚，对医生也变得不耐烦；——一天早晨，当他听到医生上楼的脚步声时，他立即合上书，把他的器具也扔到一边，以便就他自己康复的拖延规劝医生，他跟医生讲至少到那个时候他肯定会康复：——他长时间地谈论他所经受的苦难，以及他四年囚禁生活的哀伤；——还补充说，要不是他最好的兄长的亲切的面容和友好的鼓励，——他早就沉到了不幸的海底。——我父亲就在旁边：我的脱庇叔叔的肺腑之言让他热泪盈眶；——这是完全出乎意料的。——我的脱庇叔叔天生就不是伶牙俐齿的人；——所以这效果就更大。——医生被弄得不知所措；——并不是这样或者更大的烦躁表现没有道理，——但那也是完全出乎意料的；医生在医治我的脱庇叔叔的四年中，从来没有在他的举止中见过这样的表现；他从来没有露过一个烦恼或不满的口风；——他一直都很耐心，——一直都很顺从。

——有时候我们由于克制而丧失了抱怨的权利；——可是我们往往三倍地增加了抱怨的力度：——医生十分惊讶；——但当他听到我的脱庇叔叔继续往下讲，并且不容分说，坚持要他立即治好他的伤，——或者要求把国王的御医龙雅[1]先生请来为他医治时，他更加

① 艾蒂安·龙雅，威廉三世的第一御医。

震惊了。

渴望健康长寿是人的天性中就有的；——热爱自由和发展则是它的一种姊妹之情；这些便是我的脱庇叔叔和一般人的共同之处；——而二者都不足以说明他想恢复健康和想做户外活动的热切希望；——然而前面我已经给您讲过，我们家是不按常规惯例办事的；——从当前的情况下这种渴望表现自己的时间和方式上，敏锐的读者会疑心我的脱庇叔叔的头脑里另有造成这种热望的原因或动机：——情况正是这样，揭示那种原因和动机到底是什么，便是下一章的主题。我承认，任务完成后，也应该回到客厅的火炉边了，因为我的脱庇叔叔话正说到半中间，我们就把他扔在那儿了。

第五章

当一个人听任一种主导情绪的支配时，——或者，换句话说，当他的**爱巴马儿**变得桀骜不驯时，——那就永别了，冷静的理智和充分的谨慎！

脱庇叔叔的伤口快要痊愈了，而当医生刚从惊讶中恢复过来，能够说点什么时——便告诉他，才刚开始长新肉；要是不出现新的脱落的话，因为现在还没有这种迹象，——伤口不出五六个星期就会干透长好。如果十二个钟头前，就是有同样多的奥林匹亚竞技会届期①之说，给脱庇叔叔的脑海里传达的概念也不到五六个星期。——这会儿，他的念头却纷至沓来，——他心急如焚，要把自己的计划付诸实施；——所以，没有再和任何人商讨，——顺便说一下，当您下定决心不打算听别人的劝告时，我想这样做就无可厚非了，——当他得知我父亲要上交易所时，他便悄悄地吩咐他的仆人特灵，收拾上一捆软麻布等包扎用品，雇上一辆驷马高车在当天十二点准时在门口等待。——于是他在桌子上留下一张钞票，以酬谢

① 奥林匹亚竞技会届期为4年。五六个届期为20—24年。

医生对他的护理，还留下一封情意绵绵的感谢信表示对他的兄长关照的谢忱，——然后便收拾起他自己的地图，他的有关堡垒的书籍，他的工具等等，——一边拄着拐杖，一边由特灵扶着，——我的脱庇叔叔就登上了马车直奔项狄家宅。

这突如其来的为何出走，或者不如说出走的起因是这样的：

脱庇叔叔房间里有一张桌子，在这次变故发生的前夜，他就坐在那张桌子旁边，周围还摆放着他的地图等等东西，——对于素日堆放在上面的那些无穷无尽的大大小小的学识用具来说，这张桌子确实再小不过了；——他在够烟盒时，不小心蹭掉了圆规，而在躬下身去捡圆规时，袖子又蹭掉了他那装有工具和蜡花剪的匣子；——由于触了霉头，当他力图接住掉下来的剪刀时，——他又把布隆代尔先生从桌子上碰了下来，而帕干伯爵又刚好压在他的上面。

对像脱庇叔叔这样的一个瘸子来说，要想独自个儿将这一切拨乱反正，那是不可能的，——所以他便拉铃叫仆人特灵；——特灵！脱庇叔叔说，你看看我把这里搅得乱成什么样子了。——我得想点更好的办法才行，特灵。——你能不能把我的尺子拿来，量量这张桌子的长宽，再去给我定做一张同样大小的桌子？——好的，报告老爷，特灵鞠了一躬答道；——不过我希望老爷能早日养好身子回您的乡间住宅去，在那儿，——因为老爷您喜欢筑城学，我们就能想办法把这件事办好。

我必须在这里告诉您，我的脱庇叔叔的这名唤做特灵的仆人，原来是我叔叔自己连里的一名下士，——他的真名叫詹姆斯·巴特勒①，——可是他在团里赢得了特灵②这个诨名，所以除非脱庇叔叔非常生他的气，他是从来不用其他名字来称呼他的。

---

① 见第 305 页注②。

② 原文为 Trim，意为“齐整的”，在俚语里有“欺骗”的意思，姑译为“特灵”，以求音义兼顾。

这个可怜的家伙由于服役时落下了残疾，在兰登战役中被一颗子弹打伤了左膝，这是发生在那慕尔战事两年前的事；——由于这家伙在团里招人喜爱，再加上又是个麻利人，所以脱庇叔叔便收他做了仆人，他的用处可大啦，在军营和住处充当脱庇叔叔的贴身仆人、马夫、理发师、厨子、裁缝、护士伺候他；确实从头到尾都满怀诚心和爱心服侍他。

反过来，脱庇叔叔也很喜欢这个人，使叔叔对他恋恋不舍的是，他们的见识学问非常相似：——因为特灵下士（今后我就要这样称呼他了）四年来偶尔留心听听主人关于堡垒的谈话，又有不断窥探主人的计划之类的东西的方便，还不算作为一名贴身男仆从**爱巴马儿**身上获益匪浅，尽管他自己不喜欢爱巴马儿；——因而他在这门学科方面已经成了行家里手；而且，在厨子和女仆看来，跟我的脱庇叔叔本人对城堡性质的了解不相上下。

我只要再来一笔就可以画完特灵下士的性格，——而这是其中唯一的一条黑线。——此人好提建议，——或者不如说是好听他自己说话；然而，他的举止却显得毕恭毕敬，没有半点儿差池，您要他安静时，叫他一声不吭倒很容易；可是一旦让他张开了嘴，——那您就再也控制不住他了；——他口若悬河；——总是老爷长老爷短的，带着特灵下士的那种毕恭毕敬的态度，一个劲儿地为他的演说技巧说情，——所以尽管您觉得有些不快，——您还是不能对他发火。我的脱庇叔叔很少对他表现出这两种情绪来，——或者，至少特灵身上的这个毛病没有触犯过这两种情绪。我说过，我的脱庇叔叔很喜欢这个人；——而且，他不仅把他看作一个忠实的仆人，——而且还把他看作一名谦恭的朋友，——所以他不忍叫特灵闭上嘴巴。——这就是特灵下士。

我是不是敢冒昧，特灵继续说道，向老爷进一言，谈谈我对这件事情的看法。——欢迎，特灵，脱庇叔叔说道，——讲吧，——讲讲你对这件事的想法，伙计，不用害怕。那么，特灵答道，（并不像乡巴佬那样抓耳搔头，而是）把脑门上的头发朝后一捋，就好像在队伍前面一样立正站着。——我认为，特灵说着就朝前迈了一下左腿，就是那条瘸腿，——同时展开右手，指着一幅钉在帐子上的敦刻尔克地图，——对于老爷的高见我心悦诚服，所以我认为，特灵下士说，——要是我们是在乡下，有上那么一路得①或者是一路得半的地方做我们喜欢做的事情，那么，这些V形棱堡、五角棱堡②、帷墙③和角堡，和老爷您跟我能够完成的业绩相比，只是在这里的纸上完成了一种可怜而又可鄙的琐碎小事：因为夏天快到了，特灵继续说，老爷您可以坐在户外，把城镇或城堡的那张啥图给我——（那叫平面图，我叔叔说）——老爷您以前就喜欢这么坐来着，——如果我无法按老爷的意思把堡垒筑好，我宁肯让您把我一枪毙在堡垒的斜坡上。——我敢说你能行，特灵，我叔叔说道。——如果老爷您，下士继续说，能把多边体④的精确的线条和角度标清楚。——这我完全可以做好，我叔叔说。——我会从护城河开始，只要老爷您能告诉我准确的深度和宽度，——我可以毫发不爽，特灵，我叔叔答道，——我可以把土抛向城镇的这一面筑内削壁，——抛向另一面的开阔地筑成外崖。——很好，特灵；脱庇叔叔说。——当我使这些按您的意思有一定坡度时，——报告老爷，我会给斜坡盖上草皮，就像佛兰德斯最好的堡垒所做的那样，——老爷您知道应当这么做，——我还会在堡墙和胸墙上也盖上草皮；——最优秀的工程师管草皮叫护墙，特灵，脱庇叔叔说；——不管护墙还是草皮，那都无关紧要，特灵答道，老爷您知道它们要比石头或者砖头砌的墙面强十倍；——从某些方面讲，我知道的确如此，特灵，——脱庇叔叔点了点头说；——因为炮弹打进草皮护墙时不会炸下来任何废物，如果炸下来废物，就会把护城河填上（圣尼古拉堡门的情况正是这

① 英制面积单位，等于1/4英亩或1077.7平方米。

② 堡垒的突出部分修建成不规则的五角形，基础从属主体工程。

③ 位于五角棱堡之间并连接它们的一座堡垒的主墙的一些部分。

④ 其顶部是封闭式堡垒的五角棱堡中心。

样），就有利于敌人过河。

老爷您懂这一类事情，特灵下士答道，懂得比皇家军队里任何一位现役军官都要多；——不过请老爷您先别管定制桌子的事情，让我们回乡下去吧，我会像牛马一样听从老爷的调遣，为您筑些完美无缺的堡垒，配有全套的炮台、坑道①、壕沟、栅栏②等等，全世界的人就是骑马走二十英里路前去参观也值。

特灵继续往下讲时，脱庇叔叔的脸红得像猪肝；——不过这脸红不是由于愧疚，——也不是出于谦逊，——也不是出于恼怒；——而是因为高兴；——特灵下士的计划和描述给他点了一把火。——特灵！脱庇叔叔说，你已经说得够多的了。——就在国王陛下及盟国③开战的那天，特灵继续说，我们便可以开始战斗，并尽快将他们的城池逐个摧毁——特灵，脱庇叔叔说，再别说了。——老爷，特灵继续说道，遇到这样的好天气，您可以坐在扶手椅里（用手指着扶手椅）向我发号施令，我就会——再别说了，特灵，脱庇叔叔说。——再说，老爷您不仅可以取乐消遣，——而且还可以呼吸新鲜空气，得到良好的锻炼，保持健康的身体，——而老爷的伤不出一个月就可以痊愈。你已经说得够多的了，特灵，——脱庇叔叔说（把一只手插进裤兜里）——我非常喜欢你的计划；——报告老爷，我这会儿就去买一把工兵锹带上，我还要去定制一把铁锨，一把丁字镐，还有一对——别说了，特灵，脱庇叔叔说，由于喜不自胜，一条腿跳了起来，——往特灵手里塞了一个几尼——特灵，脱庇叔叔说道，再别说了；——你这就下去，特灵，我的伙计，马上把我的晚餐端上来。

---

① 在火力射程之内时围攻者用以靠近敌人防御工事的掩蔽战壕。

② 柱杆在地上围成的防御工事。

③ 国王指英国国王威廉三世（1650—1702）。西班牙王位继承战争（1701—1713）中，路易十四由西班牙、巴伐利亚、科隆支持，与由大同盟中形成的盟军作战，其中包括奥地利、普鲁士、其他德意志诸侯国、丹麦、葡萄牙、萨伏依、荷兰和英国。

特灵的行动计划就这样钻进了脱庇叔叔的脑袋，他连一口饭都不想吃。——特灵，脱庇叔叔说道，扶我上床；——反正是一回事。——特灵下士的描述像火一样燃起了他的想像，——我的脱庇叔叔怎么也合不上眼睛。——他越想，那情景就越让他着迷；——因此，在离天亮还有整整两个钟头的时候，他已经下定了最后的决心，协调好了他和特灵下士的全部撤营计划。

脱庇叔叔自己有座小巧玲珑的乡间别墅，和我父亲的项狄庄园同在一个村子里，这别墅是由他的一位年迈的叔叔留给他的，一年还有一笔一百来英镑的小小进项。在这座宅子后面，与它紧挨着的，是一大片约半公顷的家庭菜园；——在菜园尽头，由一株高大的紫杉树篱隔开的，是一块滚木球场，面积正好和特灵下士向往的相当；——所以特灵说了这样的话，“一路得半的地方做他们喜欢做的事情”：——这块符合条件的滚木球场立马展现在眼前，突然给脱庇叔叔幻想的视网膜上绘出了奇异的色彩；——这是他脸色变化的生理原因，或者至少，是让他的脸色加深到我说到那种过火的程度的生理原因。

即使情人赶着去见一位心上人，也没有脱庇叔叔赶着去私下里享受这种事情那么心急火燎，急不可待；——我说私下里；——因为我给您说过，这里有一道高大的紫杉树篱与宅子隔开，另外三面均由粗壮的冬青树和浓密的开花灌木挡着，人是看不见的；——所以那种不为人所见的念头对于脱庇叔叔头脑中先入为主的取乐念头起的作用真不算小。——虚玄的想法！无论那里树木多么浓密，——或者表面上显得多么僻静，——亲爱的脱庇叔叔啊，竟然想着要享受一件占地整整一路得半的东西，——还要不为人知！

脱庇叔叔和特灵下士到底如何运作这件事情，——还有他们的那些战役的来龙去脉，这当中当然不是一帆风顺的，——这在这出戏的情节发展中并不算个毫不引人入胜的次要情节。——现在这一场景必须撤下，——换到客厅的炉火旁边。

第六章

——他们到底在干什么呢，兄弟？我父亲问道。——我想，脱庇叔叔答道，——我给你说过，开始说话时，他把烟斗从嘴里拿下来，磕了磕烟灰；——我想，他答道，——哥哥，我们不妨拉一下铃叫人问问。

奥巴代亚，请问我们头顶上在闹腾什么呀？——我父亲问道；——我们兄弟俩简直听不清自己的谈话了。

老爷，奥巴代亚朝他的左肩鞠了一躬答道，——太太的情况很不好；——那么苏珊娜顺着花园往哪里跑呢，好像有人要强奸她似的？① ——老爷，她在抄最近的路赶到镇上，奥巴代亚答道，去请那老接生婆。——那就备马，父亲说，立即去请斯娄泼②医生，就是那位一直替我们家看病的男助产士，——告诉他，太太要分娩了，——就说，我希望他和你一道尽快赶回来。

奇怪，奥巴代亚关门的时候，父亲对脱庇叔叔说道，——由于有像斯娄泼医生那样高明的手术大夫近在咫尺——以致我老婆牛着性子坚持到最后，把我的孩子的性命交给一个愚昧无知的老太婆，而这孩子已经遭受过一次不幸了；——这还不仅是我孩子的性命，兄弟，——还有她自己的性命呢，还连带着今后她可能给我生养的所有的孩子的性命呢。

说不定呀，哥哥，脱庇叔叔答道，嫂子这样做是为了节省开支：——顶屁用，——父亲答道，——这医生不干活还是跟干活一样拿钱，——如果不是拿得更多的活，——无非是让他不要发脾气。

——那就无论如何没有别的原因，脱庇叔叔心地单纯地说；——

---

① 也许影射《伪经》中苏珊娜的故事，她在花园里洗澡而两个长者在偷窥，后来破了她的贞洁。

② 原文 Slop，有烂泥、污水等义。

只能说是害羞了：我敢说，他补充道，我嫂子并不喜欢让一个男人这样靠近她的※※※※。我不想说脱庇叔叔是否说完了整个句子；——姑且认为他说完了，会对他有利一些，——因为，我想，他尽管有能改进句子的字眼，他也不会再补充一个的。

反过来，要是脱庇叔叔还没有完全说到该画句号的地方，——那么全世界都得感激我父亲的烟斗突然磕断，因为这是演说花样中最巧妙的例子之一，就是修辞学家所谓的 Aposiopesis①。——天哪！——那些意大利艺术家的 Poco piu② 和 Poco meno③；——那难以察觉的稍强或稍弱，是如何像决定雕像中的精确美丽的线条那样决定句子里的精确美丽的线条的啊！凿子、铅笔、钢笔、琴弓，等等④的轻微的触动——是怎么制成真正的起伏，从而又给人真正的欢乐的啊！——我的同胞啊！——心眼儿要细一点；——要注意你们的语言；——千万不要忘记啊！千万不要忘记你们的口才和声名所依赖的是多么微末的东西。

——"说不定呀，我嫂子，"脱庇叔叔说，"并不喜欢让一个男人太靠近她的※※※※。"画上这个短断音指示号，——这是一种欲言又止的表现。——去掉这个短断音指示号；写上屁股二字——那就失之下流了。——把屁股画掉，加上掩蔽廊道，这是一个隐喻；——我敢说，因为堡垒学一直萦绕在脱庇叔叔的脑际，如果让他给这个句子添个词儿的话，——那就非它莫属了。

但情况是不是这样；——或者我父亲那关键的磕断烟斗的动作是出于偶然，还是出于气恼，——到适当的时候自有分晓。

---

① 拉丁文：欲言又止。
② 意大利文：稍强。
③ 意大利文：稍弱。
④ 本书很多地方的"等等"暗指性器官，通常指女性的性器官。

第七章

尽管我父亲是个出色的自然哲学家①，——但他也是一名不错的道德哲学家；正因为如此，当他的烟斗从中间断成两截时，——他没有办法，——情况就是这样，——本该把两截抓住，轻轻地扔到炉火后面。——他并没有这样做；——他却狠劲把它们投出去；——而且，为了更大地发力，——他还跃起双腿来投掷。

这看上去有点上火的样子；——而他回答脱庇叔叔的话的态度证明情况就是这样。

——“不喜欢，”我父亲说（重复着脱庇叔叔的话），“让一个男人太靠近她的。”——天哪，脱庇兄弟！你这话使约伯②都耐不住性子；我想我已经有一个没有耐心的约伯的祸害了。——为什么？——在哪儿？——在哪方面？——为何？——到底为什么？脱庇叔叔极其诧异地说。——想一想，我父亲说，兄弟，一个男人活到了你这样的岁数，对女人却知道得这么少！——我对她们的确一无所知，——脱庇叔叔答道；我认为，他继续说，在敦刻尔克拆除后的那一年，与沃德曼寡妇的恋爱中我受到的打击；——你知道那次打击要不是我对女性全然不知，本来可以避免的，——使我有理由说，任何关于她们或者她们所关心的事情，我既不懂，也不想装懂。——我认为，兄弟，我父亲答道，至少你应该把一个女人对头还是不对头分清楚吧。

《亚里士多德名作》中是这样说的：“一个人在想过去的事情时，——他低头看着地；——而当他思考未来的事情时，他抬头望

① 这个术语相当于现在的“科学家”，在一些不表同情的人的眼中，有“半吊子”或“业余”的含义。

② 《圣经》中的人物，备历危难，仍坚信上帝。

着天。”①

我认为，脱庇叔叔两样都没有想，——因为他的眼睛平视着。——对头，脱庇叔叔说，一边嘴里低声念叨着这两个字，一边两眼茫然，盯着壁炉台由于接口不好而形成的小裂缝。——女人对头的地方！——我宣布，叔叔说，我对这一方面的了解跟对月球上的人的了解一样欠缺；——而且即使，脱庇叔叔继续说（眼睛仍然盯着那糟糕的接口），即使我花上这整整一个月的时间去想，我肯定我还是找不出答案来。

那么脱庇兄弟，父亲答道，我来告诉你吧。

世间万物，父亲接上说（一边给一个新烟斗装烟丝）——世间万物，脱庇兄弟，都有两个把儿。——也不尽然，脱庇叔叔说。——至少，父亲答道，每个人总有两只手吧，——这都是一码事儿。——现在，如果一个男人冷静地坐下来，心里琢磨构成那个被称之为“女人”的动物的所有部件的构造、形态、结构、能力、用处，再将它们类比。——我一直没弄明白这个词的意思，——脱庇叔叔说。——**类比**，父亲答道，就是某种关系和一致，这不同于——讲到这里，一声该死的敲门声把父亲的定义（就像他的烟斗一样）折成了两截，——同时也打碎了那个在思辨的子宫中孕育出的可能演变为一篇著名、奇异的学术讲演的头。——几个月后父亲才有机会把它平平安安地发表：——就在这个时候，我能不能在第三卷里为它找到一个位置，这事情本身就和那篇学术演讲的主题一样成问题，——（考虑到我们家里的不幸纷至沓来造成的混乱和痛苦）。

---

① 并非出自《亚里士多德名作：或其中各部分所揭示的生成秘密》，而是出自《亚里士多德问题集，与其他天文学家、占星家、医生和哲学家共同探讨》，该书有时作为《亚里士多德全集》第 3 部分出版，其中有对下列问题的回答：“为什么一个人想像时要抬头望天？”和“为什么一个人沉思过去时要低头看地？”（《问题集》，第 25 版 [伦敦，未注明日期（1733? [原书注释如此] ）]，第 9—10 页。）

第八章

自打脱庇叔叔拉铃，奥巴代亚受命备马，前去请男助产士斯娄波医生起，已经好好地读了一个半小时的书了；① ——因此，按道理，从诗学角度讲，再从事情的紧迫性上考虑，谁也不能说我没有给奥巴代亚足够的往返时间；——不过，实事求是地说，此人，或许连穿靴子的时间都不够。

如果吹毛求疵的批评家要吹求这一点；还下定决心要拿一个摆钟来计量一下从拉铃到敲门的实际间隔；——而且在发现这段时间总共不超过两分十三又五分之三秒以后，——便悍然侮蔑我破坏了时间的统一性，或者不如说是可能性；② ——我可得提醒他，绵延及其简单情状的观念只是从我们的一连串观念中得来的，——而且是真正的学术摆钟，——我作为一名学者，在这件事情上只能由它来检测，——而对其他任何摆钟的裁决一律弃而不顾。

因此，我希望他考虑到从项狄家宅到男助产士斯娄波医生家只不过可怜巴巴的八英里；——因而奥巴代亚还在刚说的那段路上打来回的当儿，我已经把脱庇叔叔从那慕尔经过整个佛兰德斯带回了英格兰：——而且我让他在我手上病了将近四个年头；——此后还让他和特灵下士坐驷马高车旅行近二百英里来到约克郡；——这一切加在一起，一定可以让读者的想像对于斯娄波医生的登台做好了准备，——至少（我希望）能在两幕剧之间跳个舞，唱个歌或是奏一

① 自从拉过铃后，只发生过第六章和第七章中的事。在第一卷第二十一章中，脱庇一句话说到半中间就被打断，只在第二卷第六章开头建议拉铃时才有机会结束他的思绪；这就是斯特恩所说的读了一个半小时的书了。

② 在新古典主义戏剧的三一律中，时间的统一要求剧中事件用的时间不能比实际生活中用的长。亚里士多德在《诗学》中说一个情节里的事件应当是可能发生的；斯特恩的“可能性”也许就由此而来。

段协奏曲。①

如果我的吹毛求疵的批评家固执己见，一定坚持，两分十三秒就只能是两分十三秒，——当我把我能说的已经说完时；——批评家还是坚持这个借口，尽管从戏剧方面可以挽救我，但在传记方面却会把我打入地狱，把我的书，就从这会儿起，变成一本公认的**传奇**，可它先前却全是子虚乌有的杜撰：——如果我受到这样的胁迫——那么我就立即结束所有的异议和争论，——办法就是告诉这位批评家，奥巴代亚从马厩出来还没走上六十码就遇上了斯娄泼医生；而且他确实提出了一个他见了医生的不光彩的证据，——而且几乎给了一个可悲的证据。

您自个儿想像一下；——但这还是开始新的一章为好。

第九章

您自个儿先想像一下斯娄泼医生矮小、敦实、猥琐的形象②，垂直高度约四英尺半，脊背宽，肚子有一英尺半长，这也许会给近卫军骑兵队的一个军官增加体面。

这就是斯娄泼医生体形的轮廓，——如果您读过贺加斯的《美的分析》③，如果您没读过，那么我希望您能读一读；——您必须知道，这寥寥三笔在脑海中勾勒出的形象抵得上三百笔。

想像那样的一个人，——因为，我说，那就是斯娄泼医生体形

---

① 到1720年，全场晚间娱乐演出穿插幕间节目表演的做法在伦敦已经确立。

② 这是一幅约翰·伯顿医生的漫画。此人是约克一名出色的内科医生、产科医生、作家和古董鉴定家，其激进的托利主义使他有雅各宾主义之嫌，因而激起了斯特恩的仇视，并将其嘲讽为无知的助产士和旧教徒。

③ 此处是对英国画家和雕刻家威廉·贺加斯（1697—1764）的褒扬，他的漫画风格受到斯特恩的模仿。他的《美的分析》是本“为固定品位的浮动概念”而写的专著。于1753年问世；在上述文字出版后，贺加斯为《项狄传》画了两幅插图以感谢斯特恩，本版予以复制。

的轮廓，他慢慢地、一步步地，骑在一匹小矮马背上，摇摇摆摆地从泥地上走来；马的颜色倒蛮漂亮；——但就是没有力气，——呜呼！——这马驮着这样一个包袱，即便在道路能允许小跑的情况下，也很难跑起来。——何况路况也实在不行。——您自个儿想像一下，当时，奥巴代亚骑的可是匹套车的骏马，而且正在策马飞奔，全速逆向前进。

先生，请让我用这段描写激发出您一会儿的兴趣吧。

假使斯娄泼医生在一英里之外就注意到奥巴代亚在一条窄巷子里径直朝他狂奔而来，——他一路跑来，就像赴汤蹈火的魔鬼一般泥浆四溅，那种现象，再加上一路上溅起的泥水漩涡绕着自己的轴心，——这对于当时情景下的斯娄泼医生来说不是比惠斯顿最可怕的彗星①还要令人毛骨悚然吗？——且不说NUCLEUS②；也就是说不提奥巴代亚和那匹套车的骏马。——在我看来，光泥水的漩涡便足以把，如果不是医生本人，至少也是医生的马卷走。那么，当您读到（这正是您马上要做的）医生正这样小心翼翼地朝着项狄家宅前进，离那里只有六十码之遥，离一个由花园墙锐角造成的急转弯只有五码，您就可以想像到斯娄泼医生当时的惊惧和恐水症有多么严重，——而那里刚好是一条肮脏巷子里最肮脏的地方，——正在这个当口，奥巴代亚和他的套车马拐过弯来，又快又猛，——砰的一声，——撞了个正着！——我想，天地之间，恐怕再没有比这样的一次遭遇更可怕的了，——而且如此迅雷不及掩耳！而斯娄泼医生对这样的震惊却如此猝不及防！

斯娄泼医生又能怎么着呢？——他在胸口画了个“十”字——

---

① 威廉·惠斯顿（1667—1752），英国神学家、数学家，他在其《地球新论》（1696）中解释了所有风暴的成因，并预言了彗星接近地球而引起的最后的大火。他提出《圣经》上说的洪水是由于一颗彗星接近地球引起的；别的彗星也许会毁灭地球（哈雷彗星于1759年初的重现使这一讨论恰逢其时）的担心总使人联想到惠斯顿，往往含有贬抑的成分。

② 拉丁文：核心，中心。

呸！——不过这名医生，先生，可是个旧教徒。——没有关系；他最好把前鞍鞒抓紧。——他确实这么做了；——不，出事的时候，他还是什么都不干为好；——由于一画十字，他就丢了鞭子，——由于想救回在他的膝盖和鞍鞒垂边之间往下溜的鞭子，脚又丢了镫，——脚一丢镫，又搞得手丢了鞍；——而在这一系列的丢失中（顺便说一句，这就表明画十字的好处何其少）不幸的医生又丢了神儿。这样一来，没等奥巴代亚撞将上来，他已经让他的矮马听天由命去了，因为他像一包羊毛似的从马身上斜栽下来，掉下来也没有酿成别的后果，无非是（正如可能会出现的那样）他身体最宽的部位陷进十二英寸深的泥淖里而已。

奥巴代亚向斯娄泼医生脱帽行了两次礼；——一次是当他往下掉时，——另一次是他看到医生坐好以后。——不合时宜的顺从啊！——难道这家伙不该勒马下来帮帮医生吗？——先生，只要情况允许的他都做了；——但那套车马的**冲力**太大，所以这件事情不是奥巴代亚马上就做得了的；——在他能完成这一任务之前，他先骑着马绕着斯娄泼医生转了三圈；——最后，当他的确勒住了他的牲口时，因为搞得泥浆飞溅，所以奥巴代亚当时最好呆在一里格①外才好。总而言之，自从这种事风行以来，从来没有一个斯娄泼医生被搞得如此满身泥浆、狼狈不堪、本体大变。②

第十章

斯娄泼医生走进后客厅时，父亲和脱庇叔叔正在讨论女人的本性，——很难说是斯娄泼医生的形象，还是斯娄泼医生的出现，哪一个更让他们二位吃惊；因为出事的地方离家近在咫尺，所以奥巴

---

① 旧时长度单位，约为 3 英里或 5 公里。
② 影射斯娄泼天主教徒身份，以及罗马教会和英国国教在圣体性质上的分歧。

代亚划不来再把医生扶上马去，——奥巴代亚就把他原原本本领进了门，没有擦洗，没有修饰，没有涂圣膏，全身上下泥污狼藉。——他站在那里，就像是《哈姆雷特》中的鬼魂①，一动不动，一声不吭，他就像泥菩萨一样在客厅门口站了足足有一分半钟（奥巴代亚仍然抓着他的手）。他的后身，也就是挨摔的那部分，脏得一塌糊涂，——而其他地方则全是奥巴代亚飞溅的泥浆造成的泥点，所以您可以发誓说（毫无思想保留）② 每个泥点都发挥了作用。

这是脱庇叔叔反败为胜打垮我父亲的良机；——因为当时谁看见了斯娄泼医生狼狈不堪的样子也不会对脱庇叔叔的观点表示异议的，“说不定他嫂子不喜欢让这么一位斯娄泼医生太靠近她的※※※※”，不过这是 Argumentum ad hominem；③ 如果脱庇叔叔不是如此精于此道，您或许会想，他是不喜欢使用它的。——对；原因就是；——侮辱别人不是他的本性。

斯娄泼医生在那个时候出现跟他出现的方式一样成问题；尽管只要父亲回想片刻，肯定就可以把问题解决；因为就在上一星期他通知过斯娄泼医生，说我母亲已经足月待产了；医生此后就再没听

---

① 《哈姆雷特》第 1 幕第 1 场第 41—49 行和第 1 幕第 4 场第 38—57 行中，鬼魂站在那里一动不动，一声不吭；在第 1 幕第 5 场第 76—79 行中，鬼魂抱怨说，他：

　　就在罪孽深重里一命归天，
　　来不及举行圣餐礼，忏悔涂膏，
　　来不及结一结清楚，就叫我算了账，
　　不管我满头是未清未净的红尘……

② 再次影射斯娄泼的天主教徒身份，以及雅各宾分子和罗马天主教同情者发誓支持英国政府和国教但“思想上有所保留”的做法。“所有天主教作家过去和现在都赞同：如有正当理由，就可以使用［思想上有所保留的搪塞之词］，而且这些并不是谎言。听到这种搪塞的人可以理解为它意思不真诚，但这种搪塞的自我欺骗是说这种话的人有充分理由允许的。”——“思想保留”，《天主教百科全书》（纽约，1907—1914）第 10 卷第 195 页。

③ 见第 49 页注②。

到任何消息，因而对他来说，骑马来项狄家宅，就像他现在所做的那样，看个究竟，是顺理成章的，也是非常明智的。

然而不幸的是，父亲在调查研究中思想转错了向；他的思想就像吹毛求疵的批评家的思想一样，一心想的是拉铃声和敲门声，——度量二者的间隔，——而且对于这种事如此全神贯注，所以就没有办法考虑别的，——最伟大的数学家的常识性错误！由于在论证时不遗余力地工作，结果他们连做推论、做好事的精力都没有留下。

拉铃声和敲门声同样强劲有力地触动了脱庇叔叔的心弦；——但它却激起了一连串全然不同的思绪；——这两种事针锋相对的震动立即把著名的工程师斯蒂文努斯一道儿带进了脱庇叔叔的脑海：——斯蒂文努斯到底和这件事儿有什么干系，——这才是最关键的问题；——这个问题一定会解决，——但下一章还不是时候。

第十一章

写作，在掌握适当时（你不妨相信我认为我的写作就是这样），只不过是谈话的另一种叫法而已：因为凡是知道自己在高朋满座时该干什么的人，没有一个会贸然无所不谈的；——同样，凡是懂得得体和良好教养的准确界线的作家，没有一个会冒昧地无所不想的：您若能对读者的理解力给予最真诚的尊重，那就要友好地把这件事情一分为二，不仅给自己留一些东西去想像，也要给读者留一些东西去想像。

就我自己而言，我将永远向读者表示这种敬意，竭尽我的全力让他的想像跟我自己的一样忙碌。

现在轮到读者了；——我已经对斯娄泼医生被撞翻的悲惨场面以及他在后客厅的窘态做了详尽的描述；——读者的想像现在得继续跟这个描述驰骋一会儿。

那就让读者想像，斯娄泼医生已经讲了他的故事；——用的是读者的幻想喜欢的用哪些话，哪些增强效果的手法：——让读者设想，奥巴代亚也讲了他的故事，并且带着读者认为他们两个人并排站着时能最好地对比出两个人的形象的那种装出来的忧心忡忡的眼神：——让读者想像，我父亲已经上楼去看我母亲了：——同时，为了结束这项想像工作，——让他想像医生已经洗过了，——搓过了，——安慰过了，——兴致好起来了，——穿上了奥巴代亚的一双胶底浅口帆布鞋走向门口，正做出要进去的动作。

站住！——站住，好心的斯娄泼医生！——让你的那只产科专家的手歇一下；——把它放回你的胸前安安稳稳地暖和着去吧！——你不大知道有些什么阻碍；——你很少考虑什么暗藏的原因妨碍它去做手术！——你有没有，斯娄泼医生，——你有没有拥有把你带到这个地方来的正式协议的秘密条款？——你有没有意识到，这会儿鲁西娜①的一个女儿越级抢在你的前头来接生？哎呀！千真万确。——此外还有皮隆努斯②了不起的儿子！你能做什么？——你赤手空拳而来；——你忘了带你的 tire tête③，——你那新发明的产钳——你的产钩，④ ——你的注射器，和你所有的解救器械。——哎呀！这会儿它们都挂在你床头上两把手枪中间的一个绿色的台面呢口袋里！——拉铃；——呼唤；——打发奥巴代亚跨上套车马全速把它们取回来。

——赶快，奥巴代亚，我父亲说，我会给你一个克朗⑤；——脱庇叔叔说，我也会给他一个克朗。

第十二章

你的突如其来，脱庇叔叔对斯娄泼医生说（脱庇叔叔开始说话

---

① “她使人见天日”；在罗马神话中，她是司掌生育的女神。
② 古罗马乡村的婚姻之神，被视为分娩妇女和新生婴儿的守护神。
③ 法文：产钳。接生时用的拔取镊子。
④ 碎胎术中使用的钩式外科医疗器械。
⑤ 旧币制的 5 先令硬币。

时他们仨一起在炉火旁坐下），——立刻把伟大的斯蒂文努斯带进了我的脑海，你必须知道，他是我最喜爱的一名作家。——那么，我父亲利用 Ad Crumenam① 论证补充说，——我就以一克朗赔二十几尼跟你打赌（奥巴代亚回来后这些钱就赏给他），这个斯蒂文努斯是名工程师还是什么的——或者直接间接地就筑城学写过点东西。

他是写过，——脱庇叔叔答道。——我知道，我父亲说；——不过，就是要了我的魂儿，我也看不出斯娄泼医生的突如其来和筑城学的谈话之间有什么联系；——但是我还是有点害怕。——咱们想谈什么就谈什么，兄弟，——或者让场面千万不要对这个话题显得格格不入，——你肯定是要引入这个话题了：我是不会的，脱庇兄弟，我父亲继续说，——我声明我是不想让我的脑袋装满帷墙和角堡的。——我敢说，你是不想的，斯娄泼医生打断他的话说，对他的双关语笑了个不亦乐乎。

批评家丹尼斯②也不会比我父亲更加痛恨双关语，或者用双关语含沙射影；——他随时都会对双关语变得不耐烦的；——但如果在严肃的谈话中突然被一个双关语打断，他会说，这种情况就像刮一下鼻子那样糟糕；——他看不出有什么不同。

先生，脱庇叔叔对斯娄泼医生说，——我的项狄哥哥在这里提到的帷墙和床架没有一点关系；——虽然，我知道，杜·康日③说，

---

① 见第 70 页注①。

② 约翰·丹尼斯（1657—1734），英国批评家，诗人及剧作家，强烈谴责给他送了《双关语颂》的戏剧家威彻利："我不会相信因为某些酒鬼表示赞赏，令人恶心的模棱两可的言词就是妙语，就像我不会因为埃及人崇拜大蒜就相信大蒜是上帝一样。不会的，英国人若把双关语当作妙语，要比埃及人把大蒜当作上帝显得更愚蠢可憎。"据说丹尼斯说过这样的话："谁要使用双关语，谁就会扒窃。"

③ 夏尔·杜·弗雷纳·杜·康日（1610—1688），博学的法国语文学家和历史学家；这句引文是他的名作《中古拉丁语作家词典》中"Cortina"条目下一段文字的释义，它连同接下来的两句话，是斯特恩根据伊弗雷姆·钱伯斯的《百科全书：又名文理词典大全》"帷墙"词条写的释义。

“床帷，十之八九由床架得名；”——他谈到的角堡和王八生角①也没有一点关系：——不过帷墙，先生，是我们在筑城学中使用的术语，指的是位于两座城堡之间连接它们的那一段墙壁或壁垒。——正因为如此，围攻城堡的人很少直接向帷墙发起进攻，因为他们容易遭到侧面攻击（其他帷幕的情况也一样，斯娄泼医生大笑着说）。不过，脱庇叔叔继续说，为了保险起见，我们一般喜欢在帷墙面前设置V形棱堡，只是要注意把它们延伸到壕沟或护城河那边：——一般人对堡垒知之甚少，所以把V形棱堡和半月堡混为一谈，——尽管它们有天壤之别；——差别不在它们的形状和结构上，因为我们把两者建筑得一模一样；——因为二者总是由两个墙面构成，形成一个突角，有凹槽，并不直，是新月形的。——那么差别到底在哪儿呢（我父亲问，有点儿不耐烦了）？——在它们的位置上，脱庇叔叔答道：——因为当一座V形棱堡，哥哥，屹立在帷墙前面时，它就是座V形棱堡；当一座V形棱堡耸立在棱堡前面时，它就不是V形棱堡了；——它就是半月堡；——半月堡就是半月堡，如此而已，只要它竖立在它的棱堡前面就是了；——可一旦它改变位置，到了帷墙的前面，——它就不再是半月堡了；在那种情况下半月堡就不是半月堡；——它只不过是座V形棱堡罢了。——我想，我父亲说，高深的防御学也有它的弱项，——跟其他科学一样。

——至于我哥刚才谈到的角堡嘛（哈！唏！我父亲叹了口气），脱庇叔叔继续说道，它们是外围工事的一个相当重要的组成部分；——法国工程师管它们叫Ouvrage á corne，通常我们修建它们为的是掩护那些我们觉得比其余部分薄弱的地方；——由两堵肩墙②或半棱堡构成；——它们非常美观，如果你愿意散散步，我保证带你去看一座值得一去的角堡。——我承认，脱庇叔叔继续说，我们给它们加顶以后，——它们就牢固多了，但同时又花钱不少，而

① 人们滑稽地认为妻子有外遇的人头上长着假想的角。

② 为保护防线的端点或炮台不受敌人的炮火轰击而筑起的土木工事。

且占地也很多；因此，依我看，它们主要是用来掩护或保卫一座营垒的前头；否则双凹角矮堡[1]——凭生养我们的母亲起誓！——脱庇兄弟，我父亲说，他再也忍不住了，——你把圣人也会惹恼的；——现在你把我们搞得，我不知道是怎么回事，不仅又泡进了这个老话题当中：——而且你满脑子都是这些该死的工事，尽管我老婆这会儿正处于临产的阵痛之中，——你听见她在喊叫，——你除了起用那个男接生员什么都帮不了你。——Accoucheur，[2] ——对不起，斯娄泼医生说。——我是真心实意的，我父亲回答道，他们怎么称呼你，我无所谓，——但我希望这一整套筑城学，连同它的发明者在内，统统见鬼去；——它已经使千千万万人死于非命，——最后还会要掉我的命。——我不想，我不想，脱庇兄弟，让我的脑子装满坑道、雷坑、掩体、堡篮[3]、栅栏、 V 形棱堡、半月堡和诸如此类的劳什子，去当那慕尔的领主以及佛兰德斯所有市镇的主脑。

脱庇叔叔是个能忍受各种伤痛的人；——不是由于缺乏勇气，——在这第二卷的第五章[4]里我就给您讲过，“他是个有勇气的人”：——我打算在这里补充一点，凡是在有适当的机会把勇气展现出或召唤来的地方，——我知道再没有一个我更愿意在其臂膀下寻求庇护的人；这种情况也不是由于他智能的麻木或迟钝引起的；——因为他觉得我父亲对他的这种侮辱是一个男人所做的最伤感情的事情；——不过他是个性情和平、安静的人，——在这种性情中没有一丝不和谐的因素，———切的一切在他身上浑然一体；脱庇叔叔几乎连报复一只苍蝇的居心都没有。

——去——有一天吃饭的时候，他对一只长得异常肥大的苍蝇说，因为这只苍蝇在他的鼻子周围嗡嗡地飞着，在吃饭时一直残忍

① 位于帷墙前面的主沟里，两座棱堡之间，形成两个凹角的三个墙面的外围工事。

② 法文（因此也是委婉语），意思是“产科医生”。

③ 柳条编的圆筒装满土，用来掩护士兵不受敌人炮火的伤害。

④ 应为第 2 章。

地折磨着他，——经过无数次的努力，他终于在苍蝇从他身边飞过时把它抓住了；——我不会伤害你，脱庇叔叔说，他从椅子上站起来，手里抓着那只苍蝇走到房间对面，——我不会伤害你头上的一根毫毛：——去，他说着便掀起窗扇伸开手，让它逃命去了；——去吧，可怜鬼，去你的吧，我干吗要伤害你呢？——这个世界大得很，你我都能容得下。

这件事发生的时候我才十岁；然而是这种行为本身与那个充满怜悯之心的年纪里的我的神经更为契合，因为它立即使我的整个身心产生了一种极其愉快的感情共鸣；——是这种行为的方式和表现多么地适合我的心情；——还是在多大程度上，通过什么秘密的魔法，——被怜悯调和的声音的语调与动作的和谐会找到一条通往我心灵的路，我不得而知；——我只是知道当时脱庇叔叔铭刻在心上的关于大慈大悲的那一课从此以后就没有从我的脑海里消失：而尽管我不想贬低大学里 Literae humaniores① 的学习在这方面对我的熏陶，也不怀疑从此以后国内国外的一种昂贵的教育给了我其他的帮助；——然而我往往认为我一半的仁慈心肠都归功于那一次偶然的印象。

☞ 这件事对父母和家庭教师的用处抵得上关于这个问题的整整一部巨著。

我不能在脱庇叔叔的肖像上，用我画其他部位的画具给读者画下这一笔，——因为这样画上去的只不过是**爱巴马儿**的肖像；——可这是他道德性格的一部分。我父亲在我提到的这种含垢忍辱的事情中的表现则大相径庭，这一点读者肯定早就注意到了；他的天性中有一种敏锐得多的善感性，再加上脾气有点暴躁；尽管这一点从来没有让他做出一件哪怕貌似恶毒的事情来；——但是，在生活的种种小磨难以及小烦恼当中，这种性情却容易在一种滑稽风趣的牢骚中把自己表现出来：——然而，他生性坦白，豁达；——总是愿意服

① 拉丁文：人文学科。

理；在对别人，特别是对他真心喜爱的我的脱庇叔叔发泄一点这种带刺的幽默时；——他感受到的痛苦是他给别人造成的痛苦的十倍（除了在我的黛娜姑奶奶的恋情或在涉及某个假说时）。

哥儿俩的性格，在看待这些问题上，观点互有影响，而且在斯蒂文努斯引起的这件事情上突出地表现了出来。

如果读者也养着一匹**爱巴马儿**，我就用不着给他讲，——一个男人的**爱巴马儿**是他身上的最敏感的一个部位；也不必告诉他，这些对于脱庇叔叔的**爱巴马儿**的无缘无故的打击他不会感觉不到。——不会的；——我前面说过，脱庇叔叔确实感觉到了，而且非常痛切地感受到了。

请问，先生，他说了些什么？——他有怎样的反应？——哦，先生！——反应是强烈的：因为我父亲一侮辱完他的**爱巴马儿**，——尽管他正在跟斯娄泼医生讲话，却立即扭过头，没有一点儿情绪，抬起头瞅着我父亲的脸，满脸都是和善的表情；——对他表现得那么平静；——那么友好；——带着难以言表的温柔；——这种和善直射进我父亲的心坎儿里去了：他立马从椅子上站起来，说话时紧紧抓住脱庇叔叔的一双手：——脱庇兄弟，他说，——对不起；——请原谅母亲传给我的这种暴躁的脾气①。——我亲爱的，亲爱的哥哥，脱庇叔叔在我父亲的搀扶下站起来答道，再别说这件事了；——就是你把它说上十次，还是热烈欢迎，哥。不过伤害任何人都不厚道，我父亲答道；但伤害了一个兄弟，如此有绅士风度，——从不惹人，——又从不生气；——就是卑鄙的表现：——天哪，这是欺软怕硬。——热烈欢迎，哥，脱庇叔叔说，——就是说它五十次也一样欢迎。——再说，我亲爱的脱庇，我父亲嚷道，要么对你逗趣儿，要么跟你取乐儿，除非我有能力（其实没有）增加这些乐趣的分量，

---

① 比较莎士比亚《裘力斯·恺撒》第 4 幕第 3 场：“凯歇斯 ［对布鲁托斯］：我母亲传给的这种暴躁的脾气使我常常忘记，难道你没有足够的爱心来原谅我？”

我还能干些什么呢?

——项狄哥哥，我的脱庇叔叔热切地盯着他的脸面，——在这一点上你是大错而特错了；——因为你的的确确增加了我的快乐，你到这个年纪还在给项狄家添丁。——但是，先生，斯娄泼医生说，通过这一举动，项狄先生也增添了自己的快乐。——一点儿也没有，我父亲说。

第十三章

我哥哥出于原则，脱庇叔叔说，确实增添了不少快乐。——用家和人兴的方法，我想，斯娄泼医生说。——啐！——我父亲说，——这根本不值一谈。

第十四章

上一章结束的时候，我父亲和脱庇叔叔双双站着，就像布鲁托斯和凯歇斯①在一幕戏结束时结算他们的账项一样。

我父亲说完最后几个字后，——他坐了下来；——脱庇叔叔也是兄行弟效，只是在落座之前，他拉了一下铃，叫在外等候的特灵下士回家去取斯蒂文努斯；——脱庇叔叔的房子就在路对面。

有些人倒想扔下斯蒂文努斯这个话题；——但脱庇叔叔心中毫无怨恨，所以他把这个话题继续下去，好向我父亲表明他没有生气。

你的突然出现，斯娄泼医生，我叔叔说，又恢复了他的谈话，立马把斯蒂文努斯带进了我的脑海（您尽管放心，我父亲在斯蒂文

---

① 见莎士比亚《裘力斯·恺撒》第4幕第2场第52行，这时，根据18世纪舞台指示，除了布鲁托斯和凯歇斯，其他人全部退场。布鲁托斯：罗马贵族政治家，暗杀恺撒的主谋；凯歇斯，罗马将领，暗杀恺撒的主谋。

努斯头上再没下任何赌注）。——因为，脱庇叔叔继续说，那天下闻名的属于莫里斯王子的帆车①，设计神奇，速度飞快，我不知道究竟几分钟之内能够搭载六人行驶三十德里，——是由那位伟大的数学家和工程师斯蒂文努斯发明的。

你不必麻烦你的仆人，斯娄泼医生说（因为此人是个瘸子），去找斯蒂文努斯的说明，因为，我从来登经过海牙回来的途中，一直走到了斯海弗林，足足有两英里路程，专门去看了一看这种车子。

这跟博学的佩雷斯基乌斯②做的相比就不值一提了；脱庇叔叔答道，因为他走了大约五百英里，算下来就是从巴黎到斯海弗林，又从斯海弗林回到巴黎，就是为了看看帆车，——不为别的。

有些人被人超过就受不了啦。

那佩雷斯基乌斯就更愚蠢了，斯娄泼医生答道。不过注意，把斯娄泼医生在这件事上的功绩化为乌有的，绝不是由于对佩雷斯基乌斯瞧不起；——而是因为佩雷斯基乌斯出于对科学的热爱，不辞辛苦、长途跋涉，——佩雷斯基乌斯就更愚蠢了，他又说：——为什么呢？——我父亲问道，他站在弟弟这一边，不仅是为了尽快地挽回他对弟弟的侮辱，因为我父亲总为此耿耿于怀；——而是在一定程度上，我父亲开始真正对这种谈话产生了兴趣；——为什么呢？——他说。为什么佩雷斯基乌斯或其他任何人为了渴求那个，或者别的一点可靠的知识而遭到责骂呢？因为，尽管我对这架四轮马车一无所知，他接着说，发明他的人一定有一种精通机械的头脑；虽然我猜不出他根据什么哲学原理造了它；——但是毫无疑问，他的机器是根据确实的原理构造的，不管是些什么原理，否则

① 斯蒂文努斯最著名的发明是一辆带风帆的车，它约在1600年被奥伦治王子，纳塞的莫里斯在佩滕和斯海弗宁恩（斯海弗林）之间的海岸上使用。这辆只由风力驱动的车，据说已超过马奔跑的速度，载过28名乘客。

② 即尼古拉·克洛德·法布里·德·佩雷斯克（1580—1637），埃克斯城的议员，著名的古文物收藏家，学者，学术赞助人。

它无法达到我弟弟说的那种速度。

它达到了那种速度，脱庇叔叔说，如果不是更快的话；因为，就像佩雷斯基乌斯谈到它的运动速度时简洁地描述它的那样，Tam citus erat，quam erat ventus；除非我把拉丁语忘了，否则这句话的意思就是，它快如风。

但是请问，斯娄泼医生，我父亲打断我叔叔的话说（虽然同时并不是没有说对不起），这辆四轮车是根据什么原理运动的？——当然是根据巧妙的原理了，斯娄泼医生答道；——而且我常常纳闷，他避开这个问题继续说，为什么居住在我们这样的大平原上的绅士，——（尤其是妻子还未超过生育年龄的绅士）没有一个没尝试过这种事的；因为利用风力不仅使女人们需要的突然造访变得迅速无比，——只要风管用的话，——而且也好务农，因为风不花钱，不吃料，不像马（它们真见鬼），花销又大，吃得又多。

正因为如此，我父亲答道，“因为它不花钱，不吃料，”——所以这个方案不好；——不仅制造产品，而且消费产品，才使饥者得食，贸易流通，——带来了金钱，维持了我们土地的价值；——不过，我承认，如果我是一位王子，我会慷慨回报那种提供那些发明创造的科学头脑；——然而，我会严厉禁止使用这些发明创造。

我父亲说到这里已经得心应手了，——便滔滔不绝地继续他关于贸易的长篇大论，就像脱庇叔叔先前发表他关于筑城学的宏论一样；——但是针对许多扎实的知识的损失，早上命运已经判定：那天我父亲不应当发表任何议论；——因为他张开嘴正要讲下句时，

第十五章

特灵下士带着斯蒂文努斯蹦了进来：——但为时已晚，——他不在的时候，那一个话题已经谈完了，现在正朝着一个新的渠道进展。

——你不妨把这书送回家去。特灵，脱庇叔叔对他点了点

头说。

不过，下士，我父亲打趣说，——先瞟上一眼，看你能不能在里面发现有关帆车的什么内容。

特灵下士由于当仆人，已经学会了俯首帖耳，——从不抗命；——于是把书拿到墙边桌上去，一页一页地翻着；报告老爷，特灵说，我看不到那种东西；——可是，下士继续说，这回是他打趣儿了，我要把事情做得万无一失，报告老爷；——于是两只手翻提起两张书皮，让书页朝下吊着，当他把书皮折回时，把书又好好地抖了一下。

不过，有什么东西掉出来了，特灵说，报告老爷；它不是一辆车或者类似一辆车的任何东西：——请问，下士，我父亲微笑着说，那到底是什么呀？——我想，特灵答道，一边弯腰把掉下的东西捡起来，——它更像一篇布道文，——因为它开头就是一段经文，章节分明；——然后接着往下说，不像一辆车，——却像一篇布道文。

在座的都笑了。

我难以想像，脱庇叔叔说，像布道文这样的东西怎么可能会出现在我的斯蒂文努斯文集里面。

我想它是篇布道文，特灵答道；——但是报告各位老爷，由于它笔迹清秀，我愿意给诸位念上一页；——因为您必须知道，特灵不仅喜欢听自己谈话，同样也喜欢听自己念书。

凡是这样神差鬼使让我碰到的事物，我父亲说，我总忍不住要深究一番；——再说因为我们没有更好的事情可做；至少在奥巴代亚回来之前是这样，兄弟，如果斯娄泼医生不反对的话，你叫下士给我们念一两页，我就十分感谢了，——如果他能够念的话，因为看样子他好像乐意念。报告老爷，特灵说，我在佛兰德斯整整两场战役中都当随团牧师的执事。——他会念，脱庇叔叔说，而且像我念的一样好。——我向你们保证，当时特灵是我那个连里最好的读书人，而且要不是因为这可怜的家伙背运，他还会有用武之地的。特灵下士把手按在心口上，向他的主人谦恭地鞠了一躬；——然后把帽子放在地板上，左手拿着布道文，以便让右手空着，——他信心十足地走到屋子中央，这样一来，他既能最清楚地看到他的观众，也能被观众看得最清楚。

第十六章

——如果你有什么异议，——我父亲对斯娄泼医生说。绝对没有，斯娄泼医生答道；——因为它没有显示出写的是问题的哪一个方面；——它可能是我们教会的一名牧师的作品，也可能是你们教会的，——因此我们冒的风险相等。——它两方面都没有，特灵说，因为它写的只是良心，报告各位老爷。

特灵的推理使他的观众皆大欢喜，——只有斯娄泼医生除外，因为他转过头盯着特灵，看上去有点儿生气。

开始吧，特灵，——念清楚些，我父亲说；——遵命，报告老爷，下士鞠躬答道，同时右手做了个微小的动作，要求大家注意听。

第十七章

——然而在下士开始念之前，我先得给您描绘一下他的姿态；① ——否则他会被您的想像表现为站在那里姿势很不自然，——硬撅撅的，——直挺挺的，——把体重平均分配给两条腿支撑；——他目光专注，仿佛在站岗似的；——他表情坚定，——左手捏着布道

① 1760 年 3 月初，斯特恩在伦敦准备出他这部书的前两卷的第 2 版时，给朋友理查德·贝伦杰写了封“最富有项狄特色”的信，“我愿意奉献出自己的两只耳朵……以换取贺加斯巧妙凿刀的寥寥几刀，好敲开我下一版《项狄传》的封面……特灵为我父亲等人读布道文的那幅最松散的草图实际上就能解决问题……”结果便有了后面这幅由贺加斯画、拉韦内特刻的插图。

文，就像他的明火枪一样：——总而言之，您容易把特灵描绘成他站在队伍里准备战斗的模样：——其实他的姿势和你想像的完全不同。

他站在他们面前，身体摇摇晃晃，前倾得很厉害，好像与地平面构成了一个八十五度半的夹角；——我对稳健的演说家们说这个，是因为他们都清楚，这是真正有说服力的入射角；——您可以在其他任何角度谈话和讲道；——这是肯定的，——而且每天都这么做；——但效果如何，——我留给世人去判断吧！

这个像数学一样一丝不苟的八十五度半的精确角度的必要性，——难道它没有向我们显示，顺便问一下，——艺术和科学是怎样像朋友一样融洽相处的吗？

连锐角和钝角都分不清的特灵下士，到底怎样把角度碰得那么精确；——不管是偶然还是天性，是良好的判断力还是模仿，等等，都应该在这本艺术和科学的百科全书上评述一番，在这本书里元老院、讲坛、法庭、咖啡馆、卧室和火炉旁，这些起作用的雄辩要件都进行了探讨。

他站着，——我之所以重复说一遍，为的是一眼就把他的形象尽收眼底，身体摇摇晃晃，有点儿前倾，——右腿坚定不移，支撑着他全身重量的八分之七，——而他的左脚的缺陷，由于对他的姿态并无妨碍，于是便微微向前一趋，——既不是向侧面，也不是向前面，而是按照两者之间的一条线路；——弯着膝，但并不太厉害，——而是正好落入美丽线条①的范畴之内，——我补充一点，也是在科学线条的范畴之内；——因为想想看，它还有八分之一的体重要支撑呢；——所以在这种情况下腿的位置已经固定了，——因为脚再不能向前迈，膝也不能再向下弯，不然就超出力学允许的范围，就承受不了整个身体重量的八分之一了，——也就扛不住啦。

---

① 一条波浪式曲线，通常有点像细长的字母 S，一些批评家认定它是所有优美的线形组合的一个基本因素。

☞ 我把这种情况推荐给画家们：——我还需要，——向演说家们推荐吗？——我看不必了；因为，除非他们练习过这个姿势，——否则他们一定会摔个狗吃屎。

关于特灵下士的身体和腿的情况就说到这儿。——他把布道文松松地，——并不是漫不经心地拿在左手里，举过他的腹部，稍稍离开胸口；——右臂由着性儿吊在体侧，完全按照万有引力定律，——但手掌伸开，掌心朝向观众，准备必要时添加些感情色彩。

特灵下士的眼睛和面部肌肉与他身体的其他部位配合得十分和谐；——他看上去坦率，——从容，——好像有点儿自信，——但没有挨着自信的边儿。

可别让批评家问特灵下士是如何办到这一切的；我已经跟他说过，必须给予说明；——反正他站在我父亲、脱庇叔叔和斯娄泼医生面前，——那样摇晃着身子，四肢形成鲜明的对照，浑身上下一派演说家的气势，——人们可以把他的形象制作成一尊雕像；——不，我怀疑学院里最老的研究人员，——或者希伯来语教授本人还能给他做多大修改。

特灵鞠了一躬，开始朗读下面的文章：

布道文

《希伯来书》第十三章第十八节

——因为我们自觉良心无亏。——

"自觉！——自觉我们良心无亏！"

[那还用说，特灵，我父亲打断他的朗读说道，你没有把那个句子的轻重念对；因为你抽着鼻子，伙计，念的时候带着那样一种嗤笑的口气，好像牧师要辱骂使徒似的。

他就是要辱骂的，报告老爷，特灵答道。啐！我父亲笑着说。

先生，斯娄泼医生说，特灵无疑是对的；因为那个用恶狠狠的态度谈论使徒的作者（我发现他是个新教徒）毫无疑问是要辱骂他的，——如果对他的这种待遇还没兑现的话。但斯娄泼医生，你从何这么快就得出结论，我父亲问道，说作者属于我们的教会呢？——就我现在所看到的而言，——他属于哪一个教会都有可能：——因为，斯娄泼医生答道，如果他属于我们的教会，——他就不敢干捋虎须，——这样肆无忌惮的事情了：——如果在我们的教会里，先生，一个人要想侮辱一名使徒，———位圣徒，——或者哪怕是圣徒剪下的指甲，——他的眼睛也会被人挖出来。——什么，被那位圣徒吗，脱庇叔叔问道。不是；斯娄泼医生答道，——他就会有古屋压顶之灾①。请问，脱庇叔叔说，宗教法庭是座古老建筑还是座现代建筑？——我对建筑一窍不通，斯娄泼医生答道。——报告各位老爷，特灵说，宗教法庭是最肮脏的地方——你就免了你的一番形容吧，特灵，我听到它的名字就恨之入骨，我父亲说。——那不要紧，斯娄泼医生说，——它有它的用处；尽管我并不大力倡导它，但是在这种情况下，他倒情愿学点礼貌；而且我会告诉他，如果他那样一意孤行，他就会被投进宗教法庭吃吃苦头。那就愿上帝保佑他，脱庇叔叔说。阿门，特灵又加上一句；因为，上天知道，我有个可怜的兄弟已经在里面当了十四年的囚徒了。——这件事我以前可一点都没有听说过，脱庇叔叔急忙说：——他是怎么到那儿去的，特灵？——哦，先生！这个故事会让您伤心滴血的，——就像它成千次让我伤心滴血一样；——但这个故事太长，现在说不清；——老爷，哪天我陪您搞堡垒时，我会把它从头到尾、一字不漏地告诉您的；——不过长话短说，是这么一回事：——我兄弟汤姆去里斯本投奔一个仆人，——后来和一个犹太寡妇结了婚，她开着一爿小店，卖香肠，不知怎么回事，这就酿成了祸根，一天半夜，他正和妻子、两个小孩一块儿睡觉的时候，他被人从床上拖下来，

① 谚语，意思是要倒霉。

径直被送到宗教法庭上，愿上帝保佑他，特灵从心底里发出一声叹息，继续说，——这会儿那个可怜、诚实的家伙还关在那里；——他打娘胎出来就这么诚实，特灵补充道，（一边抽出他的手帕）。——

——眼泪扑簌簌儿地从特灵的两颊流下来，快得他擦都来不及擦：——随后有几分钟光景，屋子里像死一般寂静。——无疑是同情的证据！

好了，特灵，看到这可怜的家伙的悲痛得到一点点发泄之后，我父亲说，——接着念吧，——把这个伤心故事抛到脑后：——对不起，我打断了你；——但请你开始再念布道文；——因为如果上面第一句像你说的那样，是句骂人的话，我倒很想知道使徒做了什么惹人恼火的事儿了。

特灵下士擦了擦脸，一边把手帕装进口袋，一边鞠躬，——他又开始念了。]

布道文

《希伯来书》第十三章第十八节

——因为我们自觉良心无亏。——

“自觉！我们自觉良心无亏！诚然，倘若今生还有什么东西一个人可以信赖，并且对它的认识能够提出最不容置疑的证据，那么，就一定非它莫属了，——不管他自觉良心无亏与否。”

[我肯定我是对的，斯娄泼医生说。]

“如果一个人进行思考，他就不可能对此话的真实性一无所知；——他必须对自己的欲望和思想了若指掌；——他必须记住他过去的追求，必须知道真正的动机，总的来说，这些动机又决定了他一生的所作所为。”

[我就是单枪匹马，也不把他放在眼里，斯娄泼医生说。]

“在别的事情上我们也许会被一些假象所欺骗；而且，正如智慧之人所抱怨的那样，我们很难查出存在的事情，任凭我们费多少力量寻查，也很难查出眼前的事情。① 但这里，思想掌握着全部的证据和事实；——意识到她编结出来的网；——知道这网的脉络与细密，以及每种激情在按善或恶在她前面已经设计好的种种图样制作时起过的一份作用。”

[语言不错，我声明，特灵朗读得好极了，我父亲说。]

“现在，——既然良心只不过是思想本身所具有的对这一问题的认识；和思想不可避免地对我们生活的一连串活动做出的判断，不管是赞同的还是指责的；因此从命题的条件着眼，你就会说，——显而易见，每当这种内在的证据对一个人不利，而他又进行自责时，——他必定是个有罪的人。——但是反过来，当案情报告对他有利，而且他的心又不谴责自己时；——那就如同使徒所示，不是一个自觉的问题了，——而是一个认定和事实的问题，也就是说良心无亏，那人一定也是个好人。”

[这么说来，我看使徒就完全错了，斯娄泼医生说，而新教牧师倒成正确的了。耐心点，先生，我父亲答道，因为我认为真相很快会大白的，就是说圣保罗和新教牧师都是一个观点。——观点的接近，斯娄泼医生说，就像南极北极一样；——不过，他举起双手继续说道，这是出版自由造成的。

在最坏的情况下，我的脱庇叔叔答道，也只不过是布道自由而已；因为看样子，那篇布道文没有刊印出来，也不可能刊印出来。

接着往下读，特灵，我父亲说。]

“乍一看，这好像是真实情况；而且我确信无疑：对是非的认识确实刻印在人的思想上，——所以就从未发生过这样的事情：一个人的良心，由于长期的罪恶习染，也许会（如同《圣经》保证可

① 《圣经·传道书》第 8 章第 17 节大意。

能的那样[1]）不知不觉变得冷酷无情；——而且，像他身体的某些软部位那样，由于太多的压力和连续的滥用，逐渐失掉上帝和自然赋予它的那样良好的知觉：——这种情况从未发生过呢；——还是十分肯定自爱丝毫不会偏袒判断；——还是下层小小的利害，会上升并困扰我们上层领域的职能，并将它们包围在密云和黑暗之中：——难道诸如恩爱之类的东西不可能进入这种神圣的**法庭**：——**机智**不屑于在里面受贿；——还是作为一次非法享乐的辩护士羞于露面：——还是，最后一点，我们是不是相信：**私利**总是冷漠地站在一边而公理在悉心倾听，——是不是相信**激情**从未进过审判席，替代一向应该主管和决定案情的公理宣判罪行：——是不是像异议认定的那样，真的是这么回事；——那就毋庸置疑，一个人的宗教和道德状况正好就是他自己认为的那种情况；——总而言之，要想知道每个人生活中的罪过或清白，再没有比他自己赞同和指责的程度更好的尺子了。

"我承认，在一种情况下，每当一个人的良心确实指控他（因为它很少犯那方面的错误）有罪；而且，除非是些忧郁症和疑病症，我们方能十拿九稳地宣判，对于这样的指控总是会找到充分的依据的。

"然而这种命题的反面情形就站不住脚了；——那就是说，每当有罪时，良心必定指控；假使良心不指控，一个人也就无罪。——这并不是事实：——因此，某个善良的基督徒时时刻刻对自己进行的那种寻常见惯的安慰，——说什么他感谢上帝，他并不是疑虑重重；所以又说什么他良心无亏，因为他的良心非常平静，——这都是靠不住的；——而且和推论一样流行，并像教规乍一看上去那样显得颠扑不破，然而，当你凑近一些看，并根据一些平凡的事实检验这条教规的真实性时，——你发现它由于运用不当而

[1] 见《圣经·箴言》第28章第14节："常存敬畏的，便为有福；心存刚硬的，必陷在祸患里。"

谬误百出；——它所依据的那种原则往往遭到歪曲；——它的全部力量已经丧失殆尽，而且有时被如此可悲地抛弃，所以要从人生中推出一些证实这种说法的通用的范例是非常痛苦的。

“一个男人在他的原则上必将是邪恶和彻底堕落的；——在他的行为上与世人不同；必将在公然犯十恶不赦的罪行中过无廉无耻的生活；——由于犯了这种大逆不道的罪，他必然毁了他那受骗的犯罪同伙；——夺走她最好的嫁妆；而且不仅要使她蒙羞受辱，——而且还要为她的缘故使整个清白之家蒙羞受难。——你肯定会认为良心必须使这样一个男人过困苦烦恼的生活；——他将由于良心的呵责日夜不得安宁。

“哎呀！这一阵子，**良心**除了突然困扰他，还有别的事可干；正如以利亚斥责巴力神那样，——这位家神，或说话，或做事，或行路，或睡觉，你们不能叫醒他。①

“或许**他**伴随着**荣誉**出去决斗；——去赌博，以偿还一些债务；——或者是肮脏的年金，也就是他淫欲的交易：或许**良心**这阵子正在家里忙着，大力抨击小小的盗窃罪，并且对他一生的财产和社会地位使他能够抵御一切犯罪诱惑的那些轻微罪行报复；以便他日子过得愉快，”［假如他是我们教会中的一员，斯娄泼医生说，他是办不到的］——“像在自己床上一样睡得安稳；——并且最后能坦然视死如归；——或许还远远胜过一个比他强得多的人。”

［所有这些对我们来说都是不可能的，斯娄泼医生转向我父亲说道，——这种情况不可能在我们的教会中发生。——然而，它却发生在我们的教会中，我父亲答道，而且屡见不鲜。——我承认，斯娄泼医生说（与我父亲坦诚的确认有所共鸣）——天主教教会中的人会活得同样地悲惨；——但他却不能死得那样轻松。——一个贱民死得怎么样，我父亲神情冷漠地说，——那是小事一桩。——我是说，斯娄泼医生答道，他会无缘享受最后的圣礼中的恩典。——请

① 仿《圣经·列王纪·上》第18章第27节，反其意而拟。

问你总共有多少次？我的脱庇叔叔说道，——因为我总是忘记。——七次，① 斯娄泼医生答道。——哼！——脱庇叔叔说；尽管不像一个默认的表示那样加强语气，——但却像一个人往抽屉里看，发现东西要比预料的多时发出的那类惊奇的感叹。——哼！脱庇叔叔答道。斯娄泼医生有敏感的听觉，他明白脱庇叔叔的话，仿佛他写了一大部书来攻击那七次圣礼似的。——哼！斯娄泼医生答道（把脱庇叔叔的论点又向他陈述了一遍），——哎，先生，不是有七大德吗？——七大罪吗？——七个金烛台②吗？——七层天吗？——这我可不知道，脱庇叔叔答道。——不是有世界七大奇迹吗？——创造万物的七天吗？——七大行星③吗？——七大灾难④吗？——是的，我父亲故作严肃地说道。不过，特灵，他接着说道，请你继续念你其余的人物。]

“另一个男人贪婪自私，残酷无情，” [念到这里特灵摆动了一下右手] “一个心胸狭窄、自私自利的坏蛋，既不懂私人交情，又不讲公众精神。看看他如何从困苦的孤儿寡母身边经过，看到了人生遭受的种种苦难，既不悲叹又不祈祷。” [报告诸位大人，特灵嚷道，我认为此人比另一个更坏。]

“难道此时良心不该发现，在这种场合刺激一下他吗？——不：感谢上帝，没有那种机遇；我支付每个人该得的；——我没有要向我良心交待的私通；——我没有无信的誓约和许诺好做；——我没有给别人的妻子和孩子使坏；感谢上帝，我不像别的男人、奸夫那样，不忠，甚至也不像站在我面前的这个淫荡的人。⑤

① 英国圣公会只承认两大圣事：洗礼和圣餐仪式。罗马天主教又增加了五大圣事：坚信礼，行补赎仪式，授圣职礼，婚礼和最后的敷擦圣油礼。

② 七个金烛台在《圣经 · 启示录》第 1 章第 12、 20 节和第 2 章第 1 节中提及。

③ 即古行星，古代人认为只有七大行星，即太阳、月亮、水星、金星、火星、木星及土星。每一个都有自己的天，故云七层天。

④ 七大灾难，见《圣经 · 启示录》第 15—16 章。

⑤ 斯特恩在影射《圣经 · 路加福音》第 18 章第 10—12 节中法利赛人和税吏的寓言。

“第三个生性狡猾，诡计多端。观其一生；——只不过是把阴险的手腕和不正的伎俩巧妙地合为一体而已，无非是要可鄙地挫败所有法律的真义，——挫败坦诚行为和对我们各种财产的安全享受。——你将会看到这么一个人，他为了利用穷苦人的无知和茫然而制定出一种小小的伎俩；——从而利用一个青年人缺乏经验，或者他那要将自己的一生托付于他的朋友的毫不提防的习性，来聚敛一笔财富。

“当老之将至，悔悟叫他回顾这笔黑账，并凭他的良心再次做交待时，——**良心**随便查阅起**法规汇编**；——没有发现他的行为打破了什么明确的法令；——没有察觉发生过什么罚金或者没收财产情况；——没有看到什么鞭子在他的头上挥动，或者什么监狱向他敞开大门：——那有什么在惊吓他的良心呢？——良心已平安无事地固守在法律的字句①后面；稳如磐石坐在那里，四面八方，**判例**和**案例报告**筑起了固若金汤的防御工事；——所以，那不是说教可以解除它的控制的。”

[念到这里，特灵下士与我的脱庇叔叔相互递了个眼色。——明白，——明白，特灵！我的脱庇叔叔摇了摇头说，——这些只不过是些拙劣的堡垒，特灵。——噢！对于老爷和我所做的工程来说，是非常差劲的活计，特灵答道，——这最后一个人的品行，斯娄泼医生打断了特灵说道，比其他的更加可憎；——而且似乎是从你们中间的哪个讼棍身上提取出来的：——我们中间的一个人的良心不可能这么长时间一直被蒙蔽下去；——至少，一年之内他必须做三次忏悔。那能使它再心明眼亮吗？脱庇叔叔说。——往下念，特灵，我父亲说道，要不你还没有把布道文念完，奥巴代亚就赶回来了；——这篇布道文很短，特灵答道。——我倒希望它长些，脱庇叔叔说道，因为我十分喜欢它。——特灵接着往下念。]

① 参见《圣经·哥林多后书》第3章第6节：“不是凭着字句，乃是凭着精意。因为那字句是叫人死，精意是叫人活。”

“第四个人甚至连这种庇护也不会有；——他一定会打破笨拙诡计的全部虚礼；——蔑视他为实现自己的目的而进行的密谋与慎行的可疑运作：——看看这厚颜无耻的恶棍，他是如何行骗，如何撒谎，如何做伪证，如何抢劫，如何谋杀的吧。——骇人听闻！——但确实，照目前这种情形，本来就不应当指望更好的情形出现，——这个可怜人两眼墨黑，蒙在鼓里！——他的神父已关照过他的良心；——而且神父要让他知道的无非就是他必须信仰教皇；——必须望弥撒；——必须在自己身上画十字；——必须拨弄念珠喃喃祈祷；——必须做个好天主教教徒，而这当然足以把他带入天堂。什么；——假使他做伪证！——咳；——他有一种思想保留。——但如果像你展示的他那样，他是个无耻的恶棍；——假使他抢劫，——假使他杀人，——每做这样一种事，难道良心本身就不会受到伤害？对，——不过此人已带着伤去忏悔了；——那伤口就在那里消化掉了，而且情况很好，用不了多久就会被赦免治愈。罗马天主教哟！你必须负什么责任？——一旦对于人心每天用来不顾一切地背叛自己的过多的自然和命定的方式感到不满时①；——你已经存心将这扇蒙骗的大门在这位掉以轻心的行人面前敞开，天知道，他是太容易自行迷途的；而且在没有和平可言时还信心百倍对自己侈谈和平。②

“关于这一点，我从生活中提取的一般事例众人皆知，不需要多少证据。假使有人怀疑它们的真实性，或者认为一个人不可能自己欺骗自己，——那我必须叫他自己反省片刻，然后我才会大胆把他自己的心托付给我的要求。

“让他去考虑一下，许多恶行在那里表现出来，令人讨厌的程度是多么地不同，尽管它们在本质上是同样地凶恶；——他就会很快发现，强烈的意向和习惯促使他去干的那种恶行，一般都以种种

① 参见《圣经·耶米利书》第17章第9节：“人心比万物都诡诈，坏到极处，谁能识透呢？”

② 参见《圣经·以西结书》第13章第10节：“说平安，其实没有平安。”

虚假的美貌妆扮起来，而这些美貌，一只善于讨好的纤手就会提供；——他还会发现，他感到并不喜爱的别的东西，同时显得赤裸、畸形，周围尽是愚蠢、无耻透顶的环境。

“当大卫惊奇地发现扫罗在洞里睡觉，并割下他的外袍的衣襟时①，——我们读到他因为自己干的事而心中自责：——但是在乌利亚②这件事上，他本该去爱戴和敬重这位忠诚而又勇敢的臣仆，但却屈从于他的淫欲，——在良心有如此充分的理由感到惊恐的地方，他的心却没有自责。从第一次犯该罪到派拿单去责备他，几乎过了整整一年，但我们一次也没读到他在这段时间里为自己的所作所为所表示的丝毫的内心的悲痛或悔恨。

“这样，良心这位一度干练得力的告诫者，——在我们的心中高高在上，被奉为法官，也被我们的造物主当做一位公正的法官，——由于随即而来的一系列不愉快的事因和障碍，它往往极不完全地注意到过去的事情，——极其马虎地履行自己的职责，——有时候还极其腐败，——所以它得不到唯一的信赖；因而我们便发觉有必要，完全有必要，再加一条原则来辅助它的决断，如果不是控制的话。

“为此，假使你要对对于你显得极为重要的事做出一个公正的裁判而不致产生错误的判断，——也就是说，你或者作为一个诚实的人，一个有用的公民，你的国王的一个忠诚的臣民，或者作为一名你的上帝的好仆人，你具有多大的真正的优点，——那么你得召来宗教信仰与道德准则。——瞧，——上帝的律法上写的是什么？③ ——你如何去读？——请教一下平静的理性以及正义和公理的那些永不更改的义务；——它们说些什么？

---

① 见《圣经 · 撒母耳记上》第 24 章第 4—5 节。

② 因为乌利亚拒绝遵从大卫贪恋其妻拔示巴，大卫便把他谋杀。拔示巴把大卫的第一个孩子生下以后，拿单便以母羊羔的寓言来谴责他。见《圣经 · 撒母耳记下》第 11 章第 2 节、第 12 章第 14 节。

③ 见《圣经 · 路加福音》第 10 章第 26 节。

“让良心根据案情陈述来决定这个问题；——尔后你的心若不责备你，而这正是使徒料想的情形，——那么这准则将是绝对可靠的；” ［念到这里斯娄泼医生睡着了］ “你可以向神坦然无惧了；[①] ——也就是说，你有正当的理由相信，你对你自身做出的判断就是上帝的审判；而且这只不过将此后由那位神对你宣判的公正判决抢先一步，因为最终你要把你的行为向他做一个交待。

“其实，正如《便西拉智训》的作者所言，不因自己的种种罪孽而极度痛苦的人有福了：没有受到良心谴责的人有福了；不管他富有，还是贫穷，如果他有一颗善良的心（一颗被这么引导和教育的心），他会永远喜形于色；他的思想告诉他的会比高高地坐在塔楼上的那七名哨兵还多。”[②] —— ［一座塔楼没有力量，我的脱庇叔叔说，除非它的侧翼有掩护。］ “在最黑暗的疑虑中，他的思想会比上千个决疑论者更安全地指引他，并且在他生活的国家为他的行为提供一个保障，比那些立法者被迫增加的所有法律条款和规定加在一起还要安全：——我说被迫，因为实际情况就是这样；人类的法律并不是一个原始的选择问题，而是一个纯粹的需要问题，是用来防范那些目无法纪、一意孤行的良心的有害影响的，通过许多制订下的成文条款，良好意图就是，——在所有那些原则和良心的发现都不会使我们变得正直起来的如此堕落和误导的情况下，——提供法律的力量，借助监狱和绞索的恐怖迫使我们就范于它。”

［我明白，我父亲说，写这篇布道文就是为了在圣殿教堂[③]，——或者在某个法院宣讲。我喜欢这种推理，——但非常遗憾，斯娄泼医生在被说服之前已经睡着了；因为现在十分清楚，正如我起初认为的那样，牧师压根儿就没有辱骂圣保罗；——兄弟，他们之间没有任何分歧。——如果他们有过分歧，那就是一件大

① 《圣经 · 约翰一书》第 3 章第 21 节大意。

② 《便西拉智训》第 14 章第 1—2 节，第 13 章第 25—26 节的粗略意思。

③ 位于伦敦，很多与律师学院有联系的专业律师在这里参加礼拜。

事，脱庇叔叔答道，——世界上最好的朋友有时也会有分歧的。——对，——脱庇兄弟，父亲握着他的手说，——我们先把烟斗装满，兄弟，然后再让特灵往下念。

那么，——你是怎么想的呢？我父亲一面伸手取他的烟丝盒，一面对特灵下士说。

我想啊，下士答道，塔楼上的七个哨兵，我估计，就是那里的全部哨兵，——报告老爷，他们还不光是必要；——而且，照那情形下去的话，他们将把一个军团扰乱，只要有办法，一个热爱部下的指挥官，决不会干这种事的；因为两个哨兵，下士补充说，几乎就等于二十个。——我自己曾在 Corps de Garde① 当过上百次的指挥官，特灵接着说道，说话时把自己的身子抬高了一英寸，——而且我有幸一直为威廉国王陛下效力，我一辈子在接换最重要的岗哨的时候，至多只留下两个。——非常正确，特灵，我的脱庇叔叔说道；——但是你没有考虑，特灵，在所罗门时代，塔楼并不像我们的棱堡，侧面有其他防御工事护防；——特灵，这是所罗门死后的一大发明；在他那个时代，帷墙前边没有角堡，没有 V 形棱堡；——也没有我们在中间挖有散兵壕的那种壕堑，而且整条壕堑都设有掩蔽廊道和外崖，防御 Coup de main②：——因此，我敢说，塔楼上那七个哨兵是从 Corps de Garde 来的一支小分队，驻扎在那里，不仅担任守望，而且还有保卫它的任务。——报告老爷，他们只不过是一支小分队。——我父亲心里暗自发笑，——但没有表露出来；——脱庇叔叔和特灵下士之间的话题确实太严肃了，考虑到事情的经过，就不好打趣了：——于是便把刚刚点上的烟斗放进嘴里，——他只好吩咐特灵接着往下读。他继续读道：]

“为了把他对上帝的敬畏体现在我们眼前，体现在我们的相互交往中，为了以永恒的是非标准来左右我们的行为：——这其中首

① 法文：哨兵分遣队。

② 法文：突袭。

先将包括宗教义务；——其次将包括道德义务，而这两者又如此密不可分，所以你即便在想像中（尽管实际上有人经常这样尝试）要把这两块法版①分开，也必然要把它们一起打碎、毁坏。

“我说有人经常这样尝试，而情形也确实如此；——看见这样一个人再平常不过了，他毫无宗教意识，——可他的确非常诚实，决不装成那种只要你对他的道德品质有一点怀疑的暗示，——或者设想他在良心上有丝毫的不正直和不讲道德，他就把这看作最恶毒的侮辱的那种人。

“当出现一些这样的现象时，——尽管人们甚至不愿意想到像道德诚实这种令人愉快的美德的出现，然而如果我们要考察它的依据，就眼下的情况而言，我相信我们应该找不出多少理由去羡慕那么一个人的动机的纯正。

“让他随心所欲地在这个问题上慷慨陈词好了，人们将会发现，它依赖的最好的根基不是他的利益，他的骄傲，他的安适，就是在巨大压力方面只会给我们对他的作用有所依赖的那种小而多变的激情。

“我愿意举一个例子来说明这一点。

“我知道那个我打交道的银行家，或者那位我平常请的医生，”［既然是这样，斯娄泼医生（醒来）叫道，就没有必要请什么医生了］“他们都不是多么虔信宗教的人：我听见他们每天都拿宗教开玩笑，而且把所有的宗教法令都不放在眼里，以至于对这个问题毫无疑虑。也罢；——尽管这样，我还是把我的财产交到前者的手里；——而且对我而言，更加宝贵的是，我把我的生命托付给后者可靠的手艺。

“现在，让我考察一下我如此自信的原因。——呃，首先，我相信他们俩谁都不会利用我交到他们手中的权力来对我造成危

① 圣经典故：上帝给了摩西两块石版，摩西却把它们摔碎了。见《圣经·出埃及记》第32章第15节。

害；——我认为诚实能达到挽救这一生命的目的：——我知道他们在世间取得成功依赖的就是他们品行的端正。——一言以蔽之，——我相信他们如果伤害我，必然会更凶地伤害他们自己。

"但换句话说，利益就这么一次在对方手中；会有这么一种情形出现，前者能私吞我的财产，使我在世界上赤贫如洗，而无需败坏他的名声；——后者能把我从这个世界上打发出去，并因为我的死而能享受一笔财产，并不辱没他的声誉或者他的技艺：——在这种情况下，我如何能控制他们呢？——宗教，所有动机中最强大的，也就不可能了：——利益，世界上第二强大的动机，却坚决与我作对：——我还剩下什么可扔进对面的秤盘中去平衡这种诱惑呢？——哎呀！我一无所有，——只有那种比一个气泡还轻的东西——我只好由荣誉，或者某种变幻莫测的准则来摆布。——这是对那两件我最为宝贵的神赐——我的财产与我的性命——的严格的保障！

"因此，我们不能依靠没有宗教的道德；——同样，从另一方面来说，我们也就只能对没有道德的宗教抱最大的期望了；然而，看到一个人道德品质相当低下，却按照一个有宗教信仰的人享有最高的声誉，这并非咄咄怪事。

"他不仅会贪得无厌，报复心切，冷酷无情，——而且还会缺乏一般真诚的要素；然而，因为他大力抨击这个时代无宗教信仰的表现，——又热衷于宗教的一些基本要求，——一天上两次教堂，——参加圣礼，——并以几种宗教器乐来开心，——他一定会欺骗自己的良心形成一种判断：那就是，正因为这一点，他就是一个信仰宗教的人，而且已经向上帝真正尽了他的职责：所以你将发现，就这么一个人，由于这种错觉的作用，总是带着精神上的自豪而瞧不起其他每个不太故作虔诚姿态的人，——尽管，也许这些人的道德诚实要比他自己强十倍。

"这同样是日光之下的一宗重祸患；① 而且我相信，没有一条

① 《圣经·传道书》第5章第13节大意。

错误的准则，对它的时代造成过更加严重的祸患。——为了找到有关的一般证据，——考察一下天主教教会的历史；”—— [那么，你从那里又能证明些什么呢，斯娄泼医生嚷道？] ——“看看这些残暴，凶杀，劫掠，流血的场面，” [他们也许会感谢他们自己的固执，斯娄泼医生叫道] “全都被一种没有道德严格制约的宗教圣洁化了。

“在世界上的多少王国里，” [念到这里特灵一个劲地把他的右手从布道文挥到手臂能及的地方，又反反复复地回到这段文字的结尾部分。]

“在世界上的多少王国里，这位误入歧途的虔诚的游侠骑士的圣征之剑曾放过年老的，德劭的，女的，或者体弱多病的？——而且，由于他在使他脱离正义和人道的一种宗教的旗帜下征战，他就没有显示出正义和人道；而是无情地把两者践踏在脚下，——既对不幸者的哭号充耳不闻，又对他们的苦楚不予怜悯。”

[我参加过多次战斗，报告老爷；特灵叹息着说，但从没有像这一次这么悲伤。——我不会在战斗中对这些可怜的家伙扣动扳机，——只是为了当个将军。——为什么？你对这种事怎么理解？斯娄泼医生说着便朝特灵望过去，目光中带的鄙夷神情，是下士的那颗耿耿之心承受不了的。——朋友，你对你所谈及的这场战斗了解些什么？——我知道，特灵答道，我这一辈子任何一个男人大声求饶都从来没有拒绝过；——而对妇女或者小孩，特灵继续说道，在我能举起火枪瞄准他们之前，我宁肯上千次地丢掉自己的性命。——给你一个克朗，特灵，今晚跟奥巴代亚喝上几杯，脱庇叔叔说道，我还要给奥巴代亚一个克朗。——上帝保佑您，老爷，特灵答道，——但我宁愿把它给这些可怜的妇女和儿童。——你是个诚实的人，脱庇叔叔说。——我父亲点了点头，——等于说，——他就是诚实。——

不过特灵，我父亲说，请你把布道文念完吧，——因为我看你只剩下一两页了。]

特灵下士接着往下读。

“假使在这件事情上过去几个世纪的证据不足，——那就立即考虑一下，那种宗教的信徒是如何每天想着用一些对自己而言是奇耻大辱的行动来侍奉和敬重上帝的。

“为了确信这一点，那就和我到宗教裁判所的监狱里去看一会儿。”—— ［上帝保佑我那可怜的兄弟汤姆。］ ——“看看宗教，竟将仁爱与正义又捆绑在她的脚下，——鬼一样地坐在一个支架和刑具支撑的黑色法官席上。听哪！——听哪！多么可怜的呻吟！ ［念到这里，特灵顿时面如死灰。］ “看看那些不断呻吟的痛苦、可怜的人，”—— ［念到这里，泪水开始扑簌簌滚下来。］ “刚刚被带出来经受模拟审讯的剧痛，忍受一系列精心策划的残暴行径所能造成的极度痛苦。” ［天杀的，特灵说，面色又变得血红。］ ——看看这个被交到拷打者手中的无可奈何的受害者吧，——他的身体因悲痛和囚禁变得如此消瘦。”—— ［啊！这是我兄弟，可怜的特灵把布道文掉到地上，拍着双手动情地惊呼着——我怕这是可怜的汤姆。我父亲与脱庇叔叔动了恻隐之心，怜悯起这可怜的家伙的苦楚来，——就连斯娄波自己也对他表示同情。——哎，特灵，我父亲说道，你念的不是历史史实，——而是一篇布道文；——请你再从那句话上开始念。］ ——“看看这个被交到拷打者手中的无可奈何的受害者吧，——他的身体因为悲痛和囚禁变得如此消瘦，当他忍受疼痛时你就会看到每一根筋肉。

“注意那可怕的刑具的最后的动作！” ［我宁可面对一门火炮，特灵跺着脚说。］ ——“看看它把他投进何等的惊厥之中！——想想他现在展开身子躺着的姿势的情状——想想他忍受的是什么样的酷刑！”—— ［我希望那不是在葡萄牙。①］ ——“天地万物实难容忍！天哪！看看这部刑具是如何让他疲惫不堪的灵魂悬在他那颤抖的双唇上的！” ［我无论如何再也不愿往下念了，哪怕只是一行，特灵说；——我害怕，报告诸位老爷，这一切就发生在葡萄牙，因

① 葡萄牙以宗教法庭的严酷而臭名昭著。

为我可怜的兄弟汤姆就在那里。我再一次告诉你，特灵，我父亲说，这不是历史记录，——这只是一种描述。——这只是一种描述而已，老实人啊，斯娄泼医生说道，这里面全是虚构。——那是另外一回事，我父亲答道。——然而，由于特灵念得如此忧心忡忡，——强迫他再往下念就未免有些太残酷了。——把布道文交给我，特灵——我来替你把它念完，你现在可以走了。——我一定要留下来听，特灵回答说，假使老爷允许的话；——不过就是给我上校的军饷，我自己也不愿再往下念了。——可怜的特灵！脱庇叔叔说道。我父亲接着往下念。]

——“想想他现在展开身子躺着的姿势的情状，——想想他忍受的是什么样的酷刑！——天地万物实难容忍！——天哪！看看这部刑具是如何让他那疲惫不堪的灵魂悬在他那颤抖的双唇上的；——真想就此离去，——却又于心不忍！——看看那不幸的人又被打入监牢！”［那就感谢上帝了，特灵说，他们总算没有杀他］——“看看他又被人从监牢里拖出来处以火刑，让他在最后的痛苦中遭受凌辱，那是由这条原则，——即可以有没有仁爱的宗教的这条原则，为他准备的。”［那么，感谢上帝，——他死了，特灵说，——他脱离了痛苦，——他们已经对他使出了最恶毒的手段。——啊，先生们！——安静，特灵，我父亲说罢便继续念布道文，以免特灵激怒斯娄泼医生，——我们决不会这样干。］

“要证明任何有争议的见解是否有优点，最可靠的办法，就是弄清这种见解产生的后果，再把这些后果与基督教的精神做一番比较；——对于这些及类似的情况来说，这是我们的救世主留给我们的最简洁、明确的准则；它值得千百次的论证，——凭着他们的果子你便可以认出他们来。①

“我不想对这篇布道作太多的补充，只想补充两三条可以从中推断出来的简洁而又独立的规则。

---

① 《圣经·马太福音》第 7 章第 20 节。

“首先，每当一个人大声抨击宗教时，——总要相信在他的信条中占上风的不是他的理性，而是他的激情。一种坏生活和一种好信仰是互不相容、麻烦不断的邻居，在它们分开的地方，请相信，那只是为了安静，而别无其他原因。

“其次，当一个被这样描绘的人用任何具体的事例给你讲，——这种事有悖他的良心时，——总要相信他这句话的意思就等于他告诉你这种事让他反胃；——眼下缺乏食欲，总的来说是两种情况的真正原因。

“总而言之，——对每一件事情都没有**良心**的人，在什么事情上都别相信他。

“而且，在你自己的事情上，要记住下面这条明显的特点，也就是一个毁掉千千万万人的错误，——你的良心不是法律：——不是，上帝和理性制定了法律，并且已经把良心置于你的心中让你去做判决；——不要像亚洲的卡迪①那样根据自己的激情的波动，——而应该像英国这片自由和理智之邦里的法官，虽然他不制定什么新法律，但却忠诚地解释他知道早已成文的法律。”

结尾

你把这篇布道文念得好极了，特灵，我父亲说。——假使他少做些评论，斯娄波医生答道，他会念得更好。要不是我心里太激动，老爷，特灵回答道，我该念得比这好上十倍。——正因为如此，特灵，我父亲答道，你才把这篇布道文念得如此之好；假使我们教堂的神职人员，我父亲接着对斯娄波医生说，也像这位可怜人所做的那样，一往情深地投入到他们宣读的东西中去，——由于他们的文章写得又好（我不赞成，斯娄波医生说）；我断言，我们布道坛本来就滔滔雄辩，又有这样的主题为之锦上添花，——就会成为

① 根据伊斯兰教教法进行宗教审判的法官。

全世界的一个样板：——不过，哎呀！我父亲继续说道，我十分难过地承认，先生，就这一点而言，就像法国的政客一样，他们在政坛得到的，又在战场上失去了。——可惜的是，我叔叔说，这也应该失去。我很喜欢这篇布道文，我父亲说，——它富有戏剧性，——而且其写作手法颇有可取之处，在巧妙处理的时候能抓住人们的注意力。——我们常常用这种方式布道，斯娄泼医生说。——这一点我很清楚，我父亲说，——他表示赞同，倒是叫斯娄泼医生高兴，但说话的口气和态度却令斯娄泼医生反感。——但在这一方面，斯娄泼医生有点恼火地补充道，——我们的布道有这么一个长处，那就是我们从来没有把任何低于族长或族长夫人，殉道者或者圣徒的人物引进布道文里。——然而，这里面有些很坏的人物，我父亲说，而我认为这篇布道文并没有因此而有丝毫的逊色。——可是请问，脱庇叔叔说道，——这是谁写的呢？——它怎么会夹到我的斯蒂文努斯一书里呢？一个肯定和斯蒂文努斯一样了不起的手段高明的人，我父亲说道，才能解决第二个问题：——我认为，第一个不怎么难；——因为除非我的判断力大大地蒙骗了我，——我认识那个作者，因为它肯定是本堂区那位牧师写的。

他的风格与我父亲在他的堂区教堂常常听到的布道何其相似，这就是他推测的依据，——如同用 à priori① 论据能给通晓哲学的头脑证明此类事情一样，这种相似同样充分地证明，这篇布道文非约里克的手笔莫属：第二天，当约里克打发仆人到脱庇叔叔家打听此事时，才证明它是如此符合 à posteriori②。

看来，博学好问的约里克，曾从脱庇叔叔那里借走了斯蒂文努斯，并随手把他刚写完的布道文夹到斯蒂文努斯一书中间；而且，由于他忘性大，所以便把斯蒂文努斯送回家中，并让他的布道文结伴而行。

---

① 拉丁文：演绎推理。
② 拉丁文：归纳推理。

倒霉的布道文啊！自从这次把你发现以后，你又一次失踪了，通过你主人衣袋里一个不曾想到的裂缝，掉进一个靠不住的破衬里子里了，——被他的驽□难得的左后蹄深深地踩进土里去了，当你掉下来时，它毫无人性地踩上了你；——在泥潭中埋了十天，——尔后叫一个叫花子从泥里捡起来，给一个堂区执事卖了半个便士，——又被转到他的堂区牧师手里，——从此直到他死，你是永远湮没了，——直到这会儿，当我向全世界讲述这个故事时，你才被交还给他那不安的亡灵。

读者能不能相信：约里克的这篇布道文竟是在上千名愿意对它起誓的证人面前，在约克大教堂的一个巡回审判庭上，由该教堂的某位受俸牧师宣读的，而且他宣读过后，实际上由他印行，① ——而且竟是在约里克死后仅两年零三个月这么短暂的时间里。——的确，约里克在生前从来没有得到比这更好的待遇！——不过，他生前被人虐待，死后又遭人洗劫，实在是有点儿残酷。

然而，由于做这种事的那位绅士，对约里克十分同情，——而且，为了有意表示公正，还印了几本送人；——我还听说，假若他认为合适，他还可以自己写同样好的一本，——我声明：我本来不会把这种轶事公之于世的；——我公开它并不是想损害他在教会中的人品与晋升；——这种事我让别人去做好了；——但我却发现自己被两个我无法抵挡的理由所驱使。

第一个理由是，为公正起见，我要让约里克的幽魂得到安息；——因为正如当地人，——还有别的一些人所相信的那样，——他的幽魂仍然在走动。②

① 斯特恩，约克的一位受俸牧师，1750 年 7 月 29 日，在夏季审判结束时，他在约克大教堂宣读了这篇布道文；同年 8 月 7 日，“应郡长和大陪审团的要求”，由他印行。1766 年他把该文作为《约里克先生的布道文》第 4 卷的最后一篇布道文第 3 次印行。

② 参见莎士比亚《哈姆雷特》第 1 幕第 5 场台词：**鬼**　我是你父亲的灵魂，判定有一个时期要夜里走动。

第二个理由是，由于把这个故事公之于世，我获得了一次向世界通报的机会，——万一有人喜爱堂区牧师约里克的人品，以及他的布道文的样品，——那么现在项狄家拥有的篇数很多，完全可以集成一大卷，以飨世人，——而且愿它们给世人做出很大贡献。

第十八章

毫无疑问，奥巴代亚得到了那两个克朗；因为正当特灵下士走出房间时，他丁丁当当地走了进来，身上挎着我们说过的那个绿色台面呢挎包，里面装满了各种器具。

我想，斯娄泼医生（神色明朗起来）说，既然我们可以为项狄夫人效劳，那么就该打发人上楼去了解了解她的情况如何，这样才对。

我已经吩咐过那名老产婆了，我父亲答道，万一有什么困难就下来找我们；——因为你要知道，斯娄泼医生，我父亲脸庞上带着一抹困惑的笑容继续说道，根据我和我妻子正式批准的明确的协议，你在这件事里只不过是一名助手，——而且还未必如此，——除非楼上那位老妈妈似的瘦产婆没有你，就干不成事。——女人自有她们的一套想法，我父亲继续说，而且在为了我们家庭的利益，人类的好处，她们挑起全部重担、承受剧痛的这种情况下，——她们要求有决定权， en Soveraines①，用什么方式，受何人掌握，由她们选择。

她们这样想是对的，——脱庇叔叔说。但是，先生，斯娄泼医生答道，并未理睬我的脱庇叔叔的意见，而是转向我父亲，——她们最好在其他事情上也能做主；——而且身为一家之长的父亲，因为他希望家庭永久的权利，我认为，最好与她们交换一下这种特

① 法文：作为君主。

权，并为取得这种特权而放弃一些其他权利。——我不知道，我父亲说道，由于回答时有点儿过于烦躁，因此说话不够冷静，——我不知道，他说，我们有什么可以放弃，好取代谁来把我们的孩子们带入这个世界，——除非，——取代谁来怀他们。——人们几乎肯放弃任何东西，斯娄泼医生答道。——对不起，——脱庇叔叔答道。——先生，斯娄泼医生回答说，你要是知道，我们最近几年来在产科的各个领域取得了何等的进步，你会大吃一惊的，不过尤其是在胎儿的安全而迅速的出生这一点上的进步；——而这一点已经得到了如此众多的启发，就我而言，（举起双手）我声明我不知道世人是如何得到的——我希望，脱庇叔叔说道，你见过我们在佛兰德斯拥有多么庞大的军队。

第十九章

我已经把这一场景的幕降下了一会儿，——为的是给您提醒一件事儿，——并且给您讲另外一件事儿。

我承认，我不得不给您讲的这件事儿来得有点儿不是时候；——因为要不是当时我预见到这件事儿此后会迈着轻快的小步尾随而来，而且在这里交待要比在别的地方交待更好，本应在一百五十页前①就来讲讲它的。——作者有必要向前看看，以保持高昂的情绪，和他们手头进行的工作的联系。

这两件事儿交待清楚以后，——幕将再一次升起，于是，我的脱庇叔叔，我父亲和斯娄泼医生将继续他们的交谈，而不会再被打断。

那么，首先，我必须提醒您的那件事儿是这样的；——在教名方面以及前面所提到的另一方面，我父亲的想法十分奇特，从这些

① 本章在原书页码为 144 页，“应在一百五十页前……”为一种随意打趣的说法。

抽样中，——我想，您会形成一种见解（而且我肯定我也这么说过），那就是，我父亲是一位地地道道的绅士，在别的五十种见解上都是同样的古怪而又异想天开。其实，人这一生啊，从他受孕怀胎的第一个动作起，——到他进入第二个孩童期①，成了靸着拖鞋的瘦老头儿，没有一个阶段不是有他最喜欢的想法，却又跳出这个想法的圈子，像已经解释过的这两件事儿一样，充满怀疑，远离思维的大道。

——先生，我的父亲项狄先生，他决不肯按别人的观点看待事物；——他看待事物有他自己的观点；——他不会用通行的标准衡量事物；——不会的，——他是一名过细的研究人员，不会上这么粗俗的一种欺骗行为的当。——他常说，要用科学的杆秤称出东西的准确重量，杆秤的支点应该是几乎看不见的，这样才能避免通行原则的摩擦；——没有这个，应该总会改变那种平衡的哲学的琐细将无重量可言。——他坚持认为，知识像物质一样，是可以分割 in infinitum②；——气质和顾虑像全世界的引力一样是知识的一部分。———句话，他会说，谬误就是谬误，——不管它出现在什么地方，——不管是小，——是大，——对于真理来讲，都同样是致命的，真理不可避免地被一个谬误压在她的井底下，蝴蝶翅膀粉尘中的一个谬误，——跟把太阳、月亮和所有的天体都集于一身的圆盘中一个谬误作用是相同的。

他常常悲叹，正是由于对这种情况缺乏适当的考虑，由于把它运用到民事上没有像运用到思辨真理上那么好，所以这个世界浩如烟海的事物都乱了套；——以致政治的拱门在倒塌；——而且像评估者报告的那样，国家和教会上层体制的基础受到侵蚀。

您大声疾呼，他会说，我们是一个被毁了的民族。——为什

① 斯特恩想到的是莎士比亚《皆大欢喜》第 2 幕第 7 场中杰奎斯关于七个时期的议论。

② 拉丁文：成为无限的部分。

么？他常常会问，用的是芝诺①和克吕西波②的连锁诡辩或演绎推理，却不知道它是由芝诺和克吕西波发明的。——为什么？——为什么我们是一个毁了的民族？——因为我们腐化堕落。——亲爱的先生，我们为什么腐化堕落？——因为我们贫困；——达成一致的是我们的贫困，而不是我们的意志。③——那么，他又接着问，我们为什么贫困？——他答道，因为我们对一便士、半便士的小钱不在乎：——我们的钞票，先生，我们的几尼，——不仅如此，而且我们的先令，也都是自己照顾自己。

他会说，整个科学界也是一样；——科学上已经确立的伟大观点是不容打破的。——自然规律会自己维护自己；——可是，谬误——（他会眼巴巴儿地望着我母亲补充说）——先生，谬误却通过一些未受人性防范的小窟窿、小缝隙钻了进来。

我父亲的这种思维特点正是我必须提醒您的东西：——我要告诉您的，而且保留到这里的那件事儿，情况如下：

我父亲提出了很多充分的理由，极力劝说我母亲接受斯娄波医生而不是那个老太婆的帮助，在这诸多的理由当中，——有一条性质极为奇特；他先是以一名基督徒的身份，尔后又以一位哲学家的身份与我母亲论理，——在论理的时候，他使出全部的力量支持这个理由，把它作为他最后的靠山。——他却失败了；尽管论据本身无懈可击；然而，就是尽其所能，他也无论如何不能使她明白这一理由的含义。——倒霉透了！——一天下午，他对我母亲讲了一个半小时之后仍毫无结果，走出房间时，他自言自语地说；——倒霉透

---

① 基底恩的芝诺（约前360—约前264），斯多葛哲学学派创始人。

② 克吕西波（约前280—约前206），可能是芝诺的学生，斯多葛学派最著名的成员，地位仅次于芝诺，以其辩证和逻辑技巧而闻名。克吕西波试图解决一个叫连锁诡辩的令人迷惑的诡辩术。这种诡辩术是一系列的演绎推理，每一个推理的结论都是下个推理的前提，通过一个正确命题的逐渐变化，引诱推理者最后得出一个错误的推论。

③ 从莎士比亚《罗密欧与朱丽叶》第5幕第1场第75行脱胎而来。

了！他一边关门，一边咬着嘴唇说，——一个要精通天地间一连串精深的推理的人，——同时又有一个妻子有这样的头脑，所以，就无法把一个推理悬到她头脑里面，来拯救自己的灵魂免遭毁灭。

这次的辩论虽然对我母亲完全不起作用，——但对他来说，比起他所有辩论加在一起的分量还要大：——因此，我将努力发现它的长处，——尽我所能把它陈述得清楚明白。

我父亲阐述了下面这两个公理的效力：

第一，一个人自己一盎司的才智顶得上别人的一吨①；

第二，（顺便说一句，这是第一个公理的基础，——尽管它排在后面）每个人的才智只能来自自己的灵魂，——而不是他人的灵魂。

因此，我父亲很明白，所有的灵魂生来都是平等的，——最敏锐的和最迟钝的理解力之间的巨大差别，——不是由于一个思维材料高于或低于另一个而产生的原始的敏锐或迟钝，——而仅仅是由于灵魂主要居住的那一部分身体的组织结构幸运或不幸，——他已经把找到这一位置定为他的研究课题。

根据他所能找到的有关这一问题的最精辟论述，他感到满意的是，这个位置不可能在笛卡尔②所确定的那个地方，也就是大脑松果体的顶上；正如他从哲理角度解释的那样，松果体为灵魂形成一粒菜豆大小的软垫；——尽管，说实话，因为有如此多的神经都在那一个位置收束，——这还不失为一个不错的推测；——脱庇叔叔给我父亲讲了一个故事，说的是兰登战役③的一位瓦龙人军官，他的半个脑子被枪弹打掉了，——另外半个后来又被一名法国外科医生取了出来；最后身体还是康复了，尽管没有脑子，但他仍能很好地

---

① 由谚语“一盎司的才智顶得上一磅的学问”而来。

② 勒内·笛卡尔（1596—1650），法国哲学家，他推论由于松果体位于大脑的中间部位，在所谓的思想和精神的汇合处，因此这里一定是灵魂的住所。

③ 在1693年7月29日进行；在撤退时特灵受伤（见第8卷第19章）。

尽职尽责。脱庇叔叔的这个故事，把我父亲从谬误中解救出来，要不是脱庇叔叔，我父亲肯定会与那位伟大的哲学家的铅锤一起掉进谬误的深渊。

我父亲一边在心里推理，一边说道，如果死亡只不过是灵魂与肉体的分离；——如果真的人们没有脑子也可以到处走动，做事，——那么，灵魂就确实不在大脑里。Q. E. D. ①

至于那确确实实的、细微、清香的脑汁，伟大的米兰内科医生大傻蛋博里，在给巴多林的一封信②中断言，他已经在小脑枕部的细胞中发现了；他同样断言，脑汁是具有推理能力的灵魂的主要住所（因为，您要知道，在更加开明的近代，每个活着人的身上都有两个灵魂，——按照伟大的蜜塞格林吉乌斯的说法，一个叫做 Animus，另一个叫做 Anima③）；——我说，对于博里的这种观点，——我父亲是绝对不会认同的；像 Anima，或者甚至 Animus 这样高贵、典雅、空灵、昂扬的一个存在，在水坑里择定她的住所，像蝌蚪一样无论冬夏，成天坐在那里嬉水——或者随便哪种液体里，不管它是清还是浑，他会说，这种想法使他的想像大为震惊；这种理论，他是很难听取的。

因此，似乎最不容易遭人反对的观点就是：灵魂的主要感觉机关或者司令部，——一切智力的发源地，她发号施令的大本营，——位于，或者靠近，小脑，——或者更确切地说，就在延髓周围的什

① Quod erat demonstrandum，拉丁文：证明完毕。几何证明中的惯用语。

② 约瑟夫 · 弗朗西斯 · 博里（1627—1695），著名化学家，凭经验行医，信奉旁门左道。这里所说的信是《论脑之产生与医疗功用》，是写给丹麦著名的内科医生托马斯 · 巴多林（1616—1680）的。

③ 拉丁文。animus：生命的理性的灵魂，或精神原理（阳性）；anima：生命的肉欲的精神，或活力原理（阴性）。“伟大的蜜塞格林吉乌斯”，不详。人们倾向于认为，斯特恩可能是根据 metheglin（一种由蜂蜜和水发酵酿造的饮料，即蜂蜜酒）臆造了这个名字，以暗示这位哲学家一定是在饮酒时构想出这个理论的。

么地方。荷兰解剖学家们①一般认为，从七种感觉②器官而来的细小神经都集中在那里，就像条条大街和弯曲的小巷都通向一个广场一样。

迄今为止，我父亲的见解还没有什么独到之处，——他只是占有了古往今来天南地北的哲学家的精华。——不过，在这里他却独辟蹊径，在那些哲学家为他奠定的这些基石上又建立于一个项狄假说；——而这一假说同样是有它的根据的；不管灵魂的细微之处依赖上述液体的质地和清澈，还是小脑本身更加细微的网络和纹理的质地和清澈；哪种见解他都表示赞同。

他声称，首先，在繁衍每个个体的行为中要给予应有的关注，这一行为需要世间所有的思维活动，因为它为蕴藏机智、记忆、想像、雄辩以及通常所谓的天生的优秀才能的这种不可思议的结构打下了基础；——这一点和他的教名是一切原因中最独特、最有效验的两个原因；仅次于这两个原因的，——第三个原因，或确切地说，是逻辑学家所谓的 Causa sine quâ non③，没有它，所做的一切都毫无意义，——就是要保护这个精细妙巧的网络免遭破坏，因为一种莫名其妙的方法把我们带进这个世界时，脑袋总要先行，于是这一部位难免要经受猛烈的挤压，从而造成了对那个网络的破坏。

——这一点需要做些说明。

我父亲喜欢博览群书，他浏览 Adrianus Smelvogt 出版的 Lithopœ-dus Senonesis de Partu difficili* 时，他就曾发现，孩子出生

---

① 斯特恩也许在对 18 世纪前半期的荷兰医疗机构表示赞许，当时赫尔曼 · 布尔哈弗（1668—1738）把莱登变成了欧洲的医疗中心。

② 除了视、听、触、嗅、味五种感觉外，往往又加上“说话”、“理解”两种。

③ 拉丁文：没有它就没有为自己辩护的理由的原因；必不可少的理由。

* 作者在此犯了两次错误；——第一，Lithopœdus 应当写成 Lithopœdii Senonensis Icon。第二个错误是，这个 Lithopœdus 不是一名作者，而是一幅素描画，画的是一个木呆呆的孩子。有关这幅画的说明 1580 年由 Albosius 出版，可以在 Spachius 的 Cordœus 的著作的末尾看到。（转下页）

时，脑袋松软，容易变形，因为当时颅骨还没有骨缝，——临产的阵痛非常厉害，产妇用力很大，平均相当于四百七十常衡磅①的重量垂直作用到头上；——所以这一类脑袋在五十例中有四十九例都被挤压成长圆锥形的面团的形状，就像糕点师傅把面团卷起来准备做成馅饼时的形状。——天哪！我父亲喊道，这对极其细嫩的小脑组织会造成多大的破坏呀！——如果真有博里声称的那种汁液——这还不足以使世界上最清澈的液体变得又臭又霉吗？

可是他这种理解是多么了不起啊，当他进一步明白作用于头顶的这种力不仅损伤了大脑本身，——而且一定也把大脑挤推向小脑，而小脑正是理解力所处的位置的时候。——天使和神仆保佑我们！② 我父亲喊道，——哪个灵魂能经受住这样的打击？——难怪智力网会像我们所看到的那样破烂不堪；而我们有很多最杰出的头脑还不如一团乱麻，——杂乱无章，——里面一片狼藉。

可是，当我父亲继续往下读时，他便发现了一个秘密，那就是当孩子被颠倒过来，手术医生是很容易这样做的，并且把婴儿的脚抓住往外拽时；——不是大脑被推向小脑，恰恰相反，是小脑被推

(接上页)特里斯舛·项狄先生要么最近在某医生的学者一览中看到了 Lithopœdus 的名字，要么就是把 Lithopœdus 误认为 Trinecavellius，——因为这两个名字十分相似。［斯特恩注。这派胡言是对伯顿医生（斯娄泼医生）对格拉斯格著名的产科医生威廉·斯梅利（Adrianus Smelvogt）医生所进行的攻击的戏拟。伯顿医生指控威廉·斯梅利在其《论产科学的理论与实践》中错把一个木呆呆的素描肖像画的标题当做一名作者的名字："第十七位作者……是 Lithopœdus Senonensis，其实他不是一位作者，而只不过是一个木呆呆的孩子的素描肖像画，这个孩子是其母剖腹以后刚取出来的。这从标题 Lithopœdii Senonensis Icon 看得一目了然，该标题和说明都印在同一页上。 Albosius 于 1582 年出版的说明印在八开本上，可以在 Spachius 的 Cordœus 作品集的末尾看到，因此，我认为显然你的摘录出自某个蹩脚的抄写员之手。"——《致医学博士威廉·斯梅利书》（伦敦， 1753），第 21 页。 *De Partu difficili*（论难产）。］

① 这个数字太夸张， 32 至 50 磅是合乎情理的数字。

② 参比《哈姆雷特》第 1 幕第 4 场第 39 行。

向了大脑，在那里，小脑不会造成任何损伤：——天哪！他喊道，全世界都在谋划把上帝赋予我们的一点点才智驱逐出去，——产科教授们也参与了这个阴谋。——如果我儿子出生后一切正常，小脑又未受损伤，那么对我来说，他的哪一头先出来又算什么呢？

一旦一个人提出一个假说，它便吸收一切作为自己的营养；而且从您产生它的那一刻起，它一般会依赖您所看到、听到、读到，或者理解到的每一样东西来成长壮大，这就是假说的特性。这一点是极为有用的。

在我父亲怀着这一假说过了一个来月，几乎没有一个蠢才或者天才他是不能用它轻易做出解释的；——它说明了大儿子为什么会成为全家最大的笨蛋。——可怜鬼呀，他常说，——他为弟弟们的智力开了路。——这一假说揭开了碎嘴子和怪脑瓜的言论之谜，——因为它表明，经推理，情况不可能相反。除非※※※※我没注意。这一假说神奇地解释说明了亚洲天才的聪敏以及那种更加活跃的禀性、更加透彻的直觉，在于气候比较温暖；① 而不是出于那种随便平常的解释，什么天空更加晴朗，日照更加经久等等。——在他看来，后面这类因素，通过一个极端，也许会将灵魂的智能稀释冲淡，化为乌有，——就像在较寒冷的气候条件下，被另一个极端凝固一样；——不过，他对这个问题穷根溯源；——证明，在温暖的气候条件下，自然对创造的最合意的部位给的负担轻——给的快乐多；——痛苦少，因为对头颅的压力和抵抗力很小，所以小脑的整个组织便得以保护；——而且他不相信，在正常出生的情况下，哪怕这种网络的一根线断了或者换了，——就会造成灵魂的随心所欲。

当我父亲进展到这一步时，——有关剖腹产②以及剖腹产后安全

---

① 18世纪的英国科学家和文学家一般夸口英伦三岛的气候和空气特别适宜于出现实验哲学家。

② 剖腹产的英文是Caesarian section；直译为恺撒式剖切手术，即切开母亲的腹部和子宫取出婴儿的一种手术。传说恺撒大帝出生时，采用的就是这种手术，所以就叫恺撒剖切手术。可是，尽管从很久以前开（转下页）

进入人世的旷世天才的解释，对这个假说有些什么启示呢？你看，他会说，这对大脑皮层感觉中枢没有任何损害；——盆腔对头没有压力；——大脑对小脑的挤压；既没有来自 os pubis① 这边，也没有来自 os coxcygis② 那边——请问，有什么令人高兴的后果呢？哎，先生，您的裘力斯·恺撒，手术由他得名；——还有您的赫耳墨斯·特里斯墨吉斯忒斯③，他早在这个手术得名之前，就已经用这个办法出生了；——您的西庇阿·阿弗里肯努斯；你的曼尼留斯·托尔奎图斯；还有我们的爱德华六世，——如果他还活着，他也会为这一假说增添荣耀：④ ——这些人，以及更多名留青史的人物——先生，都是从旁门左道进入人世的。

这种对腹部和子宫的开剖问题在我父亲的脑海里一连萦绕了六个星期；——他读过一些书，满意地发现上腹部和子宫的伤口并不是致命的；——因此可以在母亲的肚子上很好地开个口子，给孩子一个通道。——一天下午，他向我母亲提起了此事，——其实仅仅是向她提了一下而已；——可是，当他看见我母亲一听到这件事便面如死灰，⑤ 反应就像这个手术激起他的希望一样强烈，——他想，还是再别提这件事为好，——只好认为——他的想法提也白搭。

(接上页)始就一直对未产先死的母亲施行这种手术，然而在活着的母亲身上施行这种手术的第一个有凭据的病例则出现于 1500 年左右。在英国，第一例有案可查的成功的手术出现在 1793 年。

① 拉丁文：耻骨。

② 拉丁文：尾骨，脊柱的最后四根骨头。

③ 见第 283 页注②。

④ 斯特恩的资料来源可能是普林尼的著作。按普林尼的说法，大西庇阿（约前 234—前 183）和“率领部队攻战迦太基的曼尼留斯都是用这种方式出生的”（《博物志》第 7 卷第 7 章）。特里斯舛·项狄先生很可能“因为两个名字太相似”而又犯了一个错误。简·西摩生下爱德华 12 天后死于产后热，她的死引起了可能是毫无根据的传言，说她是因做剖腹产手术而有意牺牲性命的。

⑤ 麻醉剂直到 1846 年才在外科手术中使用，据记载，大约在同期之前采用剖腹产的母亲的死亡率超过百分之五十。

这就是我父亲项狄先生的假说；关于这个假说，我还必须补充一点，那就是我哥哥博比像我们提到过的任何一位英雄豪杰一样，为这一假说增了大光（且不管他为这个家增了什么）：——因为我给您说过，他不仅在受洗命名时，而且在出生时，我父亲正好在埃普索姆，——他又是我母亲的头一个孩子，——就是脑袋率先进入人世的，——后来长成了一个才思迟钝得出奇的半大小子，——我父亲把这些都拼凑到他的见解里面；由于他在这一端失败了，——他决心试一试另一端。

这种事是不能指望由一个女性来完成的，因为女性是不会轻易脱离常规的，——所以，这是我父亲赞成起用从事科学研究的男人来做的重要原因之一，因为这种人他比较好对付。

世界上所有的男人当中，再没有比斯娄波医生更适合成为达到我父亲的目的的人了；——因为，尽管他新发明的镊子就是他已经试验过的铠甲，而且他坚持认为这是最安全的接生器械，——但是，他似乎在他的书中丢下一两句话，对我父亲脑海中萦绕的这件事表示赞成；——尽管并没有像我父亲的体系那样，认为将双脚先拽出来对灵魂有好处，——而仅仅是为了纯产科方面的理由。

这将会说明在随后的交谈中我父亲和斯娄波医生为什么结成了攻守同盟，这次交谈对脱庇叔叔则有点难堪。——对于一个除了常识什么都没有的普通人来说，他如何才能顶住这两个科学上的同盟者，——真是让人难以想像。——如果您乐意，您不妨推测一下，——趁您的想像活动的当儿，您可以激励它纵横驰骋，从而发现我的脱庇叔叔到底因为什么因果关系，腹股沟受伤后变得谦虚了。——您可以建立一套理论体系通过婚姻契约来说明我损失鼻子的原因，——向全世界说明到底是怎么回事，我倒了大霉，名叫**特里斯舛**，这与父亲的假说，全家人，包括教父、教母的愿望完全抵触。——这些问题，加上尚未搞清的别的五十个疑点，如果有时间，您可以努力去解决；——不过我事先告诉您，您的努力将是徒劳的，——因为《希腊的堂贝利阿尼斯》① 中的圣人魔术师阿尔基夫，他的妻子，同样著名的女巫厄甘达都不能声称与实情能搭上界（如果他们还活着的话）。

读者只好等到来年给这些事情以圆满的解释了，——到时候，他预料不到的一系列事情将会大白于天下。

第二卷　完

① 一部著名的 16 世纪西班牙骑士传奇。

绅士特里斯舛·项狄的生平与见解

Multitudinis imperitæ non formido judicia； meis tamen， rogo， parcant opusculis——in quibus fuit propositi semper， a jocis ad seria， a seriis vicissim ad jocos transire.

JOAN. SARESBERIENSIS,
Episcopus Lugdun. ①

第三卷

① 拉丁文："我并不害怕群氓的见解；但我祈求他们宽容这本拙作，因为在这本书里，我的目的一直是转向严肃，再从严肃转向玩笑。"这句话原来的结尾是"... in quibus fuit propsiti semper à nugis ad bona transire seria."（"……我的目的一直是从玩笑转向可敬的严肃。"）题辞摘自索尔兹伯里的约翰（约 1115—1180）的《教廷史》。约翰是著名的英国教士，学者，后来任夏尔特，而不是莱顿主教。斯特恩可能发现此句的后半部分引自 Ozell 翻译的拉伯雷的《前言》（1694 年版，第 155 页），并对句子的后半部加以巧妙改动。

第一章

——“斯娄泼医生，我希望，”我的脱庇叔叔说（又一次重复他对斯娄泼医生的希望，这一回他希望的态度比第一次更加热情认真*）——“斯娄泼医生，我希望，”我的脱庇叔叔说，“你见过我们在佛兰德斯拥有多么庞大的军队。”

脱庇叔叔的期望伤害了斯娄泼医生，他可从来没有存心伤害任何人，——先生，这可使他狼狈极了——因此首先把他的思想搞得异常混乱，接着又纷纷逃窜，所以他无论如何也把它们收拢不起来。

在一切辩论当中，——不管是男是女，——无论是为了荣誉，为了利益，还是为了爱情，——情况都没有什么区别；——小姐，一种希望竟然出其不意地从旁边袭上一个人的心头，再没有比这更危险的了：一般来讲，要驱除这种希望的压力最稳妥的办法就是被希望的这一方立即站起来——向希望者提出价值相同或相近的希望，——这样您便可以站在那里当场摆平——而且，有时还可以获得反击的好处。

这一点将在有关希望的这一章中得到全面彻底的阐述。① ——

斯娄泼医生不明白这种防卫的性质；——他叫这个希望搞糊涂了，它使辩论完全中止了四分半钟；——如果中止五分钟，那辩论就完蛋了：——我父亲看到了这一危险——辩论又是世界上最有意思的辩论之一，“不管他为之祈祷并努力的孩子出生时有没有脑袋：”——他一直等到最后一刻，要给斯娄泼医生回敬希望的权利；因为这个希望是向他提出的；可是，咳，看到斯娄泼医生狼狈不

---

* 参见第 2 卷第 159 页。［斯特恩注。即本书 145 页。］

① 从来没有写；第 1 卷和第 3 卷的开头一句话里都有“我希望……”

堪，一个劲儿地用迷瞪的人儿一般用来呆望的茫然困惑的眼睛，——先看了看脱庇叔叔的脸——又看看他的脸——然后又看看上面——再看看下面——看看东面——看看偏东方向，等等，——视线顺着墙裙底部移动着，直到最后他转了一百八十度，——实际上，他开始数起椅子扶手上的铜钉——我父亲心想，再没有时间叫脱庇叔叔浪费了，于是他接过话头，讲了下面一席话。

第二章

“——你们在佛兰德斯有多么庞大的军队呀！”——

脱庇兄弟，我父亲一边回答，一边用右手把假发从脑袋上摘下来，用左手从外衣右边的口袋里抽出了一块花条子印度手帕，以便跟我的脱庇叔叔辩论这个问题时擦擦脑袋。——

——在这件事情上，我认为还是该怪我的父亲；我愿意给您讲讲这么想的理由。

“我父亲应该用右手还是左手摘下假发，”——似乎本身并不比这更为重要的一些问题把那些最伟大的王国搞得四分五裂，并且使统治这些王国的君主的王冠在他们的脑袋上摇摇欲坠。——不过，先生，我要告诉您，这个世界上的每种事物都要受到客观环境的制约，正是这些环境规定了世界上每一件事物的形状和大小；——并且通过把它收紧一点或者放松一点，这样来一下，或者那样来一下，从而把事物搞成现在这副模样——大的——小的——好的——坏的——冷冰冰的或者是不冷冰冰的，正好按照实际发生的情况。

由于父亲的印度手帕放在外套右边的口袋里，他是绝对不应该让右手忙着的：相反，他不应像刚才那样用右手摘假发，而应把这一切任务完全交给左手去干；随后，父亲想擦擦脑袋这一自然需要便要求手帕来满足，他没有别的办法，只能把右手伸进右边的外衣口袋把它掏出来了；——他本可以毫不费力地做完这件事，也不必对全身的任何一根筋肉造成难看的扭动。

在这种情况下，（除非父亲下定决心，要左手端着假发——或者肘关节，或者胳肢窝构成某种可笑的角度，从而出自己的洋相）——他的整个姿态一直轻松——自然——毫不勉强：雷诺兹[①]本人像他作的画一般伟大、优雅，或许能给他画一幅坐像。

——现在，由于父亲是这么做的，——想想他把自己弄成什么鬼样子了。

——在安女王在位的晚期到乔治一世国王继位的初期——“外套口袋都裁在下摆很低的地方。”——我用不着多说——那位捣乱之父如果推敲上一个月，他就不会为一个处在我父亲境地的人设计更坏的款式了。

第三章

硬使你的一只手像条对角线斜叉过您的整个身体，够到对过外套口袋的底上，在哪一个国王的统治下都不是一件容易事儿（除非您是我这样的一个瘦骨伶仃的臣民。）——在一千七百一十八年，就是这种情况发生的那一年，这样做困难到了极点；因此，当脱庇叔叔发现我父亲那种斜叉过去摸口袋的动作时，立即想到自己在圣尼古拉堡门前站岗时两只手的动作；———想到这件事，他的注意力就完全离开了争论的话题，于是他把右手伸出去拉铃叫特灵去取他的那幅那慕尔地图，还有他的圆规和函数尺，好量一下那次攻击的横切路线的回转角度，——尤其是他的腹股沟受伤那次攻击的回转角度。

我父亲锁上眉头，在紧锁眉头的当儿，全身的血液似乎一下子涌到了脸上——脱庇叔叔立即下了马。

——我没有弄明白你的脱庇叔叔还在马背上。——

---

① 乔舒亚·雷诺兹爵士（1723—1792），英国肖像画家，曾于 1760 年三四月间给斯特恩画过画像。

第四章

一个人的身体和头脑，我说到它时对二者极其尊敬，就像一件紧身短袄和紧身短袄的衬里；——弄皱了一面——您就弄皱了另一面。然而，这种情况却有一个例外，那就是说，有的时候您是个极其幸运的家伙，您的短袄面子用的是塔夫绸，里子用的是薄绸或者薄波斯绸。

希腊人中有芝诺、克雷安泰、巴比伦的狄奥根尼、赫拉克利亚的狄奥尼修斯、安提帕特、帕尼提乌斯和波西多纽斯；——罗马人中有加图、瓦罗和塞内加；——基督徒中有潘代努斯、亚历山大的克雷芒和蒙田。① 至于那三十个善良老实、不动脑筋的项狄式人物，

① 罗列这些或者名义上或者实际上的名人用的是半嘲弄、半严肃的口吻。芝诺约在公元前 308 年创立了斯多葛学派，该派主张人应该摆脱情感的束缚，不为悲喜所动，应毫无怨言地顺应不可避免的必然。克雷安泰（约前 301—约前 220），斯多葛派的信徒，他的坚忍为他赢得了“驴子”的绰号，但是却因高尚的道德情操而备受人推崇，芝诺去世后成了该学派的领袖。巴比伦人狄奥根尼（主要活动在公元前 155 年左右），负有盛名的哲学家，曾经是塞琉西王朝时代（统治小亚细亚地区的希腊王朝）斯多葛学派的领袖；塞内加说（《论愤怒》第 3 章第 38 节），当他正谈论愤怒时，一个傲慢无礼的年轻人朝他脸上啐了一口，他忍受了这种公开的侮辱，说道：“我不生气；但是我想我也许该生气。”赫拉克利亚的狄奥尼修斯（活动于公元前 3 世纪），斯多葛派信徒，以其中庸态度备受赞扬，后因病痛的折磨加入了埃利亚学派。塔尔苏斯的安提帕特（活动于公元前 2 世纪），继巴比伦人狄奥根尼成为斯多葛学派领袖。帕尼提乌斯（约前 185—约前 110），曾师从于巴比伦人狄奥根尼，后来成为雅典的斯多葛学派领袖，著有伦理学方面的重要论著。阿帕米亚的波西多纽斯（约前 130—前 50），斯多葛派哲学家，曾师从帕尼提乌斯，后来成为当时最博学的人。马库斯 · 波尔修斯 · 加图 · 尤蒂森西斯（前 95—前 46），罗马爱国者，斯多葛派哲学家。马库斯 · 特伦蒂斯 · 瓦罗（前 116—前 27），博学的罗马学者和作家，“斯多葛化了的柏拉图主义者”，被人们错误地认为是个自命的斯多葛派。卢修斯 · 阿纽斯 · 塞内加（前 3? —65），著名的罗马斯多葛派哲学家和政治（转下页）

他们的名字我回想不起来了，——所有这些人都声称他们的紧身短袄是照这种款式缝制的，——也许您已经把短袄的外面搞得皱皱巴巴，褶痕横七竖八，破烂不堪了；——总而言之，您可能已经把它糟蹋得不成样子了，但尽管您这么糟蹋，它的里子却一点没有损坏。

当然，我相信我的短袄也多多少少是照这种款式缝制的：——因为可怜的短袄从来没有像它在过去整整九个月中①那样遭到摸弄，——然而，就我作为这件事的裁定者而言，——我声明它的衬里一点儿也没有变得更糟；——乱七八糟，拉拉杂杂，纷纷扬扬，丁丁当当，剪呀、戳呀，向后摩摩，向前捋捋，横着来，纵着去，他们一直给我修理它：——我的衬里上的胶黏性少而又少，——天哪！它早就给糟蹋得破破烂烂，只剩下了一根线。

——诸位先生，每月评论家们！② ——你们怎么能把我的短袄那样又剪又撕？——你们怎么知道你们也会剪我的衬里？

（接上页）家。潘代努斯（活动于公元 200 年），亚历山大的问答式学派领袖，原来是斯多葛派。亚历山大的克雷芒（约 150—约 215），基督教希腊教父，折衷主义哲学家，他采纳了斯多葛学派的道德准则，认为基督教是完美的哲学真理的表现。蒙田倾向于怀疑主义，喜欢思索人生的虚幻，他在《〈随笔集〉序言》中告诫读者：“（出版这本书）既没有打算要为你服务，也不想为自己沽名钓誉……若是为了哗众取宠，我就应当掠美粉饰装扮自己。然而，我却愿意穿着朴素、自然、普普通通的服装出现，不考究，也不做作……因此，读者，我自己就是我自己的书的题材，这种题材实在不足挂齿，甚至都不敢占用您的闲暇。那就再见了。”

① 自从第一卷和第二卷出版以后；斯特恩也许指的是评论家或讨厌的模仿者，因为后面一种人也不在少数。

② 《每月评论》和《批评评论》本来对《项狄传》第一、二卷给予好评，但 1760 年 5 月 22 日，斯特恩出版了自己的两卷布道文，书名为《约里克先生的布道文》，用一个职业逗笑者（不管是斯特恩的还是莎士比亚的）名义写的布道文一面世就激起了许多读者及评论家的义愤，其中最猛烈的抨击者是为《每月评论》撰稿的一位批评家，斯特恩在下一段提到了他。见《序》第 22—23 页。

我真心实意地把你们和你们的事情托付给那位不愿伤害我们任何一个的神灵去保佑，——愿上帝保佑你们；——只是下个月如果你们哪位要像去年五月（我记得那一月天气非常热）里的一些人那样气得咬牙切齿地攻击我，泄私愤——那就别生气，如果我又一次脾气好不理会的话，——因为我下定决心只要我活着或者写作（在我的情况下二者是一码事儿），我对那位诚实的绅士说的就永远不会比脱庇叔叔骂那只晚饭时一直绕着他鼻子嗡嗡乱飞的苍蝇时使用的话更难听，表现的愿望更恶毒，——“去，——你这可怜鬼，去，”他说道，“——去你的吧，——我干吗要伤害你呢？这个世界大得足以容得下你和我。”

第五章

小姐，任何一个人如果往上推理，看到我父亲满脸血液充盈，——这样一来，他的脸肯定红了（因为我给您说过，好像他全身的血都涌到了脸上），从绘画和科学的角度讲，比他的自然脸色超出了六度半色调，如果不是整整八度色调的话：——看到这种现象，还注意到父亲眉头紧锁以及整个事发过程中他的身体过分扭曲的情况，——小姐，除了脱庇叔叔，任何人都会得出结论，以为我父亲发怒了；而且认为这是理所当然的事情，——如果他是一个被调到同一个音调的两个乐器奏出的那种和弦的爱好者，——他就会立即把他的音拨到同一音高；——然后，邪恶就会迸发出来——小姐，这整个曲子肯定会演奏成阿维森·斯卡拉蒂①的第六协奏曲那样——con furia，——疯了似的。——给我耐性！——con furia，——

① 显然是个印刷错误，应为“阿维森的斯卡拉蒂”。指C·阿维森出版的斯卡拉蒂作的《十二首协奏曲》（伦敦，1744）。斯卡拉蒂（1685—1757），意大利古钢琴演奏家，杰出的作曲家；阿维森（约1710—1770），英国作曲家和音乐作家，斯特恩可能熟悉其代表作《论音乐表达》。

con strepito①，——或者其他任何闹哄哄的词儿与和谐有什么关系呢？

我说，小姐，只有脱庇叔叔那颗善良的心用动作这个词所允许的最好的意思解释我父亲身体的每一个动作，除了他，哪一个人都认定我父亲生气了，而且还在责怪他。脱庇叔叔什么都不责怪，只是怪裁袋口的裁缝；——所以就纹丝不动地坐着，一直等到父亲把手帕从口袋里摸了出来，并且带着难以形容的善意盯着他的脸，——最后，父亲接着讲了下面一席话。

第六章

——“你们在佛兰德斯有多么庞大的军队呀！”

——脱庇兄弟，我父亲说道，我确实相信你为人真诚，有一颗上帝所创造的最善良正直的心；——如果所有已经、或许、可能、将要、必定或应该怀上的孩子进入人世时，他们的脑袋先出来，这也不是你的错：——可是，亲爱的脱庇，相信我，那些不可避免地拦截他们的事故，不仅在我们怀他们的条款中，——尽管依我看，这些都值得仔细考虑，——而且，我们的孩子来到世上后，遭受到的艰难险阻都是够多的，——孩子们来到世上的过程中，没有多大必要把他们暴露在没有必要的艰难险阻中。——这些危险，脱庇叔叔把一只手搭在父亲的膝盖上说，同时抬眼严肃地盯着父亲的脸寻找答案，——这些危险如今是不是比从前更大了，哥？脱庇兄弟，父亲答道，只要一个孩子怀得顺利，生下来活着，身体健康，而且产后母亲平安的话，——我们的祖辈从来再不往远里看。——脱庇叔叔马上把手从父亲的膝盖上拿开，把身子轻轻往后一仰靠到椅背上，他把头抬起，一直抬到正好看得见屋子的飞檐的高度，然后指挥面颊上的颊肌和嘴唇周围的轮匝肌上岗——他吹起了《利拉布勒罗》。

---

① 意大利文：伴有很大的噪音。

第七章

就在脱庇叔叔给我父亲吹《利拉布勒罗》的当儿，——斯娄泼医生正跺着脚把奥巴代亚骂了个狗血喷头；——先生，听听他骂人对您的心脏有好处，这可以永远消除您骂人的邪恶罪过。——因此，我决定把整件事儿和盘端给您。

当斯娄泼医生的女仆把装有主人医疗器械的那只绿台面呢包交给奥巴代亚时，她非常明智地劝他把脑袋和一只胳膊套过包带，骑马时把包挎在身上：于是她解开那个蝴蝶结把带子替他放长，再没费什么周折就帮他背上了包。然而，这样一来，在某种程度上，包口就得不到防范了，为了避免马儿在用奥巴代亚所说的那种吓人的速度狂奔回家时什么东西会蹦出来，他们商量着又把包摘了下来；接着，他们极其小心地把两条包带绑紧（先把包口撮拢），每条带上打了足有半打死结，为了做到万无一失，奥巴代亚在打结时用了全身的力气又拉又拽。

这就满足了奥巴代亚和女仆的心意；但却没有防范他们二人事先谁也不曾料到的灾祸。包在上面扎得紧紧的，看上去也一样严实，不过，器械还有很大的空间向包底运动（因为包的形状是圆锥形的），所以奥巴代亚的马一旦小跑起来，包里面的体温计、钳子和注射器就会丁当作响，叫人提心吊胆，就是许门①那样子旅行，这声音也足以把他从这个地区吓跑；然而，当奥巴代亚加速这种运动，并试图把他那匹套车马从平常的小跑刺到全速飞奔时——天哪！先生，——那丁丁当当的响声实在叫人难以置信。

由于奥巴代亚有老婆，还有三个孩子——所以通奸的卑鄙行径和这种丁当声引起的其他政治恶果从来没有进入过他的脑海，——然而，他却有自己反对的理由，这种理由他心里清楚，而且像它常

① 希腊神话中的婚姻之神。

常影响那些最伟大的爱国者①那样，影响着奥巴代亚。——“先生，这个可怜的家伙都听不见自己在吹口哨呢。”

第八章

和随身携带的这些器械奏出的乐声相比，奥巴代亚更喜欢风奏出的音乐，——所以，他开始小心翼翼地发挥自己的想像，去发明，去创造，看用什么手段可以进入欣赏音乐的境地。

在需要细小的绳索的种种苦恼中（音乐的除外），——人们最容易想到的是帽带：——这种哲学是如此浅显——所以我不屑于去深究它。

由于奥巴代亚卷入的情况有点复杂，——注意，先生们，——我说它是一种复杂的情况；因为它事关分娩，——事关麻醉，事关注射，事关洗礼，——而且就驾车马而言，——事关马脚②——只有一部分事关音乐；——奥巴代亚无所顾忌地利用凑手的应急措施；——把包和器械抓紧：一只手把它们紧紧捏在一起，另一只手的拇指和食指把帽带头送到嘴里用牙咬住，然后把手滑到帽带中间，——他用整条帽带把包和器械横七竖八地紧紧扎在一起（就像捆皮箱一般），缠来缠去，在带子的每一个交叉处都打成死结，——这样一来斯娄泼医生要解开这些死结至少需要约伯③五分之三的耐性。——我打心眼儿里认为，如果大自然有心思、有兴趣参加这场比赛——她和斯娄泼医生两个一起同时动手——谁若见过被奥巴代亚捆绑成这样子的包，——而且也知道这位女神认为合适时，所能达到的高超

① “爱国者”在18世纪40年代中叶以后在英文中含有贬义，意思是“政府里搞宗派活动的捣乱分子”。

② 原文为caball-istical，一字双关：英文cabalistic的意思是“神秘的”，拉丁文caballus的意思是“马”，所以姑且译为露马脚的“马脚”。

③ 基督教《圣经》中的人物，备历危难，仍坚信上帝。

速度，谁的心里丝毫不会怀疑——他们俩哪一个会夺走奖品。小姐，我母亲分娩比送这个绿包肯定要快——至少快二十节①呢。——特里斯舛·项狄呀，你现在是，而且将来永远会是小小的事故捉弄的对象！如果这次磨难是为你而设的，而且它的成功率是五十比一，——你的事情就不会像现在这么低落了——（至少不会被你低落的鼻子搞到这种程度）；你家中的钱财和你生活中频频展现在你面前的赚钱机会也不会——像你被迫离开它们那样这么频繁地，这么令人恼火地，这么乖乖儿地，这么不可挽回地，被断送了！——但是一切已经结束了，——只剩下对它们的记述了，而这在我出娘胎进入世界之前是不能交给那些好奇之徒的。

第九章

情急智生：斯娄泼医生的眼睛一瞥见他的包（直到和脱庇叔叔争论助产问题使他想起它时，他才看见了）——同一种想法就冒了出来。——由于上帝保佑，他（心里）说，项狄夫人才受了这种罪，——要不然，那些结连一半都没解开，她可能已经被送上床整整七回了。——可是，这会儿您必须分清——那种想法仅仅浮动在斯娄泼医生的脑海里，它既没有风帆，也没有压舱物，只是个简单的命题；阁下您知道，这种命题每天都有成千上万在人的理性的稀汁中静静地漂游，不后退，也不前进，直到一阵阵激情或兴趣的小狂风将它们吹到一边。

楼上房间，我母亲的床边突然响起了一阵跺脚声，给我提及的那个命题帮了大忙。无论如何，这是不幸的，斯娄泼医生说道，除非我赶紧，不然我就会实实在在地碰上这种事情。

---

① 原文为 knots，一般是“结”的意思，这里译做“节”，是速度单位，1节等于1海里/小时。

第十章

关于打结的问题，——首先，要说这些结就是活结，人们就搞不明白我的说法，——因为在我的生平与见解中，——每当我提起我的叔祖父哈蒙德·项狄先生的灾难，我关于打结的一些见解就会更加得体地出现，——个头矮小，——但总是想入非非：——他陷进了蒙默思公爵事件①：——其次，在这个地方，要说这些是叫做蝴蝶结的特殊类型的结，人们也搞不懂我的意思；——解开它们所需要的本领或者技巧，或者耐性是如此之少，所以它们都不配我提出的有关的任何见解。——但是，就我提及的那些结而言，请尊敬的阁下们相信，我指的是出色的、真正的、紧得要命的死结，打得 bona fide②，就像奥巴代亚打的结一样；——在这些结扣里，没有绳子的两头重复、回绕着穿过它们的第二次缠绕所造成的圈套而形成的模棱的绸缪——这是为了把结扣拉开或者解开——我希望您能明白我的意思。

所以，遇到这些结扣③和那种结扣设在我们生活道路上的各种各样的障碍时，请听我说，诸位高贤——每个性急的人都会抽出自己的小刀把它们割断。——那就错了。相信我，先生们，无论从道理，还是从良心方面讲，最有效的方法是动用我们的牙齿或手指去解。——斯娄泼医生已经掉了牙——他最喜爱的工具，或者由于扳错了方向，或者由于运用不当，不幸滑落了，因为他原先在干一次苦活时用工具把儿敲掉了其中最好的三颗：——他试着用手指——哎

① 指蒙默思公爵詹姆斯·斯科特（1649—1685），查理二世的私生子，1685 年流亡归来，企图夺取詹姆斯二世的王位，最后以灾难收场，遭杀身之祸。

② 法文：实实在在。

③ 这里不厌其烦地出现的“结扣”和“小刀”有其性含义。

呀！所有指头上的指甲剪得光秃秃儿的。① ——见鬼！两种办法都行不通，斯娄泼医生叫道。——头顶上母亲床边的踢踏声越来越厉害。——这家伙真该遭瘟！我一辈子都解不开这些结扣。——母亲呻吟了一声——让我使使您的小刀——我最终必须把这些结扣割断——呸！——啐！——天哪！我切了大拇指；伤了骨头——这家伙真该死——如果五十英里内再没有一个男接生员——我这次就算完了——我真希望把这个混蛋绞死——我希望他吃枪子儿——我希望地狱里所有的魔鬼都讨厌他，认为他是个笨蛋——

我父亲向来很敬重奥巴代亚，听到他被那样处置可真受不了——再说，他还有点儿自尊——在这件事里给他自己造成的侮辱他也同样受不了。

如果斯娄泼医生割破了他身体上的其他任何部位，而不是他的拇指——父亲也就随它去了——他的小心谨慎占了上风：既然是这种情况，他便决定报复一番。

斯娄泼医生，在重大的场合骂骂咧咧算得了什么，父亲说（他首次就这件事对他表示同情），这只能浪费我们的精力，有损于灵魂的健康，于事无补。——我承认，斯娄泼医生答道。——这么骂就像鸟枪子弹，脱庇叔叔说（暂时不吹口哨了），射击一座棱堡。——它们用来，父亲又接着说，煽动人们的情绪——但决不会把激烈的情绪消除：——就我而言，我极少或者压根儿就不骂人——我认为这不好——不过假如我出人意料地陷入这种境地，我一般都保持着清醒的头脑（对，脱庇叔叔说），好让它达到我的目的——那就是说，我就骂个痛快才能罢休。然而，一个聪明正直的人总会尽力使情绪的发泄不仅与情绪在内心激荡的程度相当——而且也要与情绪所造成的伤害的大小和恶意相称。——“伤害仅仅来自内心，”② ——脱

① 以免在接生时伤害产妇。

② 比较莎士比亚《亨利五世》第4幕第8场：“所有的冒犯，皇上，都来自内心。”

庇叔叔说。正因为如此，父亲带着塞万提斯式①的严肃接着说，我对那位绅士怀着世界上最崇高的敬意，因为在这件事上，他信不过自己的谨小慎微，所以坐下来创作（那是在他空闲的时候）适合于一切情况的骂人的形式，从他可能碰上的最低的到最高的挑衅，——这些形式由于都经过了他的深思熟虑，再说，又都是他能够忍受得了的那些形式，所以他将它们放在壁炉旁边能够得着的地方，以便随时取用。——我从来也不明白，斯娄波先生答道，这类事儿还能想到，——再别说做到了。请原谅——我父亲答道；今儿一早，就在我的脱庇兄弟倒茶的当儿，我还对他读过一种呢，不过不是用到他身上——这会儿它就在我头顶上的架子上搁着呢；——但是，如果我没记错的话，把它用到割破拇指的事情上未免太厉害了些。———一点也不，斯娄波医生说——让这家伙见鬼去吧。——于是，我父亲答道，这供你随意使用，斯娄波先生——条件是你要大声读出来；——父亲说着便站起来，伸手取下来了一份罗马教会开除教籍的通知，这本东西是我父亲（他对收藏极为仔细）从罗切斯特教堂的账本子里找到的，是**厄努尔夫斯**主教的手笔，——那样故作正经的样子和声音也许连**厄努尔夫斯**自己也蒙骗了，——我父亲把它塞到斯娄波医生的手里。斯娄波医生用手帕角儿把拇指包扎好，于是就板着一张扭曲的脸，不过没带任何疑心，就大声读了起来，其内容如下，——脱庇叔叔一直尽量大声吹着《利拉布勒罗》。

① 如塞万提斯那样的冷隽的讽刺。

Textus de Ecclesiâ Roffensi, per Ernulfum Episcopum①

CAP. XXV.

EXCOMMUNICATIO. *

EX auctoritate Dei omnipotentis, Patris, et Filij, et Spiritus Sancti, et sanctorum canonum, sanctæque et intemeratæ Virginis Dei genetricis Mariæ,

---

① 拉丁文：《罗切斯特教堂文告》，厄努尔夫主教作。基督教早期，由于谴责反对教会的叛逆者或将他们逐出教门的风气盛行，有些教士个人创造了各种各样的咒语，1114—1124 年任罗切斯特主教的厄努尔夫（1040—1124）的这一篇是现存的精心制作的咒语之一。斯特恩的译文和 1720 年在牛津出版的托马斯·赫恩纽斯的《罗切斯特文告集》相近。有的注释者指出了斯特恩的英文译文与拉丁原文的几处出入，本译本没有译录。

* 由于索邦神学院关于洗礼问题咨询的真实性受到一些人的怀疑，又被另一些人否定，——所以据认应将这一驱逐文告的原文印出；项狄先生为此向罗切斯特教长和全体教士的教士执事表示谢意。［斯特恩注］

第十一章

“凭借万能的上帝圣父、圣子、圣灵的权威，凭借圣规的权威，凭借我们救主的母亲和守护神童贞圣母马利亚的权威。”——我认为没有必要大声朗读，斯娄泼医生把文章放到膝盖上，冲着我父亲说，——因为，先生，您最近才刚刚读过；——再说项狄上尉好像也不大想听，——我不妨自个儿看看算了。这就违背了协定，父亲答道，——再说，尤其是在后半部分中有些内容是如此异想天开，如果失去再读一遍的快乐，我会感到难过的。斯娄泼医生一点也不喜欢这么做，——但是脱庇叔叔这会儿却主动停止吹口哨，提出由他向大家宣读；——斯娄泼医生想，倒不如在脱庇叔叔口哨的掩护下读——还不是和强忍着去听脱庇叔叔一个人读一样；——于是他把文章举到脸上，举得和脸大体平齐，好遮掩自己的恼怒，——他大声朗读起了下面的内容，——脱庇叔叔吹着《利拉布勒罗》，虽然声音没有刚才那么响亮。

——Atque omnium cœlestium virtutum, angelorum, archangelorum, thronorum, dominationum, potestatuum, cherubin ac seraphin, & sanctorum patriarchum, prophetarum, & omnium apostolorum et evangelistarum, & sanctorum innocentum, qui in conspectu Agni soli digni inventi sunt canticum cantare novum, et sanctorum martyrum, et sanctorum confessorum, et sanctarum virginum, atque omnium simul sanctorum et electorum Dei, ——

vel os s *vel* os
Excommunicamus, et anathematizamus hunc furem, vel hunc

s
malefactorem, N. N. et a liminibus sanctæ Dei ecclesiæ sequestramus

vel i n
et æternis suppliciis excruciandus, mancip etur, cum Dathan et Abiram, et cum his qui dixerunt Domino Deo, Recede à nobis, scientiam viarum tuarum nolumus: et sicut aquâ ignis extinguitur, sic

vel eorum n
extinguatur lucerna ejus in secula seculorum nisi respuerit, et ad

n
satisfactionem venerit. Amen.

os
Maledicat illum Deus Pater qui hominem creavit. Maledicat

os os
illum Dei Filius qui pro homine passus est. Maledicat illum Spiritus

os
Sanctus qui in baptismo effusus est. Maledicat illum sancta crux, quam Christus pro nostrâ salute hostem triumphans, ascendit.

os
Maledicat illum sancta Dei genetrix et perpetua Virgo Maria.

os
Maledicat illum sanctus Michael, animarum susceptor sacrarum.

os
Maledicant illum omnes angeli et archangeli, principatus et potestates, omnisque militia cœlestis.

Maledicat illum[os] patriarcharum et prophetarum laudabilis numerus. Maledicat illum[os] sanctus Johannes præcursor et Baptista Christi, et sanctus Petrus, et sanctus Paulus, atque sanctus Andreas, omnesque Christi apostoli, simul et cæteri discipuli, quatuor quoque evangelistæ, que sua prædicatione mundum universum converterunt. Maledicat illum[os] cuneus martyrum et confessorum mirificus, qui Deo bonis operibus placitus inventus est.

“凭借万能的上帝，圣父、圣子、圣灵的权威——凭借我们救主的母亲和守护神童贞马利亚的权威，凭借全体神德天使、普通天使、天使长、德乐尼、神权天使、神力天使、基路伯和撒拉弗的权威，凭借全体圣祖、先知的权威，凭借全体使徒和福音传道者的权威，凭借以圣羔的观点看，配唱神圣的殉教者和圣徒们的新歌的圣婴们的权威，凭借圣洁的童贞女和全体圣徒的权威以及上帝的特选子民的权威——愿他，”（奥巴代亚）“堕入地狱”，（因为他打了这么些结。）——“我们开除他的教籍，将他革出教门，我们不许他靠近万能上帝的圣堂的门槛，让他同大坍，亚比兰[①]以及那些对上帝说：离开我们吧，我们不要你的道的人一起遭受折磨、处治和遣送。如同水把火熄灭那样，让他的光永远熄灭吧，除非他”（奥巴代亚因为他打的这些结）“表示忏悔”并（为它们）“苦行赎罪”。阿门。

“愿创造人类的圣父，诅咒他。——愿替我们受难的圣子，诅咒他。——愿在洗礼中被赐予我们的圣灵，诅咒他（奥巴代亚）。——愿基督为救赎我们战胜敌人所登上的圣十字架——诅咒他。

“愿圣洁永恒的圣母马利亚诅咒他。——愿神圣灵魂的护佑者圣米迦勒诅咒他。——愿全体普通天使和天使长，主权天使，神力天使，以及全体天兵天将，诅咒他。［我们的兵将在佛兰德斯诅咒得可凶了，脱庇叔叔喊道，——但跟这一比，就不值一提了。——就

① 因为反抗摩西和亚伦的领导而受到惩罚的以色列人，他们在一次地震中被吞没，见《圣经·民数记》第16章第1—35节和《圣经·诗篇》第106篇第17节。

我而言，这样子诅咒我的狗我也不忍心。]

愿先驱圣约翰，和施洗者圣约翰[1]，以及圣彼得、圣保罗、圣安德鲁，以及基督的其他所有使徒，一起诅咒他。愿用布道使全世界皈依的基督的其余的门徒和四福音书的作者，——愿让通过神圣的德行取悦万能的上帝的神圣神奇的殉教者和圣徒都诅咒他（奥巴代亚）。

① 两个约翰是同一个人，也可译做"愿先驱以及施洗者圣约翰……"有学者认为也许作者在嘲讽罗马天主教圣徒多如牛毛，也许作者在此仅仅出了一个差错。

Maledicant illum[os] sacrarum virginum chori, quæ mundi vana causa honoris Christi respuenda contempserunt. Maledicant illum[os] omnes sancti qui ab initio mundi usque in finem seculi Deo dilecti inveniuntur.

Maledicant illum[os] cœli et terra, et omnia sancta in eis manentia.

Maledictus[i] sit[n] ubicunque fuerit[n], sive in domo, sive in agro, sive in viâ, sive in semitâ, sive in silvâ, sive in aquâ, sive in ecclesiâ.

Maledictus[i] sit[n] vivendo, moriendo, ————————————

———— ———— ———— ———— ———— ————

———— ———— ———— ———— ———— ————

———— ———— ———— ———— ———— ————

———— ———— ———— ———— ———— ————

manducando, bibendo, esuriendo, sitiendo, jejunando, dormitando, dormiendo, vigilando, ambulando, stando, sedendo, jacendo, operando, quiescendo, mingendo, cacando, flebotomando.

Maledictus[i] sit[n] in totis viribus corporis.

Maledictus[i] sit[n] intus et exterius.

Maledictus[i] sit[n] in capillis; maledictus[i] sit[n] in cerebro. Maledictus[i] sit[n] in vertice, in temporibus, in fronte, in auriculis, in superciliis, in oculis, in genis, in maxillis, in naribus, in dentibus, mordacibus sive molaribus, in labiis, in guttere, in humeris, in harnis, in brachiis, in manubus, in digitis, in pectore, in corde, et in omnibus interioribus stomacho tenus, in renibus, in inguinibus, in femore, in genitalibus, in coxis, in genubus, in cruribus, in pedibus, et in unguibus.

Maledictus sit in totis compagibus membrorum, a vertice capitis, usque ad plantam pedis——non sit in eo sanitas.

Maledicat illum Christus Filius Dei vivi toto suæ majestatis imperio

“愿为了基督的荣耀而藐视世俗万物的圣洁贞女的圣乐团，诅咒他。——愿从开天辟地到千秋万代所有得到上帝钟爱的圣徒，诅咒他。——愿苍天大地，及天地间所有的圣物诅咒他，”（奥巴代亚）“或她”（或者其他任何一个插手打这些结的人）。

“愿他（奥巴代亚）无论身在何处，都下地狱，——无论是在住宅里还是马厩里，在花园里还是田野里，在大道上还是小路上，在林中还是在水中，或者在教堂里。——愿他生前死后都受到诅咒。”［读到这里脱庇叔叔在他的曲子的第二小节硬是使用了一个二分音符，把一个连续音一直吹到句子的末尾——斯娄泼医生一段连音的诅咒则像同声男低音一样，一路在他的曲子下流动。］“愿他在吃饭时、喝酒时、饥渴时、斋戒时、睡觉时、小憩时、走路时、站立时、坐着时、躺着时、工作时、休息时、撒尿时、拉屎时、放血时都遭受诅咒。”

“愿他（奥巴代亚）身体所有的官能都受到诅咒。

“愿他里里外外都受到诅咒。——愿他的头发受到诅咒。——愿他的大脑和他的头顶受到诅咒，”（这可是个可悲的诅咒，父亲说）“愿他的鬓角、他的脑门、他的耳朵、他的眉毛、他的面颊、他的颌骨、他的鼻孔、他的门牙和臼齿、他的嘴唇、他的喉咙、他的肩膀、他的手腕、他的胳膊、他的双手、他的指头，都受到诅咒。

“愿他的嘴巴，他的胸脯，他的心脏，一直到肚子的内脏都被打入地狱。

“愿他的腰子和他的腹股沟，”（愿天上的上帝不要让这种事发生，脱庇叔叔说）——“他的大腿、他的生殖器，”（父亲摇了摇头）“他的屁股，他的膝盖，他的腿和脚，以及脚趾甲，都受到诅咒。

“愿他从头顶到脚心全身各个器官的各个关节啮合都受到诅咒，让他永无宁日。

“愿上帝圣子，带着上帝所有的荣光—— [念到这里脱庇叔叔把头往后一仰，发出一声又怪又长，又洪亮的哟——哟——也就是介乎感叹性的口哨声“嘿”和这个词本身之间的某种声音。——

——et insurgat adversus illum cœlum cum omnibus virtutibus quæ in eo moventur ad *damnandum* eum, nisi penituerit et ad satisfactionem venerit. Amen. Fiat, fiat. Amen.

——以朱庇特①的金色的胡子——以及朱诺②的（如果她有胡子的话），以你的异教崇拜的其余的神祇的胡子，顺便提一句，他们的数目可不少，既然考虑到你们的天神的，还有气神和水神的胡子，——且别说镇神和乡神的胡子，或者你们的妻子们那些天上的女神的胡子，或者你们的娼妇和姘妇们那些地狱女神的胡子（也就是说万一她们长胡子的话）——所有的胡子如同瓦罗③告诉我的那样，用他的语言和荣誉担保，一旦被收集到一起，在异教中不少于三万根引人注目的胡子；——每一根胡子却都有权叫人捋，叫人用来起誓，——那就凭借所有的这些胡子，——我起誓声明，在我在世界上最看重的两件糟糕法衣中我愿意把较好的一件让出来，大方得就像熙德·阿默德④让出他的大衣那样——只是为了站在一旁，听脱庇叔叔的伴奏。]

——"诅咒他，"斯娄泼医生接着念道，——"愿天堂里及其全体在那里活动的神灵都起来反对他，诅咒并且谴责他（奥巴代亚），除非他悔悟并且苦行赎罪，阿门。就这样吧，——就这样吧。阿门。"

我宣布，脱庇叔叔说，我的心不会让我如此尖刻地去诅咒这个

---

① 罗马神话中统治诸神、主宰一切的主神，相当于希腊神话中的宙斯。

② 天后，主神朱庇特之妻，司生育婚姻等，相当于希腊神话中的赫拉。

③ 马库斯·泰伦提斯·瓦罗（前116—前27），罗马最博学的学者和作家；这里似乎指的是他的《古代神话传说》，但事实上斯特恩是从《忧郁的解剖》第3部第4节第1小节第3段错抄来的，他在这里录其大意。"罗马人处处借用，除了他们自己的神，即大大小小本民族的神，还借来了一些天神和大神，一些地神，一些海神；一些天堂神，一些地狱神……此外还有可恶的女人，放荡的娼妓……各种时代，不用性别，各个方面的男神女神，长胡子的，不长胡子的，已婚的，未婚的……赫西奥德至少算了 30， 000 尊神，瓦罗算了300个朱庇特。"

④ "熙德·阿默德·贝兰黑利，阿拉伯历史学家"，虚构的编年史家，塞万提斯声称很多堂吉诃德的历险故事就是从他的著作里翻译来的，他说，"凭穆罕默德发誓，如能看着骑士和夫人手牵手从门口走到床前，他赔掉新大衣也心甘情愿。"（《堂吉诃德》第2卷第48章）

恶棍。——他是诅咒的老祖宗哩，斯娄泼医生答道。——可我不是，我叔叔答道。——但是他已经受到诅咒和谴责，直到永永远远①，——斯娄泼医生答道。

我对这种情况十分难过，脱庇叔叔说。

斯娄泼医生努努嘴，而且刚要回头对脱庇叔叔的哟——哟——或者是带有感叹的口哨声表示赞赏，——这时在下下章急忙打开的门——把这件事结束了。

第十二章

现在咱们可别装腔作势，谎称在我们这个自由的国度里，我们随便使用的咒语是我们自己的；而且因为我们有用它们诅咒的脾气，——就认为我们也有发明它们的才智。

我要利用这点时间向世界上的任何人证明这一点，只有行家除外；——尽管我宣称我只是反对那些骂人的行家，——就像我常常反对绘画等方面的行家一样，但那帮人总是游来晃去，迷上了吹毛求疵的明枪暗器，——或者丢过我的比喻，顺便提一下，这倒很可惜，——因为它是我从遥远的几内亚海岸搬来的；——先生，他们的脑袋装满了法规，总想随时随地加以利用，所以一件天才的作品宁肯立刻见鬼去，也不要站在那里被它们戳戳捣捣，折磨致死。

——昨天晚上加里克②又是怎样念那段独白的呢?

——噢，打破了一切清规戒律，阁下，——完全不顾语法规范!在应当在数、格、性上完全保持一致的名词和形容词之间，他打开了一个缺口，——停下来，就好像这一点需要解决似的；——而主

---

① 参见《圣经 · 新约 · 启示录》第 20 章第 10 节。

② 大卫 · 加里克（1717—1779），演员兼经理，是《项狄传》在伦敦最早的赞助者，自从 1760 年与斯特恩第一次会面起，就成为他的好朋友。见《序》第 1 页。

格，阁下您知道，是应该支配动词的，可是在主格之间，他在尾声中把声音停顿了十来次，用秒表测，每次为三又五分之三秒，阁下。——令人羡慕的语法大师！——但是在他停顿声音时——意思也同样停顿了吗？难道没有姿态或面部表情来填补这些空隙吗？——眼睛不说话吗？你仔细看了吗？——我只是看着秒表，阁下。——优秀的观察家呀！

这本新书①有什么情况，被全世界闹得沸沸扬扬？——噢，完全不合规矩，阁下，——一件很不规范的东西！——四个角中没有一个是直角。——阁下，我的尺子和圆规等就在我的口袋里。——优秀的批评家呀！

——至于史诗嘛，阁下您吩咐我看过；——由于测量了它的长，宽，高，深，在家里我用博叙②的一把精确的尺子量过了，——阁下，它在哪一方面都不合规范。——令人敬佩的鉴赏家呀！

——那么，在你回来的路上，你是不是顺便进来看看这幅了不起的图画？——这是一幅可悲的涂鸦之作！阁下；在哪一组中也没有一个宝塔原理！——而且又是天价！——因为没有一点提香着色的特点，——没有鲁本斯的表现力，——没有拉斐尔的雅致，——没有多米尼奇诺的纯洁，——没有柯勒乔的柯勒乔意境——普桑的学识——圭多的气势，——卡拉奇的情趣，——或安琪罗的雄浑轮廓。③ ——给我耐

---

① 指《项狄传》，尽管十五年后塞缪尔·约翰逊将做出最著名的论断："古怪的东西不会经久。《项狄传》没有经久。"

② 勒内·勒·博叙（1631—1680），受人尊敬的法国批评家，他的《史诗论集》根据古典范例为史诗的写作规定了明确的规则。斯特恩和蒲柏都表示反对。

③ 在讽刺批评家的行话中，斯特恩在大多数情况下用老生常谈的笔法，描绘出所罗列的艺术家最明显的特性。提香（约 1477—1576），威尼斯画家，也许在颜色、色调、富丽、和谐的运用以及他展示一种庄严美丽的整体画面上，是所有画家中最为卓越的。鲁本斯（1577—1640），佛兰德斯画家，创作大量的油画，以构图的气势、绘画的技巧、雄浑的笔触，尤其是富丽明快的着色而著名。拉斐尔（1483—1520），意大利画家，是构图着色和雅致布局的大师。多米尼奇诺（1581—1641）（转下页）

心吧，公正的苍天！——在这说行话的世界上用行话说出的一切行话中，——尽管伪善者的行话可能最卑劣，——批评的行话才是最折磨人的！

我倒想步行五十英里，因为我没有一匹值得一骑的马，去亲亲这样一个人的手，因为他豁达的心胸，愿意将他想像的缰绳交到他的作家手中，——我会感到高兴，因为他不知道为什么，也不在乎在哪里。

伟大的阿波罗啊！如果你有赏赐情绪，——那就赐予我，——我别无所求，只要求有一点天赋的情绪，并附上你自己的一星火花，——打发墨丘利①带上他的尺子、规矩，如果他能抽出身来的话，还有我对——无事的问候。

现在对于别的任何人，我都愿意证明，在过去二百五十年中，我们不断喷向世界的所有誓言咒语，都是原创的，——除了圣保罗的拇指——上帝的肉和上帝的鱼，这些是君王的咒语②，而且，考虑到谁发誓诅咒，不算太不得体；而作为国王的诅咒语，它们是肉还是鱼，无关紧要；——至于别的，我说，其中没有哪句起誓语或至

(接上页)，意大利画家，以构图准确，着色和表现的真实与自然高雅而著称。柯勒乔（1494—1534），伦巴第画派的画家，以使用明暗对比以及透视缩短线条的方法而著称，也以其作品表现的优雅和技法而闻名；“柯勒乔意境”是斯特恩创造的词语。普桑（1594—1665），法国历史和风景画家，因熟悉古典艺术而著名。圭多（1575—1642），波伦亚画派画家，他最成功的作品以情感和形式的高贵典雅而闻名。卡拉奇（1555—1619），波伦亚折中主义学派的创始人，他的同仁和学生阿戈斯蒂诺（1558—1602）和安尼巴莱（1560—1609）是该派的成员，他们试图在作品中融入每位绘画大师的特长。米开朗琪罗（安琪罗）（1475—1564），意大利文艺复兴最著名的艺术家，作品因其体力与智力的力度、构图大胆、技艺娴熟而闻名。

① 墨丘利，众神的信使，司商业、手工技艺、智巧、辩才、旅行以及欺诈和盗窃的神。

② 斯特恩也许想到查理三世，他经常用圣保罗赌咒发誓，还有查尔斯二世，他经常用“上帝的鱼”发誓。“上帝的鱼”是“上帝的肉”的隐讳语。当然以前以一个神或圣徒身体的一些部分发誓是屡见不鲜的。

少是诅咒语不是从厄努尔夫斯那里，一遍又一遍地照搬来的，重复了足有一千遍；但是，和所有照搬的东西一样，跟原创的力量和精神就相差万里了！——“天杀的。”还算不上是句很坏的咒语，——而且它本身也还说得过去。——可是跟厄努尔夫斯的一比——“全能的上帝圣父诅咒你，——上帝圣子诅咒你，——上帝圣灵诅咒你，”——您瞧，那就不值一提了。——他的诅咒中有一种东方气派，我们无法望其项背：再说，他自己的创造更为丰富多彩，——拥有诅咒者更多的优秀品质，——对人体构造了如指掌，什么细胞膜呀，神经呀，韧带呀，关节的连结呀，等等——所以当厄努尔夫斯诅咒时——没有哪一个部位可以幸免。——确实，在他的作风中有种硬骨头精神——如同米开朗琪罗的画缺乏一种典雅，——但却有一种雄浑充沛的激情！

我父亲，由于通常看待每件事情都与众不同，——绝对不同意把这叫做独创。——他倒宁愿把厄努尔夫斯的诅咒看作一种咒骂汇编，在他认为某些较为温和的教皇任期内，正当咒骂衰落之际，厄努尔夫斯根据那位后任教皇的圣喻，利用博大的学识与不凡的勤奋把所有诅咒法则都汇集到里面；——出于同样的原因，查士丁尼①在帝国衰微之时，命令他的大臣特里波尼安收集所有罗马法或民法汇编成一部法典或概要，——以免由于时间的侵蚀，——而且万事万物难免流于口头传说，它们会从此永远失传。

所以，我父亲常常断言，从征服者威廉那气势磅礴的伟大诅咒（凭借上帝的荣光）②，直到清洁工最低俗的咒骂（瞎了你的狗眼），没有一个咒语在厄努尔夫斯的集子里找不到的。——简而言之，他常补充说，——我要激一个人用另外的话来诅咒。

---

① 查士丁尼大帝（483—565），东罗马帝国最著名的皇帝（527—565），指导由特里波尼安为首的委员会编纂《民法大全》，这是所有法律体系中最重要的一部，从而汇总并注释了罗马法体系。

② 威廉的特殊诅咒是“凭借上帝的荣光和复活”。

这种假说，就像我父亲的大多数假说一样，独特而又巧妙；——它要不是打翻了我自己的假说，我是决无异议的。

第十三章

——天哪！——我家可怜的女主人快要晕过去了，——她已经不疼了，——滴剂也完了，——药水瓶子都破了，——护士又伤了胳膊，——（还有我，我的拇指，斯娄泼医生嚷道）。可孩子还在原来的地方，苏珊娜继续说道，——产婆身子往后一仰倒在火炉围栏边上，把屁股碰得像你的帽子一样青。——我去瞧瞧，斯娄泼医生说。——那倒用不着，苏珊娜答道，——你最好还是去看看我家女主人，——可产婆又乐意先给你讲讲情况，所以希望这会儿你上去和她谈谈。

各行各业，人的本性都是一样的。

接生婆才刚刚进入斯娄泼医生的脑袋。——他还没有消化它呢。——不，斯娄泼医生答道，接生婆下来见我，才像回事儿。——我喜欢从属，脱庇叔叔说，——要不是从属，我不知道利勒转换之后，在一〇年为面包而爆发的哗变中，根特的卫戍部队情况会怎么样①。——项狄上尉，斯娄泼医生答道（滑稽模仿脱庇叔叔爱巴马儿式的反应，尽管他自己同样有爱巴马儿），——我也不知道，要不是拇指和其他指头从属于※※※※※※，楼上的卫戍部队，在我发现眼下什么都卷进去的哗变和混乱中，情况会怎么样——先生，从属关系的应用，在我的这起事故中，来得那么及时，所以，如果没有它，我拇指上的刀伤就会被项狄家感觉到了，只要项狄家还有名的话。

---

① 利勒于 1708 年 12 月投降。1709—1710 的寒冬，许多省的人死于饥饿，四面八方爆发叛乱，然而无论利勒还是根特，与 1710 年的事件没有多大关系。

第十四章

让我们回到上一章的※※※※※※。

当您 in petto[1] 有件东西，准备在您需要它的地方啪地一下拿出来时，却不提及这件东西的名称，这是辩论的一个奇招（至少辩论在雅典和罗马盛行时情况就是这样，现在大概也是这样，演说家们穿着披风）。一块伤疤，一柄斧头，一把利剑，一件用打孔图案装饰的紧身上衣，一顶生锈的头盔，一个一磅半重的烟灰缸，或者一个一便士半的泡菜坛子，——但尤其是一个穿着华丽的娇小婴儿。——然而，如果孩子太小，而辩论又像图利的第二篇斥腓力辞[2]那样长，——婴儿肯定会把屎拉在演说家的披风上。——话又说回来，如果孩子太大，——它又会使演说家行动不灵便，——结果孩子让他失去的与让他得到的几乎相当。——另外，当一位有身份的演说家击中了时弊，——如此巧妙地把他的 BAMBINO[3] 藏在披风里，没有人能闻出它的气味，——而且如此审慎地把它拿出来，搞得谁都不能说，它是生拉硬拽来的，——噢，先生们！它可是创造了奇迹。——它打开了闸门，转动了脑筋，动摇了原则，扰乱了半个国家的政治秩序。

如果不在那些国家，那种时代，这些伎俩是不会得逞的，我是说，演说家们穿披风的国家和时代，——而且是相当大的披风，我的同胞们，要用大约二十或二十五码的紫色上等畅销布料，——有着流畅的大褶子，设计风格气派堂皇。——凡此种种，都明明白白地表明，诸位大人，演讲之所以衰败，目前它在户内户外起不了多

---

① 意大利文：怀里。

② 西塞罗抨击安东尼的 14 篇演说中的第 2 篇，也是最长的一篇，虽未演讲，印出来约有 50 页之长。

③ 意大利文：婴孩。

大作用，原因不是别的，就是因为穿的是短上衣，不穿宽松短罩裤①。——这样一来我们就无法隐藏值得叫人一看的任何东西了，小姐。

第十五章

斯娄泼医生差一点成了这场争论中的一个例外：因为他开始滑稽地模仿脱庇叔叔时，恰巧把他的绿色台面呢包放在膝盖上，——对他来说，这简直是世界上最好的披风：所以，当他预见到这个命题将以他新发明的产钳来结束时，他便把手伸进包里，做好准备，好以迅雷不及掩耳之势夹进，诸位，尊敬的阁下所如此关注的※※※※※※部位，如果他安排好了的话，——脱庇叔叔肯定被放翻了：因为在那种情况下命题和论据都聚成一点，就像两条形成一座 V 形棱堡的突角的线一样，——所以，斯娄泼医生决不会放弃；——脱庇叔叔与其想着强行拿下，还不如想着逃避；可是斯娄泼医生在掏产钳时，动作如此笨拙和艰难，以至于前功尽弃，而且比这更糟十倍的祸害是（因为他这一辈子几乎总是祸不单行），他在掏产钳时，产钳不幸把注射器一起带了出来。

每当一个命题可以从两种含义上理解时，——答辩者就可以回答两种含义中他满意的是哪一种，或者找出哪一种对自己有利，这是辩论的一条法则。——这就把辩论的优势投向脱庇叔叔一边。——“我的天哪！”脱庇叔叔喊道，“难道孩子要用一支注射器带进人世吗？”

① 16、17 世纪英国男子穿的一种从腰部到大腿中间的宽松短裤。18 世纪开始流行紧身裤。

第十六章

——我以名誉担保，先生，你用钳子把我两只手背上的皮都撕得一点不剩了，脱庇叔叔嚷道，——而且你还把我的指关节都夹了个稀巴烂。这是你自己干的好事，斯娄泼医生说，——你应该按我给你讲的，把两个拳头并成一个孩子脑袋的形状，稳稳当当地坐着。——我就是这么做的，脱庇叔叔答道。——那么说来，我的钳子的尖端防护不够充分，要么就是铆钉需要拧紧一些——要么，我拇指上的刀伤使我有点不够灵便，——也可能是——幸好，我父亲打断了对各种可能性的一一列举，说道，——这种实验第一次不是在我孩子的脑袋上做的。——就是在那里做了，也不会造成芝麻绿豆大的问题，斯娄泼医生答道。我认为，脱庇叔叔说，这会弄烂小脑的（除非那脑壳硬得像颗手榴弹），把它统统变成十足的牛奶酒。呸！斯娄泼医生答道，一个小孩的脑袋刚生下来软得就像苹果糊；——骨缝可控制不了，——再说，我随后会拽着脚拉出来的。——不行，她说。——我倒希望你一开始那么干，父亲说。

那就请这么做吧，脱庇叔叔补充说。

第十七章

——请问，好太太，你到底愿不愿意负责任地说，那兴许既不是孩子的脑袋也不是孩子的屁股？——肯定是脑袋，产婆说。因为，斯娄泼医生（转向我父亲）接着说，态度就像这些老太太一样肯定，——这是一个很难弄清的问题，——而且是一个最严重的后果也弄不明白的问题；——因为，先生，如果错把屁股当成了脑袋，——有可能（如果是个男孩）产钳就※※※※※※※※※※※※※※※※※※※※※※※※。

——可能就是这样的，斯娄泼医生悄声对我父亲，然后又对脱庇叔叔说。——要是脑袋的话，他接着说，可就没有这样的危险了。——对，确实是这样，我父亲说，——可是万一是屁股呢，——你同样也会夹掉脑袋的。

——确实不可能让读者理解这一点，——但只要斯娄泼医生明白就行了；——于是他拿起绿台面呢口袋，穿着奥巴代亚的胶底浅口帆布鞋，对他这样块头的人来说，他动作非常麻利地穿过房间朝门口去走，——又从门口沿着好心的老接生婆领的路，朝我母亲的房间走去。

第十八章

斯娄泼医生和奥巴代亚来了两个小时又十分钟了，——就这么长时间，——我父亲看着他的表，嚷道，——可我不知道这是怎么回事，脱庇兄弟，——但在我的心目中，简直就像一个世纪。

——给——劳驾，先生，帮我拿一下帽子，——而且，还得带上这个铃铛，还有我的拖鞋。——好了，先生，现在它们统统由您使用；我把它们作为礼物免费赠送给您，条件是您得集中注意力读这一章。

虽然我父亲说，“他不知道这是怎么回事，”——其实，是怎么回事他一清二楚；——就在他说这话的当儿，他早已下定决心要以绵延及其简单情状这个问题发表一篇形而上学的论文，向脱庇叔叔把事情说个明白，以便向他表明：由于大脑中的什么机制和测量方法出现了下面的这种情况，那就是自从斯娄泼医生进屋以来，他们的思绪纷至沓来，谈话连续不断，从一件事情跳到另一件事情上，于是把这样短的一段时间拉长到如此想像不到的长度。——“我不知道这是怎么回事，——我父亲嚷道，——可简直就像一个世纪。”

——这完全是我们纷至沓来的思绪造成的，脱庇叔叔说。

——我父亲，像所有哲学家一样，总想对发生的一切事情推理，并予以解释，——所以打算从中享受纷至沓来的思绪的无穷快乐，而且毫不担心会叫脱庇叔叔从他手中夺走，因为脱庇叔叔（老实人啊！）一般对一切事情都听之任之；——在全世界所有的人当中，他是个最不肯费脑筋做深奥思索的人；——时间与空间的观念，——或者我们怎么会有这样的观念；——或者这些观念到底由什么材料构成的，——它们是我们生来就有的，——还是在我们后天成长的过程中获得的，——是我们穿婴儿服时获得的，——还是直到我们穿裤子以后才有的，——由于还有数以千计的诸如**无限**、**存在**、**自由**、**必然**等等的探询与争论，关于这些要命的难以征服的理论，许多优秀的人物可伤透了脑筋，——脱庇叔叔的脑筋却不曾有过半点伤损；这一点我父亲很清楚，——因而他对我叔叔偶尔的解释不仅感到失望，同样也感到惊奇。

你明白那件事的原理吗？父亲问。

不明白，我叔叔回答。

——可是你对自己谈论的事总该有些想法吧，父亲说。——

——想法不比我的马多，脱庇叔叔答道。

天哪！我父亲举目仰望，双手合在一起叫道，——你的老实无知里也有些可取之处，脱庇兄弟，——要是用它去换取知识，简直有点可惜。——但我要告诉你。——

要想正确地理解什么是时间，没有时间我们就永远不会理解永恒，因为一者是另一者的组成部分，——我们应该认认真真地坐下来，思考一下，对绵延我们有一种什么观念，以便对我们获得这种观念的方式给出一个令人满意的解释。——对随便一个人来说，那算什么呢？脱庇叔叔问。* 如果你愿意把目光转向你的内心，父亲接着说，并注意观察，兄弟，你就会发现，当你我一起交谈，一起思考，甚至一起抽烟时：或者，当我们脑海里连续不断地接受一些观念时，我们知道，我们是存在的，因此我们就叫我们自己的存在，或者

---

* 参见洛克。［斯特恩注。这一段以及下两段均采用《人类理解论》第 2 卷第 14 章第 3、第 4、第 19 节和第 9 节的大意。］

我们自己存在的连续，为我们的绵延，或者把同我们心中观念的连续相应的别的任何东西的存在的连续叫做同我们的思想共存的任何东西的绵延，——所以按照那种先入之见——你可让我费解死了，脱庀叔叔大声说道。

这是因为，父亲答道，当我们计算时间时我们习惯于分、时、周、月，——还有钟表（我倒希望在这个王国里没有钟表[①]）把分、时、周、月的不同的量，给我们，以及属于我们的那些人度量出来，——所以在将来的时间里，如果我们观念的连续对我们有什么用处，那就很好了。

现在，无论我们是不是观察到，父亲接着说，在每个正常人的头脑中，都存在这样或那样有规则连续的观念，它们排列有序，一个接着一个，就像——一长串大炮？脱庀叔叔说。——一长串废话！——父亲说，——它们在脑海中一个跟在另一个后面，并保持一定距离，就像灯笼里为蜡烛热量所驱动的旋转的影像。——我敢肯定，脱庀叔叔说，我的影像现在就像旋转烤炉[②]。——那么，脱庀兄弟，关于这个话题，我对你再无话可说了，我父亲说。

第十九章

——多好的时机在这里失去了啊！——我父亲情绪极佳，想做说明，——急于把形而上学的论点追进密云和黑暗很快就会笼罩它的

---

① 影射《钟表匠对〈特里斯舛·项狄的生平与见解〉的作者的抗议》。这是一本1760年5月9日出版的耸人听闻的小册子，它的异想天开的作者，以斯特恩在其作品开篇中有名的钟表场景为依据，声称，这毁了他的行业。他抱怨说："我打算再为国家制造各色各样的钟表的倾向已被打消；因为现在哪位正派的女士敢提及上钟之类的话，就难免遭到家人的白眼和嘲笑……唉，令人尊敬的、古老的、盛行了多少时代的钟表，被高贵的主妇命令摘了下来，并且被当作激起人们淫荡行为的下流物品处理掉了！"

② 一种安装在烟囱里，借助上升气流而转动的烤盘。

地域；——脱庇叔叔正好想听听这种观点；——他的脑袋就像旋转烤炉；——烟囱未被清扫，五花八门的思想在里面直打旋儿，全都被烟灰搞得昏天黑地！——凭卢奇安①的墓碑起誓——如果它还存在的话，——要是不存在，那就凭他的遗骨起誓！凭我亲爱的拉伯雷②和更亲爱的塞万提斯的遗骨起誓，——我父亲和我的脱庇叔叔关于**时间**和**永恒**的谈话，——是一番叫人真心向往的谈话！而我父亲要中止它所表现出的莽撞情绪就是对本体论③的一种窃夺，本体论本是无价之宝，就是伟大的人物和难得的机遇结合在一起也不可能让它失而复得。

第二十章

尽管我父亲坚持不再往下讲，——但他还是没有把那个旋转烤炉从我的脱庇叔叔的脑海里清除出来，——就像一开始那样，我叔叔依然满怀兴致；——在这种比较的深处，有某种东西打动了他的想像；因此，他胳膊肘儿支在桌子上，用手掌托着脑袋右边，——先是直愣愣地盯着炉火，——接着就陷入了沉思默想，对这个问题进行一番哲学探讨：但探察新的领域十分劳累，争执各种问题又费尽口舌，结果搞得他心力交瘁，——于是旋转烤炉的观念很快就把他所有的观念都推翻了，——所以，还没有理出个头绪，他就沉沉地睡去了。

对脱庇叔叔来说，入睡以前，他的旋转烤炉并没有旋转多少圈。——但愿二者都平安休息。——斯娄泼医生在跟接生婆一起忙活，我母亲在楼上。——特灵正忙着把一双旧长统靴改制成两门迫击

---

① 卢奇安（约120—约180），古希腊讽刺幽默大师。

② 弗朗索瓦·拉伯雷（约1495—1553），法国幽默大师，他的《巨人传》对《项狄传》的幽默和风格产生了极大的影响。

③ 本体论，形而上学的一个分支，主要探讨事物的抽象的性质或本质。

炮，好在明年夏天围攻墨西拿的战役①中使用，——这会儿他正用烧热的火扦尖儿钻火门呢。——我把所有的主人公都丢开了手；——我才头一回抽出一点空儿来，——我就利用这点空闲写下我的前言。

作者前言

不，关于本书我将不置一词，——书就在这里；——出版它的时候，——我已经投了世人所好，——现在我把它交给世人；——它必须自己替自己说话。

关于这件事情我所了解的无非就是，——当我坐下来时，我本想写一本好书；而且，只要我的绵薄之力尚能挺住，——是啊，一种明智的，也是一种谨慎的理解能力——当我提笔写下去的时候，只注意把伟大的创造者和赐予者认为原本适合赋予我的机智和判断（管它多还是少）放进书中去，——那样，正如诸位大人所见，——那只是上帝的意愿。

如今，阿吉拉斯提斯②（挖苦地）说，书中说不定还有些许机智——但绝无判断可言。而特里普托勒摩斯③和福大托利乌斯④则异口同声地问道，那怎么可能呢？在这个世界上机智和判断从来不会合为一体的；它们可是天差地远，截然不同的两码事儿。——洛克是这样说的⑤，——我说，就像打嗝和放屁一样不同。但对此做出回

---

① 墨西拿在意大利的西西里岛，当时由西班牙占领，英军于1719年7月发起围攻，于10月攻克。

② 意为“从不笑的人”；这个人名出自拉伯雷的《巨人传》，让他出现，可能是对一个不赞同斯特恩戏谑性格的熟人的讽刺，当地人可以辨认出来。

③ 可能取自希腊神话中的特里普托勒摩斯，他是农业的发明人，法规的制定者，随后又是阴司里的判官。

④ 意为纵欲好色之徒。

⑤ 在区分机智和判断时，洛克曾写道：“机智主要在于观念的集合，主要在于敏捷地把各色各样的相合的观念配合起来，在想像中形成快意的图画和可意的景象；至于判断则恰恰相反，它只在于仔细分辨各种观念的细微差异，避免被相似性误导，把一种事物当成另一种事物。”（转下页）

应时，伟大的教会律师狄狄乌斯，在他的 de fartandi et illustrandi fallaciis① 的法则中坚持认为并充分表明：说明并不是论证，——我也不认为擦净一面镜子就是一种三段论；——但各位大人，你们却看到有利的一面，——因此这些事所造成的主要好处只是在运用论证本身以前，使理解保持清晰，以便从中剔除任何不透明物质的碎屑，如果让这些东西浮游在里面，则会妨害一种观念，贻害全局的。

喏，亲爱的反对项狄的勇士们，三倍高明的批评家们，同事伙计们，（在下就是专为列位高贤写下这篇序言的）② ——也为你们，以智慧和严肃闻名的机敏的政治家们和谨慎的医生们（务必——揪掉你们的胡子）；我的政治家莫啾普鲁斯③——我的顾问狄狄乌斯；我的朋友齐撒溲斯④；——我的向导福大托利乌斯；——我生命的守护人加肆特厉肥雷斯；⑤ 我生命的镇静剂索莫沦修斯⑥，——不仅在清醒的时候，就是在睡眠中也没有忘记其他的一切，——无论是神职人员，还是世俗百姓，只是为了简便，绝对没有出于对你们的不满，我把大家都凑在一起。——完全值得，请相信我。

为了列位，也为了我自己，万一这件事还没有为我们做好，我

（接上页）（《人类理解论》，第2卷第11章第2节）由于批评家指责斯特恩机智太多，判断太少，所以这篇前言是一篇反驳文章，而不是严肃认真地支持洛克的观点。

① 拉丁文：《关于放屁，和对欺骗的说明》。狄狄乌斯，见第12页注①。

② 拉伯雷《巨人传》第1部“作者序言”首句的大意：“时下闻名的酒徒，还有你们胯里生疮的雅人（在下写文章不为旁人，就是敬献列位高贤的）……”当然斯特恩期望这段文字被人认出来，让人把他跟拉伯雷相提并论。

③ 意为“坌断者”，可能是当地人可以辨认出来的讽刺。

④ 一个混合词，可能由斯特恩翻译的拉伯雷《巨人传》第2部第10—13章的“舔屁股大爷”而来。

⑤ 也是一个合成词，意为“大肚子”。

⑥ 睡觉的人，可能是对一个过于迟钝、不能理解或赞赏斯特恩机智的熟人的讽刺。

最热诚的愿望和最热烈的祈愿是——机智和判断这两种伟大的天赋，连同经常与它们相辅相成的品质，——诸如记忆、想像、天才、口才、敏捷的才思，等等，但愿这种没有限量、没有阻碍的珍贵的时刻正像我们每个人可以忍受的那样暖融融地倾倒下来，——连同沉渣浮沫（因为我不愿漏掉其中的一滴）；装进我们大脑中各种各样大大小小的腔室、住宅、宿舍、食堂和空地里，——这样，才可能按照我真正的意愿把它们继续注入或倒入大大小小的器皿里去，直到一个个都装得满满当当，就是要救一个人的命，也不可能再装进去或取出来什么了。

天啊！——我们要做的工作多么高尚啊！——我应该怎样把它呵护着完工啊！——为这样的读者不停地写作，我该陷入怎样的心境啊！——而你，——公正的上天！——将以怎样的狂喜坐下来阅读呢，——不过，啊！——这太过分了，——我受不了了，——一想到这个，我美得几乎要晕过去了！——天性都难以承受了！——扶住我，——我头晕，——我眼前发黑，——我要死了，——我完了。——救命！救命！救命！——不过稍等一下，——我又好一点了，因为这事儿一过去，我就开始预见到当我们大家仍然有大才大智的时候，——我们之间绝不会同意，有一天会智穷才尽的：——会有许许多多的讽刺挖苦，——嘲弄轻蔑，忽而刻薄，忽而俏皮，——有的地方单刀直入，有的地方闪烁其词，——我们之间除了恶作剧，不会有别的了。——纯洁的明星们啊！我们要进行怎样的啃咬、抓挠，发出多大的嘈闹、喧哗，怎样碰破了脑袋，敲断了指节，击中了痛处，——对我们说来，不会有生活这样的东西。

但是，话又说回来，既然我们都是明断事理的人，我们就应当在事情一出差错的时候就来弥补；尽管我们彼此憎恶，比男魔女鬼们还要糟糕十倍，然而，亲爱的人们，我们应当彬彬有礼，满怀善意，——如奶似蜜，——那将是第二个希望之乡，——一个人间乐园，如果曾经有过这么一个世界的话，——所以，总的来说，我们应当做得很好。

目前我所烦恼窝火的，使我的创作苦恼万分的，就是如何把这一观点本身付诸实施；诸位高贤清楚，在我曾殷切地寄希望于诸位和我自己要有的这些机智和判断的漫溢中，——只有一部分为我们大家贮存着，供全人类使用，给全人类造福，茫茫世界只有这么一星半点在到处辗转循环，——成为一些涓涓细流，彼此又相隔千里，因此人们纳闷它是怎样坚持下来的，怎么能满足那么多泱泱大国和人口众多的帝国的急需的。

的确，有一件事需要考虑，那就是在新地岛①，北拉普兰②，以及所有那些南、北极圈里的地球上寒冷而贫瘠的地区，——一个人的重要活动领域将近九个月局限在他的洞穴的狭小范围内，在那里——精神几乎被压缩到了乌有，——在那里，人的热情，连同属于它们的一切，都同那个地区一样冰冷；——在那里，能想像到的极少的判断就够用了，——极少的机智也就足矣，——具有一种全面绝对的节省，——因为不需要一星半点的智慧，——同样也就不会赋予一星半点的智慧。慈悲的天使和神仆们，保佑我们吧！治理一个国家，打一次仗，签订一个和约，参加一场比赛，写一本书，生一个孩子，或主持大主教的全体教士会议，由于我们的机智和判断如此缺乏，这些事是多么乏味啊！天啊！我们可别再往下想了，还是尽快南下去挪威吧，——越过瑞典，您要是乐意，当然可以穿过小小的三角地带翁厄曼尼亚③省到波的尼亚④湖；沿着它走遍东西波的尼亚南下到卡累利阿⑤等地，穿越芬兰湾另一边的所有国家和省区以及波罗的海东北部，北上彼得堡，正好进入英格利亚⑥；——然后从那儿穿越俄罗斯帝国北部——先把西伯利亚扔在左边，直到我们进

① 俄罗斯西伯利亚以北的北冰洋中一个无人居住的荒岛。
② 包括挪威、瑞典、芬兰等国北部的一片地域。
③ 瑞典北部的一个地区。
④ 波罗的海向北延伸的部分。
⑤ 波的尼亚湾以东的一个地区。
⑥ 位于芬兰湾东南岸，爱沙尼亚东北的一片地区。

入俄罗斯和亚细亚鞑靼地区的心脏地带。

在我带着您走过的这一路漫长的旅程中，您看到：那些善良的人要比在我们刚离开的极地国家里的情况好得多：——如果您手搭凉棚凝神细看，您可能会察觉一些机智的微光（在某种程度上），连同一些朴实可靠的家常判断的充足供应，综合考虑它的数量和质量，他们对这种判断充分的利用，——他们的机智再多一点，或者判断再多一点，就会打破这二者之间的平衡，再说，使我满意的还是他们缺少运用它们的机会。

先生，如果我把您又领回家，来到这个更加温暖更加富庶的岛上，在这里您会发现我们热血沸腾，激情奔放，——在这里，我们有更多的野心、傲慢、嫉妒、放荡和其他下流的激情，掌握着理性或者受制于理性，——您看，我们机智的高度和我们判断的深度，恰恰与我们需要的长度和宽度成正比，——因此，这两种东西在我们中间源源不断，分配得又是恰如其分，所以，谁也不会认为他有什么抱怨的理由。

然而，对于这个话题，必须坦诚地承认，正像我们的空气忽冷忽热，——忽湿忽干，一天当中，反复十次，我们对机智与判断也没有定式；——所以，有的时候，将近半个世纪，在我们中间看不到或者听不到多少机智或判断：——它们小小的渠道好像已经干涸，——然后，突然之间闸门冲开了，它们好像怒不可遏，又一泻千里，——您会以为它们将永远奔腾不息：——可是后来情况则是：在写作、作战和其他很多高尚的事务上，我们在全世界都可以呼风唤雨。

正是凭借这些观察，以及被休达斯①称之为辩证推理的那种争论过程中的类比的谨慎推理，——我才提出并确立了这个立场，认为它是最真实的。

---

① 休达斯（大概生活于公元 10—11 世纪），拜占廷词典编纂者，著名的百科全书式的希腊词典的作者。

这两个发光体如此多的光芒被允许时不时地照耀到我们身上，以至于在这两个发光体中，如他所知，他那把每件事都处理得一丝不苟的无穷的智慧将会只用来照亮我们在暗夜中的道路；因此现在诸位高贤可以明白，我无权把它向你们多隐瞒一分一秒，我开始就提出的为你们着想的那种热忱的愿望，只不过是一个和蔼的序言作者劝阻读者的头一句奉承客套而已，就如同一个情人有时候把腼腆的小姐哄得默不作声一样。天啊！如果这种光芒的四射竟像本序言所希望的那样，轻而易举地得到了——为了它，成千上万尚在黑夜里赶路的旅行者（至少是在学术性的学科方面）在黑暗中，在他们人生的黑夜里，跌跌撞撞地摸索着，——到处碰壁，即便撞得脑浆四溅，也没有走完他们的旅程；——有的一头扎进阴沟里，——有的平展展地掉进明沟里，一想到这里，我就禁不住浑身发抖。这里，一半学术职业全身扑到另一半身上，然后就像滚在烂泥里的猪一样跌撞滚打。——在这里，另一个行业的同道们，本来应当彼此背道而驰，可如今却一反常态，像一群野雁，排成一行，朝一个方向飞行。——多么混乱的局面啊！——多么错误的行为啊！——琴师和画家凭借眼睛和耳朵来判断，——真是令人羡慕！——相信一支唱出来的歌曲或一个描绘得称心如意的故事激起的热情，——而不是用象限去量它们。

在这幅画的前景上，一个政治家像一头野兽一样，正在朝错误的方向推动政治的车轮——逆腐败的潮流而上，——天哪！——而不是顺它而下。

在这个角落里，天神埃斯科拉庇俄斯①的一个儿子正在写一本反命定论的书；可能更糟糕的是，——在摸病人的脉而不是他的药剂师的脉——在背景里，医道上的一名同人正跪着流泪，——正在替一个被砍伤的受害者拉上床帷，以求他的宽恕；——在掏腰包，——而不是拿酬金。

---

① 在希腊神话中，阿波罗与科罗尼斯的儿子埃斯科拉庇俄斯是医神。

在那个宽敞的会堂里，满眼都是穿长袍的律师，他们正竭尽全力，错误地推动着一种该死的、肮脏的、恼人的案件；——把它从大门里踢出去而不是把它踢进来，——他们一副怒不可遏的样子，踢它的态度是那么固执，好像法律本来就是为人类的和平和生存而制定的：——也许他们又在犯一个更大的错误，——一个挂起来的有争议的问题；——例如，约翰·诺克斯的鼻子是否能安到汤姆·斯蒂尔斯①的脸上而不致有冒犯之嫌，——由他们在二十五分钟内就仓促做出决定，这个问题，由于要求小心谨慎的赞成与反对意见，从而需要复杂的程序，本来会花上几个月的，——如果展开一个军事计划，正如阁下所知，一场战斗，应当包括各种可行的策略，——诸如佯攻，——强行军，——突袭，——伏击，——隐蔽炮袭，和其他上千种包含在双方争取优势的对垒中的指挥才能，——它完全有理由持续许多年，好在此期间为该行业的百人团配备衣食。

至于神职人员嘛——不——如果我说句反对他们的话，我就会吃枪子儿。——我没有想望，——再说，如果我有，——要了我的命我也不敢碰这个话题，——这样脆弱的神经和精神，在当前我处的这种情形下，以这样悲伤和忧愁的描述来使自己泄气伤心，那等于在要我的命，——所以，还是把幕拉上安全，尽我所能，赶快抛开它，直奔我着手要讲清楚的主题上去，——那就是，你们这些最缺乏机智的人却被说成是最有判断力的人，这到底是怎么回事。——不过，注意，——我说的是，被说成，——因为，亲爱的先生们，它只不过是一个传说罢了，而它就像每天都被盲目信赖的其他许许多多事情一样，我坚决认为它是一个卑劣而邪恶的传说。

在这些已经预先提到过的、我希望诸位高贤已经权衡过，并仔细考虑过的观点的帮助下，我将立刻把这一点展示出来。

---

① 约翰·诺克斯与汤姆·斯蒂尔斯都是虚构的名字，先前用在收回不动产的诉讼中。

我痛恨老一套的死板文章，——尤其是把一连串夸张、晦涩的字眼，一个接一个排成一条直线、横在您和您的读者的概念之间，从而把您的假说搞得昏昏沉沉，这是我最痛恨的一种事情中最愚蠢的事情之一，——如果您放眼四顾，您十之八九会看到某种东西立在，或悬在眼前，它会立即澄清这个问题，——“哪怕是一个酒鬼，一个尿罐，一个傻蛋，一桶粪便，一个连指手套，一个滑车脚轮，一个金匠的坩埚盖子，一个油瓶子，一只旧拖鞋，或者一把藤椅①，只要渴望从那里学到知识，那对人会带来什么妨碍，什么伤害呢？”——我这会儿就坐在一把藤椅上。请您允许我借用椅背顶上的两个疙瘩说明一下这件关于机智和判断的事儿，——您看，这两个疙瘩是由两个销钉轻轻地插进两个钻孔里上紧的，它们将把我要说的道理展示得明明白白，以便让您看透我这篇序言的主旨和含意，明白得就像它的一点一粒都是由阳光构成的一样。

现在我开门见山直奔正题吧。

——这儿是*机智*，——那儿是*判断*，靠得很近，绝像我现在坐的这把椅子椅背上我刚才提过的两个疙瘩。

——您看，它们是椅子*身上*最高，最具装饰性的部位，——正像机智和判断在*我们身上*所处的部位一样，——也像它们一样，二者无疑是天造地设、相辅相成的，以便如我们所说，在这些配对的装饰上，——*来相互呼应*。

现在，为了一场试验，也是为了更清楚地说明这件事儿，——让我们暂时拿下正高踞在椅子顶端的这两个稀奇古怪的装饰物中的一个吧（哪一个我无所谓）；——别，别笑。——不过你们整整活上一辈子，可曾见过一件像它造成的那么可笑的事体？——哎呀，这可是一派悲惨景象，就像一头猪只有一只耳朵一样；一个身上有多少道理和匀称，另一个身上也有多少：——请吧，———一定要离开你

---

① 引用的部分，除了最后一句，都是从拉伯雷《巨人传》第3卷第16章演绎出来的。

们的座位，只是为了看一看，看它的景象。——现在凡是多少看重一点自己的人格的人会不会在那样一种情况下把一件活儿拿出手？——不，把手放在心窝子上，回答这个简简单单的问题，是不是这一个本身就像榆木脑袋一样呆在这里的疙瘩，除了使一个想起缺少另一个外，还能派上什么用场？——让我再问问，假如这椅子是您自己的，当然如果您昧着良心想的话，是不是没有什么疙瘩，椅子反而要好上十倍？

如今这两个疙瘩——或者高踞整个檐部顶端的人的心智的顶饰，——正像我说的，偏偏就是机智和判断，不是别的东西，如同我已经证明过的那样，它们是最不可或缺的，——是最受人珍视的，——如果没有，则是最大的灾难，因而也是最难得到的，——尽管有凑在一起的种种原因，我们中间也没有一个不喜爱好名声或好饮食的人，——或者对其中于他有好处的东西一无所知的人，——打心眼里不愿意、不下决心成为，或至少被认为掌握二者之一，甚至二者齐备的人，如果这件事儿还行得通，或者可能被实现的话。

如果你们的认真的绅士们很少或者没有机会争取一个，——除非他们拥有了另一个，——那么请问，你们认为他们将会怎样呢？——哎呀，先生们，尽管他们个个严肃认真，他们甚至肯定甘愿把自己的内心都袒露出来：——这是不允许的，除非借助在我们所在的这种情况下认为不可以的一种哲学努力，——这样便没有人可以对他们发火，假如他们满足于他们能够抓住并隐藏到斗篷和佩鲁基大假发下面的那么一点点东西的话，假如他们没有同时大喊大叫反对那些合法的主人的话。

我用不着告诉诸位，这一切都是靠算计完成的，——伟大的洛克，虽然很少被假声骗过去，——但在这里却上了当。那喊声，好像是那样深沉和庄严的一声呐喊，而且由于借助巨大的假发、严肃的面孔和其他种种骗人的手段形成如此全面的一种呐喊，反对这件事中可怜巴巴的机智，就连这位哲学家自己都被它蒙骗了，——把世界从成千上万种平常的错误的泥坑里拔出来是他的光荣；——但这个不属于这一类；因此他非但不是像这类哲学家应该做的那样冷静地坐下，先检查事实；再对它进行哲学性的思考；——而是恰恰相反，他把事实认为理所当然，便跟着喊了起来，与其他人一样随心所欲地起哄。①

从此以后这就被造成了愚蠢的大宪章，——但诸位看得明明白白，它就是用这种手段得来的，所以它的权利一文不值；——顺便提一下，这也是严肃认真和严肃认真的人们从此不得不负责的许多可恶的骗局之一。

至于大假发，可能有人认为在这个问题上我过于心直口快了点，——我请求修正一下不假思索地说出的非难或损害假发的言论，办法是发表一个总的宣言——对假发或长髯我没有任何反感，我既不厌恶也不鄙弃，——即便我看见有人特意留着它们来进行这种骗人勾当，我也不会有进一步的举措——无论为了什么目的——但愿跟它们相安无事；——☞只是注意，——我不是为它们写作的。

第二十一章

至少有十年了，我父亲天天都下决心要把它修理修理，——但至今还没有修理；——除了我们家，别的人家一个钟头都忍不下去，——最令人惊奇的是，世界上没有一个话题能像我父亲在门合页这个话题上那样滔滔雄辩。——但同时，在合页问题上，我想他肯定是有史以来出现的最大的傻瓜之一，他的言谈举止在时时遭受掣肘。——只要客厅门一开——他的哲学或原则就要倒霉；——一根鸡毛三滴油，一把钉锤好好敲一敲，永远在保全他的面子。

——人真是自相矛盾啊！——受着自己有能力治愈的创伤的折磨！——他的一生和他的知识完全矛盾！——他的理智，上帝赐给他

---

① 见第200页注⑤。

的那件珍贵礼物——（并非加油）① 只是用来加剧他的善感禀性，——增加他的痛苦，使他由于创伤而更加忧郁，更加不安！——可怜的不幸的人啊，他竟然做这种事！——今生今世痛苦的必然起因还嫌不够，他还一定要给他的忧伤里添加自找的起因；——与不可避免的种种邪恶作斗争，却向另一些低头，它们给他带来的十分之一的麻烦，将会永远把它们从他的心上去掉吗？

凭着所有美好善良的事物起誓！如果在项狄家宅方圆十英里以内可以搞到三滴油和一把钉锤，——那么客厅门的合页就会在本朝修好了。

第二十二章

特灵下士用他的两门炮瞄准时，他对自己的这件手工活儿得意极了；他知道主人见了准会大喜过望的，所以恨不得立刻就把它们送到他的客厅里去。

在我讲合页的事儿的时候，除了我念念不忘的道德教训外，我还有一种由它引发出的理论考虑，是这么回事。

如果客厅的门像一扇门应有的做法那样靠它的合页开关转动——

——或者譬如说，像咱们的政府靠它自己的合页转动自如，② ——（也就是说，假如阁下您万事顺遂的话，——否则我就不这么打比方了）——要是这样，我看不管对于主子还是对于奴仆，特灵下士向里偷看一下都没有什么大碍：那会儿他看见我父亲和脱庇叔叔睡得正香呢，——他的举止应该这样才算得体：他本该

① 参比《圣经·新约·路加福音》第 10 章第 33—34 节："唯有一个撒玛利亚人行路来到那里，看见他，就动了慈心，上前用油和酒倒在他的伤处，包裹好了，扶他骑上自己的牲口，带到店里去照应他。"

② 影射乔治二世于 1760 年 10 月 25 日猝死。

悄悄儿地退出去，让他们俩继续留在他们的扶手椅上，就像他看到他们时一样做他们的美梦去：不过这事儿说起来确实行不通，因为好多年了，这合页一直坏了没人管，我父亲为了它，时时刻刻都在抱怨，——这就是其中的一个例子；再说，只要他在饭后抱起双臂打盹儿，想像中总会突现出一有人开门难免就被吵醒的念头，这些念头纷至沓来，不断搅扰他甜美的梦魂的初现，这样一来，如同他常说的那样，就剥夺了他梦乡的全部甜蜜。

"当事情靠坏了的合页运转时，各位大人，它还能怎么样呢？"

怎么了？谁在那儿？门刚吱扭一响，我父亲就醒了，便大声嚷叫起来。——我想铁匠该来瞧瞧那个该死的合页了。——报告老爷，没有什么事儿，特灵说，只不过我带了两门炮①来。——它们可不该在这儿弄出响声来，我父亲气急败坏地嚷道。——要是斯娄泼医生有什么药要熬，让他到厨房里熬去好了。——报告老爷，特灵叫道——是明年夏天攻城用的两门"炮"，是我用一双长统靴做的，奥巴代亚跟我说，老爷您再不穿了。——老天！我父亲一边骂着一边就从椅子上跳了起来，——在留下的属于我的家什当中，没有一样像这双靴子那样为我看重，——那可是咱们曾祖父的靴子，脱庇兄弟，——那是传家宝呀！那我就担心，脱庇叔叔说，特灵可把这限定继承权给剥夺了。——报告老爷，我只剥夺了靴筒岗位权，特灵嚷道。——我最恨永久拥有权了，我父亲嚷道，——可这双靴子，他接着说（脸上倒还挂着微笑，尽管心里非常生气），从内战时起就在我们家了，兄弟；——罗杰·项狄爵士参加马斯顿-沼地战役时穿的就是这双靴子。② ——我说，就算给我十英镑我也舍不得卖掉

① 英文mortar有"迫击炮"和"研钵"两个意思，翻译时姑用"炮"、"煲"二字谐音。

② 马斯顿-沼地在约克西面八英里处，是内战中克伦威尔取得最辉煌的胜利的地方（1644年7月）。斯特恩的曾祖父理查德·斯特恩（1596—1683），即后来的约克大主教，在内战期间以保王活动闻名。作者的父亲罗杰·斯特恩是一名军人。

啊。——我给你十英镑，项狄哥，脱庇叔叔说，看着这两门炮，他说不出地高兴，他一边瞅着炮，一边把手伸进了裤兜。——我这会儿就真心实意地把十个英镑付给你吧。——

脱庇兄弟，我父亲答道，但声调变了，只要是进行一次**围攻**，他继续说道，你可真不在乎花掉这么多冤枉钱啊。——除了我的退役折扣薪饷外，我每年不是还有一百二十镑吗？脱庇叔叔嚷道。——可花十镑买双破长统靴算什么事儿？我父亲火着性子答道，——你的浮桥花了十二几尼；——不过这才是你的荷兰吊桥的一半价钱；——就别提你上周说的那排小铜炮和那些为围攻墨西拿搞的准备设施了；相信我吧，亲爱的脱庇兄弟，我父亲亲切地抓住他的手继续说道，——这些军事活动你可力不从心啊；——你的用意挺好，兄弟，——可逼你花大钱却是你当初料想不到的，——听我一句，——亲爱的脱庇，要不然到最后它们非得叫你倾家荡产，沦为乞丐不可。——就算是这样，那又有什么大不了的事儿，哥哥？脱庇叔叔答道，只要我们认为这事有利于国家就行了。——

我父亲忍不住为他这种精神笑了起来；——就算碰到最糟的事儿，他的怒火也只像火星一闪就过去了，——特灵的热情单纯，——再加上脱庇叔叔的慷慨（虽然总爱骑爱巴马儿）勇武，让我父亲一下子跟着他们乐起来了。

慷慨的人啊！——上帝保佑你们俩，还有你们的炮，我父亲心里对自个儿说道。

第二十三章

到处都静悄悄的，我父亲嚷道，起码楼上没有一点动静，——我听不到一点响动。——喂，特灵，请问谁在厨房里？除了斯娄泼医生，没有一个人，特灵说着就低低地鞠了个躬。——见鬼！我父亲嚷道（第二次站了起来）——这年头儿没有一件事对劲儿！要是我相信占星术，兄弟，（顺便说一下，我父亲就是相信）我敢说准有颗扫帚星挂在我这倒霉的房子上头，它把什么事都搅得乱了套。——嗯，我想斯娄泼医生和我太太在楼上，你也这么说过。——那家伙在厨房里折腾什么呢？——报告老爷。特灵答道。他忙着修桥哪。——他可真热心，脱庇叔叔说；——代我向斯娄泼医生致敬，特灵，告诉他我打心眼里感谢他。

您得知道，脱庇叔叔把齿桥的桥误以为是吊桥的桥了，就像我父亲把“炮”听成了“煲”一样；——但要明白脱庇叔叔为什么会弄错这桥，——恐怕我得仔细给您说说通到桥那儿去的那条路；——要么，扔掉我的比喻（因为对一个历史学家来说，再没有比用一个比喻更不老实的了），——为了正确地理解脱庇叔叔这个错误的可能，我得给您讲讲特灵的一次险遇，尽管我不太想这么做。我说我不太想，那只是因为从某种意义上看，这个故事在这儿讲显然不合适；其实按理说，它该插在脱庇叔叔和沃德曼寡妇相好的故事里，在那里头特灵下士可不是个小角色，——要么插在特灵和脱庇叔叔在草地滚木球场上进行的战役中间，——因为不管在哪一处，这故事都挺好；——可我要是真把它留在我的故事的那两处地方，——我就把正在讲的故事搞砸了，——如果我在这儿讲了——那就提前把事情讲了，又把那儿的故事搞砸了。

——如果是这样的话，诸位要我怎么办呢？

——不管怎么样，讲吧，项狄先生。——你要是那么做，特里斯舛你可就是个傻瓜。

哦，**众神**啊！（你们不仅是神，还是些大神）——你们使凡夫俗子讲出一个值得一听的故事，——发发慈悲，给他指点迷津，指出他应该从哪里开始，——在哪里结束，——什么他该添加，——什么他该删除，——有多少他该扔进暗处，——在哪儿他又该讲到明处！——正是你们，掌管着这个传记盗贼们的庞大帝国，也正是你们，看着你们的臣民时时陷入多少尴尬的境地，——你们会做一件事吗？

我恳请你们（如果你们不肯为我们做些什么更好的事儿），不管在你们王国的哪儿有这样的事发生，就像在这儿一样，三条路交汇在一处，——你们起码该在中间竖块路标，就权当是为一个拿不定主意的家伙行行善，指点指点他该走哪一条路。

第二十四章

虽然敦刻尔克①拆毁之后的那一年，脱庇叔叔在和沃德曼寡妇恋情上受到极大震动，这使他下定决心再也不想女性了，——或者与之有关的任何事情了；——可是特灵下士并没有与自己达成这种协定。确实，在我的脱庇叔叔的事情上，有一种奇怪的难以名状的并发事件，把他不知不觉地牵扯了进去，叫他去围攻那座美丽坚固的城堡。——在特灵这方面呢，除了他和厨房里的布丽奇特，压根儿就没有什么并发的事件；——但是实际上，由于他对主人怀有如此深沉的爱戴和敬意，又是那么喜爱模仿主人的所作所为，所以如果脱庇叔叔把他的时间和天赋用在给鞋带加金属包头②上的话，——我相信，这位诚实的下士肯定会放下他的武器，欣然效仿我叔叔的榜样的。所以，当脱庇叔叔在女主人面前坐下的时候；——特灵下士也不由自主地占领了女仆面前的地盘。

喂，我亲爱的朋友加里克，对你我是有十足的理由尊敬爱戴的，——（为什么并不重要）——它能逃脱你敏锐的眼光吗？——我倒要问问，——那么多戏剧作家和闲话编造者从此会不会仿照特灵和脱庇叔叔的模式。——我才不管亚里士多德③、帕库维乌斯④、博叙或者里卡博尼⑤说什么呢，——（尽管我从来没有读过他们任何一

---

① 根据乌特勒支条约，敦刻尔克于1713年9—11月间拆毁。

② 把金属包头扎到鞋带上，即鸡毛蒜皮的事儿。

③ 影射亚里士多德的《诗学》。

④ 帕库维乌斯（约前220—约前130），罗马悲剧诗人。

⑤ 可能指路易吉·里科博尼（1675—1753），意大利演员，剧作家，戏剧史和戏剧理论作家；不过斯特恩在这里或许想到他的儿子弗朗切斯科（1707—1772），他的《戏剧的艺术》于1750年出版。

个人的作品）——在单马轻便马车和蓬巴杜尔夫人的对坐式马车①之间的差别也没有在一场大戏中，单独一个情人和一个情人体面地蜷下身子，趴在地上蹦蹦跳跳的差别大。先生，那种简单的、单一的、呆笨的恋爱，——在五幕戏里已经完全找不到了——但它既不在这儿，也不在那儿。

在九个月内，脱庇叔叔展开了一系列的进攻和败退，其中每一个细节在适当的地方都要给予最详细的描述，随后，脱庇叔叔，老实人啊！愤愤地发现必须撤走他的军队，撤除包围。

我说过，特灵下士并没有与自己达成那种协议——也没有与别的任何人达成一致，——然而，由于他的耿耿忠心不允许他走进一座他的主人深恶痛绝地遗弃了的房子，——因此他只好满足于将自己围攻的任务转化为封锁；——那就是说，拒别人于千里之外，——因为尽管此后，他再也没有到那所房子里去过，但是在村子里只要他再遇到布丽奇特，他总要对她点点头，或者挤挤眼，或者笑一笑，或者温情脉脉地望着她，——或者（当情况有利时），握握她的手，——或者一往情深地问她过得怎么样，——或者送她一条丝带，——尽管不做就不做，一旦做起来就做得很得体，还会时不时地给布丽奇特送一个——

在这种情况下，确切地说这些事延续了五年光景；即从一三年敦刻尔克拆毁到一八年脱庇叔叔参战的后期，也就是我正说的这个时间之前六七个礼拜左右。——在特灵按他的习惯把我的脱庇叔叔安顿上床睡觉后，在一个月光皎洁的夜晚，他下来查看他的堡垒是否万事如意，——在那条被开花的灌木和冬青跟草地滚木球场隔开的小径上，他发现了他的布丽奇特。

因为下士认为，世界上再没有比他和脱庇叔叔所构筑的防御工事更值得炫耀的了，于是特灵殷勤地、彬彬有礼地牵着她的手把她

① 二人或四人面对面而坐的马车。蓬巴杜尔夫人（1721—1764），法王路易十五的情妇。

领了进来：这事干得再机密，谣传的臭嘴喇叭①还是把它四处张扬开了，直到最后连同这件不顺的事情一起传入我父亲的耳朵里的还有：脱庇叔叔的那座按荷兰样式建造油漆的、横跨壕沟的古怪吊桥，——就在那天晚上垮了，而且不知是怎么回事完全成了碎片儿。

您已经注意到了，我父亲对脱庇叔叔的爱巴马儿并不十分看重，——他认为那是绅士所骑的最可笑的马儿，其实，除非我的脱庇叔叔为这事儿惹恼了他，他没有一次想到它而不是一笑置之的，——所以，马儿再瘸，再倒霉，也还能极大地胳肢我父亲的想像；但这件事远比发生在它身上的任何事件更能投合他的情趣，因此事实证明，这对他来说，是一笔取之不尽、用之不竭的娱乐资源。——好吧，——可是，亲爱的脱庇！我父亲会说，请给我们认真地讲一讲这桥到底是怎么回事儿！——你怎么能拿它来取笑我呢？我的脱庇叔叔则会答道，——就像特灵告诉我的那样，我已经一字不漏地给你讲过二十遍了。——那么请问那又是怎么回事呢，下士？我父亲会转向特灵嚷道。——报告老爷，那只是一次不幸的意外事件，——我正带着布丽奇特小姐参观我们的堡垒，由于走得离护城河河沿太近，我一不小心滑下去了。——好啊，特灵！我父亲会嚷道，——（神秘兮兮地笑着点了一下头，——却不打断他）——还有，报告老爷，因为我正和布丽奇特小姐臂挽着臂，由于勾得太紧了，所以我把她也拖下去了，这样，她身子朝后一仰，狠狠地撞到了桥上，——而特灵的脚（脱庇叔叔会接过话茬儿喊道）栽进深沟②中，他也全身跌到了桥上。——真是不幸中的万幸，脱庇叔叔会再加上这么一句，这可怜的家伙居然没摔断腿。——啊，真的！我父亲会说，——脱庇兄弟，遇到这种意外情况，胳膊腿儿马上就会摔断的。——报告老爷，您知道这座桥很不牢靠，所以，老爷，由

---

① 善变的传闻女神使用的一种喇叭，用它四处传播谣言和不利的消息。

② 大壕中间挖的一条深沟，用做水道。

于我们俩的缘故，它就垮了，完全成了碎片儿了。

别的时候，尤其当脱庇叔叔不幸稍一提到有关大炮、炸弹或炸药桶的字眼儿时，——我父亲会竭尽他的辩才（这种辩才确实了不起）对古人的**破城槌**赞不绝口，——还有亚历山大在围攻蒂尔时所采用的**移动防护棚**①。——他会给脱庇叔叔讲叙利亚人的**抛车**，它可以将巨大的石块投掷到距离上千英尺的地方，把最坚固的堡垒从地基上砸掉；——他会继续描述马尔塞莱努斯②创造出来大肆轰击的**弩炮**这一神奇的机械装置，——**火箭**的可怕功能，——**标枪投射器**的危险。——可是这些，他会问道，对特灵下士毁灭性的器械来说又算得了什么呢？——请相信我吧，脱庇兄弟，世上根本造不出任何能抵御这种火炮的桥梁、棱堡或暗道③。

脱庇叔叔对这种讥笑一旦试图抗争，也只不过是加倍地用力吸吸烟斗而已；一天晚饭后，他就这么做了，结果烟雾腾腾，搞得我那患有轻微肺结核的父亲咳嗽得很厉害，一时气都上不来了：脱庇叔叔见状便一跃而起，全然没感到他腹股沟上的疼痛，——他心里充满了无限的同情，站在他哥哥的椅子旁边，一只手轻轻地拍着他的后背，另一只手扶着他的脑袋，并从衣袋里拽出一条干净的麻纱手绢，不时地为他擦擦眼睛。——脱庇叔叔在照料我父亲时所表现出的那种柔情与爱意，——因为我父亲刚才带给他的痛苦而直穿他的肺腑。——叫攻城槌，或者抛车把我的脑袋砸掉吧，哪一种我才不管呢，我父亲心里说，——要是我再侮辱了这么一位可敬的人的话。

---

① 保护围攻者的可移动的棚子。公元前 332 年蒂尔被亚历山大大帝攻陷。

② 阿米亚诺斯·马尔塞莱努斯（约 330—约 395），罗马的希腊历史学家；这里指他的《大事记》第 23 章第 4 节。

③ 在壁垒下面可通向壕沟的便门，通过隐蔽廊道可以突围。这个词具有淫秽含义。

第二十五章

考虑到吊桥无法修复，就立刻命令特灵再造一座，——但是不能按同一种模式；因为那时，阿尔贝罗尼①红衣主教的阴谋败露了，脱庇叔叔正确地预见到一场战火将不可避免地在西班牙和神圣罗马帝国之间引爆，并且接踵而来的战役中的军事行动极有可能在那不勒斯或西西里展开，——于是他决定造一座意大利桥，——（顺便提一句，我的脱庇叔叔的推测是不会差之千里的，）但我父亲由于绝对是一位更加出色的政治家，在内阁里远远超过我的脱庇叔叔，就像脱庇叔叔在战场上远远超过他一样，——所以他使脱庇叔叔相信，如果西班牙国王和帝国皇帝动起干戈来，英国、法国和荷兰一定会凭借它们之间预先的约定也全部参战；——他就会说，脱庇兄弟，如果这样，参战者们无疑将再次回到佛兰德斯古老的职业拳击台上，打成一团；——那么你用意大利桥还能做什么呢？

——那我们就继续按旧模式造桥，脱庇叔叔嚷道。

当特灵下士按那种模式把工程完成了大约一半的时候，——脱庇叔叔发现里面有一个严重的问题，这是他以前从来没有仔细考虑过的。桥似乎绕着它两端的合页转动，中间开着，中间的一半转向护城河的一侧，一半则转向护城河的另一侧；这么做的好处就是，由于把桥分成重量相等的两个部分，就使脱庇叔叔能用他的拐杖头儿把桥提起来或者放下去，而且只用他能腾出来的一只手，因为他的守军很弱，——但这种结构的缺点是难以克服的，——因为用这种方式，他会说，我把桥的一半就让敌人掌握了，——那么请问，桥

① 朱利奥·阿尔贝罗尼（1664—1752），意大利裔西班牙红衣主教和政治家，在西班牙腓力五世时任首相，他奉行一种野心勃勃的外交政策，导致西班牙于1718年被卷入一场同英国、法国、荷兰和神圣罗马帝国的灾难性战争当中。

的另一半还有什么用呢?

顺理成章的补救办法无疑就是桥在一头用合页固定死，这样，整座桥就可以一起提起来，笔直笔直地竖着，——可是由于上述原因，这种办法又不能采用。

整整一个礼拜之后，他决定造一座那种特殊结构的桥，可以平抽回来，不让人通过；也可以再推出去让人通过，——这种结构在施佩尔摧毁之前诸位或许已经在该地看到过三座有名的桥，——如果我没记错的话，在布赖萨赫现在还有一座；——可我父亲极为严肃认真地劝我的脱庇叔叔再不要插手推出什么桥梁了，——再说我的脱庇叔叔也预见到这只会永远念念不忘下士的不幸，——所以他改变了主意，因为对于霍皮塔尔侯爵的发明，小贝尔努利①已经描述得淋漓尽致，诸位可以看到，——*Act. Erud. Lips.* an. 1695②，——对这些桥梁来说，铅锤是一种永久的平衡力，把警戒任务执行得像一对哨兵一样出色，因为它们的构造，是一条近似旋轮线的线，——如果不完全是一条旋轮线的话。

脱庇叔叔对抛物线属性的理解是英国人中间最好的，——但对旋轮线却不是那么精通；——可是他每天都在议论这个问题；——桥是推不出去的。——我们再问问别人吧，脱庇叔叔对特灵嚷道。

第二十六章

当特灵走进来，告诉我父亲斯娄泼医生在忙着建造桥梁时，——脱庇叔叔，——由于长统靴的事儿刚刚在他脑海里勾起一系

① 纪尧姆-弗朗索瓦·安托万·德·霍皮塔尔（1661—1704）和雅克·贝尔努利（1654—1705），都是著名数学家。

② 拉丁文：《学术年鉴》，莱比锡，1695年。贝尔努利在《年鉴》1695年卷的第65—66页介绍了他对曲线的解决办法；但这里提到的，以及本章有关桥的大部分论述，斯特恩是从钱伯斯的《百科全书》中的“桥”这一词条中摘出来的。

列的军事观念，——就立刻想当然地以为斯娄泼医生正在做霍皮塔尔侯爵的桥梁模型。——他真是太热心助人了，脱庇叔叔说道；——特灵，请转达我对斯娄泼医生的恭敬，告诉他，我衷心地感谢他。

如果脱庇叔叔的脑袋是拉洋片，而我父亲在它的一头一直向里面窥视，——它也不可能使他对脱庇叔叔想像中的军事活动情况有一种比已有的更加清晰的概念；所以，尽管有抛车、攻城槌以及他对这一切刻毒的诅咒，他只不过才开始表现出洋洋得意的情绪。——

可是，特灵的回答顿时把桂冠从他的额际扯了下来，拧成了碎片。

第二十七章

——你这座倒霉的吊式桥梁，我父亲说——上帝保佑老爷，特灵嚷道，这是为少爷的鼻子做的鼻梁。——用他那凶恶的器械把少爷带到这个世界上时，苏珊娜说，他夹扁了他的鼻子，使它像一张薄煎饼似的贴在脸上，所以他正在用一团棉花和苏珊娜胸衣上的一条细细的鲸须来做一个假鼻梁，把它垫起来。

——脱庇兄弟，我父亲嚷道，马上带我到我的房间里去。

第二十八章

从我坐下来写我的生平逗世人开心，写我的见解教世人明理的第一刻起，一团阴云便不知不觉地笼罩在我父亲的头上。——一股小小的不幸和苦恼的恶浪便向他扑面而来。——他仔细瞧瞧自己，觉得什么都不对劲儿：现在，乌云滚滚，马上就要狂风大作，倾盆暴雨就要劈头盖脸泻下来了。

我心情沉重、黯然神伤地讲述我的这段感人肺腑的故事。——讲着讲着，我的神经就松弛了下来。——每写一行，我就觉得我迅速跳动的脉搏减缓了一点，我那轻松自在的心情消退了一点，我生平的每一天正是这种心情在促使我讲出、写下成千件我本不该谈及的事情。——这会儿，我最后一次把笔蘸进墨水里，身不由己地注意到在我做这件事时，有一种多么可悲的沉静严肃而又小心翼翼的神态。——天哪！特里斯舛！这和你以前一贯带着另外一种心情处理它的那种莽撞冒失、轻率浮躁是多么不同啊，——把笔扔掉，——让墨水溅到桌子和书本上，——好像你的笔，你的墨水，你的书和家具都一文不值一样。

第二十九章

——我不想跟您争执这个问题，——是这么回事，——我相信，小姐，彻彻底底地相信，“无论男人还是女人用平躺的姿势最能承受痛苦或悲伤，（说不定也最能享受快乐）。”

我父亲刚一走进卧室，就一下子扑倒在床上，心里乱到难以想像的地步，同时，又摆出一个为悲痛压倒的人的最可悲的姿态，任何人看见都会一掬同情之泪。——他扑倒在床上时，右手掌按着脑门，把两只眼睛大部分都蒙住了，手跟脑袋轻轻地沉下去（他的胳膊肘子往后伸着）直到鼻子挨到被子上；——左胳膊麻木不仁地垂在床边，指关节蹭在从床幔边儿上露出来的夜壶的把儿上，——右腿半悬在床边儿上（左腿蜷向身子），胫骨正好抵着床沿。——他却感觉不到。一种一成不变的悲伤牵制着他脸上的每一条皱纹。——他叹了口气，——胸部不停地起伏着，——却吐不出一个字来。

床头放着一把鞔有布套子的旧椅子，四周还用杂色的精纺流苏加了缘饰，它正好对着我父亲搁脑袋的那一侧。——我的脱庇叔叔在椅子上坐了下来。

一种痛苦化解之前，——安慰总来得很快；——痛苦化解之后，——它又来得太慢：所以您看，小姐，这两者之间就只有一个界线，细得简直就像一根头发丝，要安慰别人，就得瞄准这条界线：脱庇叔叔总是要么在界线的这边，要么就在界线的那边，而且老是说，他相信自己的心，他能把经度[①]很快找到的；正因为如此，当他坐在椅子上的时候，把流苏往前拽了拽，由于对谁都会流下同情之泪，——他便抽出一条麻纱手绢，——发出一声低沉的叹息，——却一言不发。

第三十章

——“装进钱袋的未必都是财。”——所以，尽管我父亲有涉猎天下奇书的快乐，而且他自己又有天下最奇怪的思想方法，但这还是给他造成了这样一个缺欠，——那就是使他容易遇到一些最稀奇古怪、最不可思议的苦恼事儿；眼下困扰他的这一件就是最能说明问题的例子。

毫无疑问，小孩子的鼻梁被一把产钳的尖儿夹断了，——不管产钳的应用是怎么科学，——都会让世上任何一个像我父亲这样费了九牛二虎之力才生了个孩子的人大伤脑筋，——可这也解释不了他万分苦恼的原因，也不会说明他为之心醉的那种不文明的态度是正确的。

为了讲清这一点，我得让他在床上呆上半个钟头，——也让我的好脱庇叔叔仍旧坐在我父亲身边那把周围加了缘饰的旧椅子上。

第三十一章

——我看这个要求毫无道理，——我的曾祖父把纸团成一团，扔到桌子上，嚷道。——按这个账，太太，你只有两千镑的财产，多一点都没有，——可你非要得到每年三百镑的寡妇授予产不可。——

——“因为，”我的曾祖母答道，“你简直就没有什么鼻子嘛，

① 这是一个 17、18 世纪严重困扰天文学家和大地测量学家的问题。见第 597 页注①。

先生。”——

现在，在我第二次贸然使用鼻子[①]这个词儿之前，——为了避免在我的这段有趣的故事里说到这个词时引起的种种混乱，也许说明一下我的意思，尽可能确切地界定人们认为我用这个词的意思，该不会有什么差错吧：因为我认为这种情况是由于作家藐视这种谨慎态度时疏忽大意、固执己见造成的，再没有别的原因，——所有神学方面的论争作品，并不都像那些论述“虚幻”或者哲学和自然科学的别的实在部分那样清楚明确；按照要求，在您动笔之前，如果您不想让人一直糊涂到世界末日的到来，——除了对您非用不可的主词，给世人一个明确的定义，而且坚持用这个词，——先生，如果您想改变它，像您把一枚几尼换成小小的硬币一样，您必须做什么呢？——这件事一经完成，——就让糊涂之父蒙您好了，如果他有本事的话；让他把另外一种观念要么塞进你的脑袋里，要么塞进你的读者的脑袋里，如果他知道怎么做的话。

在像我写的这本严格的道德经和严密推理书中，——疏忽大意是不可原谅的；老天可以作证，由于我漏洞百出、模棱两可，——由于我过多依赖读者洁净的想像，世人对我进行了严厉的报复。

——这有两个意思，我们俩一路走去，尤金纽斯用右手食指指着本书第二卷第五十二页[②]上的“裂缝”这个词大声说道，——有两个意思，——他说。——这儿有两条路，我突然转向他答道，——一条肮脏，一条干净，——我们走哪一条？——当然是干净的那一条了，——这还用说，尤金纽斯答道。尤金纽斯，我说着便走到他面前，把手按在他的胸口上，——界定——就是不信。——我就这样占了尤金纽斯的上风；但与往常一样，我赢了他就像赢了一个傻瓜。——不管怎么说，我还是觉得心里痛快，我不是一个顽固不化

① 本书中很多地方的“鼻子”显然意思不仅仅是“鼻子”，除了它具有“阴茎”的含义外，有一种古典传统认为一个人的鼻子的长度与他的才智相等。

② 指的是第 1 版；本版的第 105 页。

的人；因而

我对鼻子做了如下界定，——不过预先恳请我的读者，不分男女，不论长幼，不问肤色，不计身份，看在上帝和这些人的灵魂的分上，提防魔鬼的引诱和暗示，可不能让他用阴谋诡计和花言巧语把我的定义以外的意思灌输到他们的头脑中。——说到鼻子这个词儿，在这一长章关于鼻子的叙述中，还有书中其他凡是出现鼻子一词的地方，——我声明，我说的鼻子就是鼻子，不夸大，也不缩小。

第三十二章

——“因为，”我的曾祖母把这句话又重复了一遍，——“你简直就没有什么鼻子嘛，先生”——

该死！曾祖父用手拍了一下自己的鼻子，嚷道，——我这个并不像那个那么小；——它比我父亲的鼻子整整长了一英寸。——对了，曾祖父的鼻子绝像庞大固埃所发现的居住在**无鼻**岛上的男女老幼的鼻子。——顺便说一下，如果您想知道在一个鼻子这么扁平的民族中稀奇的亲属关系，——您非得读这本书不可；——您自己要找到答案永远办不到。① ——

——它的形状像一个梅花爱司，先生。

——整整有一英寸，曾祖父用大拇指和食指揪起鼻梁继续说道；并再一次重复了他的看法，——夫人，它比我父亲的鼻子可是整整长了一英寸呀——。你指的一定是你叔叔的鼻子，曾祖母答道。

——曾祖父被说服了。——他把纸团儿展开，在上面的条款上签了字。

---

① 在无鼻岛上，“男女老幼的鼻子都长得像梅花爱司”，这种稀奇的亲属关系，在拉伯雷的《巨人传》第4卷第9章中做了揭示。

第三十三章

——亲爱的，我们要从我们这项小小的家产中支付一笔多么不合理的寡妇授予产啊，我的祖母对我的祖父说道。

天哪，亲爱的，祖父回答道，别提啦，我父亲没有鼻子，就像我的手背上没有鼻子一样。——

——您要知道，我的曾祖母在祖父死后又活了二十年；所以我父亲每半年要支付一百五十英镑的寡妇授予产——（米迦勒日一次，圣母领报节①一次）——十二年以来一直照付不误。

任何人履行钱财义务时都没有我父亲的那种风度。——就那一百英镑而言，他会把钱一个几尼一个几尼地扔到桌子上，使出那种诚心诚意的猛劲儿来，慷慨大方的人，也只有慷慨大方的人才能够这样子扔钱：但是一旦他着手处理剩下的五十镑时，——他一般都是响亮地哼上一声！——用食指平的一面慢慢地摸着鼻子的一侧，——小心翼翼地将手插到脑袋和假发网底之间，——先把每个几尼的正反两面都看上一遍，然后才肯放手，——若不是抽出手绢，擦着鬓角，就很难把那五十镑一一交出去。

仁慈的苍天啊，请保护我免受那些不体谅我们的这些内心活动的神灵的迫害吧！——千万不要，——啊，但愿我千万不要在他们的帐篷里躺下来，② 因为他们不能放松机关，对教育的力量、对从祖先那里长期流传下来的通行见解不表同情！

至少有三代人，这种喜欢长鼻子的信条渐渐地在我们家扎下了根。——**传统**一直支持它，**兴趣**每半年就会插足进来强化它；所以

① 米迦勒日（9 月 29 日），圣母领报节（3 月 25 日），均为英国的四大结账日之一。

② 参见《圣经 · 诗篇》第 84 篇第 10 节："宁可在我神殿中看门，不愿住在恶人的帐篷里。"

我父亲想入非非的脑子远远没有把这当作全部的荣耀，因为它还有几乎其他各种怪念头的光荣。——在很大程度上，可以说他把这一信条跟他母亲的奶一起咂进去了。不管怎么样，他尽了他的一份力量。——如果是教育栽培出了这个错误（假使这是一个错误的话），我父亲则给它浇了水，使它成熟完善。

在谈论他关于这个问题的想法时，他通常都会扬言，他不明白英国的这个最显赫的家族怎么能够忍受一连出现六七个短鼻子。——而由于相反的原因，他一般会补充说，在哪里，相同数目的又长又大的鼻子一个接着一个连成一条直线，而没有把这个家族抬举到王国最好的肥缺上去，那一定是国民生活中最大的问题之一。——他经常夸口说项狄家族在国王哈利八世时代地位很高，但是它的升迁并不是国家机器造成的，——他会说，——而仅仅靠了这件事；——可这，像其他家族一样，他会补充说，——它感觉到了车轮的转动，并且对我曾祖父的鼻子的打击永远难以释怀。——它确实是个梅花爱司，他会摇着头大声嚷道，——对于一个不幸的家族来说，是最后翻起的王牌中最糟糕的一张。

——公正、宽厚而又文雅的读者！——您的想像把您载向何方？——如果人实事求是，谈及我曾祖父的鼻子时，我指的是那外部的嗅觉器官，或者是人脸上的突出部位，——而且画师们说，在大鼻子和五官的搭配匀称的脸上，它应该占整整三分之一，——也就是说，从发际朝下量。——

——在这种当口，一个作者能掌握它的什么情况呢！

第三十四章

老狗仍然坚守“不学新把戏”的信念，天性却使人的思想跟它背道而驰，这真是一件大喜事。

古往今来最伟大的哲学家如果阅读了这样一些永远使他改变立场的书，注意了那样的一些事实，考虑出那样的一些想法，他就会转瞬之间变成一个反复无常的小人!

而我父亲，我去年就给您说过，对这种现象是深恶痛绝的。——他捡起一种见解，先生，就像一个自然状态的人捡起一只苹果一样。——这就变成了他自己的，——如果他是一个血性汉子，那么他宁死也不肯放弃它。

我知道，民法大师狄狄乌斯会反驳这种观点；并且大力声讨我说，此人何来拥有苹果的权利？ ex confesso，① 他会说，——事物本来都处于自然状态之中。——这个苹果是富兰克的，同样也是约翰的。请问，项狄先生，他有什么特权表明他拥有这只苹果？这只苹果是怎样开始变成了他的？在他对它打主意的时候，还是摘它的时候？还是嚼它的时候？还是烤它的时候？还是给它削皮的时候？还是把它带回家的时候？还是消化它的时候？——还是他——？——。显而易见，先生，如果最初捡苹果的举动并不能使这只苹果成为他的，——那么接下来的任何举动就都不行了。

狄狄乌斯兄弟，特里波纽斯②就会答道，——（现在民法专家兼教会律师特里波纽斯的胡子有三英寸半长，比狄狄乌斯的胡子长八分之三，——我很高兴他能替我打抱不平，因此我犯不着再为答案而发愁了。）——狄狄乌斯兄弟，特里波纽斯会说，这是一个判例，你可以在格列高利法典和赫谟吉尼斯法典③的残篇中找到，上自查

① 拉丁文：从供认中。斯特恩有可能期望他的读者能够看出接下来的段落是对于洛克的《论国民政府》第 2 章第 5 节第 27 段的戏拟。

② 这个名字可能与特里波尼安的名字有关联。特里波尼安（475—545），法学家兼大臣，他在查士丁尼一世皇帝的指导下负责编纂《民法大全》中的罗马法。

③ 格列高利法典，现仅存一些残篇，是一部由某一位格列高利制定的帝国法规集。格列高利可能是公元 295 年左右贝鲁特法学院的一名教授。赫谟吉尼斯（活跃在公元 170 年前后），希腊修辞学家，他的修辞学论著中有论述法律问题的章节。斯特恩可能打算写成 Hermogenianus，他的法典大约编纂于公元 324 年，是对格列高利法典的补充。在查士丁尼时代以前，格列高利和赫谟吉尼斯的法典被认为是它们涉及的时期里唯一权威性的法规记载；查士丁尼法典从中获得了君斯坦丁以前的时期的法规。

士丁尼的法规，下至路易的法规和《水法》①，所有的法规中都少不了它，——它表明，一个人额头上的汗水和大脑里的分泌物就像他屁股上穿的裤子一样，是他自己的财产；——通过发现上述苹果、捡起上述苹果所付出的劳动，上述的分泌物滴到那只苹果上，而且无法化解地耗费掉了，同样也被捡拾者不可化解地并入那件被捡起来，带回家，烘烤，削皮，吃掉，消化了的东西上；——显而易见，捡苹果的人在这样做的时候，已经把他自己的一些东西和不是他自己的苹果混在一起了，通过这种方式，他已得到了一份财产；——或者，换句话说，这个苹果就是约翰的苹果了。

我父亲以同样高明的一系列推理来坚持他的全部见解：他不辞辛苦地把它们捡起来，于是它们愈显得不落窠臼，他的所有权也就越大了。——没有人想把这些见解据为己有：再说，他在加工和消化方面所花费的劳动跟在上述的情况下所花费的劳动不相上下，因此完全可以说这些见解是他自己的财产。——所以他牙爪并用，紧紧抓住，——只要能抓住什么，就义无反顾地扑过去，——总而言之，他就像脱庇叔叔对待一座城堡那样，修筑深壕高垒，维护它们。

这样做有一点麻烦，——万一有一次凌厉的进攻，修筑防御工事的材料就不足了；由于很少有天才巨匠发挥自己的才华以大鼻子为主题来写书：骑着我的瘦马儿慢跑，这件事真是难以置信！当我想到有多少宝贵的时间和才能完全浪费在一些更为低俗的主题上时，我的思想十分迷惘，——而且有千千万万的图书以各种语言、各种形式粗制滥造出来，内容与世界的统一与和平不大沾边。不过，应当有的东西，他都极为重视；虽然我父亲经常拿脱庇叔叔的

① 路易十四（1638—1715）的法典在斯特恩写作时是最新的大法典。对现代法律产生过巨大的影响。《水法》似乎是指路易十四 1669 年的《水与森林法》，这是一个旨在保护和发展法国森林的著名法规，后人为它写过无数旁征博引的诠释。这一失误在这里和在其他地方已经发现的情况一样，表明斯特恩是从书的旁注中而非正文中取得他的“博学”的。

书房开心，——顺便说一句，这书房就是十分可笑，——然而玩笑尽管开，他还是搜集系统地讲述鼻子的每一种论著，跟我那老实的脱庇叔叔搜集有关军事建筑学的论著一样仔细。——不错，一个小得多的桌子完全放得下这些论著，——但那并不是你的过错，我亲爱的脱庇叔叔。——

在这里，——可是为什么在这里，——而不是在我的故事里的其他地方，——我可说不清；——但就是在这里，——我的心堵住我，我亲爱的脱庇叔叔，让我一劳永逸地赞颂我欠下的您的恩情。——在这里，当我把德性和人性在一个侄儿的心里点燃的对您最热烈的爱和对您的崇高品质所怀的最崇高的敬意倾泻出来时，让我把椅子推到一边，在地上跪下。——祝愿平和安详在您的头上永驻！——您从不嫉妒别人的舒适，——从不冒犯他人的见解。——您从不污蔑别人的人格，——从不争抢别人的饭碗：有忠诚的特灵温存地追随着您，您骑着马儿在您快乐的小圈子里缓缓而行，您从不冲撞路上的任何生灵；——谁若伤心，您都会一掬同情之泪，——谁若需要，您都会给他一个先令。

当我有一个先令要付给除草人时，——从您的门到草地滚木球场之间的道路永远也不会长满杂草。——当项狄家有一路得①半土地时，您的堡垒永远不会被拆除，我亲爱的脱庇叔叔。

第三十五章

我父亲的收藏不算大，但话又说回来，却十分稀奇；因此，他一度努力扩充这些收藏；不过，他鸿运高照，旗开得胜，几乎不费吹灰之力就搞到了布吕斯康比尔②关于长鼻子的序言，——因为他只

① 见第 97 页注①。

② 喜剧作家德斯洛里埃先生的艺名，他的《严肃且诙谐的序》，是一本有关各种话题的诙谐悖论和议论的书，作者认可的版本于 1610 年印行。

花了三个半克朗就买到了布吕斯康比尔；还有多亏了摊主所看到的我父亲一拿到这本书就爱不释手的那股子劲头。——在基督教世界里，布吕斯康比尔不到三本，——摊主说道，那些被封存在善本图书馆里的除外。我父亲闪电般地把钱扔下，——把布吕斯康比尔往怀里一揣，——从皮卡迪利街到科尔曼街①，急忙赶回家，就好像怀里揣了一个宝贝回家似的，一路上手一刻也不离开布吕斯康比尔。

对于那些还不知道布吕斯康比尔是男是女的人，——因为一篇关于长鼻子的序言，哪一种性别的人都能轻而易举地写出来，——用个比喻不会有人表示反对的，——考虑到我父亲回家以后，就拿布吕斯康比尔玩赏，那种样子就好像阁下您十之八九会拿您的第一情妇来玩赏一样，——那就是说，从早到晚：顺便提一句，无论这对情夫来说是多么地乐不可支，——对于旁观者来说则趣味索然，或毫无乐趣可言。——注意，这个比喻我不再用了，——我父亲的眼光比他的胃口好，——他的热情比他的知识高，——他冷静了下来——他的感情开始分散——他得到了普里格尼茨，——买到了斯克罗德鲁斯②，安德里·帕雷乌斯③，布歇特④的《夜话》，尤其是伟大而博学的哈缶·什牢坑驳鸠；对于这些，顺便提一句，我将有许多话要说，——可现在我什么也不想说。

第三十六章

在我父亲不辞辛苦地得到并钻研以支持他的假说的文章中，起

---

① 在伦敦金融区的中心。

② 普里格尼茨和斯克罗德鲁斯，不详；这两个名字听起来有些可疑（尤其对于项狄式的鼻子权威来说），由于他们在第 238 页被引入仅仅是为了开个玩笑，所以至少有可能他们像什牢坑驳鸠一样，是由斯特恩杜撰出来的。

③ 见第 238 页注②

④ 纪尧姆 · 布歇特（1526—1606），普瓦提埃人，1584 年开始出版他的妙语总汇《夜话》。

初再没有比潘法古斯与科克勒斯之间有名的对话[1]更叫他失望的了，——这篇对话讲的是长鼻子的各种用途与适时的运用，是由伟大而令人崇敬的伊拉斯谟用纯洁的笔写的。——我亲爱的姑娘，不要让撒旦在这一章里利用任何制高点来驾驭您的想像，如果您有办法的话；或者如果他动作灵巧，溜了上去，——求您了，希望您能像一匹未驯服的母马驹那样，又是甩，又是喷，又是蹦，忽而后腿直立，忽而一跃而起，——又是踢，忽而尥长蹶子，忽而尥短蹶子，直到像蒂巴儿的母马那样挣断了腰带和臀带，将他扔到泥里去。——您可不用要他的命。——

——请问蒂巴儿的母马是谁呀？——先生，这好像问第二次布匿战争爆发于哪一年（ab urb. con.[2]）一样，这个问题实在是太丢人了，太没水平了，——蒂巴儿的母马是谁呀？——读读书吧，读读书吧，读读书吧，我的不学无术的读者[3]！——读读书吧，——或者借助于大圣人帕拉雷波朦胧[4]的知识，——我事先告诉你，你最好马上把书扔掉；如果不博览群书，这句话阁下明白我指的是学识渊博，您就不能参透下一张大理石花纹纸（我的著作的杂色[5]标记！）上的

---

① 荷兰古典学者、神学家、讽刺作家德西得里乌斯·伊拉斯谟（1466—1536）的《家常谈》中的一篇《谈圣职追求者》。

② 拉丁文：从［罗马］建城起。罗马建立于公元前753年左右，第二次布匿（或迦太基）战争爆发于公元前218年，也就是大约罗马建城后535年。

③ 如果“不学无术的读者”翻到拉伯雷的《巨人传》第4部第13章，他将会得知托钵修士蒂巴儿的母马，“是一匹还从未经过练跳的小母马”，受了惊之后，“就开始惊跳，又是怕，又是喷，又是小跑，又是放屁，又是踢，又是蹦，又是跑，又是跌，又是缩，又是甩，又是直立跳跃，又扬脑袋，又扭屁股，结果把蒂巴儿甩了下来，尽管他死命地紧紧抓着鞍架”。拉伯雷的原文Tappecue英文译成Tickletoby，黑话里的意思是“阴茎”，所以中文姑译成“蒂巴儿”。

④ 希腊词，意思是“省掉了的东西”，该词常常运用于省略了的文字；因而，对于目前的祷文可以算是一个合适的圣人。

⑤ 这个词使人联想到宫廷弄臣与小丑的服装。

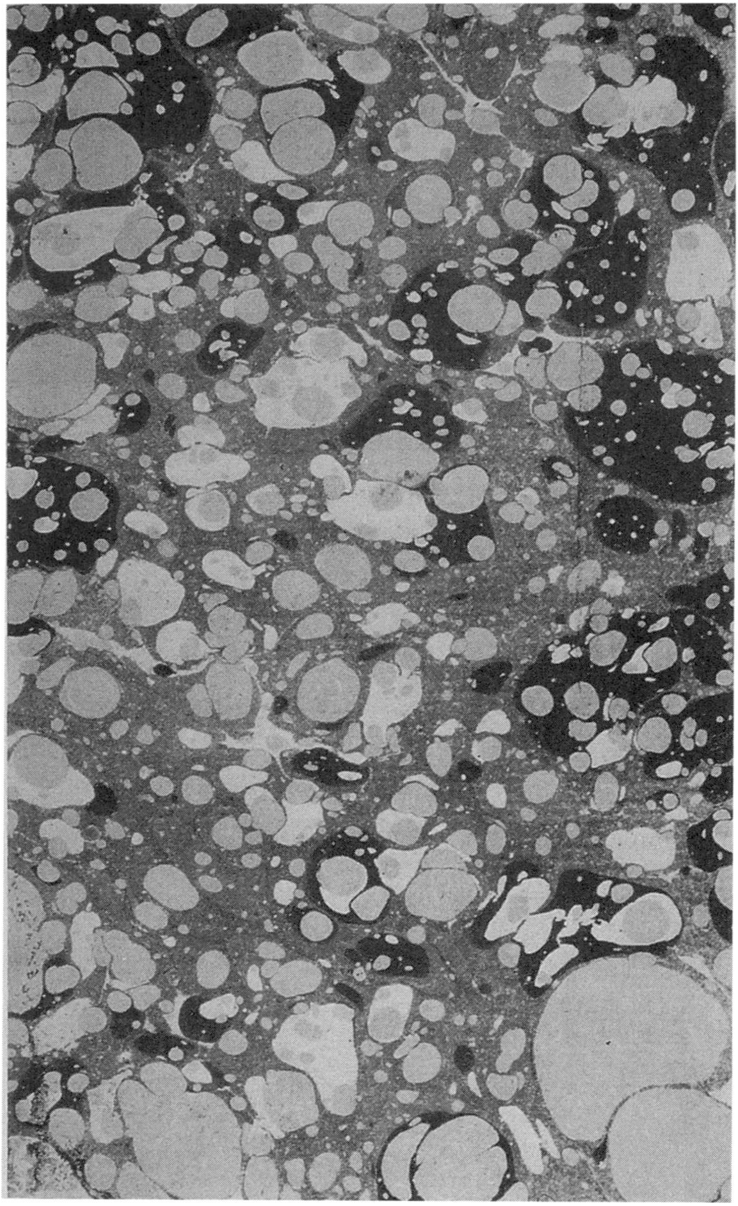

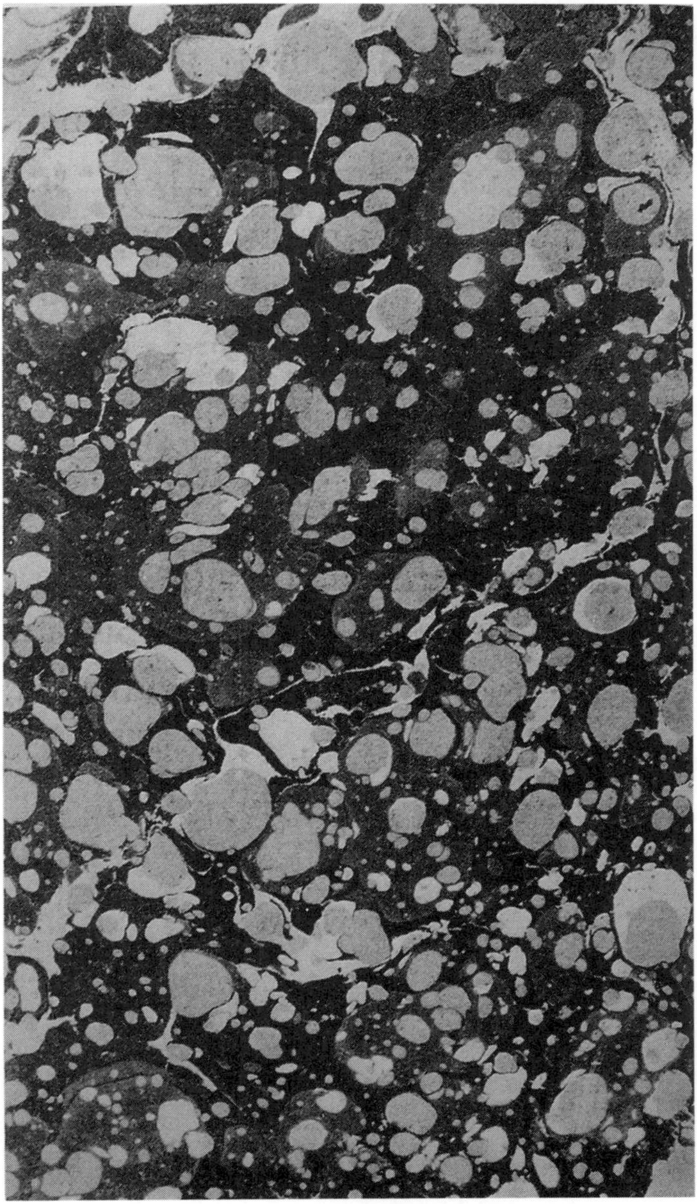

寓意，就好比全世界运用它所有的洞察力也无法理清神秘地隐藏在那张黑纸的黑面纱后面的诸多见解、事务和真情一样。

第三十七章

“Nihil me pœnitet hujus nasi，”① 潘法古斯说；——也就是说，——“我的鼻子一直是我的业绩。”——“Nec est cur pœniteat，”② 科克勒斯答道；那就是说，“那样的鼻子怎么会不行呢？”

您看，教义是由伊拉斯谟制定的，正如我父亲所希望的那样，交待得极其明白；但我父亲失望的是这样一位大手笔写出的东西，除了光秃秃的事实，再没有什么；既没有细致入微的思辨，也没有能够左右逢源的论证，而这些上天早已赋予了人类，目的在于使人类研究真理，在各个方面为真理而战。——我父亲起初嗤之以鼻，完全唾弃，——有个好名声可值钱着呢。由于对话出自伊拉斯谟之手，我父亲很快就恢复了自制力，专心致志地反复阅读，字斟句酌，仔细琢磨，弄清它最严格的字面含义，——然而他仍然摸不着头脑。或许字里行间还蕴含着深义，我父亲说。——脱庇兄弟，博学之士不会无缘无故地写一些议论长鼻子的对话的。——我要研究一下神秘的喻义，——兄弟，这里是有一个人往里钻的余地的。

我父亲继续往下读。——

现在，我发现有必要向诸位说一声，除了伊拉斯谟列举出的长鼻子在航海方面的许多用途，③ 对话作者还断定长鼻子并不是没有其家庭便利的，因在贫困的情况下，——而且在缺乏一对风箱时，

---

① 拉丁文：“这鼻子不会让我不高兴。”

② 拉丁文：“它没有让你不高兴的理由。”这句话和上句都引自《谈圣职追求者》。

③ 伊拉斯谟建议在海战中用鼻子当钩敌船的抓钩，也可以当作锚。

它就能很好地发挥作用， ad excitandum focum,① (来煽火。)

大自然给我父亲馈赠了极其丰厚的礼物，就像她播撒了其他所有知识的种子那样，她还在他心灵的深处播下了文字批评的种子，——这样他便拿出了刀笔，开始对句子做实验，看看能不能刻进去一些更精彩的含义。——脱庇兄弟，我父亲嚷道，就是在伊拉斯谟的一个字母里，我也搞清楚了他的神秘含义。——哥哥，的确，你很接近了，我叔叔答道。——哼！我父亲嚷了一声，继续往下刻画，——或许我还差七英里呢。——我搞完了，——我父亲打了一下响指说。——看，我亲爱的脱庇兄弟，我是怎样把意思修改的。——但是，你损害了一个词，脱庇叔叔答道。② ——我父亲戴上了眼镜，——咬着嘴唇，——一气之下把那一页撕掉了。

第三十八章

啊，什牢坑驳鸠！③ 你是我的丢脸雅士④的忠实分析家，——你是我许多坎坷曲折的可悲的预言家，在我一生的某一阶段，这些坎坷曲折突然困扰起我来，就是因为我的鼻子短，不是其他原因，这一点我心中有数。——告诉我，什牢坑驳鸠！它是什么样的神秘

---

① 编者能理解的所有的伊拉斯谟的文章中都提到了“Conducet excitando foculo, si desuerit follis”（“如果缺少风箱时，它可以用来煽火”），因此，在准备随后的玩笑时，斯特恩可能不得不把鼓风机变成捅火棍，并且不得不改变他的原文的结构和词汇。

② 我父亲的刻画可能把原文修改成 ad excitandum ficum（激起无花果树），或 ad excitandum locum（鼓起那个地方），其中任何一种都能够满足斯特恩暗示性动作的目的。

③ “Hafen Slawkenbergius”自然是斯特恩的创造。“Slawkenbergius”（比较德语 Schlackenberg）意思是“炉渣堆”，或者“垃圾”，或者可能是“粪便”，“Hafen”在德语口语中指“便壶”——是讲鼻子的“一部巨著”的作者的专名。

④ 原文为西班牙文 Disgrázias，意为耻辱、不幸。

冲动？什么样的音调？它来自何方？它怎样在你耳边回响？——你能不能肯定你听到了它？——哪一种声音先向你呼唤，——去，——去，什牢坑驳鸠！献出你一生的辛劳，——别管你的娱乐，——调动你全部的才干，——忘我地为人类服务，就他们的鼻子为题写一部巨著吧。

这个信息怎么传到什牢坑驳鸠的感觉中枢，——结果什牢坑驳鸠竟然知道了谁的指头触了键，——谁的手在拉风箱，——由于哈缶·什牢坑驳鸠死去埋了已有九十余载，——我们只能做出一些推测。

什牢坑驳鸠，据我们所知，就像怀特菲尔德①的一个信徒一样被人利用，——也就是说，先生，以这两位大师中的哪一位那样不同寻常的悟性在利用他的工具，——以致使有关它的所有推理都毫无必要了。

——因为哈缶·什牢坑驳鸠向世人说明了他之所以写作并在这本书上花费了他一生中这么多年光阴的动机和理由，在他的描述中——当他的前言临近结尾的时候，顺便说一下，这一部分应当在前面，——装订工人却极不慎重地把它装订在分析内容和正文之间，——他告诉他的读者，自从他到了明辨是非的年龄，能够冷静地坐下来，独立思考人的真正处境，区别人生的主要目标和构想；——或者，——还是压缩一下我的翻译吧，因为什牢坑驳鸠的书是用拉丁文写的，这一段文章极其精练，——什牢坑驳鸠说：自从我懂事以来，——或者不如说知道哪是哪，——并且能够看出前人对长鼻子的问题处理得过于随便以来；——我，什牢坑驳鸠，就感受到一种强烈的冲动，内心有一种强大而无法抗拒的呼唤，束起

① 乔治·怀特菲尔德（1714—1770），基督教循道宗创立者之一，是一位具有感召力的宗教雄辩家，宣扬没有理性思想，灵魂能感知其行动是受恶魔还是上帝精神的激发。

腰①准备承担这一任务。

说句公道话，什牢坑驳鸠带着比任何一位先驱更加精良的武器参加了激烈的竞争，并且取得了比他们更大的成果，——的确，在许多方面，他可以当之无愧地被奉为作家的万世师表，他的巨著至少为他们树立了样板，——因为，先生，他把这门学科完全吃透了，——辩证地考察了它的方方面面，——然后把它带进了全盛时代；或用他自己各种天赋的碰撞打出的火光阐明，——或用最深奥的科学知识使他投射出的亮光解释，——一路写下去时核对、收集、汇编，——乞讨、借用、剽窃各种学派写过或争论过的一切有关内容：因此，什牢坑驳鸠的书不仅仅可以被理所当然地看作一部关于鼻子的典范作品，——而且还可以看作鼻子文章的汇总和典籍；里面囊括了有关鼻子的所有已知的或有必要知道的材料。

正因为如此，我忍住不谈我父亲收集的那么多（另外的）有价值的书籍和论文，无论是直接写鼻子的，——还是在其他方面间接提及它们的；——例如普里格尼茨，现在就在我眼前的桌子上，此人有广博的学识，又对他搜寻出来的、存放在西里西亚二十多处尸骨存放处的四千多具不同的颅骨进行了最公正、最具学术性的考察②，——他告诉我们：除了克里木-鞑靼③，由于那里的鼻子全被拇指压扁，因此无法对它们做出判断，在其他任何已知的地区，人的鼻子骨头部分的测定和构型，——相似程度远远超出了世人的想像；——他说，它们之间的区别极其微小，不值得去注意，——但是

① 源出《圣经 · 约伯记》第 38 章第 3 节：“你要如勇士束腰……”

② 在 17 世纪上半叶席卷欧洲的“三十年战争”（1618—1648）中，据说西里西亚（现在属于波兰和捷克）有四分之三的人口被杀，那里的尸骨存放处在一百年后才被发现。

③ 《钱伯斯百科全书》在“鼻子”一条上说：“克里木-鞑靼人在孩子小的时候就弄断他们的鼻子，因为认为鼻子竖立在眼前很傻。”这也许可以解释“什牢坑驳鸠的故事”的主人公在去法兰克福后为什么要回“克里木-鞑靼”（克里米亚）。

每个人鼻子的大小和漂亮程度，以及由此而来的鼻子之间的地位的高低、价格的贵贱，都是由鼻子的软骨和肌肉部位所决定的，因为血液和精气被想像的热情和力量逼进这些部位的导管和窦道，而想像离鼻子只有一步之遥（白痴的情况除外，因为普里格尼茨曾在土耳其生活过多年，他认为白痴在上天更直接的守护之下），——十分凑巧，而且必定会有的情况是，普里格尼茨说，优秀的鼻子同鼻子主人的优秀的心意在算术上成正比。

出于同样的原因，也就是说，正因为这一切都包括在什牢坑驳鸠的书中，所以我就不提斯克罗德鲁斯（安德里），众所周知，他对普里格尼茨进行了猛烈的抨击，——他用自己的方法，首先从逻辑上，然后通过一系列不可否认的事实，证明，“普里格尼茨违背了真理，因为他声称心意①产生鼻子，相反——是鼻子产生心意。”

——饱学之士怀疑斯克罗德鲁斯在这一点上搞了一种下流的诡辩，——普里格尼茨在争论中大声疾呼，说斯克罗德鲁斯把这一观点转嫁到了他身上，——然而斯克罗德鲁斯继续坚持自己的论点。——

就这一问题，我父亲举棋不定，不知道应该站在哪一边；而这个时候安布罗斯·帕雷乌斯②立刻做出了决定，他通过推翻普里格尼茨和斯克罗德鲁斯两个人的体系马上把我父亲从争论的两边——推了出去。

做个见证人——

我不熟悉博学的读者，——说到这个问题时，我之所以提及，仅仅是向饱学之士表明：我是了解事实的。——

这个安布罗斯·帕雷乌斯是法国弗朗西斯九世的主任外科医生

① 玩弄 fancy 这个词的不同含义：“想像”和“爱”，所以这里译为“心意”。

② 即安布罗斯·帕雷（1510—1590），起初在弗朗西斯一世的部队里任军医，后来是亨利二世、弗朗西斯二世、查理九世和亨利三世的主治外科医生。

和鼻子整形大夫，并得到他和两个前任或者后任的国王（我不知道是哪一任）的极大信任——除了他在塔格利亚科齐①鼻子故事中所出的失误和他整治鼻子的方法，——当时医疗界同仁一致认为：他在鼻子问题上的知识比染指的任何人都丰富。

现在安布罗斯·帕雷乌斯让我父亲相信，引起世人如此的关注，以及普里格尼茨和斯克罗德鲁斯在上面浪费如此多的学识和才华的真正而根本的原因，——既不是前者，也不是后者，——而是鼻子的长度和好看仅在于奶妈乳房的柔软，——劣等鼻子之所以又扁又短，是因为这一健壮的营养器官坚硬而缺乏弹性，——尽管这对女人来说是件好事，但却害了孩子，因为他的鼻子遭到了挤压，抵制，削弱，冷却，以至于永远达不 ad mensuram suam legitimam②；——但是如果奶妈或母亲的乳房柔软，——鼻子陷进乳房，帕雷乌斯说，就如同陷进了黄油团儿里，就会感到舒舒服服，营养充足，胖得鼓起来，显得精神抖擞，生气勃勃，永远处于增长态势。③

关于帕雷乌斯，我只说两件事；首先，他用极其简朴、得体的语言证明、解释了这一切：——为此，愿他的灵魂永远安息！

第二，安布罗斯·帕雷乌斯的假说除了有效地推翻了普里格尼茨和斯克罗德鲁斯的理论体系，——还同时推翻了我们家庭的安宁

---

① 加斯珀·塔格利亚科齐（1546—1599），意大利的一名外科医生，被誉为奇迹创造者。他发明了一种鼻成形术，通过这一手术，受了伤的鼻子可以从病人胳膊上取下一块皮修补，胳膊要固定在头部，直到那块皮和鼻子的皮长到一起为止。帕雷的“失误”好像是把手术描述成肌肉移植，而不是皮肤移植；这一描述在他的《全集》（J. F. 马尔盖尼编，巴黎； 1840—1841）第 17 章第 2 节中可以找到。

② 拉丁文：到合法（合适的）尺寸。

③ 这是拉伯雷《巨人传》（第 1 卷第 40 章）中约翰修士对长鼻子和短鼻子做的解释。关于帕雷乌斯（帕雷）的说法，指的是他的《全集》（马尔盖尼编，第 18 章第 25 节）中的内容，尽管斯特恩可能是从二手材料布歇特的《夜话》第 24 章或是奥塞尔对《巨人传》第 1 卷第 40 章的注释中引用的。

与和谐的体系；一连三天，不仅搅乱了我的父母之间的事情，而且除了我的脱庇叔叔，把全家及家里的样样事情翻了个底朝天。

夫妻之间如此可笑的争论的故事，无论在什么时代，什么国度，肯定不会从门缝儿里传出去的！

我的母亲，您得知道，——但是我有五十件事情更有必要先让您知道，——我答应要克服的一百个困难，还有一千个苦恼和家庭灾难，接踵而来，将我团团围住，——一头牛（第二天早晨）闯入了脱庇叔叔的堡垒，吃光了两份半干草，翻起了覆盖他的防御角堡和暗道的表土。——特灵坚持要由一个军事法庭审理，——把牛枪毙，——把斯娄泼钉到十字架上，——把我本人命名为特里斯舛，而且就在我的洗礼上，把我折磨一番；——我们都是些不幸的可怜人啊！——我需要像婴儿一样被包裹起来，——但没时间尽发感叹了。——我让我父亲横趴在床上，让脱庇叔叔坐在他那把有缘饰的旧椅子上，坐在我父亲旁边，我答应半个钟头以后回去，现在已经过去三十五分钟了。——最令人头痛的是一个了不起的作家被带进来了，——这当然是最伟大的，——先生，因为我有哈缶·什牢坑驳鸠的巨著要了结——有我父亲和脱庇叔叔关于普里格尼茨，斯克罗德鲁斯，安布罗斯·帕雷乌斯，波诺克拉底①和大肚量的解释的一段对话要讲述，——有什牢坑驳鸠的一个故事要翻译，并且这一切在五分钟内完成，那还不如根本没有时间；——这样的一个脑袋！——要上天！我的敌人只看到了其中的内情！

第三十九章

我们家再没有比这一场面更有趣了，——所以在这一点上，要对它充分描述一番；——我在这里脱下帽子，把它放在桌上的墨水瓶旁边，为了把我有关这个问题的宣言向世界发表得更为庄

---

① 拉伯雷的《巨人传》里的卡冈都亚的老师；大肚量是卡冈都亚的父亲。

严，——我打心眼儿里相信（除非我对理解的爱好和偏见蒙住了我的心目），天地万物至高无上的造物主和第一设计师的手从来没有把这么一家人撮合到一块儿（至少在我坐下来写相关故事的那个阶段），——以达到这一目的，也就是说，在那一家里，人物的塑造和对比也具有我们一家人所体现的那种戏剧性的祥和，或者，在那一家里，提供如此精美场景的能力和从早到晚不停予以变换的本领也都被赋予了项狄家才有的那种无限的信心。

我敢说，在我们家这个天花乱坠的戏院里，没有一个场景比从讲述长鼻子这一章里经常引出的更令人开心的了，——尤其当我父亲的想像力因探索而升温，而且，除了也使脱庇叔叔的想像力升温，什么对他都不管用的时候。

在这种尝试中，脱庇叔叔会给我父亲一切可能的公正待遇；当我父亲开动脑筋，尝试各种可能的途径，企图把普里格尼茨和斯克罗德鲁斯的解释装进脑袋里时，脱庇叔叔却怀着无限的耐心一连几个钟头坐着，抽他的烟斗。

这些解释是超出了脱庇叔叔的理解能力呢，——还是恰恰相反，——还是他的大脑像潮湿的引火物，任何火花不可能点燃，——还是脑子塞满了坑道、雷坑、掩体、帷墙以及诸如此类使他看不清普里格尼茨和斯克罗德鲁斯的学说的军事障碍，——我说不上，——还是让经院哲学家——厨房帮工、解剖学家和工程师们为它争斗去吧。

我毫不怀疑，在这件事情上，不幸的是，父亲为了让脱庇叔叔理解而做了逐字逐句的翻译，把什牢坑驳鸠的拉丁文翻译过来，但对于此人的拉丁文，他并不是十分精通，所以，翻得不总是那么地道，——一般来说，在最需要地道的地方最不地道，这自然又导致了第二个不幸；——那就是热衷于打开脱庇叔叔的眼界——当翻译超越脱庇叔叔的观念时，我父亲的观念则一泻千里，比翻译快得多，——哪一个不幸都没有增加父亲讲述的明白清晰。

第四十章

这种推论及运用三段论的天赋，——我指的是人身上的，——因为在天使和精灵这些高级生灵身上，——这一切，请诸位注意，正如他们告诉我的那样，是由直觉来完成的；——而低等生灵，诸位都知道，——是用鼻子推论的[1]：尽管有一座小岛漂浮在海上，尽管它不是完全地自由自在，岛上的居民，如果我的情报没有欺骗我的话，却具有神奇的天赋，能按照同样的模式推论；而且还时常得出很好的结论：——但是这与正题毫不相干——

在我们当中，推论的天赋应该是，——或者人身上的重大的推论行为，正如逻辑学家告诉我们的那样，是通过第三个观念（叫做 medius terminus[2]）的介入，发现两种观念间的契合或相违来。洛克说得好，正好像一个人，通过标尺，发现两个人的九柱戏球道长度相等，因为九柱戏的球道是不可能并列[3]在一起，测量它们是不是一样长的。

如果同样了不起的推理家，像我父亲阐述他的鼻子体系那样仔细观察，并注意我的脱庇叔叔的举止，——他怎样全神贯注地听每一个字，——并且不时地从嘴里拿下他的烟斗，多么认真地思量着它的长度，——他把烟斗用拇指和食指夹住，横着察看，——然后从前往后看，——然后看看这边，又看看那边，从四面八方、上下左右、方方面面看，——那么他就会得出结论：脱庇叔叔已经掌握了

① 蒙田的随笔《雷蒙·德·塞邦赞》有狗用鼻子推理的描写："我追踪我的主人直到这三岔口；他必然要去这三条路中的一条；既然他没有去这条，也没有去那条，那么走上另外这条肯定没错。"

② 拉丁文：中项。

③ 斯特恩改进了洛克的观点。洛克说："就如两座房子，我们不能把它们并列在一块来量度它们长度相等，而是用标尺发现它们长度相等的。"（《人类理解论》第 4 卷第 17 章第 18 节）

medius terminus；并且正在依照我父亲摆在他前面的鼻子的顺序用它来推论和测量有关长鼻子的各种假说的真实性。顺便提一下，这远远超过了我父亲的期望，——他不辞辛苦地讲这些哲学课的目的，——是让脱庇叔叔不能讨论，——只能理解，——抓住分分厘厘的学问，——而不是去掂量它们。——您将在下一章里读到，脱庇叔叔既不这样做，也不那样做。

第四十一章

可惜呀，一个冬天的夜晚，辛辛苦苦翻译了三个钟头的什牢坑驳鸠之后，我父亲喊道，——可惜呀，我父亲一边喊，一边把我母亲用来裹线的薄软纸夹在书里当作书签——脱庇兄弟，真理竟然把自己关在这样坚不可摧的堡垒中，而且是如此顽固，竟然在最严密的围攻中有时也不屈服投降。——

当时的情况，确实就像先前常常出现的一样，脱庇叔叔的心意，在我父亲向他解释普里格尼茨的时候，——由于什么也无法把它留在那儿，已经暂时飞到滚木球场上去了；——他的身子可能已在那儿转了一圈，——因此，尽管像一个专心于 medius terminus 的深沉的学究，——其实，脱庇叔叔对全套议论，连同其中的正反双方的理由都一无所知，就好像我父亲把哈缶·什牢坑驳鸠从拉丁文翻译成彻罗基①语一样。但围攻这个词儿在我父亲的比喻中却像法术一样召回了脱庇叔叔的心意，快得就像手一碰就出声一样，——他张开了耳朵，——我父亲注意到他把烟斗从嘴里拿下来，把座椅往桌子跟前挪了挪，好像怀着一种要从中获益的愿望似的，——我父亲喜上眉梢，又开始讲起来，——只不过改变了一下计划，扔掉了围攻这个比喻，以便避开我父亲从中了解到的一些危险。

可惜呀，我父亲说，真理只能在一边，脱庇兄弟，——想想这

① 北美印第安人中的一族。

些饱学之士在解释鼻子时表现得多么机敏。——鼻子可以化解吗？脱庇叔叔应答道。——

——我父亲把椅子往后一推，——站起身来，——戴上帽子，——迈了四大步走到门前，——忽地一下拉开门，——把半个脑袋向门外边探了探，——又把门关上，——没有注意坏了的合页，——回到桌子旁边，——从什牢坑驳鸠的书中抽出我母亲裹线的薄软纸，——急急忙忙走到写字台前，——慢慢地走回来，把我母亲裹线的薄软纸缠在拇指上，——解开马夹的扣子，——把我母亲裹线的薄软纸扔进火里，——把我母亲的缎子针垫咬成两半，满嘴都是麦麸，——乱弹琴；——不过注意！——这句莫名其妙的诅咒针对的是脱庇叔叔的头脑，——它可已经够乱的了，——诅咒里夹杂的麦麸，——麦麸，诸位，——只不过是炮弹里的炸药而已。

好在我父亲的怒气没有持续多久；因为只要怒气持续下去，就会使他的日子忙得不可开交，这是我在观察人性时遇到的最难以解释的问题之一：什么也不能像我父亲的科研意外地遭到脱庇叔叔古怪简单的问题的打击那样能证明他的勇气，或者能使他的激情像火药一样爆发出来。——就是成百只大黄蜂在背后同时到处螫他，——他也不可能在短短几秒钟内释放出更多的机械功能，——或者激发起像一个三言两语的询问以他的爱巴马儿飞奔的速度不合时宜地向他全面迸发出来的功能的一半。

对脱庇叔叔来说，这全是一回事，——他继续镇定自若地抽他的烟斗，——他内心从来无意得罪他的哥哥，——因为他的头脑很难发现大黄蜂螫在哪里，——他总是相信我父亲能够自己冷静下来。——在目前这种情况下，他只有五分三十五秒的功夫来对付它。

凭一切善良的东西起誓！我父亲恢复常态后发誓说，而且这是从厄努尔夫斯咒语汇编中抽出来的，——（虽然平心而论，这是我父亲最少犯的一个错误，如同他在厄努尔夫斯的事情上告诉斯娄波医生的那样。）——凭一切善良伟大的东西起誓！脱庇兄弟，我父亲

说，哲学能善待一个人，如果不是哲学的帮助，——你就会叫一个人耐不住性子的。——哎，我刚才给你讲的鼻子的解释，我指的是各种各样的饱学之士就长鼻子和短鼻子的原因给世人做的不同的解释，你可能已经知道，如果你多少愿意垂听我一点的话。——只有一个原因，脱庇叔叔答道，——为什么一个人的鼻子比另一个人的长，那还不是因为上帝喜欢这么做嘛。——那是大肚量的解释①，父亲说。——正是上帝创造了我们大家，脱庇叔叔继续说，眼睛向上看，没有理睬我父亲的插话，用什么形状，什么比例塑造我们，要达到什么目的，全看他那无穷智慧乐意的程度了。——这是一种宗教的解释，父亲喊道，但不是哲学的，——里面宗教多，可靠的科学少。他畏惧上帝，崇敬宗教，这绝不是脱庇叔叔的性格中自相矛盾的成分。——因此当父亲一说完话，——脱庇叔叔便吹了一曲《利拉布勒罗》，比平常的热情更高（虽然调子跑得更加厉害了）。——

我妻子裹线的薄软纸怎么样了？

第四十二章

没有关系，——作为女裁缝的一件附带物，裹线的薄软纸对我母亲也许有一定的重要性，——但对我父亲却毫无价值，只不过给什牢坑驳鸠的书当当书签而已。对我父亲而言，什牢坑驳鸠的每一页都是一个取之不尽的知识宝库，——他可以毫无差错地翻开它；合上书后，他常常说，如果世界上所有的文理知识连同论述它们的书籍都湮灭了，——如果管理的智慧和政策，他会说，由于运用不当，也被人遗忘了，政治家们所写的或者责令写的，关于朝廷和王国的强与弱的著述，也被遗忘了，——只有什牢坑驳鸠保留了下

① “为什么约翰修士的鼻子这般好看？”卡冈都亚说。“因为，”大肚量说，“这是天主的意志，天主动了圣心，要我们成什么样儿便成什么样儿，就像陶工制造瓦罐一样。”（《巨人传》第1部第40章）

来，——那就，他会说，足以让世界重新运转起来。因此他这部作品的确是一座宝库！集鼻子和一切知识之大成，应有尽有，——在晨祷，午祷和晚祷时，哈缶·什牢坑驳鸠就是他的休闲和乐趣：他真是手不释卷，——你可以肯定地说，先生，它就是一本教士的祈祷书，——从头到尾各个部分被手指头翻得又破又旧，油光光的，烂糟糟的。

我可不像我父亲那样盲从，把什牢坑驳鸠视若至宝；——无疑书中是有不少东西；但依我看，最好的，我不是说最有益的，而是说哈缶·什牢坑驳鸠中最有趣的部分，就是他的故事，——而且，考虑到他是个德国人，其中很多故事都讲得有声有色：——这些故事构成他的第二部，几乎占了他的这部对开本巨著的一半，而且包括十组故事，每组又包括十个故事。——哲学不是建立在故事之上的；因此什牢坑驳鸠用那个名字把它们传给世人肯定是不对的；——在他的第八、第九、第十组中有几篇，我承认，似乎调笑的性质多，思辨的性质少，——但是一般来说，它们被饱学之士看做对许多独立事实的一种详述，它们统统都以某种方式围绕他主题的轴旋转，被他如实收集到一起，补充给他的著作，成了鼻子学说的许多说明。

因为我们手头空闲，——如果您允许的话，小姐，我将给您讲讲第十组的第九个故事。

第三卷　完

第四卷[1]

SLAWKENBERGII

FABELLA*

VESPERA *quâdam frigidulâ, posteriori in parte mensis* Augusti, *peregrinus, mulo fusco colore insidens, manticâ a tergo, paucis indusijs, binis calceis, braccisque sericis coccinejs repletâ,* Argentoratum *ingressus est.*

Militi eum percontanti, quum portus intraret, dixit, se apud Nasorum promontorium fuisse, Francofurtum proficisci, et Argentoratum, transitu ad fines Sarmatiæ mensis intervallo, reversurum.

Miles peregrini in faciem suspexit——Di boni, nova forma nasi!

At multum mihi profuit, inquit peregrinus, carpum amento extrahens, e quo pependit acinaces: Loculo manum inseruit; & magnâ cum urbanitate, pilei parte anteriore tactâ manu sinistrâ, ut extendit dextram, militi florinum dedit et processit.

Dolet mihi, ait miles, tympanistam nanum et valgum alloquens, virum adeo urbanum vaginam perdidisse; itinerari haud poterit nudâ acinaci, neque vaginam toto Argentorato, habilem inveniet. ——Nullam unquam habui, respondit peregrinus respiciens, ——seque comiter inclinans——hoc more gesto, nudam acinacem elevans, mulo lentò progrediente, ut nasum tueri possim.

Non immerito, benigne peregrine, respondit miles.

---

① 与第 3 卷一起出版于 1761 年 1 月。

* 由于 Hafen Slawkenbergius de Nasis 极其罕见，因此看到 12 页他的原作的样品，博学的读者认为难以接受；他讲故事的拉丁文比他的哲学更为简明——而且，我认为具有更多的拉丁习语。此外，我不予置评。［斯特恩注］

Nihili œstimo, ait ille tympanista, e pergamenâ factitius est.

什牢坑驳鸠的故事

那是八月底闷热的一天结束之后的一个清爽凉快的傍晚，一个生客骑着一匹黑骡子，走进斯特拉斯堡镇①。他背着一个小背包，里面装着几件衬衣、一双鞋和一条深红缎子裤。

走进城门时哨兵盘问他，他说他原来在鼻子岬——现在要去法兰克福——然后在去克里木-鞑靼边界的途中，于下个月的今天再回到斯特拉斯堡。

哨兵抬头瞅着生客的脸——一辈子从来没有见过这么一个鼻子！

——我做了一次开心的冒险旅行，生客说着——便把手腕从挂着一把短弯刀的黑腰带圈里滑了出来：他把右手插进衣袋里，左手碰了碰帽子的前檐儿敬了个礼，同时伸出右手——将一枚弗罗林金币塞进哨兵手里，便往前走去。

真叫人难过，哨兵对一个侏儒似的小罗圈腿鼓手说，这么斯文的一个人竟丢了刀鞘②——刀上没有刀鞘他就没有办法旅行了，在斯特拉斯堡全城他也搞不到一个合适的刀鞘的。——我从来就没有刀鞘，生客回头望着哨兵说，说话时把手举到帽子上——我带着一把刀，他接着说——便举起了无鞘的短弯刀，他的骡子一直慢慢地走着，目的是保护我的鼻子。

——应当这么做，高贵的客人，哨兵答道。

——应当个屁，罗圈腿鼓手说——那是个羊皮纸做的鼻子。

---

① 斯特拉斯堡于1681年被法国人突袭攻下，它的历史不仅反映了法、德（奥地利）统治者的多变的命运，而且反映了路德教和天主教神学家的难料的遭遇，这就成了斯特恩所嘲弄的学者争论的焦点。

② 刀鞘的拉丁文 vaginam 有“阴道”的意思。

Prout christianus sum, inquit miles, nasus ille, ni sexties major sit, meo esset conformis.

*Crepitare*① *audivi ait tympanista.*

Mehercule! sanguinem emisit, respondit miles.

Miseret me, inquit tympanista, qui non ambo tetigimus!

Eodem temporis puncto, quo hæc res argumentata fuit inter militem et tympanistam, disceptabatur ibidem tubicine & uxore suâ, qui tunc accesserunt, et peregrino prœtereunte, restiterunt.

Quantus nasus! œque longus est, ait tubicina, ac tuba.

Et ex eodem metallo, ait tubicen, velut sternutamento audias.

Tantum abest, respondit illa, quod fistulam dulcedine vincit.

Æneus est, ait tubicen.

Nequaquam, respondit uxor.

Rursum affirmo, ait tubicen, quod œneus est.

*Rem penitus*② *explorabo; prius, enim digito tangam, ait uxor, quam dormivero.*

Mulus peregrini, gradu lento progressus est, ut unumquodque verbum controversiœ, non tantum inter militem et tympanistam, verum etiam inter tubicinem et uxorem ejus, audiret.

Nequaquam, ait ille, in muli collum frœna demittens, & manibus ambabus in pectus positis, (mulo lentè progrediente) nequaquam ait ille, respiciens, non necesse est ut res isthœc dilucidata foret. Minime gentium! meus nasus nunquam tangetur, dum spiritus hos reget artus——ad quid agendum? ait uxor burgomagistri.

---

① 这个词还有“放屁”的意思。

② penitus（深入地）与英语词 penis（阴茎）近似， rem 又是“家伙、东西”的意思，因此加深了“摸透根底”的淫秽含义。

因为我是一个真正的天主教徒——尽管大了六倍，——但它仍然是个鼻子，哨兵说，就像我自己的鼻子一样。

——我听见这鼻子噼里啪啦地响呢，鼓手说。

天老爷，哨兵说，我可看见它流血呢。

可惜，罗圈腿鼓手嚷道，我们俩都没有摸过它！

就在哨兵和鼓手争论的当儿——一个号手和一个号手的老婆正好走过来，停下看见这生客从旁经过，他们两个也争论起这个问题来。

我的天哪！——好大的一个鼻子啊！长得就像一杆号，号手的老婆说。

还有号一样的气质，号手说，它打喷嚏时你能听出来这一点。

——就像笛子一样温柔，她说。

——是铜管乐器，号手说。

——是个黑香肠头——他老婆说。

我再告诉你，号手说，那是个黄铜鼻子。

我会摸透根底的，号手的老婆说，因为睡觉前我要用指头摸摸它。

生客的骡子走得很慢，所以不仅哨兵和鼓手之间，而且号手和号手老婆之间的争论，他都听得一清二楚。

不！生客说着把缰绳扔到骡子的脖子上，两手贴在胸口上，一只手合到另一只手上，样子活像个圣人（他的骡子一直轻轻松松地走着）。不！他抬起头说，——我现在可不是以前那种任人往身上又抹黑，又泼冷水的罪人——可以给鼻子定那种罪——不！他说，只要上天给我力量，我的鼻子绝对不能叫人摸——要干什么呢？——一位镇长的老婆说。

Peregrinus illi non respondit. Votum faciebat tunc temporis sancto Nicolao, quo facto, sinum dextram inserens, e quâ negligenter pependit acinaces, lento gradu processit per plateam Argentorati latam quœ ad diversorium templo ex adversum ducit.

Peregrinus mulo descendens stabulo includi, & manticam inferri jussit: quâ apertâ et coccineis sericis femoralibus extractis cum argenteo laciniato Περιζοματὲ, *his sese induit, statimque, acinaci in manu, ad forum deambulavit.*

Quod ubi peregrinus esset ingressus, uxorem tubicinis obviam euntem aspicit; illico cursum flectit, metuens ne nasus suus exploraretur, atque ad diversorium regressus est——exuit se vestibus; braccas coccineas sericas manticœ imposuit mulumque educi jussit.

Francofurtum proficiscor, ait ille, et Argentoratum quatuor abhinc hebdomadis revertar.

Bene curasti hoc jumentum (ait) muli faciem manu demulcens——me, manticamque meam, plus sexcentis mille passibus portavit.

Longa via est! respondet hospes, nisi plurimum esset negoti. ——Enimvero ait peregrinus a nasorum promontorio redij, et nasum speciosissimum, egregiosissimumque quem unquam quisquam sortitus est, acquisivi!

Dum peregrinus hanc miram rationem, de seipso reddit, hospes et uxor ejus, oculis intentis, peregrini nasum contemplantur——Per

生客没有理睬镇长的老婆——他正向圣尼古拉①发誓；誓发完以后，便放开交叉着的双臂，态度跟交叉时一样严肃，接着就用左手抓起笼头上的缰绳，右手按在胸口上，短弯刀松松地悬在右手腕上，骑着骡子慢悠悠儿地一步一步走过斯特拉斯堡的主要街道，最后来到正对着教堂的市场上的那家大客店。

生客一从骡子身上下来，他就吩咐把骡子牵到马厩里去，并把他的背包提进去；然后他打开背包，拿出他的深红缎子裤，还有一件带银穗的——（裤子的附属品，我不敢说明）——他把裤子穿上，系上有带穗的包片②，手里拿着短弯刀，立即出门向大广场走去。

生客在广场上刚刚转了三圈，就注意到号手的老婆站在广场对面——于是就立即转身，因为生怕打他的鼻子的主意，便迅速回到了他住的客店——脱掉衣服，把他的红缎子裤等装进背包里，叫人把他的骡子牵来。

我要上路了，生客说，准备去法兰克福——将于下月的今天回到斯特拉斯堡。

我希望，生客要骑骡子时，就用左手抚摸着骡子的脸继续说，你把我这忠实的奴隶很好地关照过了——它驮着我和我的背包，他轻轻地拍着骡子的脊背接着说，走了六百多里格。

——这路程够长的了，先生，店主答道——除非一个人有大事要做。——啧！啧！生客说，我到过鼻子岬；谢天谢地，搞到了一个人千载难逢的顶呱呱的鼻子。

生客讲述着自己的这种奇特的经历，而店老板和老板娘都目不转睛地盯着他的鼻子——圣拉德贡德③啊，老板娘心里说，把全

---

① 俄罗斯主保圣人，圣尼古拉保护的对象包括游学人士、流浪者、被盗者和普通旅行者。

② 以前安置在男裤裤腿分衩前面的一种活动的片状或袋状附属物；还可委婉地指被此物覆盖的男人身体的那个部位。

③ 圣拉德贡德（约520—587），在法国普瓦提埃建立起了一个修士和修女兼容的社区，又是剑桥耶稣学院（斯特恩的母校）的女赞助人。在斯特恩看来，她之所以值得纪念，主要是因为她“把刺扎入肉中”以克制自己的肉体。

sanctos, sanctasque omnes, ait hospitis uxor, nasis duodecim maximis, in toto Argentorato major est! ——estne ait illa mariti in aurem insusurrans, nonne est nasus prægrandis?

Dolus inest, anime mi, ait hospes——nasus est falsus.——

Verus est, respondit uxor.——

Ex abiete factus est, ait ille, terebinthinum olet——

Carbunculus inest, ait uxor.

Mortuus est nasus, respondit hospes.

Vivus est, ait illa, ——& si ipsa vivam tangam.

Votum feci sancto Nicolao, ait peregrinus, nasum meum intactum fore usque ad—Quodnam tempus? illico respondit illa.

Minime tangetur, inquit ille (manibus in pectus compositis) usque ad illam horam——Quam horam? ait illa.——Nullam, respondit peregrinus, donec pervenio, ad——Quem locum, —— obsecro? ait illa——Peregrinus nil respondens mulo conscenso discessit. ①

---

① 此后，小说不再刊载拉丁文原文，只有译文了。

斯特拉斯堡任何一打最大的鼻子加在一起也没法跟这个鼻子相比！难道说，她咬着丈夫的耳朵悄声说，难道说这不是一个高贵的鼻子？

这是招摇撞骗，亲爱的，店主说——是个假鼻子。——

是个真鼻子，他老婆说。——

它是冷杉木做的，他说，——我闻出了松脂①味儿。——

它上面有一个小疙瘩，她说。

它是个死鼻子，店主答道。

是个活鼻子，如果我自己来劲儿了，老板娘说，我就要把它摸一下。

今天我已经向圣尼古拉起过誓，生客说，我的鼻子不能叫人摸，直到——谈到这儿生客把声音停住，抬起头来——直到什么时候？她急忙问道。

永远都不能叫人摸，他说着就合住自己的双手并紧贴在胸前，直到那一刻——什么时刻？老板娘大声问。——永远不能！——永远不能！生客说，永远不能，直到我到了——天啦！到了什么地方啊？她问。——生客一声不吭骑着骡子走了。

在去法兰克福的路上，生客还没有走上半里格，他的鼻子就轰动了整个斯特拉斯堡城。晚祷钟声正响着召唤斯特拉斯堡人去参加祈祷式，在祈祷中结束一天的事务：——可是全镇没有一个人听到钟声——全城就像一窝蜂——男男女女，老老少少（晚祷钟一直在叮咚作响）胡跑乱撞——打这门进去，从那门出来——有的走这条路，有的走那条路——有的走长路，有的走岔路——从这条街上来，打那条街下去——这巷子里进去，那巷子里出来——你看到那鼻子了吗？你看到那鼻子了吗？你看到那鼻子了吗？啊！你看见那个鼻子了吗？——谁看见了？到底谁看到了？天哪，谁看见了呀？

---

① 斯特拉斯堡的松脂在英国使用得极为普遍，而且还被用来清洗堵塞的尿道。

啊呀！我在做晚祷！——我在洗衣服，我在上浆，我在擦地板，我在缝被子——天啊！我从来没有见过它，——我从来没有摸过它！——我要是一名哨兵，一个罗圈腿鼓手，一个号手，一个号手的老婆就好了，斯特拉斯堡的大街小巷，旮旮旯旯全是这么一片呼喊和悲叹。

正当斯特拉斯堡全城乱做一团的时候，那斯文的生客正骑着骡子悠闲地走在去法兰克福的路上，好像他与这件事没有一点瓜葛似的——路上他骑在骡子背上，断断续续地说着话儿，时而讲给他的骡子——时而讲给他自己——时而说给他的胡莉娅。

啊，胡莉娅，我可爱的胡莉娅！——不，我不能停下让你啃田刺芹——我正要尝尝快乐的滋味的时候，我疑心敌手会来插嘴，这就会完全让我扫兴。——

——呸！——那只不过是一根田刺芹而已——别管它——夜里你会有顿更可口的晚饭。——

——迫使我离乡背井——我的朋友——离开你。——

可怜鬼，你走累了，真可悲啊！——喂——走快点——我的背包里别的什么也没有，就有两件衬衣——一条红缎子裤和一件带穗子的——亲爱的胡莉娅！

——可干吗要去法兰克福呢？是不是有一只没有摸过的手，它偷偷儿地领我走过这些弯弯曲曲的道路和未曾想到的地段？——

——磕磕绊绊！圣尼古拉啊！每一步都磕绊——为什么我们要这样子一整夜去——

——图个快乐——要不，我不就成了命运嘲笑和诽谤的对象了吗——注定要往前闯，不会被定罪——不会被听见——不会被触摸——要是这样，我为何不呆在斯特拉斯堡，那儿公道——不过我已经起过誓了！——来，你该喝点儿了——为圣尼古拉干杯！——噢，胡莉娅！你耳朵竖起听啥呢？——这不过是一个男人罢了——

生客就这样同他的骡子和胡莉娅边走边聊——一直聊到他到了歇脚的客店为止，一到客店，他就下来——注意让他的骡子，就像他许诺过的那样，得到很好的关照——取下装有红缎子裤等物的背包——要了个煎蛋饼给他当晚饭，十二点左右上床休息，不过五分钟就呼呼入睡了。

那天晚上，大约在同一个时辰，斯特拉斯堡的混乱终止了，——镇上的居民都静悄悄地上了床睡觉——但不像生客那样要么为了休息大脑，要么为了休息身体，因为小妖精般的玛布仙后①取来了生客的鼻子，没有缩小它的个头，那一夜她按斯特拉斯堡的人数不辞劳苦地把这个鼻子切分成不同的形状。奎德林堡②的女修道院院长带着她的全体修士中的四大要人，小女隐修院院长，女教长，唱诗班副领唱和高级修女，那一周来到斯特拉斯堡向大学咨询与她们衣裙衩口③相关的良心问题——她难受了整整一夜。

那斯文的生客的鼻子已经安置在这位院长大脑松果体的顶部，在这四大要人的想像中干出了那么激动人心的活计，搞得她们彻夜辗转不眠——浑身上下，没有一处安稳的——总而言之，她们起床时活像四个鬼魂。

圣方济各会第三会④的宗教裁判官们——髑髅山⑤的修女们——引导修会⑥的修女们——克鲁尼本笃会* 的修女们——加尔都西

① 正如默丘西奥在《罗密欧与朱丽叶》第 1 幕第 1 场的著名段落中的解释，玛布仙后是“精灵们的产婆”，她能把人隐藏在内心的希望和幻想在梦里变成现实。

② 普鲁士萨克森州的一个镇子，这里的女修道院院长长期拥有特殊的教会权力和政治权力。

③ 外裙开口，通往里面的口袋；从 17 世纪初具有了淫秽含义。

④ 也叫“兄弟姐妹苦修会”，是一个广泛的俗人兄弟姊妹会，这些人在不脱离世俗的情况下，努力遵守方济各会的准则。

⑤ 髑髅山圣母院本笃会，是奥尔良的安特瓦尼特和特朗布莱的嘉布遣会修士约瑟夫 · 勒克莱尔于 17 世纪初在普瓦提埃创建的一个修道会。

⑥ 一个奥古斯丁正经教规修会，创建于 1120 年。

* 哈缶 · 什牢坑驳鸠指的是克鲁尼本笃会的修女们，该会由克鲁尼修道院院长奥多于 940 年创建。 [斯特恩注。克鲁尼本笃会由男修道院院长伯尔诺创建于 910 年，在伯尔诺的接班人奥多的领导下其会员和影响有大规模的增长。不过按照琼 · 埃文斯的《克鲁尼的隐修院生 （转下页）

会①的隐修修女，和更严格的女修道院的成员在那天晚上盖着毯子或者粗毛毡躺着，她们的情况比奎德林堡的那位女修道院院长的情况还要糟糕——在床上彻夜辗转反侧，反侧辗转——各个修女把自己的身子乱抓乱抠——她们一个个跳下床来，简直像活剥了皮一样——每个人都以为是圣安东尼到她们这里试火②来了——总而言之，从晚祷到晨祷，她们一夜未合眼。

乌尔苏拉会③的修女们表现得最明智——她们压根儿就没打算上床睡觉。

斯特拉斯堡的教长、受俸牧师、神父会成员和大教堂教士会成员④（早上神父会集合，要考虑黄油圆面包⑤的事）都希望她们能学乌尔苏拉会的修女的做法。——在前一天晚上，一切事情都颠倒错乱了，面包师们全都忘了放酵母——整个斯特拉斯堡吃早餐没有黄油圆面包——大教堂的整个院子一直嘈闹不休——这种骚乱的起因和对这一起因的寻根问底自从马丁·路德用他的学说把斯特拉斯堡翻个底朝天以后，还从来没有出现过。

如果生客的鼻子这么随便地伸到宗教修道会之类机构的碟子*中，就产生了上述情况，要是伸到俗人的碟子里，造成的场面不知

（接上页）活》（伦敦， 1931）第 29 页，克鲁尼修道会的第一个女修道院于 1056 年创建于马尔西尼。]

① 由圣布鲁诺于 1084 年在加尔都西创建的一个僧侣修道会。

② “圣安东尼之火”：丹毒。

③ 乌尔苏拉会专门从事女童教育，是由梅里奇的圣安吉拉于 1535 年创建的；圣母马利亚的乌尔苏拉姐妹会是沙伊恩克通治的尊敬的安妮于 1606 年创立的。

④ 指次级神品的大教堂教士，他们在大教堂的全体教士大会上没有选举权。

⑤ 黑话，指与几个男人性交频繁的女人。

* 项狄先生对演说人的赞扬——是非常明显的，因为什牢坑驳鸠在这儿改变了他的隐喻——用这种隐喻他犯了一个错误；——作为一名译者，项狄先生一直尽其所能忠实于这个隐喻——但在这儿是不可能的。 [斯特恩注]

有多么热闹啊！——这种情况我的一支秃笔是难以描述的；尽管我承认，（什牢坑驳鸠喊道，他表现出的欢乐的思想超出了我的预料）世界上有许多精彩的明喻可以使我的同胞对它有一定的概念；不过在为他们而写，又花费了我大半辈子光阴的这样一部巨著的末尾——尽管我对他们承认这种明喻是有的，可是他们指望我或者有时间或者有兴趣去搜寻它，这是不是没有道理？这么说吧，那鼻子在斯特拉斯堡人的幻想中引起的骚乱是那么普遍——它是那样紧紧地抓住了斯特拉斯堡人的全部心力——关于它，说了那么多千奇百怪的话，赌了那么多千奇百怪的咒，各个方面信心相同，各个地方口才相等，以致使整个谈话和惊奇的大流都向它冲去——斯特拉斯堡的每一个灵魂，无论好的，还是坏的，——无论穷的，还是富的——无论是博学多才的，还是不学无术的——无论是博士，还是学生——无论小姐，还是丫环——无论高雅的，还是粗俗的——无论修女的肉体还是民妇的肉体都无暇旁骛，专门聆听有关它的消息——斯特拉斯堡的每一只眼睛都为它望穿了秋水——斯特拉斯堡的每一根指头——每一根拇指都火辣辣的要摸一摸它。

现在，如果认为对这一强烈愿望需要做什么补充的话——那就是哨兵，罗圈腿鼓手，号手，号手的老婆，镇长的遗孀，客店老板，客店老板娘，在关于生客鼻子的证词和描述中，无论他们怎么各持己见，分歧多大——但有两点他们的意见是一致的——那就是说，生客去了法兰克福，直到下个月的那一天才能回到斯特拉斯堡；第二，不管他的鼻子是真是假，生客本人却是美貌绝伦——长相最漂亮！——态度最文雅！——花钱最大方——是进过斯特拉斯堡城门的举止最斯文的人——当他手腕上吊着弯刀，骑着骡子走过街道——穿着深红缎子裤走过广场的时候——那种潇洒谦和的神态是那么可爱，又是那么充满阳刚之气——每个见过他的少女都心旌摇曳（如果他的鼻子不碍事的话）。

我并不要求那颗不知好奇的渴望为何物的心，在如此激动的情况下，要替奎德林堡的女修道院院长，小女隐修院院长，女教长和唱诗班副领唱辩护，说中午派人去叫小号手的老婆是正当的：她走过斯特拉斯堡的街道时手里拿着丈夫的号；——那是有限的一点时间允许她阐明她的看法时用的最好的器具——她呆了不到三天的时间。

哨兵和罗圈腿鼓手！——古雅典这边什么也不是他们的对手！他们俩在城门下向来来往往的人们宣讲，具有克吕西波和克兰托尔①在门廊里演说的气派。

旅店老板，左边站着他的马夫，也以同样的风格宣讲他的理论，——就在马厩的门廊下——老板娘则在一间后屋里较为隐蔽地宣讲她的：大家都蜂拥而来，听他们的宣讲；并不是不分青红皂白地听——不过听这个还是听那个，那就看他们信哪个了——一句话，每个斯特拉斯堡的人赶来打听消息——结果人人得到了自己需要的消息。

为了照顾自然哲学等方面的全体讲解者，值得一提的是：号手的老婆刚给奎德林堡女修道院院长做完私下演讲，就开始站在大广场中央的一个凳子上做公开演讲——为了她的听众，她轻率地占据了斯特拉斯堡镇最时髦的地段，从而大大妨碍了其他讲解者——可是，当一个哲学讲解者（什牢坑驳鸠喊道）用号当工具时，请问，除了自己，哪个科学上的对手能声称自己的话别人听得见呢？

当不学无术者通过这些消息渠道忙着下到真理坐朝的井底时——要是博学多才者通过辩证归纳法的渠道按自己的方式忙于将真理泵上来——那他们关心的就不是事实——他们只是在推理——

没有一个行业比医学专家更能清楚地解说这一问题了——如果他们有关鼻子的争论没有统统转向粉瘤和水肿，那就是要了他们的性命，他们也无法躲开这两种东西——生客的鼻子却与粉瘤和水肿毫不相干。

可是，有一点讲得十分令人满意，那就是，当胎儿还在子宫里

---

① 克吕西波，见第147页注②。克兰托尔（活跃期在公元前300年左右），柏拉图学派的希腊哲学家，柏拉图著作的第一个诠释家。

时，在不破坏胎儿的静态平衡，并在出生前九个月内没有把这种平衡突然加在胎儿头部的情况下，这样的异质硬块决不会聚集到胎儿的鼻子上去的。——

——辩论对手同意这种理论——却否认那些结果。

一个鼻子出世前（粉瘤情况除外）成形的萌芽吐蕊初期，如果静脉、动脉等给它供应的适量营养，没有储存下来，他们说，那么这鼻子就不会正常发育，而且以后也难以保全。

这一切叫一篇论文全部解决了，这篇论文论述的是营养和营养在扩张血管和增长肌肉部位到可以想像的最大程度这方面的作用——在这种理论高奏凯歌时，他们进一步论证鼻子没有任何理由不能长到人本身那么大。

论文的答辩者让世人相信：只要一个人仅有一个胃和两叶肺，他们决不会遇到这种情形——因为胃，他们说，本来是接受食物并将食物转化成乳糜的唯一器官，——而肺是造血的唯一引擎——胃可能消化的只不过是食欲带给它的东西：或者就算承认人使自己的胃超载的可能性，自然对人的肺却限定了范围——所以这个引擎具有一定的大小和功能，在一定时间内只能完成一定量的任务——那就是说，只能造出一个人够用的血，不会有更多的量；而且，如果有个鼻子和人一样大——他们证明这时一定会出现坏疽；由于无法供养他们两者，不是鼻子从人身上脱落下来，就是人从他的鼻子上脱落下来。

自然能对付这些特殊情况，反对者喊道——一个人不幸失去两条腿成为半个人，而两叶肺全在——整个胃也健在，对于这种情况，你还有什么可说呢？

这人会死于多血症，他们说——或者得吐血，在两三周之内得肺痨完蛋——

——情况完全不是这样——反对者答道。——

不该是这样，他们说。

对自然和自然现象更好奇、更深入的研究者们，尽管他们携手共进，可在鼻子这个问题上最终都分道扬镳，几乎就像医学界本身的分歧一样大。

他们友好地指出，人体结构的各个部位有一种适当的几何尺寸和比例，以满足各自的目的、功能和用途，就是超越也只有一定的限度——所以自然，尽管她胡闹——但只是在一定的范围内胡闹；——而他们在鼻子直径上没有达成一致的意见。

逻辑学家固守住他们前面的那一点，比哪一类文人都要严；——他们从鼻子这个词开始，到鼻子这个词结束；要不是争论一开始他们当中最高明的一个就在上面碰了壁的一场 petitio principii①，整个争议就立即结束了。

一个鼻子，逻辑学家争论说，如果没有血就不会流血——流血所包含的不仅是血——而且还有里面给这个奇观供应一滴接一滴血的血液循环——（血流只不过是一滴滴的血更加迅速的连续而已，他说）——那么死亡，这位逻辑学家接着说，只不过是血液的停滞而已。

我反对这种定义——死亡是灵魂和肉体的分离，他的反对者说——那么关于我们的武器我们就达不成一致了，逻辑学家说——那这场争论就算结束了，反对者答道。

民法专家的辩论则更加简洁；他们提出的是法令性质上的问题——而不是一场论争。

——这样一个庞大怪异的鼻子，他们说，如果是个真鼻子，在文明社会里是不可能允许存在的——如果是假的——用那样的假象欺骗社会，则是对社会权利的更大侵犯，对此不能轻饶。

对这一看法的唯一反对意见是：如果这一点能证明什么的话，它就证明生客的鼻子既不是真的，也不是假的。

这就为继续辩论留下了余地。教会法庭的辩护律师们坚持认为，什么也不能禁止法令，因为生客 ex mero motu② 承认他原来在

① 拉丁文：以假定作为论据的辩论。

② 拉丁文：出于自愿。

鼻子岬选了一个最漂亮的等等，等等——对这一点的回答是，不可能有鼻子岬这样一个地方，如果有，博学多才的人也不可能不知道这地方在哪儿。斯特拉斯堡主教的代理同意律师们的意见，并在一篇关于于谚语短语的论文里解释了这个问题，他向律师们指出，鼻子岬纯属寓言词语，意思只不过是自然给了他一个长鼻子而已：在证明这一点时，他学识渊博，引经据典，* 好像他渊博的学识在十九年前并没有裁定一场有关教长特权和大教堂全体教士的用地的争议，否则这学识就无可辩驳地解决了这个问题。

碰巧——我决不不识时务地颂扬真理，因为他们在这么做时以另外一种形式给了真理一种褒扬；斯特拉斯堡的两所大学——路德大学由理事会顾问雅各布斯·斯图尔米乌斯①创建于一五三八年，——老教大学由奥地利大公利奥波德创建，这两所大学在当时

---

* Nonnulli ex nostratibus eadem loquendi formulâ utun. Quinimo et Logistæ & Canonistæ—Vid. Parce Barne Jas in d. L. Provincial, Constitut. de conjec. vid. Vol. Lib. 4. Titul. I. N. 7. quâ etiam in re conspir. Om. de Promontorio Nas. Tichmak. ff. d. tit. 3. fol. 189. passim. Vid. Glos. de contrahend. empt. & c. nec non J. Scrudr. in cap. ξ. refut. ff. per totum Cum his cons. Rever. J. Tubal, Sentent. & Prov. cap. 9. ff. 11, 12. obiter. V. et Librum, cui Tit. de Terris & Phras. Belg. ad finem, cum Comment. N. Bardy Belg. Vid. Scrip. Argentotarens. de Antiq. Ecc. in Episc. Archiv. fid. coll. per Von Jacobum Koinshoven Folio Argent. 1583, præcip. ad finem. Quibus add. Rebuff in L. obvenire de Signif. Nom. ff. fol. & de Jure, Gent. & Civil. de protib. aliena feud. per federa, test. Joha. Luxius in prolegom. quem velim videas, de Analy. Cap. 1, 2, 3. Vid idea. [斯特恩注，这段没有意义的脚注戏拟学究式的权威引证。模仿拉伯雷《巨人传》第3部第39—42章勃里德瓦的答辩。]

① 约翰·斯图尔米乌斯。（原书注释）按：路德大学的创建人是雅各布斯·斯图尔米乌斯（1489—1553），还是约翰·斯图尔米乌斯（1507—1589），斯特恩时代说法便莫衷一是。雅各布斯为当地议会领袖，作为大学创建人可能性大一些。斯特拉斯堡当时并没有“老教”大学，直到二十来年后，法国人战胜，路易十四才把莫尔塞姆的天主教大学迁往该地；利奥彼德大公（1586—1632），斯特拉斯堡和帕绍主教。

正用它们博大精深的知识（只有奎德林堡女修道院院长需要的衣裙衩口方面的知识除外）——裁定马丁·路德被罚入地狱的问题。

老教大学的博士们着手用演绎法论证；按一四八三年十月二十二日那天星辰的必然星力——当时月球位于第十二宫——木星、火星和金星在第三宫，太阳、土星和水星全都聚集在第四宫——所以马丁·路德必然是个恶人——按直接推论，他的学说一定也是邪恶的学说。

考察一下马丁·路德的天宫图，在阿拉伯人划给宗教的第九宫里，五个星辰同时与天蝎星座* 交尾（读到这里，我父亲总会摇头）——看来马丁·路德对此事毫不在乎——而且从天宫的方位到火星的合态——他们查明马丁·路德必定死于咒骂和渎神——在一阵阵诅咒声中，他的灵魂（充满了罪恶）被这股阴风刮进地狱的火海。

路德大学的博士们对这一点稍有异议，他们认为，那一定是八三年十月二十二日出生的另一个人的灵魂以那种方式被阴风刮走的——因为曼斯费尔特县伊斯拉本的登记册表明：路德不是一四八

---

* Hæc, mira, satisque horrenda. [5] Planetarum coitio sub Scorpio Asterismo in nonâ cœli statione, quam Arabes religioni deputabant efficit *Martinum Lutherum* sacrilegum hereticum, christianæ, religionis hostem acerrimum atque prophanum, ex horoscopi directione ad Martis coitum, [ir] religiosissimus obiit, ejus Anima scelestissima ad infernos navigavit—ab Alecto, Tisiphone et Megaera flagellis igneis cruciata perenniter.

—Lucas Gauricus in Tractatu astrologico de præteritis multorum hominum accidentibus per genituras examinatis. [斯特恩注。这一段摘自贝尔的《词典》 1734—1738 年版的五卷英文本，这里有所改动，置于括号中的内容出自 1734—1741 年版的更完善的十卷英文本中关于路德的词条，可以直译如下：“这真是精彩绝妙而又令人毛骨悚然。在阿拉伯人划给宗教的第九天宫里，五个星辰与天蝎星座相合，这使路德成为亵渎神圣的异端邪说的倡导者和基督教的最大死敌。从天宫图的方位到火星的合态可知他死于漠视宗教。他罪恶的灵魂落入地狱并永远被阿莱克托、底西福涅和墨纪拉用火鞭鞭挞。——卢米斯·戈里库斯的《占星学借观天宫图，论众人往事》。”戈里库斯（1476—1558），契维塔特主教，著名数学家和占星家。]

三年而是八四年出生的；日期不是十月二十二日，而是十一月十日，圣马丁节前夜，因而他取名马丁。

[——我的翻译必须暂停片刻；如其不然；我想我会跟奎德林堡的女修道院院长一样不会合眼安眠的——应当告诉读者的是，每当我父亲给我的脱庇叔叔读什牢坑驳鸠的这一段文字时，他总表现出胜利的喜悦——不是由于战胜了我的脱庇叔叔，因为在这一方面，脱庇叔叔从来不反对他——而是由于战胜了整个世界。

——哎，你看，脱庇兄弟，他会抬起头来说，“教名可不是那种无关紧要的东西；”——要是路德不叫马丁而叫其他什么名儿，那他永远会被打入地狱——并不是我认为，他会补充说，马丁是个好名字——远远不是——只是比一般名字好些，不过只好那么一点儿——可尽管是这么一点儿，你知道，这对他来说就受益匪浅了。

正像最高明的逻辑学家能够向他指出的那样，我父亲本人也知道他的这个假说的依据不够硬棒——可奇怪的是，一个人的软弱找上门来时，他无论如何不能不加以利用；正因为如此，虽然在哈缶·什牢坑驳鸠的十连篇故事集里，有许多故事就像我正在翻译的这个一样有趣，可其中没有一个能让我父亲读起来时表现出一半的乐趣——这正好同时迎合了他最古怪的假说中的两个——他的名字假说和他的鼻子假说——我不揣冒昧地说，要是命运对这两个假说不另加照顾，他也许读完了亚历山大图书馆①所有的藏书，也不可能遇到一本合二而一的书或一段合二而一的话，能把那样的两个钉子一锄头就敲到点子上。]

斯特拉斯堡的这两所大学就路德的这件航行事件苦苦地较量着。当老教博士们自鸣得意的时候，新教博士们证明了路德并没有顺风而行；因为众所周知，没有满帆顶风的航行，——他们要解决

---

① 最重要的古代图书馆，创建于托勒密王朝统治时期的亚历山大城，据说一度收藏手写本约五十万卷。公元前 47 年被恺撒焚毁，但直到公元 640 年才全部毁灭。

的是，就算路德航行过，他背离了多少方位；马丁绕过了海角[1]还是困在一个背风岸上；无疑，这是一个富有启迪的研究，至少对懂这种航行的人来说是这样，他们不管生客鼻子的大小，继续往下研究，如果生客鼻子的大小也没有把世人的注意力从他们研究的对象引开的话——这是他们从事的职业。——

奎德林堡的女修道院院长和她的四大要人绝没有消停下来；因为，生客的大鼻子作为她们考虑的良心问题，给了她们满脑子的奇思怪想——衣裙衩口的事她们冷搁下了——总而言之，印刷工已经接到拆版还字的命令——一切争论停止了。

——这是一顶顶上有绸缨子的方帽[2]——要戴在猜中了这两所大学在这个鼻子的哪一方闹翻的——一个硬脑壳上。

这很有道理，一方的博士们喊道。

这没有多少道理，另一方喊道。

这是信仰问题，一方喊道。

这是瞎扯淡，另一方说。

这有可能，一方喊道。

这绝不可能，另一方说。

上帝是万能的，鼻子派喊道，他可以做任何事情。

他什么事也做不了，必然要对抗的反鼻子派答道。

他可以使物质思考，鼻子派说。

就像你能从母猪耳朵里弄出一顶丝绒帽那样有把握，反鼻子派答道。

他可以叫二加二等于五，老教博士们答道。——这是错误的，他们的对手说。——

万能就是万能，主张这鼻子属实的博士们说。——这只能推广到一切可能的事情上，路德教博士们回答说。

---

① 俚语“绕过合恩角”是“当了王八”的意思。

② 即学位帽。

老天作证，老教博士们喊道，如果他认为合适，就可以造一个大得像斯特拉斯堡的尖塔的鼻子。

斯特拉斯堡的尖塔是全世界现有的教堂尖塔中最大最高的，反鼻子派认为至少一个中等个子的人不可能有五百七十五英尺长的鼻子，——老教博士们赌咒发誓地说完全有可能——路德教博士们说，不；——不可能。

这样，便立即展开了一场新的争论，他们就上帝的德性和本性的范畴进行了深入的辩论——争论使他们自然而然地转向托马斯·阿奎那，再从托马斯·阿奎那转向魔鬼。

争论中再也没有听到有人谈及生客的鼻子——它仅仅被用做一只快速帆船，把他们载进经院神学的海湾，——然后，他们一直顺风而行。

热情与对真知的需求成正比。

对上帝的属性等方面的论战不但没有降温，反而激发了斯特拉斯堡人的无穷想像——对于这个问题，他们懂得的越少，对它的惊奇就越大——他们陷入了未满足的渴望的苦海——望着他们的博士，一方是羊皮纸派，铜管乐器派，松脂派①——另一方是老教博士，像寻访神瓶的谕示的庞大固埃和他的伙伴们那样，都上了船看不见了。②

——可怜的斯特拉斯堡人被丢在了海滩上！

——该怎么办呢？——不能耽搁——骚乱愈演愈烈——每个人都慌了手脚——城门都打开了。——

不幸的斯特拉斯堡人啊！是不是在大自然的仓库里——是不是在学术的堆房里——是不是在机遇的大贮藏室里，有一个器械丢在那儿没拿出来，在苦苦折磨你们的好奇心，激发你们的欲望，命运之手没有指使它玩弄你们的心意？——舞文弄墨并不是要替你们的

---

① 指路德教，该教教派有三十九派之多。

② 庞大固埃乘船“寻访巴布，又名神瓶的谕示”的经过见拉伯雷《巨人传》第4部第1章。

屈服开脱——只是要给你们写篇赞歌。让我看看一座满怀期望的城市——市民一连二十七天不吃，不喝，不睡觉，不祈祷，对宗教或自然的召唤置若罔闻，而且还能再坚持一天。

那斯文的生客答应在第二十八日回到斯特拉斯堡。

七千辆四轮大马车（什牢坑驳鸠肯定搞错了数字），七千辆四轮大马车——一万五千辆单马轻便马车——两万辆大篷车，里面挤得严严实实，坐着议员，顾问，委员——贝居安女修会修女①，寡妇，婆娘，处女，大教堂教士，姨太太，都坐在她们的大马车里——奎德林堡的女修道院院长同那个小女隐修院院长，女教长，唱诗班女副领唱坐在一辆大马车里，走在队列的最前面，斯特拉斯堡的教长同他的教士中的四大要人位于她的左侧——其他的人则乱哄哄地尽量跟上；有的骑马——有的步行——有的被领着——有的被赶着——有的沿莱茵河而下——有的走这条路——有的走那条路——都在日出时上路去看那斯文的生客。

现在我们赶向我的故事的结局——我之所以说结局（什牢坑驳鸠喊道）是因为作为一个各部分安排得当的故事，不仅具有一出**戏剧**的结局和突变，而且更具有戏剧的一切基本构成要素——它有戏剧的序幕、发展、高潮，它的结局或突变，一个接一个地出现，遵循的是亚里士多德首先确立的顺序——如果没有这几个阶段，一个故事就不成其为故事，什牢坑驳鸠说，就只能一个人意会，不能言传。

在我的全部十个故事里，在我的所有十连篇故事集里，我，什牢坑驳鸠，使每个故事都严格地遵循这一规则，就像我在生客和他的鼻子这篇故事中所做的一样。

——从他初次跟哨兵攀谈到脱掉深红缎裤离开斯特拉斯堡城这一段就是故事的序幕或引子——在这里，剧中人的性格才刚刚触及

① 一平信徒女修会的成员，不受发愿约束，四处诵读《圣经》并劝勉民众。

到，主题只是初见端倪而已。

在发展阶段，情节得到充分的深入和加强，直到所谓的高潮阶段到来，发展阶段一般安排在第二和第三幕中，包含在我的故事的最热闹的阶段，从鼻子引起的第一夜喧闹到号手老婆在大广场中央做完她的鼻子演讲；而从争论的博学之士们刚刚上船——到博士们最后扬帆启航，把斯特拉斯堡人丢在海滩上受磨难，是故事的高潮，或事件与感情的成熟，为第五幕的迸发做好准备。

这一阶段从斯特拉斯堡人出现在通往法兰克福的路上开始，到绕出迷宫并把主人公从激动不安的状态（如亚里士多德所称）带入平静安宁的状态。

这一阶段，哈缶·什牢坑驳鸠说，构成了我的故事的结局或突变——也是我正要讲述的那一部分。

我们把生客扔到幕后睡觉——现在他开始登台亮相了。

——你的耳朵竖起来听什么呢？——没有别的，马上仅仅有个男人——这是生客给他的骡子说的最后一句话。要是那么告诉读者，那骡子拿主人的话当真；再没有如果或并且，就让这位旅客和他的坐骑走掉，那就不合适了。

那位旅客马不停蹄地赶路，以便当天晚上到达斯特拉斯堡——我真傻，当他又走了一里格左右的路时，对自个儿说，想今晚就到斯特拉斯堡，——斯特拉斯堡！——了不起的斯特拉斯堡！——斯特拉斯堡，全阿尔萨斯的首都！斯特拉斯堡，一座帝王之都！斯特拉斯堡，一个城邦！斯特拉斯堡，全世界最优秀的五千军人守卫着你！——唉！如果我这会儿就在斯特拉斯堡的城门口，花一个达克特，是不会让我进去的，——不行，一个半达克特——这太多了——还是回我路过的最后一家客店去吧——这总比躺在我不知道的地方——给我认不得的东西强。这旅客心里这么盘算着，就调转了他的马头，生客被领入他的房间过了三分钟，这位旅客也来到了这家客店。

——店里有熏肉，老板说，还有面包——而且今晚十一点以前我们还有三个鸡蛋——不过一小时之前来了一位生客，把鸡蛋做了个煎蛋饼，所以，我们现在什么都不剩了。——

——哎呀！旅客说，我困了，我别的都不要，就需要一张床——我有一张阿尔萨斯最软和的床，老板答道。

——那生客，老板接着说，要不是由于他的鼻子大，本应当睡这张床的，因为这是我最好的一张床——他得排出流质，旅客说——这个我不知道，老板嚷道——不过这是一张折叠床，可是雅辛塔，他朝那丫头说，认为这床小得搁不下他的鼻子——这话怎么讲呢？旅客吃了一惊，往后跳了一步喊道——这鼻子太长，老板答道——旅客眼睛瞅了瞅雅辛塔，然后又瞅着地面——他右膝跪下——刚好把一只手贴在胸前——别笑话我爱操闲心，他又站起来说——这可笑话不得，雅辛塔说，那可是最了不起的鼻子！——旅客又跪了下来——把一只手按在胸口——然后他抬眼望着天说，你终于把我带到了旅途的终点——这就是迭戈！

旅客原来是胡莉娅的弟弟，在生客骑着骡子离开斯特拉斯堡的那天晚上，他时常受到生客的召唤；代表胡莉娅来找那生客。他陪着姐姐从瓦拉多利得①越过比利牛斯山脉走遍法国打问这个人，在荆棘丛生的情人路上，历尽了艰难曲折。

——在寻找中，胡莉娅已经累垮了——当时她没法再从里昂走一步了，在里昂，她温情脉脉，忧思重重，这种心情人人都在言传——但很少有切身体会——她病倒了，只有给迭戈写一封信的力气；她对弟弟托付说，在找到他之前决不要来见她，然后把信塞到弟弟的手里就卧床不起了。

费尔南德斯（因为这是她弟弟的名字）——尽管这张折叠床是阿尔萨斯最绵软的床，但他躺在床上还是合不上眼睛。——天刚一亮，他就起床了，接着听见迭戈也起来了，他走进迭戈的房间，交

---

① 参比塞万提斯《堂吉诃德》上卷第 29 章：“我看见许多人都从自己出生的地方取名，叫什么……迭戈 · 台 · 瓦拉多利得呀。”

出了他姐姐托付的东西。

这封信内容如下：

“**迭戈**先生。

“我对你鼻子的怀疑是不是招致得很有道理——现在不是要探讨这个问题——我没有决心再进一步验证这些怀疑，这已经够了。

“当我派我的伴当禁止你再来到我的窗前时，我怎么对自己了解得这么少呢？要么，我怎么对你了解得这么少，迭戈，还以为你不会在瓦拉多利得呆上一天来减轻我的疑虑呢？——迭戈，是不是因为我上过当，就应当被抛弃？或者相信我的话，不管我的怀疑有没有道理，而且像你所做的那样，让我心神不定，痛苦忧伤，就是一件好事呢？

“胡莉娅对此是如何地怨恨——我弟弟，把这封信交到你手里时，自然会告诉你：他会告诉你，她是如何很快就对自己送给你的那封唐突的信后悔不迭——她如何飞快地跑到窗前，一连多少个日日夜夜她胳膊肘儿一动不动地倚在窗上，出神地望着迭戈经常来的那条道路。

“他会告诉你，当她听到你离去的消息时——她是多么地失魂落魄——她是多么地伤心难过——她是多么地悲痛忧伤——她是多么地垂头丧气。啊！迭戈！我弟弟出于同情，用日渐倦怠的手领我迈出了多少个困乏的脚步去追寻你的踪迹！心愿又把我带到力不胜任的境地———路上，我曾多少次晕倒在他怀里，只剩下一点力气可以喊一声——啊！我的迭戈！

“如果你文雅的举止没有掩饰你的心愿，你会飞奔到我的身旁，几乎和你离我而去的速度一样快——尽管你想飞快而来，你只能看着我断气。——这是一杯苦酒，迭戈，不过，唉！这会苦上加苦，如果死去时没有——。①”

---

① 一种解释是“没有完成心愿”，一种解释是“没有相信这个故事”。

她不能再往下写了。

什牢坑驳鸠认为这番煞费苦心的话难以令人信服，不过她确实再没有力气写完这封信。

读这封信时，斯文的迭戈心潮起伏，激情翻滚——他吩咐马上给他的骡子和费尔南德斯的马上鞍；除了诗歌，难以用散文表达这种心灵的撞击——机遇，由于把我们引向病痛的次数与引向治愈的次数一样，所以把一支木炭笔投进窗里——迭戈便加以利用，趁马夫给骡子备鞍的当儿，他在墙上写下了下面的诗句来排遣他的心情。①

颂歌

爱的乐符刺耳又走调，
　　除非我的胡莉娅拨动了琴键，
只有她的手才能使乐谱传情达意，
　　她悦耳的旋律
　　　　使那颗心入迷，
并以声应气求的力量支配整个儿男。

第二节

啊！胡莉娅！

这些诗句浑然天成——丝毫没有刻意求工的迹象，什牢坑驳鸠说，遗憾的是没有再写下去；不过，是迭戈先生作诗太慢——还是马夫备鞍太快——这就不敢断言了；然而肯定无疑的是，没等迭戈把第二节诗作好，他的骡子和费尔南德斯的马已经在客店门前准备好了；于是，没等写完这首颂歌，他们就双双骑上牲口上路了，跨过莱茵河，穿越阿尔萨斯并直奔里昂，在斯特拉斯堡人和奎德林堡

① 这里隐含着“排精”、“排便”的意思。

女修道院院长的人马起程之前，费尔南德斯，迭戈和他的胡莉娅早已翻过比利牛斯山脉平安到达了瓦拉多利得。

勿需告诉一个熟知地理的读者，当迭戈在西班牙时，是不可能在去法兰克福的路上见到斯文的生客的；只消说一下，在所有骚动不安的欲望中，好奇是最强的一种——斯特拉斯堡人感受到了它的全部力量；他们在去法兰克福的路上折腾了整整三天三夜，被这种情绪逼得怒气冲天，迫不得已只好回家——唉！这时候等待他们的却是一个自由民族所能遇到的最痛苦的一件事。

斯特拉斯堡的这起事变人们常常谈及，却又不大理解，我想用十句话，什牢坑驳鸠说，就此给世人一个说法，并以此结束我的故事。

人人都知道体系宏大的"万能君权"，那是柯尔贝尔先生下令写成，并以手稿形式于一六六四年呈交到路易十四国王的手中的。①

众所周知那套体系有许多分支，其中之一就是占领斯特拉斯堡得以随时进入萨瓦比亚，从而使德国不得安宁——结果按这一方案，斯特拉斯堡终于不幸落入他们的手中。

追查这一轰动性事件及类似事变的真正根源就成了少数人的命运——百姓把这些事件看得高不可攀——政治家又不屑一顾——实情（这次）则居于中间。

老百姓为一座自由的城市而骄傲是多么重要的事情啊！一位历史学家喊道——斯特拉斯堡人认为接受一支皇家卫戍部队是缩小他们的自由——受到了一支法国部队的宰割。

斯特拉斯堡人的命运，另一位历史学家说，对于喜欢存钱的所有自由人可能是一个警告——他们期待大笔收入——结果却饱受赋税之苦，耗尽了元气，最后虚弱得连城门都没力气关，法国人便破门

① 让·巴蒂斯特·柯尔贝尔（1619—1683），法国大政治家，路易十四的财政大臣，在这一年向他的国王陈述了如何把臣民的活动限制在农业、商业及海陆战争等方面，来实现万能君权和长久鼎盛的观点。

而入了。

哎呀！哎呀！什牢坑驳鸠喊道，不是法国人——是好奇心破门而入——的确，看到斯特拉斯堡人，男女老少倾巢而出，去追随那生客的鼻子时——总是站在门闩旁边的法国人便一个个追随着自己的鼻子长驱直入。

从此以后，贸易和制造业日趋衰落，并每况愈下——这并不是出于商人的头脑提出的任何原因；而只是因为鼻子一直在斯特拉斯堡人的脑海里萦回，他们便无暇顾及生意。

哎呀！哎呀！什牢坑驳鸠感叹着嚷道——这不是第一个由鼻子攻克——或者丧失的要塞——恐怕也不会是最后一个。

什牢坑驳鸠的故事完。

第一章

有这一切关于鼻子的学问不停地在我父亲的想像中萦回——有这么多的家庭偏见——还有百十个这样的故事永远与之相伴——在这种时候怎么可能具有那么敏锐的——这鼻子是真的吗？——一个具有我父亲那么敏锐的感觉的人，除了以我所描述的那种姿势，怎么能以其他任何姿势承受楼下的——或者实际上是楼上的震动呢。

把你自己往床上摔上十来次——只是要当心，先把镜子放在床一边的一把椅子上，然后再这样做——但是这个生客的鼻子是真的呢——还是假的?

小姐，要事先讲那个，就会损害基督教世界里最好的故事之一；就是紧随在这个后面的第十组故事的第十个。

这个故事，什牢坑驳鸠有点喜不自胜地嚷道，我留着当我的全集的煞尾故事；因为我心中有数，当我把这个故事讲完，我的读者把这个故事读完——那就正好是咱们大家合上这本书的时候了；因为，什牢坑驳鸠接着说，我知道后面不可能再跟一个故事了。

——这的确是一个故事!

这个故事从里昂客店的初次会见开始，也就是费尔南德斯把斯文的生客和他姐姐胡莉娅单独留在他的房间里的时候，上面洋洋洒洒地写着，

迭戈与胡莉娅
错综复杂的恋情

老天呀！什牢坑驳鸠，你可是个奇人！你打开了一幅纠缠在妇女心中的多么离奇的景象！这怎么能翻译出来，如果什牢坑驳鸠故

事集的这个样本和他的精美的寓意应该取悦世界的话——翻译过来肯定有两大卷。——要不，这怎么能翻成好英语，我没有一点概念。——有些段落似乎需要第六感觉才能翻译得正确。——慢悠悠的、低沉沉的、干巴巴的闲聊的闪烁的眼神比自然声调低五度，他这是什么意思？——小姐，您知道，这和耳语差不离。我一说出这几个字来，我就能感觉到心区周围的弦在微微地振颤——大脑不予确认。——二者经常不甚默契。——我觉得我好像明白这一点。——我并不知道。——这种活动不可能是空穴来风。——我感到迷惘。我一点也弄不明白，——除非，请诸位注意——在那种情况下，由于声音和耳语差不离，所以不可避免地使眼睛不仅彼此接近，相距不足六英寸——而且盯着对方的瞳孔——难道那不危险吗？——但这却无法避免——因为要是抬头看天花板，在那种情况下，两个下巴就不可避免地碰到一起——而低头瞧对方的腰腿，额头则会直接相撞，这就立刻结束了商议——我指的是商议的情感部分。——剩下的，小姐，就不值得屈身弯腰去探讨了。①

第二章

我父亲四仰八叉横躺在床上，一动也不动，好像死神的手把他推倒了似的，整整一个半小时之后，他才开始用吊在床边的那只脚的趾头点起了地板；脱庇叔叔的心因此轻松了许多。——过了一会儿，他那只指节一直靠在夜壶把儿上的左手，恢复了感觉——他在短帷幔里把它伸了伸——伸完以后，又提起手来，放到他的胸口上——哼了一声！——我那好心的脱庇叔叔大喜过望，回应了一声；并满怀喜悦地把一句安慰话安插在这一哼所提供的开口处；我说过，他在这一方面没有什么天分，而且又害怕会干出一些雪上加霜

① 莎士比亚《第十二夜》第2幕第2场马伏里奥把奥丽维娅的戒指扔到薇奥拉脚下时说："假如它值得屈身弯腰拾起来的话，它就在您眼前……"

的事来，所以就只好把下巴平静地搭在拐杖的横档上算了。

是挤压把脱庇叔叔的脸缩成一种更令人赏心悦目的椭圆形呢，——还是看见哥哥开始脱离苦海，爱心紧绷了他的肌肉，——这样一来，对下巴的挤压只是倍增了以前就在那儿的善良，这一点并不难决定。——父亲眼睛一转，脸上突然闪现出一抹阳光，顿时把他悲伤的阴云驱散了。

他用下面一席话打破了沉默。

第三章

脱庇兄弟，我父亲喊着，就用胳膊肘儿把自己撑起来，转向床的另一边，因为脱庇叔叔就坐在那边他那把有缘饰的旧椅子里，下巴搭在他的拐杖上——脱庇兄弟，我父亲喊道，一个可怜而又不幸的人，可曾受过如此多的鞭打？——我见过的挨打最多的，脱庇叔叔说（拉床头的铃唤特灵），是一个掷弹兵，我想是麦格①团里的。

——如果脱庇叔叔用一颗子弹射穿了我父亲的心脏，他也不会更加突然地倒下来，把鼻子杵到被子上。

我的天哪！脱庇叔叔说。

第四章

那个因为达克特在布鲁日遭受无情鞭打的可怜的掷弹兵，我的脱庇叔叔说，是不是麦格团里的？——噢，天哪！他是无辜的！特灵深深地叹息了一声喊道。——报告老爷，他差点儿被打进了鬼门关。——他们最好接受他的乞求，干脆一枪崩了算了，他已经直上天堂了，因为他和老爷您一样无辜。——我谢谢你了，特灵，脱庇

① 休·麦格（1640？—1692），威廉三世军中的一名指挥官，在第 5 卷第 21 章所描述的那次战役中阵亡。

叔叔说。我一想到他和我可怜的兄弟汤姆的不幸，特灵继续说，我就哭得像个脓包似的。——因为我们仨都是校友。流泪并不能证明胆小，特灵。——我自己也经常掉泪，脱庇叔叔嚷道。——我知道老爷您经常掉泪，特灵答道，所以我自己也就不觉得丢脸了。——但是请老爷想一想，特灵继续说道，他说着说着就有一滴眼泪偷偷儿地溜进了他的眼角——想一想两个好小伙子古道热肠，要多老实，有多老实——老实人的孩子一身是胆，出门去想在世界上飞黄腾达——却倒了那样的大霉！——可怜的汤姆！平白无故遭到严刑拷打——无非是娶了一个卖香肠的犹太寡妇当老婆——老实人狄克·约翰逊的灵魂被打出了窍，就是为了另一个人塞到他的背包里的几个达克特！——噢！——这些灾祸呀，特灵喊道，同时抽出他的手绢——这些灾祸呀，报告老爷，实在该叫人趴下痛哭一场。

——我父亲禁不住脸红了。

真可怜，特灵，脱庇叔叔说，你本应该感到自己的悲伤——你却总体恤别人的悲伤。——啊呀，下士答道，脸上顿时光彩焕发——老爷您知道我没有老婆，也没有孩子——在这个世界上我可以没有悲伤。① ——我父亲禁不住笑了。——悲伤是最少最少，特灵，脱庇叔叔答道；我看不出一个像你这样心情轻松的人怎么会受罪，除非你老了守穷——那时候，你的劳已经效完了，特灵，——你的朋友都已死光了——报告老爷，千万别担心，特灵兴高采烈地答道——可我要叫你千万别担心，特灵，我叔叔答道；因此，脱庇叔叔继续说，当他说到“因此”这两个字的时候，便扔下拐杖，站了起来——特灵，你长期以来对我忠心耿耿，我有充分的证据证明你心肠善良，作为报答——只要你的主人有一个先令——特灵，你就决不要在别的地方要一个便士。特灵试图感谢脱庇叔叔，——但没有能力——眼泪便顺着脸颊扑簌簌流下来，擦都来不及——他双手贴在胸

① 参看培根的随笔《论结婚与独身》：“有妻子儿女的人给命运之神交了人质。”

口上——向地上深深鞠了一躬，然后把门关上。

——我已经给特灵留下了我的草地滚木球场，脱庇叔叔大声说道——我父亲笑了——我还给他留下了一笔抚恤金，脱庇叔叔接着说——我父亲神情严肃起来。

第五章

这个时候谈论**抚恤金**和**掷弹兵**合适吗？我父亲心里嘀咕着。

第六章

脱庇叔叔初次提到掷弹兵时，我说过，我父亲倒下去把鼻子杵到被子上，突然得就好像脱庇叔叔一枪崩了他似的；但是有一点没有说到，那就是，我父亲其他所有的肢体、器官立刻和鼻子一起完全回到最初描述过的他所趴的那种姿势上；所以当特灵下士离开房间，我父亲发觉自己想从床上爬起来时，——还没能爬起来前，他得把所有的细小的准备活动都再想一遍。——姿势算不了什么，小姐，——这是一个姿势到另一个姿势的过渡——就像噪声到和声的准备和解决，这才是最最重要的。

正因为如此，我父亲脚趾点地把同一种吉格舞又跳了一遍——把从短帷幔下面露出的夜壶往里推了推——哼了一声——用胳膊肘儿把身子撑起来——正要开口对脱庇叔叔说话——这时他想起了最初努力摆那个姿势时没有成功，——于是他站起来，在屋子里转第三圈时，在脱庇叔叔面前突然停了下来；并且把右手的前三个手指放在左手的手掌里，稍微弯了一下腰，对脱庇叔叔说了下面一席话。

第七章

脱庇兄弟，当我反思**人类**；并且看一下把人生表现成许多麻烦的起因的黑暗面时——脱庇兄弟，当我考虑到我们屡屡吞食苦果，而且我们生来就要受苦，就像接受我们的一部分遗产一样——我生来什么都不干，脱庇叔叔打断我父亲的话说，——只是要完成我的使命。天祖啊！我父亲说，难道我叔叔没有给你每年留一百二十英镑吗？——没有我又能怎么样呢？脱庇叔叔答道。——那是另外一回事儿，我父亲不耐烦地说——不过我说，脱庇，当一个人一一回想人的心难以承受的所有交叉账目和伤心事项的时候，令人称奇的是，通过什么隐蔽的手段，头脑才能够顶得住，并使自己承受得起，就像它抵制强加在我们天性身上的负担时所做的那样。——这在于万能的上帝的帮助，脱庇叔叔抬起头来，把两只手的手掌合在一起嚷道——项狄哥哥，这不是在靠我们自己的力量——在木头哨所里的一名哨兵倒可以用它抵御一支五十个人的队伍，——我们得到了最高神灵的恩典和帮助的支持。

——那等于是把疙瘩剪开，我父亲说，而不是解开。——不过，脱庇兄弟，请允许我领你往神秘的更深处走一走。

非常愿意，脱庇叔叔答道。

父亲立刻把他的姿势换成拉斐尔精彩绝伦地描绘出来的苏格拉底在雅典学园①的姿势；诸位行家知道，这个姿势被想像得惟妙惟肖，就连苏格拉底推理的特殊方式也被它表现了出来——因为他左手的食指被右手的食指和拇指捏住，看上去好像他正在教化的那些放荡不羁的人——“你给我这个——还有这个：还有这个，还有这个，我都没有向你要求——它们是自动跟来的。”

我父亲就这样站着，他的一根指头和拇指紧紧捏着食指，他和坐在那把周围用杂色的精纺流苏做了缘饰的旧椅子里的脱庇叔叔论理——啊，加里克！你巧妙的能力会创造何其丰富多彩的一幕！而且我多么高兴写这另外一幕来利用你的不朽，并用它来保护我自己的不朽。

---

① 装饰梵蒂冈的图书室一面墙的著名壁画。

第八章

尽管人是最奇特的交通工具，我父亲说，但同时，它的结构却这么单薄，拼在一起又是那么摇摇晃晃，所以在这种崎岖的旅途中它一天不可避免地要遇到成十次的突然颠簸和猛烈碰撞，这就会把它颠翻撞碎——难道，脱庇兄弟，我们体内不是有一个秘密的弹簧——那个弹簧，脱庇叔叔说，我认为就是宗教。——它会把我孩子的鼻子安上吗？我父亲大声说着把食指放开，双手一拍——它把一切都给我们摆正了，脱庇叔叔答道——用比喻说，亲爱的脱庇，也许就是这样，我父亲说，但我所说的弹簧则是我们心中那种抵消邪恶的巨大、灵活的力量，它就像一台井然有序的机器中的一个秘密弹簧，尽管它不能防止剧烈的震动——但至少它使我们感觉到了它。

现在，我亲爱的兄弟，父亲说，他接近正题时，便让食指回到原处，——如果我的孩子平平安安来到这个世界，而且他那最宝贵的部位未受折磨——在世人眼里我对教名的看法，而且好名字或坏名字会不可抗拒地给我们的性格和行为打下深刻的烙印，这种不可思议的偏见，也许显得异想天开，小题大做——老天可以作证！虽然我满腔热情希望我们的孩子将来大富大贵，但我从来没有希望给他的头上戴上比**乔治**和**爱德华**头上还要灿烂的荣光。①

但是哎呀！父亲继续说，由于最大的灾祸已降临在他头上——我必须以最大的善行抵消它。

他必须在受洗时命名为特里斯墨吉斯忒斯②，兄弟。

---

① 婉转地恭维年轻的乔治三世和他的兄弟约克公爵爱德华；斯特恩写这一段之前在春天访问伦敦期间偶尔和公爵有过交往。

② 赫耳墨斯·特里斯墨吉斯忒斯（“三倍至高神赫耳墨斯”）是埃及的智慧神、艺术和科学的发明者透特的希腊名字，一般认为他是古埃及四十二部百科全书式的《赫耳墨斯圣书》的作者，现存一些地理学、天文学、宗教仪式、神话和医学的残篇。

我希望这名字会有奇效——脱庇叔叔说着就站了起来。

第九章

好一派叠嶂似的机遇呀，我父亲在第一个平台上转过身子说，当时他和脱庇叔叔正在下楼梯——这个世界的事情为我们打开了多少层峦叠嶂似的机遇呀！把笔墨拿上，脱庇兄弟，好好算一算——我就像这栏杆柱一样，对计算一窍不通，脱庇叔叔说（用他的拐杖去打栏杆柱，没有打着，却突如其来地在我父亲的胫骨上狠狠揍了一下），——是百分之一——脱庇叔叔嚷道。——我还以为，我父亲说（揉着他的胫骨）你对计算一窍不通呢，脱庇兄弟。——这纯属机遇，脱庇叔叔说——那么它给这一派叠嶂似的机遇又叠了一层——我父亲答道。

我父亲巧妙应答的双重成功使他痒抓抓的好喜欢，一下子忘了胫骨上的疼痛——真好，有了这样的结果——（又是机遇！）——要不全世界直到现在也不知道我父亲的计算——去瞎猜它呢——没有任何机遇——这么一来多么幸运，却有了这么一派叠嶂似的机遇！因为它省去了我专门写一章的麻烦，其实呀，没有它我手头的章数已经足够了——难道我没有给这个世界许诺写一章又一章的纠结吗？两章不是写一个女人的对头和错头吗？一章不是要写胡子吗？一章不是要写希冀吗？———章不是专门写鼻子吗？——不，这我已经写过了———章写脱庇叔叔的谦虚：再别说一章写一桩又一桩的事件，这一章我在睡觉前一定要完成——以我曾祖父的胡子起誓，今年我连一半也写不完。

把笔墨拿上，好好算一算，脱庇兄弟，我父亲说，不在身体别的部位，镊子边儿触了霉头，偏偏碰上并破坏了会破我们家运的那个部位。事实证明这种情况将是一百万分之一。

也许还要更糟糕呢，脱庇叔叔答道——我不懂，我父亲说——假使就像斯娄泼医生预感的那样，屁股先露出来呢，脱庇叔叔答道。

我父亲沉吟了半分钟——低头往下看——用一根手指轻轻点了点他的脑门中央——

——那倒也是，他说。

第十章

把下一段楼梯的经过写了两章，难道不嫌害臊吗？因为我们连第一个平台都没走下去，还有十五个台阶才到底呢；说不定因为父亲和脱庇叔叔谈兴正浓，兴许每下一个台阶都有一章好写；——随它去吧，先生，命该如此，我也没有办法：———股突然的冲动袭上我的心头——落幕吧，项狄——我把幕落下——在纸的这儿画上一道横线，特里斯舛——我画了一道——现在，为新的一章叫好吧！

在这件事情上，我要是有制约我的别的准绳才怪呢——如果有一个的话——因为我做什么都遵循准绳——我做完以后，我要把它揉成一团，撕成碎片，扔进火里——我是不是火气太旺？我就是，但事出有因———个美丽的故事！人该遵循准绳——还是准绳该遵循人呢？

现在，您要知道，这由于是我许诺在睡觉前要写的许多章中的一章，我想，应当让我在躺下之前感到心安理得，办法就是马上将我对此事的全部知识讲给世人：这不是比用教条的手法，以警句格言炫耀才智强十倍吗？再就是给世人讲述一匹烤马的故事①——就说这些章能减轻思想负担——它们可以帮助——或者影响想像——还说在一部具有戏剧性的作品里，　这些章跟变换布景一样不可或缺——再加上五十种其他冷冰冰的奇思妙想，足以扑灭烤马的烈火。——啊！可是要理解这一章，因为它就等于对狄安娜②神庙煽的

① 跟本书最后的“公鸡和公牛的故事”一样，都指荒诞不经的故事。

② 显而易见，这是作者对这位贞洁女神的苦行的影射。朗吉努斯，见50页注⑥。斯特恩这里指的是《论崇高》第3章等处，该章讨论的是浮华与呆板的弊病。

烈火里吹一吹气——您必须读朗吉努斯——马上去读——要是您读了一遍，一点也不开窍——别担心——再读一遍——阿维森纳①和利塞特斯把亚里士多德的《形而上学》通读了四十遍，可一个字都没读懂。——但是注意结果——阿维森纳最后成了一个不顾死活样样都写的作家——他写了很多书 de omni scribili②；至于利塞特斯（福图尼奥）③，全世界都知道他生下来时，是个不超过五英寸半长的胎儿*，

---

① 阿维森纳（980—1037），阿拉伯最著名的医生和哲学家，据说他把《形而上学》读了四十遍，甚至可以把它背下不，却并不理解。后来偶然读到阿尔法拉比乌斯的专著《形而上学的宗旨》时，他突然明白了亚里士多德的意思。

② 拉丁文：关于各种各样的写作。

③ 利塞特斯（1577—1657），由于早产后幸存下来，故取名为福图尼奥。著名的意大利学者和医生。

* Ce Fœtus n'étoit pas plus grand que la paume de la main; mais son pere l'ayant éxaminé en qualité de Médecin, & ayant trouvé que c'étoit quelque chose de plus qu'un Embryon, le fit transporter tout vivant à Rapallo, où il le fit voir à Jerôme Bardi & à d'autres Médecins du lieu. On trouva qu'il ne lui manquoit rien d'essentiel à la vie; & son pere pour faire voir un essai de son expérience, entreprit d'achever l'ouvrage de la Nature, & de travailler à la formation de l'Enfant avec le même artifice que celui dont on se sert pour faire éclorre les Poulets en Egypte. Il instruisit une Nourrice de tout ce qu'elle avoit à faire, & ayant fait mettre son fils dans un four proprement accommodé, il reussit à l'élever et à lui faire prendre ses accroissemens nécessaires, par l'uniformité d'une chaleur étrangère mesurée éxàctement sur les dégrés d'un Thermomètre, ou d'un autre instrument équivalent. (Vide Mich. Giustinian, ne gli Scritt. Liguri à Cart. 223. 488.)

On auroit toujours été très satisfait de l'industrie d'un Pere si expérimenté dans l'Art de la Génération, quand il n'auroit pû prolonger la vie à son fils que pour quelques mois, ou pour peu d'années.

Mais quand on se represente que l'Enfant a vécu pres de quatre-vingts ans, & qu'il a composé quatre-vingts Ouvrages différents tous fruits d'une longue lecture, —il faut convenir que tout ce qui est incroyable n'est pas toujours faux, & que la *Vraisemblance n'est pas toujours du côté de la Verité*.

（转下页）

但他长成了文学上的巨人，他写了一本书，书名就跟他自己一样长——博学之士知道，我指的是他的*Gonopsychanthropologia*，论人类灵魂的起源。

我的许多章中的一章就说到这里了，我认为它是我整部作品中最精彩的一章；相信我的话，无论谁读这一章，谁都会像拾稻草①一样被搞得手忙脚乱。

第十一章

我们应该把一切拨乱反正，父亲说着一只脚就从平台下了一个

（接上页）

Il n'avoit que dix-neuf ans lorsqu'il composa Gonopsy-chanthropologia de Origine Animæ humanæ.

(Les Enfans celebres，revus & corrigés par M. De la Monnoye de l'Académie Françoise.)

[斯特恩注。这段文字摘自阿德里安·贝莱的《通过学习和写作而成为名人的儿童》，稍有更动，可以翻译如下："胎儿生下时只有手掌一般大；但其父身为医生，便对他检查，发现这不仅仅是个胎儿，就趁他活着，将他送到拉帕洛；在那里，他让热罗姆·巴尔迪及当地的其他医生看了看胎儿。他们发现胎儿并不缺少任何生命需要的条件，他的父亲为了自己的经验，便着手完成这项自然的任务，用埃及孵化小鸡的办法来培育婴儿。他指导一名护士竭尽全力把儿子放入一个特制的暖箱中，暖箱的温度是严格用温度计或一种相当于温度计的仪器准确测量过的，借助于这种恒定的人工热量，其父成功地把他养大成人。（见《利古里亚作家》 223.448 中的米歇尔·朱斯蒂尼安。）

"一个父亲等于在实验生殖艺术，即便只能让儿子的生命延长几年甚至几个月，人们也会对他的工作感到非常满意了。

"但是当人们想到这个孩子居然活了近八十岁，而且他还写了八十部不同类型的作品，每一部都是长期阅读的成果，人们就有必要承认凡是难以置信的事情不一定都是假的，承认表象并不总是代表真相。

"他创作《关于人类灵魂的起源》时，年仅19岁。

"（《知名儿童》，法兰西学院的蒙努瓦先生审阅修订。）"]

① 意思是没有价值的活动。

台阶——这个特里斯墨吉斯忒斯，父亲又把腿收回来，转向脱庇叔叔接着说——当时是人间最伟大的（脱庇）——他是最伟大的国王——最伟大的立法者——最伟大的哲学家——最伟大的教士——还是工程师——脱庇叔叔说。——

——那还用说，父亲说道。

第十二章

——你家太太怎么样了？父亲又从平台下到上一次踩过的同一个台阶上，朝苏珊娜喊道，因为他看见她手里拿着一个大针垫从楼梯脚下往回走——你家太太怎么样了？很好，果然不出所料，苏珊娜说着，就匆匆走过去了，连头都没有抬——看我有多傻！父亲说着又把腿收回来——随他们去吧，脱庇兄弟，总是那种一丝不苟的回答——请问孩子的情况呢？——没有回答。那么斯娄泼医生在哪儿？父亲又提高嗓音问道，同时从栏杆柱上向下张望——苏珊娜已经听不到问话了。

在婚姻生活的所有哑谜中，父亲向脱庇叔叔说着，就走过平台，好把背靠到墙上——在婚后景况中所有那些让人猜不透的谜中，他说，——这点你可以相信我，脱庇兄弟，有约伯所有的母驴都驮不了的包袱①——再没有一件比这更错综复杂的事了——打这家太太上床临产的那一刻起，全家的每一个女人，从太太的贴身女仆到打杂女工，都好像因此突然高了一英寸；而她们在这一英寸中摆出的派头比她们的身高统统加在一起还大。

我倒认为，脱庇叔叔答道，是我们矮了一英寸。——如果我遇到的只是个怀孩子的妇女——我就是这样——这对于我们同类的一半来说，是一种沉重的负担，项狄哥哥，脱庇叔叔说道——这是她们

---

① 不幸降临前，约伯拥有“五百头母驴”；不幸过去之后，他就已拥有了一千头。（《圣经 · 约伯记》第 1 章第 3 节；第 42 章第 12 节。）

身上的一个可怜的包袱，他继续说着，摇了摇头。——是的，是的，这是件痛苦的事情——父亲说着也摇了摇头——不过当然啦，自从摇头成为一种时尚后，还没有两个动机如此不同的头一齐摇过呢。

上天保佑 } 她们——脱庇叔叔和我
魔鬼带走 } 父亲各自心里说。

第十三章

喂！——轿夫！——给你六个便士——务必走进那家书店，给我叫一个打零工的批评家。只要他们哪个能帮我想办法把我父亲和脱庇叔叔从楼梯上弄下来，让他们上床睡觉去，就是给他一克朗我都愿意。——

——事不宜迟；因为他们俩只是在特灵给长统靴钻孔时小睡了一会儿——而且，顺便提提，这一觉因为坏合页作梗，对我父亲没有起任何作用——自从奥巴代亚把浑身烂泥的斯娄泼医生领进后客厅之前的九个钟头以来，他们再没合过眼呢。

如果我这一辈子的每一天都像这一天这么忙碌，——并且要占，——停下——

我要好好考察一番我与读者之间目前存在的那种奇特的事态后才会完成那个句子——自从开天辟地以来，这种考察除了对我，对任何一个传记作家都不适用——而且我也相信不到世界毁灭它永远也不会对其他人有用，——因此光它的新奇这一点，就值得诸位注意的了。

这个月的我比十二个月前[①]那个时候的我整整大了一岁；而且你们也看见了，我已经快到第四卷的中间了——还没有超出我第一天的生活——这就充分表明现在我比刚开始动手写的时候多了三百

① 即《项狄传》的第 1 卷和第 2 卷当初完成的时候。

六十四天的生平好写；我并没有像一般作家那样，随着我的写作在作品中向前走——相反，我却被往后扔了好多卷——如果我这一辈子的每一天都像这一天这么忙碌——为什么不呢？——如果每一天的事情与见解要占用同样多的篇幅描写——为什么要把它们剪短呢？因为这样下去，我应当活的比应当写的快上三百六十四倍——请诸位注意，这样的后果必然就是我写得越多，我要写的就越多，——结果呢，诸位读得越多，各位要读的也就越多。

这对诸位的眼睛好不好呢？

这对我的眼睛倒有好处；假如不是我的**见解**将会置我于死地，我发觉我应该从我同样的生活中过一种好生活；或者，换句话说，我将同时过两种好生活。

说到一年写十二卷书或者说一个月一卷的打算，但这也根本不可能改变我的前景——由着我的性子写，而且闯进事件的中央，像贺拉斯建议的那样，① ——我永远都不会让自己吃不消的——哪怕被逼到山穷水尽的地步，在最坏的情况下，有一天我也会拿起我的笔——而一天就足足可以写两卷的了——而两卷足足可以成为一年的成果。——

在我们所处的这个吉利的朝代，愿上天保佑造纸商发财，——就像我确信当朝的天命会保佑掌握在手中的别的一切繁荣昌盛一样。——

说到鹅的繁殖——我不想去操心——大自然是慷慨大方的——我永远不会缺少写作工具②的。

——好了，朋友！你已经把我的父亲和脱庇叔叔弄下楼，而且看着他们上床睡觉了吗？——你是怎么办成的？——你把一片帘子吊到楼梯脚下了——我想你也别无他法——给你一克朗的辛苦费。

---

① 见第 7 页注③。

② 即鹅毛管笔。

第十四章

——那么给我拿一下椅子上的裤子，我父亲对苏珊娜说——没一点时间伺候你穿衣服了！老爷；苏珊娜高声答道——小孩的脸色黑得就像我的——像你的什么来着？我父亲问道，因为像所有的演说家一样，他非常热中于比喻——天哪，老爷，苏珊娜说，孩子突然抽筋儿了——那约里克先生在哪儿呀——哪儿都没有他的影子，苏珊娜说，只有他的助理牧师这会儿在梳妆室里，怀里抱着孩子，正等着给他起名儿呢——我家太太吩咐我赶紧跑来，要知道由于项狄上尉是教父，孩子的名字是不是应该跟他。

如果有人能肯定，我父亲挠着眉头心里叨咕着，孩子就要断气的话，那他还不如恭敬恭敬我的脱庇兄弟的好——在这种情况下把特里斯墨吉斯忒斯这么一个大名白扔给他，那多么可惜呀——不过他也许会转危为安的。

不要，不要，——我父亲对苏珊娜说，我这就起床——来不及了，苏珊娜喊道，孩子脸黑得像我的鞋子。特里斯墨吉斯忒斯，我父亲说——不过，等等——你是一把漏水的壶，苏珊娜，我父亲补了一句；你能不能把特里斯墨吉斯忒斯这个名字装在你的脑子里，别在走廊里洒出来——我能不能？苏珊娜嚷着就愤愤地关上了门，——她要是能，我就会挨枪子儿了，我父亲说着，就摸黑跳下了床，到处摸他的裤子。

苏珊娜飞快地跑过走廊。

我父亲尽量飞快地找着了他的裤子。

苏珊娜抢先了一步，而且把优势保持住了——是特里斯——什么来着，苏珊娜嚷道——除了特里斯外，助理牧师说道，——世界上没有一个基督教名是以特里斯开头的——那就是特里斯外-吉斯忒斯了，苏珊娜说。

——没有吉斯忒斯，笨蛋！——那是我自己的名字，助理牧师边说边把手伸进那只浅底大碗蘸了一下——特里斯舛！他说，如此这般，这般如此，我就叫特里斯舛了，而且直到我死的那一天，我将一直是特里斯舛。

我父亲胳膊上搭着睡衣跟着苏珊娜来了，浑身上下只穿了一条裤子，由于匆忙，裤子只扣了一颗扣子，而且由于匆忙，那颗扣子只给扣眼儿里塞进去了半拉子。

——她没有把名字忘掉吧，我父亲把门推开了一半，就嚷了起来——没有，没有，助理牧师带着一种颇有灵性的语气说——孩子好一点了，苏珊娜大声说——那你家太太怎么样了？要多好有多好，苏珊娜答道——呸！我父亲说，裤子上的那颗扣子从扣眼儿里溜出来——所以，这声惊叫是冲着苏珊娜来的呢，还是冲着扣眼儿来的，——“呸”是个表示轻蔑的感叹词呢，还是表示羞怯的感叹词，这还是个谜，这个谜得等到我有空写下面我最喜欢的三章时才能解开，这三章就是，侍女章——呸章和扣眼儿章。

眼下我能给读者提示的一点就是，我父亲在喊“呸！”的当儿，又忽地把身子一转———只手提着裤子，一条胳膊上搭着睡衣，跑过走廊回到床上去了，速度比他来时慢了一点。

第十五章

我希望我能就睡眠写上一章。

再也不会出现比这会子提供的更合适的时机了；因为家里所有的帘子都拉上了——蜡烛都熄灭了——大家的眼睛都闭上了，只有我母亲的护理的一只眼睛除外，因为另一只眼睛在这二十年里一直闭着。

这可是个好题材！

不过，好虽好，我倒情愿费点神儿就扣眼儿写上十来章，因为那要比就这个题材光写一章来得快些，名气大些。

扣眼儿啊！———想到它们，一种活泼可爱的东西便油然而生——相信我吧，每当我纠缠到它们中间时——你们这些大胡子绅士呀——看上去要多严肃有多严肃——我总是在我的扣眼儿上作快乐文章——我要把它们全包揽下来——这是一块处女地——我不会跟任何人在这方面的名言妙语撞车的。

可是说到睡眠——我知道在我动笔之前，我根本不把它当一回事儿——首先，我决不信手乱抓你们的名言妙语——其次，无论如何，我也不能对一件坏事板起脸来，并且告诉世人——这是对倒霉鬼的庇护——对囚徒的解放——是对绝望、疲惫和伤心人的安慰；我也不能信口开河，妄加论断，说睡眠的伟大创造者的公正和善意用种种痛苦使我们疲惫，但他慷慨大方，一直乐于利用我们天性中的各种温柔美妙的功能来补偿那些痛苦，在所有的这些功能当中——这是一种最主要的（我知道有些欢乐抵得上十倍的睡眠），或者说什么这对于人来说，是一个莫大的幸福，因为当一天的焦虑和狂喜暴怒过去，他躺下以后，他的灵魂会安坐在他的躯体内，所以无论灵魂把目光投向何方，上天总显得安详、甜美——没有欲望——没有恐惧——没有扰乱神态的疑虑，也没有任何困难曾经出现过，正在出现，或者即将到来，所以在那么甜美的退隐中，想像经过时总会跌一跤。

——“谁发明了叫做睡眠的这件东西，愿上帝赐福给他，桑丘·潘沙说，——它像一件大氅覆盖了人的全身。”① 现在我觉得这里面还有更多的东西，在这个问题上，它向我们的心灵和感情所表达的比从学者的脑袋里榨出来的所有的论文加起来还要热乎。

——并不是说我完全不赞成蒙田就睡眠所提出的见解——它自有道理，令人钦佩。——（我凭记忆引述。）②

---

① “谁发明了睡眠，愿他吉星高照：睡眠像一件大氅覆盖了人的全身、思虑和一切；睡眠是充饥的饭，解渴的水，驱寒的热气，解暑的凉风。”（《堂吉诃德》第2卷第68章）

② 下面一段文字是蒙田随笔《论经验》的引文和释义的混合。

他说，世人享受其他乐趣跟享受睡眠的乐趣别无二致，当它悄悄地溜走时，人们品尝不到它，感觉不到它——我们应该对它研究和回味，以便对把它赐予我们的人表示适当的感谢——因此，我让自己睡觉时受到干扰，这样一来，我就可以更好地、津津有味地品尝它——然而，他又说，我发现很少有人在需要多睡时却少睡一会儿的；我的身体能够承受一种稳固的，但不是剧烈的、突如其来的激动——最近以来我避免做任何剧烈的运动——我走路不知道疲倦——但从我年轻时起，从来就不喜欢在铺过的道路上骑马行车。我喜欢独自一个人静静地躺着，就连我的妻子也不要——这最后一句话也许会动摇世人的信仰——不过请记住，“La Vraisemblance（正如贝莱在利塞特斯事件所说的） n'est pas toujours du Côté de la Verité.”① 关于睡眠就讲到这里。

第十六章

如果我老婆肯让特里斯墨吉斯忒斯冒冒风险的话——脱庇兄弟，趁你我一起吃早餐的当儿，他就会被收拾收拾抱到咱们这儿来的。——

——奥巴代亚，去把苏珊娜喊到这儿来。

她上楼去啦，奥巴代亚答道，这会子正痛哭流涕，拧手顿脚，好像心要碎了似的。——

我们这一个月要遇到许多稀罕事儿了，父亲把脑袋从奥巴代亚身上转过来，眼巴巴儿地把脱庇叔叔的脸瞅了半天，说道——我们这一个月要遇上许多麻烦事儿了，脱庇兄弟，父亲双手叉着腰，摇着头说；水，火，女人，风——脱庇兄弟！——这是灾祸呀，脱庇叔叔说道——可不是嘛，父亲嚷道，——这么多互不相容的东西一下子冲出来，在一个绅士家里的各个角落耀武扬威——当这么一场凶猛

---

① 法文：“表象并不总是代表真相。”见第 286—287 页注＊。

的风暴正在我们头顶上呼啸的时候，——脱庇兄弟，你我却故作镇静坐在这儿，一声不响，纹丝不动，这对一家的安宁没有多少好处。——

——怎么搞的，苏珊娜？他们都管小孩叫特里斯外了——我家太太因这件事刚才还发了一通歇斯底里——不！——那不怪我，苏珊娜说，——我给他说的是特里斯外-吉斯忒斯。

你自个儿沏茶吧，脱庇兄弟，我父亲说着，把帽子摘了下来——可是跟普通读者想像的大嚷大叫、挥拳顿足的情况有天壤之别！

——因为他是以痛苦所能协调到一起的最甜美动听的语调说话——最温文尔雅的动作摘帽的。

——到草地滚木球场把特灵下士找来，我父亲一离开房间，脱庇叔叔就对奥巴代亚说。

第十七章

当我的鼻子的灾祸沉重地降临到父亲头上的时候，——读者还记得，他立即上了楼，一下子扑到了床上；从这会儿起，除非他对人性有深刻的领悟，否则对于我的名字这种灾难，他也只能等着同样一些的上上下下循环往复的运动；——不对。

重量不同，亲爱的先生，——不仅如此，甚至重量相同的两种烦恼由于包装不同，——也使我们承受与克服烦恼的方式大相径庭。——不到半个钟头之前（在一个可怜虫为了糊口而写作的匆忙仓促中），我把刚刚写完、仔细誊清的一页整整齐齐的稿子，而不是写得乱七八糟的那一页，哗啦一下扔进了火里。

我一把把我的假发从头上抓下来，然后用尽吃奶的力气把它垂直向屋顶扔上去——其实，它落下来的时候，我又把它接住了——不过，这件事就这样结束了；我想天性中别的任何东西也不会这样立即化解人的烦恼的：她，亲爱的女神，在种种叫人来气的情况下，由于一时冲动，叫我们大动拳脚——要么她把我们推来搡去，或者叫我们丑态百出，我们不知道个中的原因——可是，请注意，小姐，我们就在种种哑谜和神秘当中生活——就算是在我们眼前明摆着的东西，它们也有阴暗的一面，迅速瞟上一眼是无法看透的；甚至我们当中能洞察秋毫的人发现我们几乎在天性活动的每个旮旯儿里感到迷惑茫然，所以这，就和成千上万别的事物一样，以一种尽管我们无法对它理喻的方式发生了，——然而我们也发现了它的好处，请诸位留心——而这对我们来说，已经足够了。

眼下，就是要了他的命，我父亲也无法心里装着这件苦恼事儿躺下——他也不能像另外一件事儿那样把它带上楼去——于是他要带着它若无其事地出去朝鱼塘走去。

要是我父亲一只手支着脑袋，花上一个钟头推推理，看该走哪条道儿——理性，就是用尽她全身解数，也不会把他引向那样一个地方的：先生，鱼塘里有东西呢——但到底是什么东西，我让建筑工和挖塘工去发现好了——但是，在各种情绪最初紊乱无序的涌动下，在朝其中一种情绪有条不紊、清醒冷静地迈进时，却有某种难以言传的、令人镇静的东西，因此我常常心里纳闷，恐怕毕达哥拉斯①、柏拉图②、梭伦③、利库尔戈斯④，还有穆罕默德⑤，或者是你们当中任何一个大名鼎鼎的立法者，也无法给它们建立起秩序的。

---

① 毕达哥拉斯（约前 582—约前 500），古希腊哲学家、数学家。他的言论就是他的追随者的法规，据塞内加（《书信集》第 90 篇）所言，西西里以及希腊统治下的意大利的古代立法者都借用他所确立的法律。

② 柏拉图（约前 427—前 347），雅典哲学家。热心人类进步，这在诸如《高尔吉亚篇》、《理想国》、《政治家篇》，以及《法篇》等关于立法和治国策略的对话录中有实际的表达。

③ 梭伦（约前 638—前 559），雅典政治家、立法者。

④ 利库尔戈斯（全盛期约在公元前 800 年左右），传说中的斯巴达立法者，斯巴达法制的著名创立者。

⑤ 古代穆斯林的法律大都以神启示给伊斯兰教奠基人穆罕默德（约 570—632）的《古兰经》和这位先知的决定为依据，因为他生前是他的人民的受神灵启示的立法者和法官。

第十八章

我想，特灵把客厅门带上后说，老爷已听说了这一不幸的事故——哦，是的，特灵，脱庇叔叔说，这叫我放心不下——我也十分担心，特灵回答道，不过我希望老爷您会为我主持公道，相信这件事与我一点关系也没有——与你有关——特灵！——脱庇叔叔亲切地盯着他的脸高声说道——那是苏珊娜和助理牧师他们俩干的蠢事——请问老爷，他们俩在花园里有些什么事可干呢？——你说的是在走廊里，脱庇叔叔答道。

特灵发现自己搞错了方向，便深深鞠了一躬，突然把话打住——两件倒霉事儿，下士心里犯着嘀咕，需要一下子讲清，——那头母牛闯进堡垒闯的祸，这至少把麻烦翻了一番，也许待会儿再告诉老爷——特灵的诡辩和灵巧，由于深深鞠了一躬打了个马虎眼，阻止了脱庇叔叔心里起疑，于是，他接着对特灵讲了下面一席不得不说的话。

——就我看，特灵，尽管我侄儿叫特里斯外还是叫特里斯墨吉斯忒斯没有多大区别，甚至没有一点区别——可这件事却是我哥哥的一个心病，特灵，——我宁可白扔一百英镑，也不愿出现这样的事儿——一百英镑，报告老爷，特灵答道，——我可连一个子儿也不愿拿出来——要是为了我自己，我也不愿意，特灵，脱庇叔叔说——可我哥他，在这事儿上根本没有跟他争辩的余地——特灵，他就认一个死理儿，教名事关重大，那是无知之辈想像不到的；——因为他说自从开天辟地以来，还从来没有一项伟大的事业或英雄业绩是由一个叫特里斯外的人创造的——不仅如此，特灵，他还会坚持说，如果叫这个名字，一个人不可能有学问，也不可能学聪明，变勇敢——这完全是胡思乱想，报告老爷——下士答道，团里的人喊我特灵也好，叫我詹姆斯·巴特勒也罢，我还不是一样打仗——就我而言，脱庇叔叔说，尽管自吹自擂叫人脸红，特灵，——不过我的名字就是叫亚历山大，我在那慕尔还不是尽尽自己的职责而已，不会有更大作为的——愿上帝赐福给老爷！特灵高声说，一边说一边向前迈了三步，一个人在冲锋陷阵的时候，他会想到自己的教名吗？——或者他站在战壕里的时候，特灵？脱庇叔叔目光坚定，高声说道——或者当他打开一道缺口的时候？特灵说着就从两把椅子之间挤了过去——或者在突破防线的时候？我叔叔大声说着就站了起来，把拐杖像长矛一样向前一推——或者面对一排敌兵的时候，特灵高喊着，拿起手中的手杖，好像一杆火枪——或者当他向斜坡挺进的时候，脱庇叔叔高声说，看上去热血沸腾，并把一只脚搭在他的长凳上。——

第十九章

正当脱庇叔叔向斜坡挺进时，我父亲从鱼塘回来——以迅雷不及掩耳之势把客厅门推开——特灵把枪收回原位——脱庇叔叔一辈子也没有在这么不顾一切的情况下骑着马儿叫人逮住！哎呀！脱庇叔叔！要不是一件更加重大的事儿引发出我父亲滔滔的雄辩口才——当时你和你那可怜的**爱巴马儿**会遭到怎样作践呀！

我父亲把帽子挂了起来，那副神气跟他摘下帽子时一模一样；他把凌乱不堪的房子扫了一眼以后，就抓起一把下士原先用来设置缺口的椅子，随手放到脱庇叔叔的对面，坐了下来，茶点一撤，门刚一关上，他就爆发出以下的哀怨。

父亲的哀怨

再斗也是徒然，我父亲对着搁在壁炉台的角落里的厄努尔夫斯的咒语说，——同样也对坐在壁炉台下边的脱庇叔叔说——像我这样跟最令人不安的人类信仰再斗也是徒然，我父亲用难以想像的怨天尤人的单调的声音说——我看得明明白白，脱庇兄弟，不是由于我的罪过，就是由于项狄家的罪过和愚蠢，老天爷认为应该拉出它最

重大的炮对准我才对；而我的孩子的大好前程正是它全部火力对准的目标——这样的事情会彻底摧毁整个宇宙的，项狄哥啊，脱庇叔叔说，——如果是那样的话——不幸的特里斯舛啊！可怒之子①啊！衰老！烦扰！错误！不满的孩子啊！在能够瘫痪你的躯体、搅乱你的命脉的孕育期邪恶的登记簿里，哪一桩不幸或灾祸没有降临到你的头上，或者你来到这个世界以来——有什么样的灾祸在你来到这个世界的过程中！——什么样的灾祸打那以后！——开始出现在你父亲没落的时候，——在他的想像力和体力逐渐衰退的时候——在基本热量和基本水分，这些本应该对你的热量和水分起调节作用的成分正在干涸；除了否定，可以用来铸造你的精力的任何模具荡然无存的时候——就是在最好的情况下，这也十分可惜——脱庇兄弟，而且需要细心和注意这两方面能给予的一切小小的帮助。但是我们还是一败涂地！脱庇兄弟，你知道这件事，——实在是一场惨剧，现在不可重演，——这时候我所具有的用来传送记忆、想像和机敏的那么一点点血气②——全都烟消云散，杂乱无章，纷纷扬扬，见鬼去了。——

当时完全该结束对他的迫害了；——而且起码做了一次实验——脱庇兄弟，看看你嫂子心情的平静，加上对她吃喝拉撒——以及对她那些其余的非自然要素③的关心——会不会在她九个月的妊娠期内把万事调理顺当。——所有这些我的孩子都没有得到！——她瞎操着要在城里分娩的闲心，她自己，因而还有她的胎儿，过的是一种多么可笑的生活？我想嫂子不挑剔，耐心够好的了，脱庇叔叔答道——我从来没有听到她对这发过一句怨言——她心里生着闷气呢，我父亲嚷道；这么做，我告诉你，兄弟，对小孩子有十倍的坏处——而且又在那个时候！她又是怎么跟我干仗的，就产婆的事儿总是闹得雷轰电闪——她那只不过是发泄发泄嘛，脱庇叔叔说——发

---

① 可怒之子，见《圣经·新约·以弗所书》第 2 章第 3 节。

② 见第 4 页注③。

③ 见第 68 页注①。

泄个屁！我父亲抬起头来嚷道——

可是，我亲爱的脱庇，这一切跟我的孩子出生时头先出来给我们带来的伤害相比又算什么呢，因为我对他这个病残的身子报的希望无非就是让这个小宝盒儿免遭破坏，免遭劫掠——

尽管我百般防备——要在此时此刻有百分之九十的保险，千万不能把这智力之网的精细的网络撕成千百块碎片，但我的一套办法怎么在子宫里就连我的孩子一起彻底颠倒了过来！——他的脑袋暴露在暴烈的手下，而且重达四百七十磅的压力垂直作用在头顶上。

——可我们还是能够做到的。——傻瓜，蠢材，笨蛋也罢——就给他一个鼻子吧——瘸子，矬子，憨子，傻子也行——（随你的意思塑造他吧），幸运之门敞开着——利塞特斯啊！利塞特斯！如果我有福得到一个像你那样只有五英寸半长的胎儿——命运也许会造成她最大的危害。

可是，脱庇兄弟，给我们的孩子毕竟只剩下了一种染料——特里斯舛啊！特里斯舛！特里斯舛！

我们要把约里克先生找来，脱庇叔叔说。

——你想找谁都行，我父亲答道。

第二十章

我以一种多么神奇的速度奋笔疾书，蹦蹦跳跳，两上两下，就完成了四卷，我既不瞻前顾后，也不左顾右盼，看看是否踩着了谁！——我不会踩到任何人的，——我上马的时候对自个儿说——我会马不停蹄飞驰而去；就算是路上遇见最可怜的笨蛋，我也不会去伤害的——于是我出发了——走上一条小路——又走下另一条，再穿过这条大路——又过了那条，似乎把领头骑手也甩在了后面。

现在以这种速度骑着马，您想干什么，悉听尊便，——您要伤害别人，如果不是您自己，只有百万分之一的可能——他身子猛地往前一冲——他失去了平衡——他离开了马鞍——他掉了下来——他会摔断脖子的——瞧！——他如果不在那些咄咄逼人的批评家的脚手架中全速疾驰就好了！——他会一头撞到脚手架的杆子上，把脑浆撞出来——他冲出去！看——他现在像个莽撞的家伙，全速冲过人群，当中有画家、琴师、诗人、传记作家、医生、律师、逻辑学家、演员、哲学家、牧师、政治家、士兵、诡辩家、鉴赏家、高级教士、主教和工程师——别怕，我说——在国王的大道上，就算是最可怜的笨蛋，我也不会伤害的——可是你的马儿尥起了尘土；看你给一位主教①溅了一身土——我信赖上帝，那只不过是厄努尔夫斯，我说——可是你已经给索邦学院的博士勒·莫因、德·罗米尼和德·马尔西利三位先生喷了一脸的泥土②——那是去年的事儿，我回答说——可是这会儿你踩上的是一位国王。——国王们叫我这样的人踩上了，我说，那他们就苦了。

——你已经做了这种事，指控我的人回答说。

我否认，我说，于是我下了马，现在就站在这儿，一只手抓着马勒，一只手拿着帽子，来讲我的故事——是什么故事呢？且听下章分解。

第二十一章

一个冬天的夜晚，法兰西国王弗朗西斯一世，一边在一堆柴火

---

① 影射威廉·沃伯顿（1698—1779），此人为格洛斯特主教。不管是否出自斯特恩之口，伦敦传言这位好卖弄学问的主教在《项狄传》里被以漫画笔法写成特里斯舛的家庭教师。斯特恩断然否认了这一谣传，不过也许不够真诚，沃伯顿显然出于对他这种回避的态度的感激，做了斯特恩的赞助人，把他的书推荐"给城里最好的公司"，并把赞助推向他即将出版的布道文集，甚至还送给他"一袋几尼"。可是后来他又送给这位成功的作者一些书籍，以便改进他的文风并提出道学气十足的劝告，要调整他的个人和文学事业时，斯特恩婉言拒绝，没有听从他的指示，于是两人关系逐渐疏远。参见第 571 页注①。

② 参见第 54 页注①。

的余烬旁边取暖，一边和他的首相商讨国家大事，如果我们和瑞士之间的这种良好的谅解能够再加强一点，国王用手杖拨了一下余烬说，那就好了——陛下，首相答道，对这些人给钱永无止境——他们会把法国国库一股脑儿吞下去的——呸！呸！国王答道——首相先生，笼络国家除了给钱，还有很多办法——朕将给瑞士做我下一个孩子教父的殊荣——陛下，首相说，那样做的话，您将会招惹欧洲所有的语法家找您的麻烦；——瑞士作为一个共和国，属于阴性，没有资格做教父——她可以做教母嘛，弗朗西斯急忙说——明天早上就派一个信使宣布朕的旨意。

朕感到惊奇的是，弗朗西斯一世（两周之后的那天）走进小议事室时对首相说道，我们还没收到瑞士的答复——陛下，我这会儿正恭候圣驾，首相先生答道，就是要把我收到的关于此事的急件呈给您过目呢。——他们欣然接受了吗？国王问——接受了，陛下，首相答道，而且对陛下您给予他们的殊荣感到无比欣慰——可是共和国作为教母就有给孩子取名的权利。

这合情合理呀，国王说——她会给孩子取名为弗朗西斯，亨利，路易，或者某个她知道会合我们心意的名字。陛下上当了，首相答道——我刚收到一封由我们在那儿的居民发来的急件，说共和国在这个问题上做出了决定——那么共和国给王子定了个什么名儿？——

沙得拉，米煞，亚伯尼哥，首相答道——凭圣彼得的腰带起誓，朕要和瑞士人断绝关系，弗朗西斯一世提起裤子①急匆匆地走到地板那一边嚷道。*

---

① 路易十四因坐在便桶上处理国务而臭名远扬。

* 参见《梅纳热集》第1卷。［斯特恩注。《梅纳热集》，法国语文学家吉勒·梅纳热（1613—1692）的口头见解汇编，1693年首次出版。斯特恩的故事是对下面这段话发挥：“据说弗朗西斯一世希望瑞士共和国做他的一个儿子的教母；但他得知瑞士人想给他儿子取名为沙得拉、米煞和亚伯尼哥时，他改变了主意。”——《梅纳热集，或梅纳（转下页）

陛下，首相冷静地回答说，您办不到。

我们给他们钱——国王说。

陛下，国库里剩下不到六万克朗了，首相答道——那朕把王冠上最名贵的珠宝当掉，弗朗西斯一世说。

陛下您已经把它当掉了，首相先生答道。

那么，首相先生，国王说，那——我们就跟他们开战。

第二十二章

宽容的读者，虽然我热切渴望并认真努力（尽上帝赋予我的绵薄之力及谋求必要的利益和健康的消遣之外的余暇）要使我这里让您捧读的这几卷小书能够取代许多皇皇巨著——而且如果我对您一直表现出一种飘飘然的扬扬自得的态度，以至于此刻我实在羞于郑重恳求您的原谅——恳求您相信我，在有关我父亲及他有关的教名故事中——我并无意糟蹋弗朗西斯一世——在有关鼻子的事情上——我也不想糟践弗朗西斯九世①——在脱庇叔叔的性格上——我也无意刻画我国的尚武精神——他腹股沟上的伤，无论怎么比方，也是一种伤，——书中的特灵——也不是指奥蒙德公爵②——我写本书，不

(接上页)热先生历史、道德、博学之箴言、评论集》第 3 版（巴黎，1715 年）第 2 章 214 节。据《圣经 · 但以理书》第 3 章第 12—30 节，沙得拉、米煞和亚伯尼哥是在烈火窑的严峻考验后存活下来的犹太人。]

① 并无弗朗西斯九世，而这（很可能）正是笑料之所在。如果斯特恩的确指的是一位国王，他可能是要写弗朗西斯一世。这位国王长着又长又大的鼻子，据说是死于梅毒。他死后，批评者把他无耻放荡的生活所导致的身体后果揪住不放，大肆宣扬。斯特恩几乎不大可能想到阿朗松和安茹公爵弗朗西斯（查理九世的小弟弟）。他的大鼻子因出天花而落下伤疤，成为时人讽刺的对象。作者也不大可能会想起有权有势的吉斯公爵弗朗西斯，此人在 1545 年围攻布洛涅的战斗中受了重伤，损伤了鼻子和面容。

② 詹姆斯 · 巴特勒（其实正是特灵的名字）（1665—1745），二世奥蒙德公爵，爱尔兰军人、政治家。 1711 年代替马尔伯勒成为总司令； 1715 年遭辉格党人弹劾后，在西班牙和法国度过了余生。

是针对命定论，不是针对自由意志或者各种税收的——如果说本书有所针对的话，——请诸位注意，它是针对人的脾脏的；为的是在大笑时更加频繁而猛烈地扬抑隔膜、摇动肋间及腹部肌肉，将胆汁等体内苦水连同属于国王陛下臣民的各种有害情绪从他们的胆囊、肝脏、胰脏驱入他们的十二指肠。①

第二十三章

——可是，约里克，你看这事不干行吗？我父亲说——依我看，他接着说，是不行的。我是一个臭宗教法学者，约里克回答道——但是，在一切祸害当中，悬念是最折磨人的；我们至少要知道这件事最坏的情况。我讨厌这样的大型聚餐——我父亲说——聚餐的规模并不是问题的关键，约里克答道——项狄先生，我们需要探究一下这个疑点的根源：名字能改还是不能改——既然这么多代理主教、政府官员、律师、代理、登记人员，还有经院神学家中最优秀的人物及其他人的胡子都将集结在一张餐桌的中央，而狄狄乌斯又盛情邀请了您，——您还担心谁会错过这样一次盛会呢？我们只需做的一件事，约里克接着说，那就是通知狄狄乌斯您将前往，并让他安排一次餐后交谈，以便引出正题——那么我的脱庇兄弟，我父亲将双手合在一起说，必须一道前往。

——特灵，脱庇叔叔说，把我的后面系缎带的假发和镶边军服挂在火炉旁，烤上一夜。

① 为了惹读者发笑，作者戏拟了他那个时代医学著作的机械倾向。

第二十五章[1]

——毫无疑问，先生，——本书到这里，缺了整整一章——造成了十页的空缺——然而，装订工并不是傻瓜，也不是无赖，也不是个雏儿——也不是本书有什么更不完善的地方，（至少不会因为这一点）——恰恰相反，本书少了这一章，比有这一章更显得完善，这一点我将用下面的方式向各位论证——顺便交待一下，同样的实验是否可以成功地运用到其他各章上，对这一点我首先表示怀疑——不过，请诸位注意，在章数上做的试验是没有止境的——这玩意儿我们做得够多的了。——所以，这件事就到此为止吧。

不过在论证之前，让我只是告诉诸位，我撕掉的，要不现在各位正在阅读的那一章，而不是这一章——描述的是我父亲，脱庇叔叔、特灵以及奥巴代亚一行出发前往※※※※参加视察宴会[2]的情况。

我们坐马车去，我父亲说——喂，奥巴代亚，纹章变了没有？——如果我从我母亲的纹章添加到项狄家的纹章上讲起，就会让我的故事精彩得多。我父亲结婚时，请人把马车重新彩绘了一遍，结果呢，那个画匠，不知道是像罗马的图尔皮琉斯[3]或者巴西勒的汉斯·霍尔拜因[4]那样，用左手干活——还是由于毛病出在头上而不是手上——或者最后一点，是由于使坏，这种情况凡是与我家

---

① 小说有意缺第 24 章，页码跳过 10 页。

② 教会主教在自己的教区内做的工作检查；项狄一家要去参加这个宴会是对约克郡的视察宴会的戏拟。

③ 威尼斯的拉贝奥·图尔皮琉斯（全盛期在公元 60 年左右），罗马骑士和（左手）优秀画家。普林尼（61—112）曾提到他（《博物志》第 35 章第 7 节）。

④ 小汉斯·霍尔拜因（1497—1543），德国历史及肖像画家，据传，他也用左手作画。

有关的每一件事都容易轮上的——结果叫我们全家丢人现眼的是：不是从哈里八世在位以来，我家就应堂堂正正具有的左上至右下对角条纹——而是一个右上至左下对角条纹①神差鬼使般地被画在项狄家的纹章底子上。像我父亲这样的聪明人，会为如此区区小事而烦心，真是令人难以置信。"马车"这个字眼儿——不管是谁的——或者像"马车夫"、"驾车马"、"出租马车"之类的名堂只要在我们家里提起，他就要抱怨说自家马车门上带着这种私生的可耻标记；他只要上一次或下一次马车，总会转身看一眼纹章，同时发誓在右上至左下对角条纹除掉之前，他是再也不坐马车了——然而这与合页的事儿一样，是诸位命运女神在她们的簿册里记下的许多问题之一——抱怨尽管抱怨（即便是在比我们家更明智的大户人家也是如此）——修理却无人修理。

——我说，右上至左下对角条纹刷掉了吗？父亲问——除了衬里，奥巴代亚答道，什么都没有刷掉。我们骑马去，父亲转向约里克说——世间万事，除了政治，教士们懂得最少的便是纹章学了，约里克说——那无关紧要，父亲大声说——带着蒙上污点的家徽招摇过市，我心里感到难过——别管那右上至左下对角条纹了，脱庇叔叔说着就把他那系有缎带的假发戴上——说得轻巧，父亲说——如果你认为合适，那你可以与咱们的黛娜姑妈一起坐着带右上至左下对角条纹纹章的马车去赴视察宴会好了——可怜的脱庇叔叔脸红了。父亲又生起自己的气来——不——亲爱的脱庇兄弟，父亲变换了一下口气说——可是马车衬里的潮气弥漫在我腹股沟的周围，会像上个冬天的十二月，一月，二月一样，又弄得我坐骨神经痛的——所以，如果你愿意，就骑我老婆的走马吧——约里克，由于你要去布道，你最好在前面尽快先行，——让我来照顾我的脱庇兄弟，按我们自己的速度跟上。

我被迫撕掉的那一章描述的正是这支马队，特灵下士和奥巴代

---

① 根据权威典籍及一般规矩，右上至左下对角条纹表明私生子地位。

亚骑在两匹驾车马上，像巡逻兵一样并排在前头缓缓开路——脱庇叔叔穿着镶边军服，戴着系缎带的假发，与我父亲保持队形，走在大路上，并就文韬武略各自可能占先的情况深入探讨二者孰轻孰重。

——然而当我重温这次旅行时，对于它的描绘无论是风格还是手段远远超过我在本书中能够描绘的其他任何事件，所以如果硬将它留在书中，势必会贬低其他场景；同时还会打破章与章之间必要的平衡（且不管它是好是坏），有了这种平衡，整部作品才能比例适当、和谐统一。就我个人而言，我在这个行业上刚刚起步，对它知之甚少——但我认为，不管怎么说，写一本书也就像哼一支歌——您只要使它合您的调门就行了，小姐，您把它提多高还是压多低并不重要。

——正因为如此，请诸位注意，许多最低级、最最平淡的作品之所以非常流行——（正如约里克有天晚上告诉脱庇叔叔的那样）因为采取的是“围困①”的手段——听到围困这个字眼，脱庇叔叔显得十分兴奋，但是对这话又摸不着头脑。

下星期天我要在宫廷讲道，奥莫纳斯②说——把我的调门过一遍——于是我把奥莫纳斯博士的调门哼了一遍——音调挺好——奥莫纳斯，如果一直这样下去，那就行了——我接着往下哼——我想它的调子还过得去；而且，到目前为止，请诸位注意，我还没有发现这个调子究竟有多低下，多平淡，多没劲，多枯燥，然而，突然之间，半道里出现了一种曲调，如此美妙，如此华丽，像天乐一般——它把我的灵魂带进了另一个世界；如果我，（正如蒙田在一件类似的事情中所埋怨的③）——如果发现下来轻松，上去有路——确

---

① 原文为 siege，秽语中有“肛门”的意思。

② 奥莫纳斯（布道者），拉伯雷《巨人传》里“教皇派岛”的主教。参见该书第 4 卷第 48—54 章。

③ 指蒙田的随笔《论幼儿教育》，该文写道：“最近有一天，我碰到了……一本法文书，我花了很长时间，悠悠忽忽，溜过了很多语句，它们一个个枯燥乏味，清汤寡水，既没有风趣，又没有常识，所（转下页）

实，我无计可施了——奥莫纳斯，我早就该说，你的调门是好调门，——但它就像陡立的悬崖峭壁——全与其余的作品一刀两断，所以我在哼第一个音时，就发觉我已经飞入另一个世界，并在那时发现了我离开的溪谷又低又深又阴暗，所以我再也没有心思下去了。

☞ 一个矮子如果拿出一种符合自己的标准来衡量自己的身高——那么，请相信我，他就是一个货色多样的矮子了——撕去那一章的事就说到这里。

第二十六章

——看他是不是把它剪成窄条儿，送给旁边的人点烟斗用了！——那太不像话了，狄狄乌斯答道；果真如此的话，不会没人注意到的，齐撒溲斯博士说—— ☞ 他是来自低地国家的齐撒稀奇家族。

我认为，狄狄乌斯说着就从椅子上欠起身来，好挪开并排摆在他和约里克中间的一个瓶子和一个细颈高水瓶——约里克先生，你倒可以省下这一讽刺的投枪，击中一个更加合适的地方——或者至少可以找到一个更加合适的机会来显示你对我们所从事的一切的蔑视：如果布道文差得只配用来点烟斗——那么，先生，它肯定不会好到可以拿到这么些有学问的人面前宣讲；而如果它好到可以拿到这么多有学问的人面前宣讲——先生，那就肯定是太好了，不应该在宣讲之后用来点烟斗。

（接上页）以仅仅是些语句而已；经过一段漫长单调的跋涉，我终于来到了一个去处，那里高雅富丽，直上云霄：如果我发现下来轻松，上去有路，那还好说；可这是陡立的悬崖峭壁，完全与其余的作品一刀两断，所以，刚读了六个字，我就发现自己飞进了另一世界，而且从那里我发现我离开的溪谷又低又深，从此再也没有心思下去了。如果我用这样精彩的获得装饰自己的论述，剽窃者自己的缺陷就会显得一目了然，我也发现自己的作品极不完善。”

——狄狄乌斯心想：我已经把他牢牢地挂在二难推理的两个角儿的一个上面了——让他千方百计去脱身吧。

为准备这篇布道文来捧这个场，约里克说，我经受了难以言状的痛苦，——我敢断言，狄狄乌斯，我就会受殉教之苦了——如果我的马儿有可能陪着我，我宁愿殉教一千次，也不肯坐下来再作这样的布道文了：我没把它写得当——不是发于情，而是出自理——正是由于写作和宣讲时它给我带来的痛苦，我才用这种方式对它报复。——讲道，向听众显示我们博览群书，或者机智灵敏——在庸夫俗子面前炫耀，学问不多，表现手段又拙劣，玩弄一点儿辞藻，只见闪闪烁烁，传出的光却不多，送来的热更少——我们一周只能腾出可怜巴巴的半个钟头，却被这样骗走了——这不是宣扬福音——而是宣扬我们自己——就我个人而言，约里克继续说，我宁愿把五个词儿直射向心灵——

约里克一说直射这个词儿，脱庇叔叔就站起身来，讲起一些有关"弹射"的话来——这时一个词儿，就那么一个，从桌子对面说出来，吸引大家都侧耳静听——不是字典里别的词儿，偏偏是一个在那种场合最不想听的词儿——一个我不好意思写出来的词儿——但又不得不写出来——不得不让人念出来；——不合法的——不合教规的——猜上一万遍，再增加一万倍——搜索枯肠——费尽心机，您还是不见进展——好了，我会在下一章讲出来的。

第二十七章

天尊！ ① ——————————————————————————————

——————————————————————————————————————

① 原文为 zounds，是 God's wounds 的缩写，意指十字架上的耶稣的伤口；以前用做咒骂或愤怒、惊讶时的感叹语。

———天—尊！福大托利乌斯[①]喊道，在一定程度上是在心里喊的——但声音响得足以让人听得见——奇怪的是，喊得声色俱厉，有点儿介乎一个人惊骇和身体疼痛时的呼喊。

一两个耳朵灵敏，能够把这两种音的混合表现分辨得像音乐中的三度音程或者五度音程或者别的任何和音一样清楚的人——也被它搞得稀里糊涂——协和音程本身很好——但是后来却走了调，绝对适应不了开头的主题了；——因此就是他们竭尽所知，也说不清它到底是怎样出来的。

别的那些对音乐表达一窍不通，仅仅听取这个词的简单意思的人，以为福大托利乌斯因为性情有点暴躁，所以正要从狄狄乌斯的手中夺过木棍把约里克痛打一顿——还以为那个极其强烈的单音节词“天尊”就是一篇演讲的绪言，人们从这个样品判断，这篇演讲预示要对他进行一种粗暴的处置；所以生性善良的脱庇叔叔为约里克即将遭受的一切感到了极大的痛苦。但是看到福大托利乌斯突然停止了喊叫，不打算再念下文时——第三方便开始认为这不过是一种不由自主的呼吸，碰巧形成了一声十二便士[②]诅咒的形状——却没有一种诅咒的罪过或实质。

别的人，特别是坐在他身边的那一两个人的看法则完全相反，他们认为这是一个实实在在的诅咒，有意针对约里克而发，因为大家都知道，他对约里克没有好感——上述诅咒，正如我父亲用哲学观点所论证的那样，当时确实在福大托利乌斯内脏的较上部位骚动冒火；所以自然而然，顺理成章，首先被突然涌进的血液挤了出来，这股血液则是被如此奇怪的一种布道理论引发的一阵惊讶涌进福大托利乌斯的右心室的。

---

① 意为纵欲好色之徒。

② 按照 1746 年的“渎神诅咒法令”，对诅咒的处罚是根据诅咒人的阶层决定的，而不管说出的是什么样的诅咒。十二便士是对下层人处的罚金；对绅士的罚金更高。这个法令要求每年有四个礼拜日在教堂宣读。

我们对错误事实的争论是多么地细密啊！

凡是忙着对福大托利乌斯所发出的那个简单字眼儿做各种推理的人——没有一个不认为下面这种情况是理所当然的，仿佛它出自一条公理似的，那就是，福大托利乌斯全神贯注在狄狄乌斯和约里克两个所争论的话题上；而且当他带着一个人倾听事态进展的神态先看看这个又瞧瞧那个时，——谁会不这样认为呢？但事实上，福大托利乌斯对从他耳旁掠过的话连一个字儿，甚至一个音节都没听进去——而他全部的思想和注意力都被吸引到此时此刻在他的大裆裤的管辖区正在进行的一件事上了，而且就在不是别人，偏偏是他自己最留心意外事件的一部分辖区：所以尽管他全神贯注地看着，渐渐地将面部的每一根神经和肌肉拧起来，一直拧到那种工具能承受的极限，以便像有人认为的那样，给约里克一句尖锐的回答，因为约里克就坐在他的对面——但是我说，就算是约里克曾经在福大托利乌斯的脑海里闪现过——他叫喊的真正原因至少也在一码①以下的地方。

这件事我将千方百计尽可能体面地向您解释解释。

那么，一定要告诉您的是，在快要吃晚饭的时候，加肆特厉肥雷斯②溜进了厨房，想看看情况怎么样了——却发现备餐桌上放着一柳条筐上好的栗子，便下令烤上一二百个，饭刚一吃完就端上来——加肆特厉肥雷斯之所以下达他有关栗子的命令，是因为狄狄乌斯，特别是福大托利乌斯非常喜欢吃栗子。

大约在脱庇叔叔打断约里克的高谈阔论两分钟前——加肆特厉肥雷斯要的栗子端上来了——因为福大托利乌斯爱吃栗子，这在侍者的脑子里是头等大事，他便把包在一块干净的织花餐巾里的热栗子摆到福大托利乌斯面前。

现在先不说半打手同时伸进那块餐巾，——是不是有一颗栗子

---

① 这里的“码”有“阴茎”的意思。

② 意为大肚子。

比其他的活力更强，形状更圆、完全有可能被拨得运动起来——但结果却是：一颗确实被拨得滚出了桌子；由于福大托利乌斯正好叉开双腿坐在下面——它便垂直地掉进了他的裤裆的那个缺口里，对于这个部位，说出来会使我们自己的语言蒙羞失雅，但即使把约翰逊的词典从头翻到尾也找不到一个可用的高雅字眼——所以这么说吧——它是那种所有的上流社会、礼仪法规严格要求全面（至少在和平时期）关闭的缺口，就像古罗马的杰纳斯神庙一样。①

福大托利乌斯对身上的这一细节的忽视（顺便说一下，全人类应当引以为戒）已经为这一突发事件打开了一扇大门。——

——我管它叫做突发事件，是按照举世公认的说法，——但并不反对在这种事情上缺乏辨别能力或者执意搬弄是非的人的看法；我知道这两种人已经有了先入之见，并完全信以为真——所以直到现在他们还认为在整个事件的过程中，没有任何突发成分——而那颗栗子走了那条特殊的路线，以一种自觉自愿的方式——带着自己的全部热劲径直滚到了那个特殊部位，而不是别的部位——这是对福大托利乌斯的真正报应——因为他在二十年前出版了那本淫秽的论著 *de Concubinis retinendis*②——而且在事发的同一星期正准备印第二版。

提笔卷入这场争论不是我的任务——毫无疑问，这个问题的两个方面还是可以写一写的——我作为一名历史学家无非是要再现事实，并向读者做出可信的交待，那就是福大托利乌斯的大裆裤上的那个窟窿大得足以让那颗栗子掉进去；——再说那栗子不知是怎么搞的，的确是垂直而下，热腾腾地灌了进去，当时福大托利乌斯以及别的任何人都没有觉察到。

在最初的二十或二十五秒钟里，栗子带进去的融融暖意并不是

---

① 杰纳斯为古意大利的门神和战时国家保护神，庙门和平时关闭，战争期间敞开。

② 拉丁文：谈纳妾。

不令人愉快的，——只不过温文地提请福大托利乌斯对这一部位予以关注而已：——然而热度逐渐增强，又过了几秒钟，便超出了惬意的限度，然后全速冲进疼痛的领域，——于是乎，福大托利乌斯的魂儿，连带他所有的意念、思想、注意、想像、判断、决心、熟虑、推理、记忆、幻想以及一股一股的血气全部蜂拥而下，通过不同的渠道冲向了危险部位，使他的上半身，您可以想像，空得就像我的那只钱包。

就是用上所有这些探子送回的最好的情报，福大托利乌斯也无法探究出下身正在发生的事情的秘密，也难推测这到底是怎么回事儿：然而，由于不知道真正的原因是什么，所以他认为，在他目前所处的形势下，如果可能，应当像一名禁欲主义者一样忍受下去，不失为最谨慎的办法；这一点他肯定借助于龇牙咧嘴实现了，如果说他的想像力保持中立的话——但在这一类事情上想像力的出击却是抑制不了的———个想法立即冲进他的脑海，那就是，尽管这种剧痛有种热辣辣的感觉——它也许是火烧一样的一种叮咬；如果就是的话，那可能是一只蝾螈或者水蜥，或者诸如此类的可恶的爬虫，爬上来了，而且正在用牙咬呢———想到这种东西，就叫人起鸡皮疙瘩，再加上此时此刻栗子造成的又一阵灼热疼痛，使福大托利乌斯顿时惊惶失措，而且在第一次可怕的激动紊乱的情绪之中，这种疼痛解除了他的戒备，就像它对世界上最优秀的将军来了个突然袭击一样；——结果是，他不由自主地跳了起来，同时发出了那种惊叫，它如此悠扬，后来又戛然而止，标示出来就是这样，天——尊——尽管不符合严格的卡农曲①，但任何一个人在这种场合很少这样说话；——不过顺便说一句，到底是不是卡农曲，福大托利乌斯确实毫无办法，就像他对此事的起因毫无办法一样。

---

① 卡农为复调音乐写作技法，同一旋律以相同或不同的音高在各声部先后出现，后面声部按一定时距依次模仿前一声部。用此技法写成的乐曲称卡农曲。

虽然叙述这件事儿已经费了一些时间，但处理这件事儿花的时间只比福大托利乌斯掏出栗子，然后猛地把它扔在地板上——再让约里克从椅子上起来俯身捡起栗子花的时间多不了多少。

观察小事战胜思想是一件稀奇的事情：——它们在形成和左右我们对于人与事的见解方面有着多么令人难以置信的分量，——小事像空气一样轻飘，① 却会将某种信念吹进我们的灵魂，并将它根深蒂固地植入其中，——以致欧几里得的证明即便可以用来把它砸烂，也没有力量将它推翻。

我说过，约里克捡起了福大托利乌斯怒不可遏时扔掉的那颗栗子——这一举动十分渺小——我不好意思对它描述——他这样做，没有什么理由，只是他认为那颗栗子在那场冒险中表现得还不错——而且他拿到了一颗值得弯腰一捡的好栗子。——但事情虽小，在福大托利乌斯的头脑中却有不同的效果：他认为约里克这种离开椅子，捡起栗子的行为只不过是一种承认，表明这颗栗子原本就是他的，——当然，能够用栗子开这种玩笑的必定就是栗子的主人，绝不是别的什么人：使他的见解大大加强的依据是由于桌子是平行四边形，又非常窄，它给约里克提供了一个使栗子悄悄溜进去的绝好机会，因为他正好坐在福大托利乌斯的对面，——结果呢，他就这么做了。这些想法产生的时候，福大托利乌斯投向约里克的不仅仅是那种怀疑的目光，便十分明确地说出了他的看法——而且由于福大托利乌斯被自然而然地认为对于这件事情比旁边的任何人了解得更清楚，所以他的见解立刻变成了普遍的看法；——而且由于一个完全有别于已经提出的任何原因的原因——不一会儿这种想法便不容置疑了。

每当重大的或出人意料的事件降临到这个尘世舞台上的时

---

① 参看亚果关于把玳丝德摩娜的手绢落在凯西奥的住处的说法：“小事像空气一样轻飘，叫爱吃醋的人看来，像天书写下的铁证……”（莎士比亚《奥瑟罗》第3幕第3场）

候——人的大脑，由于是一种好奇的实体，便会自然地飞到幕后，去看看它们的起因和源头到底是什么——这种探究在这一事例中持续的时间并不长。

众所周知，约里克对于福大托利乌斯写的 *de Concubinis retinendis* 那篇论著向来没有好感，他担心这是一件给世人造成的祸害——所以就不难发现，约里克的恶作剧中有一种神秘意义——他将热栗子扔进福大托利乌斯的※※※—※※※※，就是对他那本书的嘲讽——据说该书所鼓吹的信条曾使得当地许多诚实的人怒火中烧。

这种奇思妙想唤醒了索莫沦修斯①——惹笑了阿吉拉斯提斯②——如果您能回想起一个全神贯注地猜谜的人的脸上的准确神态——这种想法便使加肆特厉肥雷斯具有了那种形态——总而言之，许多人认为这是大智的一种高招。

这件事，读者从头到尾都已经看到了，如同哲学的梦想一样没有根据：约里克，毫无疑问，就像莎士比亚说他的祖先那样——“是个滑稽透顶的家伙”，③ 但是这中间却糅合了某种不使他开那种以及其他许多粗鄙玩笑的性质，他也不该因此而受责备；——但是不幸得很，他却一辈子背上了尽说一些、尽干一些他的天性无力胜任的事情的恶名（除非我对他的尊敬使我视而不见）。所有我要怪罪他的——或者不如说，所有我要怪罪，同时又喜欢他的是他那特殊的脾气，这种脾气从来不会让他煞费苦心地篡改历史迎合世人，不管他怎样有能力。在那一类的每一项拙劣行径中，他的表现完全跟他在那匹瘦马的问题上表现出的一模一样——他可以把事情说得天花乱坠，使他赢得荣誉，但他的精神境界更高；再说，他从来把

① 意为睡觉的人，见第 201 页注⑥。

② 意为从不笑的人，见第 200 页注②。

③ 莎士比亚的约里克“是个滑稽透顶、妙想天开的家伙”（《哈姆雷特》第 5 幕第 1 场第 202 行）。这里“哲学的梦想”使人回想起第 1 幕第 5 场：“天地间有许多事情，霍拉旭，绝不是你们的哲学所梦想得到的。”

编造、传播、相信一种粗鄙的传言的人都看成一丘之貉，对他有害无益，——他不肯屈尊向他们讲述自己的情况——所以他相信时间和事实会替他说话的。

这种高尚的品格给他在许多方面造成不便——眼下，随之而来的便是福大托利乌斯对他怀恨在心，当约里克刚把那颗栗子结果了的时候，他便再次从椅子上起来，以便让他知道——他确实是笑着这么做的；只是说——他将努力不去忘掉这一恩惠。

但是您必须留心，并且在心里仔细把两件事区分开来。

——那微笑是笑给大伙儿的。

——那威胁是针对约里克的。

第二十八章

——你能不能告诉我，福大托利乌斯对坐在他旁边的加肆特厉肥雷斯说，——因为谁也不会为这么一件傻事去看外科医生的，——你能不能告诉我，加肆特厉肥雷斯，最好的祛火方法是什么呢？① ——问问尤金纽斯②，加肆特厉肥雷斯说——那可要依那个部位的性质而定，尤金纽斯说，装作不知道这一险情的样子——如果是敏感的部位，并且是易于包扎的部位——两样都是，福大托利乌斯一边回答，一边把手放到那个部位上，同时往那里着重点了一下头，而且又抬起右腿来放松放松，凉快凉快——要是那样的话，尤金纽斯说，我倒想劝你，福大托利乌斯，千万不要瞎剖划；不过要是你肯去找一下离你最近的印刷工，让一张刚刚从印刷机上下来的软纸③那么简单的东西给你治治伤——你只要把它缠上去就行了——那张湿纸，约里克说（他就坐在他的朋友尤金纽斯旁边），尽

① 暗示性病“热”； 18 世纪把妓女叫“火攻船”。

② 见第 28 页注②。

③ 在早期的手工印刷机上，为了保证印刷的均匀，纸是湿着印刷的。

管我知道它可以起到凉爽的作用——可我想它不过是媒介而已——真正起作用的是把纸浸透的油和灯黑①——对，尤金纽斯说，而且在我要贸然推荐的外敷手段中，这是最具镇痛作用又是最最保险的。

要是我的话，加肆特厉肥雷斯说，因为主要的东西是油和灯黑，我就把它们厚厚地抹在一块破布上，然后直接拍上去就行了。那就见鬼了②，约里克答道——再说，尤金纽斯补充道，它也不符合伤口愈合的要求，那就是所规定的绝对的光洁美观，业内人士认为二者缺一不可——因为你想想，如果字体很小很小（应该是这样），那么用这种形式与痛处相接触的有治愈力的微粒具有摊得极薄的优点，而且要做到绝对的均匀（新起段落和大写字母除外），而这是抹刀的任何技艺和手段都无法达到的。正好，福大托利乌斯答道，我的论著 *de Concubinis retinendis* 第二版这会儿正在印刷之中——你们可以随便拿一页，尤金纽斯说——哪一张都行——只要，约里克说，其中没有下流淫秽的语言就可以——

我们刚要印完第九章，福大托里乌斯答道——那是这本书的倒数第二章——请问这章的题目是什么，约里克一边毕恭毕敬地给福大托利乌斯鞠躬，一边说道——我想，福大托利乌斯回答，那是 de re concubinariâ。③

看在老天分上，千万别拿这一章，约里克说。

——千万千万——尤金纽斯补充道。

第二十九章

——唉，狄狄乌斯说着就站了起来，右手五指张开按在胸口上——如果这样一个有关教名的错误发生在宗教改革以前——（它发

① 颜料，由重油或类似物料在空气不足的条件下，于浅盆中燃烧而制得的炭黑。

② 此处一语双关，因为印刷所学徒在英语里叫“印刷商的小鬼”。

③ 拉丁文：谈姘居问题。

生在前天，我的脱庇叔叔自言自语说）又是用拉丁语行洗礼的时候——（用的全是英语，脱庇叔叔说）——许多事情也许会和它同时发生，而且根据各种判决的实例来看，为了宣布洗礼无效，同时拥有给孩子起一个新名字的权力——例如，如果一个教士，这不是一件稀罕的事儿，由于对拉丁语的无知，在给汤姆·斯蒂尔斯的孩子施洗礼时说， in nomino patriœ & filia & spiritum sanctos，① ——这一洗礼就被视为无效——对不起，齐撒渎斯答道，——即便是那样的话，因为只是词尾有误，洗礼应该是有效的——如果要它成为无效的，那教士的错误应该出现在每个名词的第一个音节上——而不是，像你举的例子中的那样，出现在最后一个音节上。——

我父亲很喜欢这种微妙之处，所以就全神贯注地听着。

举例来说吧，齐撒渎斯继续说，加肆特厉肥雷斯给约翰·斯特拉德林②的一个孩子施洗礼时说 in Gomine gatris 等等等等，而不是 in Nomine patris 等等——这是洗礼吗？不，——才华出众的宗教法规学者们说；因为每个单词的词根在这里都被撕碎，这样它们的原意都失去了，并且完全变成了另外一码事；因为 Gomine 的意思不是名字， gratris 的意思也不是父亲——那它们是什么意思呢？脱庇叔叔问——什么意思都没有——约里克说——因此，这样的洗礼是无效的，齐撒渎斯说——当然了，约里克以一种两分玩笑一分认真的语调答道——

可在举的例子中，齐撒渎斯接着说，把 patris 说成了 patriœ，把 filii 说成了 filia，如此等等——因为只是在变格时出的错儿，词根没发生变化，只是在它们的枝节上发生这样或那样的曲折变化，所以无论如何不应该妨碍洗礼，因为这些词的意义还像以前一样保留

---

① 原意当为拉丁语词组 in nomine patris et filii et spiritus sancti（以圣父、圣子、圣灵的名义），词尾变格有误，重要的词根并无大错。

② 像上文的汤姆·斯蒂尔斯一样，约翰·斯特拉德林也是代表诉讼一方的常用虚构名字。

着——但另一方面，狄狄乌斯说，事实证明，教士按照语法规则发音的意图，也和意思一起保留下来了——对，齐撒渡斯答道；关于这个，狄狄乌斯兄弟，我们可以在教皇利奥三世的教令集中①找到一条作为例子——可我哥哥的孩子，我的脱庇叔叔嚷道，跟教皇没有一点关系——它只是一名新教绅士的普通孩子，在洗礼时被命名为特里斯舛，是完全违背了他的父母和他所有亲属的意愿的——

如果只是和项狄先生的孩子有骨肉之亲的人的意愿，齐撒渡斯打断了脱庇叔叔的话，在这件事情上才有影响力的话，在所有的人中间，项狄太太的分量最轻——脱庇叔叔放下烟斗，我父亲把椅子向桌子挪得更近一点，好听到这么一篇奇怪的引言结论。

项狄上尉，在这片国土上最好的律师和民法专家②中*，齐撒渡斯接着说，"母亲与她的孩子是否有骨肉之亲，"不仅仅是一个疑问，——但是依照各方辩论的许多不带情感的质询和诈称，——判决是否定性的，——那就是说，"母亲与她的孩子没有骨肉之亲†。"我父亲以在脱庇叔叔的耳朵边说悄悄话为幌子，赶忙用手把他的嘴捂上——实际上，他吃了一惊，正要哼《利拉布勒罗》呢——因为父亲

---

① 在英诺森三世的教令中，有一条关于洗礼中教士的意图的重要公告；在利奥三世的教令中却找不到这种公告。齐撒渡斯所提到的事例是这样的，一个无知的巴伐利亚教士在施洗礼时说 In nomine patria et filia et Spiritu Sancta，于是圣卜尼法斯对洗礼的有效性表示怀疑，扎迦利教皇在 744 年 7 月 1 日的一封信中对此做出判决，他认为只要不通的语法是由于无知，而不是由于信奉邪说，洗礼便有效。见 *Corpus Iuris Canonici*， Decreti Tertia Pars，"De Consecratione，" Distinctio IV，C. 86，*De sacerdote，qui per inpericiam linguae latinae in inuocatione Trinitatis deliquit. Item Zacharias Papa Bonifatio Episcopo*。

② 民事律师。

* 参见斯温伯恩《论遗嘱》，第 7 部第 8 节。［斯特恩注。这里指的是亨利·斯温伯恩（约 1560—1623）的《论遗嘱》。斯特恩从中几乎一字不差地摘录了关于这一著名案件的记述。］

† 参见布鲁克《摘要，权利、遗产管理篇》第 47 条。［斯特恩注。这里指的是罗伯特·布鲁克爵士（卒于 1558 年）的《格劳德摘要》，出现在前面引用的斯温伯恩的书里。］

很想再听听这种奇谈怪论——他求脱庇叔叔，看在上帝的分上，千万别让他失望——脱庇叔叔点了点头——重新拿起烟斗，悠然自得地在心里吹着《利拉布勒罗》——齐撒渡斯、狄狄乌斯和特里普托勒摩斯①接着讲了他们下面的一席话。

这个判决，齐撒渡斯继续说，不管它看起来与一般的思想潮流多么背道而驰，可它有自己充分的理由；它是在那个被大家称之为萨福克公爵案的著名案例中，经过各种争辩而产生出来的：——布鲁克的著作引用了它，特里普托勒摩斯说——科克勋爵②也予以注意，狄狄乌斯补充道——你还可以在斯温伯恩的《论遗嘱》中找到它，齐撒渡斯说。

项狄先生，这个案件，是这样的。

在爱德华六世统治时期，萨福克公爵查尔斯膝下有一儿一女，为两个妻子所生，他在最后的遗嘱中把他的财产留给了儿子，然后死了；他死后不久，他的儿子也死了——但没有留下遗嘱，也没有妻子儿女——他的母亲和他同父异母的姐姐（因为她是前一个妻子所生）那时还活着。母亲便接管了儿子的财产，根据的是哈里八世二一年的法令③，法令规定，凡未立遗嘱而亡者，其遗产由其最近的骨肉之亲管理。

遗产管理权就这样（私自）授予母亲，同父异母的姐姐便向教会法官起诉，诉状首先提出，她自己是最近的骨肉之亲；其次，母亲根本不是死者的骨肉之亲；因此请求法庭，撤回授予母亲的遗产管理权，并依照该法令，将其授予作为死者最近的骨肉之亲的她。

---

① 见第200页注③。

② 爱德华·科克爵士（1552—1634），英国法学家和法律作家。这里指的是（斯特恩在斯温伯恩的书中发现的）他的《判例汇编》第3部中关于“拉特克里夫案件”的记述。

③ 斯温伯恩的注释写为：“亨八法21年第5章”；即，亨利八世在位第21年之法令，第5章。亨利八世，小说中做哈里八世。

此案由于是一个大案，许多问题要取决于它的结果——将来许多关于巨额财产的案件都有可能按当时要做出的先例判决——与本案相关的法律界和民法界的有识之士聚会磋商，看母亲是不是她儿子的骨肉之亲。——对此，不仅世俗律师——而且教会律师——法律顾问——法律学者——民法专家——辩护律师——代理——坎特伯雷和约克的主教法庭和大主教法庭的法官，以及法律学会会长，一致同意这一观点，那就是母亲不是她孩子的骨肉之亲*——

对于这个观点萨福克公爵夫人是怎么说的？脱庇叔叔说。

脱庇叔叔的出人意料的问题，比最高明的辩护律师更使齐撒溲斯感到狼狈——他停了整整一分钟，盯着脱庇叔叔的脸没有回答——在那一分钟里，特里普托勒摩斯便把他搁在一边，率先说了下面一席话。

事情不会上溯，只会下行，特里普托勒摩斯说，这是法律上的一个基础和原则；正是由于这个原因，不管它是多么确实，我毫不怀疑孩子可以是其父母的血种——然而，父母却不是孩子的血种；因为父母不是孩子所生，而孩子却是父母所生——因此他们写道，Liberi sunt de sanguine patris & matris，sed pater et mater non sunt de sanguine liberorum. ①

——但是这个，特里普托勒摩斯，狄狄乌斯大声说，证明的问题太多了——因为从援引的这一典籍中得出的不仅是各方确实承认的结果，即母亲不是孩子的骨肉之亲——而且父亲也一样——据认为，特里普托勒摩斯说，这是更好的观点；因为父亲、母亲和孩

* Mater non numeratur inter consanguineos. Bald. in ult. C. de Verb. signific. [斯特恩注。他从斯温伯恩那里错抄的引文指的是意大利法学家、佩鲁贾的法律教授皮耶罗·巴尔迪·德·乌巴尔迪（1327—1406）的《论词语与事物的意义》第5条第3节中的话。

① 拉丁文：孩子属于父亲和母亲的血统，但父亲和母亲不属于孩子的血统。

子，尽管他们是三个人，可他们不是（una caro）[**] 一个亲骨肉；因此没有亲等——或者根本没有任何取得亲等的办法——你又把话题扯远了，狄狄乌斯喊起来——因为根本也没有禁律，尽管利未人的法律①中是有的——除非一个男子与他的祖母生一个孩子——那样的话；假设生的是一个女儿，她将与他们二人都有亲等关系——但谁想过，齐撒渡斯大声说，和祖母睡觉呢？——塞尔登②提到的那个年轻人，约里克答道——不仅想过，而且借助从报复法引来的论据向他父亲为自己的意图辩护呢——“先生，你能和我的母亲睡觉，那年轻人说——为什么我不能和你的母亲睡觉呢？”——这是 Argumentum commune，③ 约里克补充说。——他们也活该，尤金纽斯摘下帽子说。

大家散伙了——

第三十章

——请问，脱庇叔叔靠在约里克身上说，约里克和我父亲正扶着他慢慢地下楼去——别怕，小姐，这段楼梯上的谈话不像上次那么长——请问，约里克，脱庇叔叔说，这些饱学之士最后是怎样解决特里斯舛的这个问题的？解决得非常令人满意，约里克答道；谁都跟它没有关系，先生——因为母亲项狄太太和他没有一点儿骨肉之亲——母亲是最可靠的一方——当然，项狄先生就更不用说了——总而言之，他和他没有骨肉之亲，先生，就像我和他没有一样——

——也许吧，我父亲摇着头说。

** 参见布鲁克《摘要，权利、遗产管理篇》第 47 条。［斯特恩注］

① 见《圣经 · 利未记》第 18 章第 6 节以下。

② 约翰 · 塞尔登（1584—1654），英国法学家、古董家、东方学家和作家，他在《席间漫谈》中讲过这个故事。

③ 拉丁文：共同论据；对一个理由双方都同等适用的论据。

——饱学之士想怎么说，就让他们说去吧，脱庇叔叔说，萨福克公爵夫人和她儿子肯定有些血缘关系的——

到目前为止，约里克说，一般人的看法都是一样的。

第三十一章

我父亲虽然被这些高深微妙的谈话惹得心里痒抓抓的——但这仍然像给一根断了的骨头上抹油——一旦回到家，烦恼就又重新压上心头，而且来得更加沉重，就好像我们拄的拐杖从身下滑落时的情况一样——他变得心事重重——频频向鱼塘走去——一个帽环儿①放下来——唉声叹气的——强忍着不发作——一旦火暴脾气发作，到了像希波克拉底说的能促进排汗和消化的程度②——要不是我姑奶奶黛娜留下的一千英镑的遗产把他的思绪大大地吸引开，还因为一系列新的焦虑丢开了他，从而挽救了他的健康的话，他肯定就会因为排汗不畅、消化不良生病的。

我父亲一看那封信，因为要把这事抓对头，他立马就殚思竭虑、绞尽脑汁，看怎样花才能光耀门庭——便有一百五十多个方案轮番占据他的头脑——他要干这，又要干那，还要干别的——他要去罗马——他要打官司——他要买股票——他要买下约翰·霍布森的农场——他要翻新住宅，增添一个厢房，要房子对称——河这边有座漂亮的水磨，他要在河对岸修座风磨，看上去左右呼应——但最重要的是要把大牛沼圈起来，立刻送我哥哥博比上路。

可是因为钱的数额有限，所以不能样样都干——事实上，能够

---

① 流行于18世纪的撑檐帽的帽檐儿从三边撑起，再用扣子和环儿固定住，所以“放下一个帽环儿”意味着衣冠不整，兴许在服丧。

② 参见第76页注③，第77页注①；不过这一段源自麦肯齐的《健康史》第2卷第2章第6节：“适度的高兴和气恼……还有那些具有自己天性的激情和爱心……可以活跃神经，加速体液循环，促进排汗，帮助消化……”

兑现的倒是少之又少——在所有这些计划中，最后两个似乎给他留下的印象最深刻；他无疑已经决定立即着手去做了，要不是上面提到的那件小小的不便的话，因为它绝对要他做出选择，只干其中的一项，二者不可兼顾。

要做到这一点并不十分容易；因为虽然我父亲踌躇很久，才下定决心必须解决我哥哥的教育问题，而且像一个小心谨慎的人那样，决心拿他从自己参与的密西西比计划①的第二次行动成果中收回的第一笔钱用于实施这个计划——但这个牛沼由于是个风景优美，地域广阔，长满荆豆，水还未排出，也未经开垦的属于项狄家的公地，几乎同时早就对他提出要求：他早就动情地同样要对它加以利用。

在此之前，他从未面临过这样左右两难的局面，必须决定哪个要求优先，哪个要求正当——正像一位智者一样，他尽量不对它们作任何细致或严格的审查：所以在这种紧要关头，由于排除了其他的计划，——牛沼和我哥哥这两个老计划又一次让他左右为难；它们势均力敌，争着要成为这位老绅士心里的一场不小的斗争的理由，——到底应该先办哪一件。

——人们想笑就笑去吧——但情况就是这样。

长子在婚前可以自由出入外乡异地，② 这一直是家中的习惯，久而久之几乎成了一个普通法上的权利问题——不仅是为了通过运动运动和换换空气的好处来改善他自己隐蔽部位的状况——而且纯粹是为了借助插在帽子上的那根羽毛以满足自己到过国外的虚荣心——tantum valet，我父亲会说， quantum sonat③。

由于这是一种合乎情理，当然又极其符合基督徒身份的享

① 利用一家巨大的海运殖民公司的利润来还清法国国债的庞大的投机计划，于 1717 年启动，结果造成了 1720 年的金融恐慌。

② 本来是法律术语，但往往具有淫秽含义。

③ 拉丁文：听起来值多少就值多少。

受——被无缘无故地剥夺了，——从此使他开创了一个先例，成了项狄家第一个没有坐驿车周游欧洲的人，只不过因为他是个迟钝的小伙子——这将使他的待遇比土耳其人还要坏上十倍。

另一方面，牛沼这件事儿也很棘手。

除了最初买它时花的八百镑——十五年前的一场官司又花了八百镑——再说天知道这有多麻烦，多令人生气。

何况，从上世纪中叶开始，它就一直归项狄家所有；虽然它完全展现在住宅前面，一头是水磨，另一头是上面提到的计划中的风磨，——而且由于这些原因这片地产完全有权归这一家照料、保护——但还是由于一种人们屡见不鲜、又说不明白的命运，就像这块被他们践踏的土地一样，——它一直遭到人们可耻的忽视；说句真话，它遭的罪也太多了，所以就是骑马坐车从上面经过，甚至只是看一看它的景况，也会让任何一个了解土地价值的人心中流血（奥巴代亚说）。

然而，严格地说，由于不论是买下这块土地——还是就让它闲置在那里，这两件事都不是我父亲干的——他从来都不认为他与这些事有什么瓜葛——直至十五年前发生了上面提到的那场讨厌的官司（这是由它的地界问题引起的）——由于这完全是我父亲自己的行为，它自然又引出了其他种种对它有利的论据；把它们归纳到一起，他发现，不仅从利益出发，而且从名誉出发，他都必须为它做点什么——而且机不可失，时不再来。

我觉得这里面肯定掺杂着厄运的成分，双方的理由恰巧又都一样充分；虽然我父亲权衡了种种情况下的利弊——他心急火燎地花了很多时间，进行最深刻、最出神的思考，看看什么是上策——某一天他读了一些有关农业的书——另一天又看了一些关于旅行的书——不带任何感情色彩——把双方的论据放在种种角度和情况下考察——每天都和我的脱庇叔叔商量——与约里克争论，又和奥巴代亚议论大牛沼的整个儿情况——但当时一直没有显出强烈偏袒一方却又完全不适合另一方，或者至少出于均衡考虑而加上砝码维持天平均衡的迹象。

当然，由于牛沼受到适当的帮助，又有人管理照料，虽然它的面貌无疑已今非昔比，按现在的状况还将会有所改变——但就我哥哥博比而言，这里面的点点滴滴都是真的——奥巴代亚想怎么说，就让他说去吧。——

从利益的角度着眼——二者之间的竞争，我承认，乍一看来，并不是那么明确；因为每当我父亲拿起笔墨开始计算牛沼所需的修剪、烧草、筑篱等等这些简单花销——及带给他回报的利润时——在他的计算中后者的结果是如此地惊人，您肯定会发誓说牛沼可以大获全胜。因为显而易见，他会收获一百拉斯特①油菜，一拉斯特按二十镑算，第一年——且不说第二年的小麦大丰收——还有第三年，保守地说，一百夸脱的豌豆和蚕豆——但很可能是一百五十夸脱——如果不是二百的话——还有不计其数的土豆——可是，再想想在此期间培养我哥哥，就好比养一口猪把这一切统统吃光——这一切都泡了汤，而且通常又让这位老绅士陷入了悬而未决的境地——就像他常对我的脱庇叔叔说的——该做什么，他脑子里知道的并不比他的脚后跟多。

除了他，因为他深有体会，谁也想像不来一个人的头脑被两个力量相等、方向相反的计划同时死拉硬拽撕扯开是一件多么烦人的事情：更不用说，某种后果对所有更为纤细的神经系统等等不可避免造成的伤害，您知道神经把血气和更细微的体液从心脏送到头脑——不用说，这种任性的摩擦在多大程度上影响了更加粗壮结实的部位，随着它的来回活动，每次都要消耗一个人的脂肪，损害一个人的力气。

我父亲肯定是陷入了这种不幸之中，就像给我取**教名**时的情况一样——要是他没有像上次一样被一种新的灾难——我的哥哥博比死亡的不幸从灾难中抢救出来的话。

---

① 重量单位，一般在4000磅上下，但可因地区和商品不同而不同。

人生是怎么回事啊！难道就是从一边转到另一边？——从一个悲哀转向另一个悲哀吗？——把烦恼的一个根源扣上了，——另一个又解开了！

第三十二章

从这会儿起，我就被认为是项狄家的当然继承人了——确切地说，我的**生平与见解**的故事也正是从这一点开始的；尽管仓促匆忙，我还是一个劲儿地清理场地，好建起这座大厦——我预言它将是亚当出世以来从来没有计划过，从来没有兴建过的那种大厦。不过五分钟，我就要把笔扔进火里，还有残留在墨水瓶底上的那一小滴稠稠的墨水，然后——在这一段时间内，我只有十来件事情好做——我有一件事情要命名——有一件事情要伤悲——有一件事情要希望——有一件事情要承诺，还有一件事情要威胁——我有一件事情要推测——有一件事情要宣布——有一件事情要隐瞒——有一件事情要选择——还有一件事情要祈求。——所以，这一章我就题名为**事情章**——下一章，也就是下一卷的第一章，如果我还活着的话，将是我议论**胡子**的一章，为的是在我的作品中保持某种关联。

我感到伤悲的事情是，各种事情密密匝匝地挤在我的脑海里，以至于我无法进行我一直热切期望的那部分工作；那是一些战事，尤其是脱庇叔叔的风流韵事，这些事件的性质是如此奇特，如此具有塞万提斯的风格，所以我这样处理，只不过是为了给别人的脑海里传达这些事件本身在我的脑海里激起的同样一些印象——我保证这部书将会比书主以往所写的更加走红——特里斯舛！特里斯舛！但愿这种事只能发生一次——你作为一名作者，信誉将会伴随着你，它会抵消你作为一个人所遇到的诸多不幸——你将会享受前者——只有在你对后者失去感觉和记忆的时候！——

难怪我心里发痒，想讲一讲这些风流韵事——它们是我整个故事中最精彩的一部分！真的我要讲它们时——尽管放心吧，好心人，——（我并不在意它会倒谁的虚弱的胃口）我才不挖空心思地选择文雅的字眼儿哩；——这就是我要宣布的事情。——我这一切不会在五分钟内结束，我恐怕——我希望的事情是，请诸位大人先生不要生气——如果你们生气了，请放心，我好心的先生们，明年我要给你们一些再让你们生气的东西——那是我亲爱的珍妮的做法——但谁是我亲爱的珍妮①——而哪头是一个女人对的一头，哪头又是错的一头，这是需要隐瞒的——我在关于扣眼儿的一章的下下一章里将会告诉你们，——而不是前面的一章。

既然你们已经到了这四卷书的末尾了——我不得不问的事情就是，你们的脑袋感觉如何？我自己疼得要命——至于你们的身体，我知道，它们要好得多——真正的项狄主义，随你们想着反对它吧，它敞开了心和肺，就像所有那些带有几分它的性质的爱，它使血液和其他维持生命所必需的体液自由地在它的渠道里流淌，使生命的轮子长期转动，快乐循环。

如果让我像桑丘·潘沙那样选择我的王国的话，这王国不应该是海岛——也不应该是用来赚小钱的黑人王国②——不，它应该是一个有着开怀大笑的臣民的王国：由于那种乖戾的、更加忧郁的情绪，通过在血液和体液中制造紊乱，就像对人体一样，我看得出，对政体也产生很坏的影响——同样，除了一贯行善，什么也不能完全控制那些情绪，让它们服从于理性——所以我应该在我的祈求上加上一句——愿上帝赐予我的臣民的恩惠是他们既**快乐**又**聪明**；那么我就是最最幸福的君主，他们就是天底下最最幸福的人民了——

这样，现在有了这个寓意深刻的结尾，告诉诸位，我要告别诸

---

① 见第 43 页注③。

② 桑丘常常低落下去的情绪又常常被他主人说他会很快成为一个海岛的总督这样严肃的保证激发起来。有一次桑丘想着自己要成为一个黑人国的总督，“就算他们是黑人，我管他呢，他说，最好的办法是把他们装上船运到西班牙去，我再找一些商人卖出手，给我钱就是了……”（《堂吉诃德》第 1 卷第 4 章）

位，一年后的这个时间再会（除非在此期间可恶的咳嗽要了我的命），我就会再次揪你们的胡子[1]，向世人铺排一个你们做梦都想不到的故事。

第四卷　完

[1] 在文艺复兴时代是一种表示轻蔑的手势，但这里含义比较温和。

绅士特里斯舛·项狄的生平与见解

Dixero si quid fortè jocosius, hoc mihi juris
Cum venia dabis. —— HOR.

—Si quis calumnietur levius esse quam decet theologum, aut mordacius quam deceat Christianum—non Ego, sed Democritus dixit. —

ERASMUS. ①

第五卷

① 拉丁文：

“倘若我满嘴戏言，你也将会海涵。”

“假若有人指摘拙著轻狂浮躁，难成圣言，冷嘲热讽，不合教规——

此乃德谟克利特所言，非鄙人也。”

第一段引自贺拉斯《讽刺诗集》第2卷第4首第104—105行。伯顿在《忧郁的解剖》序《小德谟克利特致读者》中略有更改。第二段引自《致托马斯·莫尔书》，序伊拉斯谟的《愚人颂》，同样是《小德谟克利特致读者》中的语句的大意。

以上两段语录印在第5卷和第6卷的第1版里。在第2版和以后各版里又加了这么一段引文："Si quis clericus，aut Monachus，verba joculatoria，risum moventia sciebat，anathema esto.——迦太基第二次会议。"（"如果教士或僧人熟知戏言、惹笑，就让他下地狱。"）迦太基早期会议的记录混乱不堪，斯特恩显然歪曲了一段早期的正文（见J. D. 曼西《圣会新增文件汇编》巴黎，1901）"之四"，"De clericis scurris：Si quis clericus aut monachus verba scurrilia，joculatoria，risumque moventia loquitur，acerrime corripiatur."（"如果教士或僧人言辞粗鄙、戏谑、惹人发笑，就让他遭受严厉的批评。"）

献　与

斯宾塞子爵

约翰

阁下

阁下，

仆恳请惠允将拙作两卷①献于阁下；仆才疏体弱，只能奉此芹献：——倘天赐仆以高才壮体，此书将定能投合阁下之雅趣。

倘若仆将此拙作献于阁下，同时又不揣冒昧将卷六之勒菲弗故事题献给斯宾塞夫人名下；得罪之处，乞请海涵，因仆别无他意，只因此故事饱含仁爱之意耳。

阁下之犬马仆

劳伦·斯特恩

① 第5、第6两卷于1761年12月出版。约翰·斯宾塞（1734—1783），马尔博罗公爵的曾孙，斯特恩的朋友和大赞助人。斯特恩赠送给斯宾塞夫人的勒菲弗故事的誊清稿在大英博物馆搁了一个世纪后才找了出来。

第一章

要不是那两匹精神抖擞的驽马和那个把它们从斯蒂尔顿赶往斯坦福[①]简直神经了的车夫，我绝不会萌生这种念头的。他风驰电掣一般——三英里半的坡路——我们几乎脚不着地——运动极快——又极野——我也神驰——心往起来。伟大的太阳神啊，我两只眼睛瞅着太阳，一只手臂伸出车窗，发起誓来，“一到家我就要锁上书房门，把钥匙扔到房后九十英尺深的井里去。”[②]

那辆伦敦四轮运货马车更坚定了我的决心：它悬在山顶上，摇摇晃晃，寸步难移——由八头粗壮的牲口拖着——“全力以赴呀！”我点了点头说，可比你们强的也是这么拉的——真有点同心协力的样子！——壮哉！”

告诉我，饱学之士，难道我们永远要追求外表的堂皇——不顾内在的库存？

难道我们要永远像药剂师从一个容器倒入另一个容器炮制新的合剂那样炮制新书？

---

① 从伦敦到约克和爱丁堡驿道上的两个城镇，相距 12 英里。

② 斯特恩耍调皮的典型例子。已声明他锁上书房门——意即他已经与他常常窃取的作家们一刀两断——他用一个本身从伯顿那里抄袭过来热情洋溢的段落来批评剽窃！“抄袭”一词也许言之过重。事实上斯特恩如同其他各处“借用”的情况一样，在这里已巧妙地改动并美化了（偶然还会误抄）原作，这便使此段无可争议地成为斯特恩自己的东西，谁如果把下面几段与《忧郁的解剖》中的出处——《小德谟克利特致读者》（谢利脱本 1. 20—21）和第 1 部第 1 节第 1 小节第 1 段加以比较，谁就会一目了然。伯顿本人在这些段落里已借用了许多，无论如何，斯特恩希望他渊博的读者能认出他的出处，并与他一起嘲笑用剽窃抨击剽窃的荒唐。

难道我们要永远把同一根绳子拧紧了又松开？永远走同一条路——永远用同一步调？

难道我们注定要不分圣日和工作日，像僧人摆弄他们圣人的遗物那样一直摆弄学术的遗物，直至永生之日——而不用它们创造一个——一个奇迹？

人——世界上伟大、最出色、最尊贵的生灵——琐罗亚斯德[①]在他的著作περί φύσεως中所称的自然的奇迹——克里索斯托[②]所称的**神之显现**——摩西所称的神的形象——柏拉图所称的神性之光——亚里士多德所称的神奇中的神奇——谁以弹指一挥之间把人从地球抛入天堂的神力——使他这样可怜巴巴，缩头缩脑——藏头露尾——偷偷摸摸地蜗行牛步？

我不屑于像贺拉斯那样对这种情况恶言辱骂[③]——但是如果这愿望里并无夸张，也无罪过，我则满心希望大不列颠、法兰西及爱尔兰每一个模仿者因其辛苦而身上生疽，而且有一座疽院大得能容纳——是的——还能净化他们，无论长毛短发，是男是女：这就把我引向了胡子的事儿——借助于什么思想关联——我留做永久管业里的一项遗产给正人君子和伪君子们去取乐，去利用呢。

说胡子

抱歉我许诺——这是一个大男人想到的最为轻率的诺言——写一章说说胡子！哎呀！这个世界可受不了——这可是一个娇嫩的世

---

① 琐罗亚斯德（前628？—前551），古代波斯宗教的改革者，琐罗亚斯德教创始人。后面的希腊文的意思是“论自然”。

② 克里索斯特（约347—407），古代基督教希腊教父，君士坦丁堡牧首。擅长辞令，有“金口”之誉。著作大多是宣传教义的讲稿和《圣经》注释。

③ 指贺拉斯的《书信集》 1. 19. 1—20，诗人在其中抨击了“一群奴才似的模仿者”。

界——可我不知道它是什么材料构成的——我也未曾见过下面写的断章；不然，如同鼻子为鼻子，胡子也仍是胡子一样；（随世人尽管去说什么好了）我也肯定会避开这危险的一章。

断章

※ ※——你都快睡着了，我的好太太，老绅士说道，在说“胡子”这个词儿的时候，把老太太的手抓住轻轻地捏了一下——我们换个话题好吗？千万别换，老太太答道——我喜欢听你说这些事儿：她把一块薄纱手绢盖到脑袋上，然后把脑袋往后靠在椅子上，把脸转过来朝着他，歪下身子的时候把双脚往前一伸——我想听，她接着说，你往下说嘛！

老绅士便接着往下讲。——胡子！当拉福瑟斯说起这个词儿的时候，纳瓦拉王后①嚷道，并把绣球掉到了地上——胡子；娘娘，拉福瑟斯说着就把绣球别在王后的前裙上，在王后重复这个词儿的时候行了一个礼。

自然，拉福瑟斯的声音又轻又低，可格外清晰：胡子二字的每个音都清清楚楚地落入纳瓦拉王后的耳朵里——胡子！王后喊道，把这个词儿说得更重，仿佛仍不相信自己的耳朵似的——胡子；拉福瑟斯把这词重复到第三遍了——娘娘，纳瓦拉没有他那般年纪的骑士，宫女接上说，极力把这位侍从官的兴趣放在王后身上，有那么帅的一副———副什么？玛格丽特笑着嚷道———副胡子，拉福瑟斯无限谦卑地说。

尽管拉福瑟斯使用不慎，“胡子”这个词儿仍然站住了脚跟，在纳瓦拉这个小小的王国里，大部分上流圈子在继续使用着：实际情

---

① 指瓦卢瓦的玛格丽特（1552—1615），法兰西和纳瓦拉王亨利四世的第一任妻子。斯特恩《断章》里的一些人名是她的宫廷人员的名字。

况是，拉福瑟斯不仅在王后面前说了这个词儿，而且在宫廷的其他各种场合也说了，还用的是一种神秘兮兮的腔调——世人皆知，玛格丽特的宫廷当时既崇尚骑士风度，又提倡忠诚品格——“胡子”适用于前者，同样也适用于后者，所以这个词儿自然能站住脚跟——它的得失可谓相当；也就是说，神职人员支持——世俗百姓反对——至于女人嘛——她们又分成两派。——

年轻的德克鲁瓦先生体态优美，风度翩翩，当时已开始把众宫女的注意力引向宫门前的平台上，因为这位卫兵就在那儿上岗。德博西耶小姐深深爱上了他，——拉巴塔海尔也一样——那可是纳瓦拉人所记得的最好的天气——拉居约尔，拉玛罗奈特，拉萨巴杰埃尔也爱上了德克鲁瓦先生——拉勒布尔与拉福瑟斯更加清楚——德克鲁瓦试图把自己托付给拉勒布尔，但失败了；而拉勒布尔与拉福瑟斯则形影不离。

纳瓦拉王后与众宫女坐在五彩凸肚窗里，正对着二院的门，这时德克鲁瓦从中穿过。他长得真帅，博西耶小姐说。——他真有风度，拉巴塔海尔说。——他身材真好，拉居约尔说。——我一辈子都没有见过长着这样两条腿的骑兵卫队军官，拉玛罗奈特说——也没有见过站姿这么优美的军官，拉萨巴杰埃尔说——可他没长胡子，拉福瑟斯大声说——一根绒毛也没有，拉勒布尔说。

王后穿过走廊径直向她的祈祷室走去，一路上苦思冥想着这个问题；思绪颠来倒去——圣母经✝——拉福瑟斯是什么意思？她说着就跪在垫子上。

拉居约尔，拉巴塔海尔，拉玛罗奈特与拉萨巴杰埃尔立刻各自回房休息去了——胡子！从里面闩好门时，四个异口同声地自言自语。

卡尔那瓦莱特小姐两只手正数着珠子，因为藏在裙环下面，无人料到——从圣安东尼到圣乌尔苏拉，从她手指头上经过的圣徒没有一个不长胡子的；圣弗朗西斯、圣多明我、圣贝内特、圣巴西勒，圣布丽奇特全都有胡子。

博西耶小姐忽然想入非非，对拉福瑟斯的话借题发挥，引申出错综复杂的寓意——她骑上了驯马，侍从跟上她——主人从旁经过，博西耶小姐骑着马儿往前走。①

一个拒绝者，慈善会②喊道——唯一的一名拒绝者，代表着一千个耐心的俘虏，他们的眼睛仰望苍天和您，恳求赎救他们！

——博西耶小姐骑着马儿往前走。

可怜可怜不幸的人，一位心地虔诚、德高望重、白发苍苍的老人，干枯的双手怯生生地举起一个铁箍的盒子说，我是为那些不幸的——善良的人乞讨，小姐，为一所监狱——为一座医院——为一个老人——一个因船祸，因担保，因火灾而毁了的可怜人——我呼唤上帝和众天使作证——让裸者有其衣——饥者有其食——让病人和伤心人有安慰。

——博西耶小姐骑着马儿往前走。

一个潦倒的亲属把身子躬到地上。

——博西耶小姐骑着马儿往前走。

他光着头跑到她的马旁边，乞求她念及从前的友谊、亲缘、血缘等等关系——表妹、阿姨、姐姐、母亲——看在德行的分儿上，为您自己，也为了我，看在耶稣的分上，惦着我——可怜我。

——博西耶小姐骑着马儿往前走。

抓住我的胡子，博西耶小姐说——侍从勒住了她的马。她在平台的尽头下了马。

有一些思想总会在我们的眉目周围留下印痕；而在心的周围有一种意识，只能使这些刻纹更加明显——我们不用字典就可以看得见，拼得出，凑成意思。

---

① 这里在戏拟伯顿《忧郁的解剖》第 3 部第 1 节第 3 小节第 3 段的一段故事，一个女人骑在马上一门心思地哭喊乞求贞操，甚至连“圣体”（圣餐面饼）也没注意到。

② 圣母慈善会 1218 年建立于西班牙，在十字军东征期间募集资金赎救基督徒。

哈哈！嘻嘻！拉居约尔与拉萨巴杰埃尔端详着彼此的印痕嚷道——嗬，嗬！拉巴塔海尔与拉玛罗奈特做着同样动作嚷道：——安静！一个大叫——静，静，——另一个说道，——嘘，第三个又说——呸，呸，第四个答道——天哪！卡尔那瓦莱特小姐喊道；——是她给圣布丽奇特添上了胡子。

拉福瑟斯从发髻里抽出簪子，用钝的一头在她的上唇的一边勾出了一抹小胡子的轮廓，然后把簪子递到拉勒布尔的手里——拉勒布尔摇了摇头。

博西耶小姐往她的手筒里咳了三次——拉居约尔笑了——呸，博西耶小姐说。纳瓦拉王后用食指尖儿碰了碰眼睛——似乎在说，你们的意思我全明白了。

整个宫廷都明白，这个词儿给毁了：拉福瑟斯已经使它受了伤，而经受了这些糟蹋也不见好——它勉强坚持了几个月；行将断气的时候德克鲁瓦先生发现没有胡子，应该离开纳瓦拉了——这个词儿当然变得有伤大雅，而且（经过了一番努力后）绝对不宜使用了。

最美好的世界上最美丽的语言里最优美的字眼儿也必定深受此种结合之苦。——埃斯特拉的堂区牧师写了一本书，抨击那些结合，提出了附加思想的危险，警告纳瓦拉人严加防范。①

在该书的结论里，埃斯特拉牧师说，几个世纪前在欧洲的绝大部分地区鼻子遭受的命运同胡子现在在纳瓦拉王国遭受的完全相同——当时邪恶每扩散一步，——从此以后床、枕头、睡帽、便壶，莫不濒临毁灭之灾，这难道不是世人皆知的事实吗？紧身裤衩、衬裙衩口、水泵把儿——水龙头不是由于同样的联想仍岌岌可危吗？——贞洁本是所有情感中最温文尔雅的——要是只把头儿给它——那就犹如一头张牙舞爪怒吼咆哮的狮子。

埃斯特拉牧师的结论的要领并不为人理解。——人们歪曲了

---

① 可能指纳瓦拉省埃斯特拉村的圣方济各会的教师、作家埃斯特拉的迭戈（1524？—1578）所著的《教士修辞学，又名论传道士艺术》。

原意。——世人把笼头套在他的驴尾巴上。——当**高雅**的极端与**好色**的开端在下一章合为一体时，它们或许也会裁定那种下流语言的。

第二章

父亲收到我的博比哥哥死去的噩耗时，他正忙着计算坐驿车从加来到巴黎进而到里昂的花销。

那是一段预兆极其不祥的旅程；眼看就要算完了，奥巴代亚推开门告诉他，家里没有酵母了——还问能不能一大早骑上那匹大驾车马去找一些，父亲又不得不把每一寸路再走一遍，从头再算。——我完全同意，奥巴代亚，父亲说（继续他的旅行）——就骑驾车马去吧。——可是，他需要钉一块掌，可怜的东西！脱庇叔叔说，把这个声儿又震了回来，就像一根和弦。那就把那匹苏格兰马骑上，父亲急忙说。——给他的背上鞴鞍子他可绝对不干，奥巴代亚说。——这马见鬼了；那就骑**爱国者**①去，父亲嚷道，然后把门关上。——**爱国者**卖了，奥巴代亚说。——都是为了你！父亲嚷着，然后停顿了一下，眼睛盯着脱庇叔叔的脸，好像这事不是事实的似的。——是老爷您今年四月叫我把它卖掉的，奥巴代亚说。——那你就辛苦一下走着去吧，父亲喊道。——我还巴不得走路呢，奥巴代亚说着就关上了门。

烦死了！父亲大声抱怨着继续算他的账。——可跑水了，奥巴代亚说着，——又把门推开。

父亲面前摆着一张桑松②地图和一本驿路指南，直到那一刻，

---

① 也许有政治影射，“苏格兰马”代表比尤特勋爵，“爱国者”指皮特，他于 1760 年乔治二世去世前后因政治变革去职。

② 尼古拉·桑松（1600—1667），法国地图绘制专家，国家顾问，御用地理学家。

他手里一直捏着圆规头儿，圆规的一只脚扎在讷韦尔①。那是他算过开销的最后一站———等奥巴代亚离开房间，他准备就从这儿继续他的旅行和计算；但是奥巴代亚把门打开，把整个地区泡在水里，这第二次攻击实在太厉害了。——他便放下了圆规——更确切地说是气急败坏地把它扔在桌子上；于是，他没有别的办法，只好跟出发时一样明智地回到加来（跟别的许多人一样）。

父亲再次把行程推进到圆规从讷韦尔一迈脚就可够着的地方，这时载着哥哥死讯的信送到了客厅——对不起，桑松先生，父亲大声说着就把圆规尖儿穿过讷韦尔扎进了桌子，———面向脱庇叔叔点头示意，看信上说些什么———个晚上两次从讷韦尔那么一个穷酸的城镇折回来，对一个英国绅士和他儿子来说，实在太过分了，桑松先生，——你意下如何，脱庇，父亲以一种轻松的语气补充了一句。——除非那里有部队防守，脱庇叔叔说，——那样的话，——我就要傻一辈子了，父亲自个儿笑着说。——于是再次点头示意——一手扶住仍扎在讷韦尔上的圆规，一手拿着他的驿路指南——他边算边听，支着双肘靠到桌子上，脱庇叔叔喃喃地读着信。

—— —— —— —— —— —— —— ——

—— —— —— —— —— —— —— ——

—— —— —— —— —— —— —— ——

——他走了！脱庇叔叔说。——走哪儿了——谁呀？父亲大声问道。——我的侄儿，脱庇叔叔答道。——什么？没有得到准许——没有要钱——没人照看？父亲惊叫道。不：——亲爱的哥哥，他死了，脱庇叔叔说。——没有生病呀？父亲又喊道。——我敢说没有，脱庇叔叔从心底深深地叹了口气，低声说，可怜的孩子！他一直病得够厉害的了。我要为他负责——因为他死了。

塔西佗告诉我们，当阿格利派娜得知儿子的死讯时，由于情绪

① 原文 Nevers，法国地名，而英语的意思是“永不”。

激动无法控制，她突然停下了手里的活①——父亲把圆规扎进了讷韦尔，不过更快一些而已。——区别多大啊！的确，他的活是算账——阿格利派娜做的必定是截然不同的事情；还有谁自认能从历史做出推断呢？

父亲随后表现如何，我认为，应当自成一章。——

第三章

—— ——它一定会有一章的，而且也是挺难对付的一章——因此您可得留神啊。

这要么是柏拉图，普鲁塔克，塞内加，色诺芬，爱比克泰德，泰奥弗拉斯托斯，卢奇安——或者是后来的什么人——要么是卡尔丹，比代，彼特拉克或斯特拉——也可能是教会的某个牧师或神父，如圣奥斯丁，圣西普里安或者伯尔纳，他们认定为失去的朋友或孩子哭泣是一种无法抑制又自然而然的情感②——而且塞内加（我敢肯定）曾经在什么地方告诉过我们，这种悲痛最好通过那个特殊渠道释放出去。③ ——所以我们发现，大卫为他的儿子押沙龙哭

① 这里说的事把塔西佗的《编年史》第13章第16节和第3章第1节的记述混为一谈，但斯特恩在这一章和下一章大部分的直接资料来源是《忧郁的解剖》第2部第3节第5小节。

② 以戏拟的口吻罗列一连串学术权威以证明不言而喻的事实。尤其是对《忧郁的解剖》第2部第3节第5小节中一段文字的戏拟，在那段文章里，伯顿严肃又认真地证明说："为我们的朋友哭泣，是一种自然情感，哀伤和悲痛是一种无法抑制的情感。"这一串名字实际摘自伯顿此书的第2部第3节第1小节第1段。杰罗姆·卡尔丹（1501—1576），意大利名医；纪尧姆·比代（1468—1540），法国古典学者；彼特拉克（1304—1374），意大利诗人；斯特拉，即埃斯特拉的迭戈，见第353页注①；圣奥斯丁，即圣奥古斯丁（354—430），基督教哲学家；圣西普里安（？—258），迦太基主教；圣伯尔纳（1091—1153），基督教神学家。

③ 卢修斯·安纽斯·塞内加（约前54—39），老塞内加，修辞学家、政治家和哲学家塞内加之父。这里指的是他《论雄辩术》第5篇第（转下页）

泣——哈德良为他的安提诺斯——尼俄伯为她的孩子们哭泣，还有阿波罗多勒斯和克里托在苏格拉底死前为他流泪。①

我父亲则以别的方式处理他的痛苦；确实跟大多数人不一样，无论是古代的还是现代的；因为他既不像希伯来人和罗马人那样哭着排遣它——也不像拉普兰人那样睡一觉忘掉它——也不像英国人那样绞杀它，也不像德国人那样淹死它——他既不骂它，也不咒它，也不开除它，也不作诗排遣它，也不吹《利拉布勒罗》化解它。——

——然而他还是摆脱了它。

诸位能允许我在这两页之间插进一段故事吗？

当图利失去他亲爱的女儿图利娅的时候，一开始他把痛苦放在心上，——他倾听自然的声音，并按照它来调节他自己的声音。——我的图利娅啊！我的女儿！我的孩子！——平静——平静，平静，——这是我的图利娅啊！——我的图利娅！——我的图利娅！我想我是见到了我的图利娅，我听见了我的图利娅，我在跟我的图利娅说话。——可是当他一开始探视哲学的宝库并考虑这种场合有多少好听的话儿好说——世界上谁也想像不到，那位大演说家说，这使我多么幸福，多么快乐啊。②

我父亲对自己的雄辩感到得意，就像**马库斯·图利厄斯·西塞罗**可能对自己的生平感到得意一样，尽管眼下我相信，理由都一样：雄辩确实是他的强势——也是他的弱势。——说是他的强势——

（接上页）30 节。但斯特恩更“肯定”伯顿的权威性，这一段文字的结论因此重复了《解剖》一书中 2. 3. 5 与 1. 2. 4. 7 的内容。

① 大卫为押沙龙哭泣见《圣经 · 撒母耳记下》第 18 章第 33 节至第 19 章第 4 节。安提诺斯是哈德良皇帝（76—138）的侍从和亲信，在他自杀身亡后，皇帝极度悲伤，以极高的礼遇纪念他。尼俄伯，希腊神话中的人物，为自己被杀死的子女们哭泣，甚至被宙斯化为一块石头后仍然继续流泪。克里托、阿波罗多勒斯及其他人在苏格拉底喝下毒药时悲痛落泪的情况在柏拉图的《斐多篇》 117 中有记述。

② 西塞罗在《致阿蒂卡》 12. 14，《图斯库卢姆谈话录》 4. 29. 63 中记述他在写作《论安慰》时得到了慰藉，这是对西塞罗有关记述的夸大。

是因为他天生能言善辩，——说是他的弱势——是因为他时时为它上当受骗；一辈子只要有机会能让他展现自己的才华，或者讲一句睿智风趣或者机敏的话——（经常性的不幸情况除外）——他就一切满足了。——使我父亲张口结舌的幸运和使他舌敝唇焦的不幸完全均等：其实有时候不幸还占上风；譬如说，哪里高谈阔论的欢乐是十分，不幸的痛楚是五分——我父亲所得到的只是一半中的一半，所以又没事儿了，就好像灾难根本不曾降临一样。

下面这一线索还是解不开我父亲似乎在其他方面与他在家里的性格不一致的哑谜；情况是这样的：由于用人的疏忽和差错惹起的恼火事儿或者家里其他不可避免的灾祸中，他的愤怒，或者不如说愤怒持续的时间，永远都与所有的猜测背道而驰。

我父亲有一匹心爱的小母马，他把她安排给一匹极美的阿拉伯成年公马，目的是让这匹母马为他生一匹他自己骑的走马：他对自己所有的计划都抱乐观态度；所以每天都在谈他的走马，那种十拿九稳的口气就好像马驹已经生下来了，调教好了，——套上了笼头，鞴好了鞍子，在门口等候他上马呢。可是由于奥巴代亚的某种疏忽，到头来我父亲期望的结果却仅仅是一头骡子，一头从古到今奇丑无比的畜牲。

我母亲和脱庇叔叔以为我父亲会要奥巴代亚的命——那灾难就永远不会有到头的时候。——瞧你这混蛋！我父亲指着那头骡子叫嚷着，看你都干了些什么！——那不是我，奥巴代亚说。——我怎么知道？我父亲答道。

听了这种机敏的应答我父亲眼神里浮现出得意的神情——这句雅典式的辛辣给他的眼睛里带进了泪水——于是奥巴代亚再也没有听见说起这件事儿。

现在我们回过头来了解我哥哥的死。

哲学对于每件事情都有一个精彩的说法。——对于死亡，它有一整套说法；令人苦恼的是，种种说法突然一下子涌入我父亲的脑海，很难将它们串成一条线好从中理出个连贯的东西。——他只是听其自然。①

“这是不可避免的事情——《大宪章》第一条——这是议会的一项永久性的法令，我亲爱的兄弟，——人皆有一死。

“如果我儿子不会死，那就成了奇迹啦，——他死了就不是了。”

“君王、王子跟我们同在一个圈子里跳舞。”

“——死亡是交给大自然的巨额债务和贡品：使我们的纪念天长地久的坟墓和墓碑本身就予以偿还。其中财富和科学竖立起的最壮丽的金字塔已经失去了尖顶，耸立在游人的视线里。”（我父亲觉得轻松了许多，便接着说）——“王国与行省，城镇与都市——它们没有自己的周期吗？当那些最初把它们浇铸到一起的原理和力量完成了它们不同的演化后，它们便撤退了。”——项狄哥哥，脱庇叔叔听到演化一词时放下烟斗说——我的意思是循环，父亲说，——老天在上！我的意思就是循环，脱庇兄弟——演化是胡说八道。——不是胡说八道——脱庇叔叔说。——可在这种情况下扯断这种讲话的线索不是胡说八道吗？我父亲嚷道——别——亲爱的脱庇，他抓住脱庇叔叔的手接着说，别——我求你了，在这个节骨眼儿上别打断我的话。——脱庇叔叔又把烟斗放进了嘴里。

“特洛伊和迈锡尼，底比斯和得洛斯②，波斯波利斯③和阿格里真托④如今何在？”——我父亲拿起他放下的驿道手册接着说。——脱庇兄弟，尼尼微和巴比伦，齐吉库姆⑤和米蒂利尼⑥又是什么下

---

① 其后的内容仍是对伯顿收集在《解剖》第 2 部第 3 节第 5 小节中的内容的改写。

② 得洛斯，爱琴海中的一个希腊岛屿，相传是月神阿耳特弥斯和太阳神阿波罗的诞生地。

③ 古波斯帝国都城之一，其废墟在今伊朗西南部设拉子附近。

④ 意大利西西里岛南海岸城市。

⑤ 土耳其历史古城。

⑥ 希腊莱斯博斯岛上的城市，女诗人萨福的出生地。

场？曾经是太阳照耀过的最美的城镇，如今都已经不复存在：留下的仅仅是名字，就连这些名字（因为许多拼写有误）也在日渐消亡。过一段时期将会被人遗忘，与万物一起淹没在永恒的长夜里：世界本身，脱庇兄弟，必定——必定终结。

“从亚洲返回时，我从爱琴纳航行到迈加拉，”（这是什么时候的事呢？脱庇叔叔心想）“我开始周游全国。爱琴纳在后，迈加拉在前，帕雷乌斯在右，科林斯在左。——多么繁荣的城镇现在伏卧在这片土地上！哎呀呀！我心里嘀咕着，当这种可怕的景象埋葬在一个人的眼前时，他竟然还为失去一个孩子而魂不守舍——别忘了，我又一次对自己说——别忘了你是一个男子汉。”——

这会儿脱庇叔叔并不知道上面一段话摘自塞维厄斯·苏尔皮修斯给图利的慰问信①——老实人啊，他对这些鳞爪就像对古人的全貌一样不甚了然。——因为我父亲在从事对土耳其的贸易时曾经先后三四次到过黎凡特，有一次在赞特②整整呆了一年半，所以脱庇叔叔就自然认为是这段时期，有一回他做过一次穿越爱琴海去亚洲的旅行；而所有这些爱琴纳在后，迈加拉在前，帕雷乌斯在右等等的航行情况只不过是我父亲航海和回想的真实过程。——这无疑符合他的作风，而许多有重任在身的批评家却会在更糟的地基上建起还要高出两层的楼房呢。——啊，请问，哥哥，脱庇叔叔说着就把他的烟斗头儿搁在我父亲的手上，用一种亲切的方式打断了他的话——不过还是等到他讲完——这是我主哪一年的事呢？——那不是我主的任何一年，我父亲答道。——这不可能，脱庇叔叔嚷道。——你这呆瓜！我父亲说，——那是耶稣诞生前四十年的事。

对此，脱庇叔叔只能有两种选择：要么认定他哥哥是流浪的犹

① 塞维厄斯·苏尔皮修斯·鲁弗斯（前105—前43），罗马演说家和法理学家。这一段是从伯顿《解剖》第2部，第3节，第5小节中转录的《西塞罗致友人书》第4.5。

② 希腊海岸附近的爱奥尼亚海中的一个岛屿当时为威尼斯占有，用来做土耳其和东方贸易。

太人；① 要么认为他的不幸把脑子搞乱了。——“天上人间的主啊，保佑他，让他恢复正常吧，”脱庇叔叔悄悄地为我父亲祈祷着说，眼睛里噙满了泪水。

——我父亲恰好又利用了这一掬泪水，便劲头十足地继续他的长篇大论。

“脱庇兄弟，善与恶并不像世人想像的那样，有那么大的差别。”——（顺便说说，这种开头的方式似乎不可能消除脱庇叔叔的疑虑。）——“辛劳，忧伤，悲痛，疾病，贫困，苦恼，皆属人生百味。”——但愿人生对它们大有用处——脱庇叔叔心里说。——

“我儿子死了！——死了倒好；——在那样的狂风暴雨中只有一个依托可真是一件憾事。”

“可他永远离开我们了！——随它去吧。他头还没剃光就从理发师的手下溜走了——饭还没吃饱就退了席——酒还没喝足就辞了宴。”

“特雷斯人在孩子出生时哭泣”——（我们也差不离，脱庇叔叔说）——“在人离开人世时却又宴饮作乐；有道理啊。——死亡敞开了声名之门，但随后就关上了妒忌之门，② ——它解开了俘虏的锁链，却把保人的重任交到另一个人的手中。”

“如果谁知道生活为何物，谁害怕生活，那就让我看看他：而我却要让你看一个害怕自由的囚徒。”

我亲爱的脱庇兄弟（注意——我们的胃口只不过是疾病），——一点不饿岂不胜过吃饭？——一点不渴岂不强于喝药止渴？

无忧无虑，无爱无愁，没有其他生活中忽冷忽热的袭击岂不是胜似一个风尘仆仆的旅人？他浑身疲倦来到客栈，歇过脚后还要重新上路。

死亡的面目并不可怕，脱庇兄弟，可怕的倒是它从呻吟和惊厥

---

① 传说犹太人由于嘲弄受难的耶稣而被判在世界上流浪，直至耶稣再现。

② 见培根《随笔集·谈死亡》。

中借来的一些现象——还有擤鼻子呀，撩起弥留者屋里的窗帘角子擦眼泪呀。——除去这些，它算什么呢——战场胜过卧床，脱庇叔叔说。——除去它的柩车、它的送葬队伍和它的挽幛奠幡，——它的羽饰、纹盾和别的机械辅助——它是什么呢？——最好上战场！我父亲笑着继续说，因为他已经完全把我哥哥博比忘了——它一点也不可怕——脱庇兄弟，因为你考虑一下，——我们在时——死亡不在；——死亡在时——我们不在。脱庇叔叔放下烟斗来考虑这个论点；我父亲的口才快得如江河泻水，不等任何人——话滔滔不绝，——催促脱庇叔叔的思想赶快跟上。——

正因为如此，我父亲接着说，我回想一下死亡的接近在大人物身上造成的变化何其微小还是值得的。——韦斯巴芗①坐在马桶上说了个笑话就死了——加尔巴②说完一句话后死的——塞普提缪斯·塞维鲁③在处理一件急务时死去——泰比里厄斯④在伪装中死去，恺撒·奥古斯都⑤在一声赞美中死去。——我希望那是发自内心的赞美——脱庇叔叔说。

——那是说给他妻子的。——我父亲说。

---

① 提特斯·弗莱韦亚斯·韦斯巴芗（9—79），罗马皇帝，以玩世不恭的口吻说："我想我就要成神了。"说完就死了。

② 塞韦亚斯·苏尔皮修斯·加尔巴（前5—69），罗马皇帝，对刺客说："砍吧，如果这样有利于罗马人民的话。"

③ 塞普提缪斯·塞维鲁（146—211），罗马皇帝，告诫随从："快点，如果还有什么要我做的话。"然后就死了。在从培根的论说文《谈死亡》一文中转述这一段时，斯特恩把培根的"处理急务"误抄为"处理一件急务"。

④ 泰比里厄斯·克劳狄乌斯·尼禄（前42—37），罗马皇帝，企图强装身强力壮、放浪形骸来掩饰死亡的临近。

⑤ 奥古斯都·恺撒（前63—14），罗马皇帝，死于其妻怀中，说："永别了，莉维娅；活下去，不要忘记咱俩婚后度过的时光。"

第四章

——最后一点——因为在历史关于这个问题所能展示的所有精彩的轶闻趣事中，父亲继续说，——这一个，就像盖在建筑物上的镀金的穹项——是顶尖之作。——

这就是关于执政官科尼利厄斯·盖洛斯①——我敢说，脱庇兄弟，你已经读过。——我敢说，我没有，我叔叔答道。——他死了，父亲说，正当※※※※※※※※※※※※※※※※※——要是和他的妻子——脱庇叔叔说——那就不会害事了。——那我就不得而知了——父亲答道。

第五章

脱庇叔叔说到妻子这两个字的时候，我母亲正蹑手蹑脚摸着黑在通向客厅的走廊里走着。——那两个字本来就说得声音尖利，再加上奥巴代亚没有把门闭严，声音就从门缝儿传了出来，结果让我母亲听了个一清二楚，于是就以为她本人就是他们所谈论的话题：她便用一根指头边儿捂着两片嘴唇——屏住呼吸，微微地低着脑袋，把脖子扭过去——（不是转向门，而是躲开门，这样她的耳朵就凑到门缝儿上）——她神情专注地倾听着：——这个倾听的奴隶②，有沉默女神站在身后，就是有再细微的想法也是金不换。

我决定让她以这种姿势再呆上五分钟，直到我谈起同一时期的厨房事务（如同拉潘谈论教会事务③一样）后再说。

---

① 据普林尼《博物志》第7章第54节记载，“已经出任执政官的科尼利厄斯·盖洛斯……正行房事时死去”。

② 佛罗伦萨乌菲齐美术馆著名的古典雕像《磨刀工》的形象。

③ 法国历史学家保罗·德·拉潘（1661—1725），其巨著《英国史》的做法是在每部书临近末尾时，辟专节议论最新的宗教事务。

第六章

尽管在某种意义上，我们的家庭无疑是一部简单的机器，因为它是用一些齿轮构成的；但是对于它有很多话好说，这些齿轮是由许多不同的发条推动的，而且由于种种奇特的原理和冲力，彼此带动了起来，——尽管它只是一部简单的机器，它却具有一部复杂机器的全部信誉和优点，——并且内部还有一些可动装置，就和在一部荷兰缫丝机里面见到的一样奇特。

我想谈谈其中的一件装置，它也许不像其他许多装置那样完全与众不同；它是这么一回事：无论客厅里进行什么样的活动、争辩、高谈阔论、对话、计划或者学术演讲，厨房里一般同时也进行着另外一个，并且话题相同。

现在回头再谈这件事，每当一则不寻常的消息，或者信件被送到客厅，——或者一番谈话悬起来等用人出去——或者看到父亲或母亲额头上挂着一道道不满的皱纹——或者，总而言之，每当一件被认为值得了解或倾听的事情正在议论时，人们总是不把门关紧，而是虚掩着，这已成了规矩——就像现在这样，——由于以合页坏了为幌子（或许这就是一直没修理合页的诸多原因之一吧），安排事情就不犯难；这样一来，门总是留着一条通道，虽然没有达达尼尔海峡那样宽，也宽得足以进行这种向风贸易了，就像足以省去父亲管家的麻烦一样；——我母亲此刻正站着沾它的光呢。——奥巴代亚把那封带来我哥哥噩耗的信放在桌子上以后也做过同样的事情；只要我父亲还没有从惊诧中回过神儿，开始他的宏论——特灵还没有站起身来，谈他对这问题的感想。

一位天生的好奇的观察家，如果他的身价抵得上约伯现存的全部牛羊——不过顺便说一下，你们这些好奇的观察家几乎连一个子儿都不值——他宁肯拿出一半财产，用来倾听特灵下士和我父亲就相同话题进行的高谈阔论，而这两位演说家的天性和教育又有如此大的反差。

我父亲是一位深沉的读书人——博闻强记——对加图、塞内加、爱比克泰德了如指掌。——

而下士呢——却胸无点墨——读过的东西不比花名册更加深奥——了如指掌的名字也不比花名册上的更加伟大。

一个谈古论今，又是比喻又是典故，一路侃侃而谈（富有风趣和想像的人都是这样），用生动活泼的画面和意象打动人的想像。

另一个则缺乏风趣，不会对比，既不能一针见血，也不会拐弯抹角，这也不行，那也不行；不是把意象丢在这边，就是把画面落在那边，由着性儿直往心坎儿上撞。啊，特灵！但愿到了天堂你会有一位更好的历史学家！——但愿！——你的历史学家有一条更好的裤子！——噢，你们这些批评家！难道什么也不会感化你们吗？

第七章

——我家少爷在伦敦死了！奥巴代亚说道。——

——已经洗过两次的我母亲的一件绿缎子睡衣就是奥巴代亚的惊叫声送进苏珊娜头脑中的第一观念——洛克完全可以就言词的缺陷写一章书。① ——那么，苏珊娜说道，我们大家必须举哀戴孝了。——不过请再一次注意；举哀这个字眼尽管苏珊娜本人用了——却并未起到它的功能；它所激发起的不是一个具有灰色，或者黑色的单一观念——而全部是绿色。——那件绿缎子睡衣纹丝不动地挂在那里。

——噢！这会让我家太太伤心死的，苏珊娜叫道。——我母亲的衣服全都接踵而来。——一支多么壮观的队伍啊！她的红锦缎的，——她的黄褐色的，——她的黄白相间的光亮绸的，——她的棕色的塔夫绸的，——她的骨头镶边的帽子，她的睡袍和舒适的衬裙。——甚至一件旧衣服都没有落下。——“不，——她再也振作不

① 指《人类理解论》第3卷第9章。

起来了，”苏珊娜说道。

我们有一个又胖又傻的打杂厨娘——我想，正是由于她的单纯，我的父亲才把她留下来了；——整个秋天，她一直跟水肿进行着斗争。——他死了。奥巴代亚说道，——他肯定死了！——我倒没有死，傻厨娘说道。

——这会儿有个令人难过的消息，特灵！特灵走进厨房时，苏珊娜擦着眼泪叫道，——博比少爷死了，也埋了，——葬礼是苏珊娜的一种编排，——我们大家都得举哀，苏珊娜说道。

但愿不会，特灵说道。——什么！但愿不会！苏珊娜急切地叫道。——无论哀悼在苏珊娜的脑海里怎样驰骋，但它在特灵的脑海里跑不起来。——但愿——特灵为自己开脱说，我相信上帝，这消息不是真的。念这封信时我亲耳听见的，奥巴代亚答道；而且我们还有消除牛沼里的残根这项艰苦的工作要做。——噢！他死了，苏珊娜说道。——没有错，厨娘说道，就像我还活着一样。

我深深地为他哀悼，特灵叹了一口气，说道。——可怜人啊！——可怜的孩子！可怜的绅士！

——上个圣灵降临周他还活着，车夫说道。——圣灵降临周！哎呀！特灵嚷着就伸开右臂，立刻摆出他念布道文时的那种姿势，——乔纳森（因为车夫叫这个名字），对这来说，圣灵降临周，忏悔节，任何宗教节期或逝去的时光，又算什么呢？现在我们不是在这里吗，下士继续说道，（他用手杖头儿直直地捣着地，好表示一个健康而坚定的概念）——而且我们不是——（把帽子扔在地上）走了吗！就一会儿功夫！——这太打动人心了！苏珊娜突然泪如雨下。——我们不是木头和石头。——乔纳森、奥巴代亚、厨房女仆全都伤心落泪了。——而又胖又傻的厨娘本人，正把一只烧鱼锅放在膝头上擦洗，此刻也受到了感染。——全厨房的人都挤在下士周围。

现在正如我明明白白看到的那样，维护我们宗教和国家的体制，——或许维护整个世界——或者同样的东西，即世界上财产与权力的分配与均衡，也许到头来在很大程度上都取决于正确理解下士的这番雄辩的谈话——所以我提请你们，——诸位大人先生，一连随便看上十页，你们可以任意在这部著作其他任何部分找，你们一定会放心入睡的。

我说，“我们不是木头和石头”——这话说得好。我原本还应该加上句，我们也不是天使，我希望我们就是，——可是人有身体，又受我们想像力的支配；——这些与我们的七种感觉之间，尤其是有些感觉之间，有一种甜蜜蜜、黏糊糊的东西，就我而言，我承认，我是不好意思真说的。确认以下事实也就够了：在所有的感觉当中，只有眼睛（因为我完全否认触觉，尽管我也知道，大部分Barbati① 都相信触觉）才能够同心灵进行最快的交流，——提供一种更巧妙的触摸，并且把一些文字难以表达——或者有时干脆表达不了的东西留给想像。

——我扯得有点儿远了——不过不要紧，这有利于健康——咱们还是回过头来看看特灵帽子的无常性吧。——“现在我们不是在这里，——而且一会儿功夫就走了吗？”——这句话并没有什么——它只是我们每天都有机会听到的不证自明的事实；而且要是特灵不是依靠帽子胜于依靠脑袋的话——他就根本不去利用它了。

——“现在我们不是在这里吗，”下士继续说道，“而且我们不是”——（随手将帽子垂直扔在地上——停顿了一下，才说出下面这三个字眼）——“走了吗！就一会儿功夫？”帽子落下时就好像一大块沉甸甸的泥团捏进帽顶里一样。——什么也表达不了无常的情感，帽子只是无常的代表和征兆，——他的手也好像从帽子下面消失了，——它掉下去死了，——下士的眼睛盯着它，就好像盯着一具尸体，——苏珊娜突然泪如雨下。

现在——哪怕把一顶帽子扔到地上的办法有千千万万（因为物质与运动是无限的），那也没有任何结果。——就是把帽子抛出去，

① 拉丁文：留胡子的。指山羊或哲学家。原子论者认为，感觉与思想最终是一回事，触觉则是一切感觉的基础。

或者扔出去，或者掷出去，或者飘出去，或者射出去，或者让它滑下去，或者掉下去，随便向任何一个方向，——或者向指给它的最好的方向，——要是他扔帽子就像扔一只鹅——就像扔一只小狗——就像扔一头驴——或者在扔的时候，或者扔掉以后，要是他看上去像一个傻瓜——像一个笨蛋——像一个白痴——那它就失败了，对人心造成的影响也就荡然无存了。

你们这些靠摇唇鼓舌统治这个强大的世界、掌管世界上重大的事务的人啊，——你们这些加热它，冷却它，融化它，软化它，——然后再让它变硬，以达到你们的目的的人啊——

你们借助这台大辘轳来转动情绪，——转动了以后，又领着情绪的主人到你们认为该碰头的地方去的人啊——

最后，你们这些驱赶着——同时也像被赶往市场的火鸡一样用一根棍子和一块红布被驱赶着的人啊，为什么不——思索——思索，我求你们了，思索思索特灵的帽子。

第八章

等一等——在特灵继续讲他的长篇大论之前，我有一笔小账要给读者交待交待。——两分钟就会交待完毕。

许多别的账面负债，我到时候都会还清的，——其中我承认自己欠世人的两笔债——关于女仆和扣眼儿的一章，我在拙作的前半部分，已经答应并打算一定要在今年交清：但是诸位有人告诉我，这两个题材，尤其在如此紧密相连的情况下，可能有伤风化，——我请求原谅我关于女仆和扣眼儿的这一章，——并请求他们会接受上一章来取代它；诸位，上一章没有什么内容，写的只不过是女仆，绿长袍①和旧帽子②。

---

① 指娼妓的绿袍。

② 秽语，指女性性器官。

特灵把他的旧帽子从地板上拿起来，——戴到头上，——然后继续讲关于死亡的宏论，内容如下。

第九章

——乔纳森，对我们这些不知道需求或关切是什么的人——这些生活在这里伺候两位最好的主人的人来说——（就我自己的情况而言，还不算我有幸在爱尔兰和在佛兰德斯所效忠的威廉三世国王陛下）——我承认，从圣灵降临周到圣诞节三周内的时间——并不长——那没有什么；——乔纳森，但对那些知道死亡是什么，知道他在一个人能转变方向之前会带来什么大灾难大浩劫的人来说——那似乎是整整一个时代。——噢，乔纳森！仔细一想就会使一个心地善良的人心里流血，下士继续说道（站得笔直），从那时起多少勇敢而正直的人倒下了！——相信我，苏茜，下士转向泪水盈眶的苏珊娜补充说，——在那个时刻再次到来之前，——多少明亮的眼睛会变模糊。——苏珊娜把它放在这一页的右边——她哭着——但她也行着屈膝礼。——我们难道不像，特灵仍然盯着苏珊娜继续说——难道我们不像田野里的一朵花吗——偷偷地夹在每两滴羞辱的泪滴中的一滴荣耀的泪花——要不，就没有什么语言能够描述苏珊娜的痛苦——不都是肉草吗？——那是泥巴，——那是尘土。——他们都直愣愣地盯着厨娘，——厨娘一直在擦一口鱼锅。——那不公平。——

——男人瞅过的最美丽的脸是什么！——我能听见特灵永远这样说，苏珊娜哭喊着，——是什么！（苏珊娜把一只手搭在特灵的肩头上）——不就是堕落吗？——苏珊娜把手拿了下来。

——就为这，我爱你——正是你身上的这种有滋有味的混合物把你们这些可爱的人儿塑造成你们现在这种模样——为这恨你的人——我所能说的无非是——要么按他的头脑，是个呆瓜——要么按他的心灵，是个甜果，——只要把他剖析剖析，就会发现这种情况。

第十章

是不是苏珊娜由于过于突然地把搭在下士肩上的手拿下来（由于搅乱了她的情绪），——便有点儿打断了他的思绪——

是不是下士开始起了疑心，他走进了医生的诊所，说起话来就更应该像那位牧师而不像他自己——

是不是——————————————————————是不是——因为在这一类情况下，一个创造力丰富、才华横溢的人也许很高兴用推测填满两页篇幅——因为凡此种种都是原因，所以让好奇的生理学家或者好奇的任何人去决定——至少肯定无疑的一点是，下士这样继续讲他的宏论。

就我而言，我声明，在户外，我根本不把死亡放在眼里：——不是这样……下士打着响指补充说，——但是带着一种只有下士才会诉诸感情的神气。——在战场上，我不是这样重视死亡……叫他不要把我当成胆小鬼，就像擦枪的可怜的乔·吉宾斯那样。——他是干什么的？抠一下扳机——朝这面或者那面捅一下刺刀——情况就不一样了。——向前看——向右看——呀！杰克倒下了！唉，——这抵得上一团骑兵。——不——这是狄克。那么杰克就没事儿了。——甭管哪一个，——我们继续前进，——穷追不舍时带着死亡的伤本身是感觉不出来的，——最好的办法是敢于面对死亡，——见了死亡就仓惶逃窜要比直冲他的牙关危险十倍。——我盯着他，下士补充说，一百次地盯着他的脸，——而且知道他是什么东西。——在战场上，奥巴代亚，他什么都不是。——但他在家里时却非常可怕，奥巴代亚说道。——坐在马车上时，乔纳森说，我才不管他呢。——依我看，在床上是最自然不过的了，苏珊娜答道。——如果我能爬进做成背包的最差劲的小牛皮里，逃脱他，我就在那里得逞了——特灵说——不过那是造化。

——造化就是造化，乔纳森说。——正因为如此，苏珊娜嚷道，我才这么可怜我家太太。——她永远不会把它压下去的。——在这一家人中我最可怜上尉了，特灵说——太太哭一哭，心里会好受些，——老爷发一通议论，也就宽心了，——但是我可怜的主人会一直不声不响，把事窝在心里。——我会听到他躺在床上整整一个月唉声叹气，就像他曾为勒菲弗少尉叹息过的那样。报告老爷，不要这样心太软，长叹息了，我躺在他身边时常对他说。我忍不住啊！特灵，我的主人总是说，——这是件十分伤心的事情——我从心里甩不掉啊。——老爷您自己并不怕死。——特灵，我希望我什么都不怕，他会说，就怕做一件错事。——唉，他总是加上一句，无论发生什么事情，我一定要照顾勒菲弗的儿子。——一说这话，就像服了安眠药，老爷便睡着了。

我喜欢听特灵讲上尉的故事，苏珊娜说。——他是从古到今心肠最好的绅士，奥巴代亚说。——唉，——也是一名最勇敢的排头兵，下士说。——在王上的部队里，从来没有比他更优秀的军官，——在上帝的世界上，也没有比他更好的人；因为尽管看到了火门上点燃的火绳，他还是朝着炮口挺进，——尽管如此，他对待别人心肠软得像个孩子。——他连一只小鸡都不肯伤害。——我宁肯，乔纳森说，给那样一位绅士赶车，一年只要七个英镑——也不为要八个英镑给别人赶。——乔纳森，谢谢你的二十先令！——下士握着他的手说，好像你把钱装进我的口袋里一样。——出于一片爱心，我愿意为他效劳到死。对我来说，他是一位朋友，又是一位兄长，——要是我能相信我可怜的汤姆兄弟死了的话，——下士掏出了手帕继续说，——要是我值一万英镑，我愿把每一个先令都留给上尉。——特灵向他主人说出这种充满爱心的遗嘱证词，忍不住泪流满面。——全厨房的人都被感动了。——给我们讲讲那名可怜的少尉的故事，苏珊娜说。——十分乐意，下士答道。

苏珊娜、厨子、乔纳森、奥巴代亚和特灵下士在火炉边围了一圈；厨娘一把门关上，——下士就开始讲了。

第十一章

如果我没有母亲，仿佛大自然用泥把我糊起来，再把我赤条条地扔在尼罗河畔，我同样没有忘记母亲，① 否则，我就是个野蛮人。——您的最顺从的仆人，小姐——我给您带来这么多麻烦，——我希望有个回答；——但您在我背上留下了一个裂口，——先前这里掉了一大块，——那么我把这只脚怎么办？——靠它我将永远到不了英格兰。

就我而言，我对任何事都不感到奇怪；——我这一辈子，我的判断经常欺骗我，所以不管是对是错，我总是怀疑它，——至少我很少对冷话题表现出热情。尽管如此，我仍然崇尚真理；当它从我们身边溜走时，如果有人愿意抓住我的手，悄悄地去寻找它，就像寻找我们俩丢失的一件东西一样，没有它我俩都不行，——我将随他去海角天涯：——但我讨厌争论，——因此（除了宗教问题或者那类触及社会的问题）——我宁肯赞成在第一段里并不噎我的任何事情，也不愿意叫人牵进一件事里去——可是我无法忍受窒息，——尤其是臭味。——正因为这样，我从一开始就决定，如果牺牲的大军可能增加，——或者招来一批新兵，——我是不去采取任何办法插手干预的。

第十二章

——不过还是回到我母亲那儿去吧。

脱庇叔叔的见解，小姐，“对罗马行政长官科尼利厄斯·盖洛斯造成伤害的不可能是跟他睡在一起的妻子；”——或者更确切地说，是那种见解的最后的两个字——（因为那正是我母亲听到的）抓住

---

① 指古时流行的信仰：认为尼罗河畔太阳晒暖的泥中会自发地或者“莫名其妙”地产生动物生命。

了她整个女性的弱点：——您千万不要误会我，——我指的是她的好奇心，——她立刻自行推断出了谈话的主题，她的想像中有了那种先入为主的想法，您就会很容易理解我父亲说的每句话不是符合她自己的情况，就是符合她家牵挂的事情。

——请问，小姐，那位不愿做同一件事的女士住的是哪条街道？

我父亲从科尼利厄斯死亡的奇怪方式，过渡到苏格拉底之死，给脱庇叔叔讲起苏格拉底在法官面前的一篇申诉摘要①来；——那是不可抗拒的：——不是说苏格拉底的演讲，——而是说他对父亲的诱惑。——在他弃商前的那一年，他本人就撰写了《苏格拉底传》*，我想，写这本书就是催促他脱离商界的一种手段；——没有人能像我父亲那样，在如此帆满、潮高、叱咤风云之际去干那种事的。在苏格拉底的演讲中，没有一个句子是用比 transmigration 或者 annihilation② 短的字眼结束的，——演讲中间也没有一个比活下去——还是不活③，——进入一种新的、未经尝试的境地；——或者进入一场深沉平静的长眠，没有梦，没有干扰；——更坏的思想；——我们和我们的子孙生来必有一死，——但我们不是生来必做奴隶。——不——我弄错了；那是以利亚撒演讲的一部分；是由约瑟夫斯（《犹太人的战争》）记录下来的——以利亚撒承认那是他从印度哲学家那儿借来的；④ 很有可能是亚历山大大帝，他蹂躏过波斯

---

① 在柏拉图《申辩篇》中；下一章指的是《申辩篇》第 34 章。

* 这本书我父亲不同意出版；其手稿，还有他的一些别的文章现存在家中，或者其中大部分将会在适当的时候付印。[斯特恩注]

② 这两个英文长词的意思分别是“转生”、“毁灭”。

③ 见莎士比亚《哈姆雷特》第 3 幕第 1 场。

④ 相反，这一思想是整个演讲的主题，以利亚撒（《圣经》中人物）将它看成自己的思想，尽管他以十分敬佩的态度提到印度哲学家的自焚。见著名犹太历史学家弗拉维厄斯·约瑟夫斯（37—约 95）的《犹太人的战争》第 7 章第 8 节。在这段剩余的部分和随后的几段中斯特恩戏拟了把科学艺术的进步从东方的源头发展到西欧的认真努力，如威廉·坦普尔爵士的《古今学术反思》(1692)。

后入侵印度，除了盗窃财宝，——也盗窃了那种思想；这就是说，如果不完全由他（因为众所周知，他死于巴比伦），至少也是由他手下的一些掠夺者——把它带到希腊，——再从希腊进入罗马，——再从罗马又到法国，——再从法国到英国：——东西就是这样绕道而来的。① ——

走陆路，我想不出别的途径。——

走水路，这种思想很容易从恒河到恒河湾或者孟加拉湾，进入印度洋，沿着贸易航道（从印度经好望角的这条航线当时是不为人知的），也许跟别的药材和香料，从红海运到麦加的港口，吉达，或者运到海湾底端的城市图尔或苏伊士；再从那里由商队运到科普特②，只不过三天的旅程，再沿尼罗河而下直达亚历山大，到了那里这种**思想**就被卸到亚历山大图书馆大楼梯的脚下，——就可以从那个贮藏室里拿到它——我的天哪！在那个年月，学者们驱动的是一种什么样的贸易呀！

第十三章

——现在父亲有个习惯，有点儿像约伯的习惯（假设有这么一个人——如果没有，这事儿就算完了。——

顺便提一句，你们这些饱学之士发现不好确定这样一位伟人生活的准确年代；——例如，是在那些族长之类的人物之前还是之后呢，——因此投票决定压根儿就没有这个人，是有点儿残酷，——这可不是做己所不欲，勿施与人的事——随它去吧）——我说，当事情变得极其糟糕，尤其在他刚刚开始不耐烦时，父亲就有个习惯——纳闷为什么生了他，——希望还不如死了的好；——有时候还要糟糕：——而且当怒火万丈、悲痛欲绝、双唇发颤时——先生，您简直

① 斯特恩嘲讽西方文明从中东到希腊再往西去的这种“进展”神话。

② 科普特是图尔南面的一个贸易中心。

很难把他与苏格拉底本人区分开来。——每一个字都洋溢着视死如归、对万事都漠不关心的人的思想；正因为如此，母亲虽然是个读书不求甚解的女人，然而父亲正在给脱庇叔叔讲的苏格拉底演讲的摘要，对她来说并不太新奇。——她平心静气、心领神会地倾听着，而且要一直把那一章听完，如果不是父亲突然跳到（他没时间把那一章讲完）申辩的那一部分的话，在那里，那位伟大的哲学家把他的亲属、盟友和孩子们评论了一番；但断然拒绝用影响法官情绪的办法苟全性命。——“我有朋友——我有亲属，——我有三个孤苦的孩子，”——苏格拉底说。

——这时母亲推开了门嚷道，——项狄先生，你多了一个我没听说的。

天哪！我倒是少了一个，——父亲说着就站起来走了出去。

第十四章

——说的是苏格拉底的孩子，脱庇叔叔说。他在一百年前就死了，我母亲答道。

脱庇叔叔不是年代学家——由于除了在安全地带不想朝前再迈进一步，所以他从容不迫地把烟斗放在桌子上，站起来，极其亲切地拉起我母亲的手，好话坏话再没说一句，只是领着她跟在我父亲后面出去了，这样他就可以独自个儿做完解释了。

第十五章

如果这一卷是一场闹剧，除非人人的生平与见解都像我的一样，被看作一场闹剧，否则我真看不出有什么理由把它这么看呢——那么先生，上一章就算结束了闹剧的第一幕，这一章就必须是这么开场了。

扑铃……铃……铃……——通——噔——扑啦——哧啦——这是

一把该死的坏琴。——您知道我这把琴的调门儿准还是不准呢？——扑啦……哧啦……——应该说是五度音程。——弦调得糟糕极了——哧啦…… a. e. i. o. u. ——噔——琴马高了一英里，音柱绝对倒了，——要不然——哧啦……扑啦——听！这调子还真不赖。——嘀嘟，嘀嘟，嘀嘟，嘀嘟，嘀嘟，嘀嘟，咚。就算是在懂行的裁判面前演奏也没什么大不了的，——可是那儿还有个人——不——不是胳膊底下夹着包儿的那个人——那个严肃的黑衣人。——真该死！不是那位佩剑的绅士。——先生，我宁肯对着卡利俄珀①本人演奏一首卡普利曲②，也不愿在那个人面前拉动我的琴弓；但是我要把我的克雷莫纳小提琴③押到一把单簧口琴④上，这可是迄今为止音乐上最悬殊的赌注了，就算我这把琴跑调十万八千里，我这会儿一停，也绝不会伤着他的一根神经。——嗒嘟嘀嘟，——嘚嘟，嘀嘟，——嘚嘟，嘀嘟，——脱嘟，嘀嘟，——吐嘟，嘀嘟——扑啦——扑啦——克里希——克拉希——克鲁希。——先生，我算把您吵烦了，——可是您瞧他依然如故，——即便阿波罗亲自操琴跟我合奏，也不会使他有所改观。

嘀嘟嘀嘟，嘀嘟嘀嘟，嘀嘟嘀嘟——轰——咚——谆。

——诸位都热爱音乐——上帝也给了你们一对灵敏的耳朵——况且你们当中有几位的演奏也确实悦耳动听——哧啦-扑啦，——扑啦-哧啦。

噢！有个人——我可以成天价坐在那儿用心聆听他的演奏，——他的才能就在于他可以让人感受他的演奏，——他能在我的心中注入他的欢乐和希望，并把我心底的隐泉激起波澜。——假如你要向我借五个几尼，先生，——这一般比我非拿出不可的还要多十个几

---

① 希腊神话中九个掌管艺术与科学的女神之首，掌管雄辩与英雄史诗。

② 随想曲，是一种风格随意，有时变幻无常的乐曲。

③ 16—18 世纪在意大利北部城市克雷莫纳制造的名牌小提琴。

④ 亦称“犹太琴”，是一种含在齿间，用手指弹拨一金属片演奏的小型乐器。

尼——或者药房先生和裁缝先生，你们要求付账的话——现在正是时候。

第十六章

等到家里的事情多少理出些眉目，苏珊娜已经拿到了我母亲那件绿缎子睡衣后，父亲想到的第一件事——就是冷静地坐下来，仿效色诺芬①的榜样，撰写一部《特里斯舛全书》，也就是为我而写的一部教育大全；他先是将他自己的杂感、随想汇编到一起；再把它们装订成册，使它成为一部管教我的童年和青少年时代的规范。我是父亲的最后一个赌注了——他已经完全彻底失去了我的博比哥哥，——按照他自己的计算，他也失去了我的四分之三——也就是说，他在我身上下的头三个赌注都不幸输得精光——我的出生，我的鼻子，以及我的名字，——现在只剩下这一样来孤注一掷了；因此，父亲对它的热情与执着，丝毫不亚于我的脱庇叔叔对他的抛射物体学说的投入。——他们之间的区别在于，脱庇叔叔的全部抛射物体的知识都是从尼古拉·塔尔塔利亚②那里抽出来的——而父亲的知识一丝一缕都是从自己的头脑里捻出来的，——或者，他是将所有其他男女纺线工在他前面纺出来的线绕起来再搓到一起的，所以对他来说，这样做也是同样地活受罪。

用了三年光景，或者更长一些，父亲的作品快写到半中间了。——像其他所有作家一样，他也屡屡感到沮丧。——他曾设想有能力把要说的话浓缩成很小的范围，这样，当他完稿并装订成册之后，可以卷起来放在我母亲的针线盒里。——事情逐渐变得顺手起

① 色诺芬（约前 444—前 355），希腊历史学家与散文作家，他在他的传奇《居鲁士的教育》中描写了波斯帝国的缔造者居鲁士的童年及所受的训练，还有色诺芬自己关于培训、教育青年的观点。

② 见第 91 页注④。

来。——谁也别说，——“得——我要写个十二开本。”

可是，父亲对这部作品可真是呕心沥血，字斟句酌，那种一丝不苟的精神（尽管我不能对这样一种虔诚的原则说三道四）与贝内文托大主教约翰·德·拉·卡萨①构想他的《论礼仪》时的态度如出一辙；该书中的《贝内文托风范》竟花去他近四十年时光；可是，当这东西最终问世时，其部头竟连《赖德年鉴》的一半都没超过。——这位圣人究竟是如何将事情办成这样的，除非他把大部分时间都用来梳理胡子，或与他的助理牧师玩普利麦罗牌，——凡夫俗子是不会明白这其中的奥妙的；——所以如果仅仅为了鼓励一下世界上少数写作不为糊口——而想成名的人，也是值得向世人解释的。

我对贝内文托大主教约翰·德·拉·卡萨的英灵崇敬得五体投地（尽管他写了《论礼仪》），——我承认，先生，如果他是一名小小的教堂执事——资质愚鲁——才气平庸——头脑迟钝，如此等等——我看他和他的《论礼仪》就会一起磨蹭到玛士撒拉②那样的高龄，——这种现象不值得用括号说明。——

可事实恰恰相反：约翰·德·拉·卡萨是一个才华横溢、想像丰富的天才；尽管这些得天独厚的优越条件可以驱使他写《论礼仪》时走笔如神、一泻千里，然而他却显得无能为力，整整一个夏日，只能进展一行半多一点：他撰写《风范》时让他备受折磨的那种无能来自一种见解，——那就是，——每当一个基督徒撰写一本书（不是为了自娱，而是）旨在印刷出版供世人阅读时，虽然其写作意图和目的十分 bonâ fide③，然而，他最初的想法总是一种邪恶想

① 乔万尼·德·拉·卡萨（1503—1556），意大利优秀诗人和传教士，他的《论礼仪》一书（见 627 页注②）实际上写于 1551 至 1554 年间。《赖德年鉴》以小八开本和十二开本两种版本发行，仅二十页，而《论礼仪》一书的篇幅等于它的四五倍。

② 《圣经·创世记》中的人物，据传活到 969 岁。

③ 拉丁文：真诚的，真实的。

法的诱惑。——这是一般作家的情况：但是，当一个品格高尚、身份显赫的人，无论是在教会任职还是在政府做事，一旦变成了一名作家，——他坚持认为，就在他提笔的那一刻起——地狱中所有的魔鬼都纷纷从各自的魔窟中跳出来诱骗他。——这就是他们的开庭期，——每个想法都是彻彻底底糊弄人的；——无论它是多么地冠冕堂皇，——全是一回事；——无论对想像展现出什么形状，何种颜色，——依然是针对他的某种招数，必须加以防范。——因此，一个作家的生活，尽管他想像得天花乱坠，其实与其说是一种写作状态，倒不如说是一种战争状态；他在其中经受的考验，恰恰是世上任何一名军人经受的考验，——二者所仰仗的完全一样，与其说是自己**机智**的程度——不如说是自身**抵抗**的能力。

我父亲对贝内文托大主教约翰·德·拉·卡萨的这番理论非常满意；而且（假如不是这套理论把他牵制在自己的信条里面的话）我相信他要是能提出这种理论，哪怕把项狄庄园中最好的十英亩土地舍弃也在所不惜。——我父亲对于魔鬼究竟相信到何种程度，当我在这部作品的进展过程中谈到父亲的宗教观念时，就可见分晓：在这里仅按这种学说的字面意思表达一下就足够了，因为他不可能有那种荣幸——他感兴趣的却是学说的讽喻意义；——他常常说，尤其在他下笔生涩、行文不畅时，约翰·德·拉·卡萨寓言式表现的外衣下潜藏着的深意、真理和知识——和任何一种诗体小说，或远古的神秘记载中所能发现的一样多。——他常说，教育的偏见就是魔鬼，——我们吃母亲的奶时一起吃下去的很多东西——统统是魔鬼。——脱庇兄弟，在我们刻苦钻研时，魔鬼总是缠着我们；如果一个人愚蠢到对魔鬼的摆布逆来顺受的地步，——他的书会成什么样子呢？什么都不是，——他猛地一下将笔摔掉，补充说道，——不过是举国上下的奶妈子的胡咧咧和老婆婆的瞎唠叨（男女都如此）而已。

这是我决心对父亲撰写他的《特里斯舛全书》时表现出的进展缓慢要给的最好说明；在这部书上（正如我先前所说）他花费了三

年多的光阴，孜孜不倦，苦心经营，终于，按他自己的估算，还没有完成他的工程的一半：不幸的是，那段日子我彻底无人过问，完全扔给了我母亲；而几乎同样糟糕的是，恰恰是由于这种耽搁，父亲呕心沥血写出的著作第一部分尽管花了他大部分心血，却变得毫无用处，——每天一两页写成的东西到头来却微不足道了。——

——当我们中间最富有智慧的人竟然战胜了我们自己，正当我们对目标过度追求的时候竟然永远放弃了目标，这无疑给人类智慧的自尊当头一棒。

总而言之，我父亲在他的种种抵抗行动中总是打持久战，——换句话说，——他的工作进展如此缓慢，而我却开始生活，飞速前进，以至假如不是出了一件事的话，——这件事，如果可以体面地将它讲出来，一旦涉及到时，绝不会对读者有片刻的隐瞒——我坚信，我已经把我父亲扔在一边，让他去画个日晷①好了，其目的无非是要埋在地下而已。

第十七章

——没有什么，——我在这件事中连两滴血都没有流——就是医生住在我们隔壁，也划不来请他——成千上万的人受罪是自找的，我受罪却出于偶然。——斯娄泼医生的理解比实际需要严重了十倍：——有些人就是靠玩弄千钧悬于一发的险招飞黄腾达的，——而我在今天（一七六一年八月十月），还在为此人的名声付出部分代价呢。——要弄明白世事的进展，那无异于惊动木石呀！——女仆在床下没有留下※※※※※※※ ※※※：——少爷，难道你就不能想想办法，苏珊娜说着就一只手抬起窗扇，另只手把我扶上窗台，——难道你就不能乖乖的，有一会儿的※※※※※※ ※※ ※※※ ※※※※※※ ※※※※※※※?

---

① 指无用的活动。

我五岁了。——苏珊娜认为我们家里没有一样东西挂得稳稳当当，——这样啪的一声，窗扇像一道闪电向我们砸了下来；——我没有一点办法，——苏珊娜哭着说，——没有一点办法——只有逃出我的家了——

脱庇叔叔的家却是一个温馨得多的避难所；所以苏珊娜就逃到了那里。

第十八章

当苏珊娜给特灵下士讲窗扇事故以及谋害——（她是这么讲的）——我的种种情况时——他顿时面无血色；——因为在谋杀中，所有的帮凶都是主犯，① ——特灵的良心告诉他，他同苏珊娜一样应当受到责怪，——如果这种信条是真的，脱庇叔叔在这起血案中对上苍要负的责任并不比他们任何一个人少；——所以，无论理智还是本能，二者分开也好，合起来也好，都不可能引导苏珊娜来到这么合适的一个避难所。把这交给读者去想像也是枉然：——为了随便构成一种使这些命题可行的假设，他必须绞尽脑汁，——要设法对付过去，——他必须有先前的读者从来没有过的脑汁。——我为什么应该让脑汁去受煎熬或遭折磨呢？这是我自己的事：我要亲自来解释。

第十九章

可惜呀，特灵，两人站着查看他们的工事时，脱庇叔叔把一只手搭在下士的肩膀上说，——我们还没有两门野战炮好在那个新棱堡后面的出入口上架起来呢；——那将会掩护那一带的防线，使那边的攻击彻底圆满：——给我弄两门铸炮，特灵。

---

① 在英国法律中，这种说法适用于重大叛国罪，但不适用于谋杀罪。

老爷，特灵答道，不到明儿一早，您一定会如愿以偿的。

脱庇叔叔作战时，他的想像需要什么，特灵就供应什么，这就是特灵的赏心乐事，——他那点子丰富的头脑从来没有在办事时一筹莫展过；如果这就是他的最后一顶王冠，他也会坐下来把它锤成一门帕得罗大炮以满足他的主人的一个愿望。下士已经有了，——把脱庇叔叔的壶嘴头儿截掉——把他的铅槽帮儿劈碎凿开，——把他的锡镴脸盆熔掉，——到了最后，像路易十四一样爬到教堂顶上找残头剩尾的等等做法，① ——每打一次仗，除了三门半重炮②，还至少要运来八门新炮投入战场；脱庇叔叔还要求再给棱堡增加两门大炮，这就使特灵下士又行动起来；因为没有更好的资源提供，他从育儿室的窗户上取下了两个吊窗铅锤：由于没有铅锤，吊窗滑轮便成了聋子的耳朵，他索性把滑轮也拆了，给一门炮架做了两个轮子。

很早以前他就用同样的方式，把脱庇叔叔房子里的每一扇框格窗户都拆了，——虽然顺序不尽相同；因为有时需要滑轮，而不是铅锤，——所以他先拆滑轮，——滑轮摘下以后，铅锤随之变得毫无用处，——所以铅锤就完蛋了。

从这件事中可以好好地汲取一项重大的**寓意**，可是我没有功夫——但这足以说明，无论从哪里拆起，对窗户都是同样致命的。

第二十章

下士的这种造炮举动采取的手段尽管拙劣，但还不至于不全盘包揽，而让苏珊娜尽其所能支撑攻击的全部重压；——真正的勇敢

---

① 为了给他旷日持久、耗资巨大的战争筹款，路易十四经常强行从牧师那里借贷。另外当时的军队把教堂的钟也看作战利品，因为可以熔化铸炮。

② 有 4.5 英寸的口径，发射 9.5 磅重的炮弹的大炮。

是不会赞同这样的表现的。——下士，不管是充当队伍的将军还是审计员，——这倒无关紧要，——已经这么做了，要不，正如他想像的那样，不幸是不可能发生的——至少不会发生在苏珊娜手里；——诸位会有如何的表现呢？——他立刻下定决心，不是让苏珊娜当挡箭牌，——而是给她一个挡箭牌；下定这种决心以后，他便迈开大步直奔客厅，将整个策划摆在脱庇叔叔的面前。

这时候脱庇叔叔还在给约里克讲述斯滕凯克[①]战役的情况和索尔姆斯伯爵[②]的奇怪做法：他下令步兵停下，让骑兵向无用武之地的地方前进；这恰恰与国王的命令相反，事实证明成为当时的一场惨败。

有些家庭有一些事情跟下面要讲的简直如出一辙，——就是一名戏剧家的创作也难以超越它们；——我说的是古代的戏剧作家。——

特灵用自己的食指撑着，平靠在桌子上，手掌边儿擦过桌子构成了直角，煞费苦心地讲他的故事，就是牧师和贞女们听了也无妨碍；——故事一讲完，——就有了下面的一番对话。

第二十一章

——我宁肯受踩尖桩的酷刑，[③] 下士讲完苏珊娜的故事后嚷道，也不让这个女人受到任何伤害，——这是我的过错，报告老爷，——不是她的。

特灵下士，脱庇叔叔把放在桌子上的帽子拿起戴上说，——在绝对需要尽职尽责的情况下，如果说有什么差错，——应该怪罪的

① 联军于 1692 年 7 月 24 日在斯滕凯克战败。

② 索尔姆斯伯爵海因里希·马斯特里希（1636—1693），1692 年 7 月下旬指挥联军部队主力在斯腾凯克对法国进行了不幸的攻击。

③ 一种军事刑罚，将受刑者的一只手绑住，尽可能地吊高，再让他用对应的一只脚的脚趾踩在尖桩上站着。

当然是我了，——你只是服从命令而已。

特灵，如果索尔姆斯伯爵在斯滕凯克战役中做了同样的事情，约里克说，对下士开了点儿玩笑，因为下士在撤退时，曾被一名龙骑兵从身上踩了过去，——他就救了你啦；——救了我！特灵嚷着打断了约里克的话，并用他自己的方式替约里克把话说完，——他曾经救过五个营，报告大人，五个营一个人都没有少：——有卡茨①的营——下士接着说，右手的食指点着左手的拇指数着，把一手的指头都数完了，——有卡茨的——有麦凯②的——有安格斯③的——有格雷厄姆④的——还有利文⑤的，全都溃不成军；——连英国近卫骑兵团也难逃覆灭的命运，如果不是右翼的几个团勇敢地冲上来解救他们的话，正面冒着敌军的火力，他们自己的任何一支排枪队还没放枪，——他们就会上西天啦，——特灵补充说。——特灵说得对，脱庇叔叔对约里克点了点头说，——他说得完全正确。他让骑兵冲上去有什么意思呢，下士接着说，那里地盘那么狭窄，法国人又有稠密的树篱、矮树林、壕沟，砍倒的树木横七竖八地盖住了壕沟；(他们总是这样。)——索尔姆斯伯爵应该派我们上去，——我们会万枪齐发拼他个你死我活。——对骑兵来说，没有一点办法：——他辛苦了一场，自己的步兵却被击溃了，下士继续说，就在紧接着的兰登战役中。——可怜的特灵也在那里受了伤，脱庇叔叔说。——报告老爷，这完全是索尔姆斯伯爵造成的，——如果我们在斯滕凯克把他们打个落花流水，他们就不会在兰登打我们了。——有可

① 高兰的约翰·卡茨男爵（1661—1707），指挥麦凯统率的师里的一个旅，该旅在斯滕凯克战役中几乎全军覆没。

② 休·麦凯（1640？—1692），以陆军中将衔在斯滕凯克指挥盟军的一个英国师，战死在那里。

③ 安格斯伯爵詹姆斯·汉密尔顿，喀麦隆人部队的陆军上校，同样在斯滕凯克战役中阵亡。

④ 查尔斯·格雷厄姆爵士在斯滕凯克指挥一个团。

⑤ 利文三世伯爵大卫·麦尔维尔（1660—1728），也在斯滕凯克指挥一个团。

能，——特灵，脱庇叔叔说；——不过如果他们有树林的优势，或者你们给了他们一点时间躲进壕沟，他们可是一个永远都会对你乒乒乓乓放冷枪的国家。——除了无情地冲向他们，没有别的办法，——迎着他们的炮火，漫山遍野向他们压过去——丁！咚！特灵补充说。——骑兵步兵一起上，脱庇叔叔说。——乱哄哄地往上冲，特灵说。——左右开弓，一齐横扫，脱庇叔叔嚷道。——血肉横飞，下士大声叫道；——打起恶仗了，——约里克为了安全起见把他的椅子往边上一拉，停顿了片刻后，脱庇叔叔把他的声音降低了一个音阶，——重新开始了下面的谈话。

第二十二章

威廉王对索尔姆斯伯爵不服从他的命令很是气愤，脱庇叔叔对约里克说，以致在以后的好几个月都不肯接见他。——我担心，约里克答道，乡绅对下士会像国王对伯爵一样恼怒。——不过，在这种情况下，他继续说，如果这样与索尔姆斯伯爵对着干的特灵下士，居然让命运同样蒙羞，那可太苦了；——在这个世界上，事情往往就是那样进行的。——我宁肯引爆一颗地雷，脱庇叔叔喊着就站了起来，——炸飞我的防御工事和房子，我们死在它们的废墟下面，我也不会袖手旁观的。——特灵向他的主人微微地，——但感激地鞠了一躬，——这一章就此结束了。

第二十三章

——那么，约里克，脱庇叔叔答道，你我就并排在前面引路，——下士，你在我们后面几步远的地方跟着。——报告老爷，特灵说，让苏珊娜殿后。——这是个极好的安排，——按这个顺序，既不擂鼓，也不摇旗，他们便从脱庇叔叔的房子款款向项狄家宅挺进。

——我希望，他们进门时，特灵说道，——我像原来想做的那样，截掉的是教堂的喷水管，而不是铅锤。——你现在已经把喷水管截掉了，约里克答道。——

第二十四章

尽管已经提供了许许多多我父亲的画像，把他不同的神态描绘得惟妙惟肖，——但是哪一张，或者说全部画像都不能帮助读者预先设想一下我父亲在人生未曾经历的场合或事件中是怎么想的，怎么说的，怎么做的。——他身上有数不清的怪癖，也伴随着无数的机遇，他就是借助这种手段办事的，——先生，它挫败了所有的算计。——事实上，他的道路远远偏向一边，远离了大多数人走的路，——在他面前的每一件事物对他的眼睛呈现出自己的面目和剖面，与其余的人所看到的事物的平面图和立体图完全不同。——换句话说，那是一种截然不同的事物，——当然要做不同的考虑：

正因为如此，不仅世界上其他所有的人，而且我亲爱的珍妮和我总是无事生非，争吵不休。——她看的是她的外表，——我看的是她的内心——。我们怎么可能对她的价值达成共识呢？

第二十五章

这是一个业已解决了的问题，——我之所以提它，是为了支持孔夫子*，因为他在讲简单的故事时容易复杂化——假如他沿着他的故事的线路走下去，——他可能会随心所欲地往后退退，又向前走走，——但仍然不会偏离。

---

* 据认为项狄先生指的是※※※※※　※※※　※※※先生，※※※※※※的成员，——并不是那位中国的立法者。［斯特恩注］

有了这一个前提，我自己就沾了往后退这种做法的光了。

第二十六章

五万驮筐魔鬼——（不是贝内文托大主教的——我说的是拉伯雷的魔鬼①），就是抓住他们的屁股、剁掉他们的尾巴，也不会像我出事时那样发出穷凶极恶的尖叫——它立刻把我的母亲唤进了育婴室，——因为我母亲是从前楼梯上来的，所以苏珊娜刚好来得及从后楼梯下去逃走。

现在，尽管我长大了，能够自己来讲这段故事，——但又很年轻，我希望可以不怀恶意地讲完它；然而苏珊娜在路过厨房时由于担心出事，便把它简略地告诉了厨子，——厨子又添油加醋把它讲给乔纳森，乔纳森又传给了奥巴代亚；所以当我父亲拉了五六次铃，想知道楼上发生了什么事情时，——奥巴代亚就能够向他如实汇报了。——我就料到了，父亲把睡衣往紧里一裹说道；——然后就上楼去了。

人们由此可以想像——（尽管就我而言，我还有点儿怀疑）——在那之前我父亲实际上已经把《特里斯舛全书》中的那精彩的一章写下了，对我来说，这也是全书中最有创见、最引人入胜的一章；——那就是关于框格窗的那一章，结尾对女仆们的忘性进行了尖刻的抨击。——我只有两个理由不敢苟同。

第一，如果这事在事发之前已经考虑到了，我父亲一定会把窗户牢牢钉死；——如果考虑到他写书有多么困难，——钉窗户会比现在写这一章轻省十倍：我预料到的这一论据在反对他写这一章方面继续有用，甚至在事情已经发生之后；但是，它又在第二个原因下

① 在《巨人传》第2部的序言中，拉伯雷说他在“整部历史里如有一言半语的失实虚构”，他情愿把自己送“给十万驮筐的魔鬼”；类似的关于大量魔鬼的说法屡屡在书中出现。

面被排除了，我有幸向世人说明这个原因以支持我的这种见解，那就是父亲并没有在人们认为的那个时候写关于窗户与夜壶的这一章——而且确实如此。

——那就是，为了把《特里斯舛全书》写完整，——我自己写了这一章。

第二十七章

父亲戴上眼镜——看了看，——摘下来，——把它放到镜盒子里——总共不到法定的一分钟；而且没有开口，就转身急忙下楼去了：母亲以为他是下去取绒布和松脂石蜡软膏去了；可看见他胳膊下夹着两本对开本大书回来了，奥巴代亚跟在他后面搬了一张大书桌，母亲理所当然地认为那是一本草药书，所以就把一把椅子给他拉到床边，以便他坐下能从容地查找病例。

——要是做得对，——父亲翻到 de sede vel subjecto circumcisionis 那一节，说——因为他拿来的是斯宾塞① de Legibus Hebrœorum Ritualibus——和迈蒙尼德②，以便和我们对质。——

——要是做得对，他说：——母亲尖叫着打断他说，只告诉我们需要什么草药就行了。——要知道这一点，父亲答道，你必须派人去请斯娄泼医生。

母亲下楼去了，父亲接着读下面这一节。

※※※※※※※※※※※※※※※※※※※※※※※※※※※※※※※※※※

① 约翰·斯宾塞（1630—1695），伊利学院院长，著有 De Legibus Hebrœrum Ritualibus（《论希伯来人的宗仪法规》），斯特恩关于割礼的材料摘自该书第 1 节第 5 小节第 3—4 段。De Sede vel Subjecto Circumcisionis（《论割礼的基础和起因》），见第 1 章第 5 节第 3 段。

② 迈蒙尼德（1135—1204），中世纪最著名的犹太法典学者、哲学家、科学家、作家。在他的作品《迷途指津》第 3 章第 49 节中提出了割礼的几种理由。

※※※※※※※※※※※※※※※※※※※※※※※※※※※※※※※※※※※※※※※——很好，——父亲说，※※——不，如果有那么方便——于是一刻也不停先在心里决定：到底是犹太人从埃及人那里搞到它的，还是埃及人从犹太人那里搞到它的，① ——他站起来，用手掌抹了两三下脑门子，当邪恶比我们预感的还要轻地踩到我们身上时，我们就是这样抹去烦恼的足迹的，——他把书一合，下楼去了。——不，他说，每走一步，提一个伟大民族，仿佛用脚踩它一样，——如果是**埃及人**，——**叙利亚人**，——**腓尼基人**，——**阿拉伯人**，——**卡帕多西亚人**②，——如果是**科尔奇人**③和**穴居人**④做的——如果**索伦**和**毕达哥拉斯**⑤屈服了，——**特里斯舛**算什么呢？——我是谁，竟然对这件事情惴惴不安，火冒三丈？

第二十八章

亲爱的约里克，父亲笑着说（因为约里克和脱庇叔叔一起开小差溜出来，穿过窄门，先进了客厅），——我发现我们的这个特里斯舛，降生时几乎没有搞什么宗教仪式。——无论是犹太人、基督徒、土耳其人，还是无宗教信仰的人的儿子从来都没有用这么躲躲闪闪、随随便便的方式进入人世的。——不过我相信，他也不见得就更加糟糕，约里克说。——有了我这个孩子以后，父亲继续说，

① 一个在斯宾塞《论希伯来人的宗仪法规》第 1 章第 5 节第 4 段中详细争论的问题。

② 古代小亚细亚内陆地区的居民。

③ 古代小亚细亚地区的居民。

④ 古代对各个部落的称呼，但这里通常指居住在红海沿岸的某些居民。

⑤ 据说毕达哥拉斯屈服于埃及人，接受了割礼，以便可以得到允许进入他们最秘密的地方，并学习他们的神秘哲学。

黄道的某个部位肯定有种种活动。——这个嘛，约里克说，你的判断比我强。——占星家，父亲说，比我们俩知道得更清楚：——三分一对座的和互距六十度的方位背离了正道，——或者它们星位的对立面没有像应做的那样命中它。——或者算命天宫图的主宰（人们就是这么叫的）在玩躲猫猫的游戏①——或者我们上面或者下面出了毛病。

这有可能，约里克答道。——不过，是不是孩子更糟呢？脱庇叔叔嚷道，——穴居人说不是，父亲回答道。——而且你们的神学家，约里克，告诉我们——根据神学？约里克说，——还是按照药剂师*，——政治家†——还是洗衣妇的口气讲的‡？

——我不清楚，父亲答道，——但是人家告诉我们，脱庇兄弟，这样对他有好处。——假如，约里克说，你让他去埃及的话。——要是那样，父亲说，当他看见金字塔时，他就会受益匪浅的。——

我对你们说的每一个字都摸不着头脑，脱庇叔叔说。——我希望，约里克说，半个世界都有这种感觉。

---

① 用来描述天堂里一种不可能或者荒诞的情形的真正的占星术语——三分一对座和互距六十度的方位不会背离正道，算命天宫图的主宰们不会玩躲猫猫。以上为对伯顿《忧郁的解剖》第 3 部第 1 节第 2 小节第 2 段中一段的文字的戏拟。

* Χαλεπῆs νόσου, καὶ δυσιάτου ἀπαλλαγὴ, ἣν ἄνθρακα καλοῦσιν。——费罗 [斯特恩注。这段（由斯宾塞）摘自亚历山大的古希腊犹太哲学家费罗·朱达斯（约前 20—约 40）的《论割礼》可以译为：“缓解一种被称之为炭疽的可怕而又难以治愈的疾病。”]

† Τὰ τεμνόμενα τῶν ἐθνῶν πολυγονώτατα, καὶ πολυανθρωπότατα εἶναι. [斯特恩注。这段也引自费罗；可以译为：“施行了割礼的种族是人口最兴旺的种族。”]

‡ Κὰθαριότητos εἵνεκεν. ——博查特。[斯特恩注。斯特恩从斯宾塞的书中抄错了这段的出处，其实应当是希腊历史学家希罗多德（约前 484—约前 424）的《历史》第 2 章第 37 节，这个短语的意思是“为了干净”。]

——伊卢斯*，父亲继续说，一个早上给他的全军都施了割礼。——并不是没有军事法庭吧？脱庇叔叔嚷道。——不过伊卢斯是何许人，他没有搭理脱庇叔叔的话，却转向约里克继续说，——学术界仍然众说纷纭；——有人说他是农神萨杜恩；——有人说他是天神；——也有人说他不过是法老尼哥手下的一员准将。——管他是谁呢，脱庇叔叔说。我不知道他能用什么战争条款来为它辩解。

辩论家们，父亲答道，为它提出了二十二条不同的理由：——的确，另有一些人执笔批驳这一问题，向世人表明其中绝大部分不起作用。——但是，接着又展现出了我们最好的论战神学家——我希望，约里克说；在这个国家没有一个论战神学家；——一丁点儿实用的神性——抵得上一艘豪华船装的他们这五十年崇敬引进的一切。——约里克先生，脱庇叔叔说，——一定给我讲讲论战神学家是干什么的。——项狄上尉，约里克答道，我所读过的最好的描述就是关于奇姆奈斯特和屈利贝队长这一对儿之间徒手作战的描述；这段描写就在我的口袋里。——我希望听一听，脱庇叔叔急切地说。——可以，约里克说。——因为下士正在门口等我呢，——我知道对这个可怜的家伙来说，讲一场战事比吃一顿晚餐还管用，——哥哥，我求你允许他进来。——欢迎，父亲说。——特灵进来了，像一位皇帝那样腰板笔直，心情快乐；关好门之后约里克从外衣右面的口袋里拿出一本书读起来，或者说假装读起如下的内容。①

---

* Ο Ιλος, τὰ ἀιδοῖα περιτέμνεται, ταὐτὸ ποιῆσαι καὶ τοὺς ἅμ', αὐτῷ, συμμάχους καταναγκάσας——桑楚尼亚托。［斯特恩注。桑楚尼亚托相传是一名古腓尼基作家，一名腓尼基语法学家，费罗·比布里厄斯（全盛期在公元 100 年左右）声称翻译了他的作品。法老尼哥（公元前 610—前 594 年在位）的历史在《圣经·旧约·列王纪下》第 23 章、第 24 章中有记载；他被巴比伦王尼布甲尼撒于前 604 年打败，回埃及继续他的统治。如果有伊卢斯其人，他应生活在公元前 14 或 13 世纪，所以不可能在尼哥的军中任职。这段可译为“伊卢斯被施割礼，并迫使他的同伴们也去做同样的事”。］

① 引用的这段相当接近拉伯雷《巨人传》第 1 部第 35 章。

第二十九章

——“那些话叫那里所有的士兵都听见了，因为害怕，有的开始龟缩鼠窜，敌人便可以乘虚而入：这一切奇姆奈斯特看在眼里，记在心里；因此，当他摆好姿势准备下马，当身体摆到上马的一侧时，他（胯下佩着短剑）非常敏捷地双脚在马蹬里一换，耍了个玩马镫皮带的把戏，先是向下屈体，接着纵身跃入空中，然后双脚并拢立在马鞍上，身体笔直，背朝马头，——我这是（他说）倒行逆施。接着，还是以站立的姿势，突然做了一个单脚跳，来了一个向左转，让身体完完全全转了一圈，恰好落在原来的位置上，不差分毫。——哈！屈利贝说，这次我不想来这一手，——我自有道理。嘿，奇姆奈斯特说，算我没能耐，——让我跳回去就是了；于是鼓足力气，巧施灵通，又来了一个向右转，像刚才那样又跳了一下；跳完之后，用右手拇指按住鞍弓，把身子撑起来，倒竖在空中，全身重量都压在那根拇指的筋骨肌肉上面，然后转了三圈：转到第四圈时，他把身子翻了个个儿，又面朝前方，四面不沾，从马的两只耳朵中间窜过去，接着猛地摆一个鹞子翻身，又坐到了马屁股上——”

（这不可能是打仗，脱庇叔叔说。——下士听了，也摇了摇头。——耐心点，约里克说。）

“接着，（屈利贝）右腿跨过马鞍，坐在马屁股上。——不过，他说，我还是坐在鞍上的好；接着，他把两手的拇指都按在他前面的马屁股上，只用拇指撑着身子，在空中翻了一个筋斗，便端端正正落在鞍弓中间，安安稳稳地坐下了；接着，又一个筋斗跃向空中，像风车一样翻转着身体，做了一百多个腾跃、旋转和单手撑鞍腾跃。”——天哪，好啦！特灵大叫着，完全失去了耐心，——捅一刺刀不就万事大吉了嘛。——我也这么想，约里克答道。——

——我的看法恰恰相反，我父亲说。

第三十章

——不，——我想我什么也没有提出，父亲在回答约里克贸然向他提出的问题时说道，——在《特里斯舛全书》里我无非提出了一些像《欧几里得几何学》里任何一个命题一样清楚明白的见解。——特灵，把写字台上的那本书给我：父亲继续说，我心里常常寻思把它既给你通读一遍，约里克，也给脱庇兄弟读一遍，没有早读给你们听，我心里真觉得对不住：——现在我们是不是可以读上一两章短的，——往后再有机会，再读一两章；如此类推，直到我们把它读完？脱庇叔叔和约里克表示了固有的尊重；尽管下士没有同时表示赞赏，他还是把手按在胸前鞠了一躬。——大伙儿笑了起来。特灵，父亲说，已经为参加完这次娱乐付出了全部代价。——他似乎对这出戏没有兴趣，约里克答道。——报告大人，那只是屈利贝队长和另外那位军官进行的一场胡打乱闹，前进时翻了这么多的筋斗，——现在法国人还是那样时不时地蹦蹦跳跳往前走，——只不过不是那么厉害罢了。

脱庇叔叔感受到他的存在意识时，从来没有比当时下士和他自己的回想使他感受到的那么得意；——他点着了烟斗，——约里克把自己的椅子拉近桌子，——特灵剪了剪烛花，——父亲拨了拨火，——拿起书，——咳嗽了两声，开始读了起来。

第三十一章

前三十页，父亲翻着页子说，——有点儿枯燥；因为它们与主题的关联不够紧密，——这会儿我们把它略过去：这是关于政府的一篇序论，父亲继续说，或者引言（因为我决定不了该叫什么好）；政府的基础是在男女之间为了物种繁衍初次结合时打下的——我是不知不觉被引进这种观点的。——这很自然，约里克说。

我相信，父亲继续说，社会的原型就是波利西安①给我们讲的那种情况，也就是说，仅仅是夫妻式的；充其量是一个男人和一个女人的结合；——（按照赫希奥德②的说法）这位哲学家还增加上了一个仆人：——但是假如刚一开始还没有生下男仆——他把社会的基础奠定在一个男人，——一个女人——和一头公牛上面。——我相信是一头犍牛，约里克说着便引用了一段话（οἶκον μἐγ πρῶτιστα，γυναῖκά τε，βοῦν τ' ἀροτῆρα.）③——一头公牛造成的麻烦，把自己的脑袋搭上都赔不起。——但是还有一个更好的理由，父亲说（把钢笔蘸进墨水里），因为犍牛是动物里面最有耐心的，而且由于耕种土地，为夫妻俩提供食物，也是最有用处的，——所以对于新婚夫妇来说，它是创造与他们相关的最适合的工具，也是最恰当的象征。——对于犍牛来说，脱庇叔叔说，还有一个比这一切更充分的理由。——直到听完了脱庇叔叔的理由以后，父亲才有劲儿把笔从墨水瓶里取出来。——因为如果土地耕种过了，脱庇叔叔说，值得叫人圈起来，于是人们开始筑墙、挖沟来保护它，这就是城堡的起源。——说得对，说得对；亲爱的脱庇，父亲大声说着把公牛画掉，换上了犍牛。

父亲朝特灵点了一下头，示意剪一下烛花，然后继续他的谈话。

——我之所以进行这种推测，父亲漫不经心地说，一边说一边把书合上一半——仅仅是为了表明父子之间自然关系的基础；对孩子的权利，他是通过这几种方式取得的——

第一，通过婚姻。

第二，通过收养。

---

① 即安吉罗·波利齐亚诺（1454—1494），佛罗伦萨人文主义者兼诗人。

② 赫希奥德（全盛期在公元前375年左右），希腊诗人。这里指他的《工作与时日》，第405—409行。

③ 希腊文：首先是一座房子，一个女人和一头耕牛。

第三，通过法律认可。

第四，通过生育，我是按顺序考虑这一切的。

我稍微强调一下其中的一个；约里克答道——这种行为，尤其在它终结的地方，依我看，给予孩子的义务就像它给父亲的权力一样少。——你错了，——父亲尖着嗓门说，就因为这个简单明了的理由※※。——我承认，父亲补充说，正因为如此，孩子不是那么受母亲的权限的约束。——但是，约里克回答，这理由对母亲同样适用。——她自己也受人管辖，父亲说：——再说，父亲继续说着，一边点着头，把手指压在鼻子侧面，一边申述理由，——她不是主要因素，约里克——在哪一方面？脱庇叔叔停止抽烟，问道。——尽管，无论如何，父亲补充说（没有搭理脱庇叔叔），“儿子应该尊重母亲，”你可以在《查士丁尼法典》第一部里读到详尽的陈述，在第十一题第十节①——我在《教义问答》里也能看到，约里克答道。

第三十二章

特灵能把它一字不漏地背下来，脱庇叔叔说。——呸！父亲说，因为他并不想叫特灵背《教义问答》来打断他。他能，我以名誉担保，脱庇叔叔答道。——约里克先生，你想问他什么问题，尽管问吧。——

——第五戒条，特灵——约里克温和地说，又轻轻地点了点头，好像是点给一个谦虚的慕道友的。下士站着一声不吭。——你问得不对，脱庇叔叔说着提高了嗓门，像问口令一样迅速问道：——第五条—— ——脱庇叔叔大声喊道。——我必须从第一条开始，报告

① 不；孩子不受母亲权力支配，这是一条先行原则，写在《法典》第 1 章第 2 节第 10 条里。

老爷，下士说。——

——约里克忍不住笑了。——老爷也不想想，下士说，像扛枪一样扛着他的手杖，大踏步走到房子中央表明他的位置，——这跟校场上操练一模一样。——

“右手举枪，”下士喊着发令，并做出这个动作。——

“枪摆平，”下士大喊，仍在履行副官和士兵的职责。

“枪放下；”——报告老爷，您看一个动作接着一个动作。——只要老爷您从第一条问起——

第一——脱庇叔叔把手并在体侧喊道——※※。

第二——脱庇叔叔挥舞着烟斗喊道，就像用剑指向一个团的排头一样。——下士一字不差把他的手册从头到尾过了一遍；既然孝敬了父母，便深深鞠了一躬，回到房间的一边去了。

这个世界上的每件事情，父亲说，都滑稽透顶，——而且极有风趣，还有教育意义，——只要我们能把它发现的话。

——这便是**教育**的脚手架，它真正的荒唐之处在于后面没有**建筑物**。——

这就是一面镜子，学究们，导师们，助教们，家庭教师们，冬烘先生和打旗领队的辅导员们，能从里面照出他们的真实面目。——

哦，有一层荚壳，约里克，随着学问的增长而增长，他们的蠢笨不知道怎样才能把它甩掉！

——通过死记硬背可以学到知识，但不能获得智慧。

约里克认为我父亲受到了启发。——这会儿我要尽尽义务，父亲说，把黛娜姑妈的全部遗产派上慈善用场（顺便说一句，父亲对它们的评价并不高），如果下士对他所重复的每一个字都附加了一种明确的观念的话。——请问，特灵，父亲转过身来对他说，——你说的“孝敬父母”是什么意思？

报告老爷，他们老了以后，让他们从我的薪水中每天拿一个半便士。——那么你是这样做的吗，特灵？约里克问道。——他确实是那样做的，脱庇叔叔答道。——特灵，约里克从椅子上跳了起来，抓住下士的手说，你是《十戒》那部分最好的诠释家；特灵下士，就是你插手写过《塔木德》①，我也不会更加敬重你。

第三十三章

啊，神圣的健康！我父亲一页一页翻向下一章时竟发出了如此感叹，——你的价值胜过所有的金银财宝；是你在扩展灵魂，——开发它接受教育和品味美德的能力。——谁拥有了你，谁便别无他求；——体弱多病之人如此渴望得到你——希望万事皆有你相随。

关于这个重要题目能说的话，父亲说，我已经浓缩成一个很小的篇幅，所以我们就可以把这一章读完。

父亲读道：

“健康的全部秘密取决于基本的水分和热量②对控制权的适当竞争”——我想，在上面，你已经证明了这一事实，约里克说。非常充分，我父亲答道。

说到这里，我父亲便合上了书，——不像下定决心再往下读的样子，因为他的食指仍然夹在这一章里：——也不是怒气冲冲的样子，——因为他是慢慢地合上书的；书合上以后他的拇指压在书皮的上方，其他三根指头垫在书的下面，没有一点咄咄逼人的表现。——

在前一章里，父亲点头对约里克说，我已充分论证了这一观点的正确性。

现在能不能告诉月球上的人，说地球上有人已写了一篇文章，

---

① 该书包括犹太教补充《五经》的全部口传的民事和礼仪律法以及后世的诠释。

② 见第301页内容。

充分论证了健康的全部秘密取决于基本的热量和基本的水分对控制权的适当争夺，——说他的论述如此精辟，整章论述基本的热量和基本的水分时没有一个湿或干的字眼，——里面没有一个音节，正面或反面地，直接或间接地，论述了动物机体任何部位这两种力量之间的争夺——

“啊，永恒的造物主！”——他会用右手捶着胸膛喊道（如果他有一只手的话），——“您的力量和仁慈能把您的造物的本领扩展到尽善尽美的程度，——而我们月球人却有什么作为呢？”

第三十四章

我父亲挥了两板斧，一下是冲着希波克拉底的，另一下是冲着维鲁伦男爵①的，便达到了他论证的目的。

一开始，他便对医界泰斗希波克拉底 Ars longa，——和 Vita brevis② 的哀怨进行了简短的践踏。——人生短暂，我父亲嚷道，——医术无聊！我们有什么资格责怪了这个又责怪那个，二者都责怪，就是不责怪江湖骗子本身的无知，——以及那一车车假药，他们东奔西走，从古到今，起初给世人一点甜头，最终让大家受骗上当。

——我的维鲁伦男爵啊！我父亲嚷道，抛开了希波克拉底，把第二板斧抡向了他。把他当作假药贩子的魁首，最适合树为其余的榜样，——我该对你说些什么呢，我伟大的维鲁伦男爵？我该怎样评价你的内在精神，——你的鸦片，——你的硝石，——你的油膏，——你的日用泄剂，——你的夜用灌肠剂，以及种种替代品呢？

---

① 维鲁伦男爵和圣阿尔班子爵弗朗西斯·培根（1561—1626），英国哲学家、政治家、科学家及随笔作家。

② “艺海无边，人生有涯”是希波克拉底《格言》的第一句。

——对于任何人，关于任何话题，我父亲从来都不会昏头昏脑，无言以对的；而且不给任何人开口的机会：他是怎样对待爵爷的见解的，——您一定会看到；——但在什么时候——我不知道：——不过我们必须首先知道爵爷的见解是什么。

第三十五章

“有两大原因同心协力促成人的短寿，维鲁伦男爵说，第一种是——

“内在精神，它如同文火煎熬，把人体慢慢耗死：——而第二种则是外部空气，它把人体烧烤成灰：——这两大敌人对我们的身体两面夹攻，天长日久，便毁坏我们的器官，使它们不适合维持生命的功能。”①

情况就是这样；长寿之道十分平坦；没有额外要求，爵爷说，只要修复一下被内在精神造成的荒废便可以了，一方面，定时定量服用鸦片，使荒地上草木葱茏，另一方面，每天早上起床前服用三粒半硝石把荒地的热量降下来。——

然而，我们的身躯依然暴露在外面，遭受有害空气的袭击；——但这又可以用涂抹油膏的方法来防御，因为油膏浸透了皮肤的毛孔，针尖般大小的东西也休想进入；——里面的任何东西也不能出来。——这样便中断了排汗，不管你是否能感觉到，排汗可是皮屑病发生的主要原因——这样完全有必要用一个疗程的灌肠剂来排除多余的体液②，——使机体完好无损。

我父亲对维鲁伦男爵的鸦片，硝石，油膏要做的评论，您会读到的，——但不是今天——也不是明天：然而时不我待，——我的读

---

① 引文是培根的《生死研究》引论中的一个句子的译文，以下段落是十种长寿秘诀中的前两种的摘要，为《研究》一书的核心部分。

② 见第4页注②。

者也等不及了——我得往前赶了。——《特里斯舛全书》一经出版，您一定会抽空读那一章的（如果您愿意的话）。——

眼下，只说一下我父亲已把这一假说全盘推翻了，也就够了，在这样做的过程中，饱学之士明白，他建立并巩固了自己的假说。——

第三十六章

健康的全部秘密，我父亲说，又开始重复那句话了，显然取决于人体内基本的热量和基本的水分的适当竞争；——如果不是那些学究仅仅由于（如著名化学家范·黑尔蒙特①所证实的那样）一直将基本的水分误认为动物体内的脂肪和膘肉，从而推翻了这项工作，最起码的能想像得到的技巧就足以维持这种竞争了。

现在看来基本的水分并不是动物的脂肪或膘肉，而是一种油性的、香脂似的物质；因为膘肉和脂肪就像黏液或含水部位一样，是冷的；而那含油的、香脂似的部位则富有强烈的热量和精神，这就证实了亚里士多德的说法："Quod omne animal post coitum est triste."②

肯定无疑的是，基本的热量存在于基本的水分之中，但反过来说是否成立，还是个疑问：然而，当其中一个衰败时，另一个便会随之衰败；于是，要么产生一种反常的热量，从而引起超常的干

① 让-巴蒂斯特·范·黑尔蒙特（1577—1644），佛兰芒医生和化学家；这里指的是他的主要著作《医药起源》（《补遗》）中的《基本水分》一文（莱昂斯编，1655，第438—441页）。

② 拉丁文：交媾之后，每个动物都情绪低落。这种规则，有时有滑稽的例外，"除了女人"，或者"除了教士"。这句格言相传是亚里士多德说的。它是亚里士多德《动物的繁殖》第1章第18节（725b）及《问题》第4章第6节（877a）、第12节（877b）、第21节（879a）和第30章第1节（955a）中一些段落的释义。

燥——要么出现一种反常的水分，从而引起积水。——所以孩子成长的时候，人们总是教育他们远离水、火，因为它们都有毁灭他的危险，——这将是有关这个问题唯一需要做的事情。——

第三十七章

就是对围攻耶利戈城的描述也不会比上一章能更有力地吸引脱庇叔叔的注意力；——他自始至终目不转睛地盯着我父亲；——他只要提到基本的热量和基本的水分，脱庇叔叔总要从嘴里取出烟斗直摇头；该章一结束，他就招呼下士走近他的椅子，向他询问以下问题——*旁白*。——※※※※※※※※※※※※※※※※※※※※※※※※※。那是在围攻利默里克①的时候，报告老爷，下士鞠躬答道。

我和这位可怜的小伙子，脱庇叔叔对我父亲说，在利默里克的围困撤除之后，正是由于你所提到的那个原因，几乎都爬不出自己的帐篷了。——你那聪明的脑瓜子里又在琢磨什么呢，我亲爱的脱庇兄弟？我父亲心里喊道，——天哪！他仍然心里在犯嘀咕，接着说道，要把这弄明白可要难倒俄狄浦斯②了。——

报告老爷，我相信，下士说，要不是每晚点燃大量的白兰地，还有我硬给老爷灌的红葡萄酒，加肉桂；——还有杜松子酒，特灵，脱庇叔叔补充道，它给我们的好处最多——报告老爷，我完全相信，下士接着说，我们俩都会把命丢在战壕里，并且已经埋在那里了。——那可是一名士兵希望躺的最壮丽的坟墓了，下士！脱庇叔叔嚷道，说话时目光闪烁。——但他可死得太可怜了！报告老爷，下士答道。

---

① 1690年威廉三世下令围攻利默里克，该年8月30日，因大雨又被迫解除围攻。

② 据希腊传说，俄狄浦斯解开了斯芬克斯的谜；因此，任何一个有超常的解谜能力的人都被称为俄狄浦斯。

这一切我父亲都摸不着头脑，就像先前脱庇叔叔不理解科尔奇人和穴居人的礼节一样；因此，我父亲很难决定他是该皱眉头还是该微微一笑。——

脱庇叔叔转向约里克，接着讲利默里克的情况，这会儿比他开始的时候明白易懂，——所以我父亲马上明白了。

第三十八章

毫无疑问，脱庇叔叔说，在军营里的整整二十五天里，水患不断，发着滚烫的高烧，而且口渴难熬，对我本人和下士倒是大福气；要不，我认为我哥哥所谓的基本水分，一定会占上风。——我父亲长吸了一口气，抬起头来，又尽量徐缓地把气呼了出来。——

——由于老天起了怜悯之心，脱庇叔叔接着说，从而使下士想到：就像他一直在做的那样，使用烧酒和香料使发烧加剧的办法来维持基本热量与基本水分的适当竞争；使用这些东西，下士一直让火常燃不灭，目的是让那基本的热量能自始至终坚守阵地，从而使它与水分势均力敌，尽管它气势汹汹。——我以名誉担保，脱庇叔叔补充说，你也许听到了我们体内这场斗争，项狄哥哥，二十突阿斯①。——如果没有火的话，约里克说。

好了——我父亲长吸了一口气说，说完这两个字后又停了片刻——如果我是个法官，让我当一名法官的国家的法律又允许，那我就宣判一些坏中之坏有罪，除非他们有他们的牧师。————————————约里克预料到这一判决的结果是决不会留情的，于是他便把手按到我父亲的胸口上，乞求他的判决暂缓几分钟宣布，等他向下士问个问题后再说。——请你，特灵，约里克没等我父亲的允许就说，——请你说句实话——你对这种基本热量与水分有什么看法？

---

① 法国古代长度单位，相当于6.395英尺。

我完全恭从老爷高明的判决，下士向脱庇叔叔鞠了个躬说道，——畅所欲言，讲讲你的见解，下士，脱庇叔叔说。——这个可怜人是我的仆人，——不是我的奴隶，——脱庇叔叔又转向我父亲补充了一句——

下士把帽子夹在左腋下，用一条在打结处劈成流苏的黑皮带把手杖挂在左手腕上，大踏步地向进行过他的教理问答的地方走去；他在开口之前先用右手的拇指和食指摸了摸自己的下巴，——便这样发表起他的见解来。

第三十九章

正当下士哼哼唧唧就要开始讲的时候——斯娄泼医生蹒跚着走了进来。——没有什么大不了的——就让下士在下一章里接着讲，先让要进来的人进来好了。

噢，我的好大夫，我父亲以开玩笑的口气嚷道，他的情绪变化突然得不可思议，——我这个狗崽子对这件事有什么说法？——

就是我父亲在打听一只小狗截尾巴的事情——他也不会以比这更漫不经心的口气发问的：斯娄泼医生规定的处理突发事件的制度，是决不允许用这种方式询问的。——他坐了下来。

请问，先生，脱庇叔叔用一种未得回答就不行的态度问道，——孩子的情况怎么样？——将来最终会长成包茎①，斯娄泼医生答道。

我还是没有弄明白，脱庇叔叔说道，——又把烟斗放在嘴里。——那就让下士往下讲，我父亲说，讲他的医学演讲吧。——下士向他的老朋友斯娄泼医生鞠了个躬，然后用以下语句发表了他对有关基本热量和基本水分的见解。

---

① 阴茎包皮口狭窄。

第四十章

在我参军后的第二年，便在威廉国王陛下亲自率领下开始围攻利默里克城，——报告老爷，那城坐落在一片阴湿得要命的沼泽地区的中央。——香农河基本上围绕着它，脱庇叔叔说，从地形上讲，是爱尔兰固若金汤的地方之一。——

我想，斯娄泼医生说，这可是一种新式的医学演讲的开场白。——完全正确，特灵答道。——那么我希望这位医学行家能顺着切口往下走，约里克说。——那里全被沼泽和水沟切割得支离破碎，报告大人，下士说，围攻期间又阴雨连绵，整个地区就像一片水坑，——正是这水坑，而不是别的，引起了水患，并且几乎要了老爷和我的命；前十天过后，下士接着说，对一个士兵来说，再没有那种干躺在帐篷里，而不在周围挖沟排水的事情了；——但对于像我家老爷那些能花得起钱的人来说，每天晚上不点上整整一锡铁盘白兰地，驱走空气中的潮气，让他的帐篷里面暖和得如同火炉一般，是绝对不行的。——

从这些前提中，特灵下士，我父亲大声问道，你要得出什么结论呢？

报告大人，我的推断是，特灵答道，那基本的水分不是别的，就是沟渠中的水——而那些花得起钱买那种东西的人的基本的热量就是燃烧的白兰地——普通士兵所拥有的基本热量和水分，报告各位老爷，不是别的，仅仅是渠水——和一点儿荷兰杜松子酒——但配发的数量并不多，还有一烟斗烟丝，用来提神和驱赶潮气①——我们不知道怕死是种什么感觉。

项狄上尉，我感到茫然的是，斯娄泼医生说，不能断定你的勤务兵在哪一门学问上最灵光，是生理学，还是神学。——斯娄泼仍

① 也指精神沮丧，忧郁症。

未忘记特灵有关布道文的评述。——

只不过在一小时前，约里克答道，下士接受了后一门学科的考查，成绩极其优异。——

基本热量与水分，斯娄泼医生转向我父亲说，您必须知道，是我们生命的根基，——就像树根是树木生长的本原一样。——它是所有的动物精液中固有的东西，而且可以用各种方式保存，但我以为主要还是通过同性药物，强化药物，封闭性药物。① ——这个可怜人，斯娄泼医生指着下士接着说，不幸听了某个庸医关于这个微妙的论点的肤浅说法。——他是听了，——我父亲说。——很有可能，我叔叔说。——肯定听了——约里克说。——

第四十一章

由于斯娄泼医生被叫出去看他定购的一种泥敷剂，这给了我父亲继续讲《特里斯舛全书》中另外一章的机会。——好啦！打起精神来，小伙子们；——胜利在望了——因为我们苦苦念完这一章以后，这本书在一年内是不会再打开的了。——好哇！——

第四十二章

——下巴底下的围嘴儿系了五年；

从学字母到读完玛拉基书②用了四年；

学会写自己的名字用了一年半；

在希腊文和拉丁文上跌打滚爬长达七年；

学习逻辑用了四年——那精制的雕像仍然藏在大理石块的中

① 这些词语均来自培根的《生死研究》。

② 《玛拉基书》是《圣经·旧约》的最后一书，是老学校里最高班的读本。

央，——什么都没有做，只是把他雕凿的工具磨利了！——这是多么令人痛心的延误啊！——伟大的裘力斯·斯卡利杰①不是差一点连工具都没有磨利吗？——他四十四岁以后才能够对付希腊文；——众所周知，奥斯蒂亚主教大人彼得·达米亚安努斯②，到了成年还不会读书。——巴尔杜斯③尽管后来出人头地，但很晚才从事法律，所以大家都以为他存心要在另一个世界当律师：难怪当阿基达墨斯的儿子尤达米德斯④听到色诺克拉底⑤七十五岁时还在争论智慧问题，他便严肃地问道，——如果那位老人还在争论和质询有关智慧的问题，——那他将在何时才能利用它呢？

约里克聚精会神地听着我父亲的话；这时有种智慧的佐料莫名其妙地和他的奇思异想混在了一起，当他最昏聩无能的时候，有时候总会有那种几乎可以补偿昏聩的明晰的启示：——当你模仿他的时候要千万小心，先生。

我相信，约里克，我父亲继续说，半是朗读半是讲述，也有通往知识界的西北航道⑥；人的心灵由于用知识和教育充实了起来，所以工作起来比我们通常采用的方法更加便捷。——然而悲夫！并

---

① 裘力斯·恺撒·斯卡利杰（1484—1558），意大利杰出的人文主义者、哲学家、科学家，此人虽然在他将近四十岁时才开始认真学习，但在去世时，在科学和文学界却赢得了比欧洲任何人都要高的荣誉。

② 即圣皮厄特罗·达米安尼（约1007—1072），意大利红衣主教和改革家，年轻时游手好闲，不学无术，很晚时才开始宗教生涯。

③ 彼德拉斯·巴尔杜斯（1327—1406），意大利杰出的法理学家。传说他40岁才开始研究法学，于是他的导师对他说，“你来晚了，巴尔杜斯；你等着在另一个世界当律师吧”。这种说法纯属杜撰，其实，他早在17岁时就获得了民法博士学位。

④ 尤达米德斯（全盛期约在公元前330年左右），斯巴达国王，阿基达默斯三世之子。

⑤ 色诺克拉底（前396—前314），杰出的希腊哲学家，雅典柏拉图学园主持。本文所讲故事详见普卢塔克的《希腊罗马名人比较列传》。

⑥ 指人们长期寻找的通过美洲北部海岸从大西洋进入太平洋的通道；此处系比喻，意为捷径。

非所有的田野旁都会有泉水淙淙，溪流潺潺；——约里克，也不是每个孩子都会有家长能给他指点迷津。

——一切的一切全都依赖于，我父亲小声地补充道，辅助动词，约里克先生。

就是约里克踩上了维吉尔的蛇①，他也不会显出更加吃惊的样子。——我也感到吃惊，我父亲谈及它时嚷道，——我把以下情况看成降临到文坛上的最大的灾难之一：那些肩负教育我们子女、开启儿童心灵重任的人，很早就给他们灌输理念，以便让他们的想像纵横驰骋为己任的人，在他们干这件事的时候，却对辅助动词使用得如此之少——结果呢，除了雷蒙德·卢尔琉斯②和老佩莱格里尼③之外，其实后一个用自己的话题使用它们时达到了如此尽善尽美的地步，所以在为数不多的几节课上，就能教会一个少年男子从正反两个方面对任何一个题目进行貌似有理的议论，而且能说出和写出有关这一题目能说或能写的全部内容，一个字也不涂改，使观众佩服得五体投地。——如果有人能让我了解了解这个问题，约里克打断了我父亲的话说，我会十分高兴。你会的，我父亲说。

一个词能够做到的最大幅度的改进就是一种高级隐喻，——相

---

① Work 注：此处指《库蚊》，一般认为是维吉尔的手笔，有些评论家以为是自传性的；这首诗写一只蚊子叮醒了一位说梦话的人，从而使他及时逃脱了一条逼近的大蛇的伤害。 New 注：参比《埃涅阿斯纪》卷二描写希腊战士安德罗格斯发现自己陷入敌人包围，“大吃一惊，就像一个人脚步很重地在多刺的荆棘丛中走路忽然踩着一条蛇，他一害怕赶忙退却……”

② 即雷蒙·卢尔（约 1235—1315），西班牙神秘主义者及传教士，他的哲学论文，声称含有在科学中每个论证都可以分解的松散成分。

③ 马蒂奥·佩莱格里尼（卒于 1652 年），意大利人文主义者，《论智慧之源》的作者；此人创立了一种预知系统（牛津大学大学院院长奥巴代亚·沃克在他的《论教育》中予以报道和推荐并随后对它进行了长达几页的戏拟），借助于该系统一位年轻男子“达到了一种如此完美的境界，以至于能在短时间内，就任何一个给他出的题目写出长篇大论，一字不涂改；知道他的莫不佩服得五体投地”。

对于它，在我看来，观念一般来说则稍逊一筹，而不是略胜一筹；——不过就随它去吧，——当思想用一个词做了这种事时——那就算结束了，——思想和观念就休息了，——一直到第二个观念进入为止；——如此等等。

那么辅助动词的作用是在物质被送向心灵时，马上使心灵自行对物质产生作用；并且借助物质围绕的这台大机器的活动性，开辟新的探索途径，使每个观念产生数百万新的观念。

你大大地激发了我的好奇心，约里克说。

就我而言，脱庇叔叔说，我已经打消了我的好奇心。

——报告老爷，下士说，在围攻利默里克的战斗中，那些位于右翼的丹麦人都是些辅助。——而且是很好的辅助，脱庇叔叔说，——不过，特灵，我哥哥正在谈论的辅助，——我认为和这是两码事。

——是吗？我父亲说着就站起身来。

第四十三章

我父亲在房间里转了一圈，然后又坐下来结束了这一章。

我们这里所涉及的辅助动词，我父亲接着说，有 am；was；have；had；do；did；make；made；suffer；shall；should；will；would；can；could；owe；ought；used；或者 is wont。——而且它们有时态的变化，现在时，过去时，将来时，可与动词 see 搭配使用，——或者给它们加上疑问形式；——Is it？Was it？Will it be？Would it be？May it be？Might it be？还可以变成否定形式，Is it not？Was it not？Ought it not？——或者肯定形式，——It is；It was；It ought to be。或者按时间顺序，——Has it been always？Lately？How long ago？——或者用假设条件句，——If it was；If it was not？如果法国人打败了英国人，——那会怎么样呢？要是太阳出了黄道，怎么办呢？

那么，正确运用这些词，我父亲接着说，可以使儿童的记忆力得到训练，通过这种正确运用，只要有一个观念进入他的大脑，不管这大脑是怎样地空白贫瘠，就可以从中产生大量的概念和结论。——你可曾见过白熊？我父亲把头转向站在他的椅子后面的特灵大声问道：——报告老爷，没有，下士答道。——那么如果有必要，特灵，我父亲说，你能不能议论议论白熊呢？——那怎么可能呢？哥哥，脱庇叔叔说，如果下士从未见过的话。——这正是我想要的情况；我父亲答道，——它就有了下面的可能。

白熊！太好了。我见过它吗？我可能见过它吗？我将会看见它吗？我应该见过它吗？或者我能见到它吗？

但愿我见过白熊！（因为我怎么能想像它呢？）

如果我见到了白熊，我会说什么呢？要是永远见不到，那会怎么样呢？

要是我从未见过，将来也没法见着，绝无可能见着，或者决不会见着活的白熊；那么我可曾见过熊皮呢？我见过画的熊吗？——或者见过别人的描述吗？我梦见过熊吗？

我的父亲、母亲、叔叔、姨姨、兄弟、姐妹见过白熊吗？他们会有什么说法？他们会有怎样的表现？白熊会有怎样的表现？他野性十足？十分驯良？非常可怕？特别粗暴？格外温和？

——白熊值得一见吗？——

——这么做没有什么过错吗？——

它是不是比黑熊好？

第五卷　完

第六卷[①]

① 与第5卷一起出版于1761年12月。

第一章

——亲爱的先生，我们将两刻不停，——只是，就像在前面五卷中做的一样，（先生，务必坐下来读上一部吧——它们总比什么都没有强）咱们回顾一下刚才经过的地段。——

——那是怎样的一片荒野啊！万幸的是咱们既未迷路，也未葬身于荒野里的狼虫虎豹之口。

先生，您认为这世界上容得下这么多的公驴①吗？——当我们经过那条小谷底上的小溪时，他们是怎样对我们评头论足的啊！——而当我们爬上那座小山，刚刚从视线里消失的时候——天哪！他们凑在一起叫嚣得多凶啊！

——请问，牧羊人！这些公驴归谁管呀？※※※

——但愿老天爷能安慰安慰他们——什么！从来没有人梳理他们？——冬天也从来没人收留？——叫叫——叫。继续叫，——世人欠了你们的债；——叫得再响些——没有什么；——确实，你们叫亏待了；——我严正声明，我要是一头公驴，我就要声嘶力竭从早叫到晚。

第二章

我父亲把他的白熊跳前跳后舞弄了五六页之后，便把书永远合上了，——带着一种得意的神情把书交到特灵手中，又点了一下头，示意把它放在书桌上，因为他就是在那里发现它的。——特里

① 对于那些讨厌的文学批评家的习惯叫法，此处是指那些贬低《项狄传》第3卷、第4卷的人。

斯外，他说，将被用来跟词典中的每一个词搭配，就像那只白熊一样跳前跳后；——约里克，你看，每个词都是以这种方式，被转化成一个论题或一个假说的；——每个论题和假说都会产生一些命题；——每个命题都有自己的一些结果和结论；每个结论又会把思想引进新的探询和怀疑的轨道中去。——这种办法，我父亲补充道，在开启孩子的心智方面有难以置信的力量——项狄哥哥，脱庇叔叔嚷道，只要把它打得粉碎就行了。——

我估计，约里克笑着说，——一定是因为这个，——（因为让逻辑学家畅所欲言，光运用十大范畴①还不能充分说明问题）——著名的文森特·奎里诺②，除了本博红衣主教详尽地给世人描述过的那些，——他童年时的别的惊人的技艺外，——他在八岁时，便在罗马的公共学校里张贴出了四千五百六十多个不同的论题，论述最深奥的神学中的最艰深的问题；——并能极力捍卫坚持这些论题，把他的对手们搞得焦头烂额，狼狈不堪。——这跟我们常听说的阿方索斯·托斯塔多斯③的情况相比算得了什么呢？父亲喊道，他在保姆怀抱里的时候，便无师自通，学到了所有的文理知识。——关于那位了不起的佩雷斯基乌斯④我们又能说什么呢？——我曾经说起过的正就是他，脱庇叔叔嚷道，项狄哥哥，仅仅为了看看斯蒂文努斯的飞车，他就步行了五百来英里，算下来从巴黎到了谢夫林，又从谢

① 指亚里士多德的十大范畴或十大类别，也是能够推导出所有知识的终极观念。它们是：实体，量，质，关系，地点，时间，姿态，具有，主动，被动。

② 即文琴佐·奎里诺（1479—约 1514），威尼斯贵族，人文主义者，哲学家和外交家，对于他的早慧，他的朋友威尼斯的意大利学者、历史学家彼德罗·本博红衣主教（1470—1547）在他的《维吉尔的童年》中有所记述，斯特恩找到的记载是贝耶的《神童》。

③ 即阿方索·托斯塔多（约 1400—1455），著名西班牙神学家，著述甚多，22 岁便获得了博士学位，据说他通晓人类一切知识。

④ 即佩雷斯克，见第 119 页注②，小时候具有超常的注意力。7 岁时被送到布里诺尼亚的圣马克西米坦学校，陪他前往的是他 5 岁的弟弟帕拉默德（后来叫瓦拉维修斯）。他说服其父，让他照顾弟弟并监督他的学业。

夫林回到了巴黎。——他可是个很了不起的人！脱庇叔叔补充了一句（他指的是斯蒂文努斯）——是了不起；脱庇兄弟，父亲说（指的是佩雷斯基乌斯），——他的思想飞快地增长，知识变得极其渊博，如果我们相信有关他的一则轶闻的话，这则轶闻我们要在这里略去不提，那势必动摇所有轶闻的权威——所以，他七岁那年，他父亲便把他五岁的弟弟的教育完全托付给了他，——并且让他关照弟弟的一切。——父亲是不是和儿子一样聪慧？脱庇叔叔问道：——我看未必，约里克说：——可是这算什么，父亲接着说——（热情洋溢地脱口而出）——如果跟神童格劳秀斯①，肖比乌斯②，海因修斯③，波利西安④，帕斯卡⑤，约瑟夫·斯卡利杰⑥，斐迪南·德·科尔多瓦⑦等人相比，那算什么呢。——其中有的九岁或者更早时就

---

① 雨果·格劳秀斯（1583—1645），荷兰政治家、法学家、神学家、诗人，国际法学的奠基人。9岁就能用拉丁文写很好的诗歌，12岁进入大学，15岁编辑马提安努斯·卡佩拉全书，16岁获得了法学博士学位，并开业当律师。

② 即肖珀，见第46页注⑧，青年时期即以才华和学问而闻名，不到24岁就已经出版了十多种批评著作和其他著作。

③ 丹尼尔·海因修斯（1580—1655）和他的儿子尼古拉（1620—1681），荷兰古典语文学家，年轻时就成绩卓著；此处可能是指父亲（如同这里列举的其他大多数神童一样，他也被记录在前面引用的贝耶的书中），10岁时，他就以一首拉丁文挽歌而名声大噪，14岁时，进入莱登大学，20岁开始诠释古典作品，25岁即主讲历史学和政治学。

④ 即安吉罗·波利齐亚诺，13岁就用拉丁文写信，16岁把4卷《伊利昂纪》翻译成拉丁文六韵步诗，17岁时发表希腊诗歌格律方面的论文，18岁编辑出版了卡图卢斯作品集。

⑤ 布莱斯·帕斯卡（1623—1662），法国宗教哲学家，数学家，矢志学习，尽管一时没有入学读书的机会，但他在毫无帮助的情形下继续钻研思考，12岁时重新创立几何学，17岁时以其关于圆锥曲线的定理一举成名。

⑥ 约瑟夫·贾斯特斯·斯卡利杰（1540—1609），裘力斯·恺撒·斯卡利杰之子，因幼年精通拉丁文和希腊文而闻名于世。

⑦ 斐迪南·德·科尔多瓦（1442—1480），西班牙神学家，医师，学者，幼年即以记忆力超群、才智过人而闻名。

中断了自己的基本行为，继续逻辑思维；——有的七岁便读完了经典作品；——八岁便能写出悲剧；——斐迪南·德·科尔多瓦九岁时就十分聪颖，——大家都以为他有鬼神附体；——在威尼斯，他便充分展示了自己的知识和修养，以至于修士们认为他要么是伪基督，——要么什么都不是。——有的在十岁时便精通了十四门语言，——十一岁就学完了修辞学，诗歌，逻辑学和伦理学，——十二岁就拿出了关于塞尔维斯①和马提安努斯·卡佩拉②的评论，——十三岁时获得了哲学、法学、神学学位：——但你忘记了了不起的利普修斯③，约里克说，他在出生的当天便写了一部作品*；——他们本该把它抹掉，脱底叔叔说，再不要提及它。

---

① 马利乌斯·塞尔维斯·霍诺拉图斯（全盛期在公元400年左右），罗马语法学家，写过关于维吉尔的一部评注，而这部评注本身又是许多注疏的对象。

② 马提安努斯·卡佩拉（生活于五世纪），拉丁文作家，其作品《论学商结合，论七艺》是一部当时人文文化的百科全书，享有盛誉，在中世纪经常为人评注。

③ 贾斯特斯·利普修斯（1547—1606），佛兰德斯语文学家和批评家。

* Nous aurions quelque interêt, says *Baillet*, de montrer qu'il n'a rien de ridicule s'il étoit véritable, au moins dans le sense énigmatique que *Nicius Erythrœus* a tâché de lui donner. Cet auteur dit que pour comprendre comme *Lipse*, a pû composer un ouvrage le premier jour de sa vie, il faut s'imaginer, que ce premier jour n'est pas celui de sa naissance charnelle, mais celui au quel i1 a commencé d'user de la raison; il veut que ç'ait été à l'age de *neuf* ans; et il nous veut persuader que ce fut en cet âge, que *Lipse* fit un poème. ——Le tour est ingenieux, & c. & c. [斯特恩注。这段文字与贝莱的略有出入，可以这么翻译：“贝莱说，我们应该感兴趣地表明，即便这是真的，也没有什么好笑之处，至少在尼西乌斯·埃利色雷力图赋予它的神秘意义上说是这样的。这位作者说，理解利普修斯在他生命的第一天便可以创作一部作品，应当考虑这第一天并不是他肉体出生的第一天，而是他开始运用理性的第一天；他认为那是在他9岁的时候，而且他希望让我们信服的是，在这个年龄，利普修斯作了一首诗。——这种努力是巧妙的，等等。”]

第三章

泥敷剂准备好了，就在斯娄泼扎上它的当儿，苏珊娜良心上无缘无故地对举蜡烛的礼数产生了一点不安；斯娄泼却没有用镇痛剂医治苏珊娜的不快，——于是二人便产生了一场争执。

——啊！啊！——斯娄泼说，当苏珊娜不想干时就放肆地在她脸上瞅了一眼，——那么，我想我认识你，小姐——你认识我，先生！苏珊娜轻蔑地叫道，接着把头一仰，显然不是冲着斯娄泼的职业，而是冲着医生本人，——你认识我！苏珊娜又叫了一声。——斯娄泼医生立刻用食指和拇指把自己的鼻孔捏住；——苏珊娜的怒火就要发作了；——这是假话，苏珊娜说。——好了，好了，“庄重”小姐，斯娄泼说，对他最后一刺的成功十分得意，——如果你不愿意举着蜡烛看——你可以举着蜡烛把眼睛闭上：——这是你们旧教的一种变通办法吧，苏珊娜嚷道：——小姐，斯娄泼点了一下头说，这总比一成不变要好嘛；——先生，我可不听你的，苏珊娜把衬衫短袖拽到胳膊肘子下面，嚷道。

两个人在手术中互相协助时几乎不可能有比这更加怨气冲冲的亲热态度了。

斯娄泼抓起了泥敷剂，——苏珊娜则抓起了蜡烛；——向这面一点，斯娄泼说；苏珊娜朝一边一看，又向另一边一划，顿时点着了斯娄泼的假发，那假发又浓密又油腻，刚一点着就轰地一下子烧了起来。——你这个臭婊子！斯娄泼大声骂道，——（因为怒火中烧，就是一头野兽）——你这个臭婊子，斯娄泼骂着，就挺直了身子，手里还抓着泥敷剂；——我可从来没有毁过任何人的鼻子，① 苏珊娜说，——你可不敢这么说：——是吗？斯娄泼嚷着就把泥敷剂甩在她脸上；——敢，我敢，苏珊娜喊着，同时把盘子里剩下的回敬了

---

① 指用汞盐医治“梅毒”对鼻口黏膜造成的典型恶果。

过去。——

第四章

斯娄泼医生和苏珊娜在客厅里像两只交喙鸟一样斗着嘴；嘴斗完以后，泥敷剂也没有效果了，他们就又回到厨房为我准备敷布；——恰恰在这时候，我父亲把问题决定了，您往下读就会明白。

第五章

你瞧，父亲既冲着脱庇叔叔，也冲着约里克说，现在可真是时候了，应当把这个小家伙从那些女人手中接过来，把他交给一名私人教师。马可斯·安东尼努斯①一次就给儿子康茂德斯找了十四个教师来负责他的教育，——而不到六个礼拜就开除了五个；——我很清楚，父亲接着说，康茂德斯的母亲在怀孕期间爱上了一个斗剑士，这就是康茂德斯登基后残忍无比的一个重要原因；——但我依然相信那五个被安东尼努斯辞退的老师在那一段短暂的时间内对康茂德斯的脾气的危害，是另外九个老师终生都无法校正过来的。

如今当我把那个就要在我儿子身旁的人看作儿子将要从早到晚要用来照他自己，并用来纠正自己的仪表、自己的举止，甚至内心最隐秘的情感的那面镜子时；——约里克，如果可能，我想有一面擦得一尘不染的镜子给儿子照。——这很有道理，脱庇叔叔心里说。

——身体及各个部位的外表动作，我父亲接着说，无论是一举

① 尽管罗马皇帝、斯多葛派哲学家马可斯·奥勒留斯·安东尼努斯（121—180）悉心教育他的儿子康茂德斯（161—192），康茂德斯当了皇帝后仍然表现出残忍和令人痛恨的性格。

一动，还是一言一语，都能清楚地表现出一个人的内心世界；因此纳西昂的圣格列高利①只凭观察尤利安草率而固执的举止便断定他将来肯定是个叛教者，对此我一点都不感到惊奇；——由于阿马努恩西斯的脑袋像连枷那样很不雅观地前后晃动，圣安布罗斯就把他轰出了门，② 我也不感到惊奇；——德谟克利特看见普罗泰哥拉就像自己一样捆好柴捆，再把小树枝塞进去，就认为他会成为一个学者，③ 我同样也不感到惊奇。——总有数以千计无人注意的缝隙，我父亲接着说，让一只慧眼一下子能透视一个人的灵魂；我坚持认为，他又补充道，一个有头脑的人并不是在进门时脱帽，——出门时戴帽上表现出来，而是无意流露出来的一些事情把他揭示出来。

正是由于这些原因，我父亲接着说，我所选的家庭教师*不能咬舌，不能斜视，不能眨眼，不能大话扬天，不能面目狰狞，不能一副蠢相；——不能咬嘴唇，不能磨牙齿，不能从鼻孔里说话，也不能用手指抠鼻子，擤鼻子。——

他走路不能快，——不能慢，不能抱双臂，——因为那样显得太懒惰；——也不可吊着膀子，——因为那样显得太愚蠢；也不能插在衣袋里，因为那样不稳重。——

在众人面前，他不能拍打，不能捏揣，不能挠痒，——不能咬

---

① 纳西昂的圣格列高利（约 325—约 389），东正教神父，君士坦丁堡主教，青年时代与尤利安（弗拉维乌斯·克劳狄乌斯·尤利安努斯［331—363］，罗马皇帝）在雅典同窗学习，约在 361 年，他写了两篇文章抨击尤利安。斯特恩此处指其《神学演讲之五》。

② 显然是指圣安布罗斯的《论神职人员的使命》第 1 章第 72 节。圣安布罗斯（约 340—397），拉丁教会神父之一，米兰主教。

③ 德谟克利特见第 489 页注②。普罗泰哥拉（约前 481—约前 411），希腊诡辩家，出生于阿布德拉。据说，当然值得怀疑，他是德谟克利特的学生。也许是一个杜撰的故事说普罗泰哥拉原来是一个贫苦的挑夫。他的捆柴和扛柴方式引起了德谟克利特的注意，遂为后者赏识，于是便开始关心教导他。

* 参见佩莱格里尼集。［斯特恩注。参见 407 页注③，这是有意误导，因为他与罗列的东西毫无关系。］

指甲，不能剪指甲，不能清嗓子，不能吐痰，不能呼哧鼻子，也不能用脚掌或手指敲敲打打；——（按伊拉斯谟的看法①）他不能与正在小便的人说话，——他也不可让人注意臭肉和粪便。——现在这又统统是胡说，脱庇叔叔心里说道。——

我要让他高高兴兴，快快乐乐，父亲接着说；同时又小心谨慎，兢兢业业，在决断疑虑和思辨问题时应该警觉、敏锐、深刻、迅速、有创见；——他应当聪明、睿智、学识渊博：——为什么不是谦虚、和蔼、善良呢？约里克说：——为什么不是，脱庇叔叔嚷道，率直、慨慷、大方、勇敢呢？——他必须是，亲爱的脱庇，父亲站起来握着他的手答道。——那么，项狄哥哥，脱庇叔叔说着就从椅子上站起来放下烟斗，抓住我父亲的另一只手，——请允许我向你推荐可怜的勒菲弗的儿子；——一滴快乐的泪水在我叔叔的眼中闪动着，——与它相随的另一滴，在他做出这个建议时，则在下士的眼睛里闪动；——你读了勒菲弗的故事，就会明白为什么：——我真傻！我不回原地，就记不起来（或许您也记不得）让我不允许下士用他自己的话讲这个故事的原因到底是什么——可是时机已经失去，——现在我只好以我自己的话来讲它了。

第六章

勒菲弗的故事

就是在登德尔蒙德被盟军占领的那年②夏天的什么时候——大约就是我父亲来到乡下的七年之前，——大约也是我的脱庇叔叔和特

① 见他的《谈话录》“初次交往”；原文为：“Sed incivilius etiam eum salutare，qui reddit urinam，aut alvum exonerat.”可以翻译为：“然而向一个正在小便或大便的人打招呼是不礼貌的。”

② 即1706年。

灵悄然撤离我父亲在城里的家，以便对欧洲固若金汤的城市之一发动一次最出色的围攻的七年之前——一天傍晚，脱庇叔叔正在用晚餐，特灵就坐在他身后的一个小餐具柜旁边，——我说的是坐，——因为考虑到这位下士的瘸腿（有时隐隐作痛）——脱庇叔叔一个人吃正餐或进晚餐时，他从来不让下士站着；这个可怜的家伙对主人奉若神明，所以假如有一门合适的大炮，脱庇叔叔攻下登德尔蒙德，也比在这个问题上战胜他少费点事；有好多回脱庇叔叔以为下士的腿在休息，可他回头一望，却发现他尽职尽责、毕恭毕敬地在身后站着：二十五年以来，他们之间在这个问题上发生的小小口角比其他所有的原因引起的还多——可是这与正题无关——为什么我要提到这件事呢？——问我的笔吧，——是它驾驭着我，——而不是我驾驭着它。

一天傍晚，叔叔就是这样坐着吃晚饭时，村子里一个小旅店的老板手里拎着个空瓶子走进了客厅，他想要一两杯萨克葡萄酒；这是为一个可怜的绅士要的，——我想，他是个军人，店老板说，他病倒在我的店里已经四天了，一直都垂头耷脑的，什么都不想吃，直到这会儿，他才说想喝一杯萨克葡萄酒，吃一片面包，——我想，他说着就把手从脑门上挪下来，这会让我舒服点。——

——假如我讨不到，借不到，甚至买不到那种东西，——老板接着说，——我甚至想为这个可怜的绅士去偷，他病得很厉害。——我相信上帝，他还有救，他接着说——我们大家都关心他。

你是个好人，我会有求必应的，脱庇叔叔大声说；而你自己必须先为这位可怜的绅士的健康干上一杯，——然后我们再奉送你两瓶，告诉他我真心请他享用，如果对他有好处，欢迎再来拿，十瓶八瓶无所谓。

尽管我相信，老板关上门的时候，脱庇叔叔说，他是一个很有同情心的人——特灵，——不过我还是禁不住很佩服这位客人；他肯定有非同寻常之处，竟然在这么短的时间里赢得了老板这么多的好感；——甚至他全家的好感，下士补充道，因为他们大家都关心他。——跟他去，脱庇叔叔说，——去，特灵，——问问他知道不知道客人的名字。

——我忘得一干二净了，真的，和下士一同回到客厅的老板说，——不过我可以再问一下他的儿子：——那么说他儿子陪着他了？脱庇叔叔问。——一个大约十一二岁的男孩，老板答道；——可是这个可怜的小家伙几乎同他父亲一样不怎么吃东西；他只会白天黑夜替父亲发愁，哭泣：——这两天，他就没离开过父亲的床头。

就在老板给他讲述情况的当儿，脱庇叔叔放下了刀叉，把盘子推开；不用吩咐，特灵就一声不响地把盘子收走了，没过几分钟便给他拿来了烟斗和烟草。

——在屋里呆会儿，脱庇叔叔说。——

特灵！——脱庇叔叔点着烟斗，吸了十来口后说。——特灵走到主人跟前，鞠了个躬；——脱庇叔叔却只管吸烟，再没说话。——下士！脱庇叔叔说——下士又鞠了个躬。——脱庇叔叔再没往下说，只是把一斗烟抽完了。

特灵！脱庇叔叔说，我脑子里有个想法，由于今晚很冷，想用罗克洛尔大氅把自己裹得暖暖的去看看这位可怜的绅士。——老爷您的罗克洛尔大氅，下士答道，打老爷受伤的那天夜里起，再也没有穿过一次。当时，我们在圣尼古拉堡门前的战壕里站岗；——再说今晚雨又大，天又冷，由于这样的罗克洛尔大氅，这样的天气，足以叫老爷伤风感冒，让老爷的腹股沟疼痛难熬。我也有这种担心；脱庇叔叔说，可是特灵，老板给我说了以后我心里总是不安。——我真希望我不知道这种事儿，——脱庇叔叔接着说，——要么我就知道得更详细点：——我们该怎么办呢？报告老爷，交给我好了，下士说；——我戴上帽子，拿上手杖到旅店去侦察侦察，然后见机行事；一个小时后，我会把详细情况报告老爷。——你一定要去，特灵，脱庇叔叔说，这是一个先令，你拿去和他的仆人喝酒。——我会把他的一切都弄明白的，下士说着就关上了门。

脱庇叔叔又装上了一斗烟；要不是考虑把凹角矮堡①上的帷墙弄成直线是不是像曲线一样好，他不时从上面那个问题游离开来，——可以说他吸烟的这段功夫不想别的，一心想的是可怜的勒菲弗和他的儿子。

第七章

勒菲弗的故事　（续）

直到脱庇叔叔磕掉了第三斗烟灰，特灵下士才从旅店回来，向他汇报了下列情况。

一开头，下士说，我对能给老爷您带回有关那个可怜而又生病的陆军中尉的任何消息不抱希望——那么说他还在部队里了？脱庇叔叔问道——是的：下士答道——在哪一个团？脱庇叔叔又问——我将原原本本向老爷报告我了解到的一切情况，下士答道。——那好，特灵，我要再装一斗烟，脱庇叔叔说，以便在你讲完以前不致打断你的话；特灵，先随便在靠窗的座位上坐下，再开始讲你的故事吧。下士又按他的老规矩鞠了一躬，这种躬一般最能把事情说明白。——老爷您心真好：——鞠完躬以后，他按吩咐坐下，——用几乎同样的话又开始给脱庇叔叔讲故事。

一开头，下士说，我对能给老爷您带回有关那个陆军中尉和他的儿子的任何消息不抱希望；因为我确信自己能从仆人那儿了解一切该问的事情，——对头，特灵，脱庇叔叔说——可是当我问他的仆人在哪里时，报告老爷，我得到的回答是他身边没有仆人；——而且他是骑着雇来的马来到旅店的，当发现自己无法前进（去赶上部队，我想）以后，在他来的第二天早上，他就把马打发走了。——他把钱包给他儿子，让他给马夫付钱时，他说，孩子，要

① 一个呈凹角的双面外层建筑，位于帷墙前两个棱堡之间的主壕内。

是我身体好一些了，——我们可以从这里再雇马。——可是，唉！那可怜的绅士永远不会离开这里了，老板娘对我说，——因为整夜我都听见报死虫①的滴答；——他一死，那小伙子，他的儿子，肯定会跟着他死的；因为他已经是肝肠寸断了。

我正在听这一段情况，下士接着说，这时候那小伙子进了厨房，要老板说过的那种薄薄的烤面包片；——不过我要亲手为我父亲烤，小伙子说。——少爷，我来，您就别麻烦了，我说着就拿起一把叉子，同时把我的椅子让给他，让他坐在火边，由我来烤。——先生，我相信，他非常谦逊地说，我本人是最能讨得他的欢心的。——那还用说，我说，令尊大人不会不喜欢一名老兵烤的面包片的。——小伙子抓住我的手，顿时哭了起来。——可怜的小伙子啊！脱庇叔叔说，——他从小就是在部队里抚养大的，一名士兵的名字，特灵，他的耳朵听起来就像一位朋友的名字；——我希望我能在这儿接待他。

——在最长的行军中，下士说，我想吃饭也赶不上想陪他大哭一场那么急切：——请问老爷，我这是怎么了？没有什么，特灵，脱庇叔叔擤着鼻子说，——只说明你是一位心地善良的人。

我把面包片给他时，下士继续说，我想我应该告诉他我是项狄上尉的仆人，说老爷您（虽然素不相识）极其关心他的父亲；——还说如果您的房子里或地窖里有什么东西的话——（你不妨把我的钱包也加上，脱庇叔叔说）——衷心地欢迎他享用：——他深深地鞠了一躬（当然他是向老爷您鞠的），却没有回答，——因为他心情太激动了——于是他拿着烤面包片上楼去了；——我向你担保，亲爱的年轻人，我开厨房门时说道，令尊大人会恢复健康的。——约里克先生的助理牧师正在厨房的火炉边抽着烟斗，——但好话坏话也没说一句去安慰那小伙子。——我想这就错了；下士补充道——我也这样想，脱庇叔叔说。

---

① 一种甲虫，它滴答的叫声被认为是死亡的预告。

中尉喝了一杯萨克葡萄酒，吃了烤面包片，他感到自己的精神有所恢复，便打发人到厨房里告诉我，如果十分钟后，我愿意上楼去，他将十分高兴。——我相信，老板说，他要做祈祷了，——因为他床边的椅子上放着一本书，当我关门时，我看见他儿子拿了一个垫子。——

我想，助理牧师说，特灵先生，你们军人从来不做祷告。——我听到这位可怜的绅士昨晚在做祷告呢，老板娘说，非常虔诚，要不是我亲耳听见，我还不相信呢。——你能确信吗？助理牧师问道。——报告大人，我说，士兵像牧师一样经常（自觉自愿）做祷告；——当他为王上而战，为他自己的生命而战，也为自己的荣誉而战时，他有天下人最充分的理由向上帝祈祷，——你说得好，特灵，脱庇叔叔说。——可是，我说，当一名士兵，报告大人，在战壕里齐膝深的冰水中一连站了十二个钟头，——或者，我说道，一连几个月进行危险的长途行军；——或许今天他的后卫受到骚扰；——明天又在骚扰别人；——往这儿派；——从那里撤；——今晚抱着自己的胳膊睡觉；——明晚穿着衬衣受惊；——关节变得麻木；——或许帐篷里连可跪的稻草也没有；——但只要有办法，只要有时间，他还得祈祷。——我相信，我说，——因为，下士说，我为了军队的荣誉而激动，——我相信，报告大人，我说，当一个士兵有时间祈祷时，——他祈祷得像牧师一样虔诚，——可没有一点牧师的小题大做和伪善作风。——你不应该说那些，特灵，脱庇叔叔说；——因为只有上帝知道谁是伪君子，谁不是：——下士，到了最后审判日（并且不到那个时候不行），对我们大家进行大审查时——将会看到，谁在这个世界上尽了自己的职责，——谁没有；然后我们将根据情况得到提升，特灵。——我希望我们会，特灵说。——这种情况在圣经里有，脱庇叔叔说；明天我让你看看：——同时，我们尽可以放心，特灵，脱庇叔叔说，万能的上帝如此仁慈公正，是世界的主宰，如果我们在今世尽了我们的职责，——就不会追究，我们是穿着红袍还是黑袍尽的：——我希望不会；下士说——不过，特灵，脱庇叔叔说，继续讲你的故事吧。

我上楼走进中尉的房间，下士接着说，我是十分钟过了以后才进去的，——他躺在床上，一只手支着脑袋，胳膊肘儿抵在枕头上，枕头旁边放着一块干净的白麻纱手绢：——小伙子正弯下腰去拿垫子，我想他是一直跪在上面的，——书放在床上，——他站起来时由于一只手拿着垫子，便伸出另一只手把书拿开。——让它搁在那儿，亲爱的，中尉说。

直到我走近他的床边，他才肯开口跟我说话：——如果你是项狄上尉的仆人，他说，请一定代我向你的主人致谢，同时也代我的儿子向他致谢，感谢他对我的一番好意；——如果他是利文①的部下的话——中尉说。——我告诉他老爷您就是——那么，他说，我跟他在佛兰德斯参加了三次战役，还记得他，——但是，因为我没有与他结识的荣幸，所以可能他根本不知道我。——但是，你一定要告诉他，欠他的情的那个人叫勒菲弗，是安格斯手下的一名中尉——不过，他不认识我，——他又一次沉思着说；——或许他知道我的故事——他补充道——请告诉上尉，在布雷达②，我就是那名掌旗官，在帐篷里正抱着妻子，不幸妻子却被枪弹打死了。——报告老爷，我说，这个故事我记得很清楚。——真的？他用手绢擦着眼睛说，——那我也不会忘的。——说这番话时，他从怀里拿出一枚小小的戒指，把它吻了两次，它好像是用一条黑色的丝带拴在他的脖子上的——喂，比利，他说，——男孩从房间那边飞快地跑到床边来，——双膝跪下，把戒指接到手中，也吻了吻它，——然后又吻了吻他的父亲，坐在床边哭起来。

我希望，脱庇叔叔长叹了一声说，——我希望，特灵，我睡着了倒好。

---

① 利文和安格斯参见第384页注⑤、注③。

② 荷兰的一座城市，是个拘留战俘的地方，也许盟军冬天经常在那里驻军。

老爷，下士回答说，您太操心了；——老爷抽烟时要不要我斟一杯萨克葡萄酒？——好，特灵，脱庇叔叔说。

我记得掌旗官和他妻子的故事，脱庇叔叔又叹了一口气说，带着他的谦逊忽略了的一种情态；——并且尤其记得，他和他的妻子，由于某种原因（我忘记是什么原因了），获得了全团广泛的同情；——不过把你讲的故事讲完：——已经讲完了，下士说，——因为我不能再呆在那儿，——所以向老爷他道了晚安；小勒菲弗从床边站起来，把我送到楼梯脚下；我们一起下楼的时候，他告诉我，他们来自爱尔兰，正在去佛兰德斯赶他们的部队。——但是，唉！下士说，——中尉最后审判日的行军已经结束了。——那么他那可怜的儿子会怎么样呢？脱庇叔叔大声问道。

第八章

勒菲弗的故事　（续）

——当时脱庇叔叔积极地参加围攻登德尔蒙德，与盟军平行行动，由于盟军紧逼猛攻，搞得他连吃饭都顾不上——虽然他已经在外崖上占领了一个立足点，但他却放弃了登德尔蒙德；——而他整个心思都关注着旅店中那个士兵的痛苦；并且，他命令把花园的大门闩上，这样一来，可以说他已经把对登德尔蒙德的围攻变成了封锁，① ——除此而外，他让登德尔蒙德听天由命去了，——由法国国王去解围呢，还是不解围，那就看法王的意思了；他所关心的仅仅是怎样才能解救那可怜的中尉和他的儿子。尽管如此，这么做仍然成了脱庇叔叔的不朽荣誉，——虽然我讲这件事仅仅是为了那些

---

① 英国将领马尔伯勒把封锁登德尔蒙德变成一次围攻；脱庇在这里反其道而行之。封锁时，人们不修壕沟，不发动攻击。马尔伯勒重新占领登德尔蒙德（路易十四于 1701 将其攻占）是一次小战斗。

禁锢在自然法和实定法①之间，就是要了他们的命也不知道走哪条路的人。

——那个好心的人，由于是没有朋友的人的朋友，所以他为此而回报你。

你把这事办了个不了了之，脱庇叔叔在下士把他安顿到床上时，对他说道，——我告诉你是怎么回事，特灵。——首先，你向勒菲弗提出我愿意帮忙时，——由于生病和旅行两样开销都很大，而且你知道他只不过是个可怜的中尉，他的薪水不仅要养活自己，而且还要养活儿子，——可你并没有提出我愿意出钱帮他一把；因为，他正需要钱呢，你知道，特灵，我的钱他跟我一样可以随便使用。——老爷您知道，下士说，我没有接到命令；——完全正确，脱庇叔叔说，——作为一名士兵，你做得对，特灵，——但作为一个人，肯定错了。

其次，当然对这一点，你有同样的理由来开脱，脱庇叔叔继续说，——当你向他提出他可以享用我家里的任何东西时，——你应当把我的房子也提出来：——一位生病的军官兄弟应该有最好的住所，特灵，如果我们让他与我们住在一起，——我们就可以照看他：——你自己就是一名优秀的护理，特灵，——有你的照料，还有那位老妇人、他儿子和我共同照料，我们或许可以立刻让他恢复健康，自由行动。——

——再过两三个礼拜，脱庇叔叔微笑着补充道，——他又可以行军了。——他永远也不会在这个世界上行军了，报告老爷，下士说：——他会行军的，脱庇叔叔说着就从床边上站起来，一只鞋子掉了：——报告老爷，下士说，他永远不会行军了，除非是向坟墓行进：——他会行军的，脱庇叔叔嚷着，用穿着鞋的那只脚向前走，尽管没有前进一寸，——他一定会赶上他的部队的。——他支撑

① 一种解释是自然法是天然固有的；实定法是人为的。另一种解释是自然法是运用人的理性形成的；实定法是神力揭示的。

不了，下士说；——他可以让人扶着走，脱庇叔叔说；——最终他会倒下的，下士说，他的儿子怎么办呢？——他不会倒下的，脱庇叔叔坚定地说。——那好，——我们能为他做点什么，就做点什么吧，特灵说，坚持自己的观点，——那个可怜人就要死了：——他不会死，天——，脱庇叔叔叫道。

——带着誓言飞向天国法庭的**指控精灵**在呈交誓言时脸红了；——**记录天使**将誓言记下时，让一滴眼泪掉在字上，把它永远抹掉了。

第九章

脱庇叔叔走到写字台跟前，——把钱包塞进他的裤子口袋里，吩咐下士明儿一早去请一位医生来，——他便上床睡觉了。

第十章

勒菲弗的故事　（续完）

第二天早晨，除了勒菲弗和他痛苦万分的儿子，村子里人人都觉得阳光灿烂，死神的手已经沉重地压在他的眼皮上了，——脑池里的轮子几乎不能转圈儿了，——这时候，比通常早起了一个多钟头的脱庇叔叔走进了中尉的房间，既没有开场白也没有道歉话，就坐在床边的椅子上，不顾一切礼俗，便以一位老朋友和军官兄弟的作风，拉开了床帷，问他感觉怎么样，——晚上休息得怎么样，——得了什么病，——什么地方疼，——他可以帮他做些什么：——没等中尉回答任何一个问题，他又接着说下去，给他讲昨天夜里他跟下士为他商量的一个小小的计划。——

——你马上到我家去住，勒菲弗，脱庇叔叔说，——我们要请一位医生看看是怎么回事，——我们还要请一名药剂师，——下士就做你的护理；——我做你的仆人，勒菲弗。

脱庇叔叔心地坦诚，——不是亲密的后果，——而是亲密的原因，——这种品质把您一下子引进他的灵魂深处，向您显示他的善良的天性；除此之外，在他的表情、声音以及行为、举止里，还有某种品质，永远向那不幸的人招手，让他来接受他的庇护；因此，当脱庇叔叔要向那位父亲提供的帮助还没说完一半，儿子就已身不由己地凑到他的膝前，拽住他外衣的前胸拉了过来。——正在他体内逐渐变冷、变慢，在向它们最后的堡垒，心脏，撤退的勒菲弗的血液和精力，——又重新返了回来，——眼睛里的薄翳一时消失了，——他抬起双眼热切地瞅着脱庇叔叔的脸，——然后看了一眼他的儿子，——那韧带，虽然纤细，——却绝没有断裂。——

自然顿时又衰落了，——那层薄翳又回到原位，——脉搏微微悸动——停止了——又有了——怦怦直跳——又停了——跳动——停止——我要一直讲下去吗？——不。

第十一章

我急不可耐地要回到我自己的故事上，所以剩下的小勒菲弗的故事，也就是，从他命运的这一转折点，到脱庇叔叔推荐他做我的老师的这一段时间，将在下一章里用寥寥数语带过。——该加在本章里的内容如下。——

脱庇叔叔，手牵着小勒菲弗，作为主要的送葬者，把可怜的中尉一直送到他的墓地。

登德尔蒙德的司令官用军礼给他举行葬礼，——约里克，也不甘落后——给了他教会的一切礼遇——因为他把他埋葬在教堂的歌坛里：——好像他还对他做了葬礼布道——我说好像，——因为约里克有个习惯，我想干他那一行的人有个普遍的习惯，就是在自己写的每篇布道文的第一页上，记载讲道的时间、地点、起因：除此而外，他还爱附加一点有关布道文本身的短评或评语，其实难得有多少夸奖：——例如，这篇关于犹太教规的布道文——我一点也不喜欢它；——虽然我承认其中有大量**沃滔澜**①似的学识，——不过它陈腐平庸，可说是集陈平之大成。——这仅仅是一篇浅薄的文章；我作它的时候，我脑子里想的是什么呢？

——注意。这个题目的优点就是它将适合任何布道文，——而这篇布道文的优点就是，——它将适合任何题目。——

——因为这篇布道文，我应该被绞死，——因为其中我剽窃了绝大部分。薛玫②博士揭发了我。☞ 让贼来捉贼。——

有半打文章的背后，我发现写着 So，so，再没有别的——两篇上面写着 Moderato③；人们可以从阿尔铁里的意大利文词典④里推测，——但主要似乎是根据从约里克鞭子上解开的一根绿鞭绳推测，因为他用那根绿鞭绳把写着 Moderato 的两篇布道文和半打 So，so 布道文捆在一起，——由此人们可以万无一失地估计，他的 So，so 和 Moderato 用意几乎相同。

这种推测的方法中只有一个困难，那就是 moderato 比“so，so”好五倍；——表示对人心的了解多十倍；——里面蕴藏的风趣和精神多七十倍；——（而且，为了恰到好处地出现在我的高潮阶段）——发现的天赋多一千倍；——并且最重要的是，比跟他们捆在一起的这些布道文有趣千万倍；——正因为如此，每当约里克向世界奉献他戏剧性的布道文时，虽然我在所有 so，so 的布道文中，只承认一篇，但我将毫无顾忌地冒险印两篇 moderato 布道文。

---

① 指丹尼尔·沃特兰博士（1683—1740），斯特恩有时从他的布道文中得到暗示和题材。

② 即“学究博士”，或许是对斯特恩一个牧师同行的嘲笑。

③ 意大利文：中等的。

④ 斐迪南多·阿尔铁里的《英意词典》（1726）在巴雷蒂 1760 年出版他的词典前是标准词典，不过斯特恩的意大利文似乎来自音乐，而不是词典。

约里克把 lentamente①，——tenutè②，——grave③，——有时候adagio④，——这些词用到神学作品中会是什么意思，而且用它们概括他的一些布道文的特点到底用意何在，我不敢妄加揣测。——我发现有一篇上面标有 a l'octava alta! ⑤ ——另一篇背面写着 Con strepito⑥；——第三篇上面是 Siciliana⑦；——第四篇上是 Alla capella⑧；——这篇上面是 Con l'arco⑨；——那篇上面是 Senza l'arco⑩，便更加茫然了，——我只知道这些都是音乐术语，有意思；——而且因为他是懂音乐的人，我毫不怀疑顺手把那样一些隐喻古怪地应用到著作上，这些音乐术语在他的想像中印下了各自特性的明确的印象，——且不管它们对别人的想像印下了什么印象。

在这些当中，就有那篇特殊的布道文，它莫名其妙地把我引入了这段题外话——关于可怜的勒菲弗的葬礼的布道文，写得非常工整，好像是从草稿中誊抄出来的。——我对它格外留意，因为这似乎是他的得意之作——它讲的是无常；用一根纱线十字交叉扎住，然后卷起来，用半张脏兮兮的蓝纸包住，这纸似乎是从一本普通评论杂志撕下的封面，时至今日仍散发出马药的臭味。⑪ ——是否这

① 法文：缓慢地。
② 法文：持久，持续到足够的价值。
③ 法文：极缓，庄严地。
④ 意大利文：缓慢地，优美地。
⑤ 意大利文：以高八度奏。
⑥ 意大利文：吵闹地。
⑦ 意大利文：慢（如西西里舞曲风格）。
⑧ 意大利文：教堂风格，不用乐器伴奏。
⑨ 意大利文：用弓（与“拨奏”相对）。
⑩ 意大利文：不用弓，拨奏。
⑪ 或许是影射曾对斯特恩批评过的蓝色封面的《批评评论》及其好争论的编辑，医学博士托拜亚斯·斯摩莱特，他在没能当成开业医生后，干起了文学和新闻工作。见第 637 页注③。其实《批评评论》对斯特恩比《每月评论》态度要好；斯特恩的这篇苛评不是回答《批评评论》对他自己的攻击，而是它对霍尔-斯蒂文森和反比尤特政治的攻击。

些辱没性的标记是精心设计的，——我有些怀疑；——因为在布道文的结尾（而不在它的开头），——与处理其余部分的方式完全不同，他写着——

Bravo! ①

——尽管不是十分令人讨厌，——因为它离布道文最后一行至少还有两英寸半的距离，而且在它的下面，那一页的右下角，您知道，就是通常您用拇指压着的那个地方；平心而论，再说又是用鹅毛管笔蝇头小楷写的意大利体②，笔触很轻，所以不管您的拇指是不是压在那儿，很难把目光招惹到这个地方去的，——因此从字体看，还有几分道理；再说是用很淡的墨水写的，淡得几乎到什么都没有的程度，——这与其说像空虚本身的ritratto③；不如说像空虚影子的ritratto——它与其说像粗暴地闯到世界上的短暂的喝彩的一个显著的标记，不如说更像它的一个模糊的念头，悄悄地在作者的心里翻腾。

尽管有种种的开脱，我知道，把这篇文章公之于众时，我对约里克作为一个谦谦君子的角色爱莫能助；——不过人人都有失意的时候！进一步淡化这种笔迹，几乎要把它抹掉的是这样一种事实；那就是后来什么时候（因为墨水的颜色显然不一样），这个词上面又画了一笔，就像这样， ~~BRAVO~~——好像他又收回了，或者对他曾持有的观点感到害羞似的。

他的布道文的这些简短的暗号，除了这一个例外，总是写在布道文作为封面的第一页上；而且通常在这页的里面，正对着正文；——可是在他讲道的最后，那儿或许有五六页，有时或许整整二十页要他加入呢，——他便兜了一个更大的圈子，并且的确是一个更厉害的圈子；——好像他抓住了放松自己的机会，用超出讲坛

① 意大利文：好极了！

② 也就是当时欧美使用的字体，与哥特体相反。

③ 意大利文：画像。

限制所允许的轻松招数来打击邪恶。——这些办法虽然像轻骑兵似的，他们小打小闹，不守章法，但仍然是支持德行的援兵——；那么告诉我， Mynheer Vander Blonederdondergewdenstronke①，为什么它们不被印在一起呢？

第十二章

当脱庇叔叔把一切变卖成钱，结清了团部代理与勒菲弗以及勒菲弗与全人类之间的账项后，——脱庇叔叔手里便一无所有，只剩下一件旧军大衣和一把剑；因此世人对脱庇叔叔过问此事很少反对或者根本不予反对。脱庇叔叔把大衣给了下士；——把它穿上，特灵，脱庇叔叔说，只要还能凑合，为了那个可怜的中尉，就把它穿上，——而这个，——脱庇叔叔举起手里的剑说，一边说一边把剑从鞘中拔出来——而这个，勒菲弗，我给你存着，——这就是全部财产，脱庇叔叔把它挂在钩子上，指着它继续说，——这就是，我亲爱的勒菲弗，上帝留给你的全部财产；但是如果他给你决心，要用它在世界上闯出一条路来，——而且干得像一名义士，——它对我们来说已经足够了。

脱庇叔叔一旦打下了基础，教会了他在圆里画一个正多边形，便把他送进一所公学，在那儿，除了圣灵降临节和圣诞节期间，下士被准时地派去把他接回来，——他在学校一直呆到十七岁那年的春天；当时皇帝派兵去匈牙利攻打土耳其人的传闻在他的胸中燃起了一团烈火，他未经许可便扔下希腊文和拉丁文，跪在脱庇叔叔面前，请求把他父亲的剑给他，同时求脱庇叔叔允许他去欧仁②手下

① 斯特恩杜撰的怪名字，影射荷兰评论家们长期以来认同的拖泥带水、见识浅薄的乏味文章。它或许是一个没有意义的词；如果有什么意思的话，单个成分加在一起可能有点像“无聊透顶的人”的意思。

② 萨伏依-卡里尼亚诺的弗朗索瓦·欧仁王子（1663—1736），杰出的奥地利将军，于1716—1718年率领与威尼斯结盟的查理六世的部队与土耳其人作战。

试试运气。——脱庇叔叔两次忘记了自己的伤痛，叫道，勒菲弗！我要跟你一起去，要你和我并肩作战——两次将手按在腹股沟上，伤心难过地把脑袋耷拉下来。——

自从中尉死后，剑一直挂在钩上没有动过，这时脱庇叔叔把剑从钩子上取下来，交给下士，让他擦亮；——由于把勒菲弗滞留了两个星期为他准备行装，并且缩短他去来航的行程，——他便把剑交到他手里，——如果你勇敢，勒菲弗，脱庇叔叔说，这把剑不会辜负你的，——但是命运，他说（沉吟了片刻），——命运却会的——如果她辜负了你，——脱庇叔叔拥抱着他补充说，那就再回到我这儿来，勒菲弗，我们会帮你另辟蹊径的。

就是最大的伤害也不可能像脱庇叔叔父亲般的慈爱那样使勒菲弗心情沉重；——他与脱庇叔叔告别，就像一个最孝顺的儿子告别最慈祥的父亲一样——两人都流泪了——脱庇叔叔最后吻别他时，把他父亲的旧钱袋里装的六十几尼倒进他的手里，钱袋里面还装有他母亲的戒指，——然后再求上帝保佑他。

第十三章

勒菲弗赶上帝国军队时，正好来得及在土耳其人在贝尔格莱德前面惨败时试一下他的剑是由什么材料铸成的；可是从那一刻起，一连串不该有的灾祸接踵而来，在随后的四年里，紧追不舍尾随着他：他把这些打击抵御到了最后，在马赛突然生了病，他从那儿给脱庇叔叔写信说，他失去了时机，军籍，健康，总而言之，除了他那把剑，失去了一切；——现在正等最近的一班轮船回到脱庇叔叔那里去。

由于接到这封信时离苏珊娜事件发生还有六个来星期，所以大家时时刻刻盼着勒菲弗的到来；而且在我父亲向他和约里克描述他将选什么样的人做我的教师的这一段时间里，这却是脱庇叔叔心中的头等大事：但是由于脱庇叔叔认为父亲起初要求的才艺有些不切实际，他便不提勒菲弗的名字，——直到这个人物性格由于约里克插嘴，最后出乎意料地归结为一个：性情应当温和，为人应当慷慨，心地应当善良，这就把勒菲弗的形象及爱好硬是印在了脱庇叔叔的心里，他顿时从椅子上站起来；放下烟斗，以便抓住我父亲的双手——我求你，项狄哥哥，脱庇叔叔说，允许我向你推荐可怜的勒菲弗的儿子——我也求你，约里克补充说——他有一颗善良的心，脱庇叔叔说——而且还有一颗勇敢的心，报告老爷，下士说。

——最善良的心，特灵，从来都是最勇敢的，脱庇叔叔答道。——我们团里最大的胆小鬼，报告老爷，也是最大的流氓。——有个昆伯尔中士和掌旗官——

——我们另找时间谈他们吧，我父亲说。

第十四章

要不是那些纠缠不清的债务、忧愁、灾难、困苦、悲哀、不满、忧伤、大笔寡妇授予产、课税和谎言，诸位高贤，这将是一个多么快乐的世界啊！

斯娄泼医生，像个婊子养的——，我父亲就是这么叫的，——为了抬高自己——可把我贬得要死，——而且无缘无故地把苏珊娜事件夸大了一万倍；因此过了一个星期或者还不到一个星期，人人嘴里都挂着：可怜的项狄少爷※※※※※※※※※※※※※※※※※※※※※※※※※※※※※※※※※※※※完全地。——而谣言女神喜欢把什么都翻一番，——过了三天，※※※※※※※※※※※※※※※※※※※※※※※※※※※※※※※※赌咒发誓说她是亲眼看见的，——全世界的人，照例相信她的证据——“育儿室的窗户不仅※※；——而且※※也有。”

如果全世界的人能像一个**法人组织**那样叫人控告，——我父亲则在这个案子上提出了起诉，并有效地击败了对手；但是要在这个案子上冲撞个人，——由于每一个提到这事儿的人都带着可以想像的极大的同情；——就好像公然顶撞他最好的朋友似的：——而听了这种传言，要表示默许——那就等于公开赞同，——世界上至少有一半人都是这种看法；要批驳时又搞得沸沸扬扬，——那就等于按另外一半人的看法确认了它。——

———一个可怜虫似的乡绅受到过这样的牵制吗？我父亲说。

我要在市场的十字路口公开向他展示，脱庇叔叔说。

——没有用，我父亲说。

第十五章

——不过，我要让他穿上裤子，我父亲说，——世人想怎么说就怎么说去吧。

第十六章

先生，无论教会还是国家都有成千个决定，小姐，就像在私人事务上一样；——这些决定的采纳、执行，表面上都显得草率、愚蠢、鲁莽，然而，尽管如此（如果您或者我能钻进密室，或者能站在幕后，我们就会发现情况确实如此），它们都是经过反复掂量、权衡、深思熟虑——争论——探讨——考虑，审查，要做到全面，冷静，就连**冷静女神**本人（我并不打算证实她的存在）也不会把它想得或者干得更周全。

我父亲决定让我穿上裤子的这一决定就是这些决定中的一个；这一决定，尽管是当机立断，———气之下做出的，带点儿愤世嫉俗的性质，但却在一个月前，他和我母亲在他专门设置的两张不同的审议榻上进行过正反论证，公正商讨。我将在下一章里对这审议榻的性质进行解释；在紧接下来的一章里，小姐，您得和我一起走到幕后，只是听听我父亲和我母亲之间如何争论裤子这件事的，——您也许会从中对他们怎样就一些更琐碎的事情争论形成一种概念。

第十七章

古日耳曼的哥特人（博学的克卢维里乌斯①相信）起初定居在维斯杜拉河和奥得河之间的地区，后来他们把赫丘里人、布吉安人和别的一些汪达尔部落并入哥特族，——他们都有一种高明的习俗：凡国家大事，必须辩论两次；那就是，——一次喝醉了时辩论，一次清醒时辩论：——喝醉时——他们的判断不会缺乏活力；——清醒时——他们的判断不会缺乏谨慎。

而今我父亲完全是一个喝水的人，——长期以来，就像他做每一件古人做过或说过的别的事情那样，在把这种局面尽可能变为他的优势时困惑得要命；直到婚后的第七个年头，经历了上千次毫无成果的试验和策划后，他才忽然找到一个实现这一目的的对策；——那就是，每当家里任何一件困难而重大的问题急需解决时，决定它时需要头脑高度清醒，也需要精力十分充沛，——他就把每个月的头一个星期天晚上和紧接在它前面的星期六晚上确定下来，专门在卧榻上和母亲对问题进行反复的争论：先生，要是您考虑的话，您看是通过哪一种手段，※※

① 即菲利普·克卢维（1580—1623），德国地理学家和历史学家；此处指的是他的巨著《古日耳曼》，但下面对双重判断的描述可能是斯特恩采用了威廉·坦普尔爵士《论荷兰联省》（《作品集》［两卷，伦敦，1740 年］）第 1 章第 51 节中的一段文字的大意。斯特恩说的赫丘里人、布吉安人应为赫鲁里人、鲁吉安人。

※※※※※※※※※※※※※※※※※※※※※

可真够幽默的，我父亲把这些叫他的审议榻①；——因为在这两种不同的情绪下做出的两个不同的判断当中，一般可以发现一个中间性的判断，它正好碰到了明智的点子上，就好像他喝醉、清醒过一百次似的。

这个方法，就好像适用于军事讨论或婚姻讨论一样，也完全适用于文学讨论，可不能向世人保密；可是并不是每一位作者都可以像哥特人和汪达尔人那样做实验的——或者就算他可以，那也许总是为了他的身体健康；而像我父亲那样去做，——我肯定总是为了他的灵魂健康。——

我的做法是这样的：——

有种种细微棘手的讨论，——（天知道，很遗憾在我的书中多不胜数）——在那里我发觉我每走一步都有不是这些大人纠缠，就是那些老爷纠缠的危险——在这些讨论中饱着肚子写一半，——空着肚子写一半；②——或者饱着肚子写完，——空着肚子修改；——或者空着肚子写完，——饱着肚子修改，反正结果都是一样的：——这样一来，它与我父亲的计划的出入就比我父亲的计划与哥特人的做法的出入还小——我觉得自己与在他的第一张审议榻上的他如出一辙，——而且一点儿也不逊色于第二张审议榻上的他。——这些截然不同，而且几乎是水火不容的结果，一律源于自然的高明、神奇的机制，——这种机制的荣耀——属于自然。——我们所能做的是，运转这台机器，促成艺术和科学的改进和优产——

现在，当我饱着肚子写时，——仿佛在我有生之年再也不会空着肚子写作似的；——那就是说，我写作时，不仅摆脱了这个世界

① 审议榻本是法兰西国王主持议会时所坐的宝座；因此这一名词逐渐有了国王正式莅会的意思，后来则有迫使议会接受其旨意的努力的含义。

② 参看拉伯雷《巨人传》第 3 部《前言》：“埃尼乌斯一边喝酒一边写作，一边写作一边喝酒……荷马从来不空着肚子写文章，迦多不喝酒就写不出东西来。”

的恐惧，也摆脱了它的忧患。——我不数我的伤疤有多少，——我的想像也不会冲进暗道和犄角提前出击。——总而言之，我是信笔所至；我将一直写下去，只要我的心像我的胃一样充实。——

可是，诸位，每当我空腹写作时，那可是一种不同的经历。——我尽可能地关注并尊重这个世界，——而且和你们当中的佼佼者一样分享谨慎那种附带的美德（只要它存在）。——这样我在二者之间，写了一种粗枝大叶的关于平民的、荒谬的、善意的项狄式的书，这本书将会对诸位的心灵有好处的——

——并且对诸位的头脑也有好处，——假使你们能看懂的话。

第十八章

我们应该开始，我父亲在展开争论时说，同时从床上侧过身子，把枕头稍微向我母亲的枕头挪了一挪——我们应该开始考虑，项狄太太，给这孩子穿裤子的事了。——

我们是应该考虑了，——我母亲说。——我们再推些日子吧，亲爱的，我父亲怪不好意思地说。——

我想我们是得推些日子再说，项狄先生，——我母亲说。

——并不是说这孩子穿背心长袍就不太中看，我父亲说。——

——他穿着背心长袍确实很好看，——我母亲答道。——

——正因为如此，我父亲接着说，给他脱掉简直就是一种罪过。——

——可不是嘛，——我母亲说：——可是他确实快长成一个大高个儿了，——我父亲反驳说。

——确实，就他这个年龄是显得很高，——我母亲说。——

——我无法（把两个字儿分开念重）想像，我父亲说，他到底跟了谁了。——

要了我的命我也想像不出来，——我母亲说。——

哼！——我父亲说。

（对话停止了一会儿。）

——我自己就很矮，——我父亲严肃地接上说。

你是很矮，项狄先生，——我母亲说。

哼！我父亲对自己又说了一声，咕哝着的时候，把他的枕头从我母亲的枕头边拽开了一点儿，——又把身子转了过去，于是这个争论停止了三分半钟。

——他穿上这条定做的裤子，我父亲提高嗓门嚷嚷着，他看上去会像只野兽。

刚穿上样子是会挺别扭的，我母亲答道。——

——如果这是眼下最坏的情况，将来还是会走运的，我父亲补充说。

是会走运的，我母亲答道。

我想，我父亲说，——他先停顿了片刻，——他会跟别人的孩子一模一样的。——

一模一样，我母亲说。——

——尽管我会对这种情况感到难过，我父亲补充说：于是争论又停止了。

——裤子应该是皮子的，我父亲又把身子转过来说。——

那是最经穿的，我母亲说。

不过可不能给裤子上加里子，我父亲回答说。——

不能，我母亲说。——

最好是用棉麻粗布做，我父亲说。

那再好不过了，我母亲说。——

——除了麻纱，——我父亲回答说：——那是最好不过的了，——我母亲回答说。

——不过可千万不能让他死掉，——我父亲打断我母亲的话说。

绝对不能，我母亲说：——于是对话又停止了。

可是，我决定，我父亲第四次打破了沉默，说，不该给他在衣服上缝口袋。——

——没有一点必要，我母亲说。——

我指的是他的大衣和背心，——我父亲大声说。

——我的意思也是那样，——我母亲回答说。

——可是，要是他有一个陀螺什么的——可怜的人们啊！对于他们来说，那可是一顶皇冠和一柄权杖，——他们该有个地方装这玩意儿。——

您高兴的话就订购一个，项狄先生，我母亲回答说。——

——可是你就不认为这合适吗？我父亲问道，把问题又逼向了她。

合适极了，我母亲说，要是那会让您高兴的话，项狄先生。——

——也是为了你！我父亲大声嚷道，一下子发起脾气来——让我高兴！——你总是分不清什么是高兴，什么是方便，项狄太太，我也永远教不会你。——这是星期天夜里；——本章再不往下讲了。

第十九章

我父亲和我母亲争论完裤子[①]的事儿后，——他又请教了阿尔伯图斯·鲁本纽斯[②]的有关论著；在请教时（如果可能的话），阿尔伯图斯·鲁本纽斯对待我父亲比我父亲对待我母亲甚至还要糟糕十倍：由于鲁本纽斯写了一本四开本的专著《论古人服装》，——给我父亲提供一些启发，本应是鲁本纽斯的分内的事儿。——可是恰恰相反，在这个问题上我父亲要想从鲁本纽斯那儿摘录一个字，——

① 应当指出的是，在18世纪，男孩女孩在四五岁以前穿的都是长装。

② 即阿尔伯图斯·鲁本斯（1614—1657），画家鲁本斯和伊莎贝拉·布兰特的长子，相当有名的考古学家和作家。斯特恩从他的《论古人服装，特论 *Latus Clavus*》中摘录了下列有关服装和权威人士的条目。在这本书里，鲁本纽斯用了将近两百页四开纸的篇幅来对古代服装的细节和学者们有关的争论进行学究式的推论。

就等于想要从一把大胡子里摘取七大美德①。

在关于古代服装的另外每个条目中，鲁本纽斯都能给我父亲提供大量的信息；——给了他以下这些详尽的并且令人满意的描述：

托袈袍，或叫宽外袍。

希腊军人斗篷。②

以弗得服③。

及膝长背心，或叫茄克衫。

节宴宽长袍。

旅行大氅。

罩帽斗篷。

军人斗篷。

紫红边托袈。

粗毛军大氅，或叫军大衣。

罗马官袍：根据苏埃托尼乌斯④记载，这种袍子有三种。——

——可是对裤子来说，这些算什么呢？我父亲说。

鲁本纽斯把他扔到了摆满了各色各样罗马人曾流行过的鞋子的柜台上。——

有，

开放鞋。

封闭鞋。

一脚蹬鞋。

木鞋。

轻便浅口鞋。

---

① 指古代哲学和经院哲学的审慎、坚毅、节制、公正四德加上神学三德信、望、爱。

② 古代希腊人穿的一种宽大的羊毛披风式斗篷。

③ 希伯来教士在宗教庆典上穿的一种衣服。

④ 加尤斯·苏埃托尼乌斯·特兰奎卢斯（公元2世纪初期在世），罗马传记作家和历史学家。这里指他的《论衣服的产生》，摘自鲁本纽斯的著作。

厚底鞋。

还有钉掌的军鞋，它常常受到尤维纳利斯[①]的关注。

有，木屐。

木底套鞋。

拖鞋。

镂花鞋。

系带凉鞋。

有，毡鞋。

亚麻布鞋。

系带鞋。

编结鞋。

绣花鞋。

以及鸟嘴尖头鞋。

鲁本纽斯向我父亲表明这鞋有多么合脚，——鞋带是怎么个系法，——用什么尖包头，什么系带，什么叉带，什么条带，什么绑带，什么丝带。什么齿形带，什么梢头。——

——可是我想知道的是有关裤子的信息，我父亲说。

阿尔伯图斯·鲁本纽斯告诉我父亲，罗马人生产的各色各样的料子，——有些是清一色的，——有些是带条纹的，——还有些是在毛料上用丝线和金线绣成菱形花格的——还说直到罗马帝国衰落之际，埃及人来定居到罗马人中间，使亚麻布风行起来以后，它才开始广泛使用。

——还说有钱有地位的人用衣服的细白程度显示自己与众不同；白色（仅次于紫色，紫色是大官们才适合穿的颜色），是他们在生日和公共庆典上最喜欢的颜色。——从当时最优秀的历史学家们的著作中反映出，他们经常把衣服拿去让漂洗工洗净漂白；——而地位低下

① 德锡缪斯·朱尼乌斯·尤维纳利斯（约60—约127），罗马讽刺诗人。这里指的是《讽刺诗》一书第16章24—25行。

的人为了节省这一开支，一般穿质地比较粗糙的棕色衣服，——奥古斯都统治开始以前，奴隶的衣着跟主人的一样，除了 Latus Clavus①之外，几乎服装的各种特色都消失了。

Latus Clavus 是什么东西？我父亲问道。

鲁本纽斯告诉他说，这个问题仍然在学者之间争论不休：——埃格纳修斯②，西戈纽斯③，博修斯·蒂西嫩西斯④，贝菲乌斯⑤，比代乌斯⑥，萨尔马修斯⑦，利普修斯，拉齐乌斯⑧，伊萨克·卡索邦⑨和约瑟夫·斯卡利杰，他们各执一词，——而他的看法又与他们大相径庭：有些人认为它是纽扣，——有的认为是外衣本身，——有的认为仅仅是衣服的颜色而已：——伟大的贝菲乌斯⑩，在他的《古人服装》第十二章中——老实说，他不知道它为何物，——是一枚胸针，——一枚饰扣，——一枚纽扣，——一个圆环，——一枚搭扣，——还是按扣。——

——我父亲输的是马，而不是鞍⑪——它们是钩眼扣，我父亲说——于是他就吩咐给我做带钩眼扣的裤子。

---

① 拉丁文：字面意思是宽钉子。通过转喻，这个名称也用于罗马贵族穿的及膝长背心上的紫色宽条带。

② 巴普蒂斯塔·埃格纳修斯（约 1475—1533），威尼斯人文主义者。

③ 即卡尔洛·西戈尼奥（约 1520—1584），意大利历史学家，古文物专家。

④ 博修斯·蒂西嫩西斯，也许是马修·博苏斯（1428—1502），拉特兰大教堂教士。

⑤ 即拉扎勒·德·贝伊夫（1496？—1547），法国学者和外交家。

⑥ 即纪尧姆·比代（1467—1540），法国学者，古文物专家。

⑦ 克劳迪乌斯·萨尔马修斯（1588—1653），法国著名古典学者。

⑧ 沃尔夫冈·拉齐乌斯（1514—1565），德国古文物专家，医师。

⑨ 伊萨克·卡索邦（1559—1614），英国著名古典学者和新教神学家。

⑩ 贝菲乌斯，即拉扎勒·德·贝伊夫。

⑪ 这是在玩弄谚语“要么赢马，要么输鞍”。

第二十章

我们现在要进入一个新的场景。——

——那就让我们把这裤子留在裁缝的手里，我父亲拄着手杖站在裁缝的身边，给坐着干活儿的裁缝读那篇关于 Latus Clavus 的论文，并指着裁缝决定往上缝的腰带的确切部位。——

我们就让我母亲——（她是那个性别的冷漠的人当中最典型的！）别管这件事了，就像与她相关的别的事儿她都不管一样；——那就是说——不管它是这么做还是那么做，她都无所谓，——只要它做了就好。——

我们同样让斯娄泼去捞给我丢脸的全部好处去吧。——

我们让可怜的勒菲弗尽可能地康复，并从马赛回到家中。——还有最后一件事儿，——因为这是最棘手的——

如有可能的话，让我们也把我自己扔到一边去吧：——但这是不可能的，——我必须和你们一起走到这部作品的末尾。

第二十一章

要是读者对位于脱庇叔叔的家庭菜园尽头、他从中度过了多少惬意的时光的那一路得半地没有一个明确的概念，——那不能怪我，——只能怪他的想像；——因为我相信我已经给他做了十分详细的描述，我简直都不好意思再说了。

一天下午，正当**命运**女神展望未来的壮举，——回想一条铁定的天命注定要这块小小的地皮去达到什么目的时，——她向**大自然**点了一下头——这就够了——大自然扔了半锨她最肥的肥料，其中的黏土多到正好能保持凹凸不平的形状，——少到正好不至于粘到铁锹上，而且把这么辉煌的杰作变成恶劣天气里的一堆龌龊。

脱庇叔叔走了下来，读者已经知道他脑子里装着意大利和佛兰德斯几乎每个设防的城镇的平面图；所以就让马尔伯勒公爵①或者盟军②随意在脱庇叔叔替他们准备好的哪一个城镇前安营扎寨。

他的方法是世界上最简单的，具体是这样做的；一旦要围攻一个城镇——（可是在意图公之于世后行动更快），为了拿出城镇的平面图（且别管是哪一个城镇），按比例把它放大到刚好和他那草地滚木场面积相等；利用一大捆扎绳，并在各个角堡和凸角堡③的位置上把许多小尖木桩打进了地里，从而把线从纸上转移到了草地滚木球场上面；然后在搞这个地方及其战地工程的剖面图时，要确定壕沟的深度和坡度，——斜坡的斜面，以及各个射击踏垛④、矮护墙等设施的确切高度，——他就让下士去工作——工作进展十分顺利：——土的性质，——工程本身的性质，——而且最重要的是，脱庇叔叔从早到晚坐在旁边，和下士亲切地聊着往日立功的那种好性情——使劳动几乎变得有名无实了。

当这个地方就这样竣工，并且摆出一副恰如其分的防御姿态后，——它遭到了围攻，——于是脱庇叔叔和下士就开始挖他们的第一道平行堑壕⑤。——我请求不要打断我的故事，说什么第一道平行堑壕应该离开这块地方的主体工程至少三百突阿斯，——我连一英寸的距离也没留出来；——因为脱庇叔叔为了扩大他在草地滚木球场上的工程，便大肆侵占他家的菜园；正因为如此，他一般都在他种的两排白菜和花菜之间开挖第一道和第二道平行堑壕；这种做法的方便与不便之处将会在脱庇叔叔和下士的作战史中给予全面的考虑，我现在写的这个只是给他们的作战史画一幅速写，并且，如

---

① 马尔伯勒一世公爵约翰·丘吉尔（1650—1722），英国伟大的将军和政治家，威廉三世和安妮女王统治时期的英军统帅。

② 参见第98页注③。

③ 一种形式简单的战地堡垒，两面构成一个凸角，角顶对着来敌，后面没有设防。

④ 防御土墙后面凸起的通道，供枪手站在上面射击。

⑤ 为了保护围攻者而筑在堡垒前方并与之平行的壕沟。

果我没有计算错的话，将会在三页纸内完成（但是没有什么猜测的）——这些战事本身就可以写好多部书；因此我担心这将会在如此薄弱的表演里悬上一种过大的重物，以至于我不能像我原先打算的那样，热情洋溢地把它们写到作品的主体中去——确实最好把它们分开付印，——我们会考虑这件事的——所以同时请看下面一幅速写。

第二十二章

当城镇连同它的防御工事都修建完毕后，脱庇叔叔和下士就开始挖掘他们的第一道平行堑壕——不是乱挖一气——而是与盟军挖的出发点和距离保持一致；而且由于脱庇叔叔还依照从各种日报上看到的描述来调整他们的接近和攻击，——因此在围攻的过程中，他们一直都和盟军一起步步逼近。

马尔伯勒公爵夺取了一个立足点后，——脱庇叔叔也去夺取了一个立足点。——而当一座棱堡的正面被摧毁，或一个防御工事被破坏后，——下士也拿起他的鹤嘴锄，完成同样的任务，——如此等等，不一而足；——夺取地盘，步步为营，直到整个城镇完全落入他们手中。

——在一个早晨投送邮件的时候，在马尔伯勒公爵在这个地点的主体部位打开了一个实用的缺口的地方，——一个人站在鹅耳枥树篱后面，观察脱庇叔叔和他后面的特灵出击时的那股子劲头；——一个手里拿着《新闻报》①，——一个肩上扛着铁锹，实施报上写的内容，在一个从别人的快乐心境中汲取快乐的人的眼里，再没有比这更壮观的景象了。——当脱庇叔叔大步向防御土墙挺进时，他脸上洋溢着多么由衷的胜利的喜悦啊！当他站在正在干活的

① 即《伦敦新闻报》，官方报纸，专事报道国内新闻。1666年创刊，每周出版三期。

下士身边，把报上的那篇文字给他反复念了十遍，以防万一下士把缺口打开时宽了一英寸，——或者窄了一英寸时，他的眼神里流露出多么强烈的喜悦啊——然而当求降鼓①敲响，下士把我叔叔扶上缺口，手里举着旗子跟在后面，把它们插到防御土墙上时——天呀！地呀！海呀！——可是呼唤有什么用呢？——就算用尽你们所有的元素，干湿俱全，你们也永远合成不了如此醉人的酒浆。

他们就在这条快活路上走了多少年，从来没有间断过，只有时不时地，西风一连刮上一周，十天，把佛兰德斯的邮件耽搁下来，使他们经受一段漫长的折磨，——可那仍是快活的折磨——我说，脱庇叔叔和特灵在这条快活路上走了多少年，每一年，有时候是每一个月，由于他们当中有一个人的发明为他们的作战行动添加了某种改进的新花招，从而在进展中总会打开一些快乐的新源泉。

第一年的战斗，从头到尾都是以我已经叙述过的那种简单明了的方式进行的。

第二年，也就是脱庇叔叔拿下列日和鲁雷芒②的那一年，他认为他支付得起那四座漂亮吊桥的费用了，其中的两座我在本书的前面已经做过精确的描述。

那一年的后几个月他又增添了两个吊闸门：——吊闸后来都被改造成了多管炮③，派上更好的用场上了；同年的冬天，脱庇叔叔没有像往年那样，过圣诞节的时候给自己添置一套新衣服，却给自己造了一座漂亮的哨所，安置在草地滚木球场的一角，在这一点和斜坡脚之间，还空出一小块地，供他和下士商谈以及举行战争会议用。

——这座哨所就是为了防雨。

这些东西都在来年春天漆成了白色，而且漆了三次，这样才能

① 鼓发出的一种信号，表示撤退或谈判。
② 这两场战争都发生在 1702 年。
③ 这种武器由几个架在炮架上的小炮构成。

让脱庇叔叔夺取阵地的时候显得辉煌无比。

父亲经常对约里克说，假如除了他的脱庇兄弟，全世界还有什么人做了这样的一件事，他绝对会被世人认定为炫耀摆谱儿的最文雅的萨梯神①之一。路易十四从战争初始，特别就是在那一年，正是以那种神气夺取了阵地。② ——但凌辱任何人不是我的脱庇兄弟的本性，善良的灵魂啊！父亲往往会加上一句。

——不过咱们继续往下讲吧。

第二十三章

我必须说明，虽然在头一年的战役中常常提到“城镇”这个字眼，——然而那个时候，在那个多边形的地带，压根儿就没有什么城镇可言；而在油漆桥梁和哨所的那个春天过后的夏天，才做了些添加工作，那已经是脱庇叔叔作战的第三个年头了，——下士一个接一个地攻下安贝格、波恩、莱茵伯格、于伊及林堡③时，他脑海中突然闪现出一个想法，那就是要说攻下了这么多城镇，却拿不出任何一个**城镇**来做现场展示，——这样搞下去毫无意义，于是他向脱庇叔叔建议，他们应该有一个为他们建造的城镇的小模型，——把有裂口的松木板拼到一起，然后油漆，再安置到那个差劲的多边形地带里面，不就万事大吉了嘛。

脱庇叔叔顿时感到这个计划妙不可言，便欣然同意了，不过附加了他的两个独特的改进方案，对此他显出九分的得意，就好像这个计划本身就是他发明出来的一般。

一个改进方案就是：这个城镇要完全依照它最有可能代表的那

---

① 森林神，有人的体形，羊的尾巴、耳朵和角，爱嬉戏，好色。

② 路易的朝廷以豪华闻名，他信心十足地挑起战端也有这种特点。他总是以战场上的第一勇士而自豪，在发动围攻时极有气派。

③ 1703 年，这些城镇被攻占。前三个在德国，后两个在荷兰。

些城镇的风格建筑：——房屋临街有格栅窗，有山墙头，等等，等等。——就像根特和布鲁日以及布拉班特和佛兰德斯的其余的城镇的房子一样。①

另一个改进方案就是，不要把房子按下士建议的那样拼凑在一块儿，而是每座房子都要独立，以便或者聚拢，或者分开，好形成他们喜爱的城镇规划。工程立即动工了，木匠干活的时候，脱庇叔叔和下士交换了许多互相祝贺的目光。

春去夏来，计划获得了极大的成功——这个城镇完全就是普罗透斯②——它既是兰登③、特雷雷巴赫④、圣弗利特、德鲁森、哈格瑙⑤，——又是奥斯坦德、梅嫩、埃思和登德尔蒙德⑥。

——毫无疑问，自从索多姆和蛾摩拉⑦以来，就没有哪个**城镇**能像脱庇叔叔的城镇那样扮演这么多角色。

到了第四个年头，脱庇叔叔觉得一个城镇若没有一座教堂，就显得荒唐可笑，于是就给它添加了一座带尖塔的漂亮教堂。——特灵主张里面有钟才对劲儿；——脱庇叔叔说，金属最好用来铸造大炮。

这就导致了下一场战斗中的六门黄铜野战炮，——在脱庇叔叔哨所的两侧各安置了三门；而且在短时间内，这些野战炮发展成一连串更大的野战炮，——如此等等——（在爱巴马儿的事情上总是这

---

① 根特和布鲁日在佛兰德斯，1708 年被盟军攻占；布拉班特是荷兰的一个地区。

② 古代神话中的海神。他可以把自己变成不同的样子；因此，他也就是能随意变形的任何东西。

③ 在 1693 年的兰登战役中，特灵受伤了；这里指的可能是马尔伯勒戏剧性地在 1705 年向古战场进军一事。

④ 特雷雷巴赫战役发生在 1704 年。

⑤ 圣弗利特、德鲁森和哈格瑙战役均发生在 1705 年。

⑥ 奥斯坦德、梅嫩、埃思和登德尔蒙德战役均发生在 1706 年。

⑦ 这两个城市因为作恶多端而被上帝摧毁（《圣经·创世记》第 19 章）；从此以后，它们的名字成了任何罪恶城市的代名词。“角色”原文 parts，有性器之义，因此兼指这两个城市的淫乱。

样）从半英寸口径的炮到最后动用了父亲的长统靴。

第二年①，也就是利勒遭受围困，到年底根特和布鲁日又落入我们手中的那一年，——脱庇叔叔不幸因制造专门的弹药陷入困境；——我说专门的弹药——是因为他的大炮是不装火药的；这种大炮不装火药对项狄家倒是件好事——因为从围攻开始到结束，报纸上连篇累牍地报道围攻者炮火不断的消息，——而且脱庇叔叔由这些报道引发的想像力又是如此热烈，因此他的田产肯定会全部打光的。

所以，这个时候，尤其在一两次更加凶猛的围攻中急需**一种东西**作为替代，来维持想像中这种炮火不断的局面，——而这种东西，可由于下士把主要精力放在发明上，便由他自己的全套新的攻城系统来暂代，——如果没有这一系统，这就会被军事批评家当做脱庇叔叔最紧需的设备之一，一直反对到世界末日。

这件事不会因为像我一般做的那样，离题远了点儿而解说得差劲的。

第二十四章

由于下士倒霉的兄弟可怜的汤姆和那个犹太寡妇结婚，除了给他送了另外两三件礼轻仁义重的小玩意儿——还有

一顶圆猎帽②和两支土耳其烟斗。

圆猎帽过一会儿我将予以描述。——那两支土耳其烟斗并没什么特别之处，结构和装饰都跟普通烟斗一样，摩洛哥皮制成的软式烟管，上面还绕着金线，烟嘴儿一个是象牙的，——另一个是乌木的，顶端还镶着银子。

父亲看待事物的眼光总是与众不同，因此他对下士说，他应该

① 即 1708 年。

② 西班牙骑手或猎人的帽子，有圆帽顶和可以翻下盖住耳朵的帽檐。

把这两件礼物看成他兄弟挑剔的体现，而不是他爱心的象征。——特灵，他会说，汤姆不爱戴那种帽子，也不爱用犹太人的烟斗抽烟。——愿上帝保佑您，老爷，下士会说（提出了一种截然相反的充分的理由），——那怎么可能。——

圆猎帽是深红色的，用上好的西班牙布料做成。除了帽子前面大约四英寸宽的地方染成了淡蓝色，并稍带些儿刺绣，其余的部分染成了红色，都蒙着毛皮，——很像是葡萄牙军需官的帽子。正如这个词所示，它不是步兵军需官的，而是骑兵军需官的。①

下士一点儿也不为它感到自豪，无论从帽子本身着眼，还是为送帽子的人考虑，除了节日，他很少，甚至从来都不戴它；但也从来没有哪顶猎帽能派做那么多用场；因为在所有有争议的问题上，不论是军事的还是烹饪的，只要下士确信他是对的，——这顶帽子就是他的誓言，——他的赌注，——或者他的礼物。

——在眼下，它就成了他的礼物。

如果我不能把这件事办得让老爷满意，下士心里说：我一定要把它送给第一个上门乞讨的人。

这话没过第二天一早就兑现了，那就是对右侧在下德乌尔河和圣安德鲁城门之间——左侧在圣抹大拉门与该河之间的外崖实施了一场猛攻。②

因为这是整个战争中最值得纪念的一次进攻，——作战双方都特别英勇顽强，——我还得补充说，这也是流血最多的一次攻击，因为那天清晨，盟军伤亡一千一百余人，——所以脱庇叔叔以异乎寻常的严肃心情做好准备。

前一个晚上，脱庇叔叔在上床睡觉时吩咐把他那顶拉米伊假

① 原文为Montero-cap，Montero有“上马”的意思。

② 即围攻里尔。温斯顿·丘吉尔称围攻里尔是“火药发明以后……最大的一次围攻”。在11万参战人员中有2万3千人伤亡。

发①从那只旧随军皮箱里取出来，放在箱盖上，准备第二天早上戴。这个假发已在那只箱子的旮旯儿里翻过来放了好多年了。皮箱就立在他的床边儿上；——脱庇叔叔下床后做的第一件事就是把他衬衣粗糙的一面翻到外边，——把它穿上：——衬衣穿好后，他紧接着就穿裤子，腰带扣好后，又立刻把剑带系好，把剑刚插进去一半，——他就意识到还要刮一刮脸，而佩带着剑刮脸又很不方便，——于是他便把剑抽了出来：——当脱庇叔叔试图穿上马甲和军大衣的时候，他发现假发同样碍事，——因此他又把假发摘下：——这样一来，这件东西有这种不便，那种东西又有那种麻烦，人手忙脚乱的时候，总会遇到这一类的事情，——已经十点钟了，这比平常晚了半个钟头，脱庇叔叔还没有动身。

第二十五章

脱庇叔叔刚从那条把他的菜园和草地滚木球场隔开的紫杉树篱角儿上转过去，就看到下士还没等他来就已经开始发起了攻势。——

让我停下来，给您描绘一下下士的装备；以及下士本人在攻势达到高潮时的表现，完全按照脱庇叔叔转向下士正在行动的地方的哨所时给他的印象，——因为在整个自然界中那可是举世无双的，——就算大自然把她的作品中所有离奇古怪的现象集中到一起，也不能产生出跟它等同的景象。

下士——

——你们这些天才啊，轻轻地踩在他的骨灰上，——因为他是你们的亲人：

---

① 一种有着长长的由上到下越来越细的辫子的假发套，顶上有个大蝴蝶结，底下有个小的，之所以这么叫，是为了纪念马尔伯勒1706年在拉米伊战胜法军。

你们这些善人啊，把他墓边的杂草锄净，——因为他是你们的兄弟。——哎呀，下士！如果现在你还在，但是既然，——既然我能够给你提供饮食保护，——我会多么地爱护你啊！你可以一周每天从早到晚都戴着你的圆猎帽，——等你把它戴烂，我再给你买两顶跟它一模一样的：——可是哎呀！哎呀！哎呀！既然不管那些大人先生，我能够做到这一点——机会却失去了——因为你已经走了；——你的天才也飞回它原来所在的星球上去了；——而你那颗热忱的心尽管有宽厚、开通的血管，已经压缩成幽谷土块①！

——但是这——这算得了什么，如果跟那未来和可怕的一页相比的话，因为在那里，我望着那块绣有你家老爷——那位首屈一指——出类拔萃的人物——军旗的丝绒柩衣；——在那儿我将会看到你，忠实的仆人！你的手战战兢兢地把他的剑和剑鞘放到他的棺材上，然后脸如死灰回到门口，来牵殡马的缰绳，跟上他的柩车，因为他还指引着你；——在哪儿——我父亲的那一套理论也会被他的悲哀压倒；而我也不顾他的哲学，将会注视着他在审视那只漆盘，两次把眼镜从鼻梁上拿下来，拭去大自然在上面留下的水珠——当我看到他愁云满面地把迷迭香②扔进去时，它在我的耳际哭喊着，——哎呀，脱庇！我在哪个天涯海角能寻到你这个伙计呀？

——大慈大悲的众神！你们让哑巴在悲痛欲绝的时候张开了嘴巴，让结巴人的舌头说话痛快③——当我写到这令人生畏的一页时，可不要用一只抠门儿的手来对待我。

第二十六章

下士在前一天夜里就已暗暗打定主意，一定要供应那种最紧需

---

① 见《圣经 · 约伯记》第 21 章第 33 节。
② 参看《哈姆雷特》第 4 幕第 5 场："这点花是迷迭香，表示记忆的。"
③ 见《圣经 · 以赛亚书》第 32 章第 4 节。

的装备，在攻击的白热阶段向敌军维持这种炮火不断的局面，——在那个时候，他的想像中只有一个观念，那就是用脱庇叔叔安置在哨所两侧的六门野战炮中的一门以抽烟的办法攻城；与此同时，实施这种办法的手段突然显现在他想像中，尽管他以他的帽子担保，他仍然认为他的计划失败不会造成危险。

他在脑海里翻来覆去琢磨了一会儿，他很快发现，如果在他的两个土耳其烟斗的下端插上三根较细的油鞣革管子，后面再连上数目相同的与大炮火门相称的锡管，用黏土封在大炮旁边，再用上过蜡的丝带将插入摩洛哥皮管的东西紧紧扎住，——这样他就可以同时让这六门野战炮一齐开火，而且跟一门大炮轰击时一样轻松自如。——

——谁也别说，从拉拉杂杂的东西中得不到增进人类知识的启示。凡是看过我父亲的第一张和第二张审议榻的人，可别再起来说，什么样的物体碰撞可能或者不可能触发把艺术和科学推向完善的光芒。——天啊！您知道我是多么热爱它们；——您知道我心中的秘密，也知道此时此刻我自己的衬衣也可以不要——你可真是个傻瓜，项狄，尤金纽斯说道，——因为你只有一打衬衣，——那样做会把你的一整套衣服拆散的。——

不管你怎么说吧，尤金纽斯；我都愿意把衬衣从我的背上扒下来，把它烧成火绒，只要它能满足一个狂热的探问者，用一块好的燧石和火镰打火，美美一下子能把多少火花打进衬衣后摆里去。——你不想一想在把这些火花打进去时，——他兴许，会把某种东西打出来吗？那是毫无疑问的。——

——不过顺便提一提这个方案。

下士在夜里最美好的那段时间还在苦熬着，试图让他的方案尽善尽美；还给大炮装满了烟草，对它提供充分的证据，——然后他就心满意足地上床睡觉去了。

第二十七章

下士比脱庇叔叔提前十分钟光景溜了出来，以便安置他的装备，而且抢在脱庇叔叔到来之前先给敌人放上一两炮。

为了达到这一目的，他把六门野战炮拉到了脱庇叔叔哨所的前面，左右各三门，中间的距离留成一码半左右，以方便装弹药之类——也可能是为了形成两排炮，他也许认为这比一排炮体面了一倍。

在后面，面对着这一开口，背对着哨所门，唯恐遭到侧攻，下士明智地占据着自己的岗位：——他用右手的拇指和食指捏着那属于右排炮的象牙烟斗，——用左手的拇指和食指捏着那只属于左排炮的乌木银头烟斗——右膝稳稳地跪在地上，就像跪在他的排枪队的前列一样，头上戴着他那顶圆猎帽，同时，疯狂地把两排炮交错发射，轰击那座正对着外崖的防御堡垒，那里正是那天早上要发动进攻的地方。我说过，他的初衷只不过是想给敌人喷一两口烟；——然而烟团的快乐就像喷烟一样不知不觉地迷住了下士，而且吸引着他喷了一口又一口，等脱庇叔叔来时，便进入了攻击的高潮。

脱庇叔叔在那一天没有立遗嘱，这对于我父亲来说倒是件好事。

第二十八章

脱庇叔叔从下士手里拿过那支象牙烟斗，——把它打量了半分钟，然后又把它还了回去。

没过两分钟，脱庇叔叔又把烟斗从下士手中拿过来，刚要把它放进嘴里——又急忙把它还了回去。

下士加强了攻势，——脱庇叔叔笑了，——然后神情严肃了起来，——然后又笑了一会儿，——然后又严肃了好长一段时间；——把那个象牙烟斗给我，特灵，脱庇叔叔说道——脱庇叔叔把它放到嘴上，——又马上把它拿下来，——把鹅耳枥树篱窥视了一番；——

脱庇叔叔一辈子都没有为一支烟斗流过这么多口水。——脱庇叔叔手里还拿着那支烟斗回到哨所里。——

——亲爱的脱庇叔叔！不要拿着那支烟斗进哨所，——一个人在那种境地，带着那样一件东西，是根本靠不住的。

第二十九章

我求读者在这里帮我一把，把脱庇叔叔的大炮推到幕后，——把他的哨所挪走，如果可能的话，把那些角堡和半月堡从戏院里除掉，把他其余的那些军事设施也统统搬走；——这些事儿做完了，我亲爱的朋友加里克啊，我们要把烛花剪掉，让蜡烛亮起来，——用一把新扫帚把舞台扫干净，——拉起幕，让脱庇叔叔以一个全新的角色展现出来，全世界的人不知道他将如何扮演这个角色：再说，如果怜与爱相亲近，——而勇与爱也不是格格不入的，诸位已经对脱庇叔叔的这些性格看得够多的了，所以就尽情地去找寻这两种情感（兴许只有一种）之间的家庭成员的相似之处。

愚蠢的科学！你在这种情况下帮不了我们的忙——而你在每种情况下只会把我们搞糊涂。

小姐，脱庇叔叔心地太单纯，这就误导他远远地背离了这种性质的东西通常所走的蜿蜒曲折的小径；您可能——您可能对这种单一没有一点概念：随着这种心地的单纯，就有一种思想的简明，对女人心里的曲曲弯弯、沟沟坎坎一无所知，也从不怀疑；——他会不加防卫、不加掩饰地站在您面前（在围攻一事被抛在脑后的时候），所以您倒可以站在您的任何一条弯曲的小道后面，一天朝脱庇叔叔打上十枪，每枪都穿过他的肝脏①，小姐，如果一天打九枪，还达不到您的目的的话。

尽管如此，小姐，——尽管从另一方面讲，有把事情搅糊涂的

① 这个器官以前通常被视为主管爱情。

东西，但我的脱庇叔叔天性谦和到无与伦比的地步，这一点我先前已经给您说过，而且顺便再提一句，这种谦和永远在看守着他的感情，以至您很快就可以——但是我这是讲到哪儿去了？这些思绪蜂拥而至，一下子至少要占十页的篇幅，要把我应当陈述事实的时间占掉。

第三十章

在心坎儿上从来没有感受过爱的刺痛为何物的亚当的几个婚生子中，——（首先认定凡是厌恶女人的都是私生子）——从古到今的传说中最大的英雄把十之八九的荣誉都占去了；我希望，为了他们，我从那口井①里把我的书房钥匙找出来，只要五分钟，让我把他们的名字告诉您——想我是想不起来的——所以眼下只好将就着接受下面这些来替代他们吧。——

有伟大的国王阿尔德罗万杜斯②、博斯普鲁斯、加帕多家斯、

---

① 见第348页。

② 下列一大堆名字可能是斯特恩开的玩笑。如果他有书房的钥匙，他说，他就可以告诉我们这些厌恶女人的人的名字；但是由于他想不起他们的名字，他给我们罗列了这些来“替代他们”。阿尔德罗万杜斯，即乌利塞·阿尔德罗万迪（1522—1605），杰出的意大利博物学家（但并非国王），斯特恩可能从伯顿的作品中得知，因为伯顿经常引用此人的作品。他并不是一个厌恶女人的人。加帕多家斯、本都斯和亚修斯，可能是和《圣经·使徒行传》第2章第9节的“加帕多家、本都和亚细亚”相应。博斯普鲁斯、巴比伦尼库斯、梅迪特拉雷纽斯、波西库斯和普鲁西库斯似乎取自地名。然而大部分名字都是真人真名：博斯福尔（360—406）是科罗尼亚（加帕多家）主教；叫本都斯的人很多，其中一个是本都斯·德·蒂亚尔（1521—1605），法国诗人，后来成为索恩河畔沙隆主教，另一个是路易·德·本都（1554—1624），西班牙耶稣会会士，以其虔诚的作品和禁欲生活著名。达耳达努斯可能是指神话传说中的赫勒斯滂海峡上的达耳达努斯的创建者；或者是指雅典的斯多葛派领袖、哲学家（全盛期在公元前110年左右），或者是指其他的同名者。在神话中和历史上有很多波力克希尼斯；可能斯特恩想起（转下页）

达耳达努斯、本都斯和亚修斯，——就甭说那个铁石心肠的查理十二世了，柯※※※※※女伯爵都拿他没有办法。——还有巴比伦尼库斯、梅迪特拉雷纽斯、波力克希尼斯、波西库斯和普鲁西库斯，他们当中没有一个（除了加帕多家斯和本都斯，他们俩有点儿嫌疑）曾拜倒在美人的石榴裙下——其实，他们都有别的事要做——脱庇叔叔也是如此——直到命运女神——我说，命运女神妒忌他的名字有着同阿尔德罗万杜斯的名字和其他特点一起传给后人的荣耀，——她便无耻地草草促成了乌得勒支和平条约①。

——相信我吧，先生们，这是她那一年做的最糟糕的事情。

第三十一章

在乌得勒支条约造成的众多恶果当中，最甚的莫过于使脱庇叔叔对围攻腻烦了；虽然后来他恢复了胃口，但乌得勒支在脱庇叔叔心上留下的伤痕远比加来在玛丽②心上留下的要深。直到他生命终了，他一听到因为什么原因提起乌得勒支，——一读到从《乌得勒支公报》摘出的新闻报道，他都会长长地叹息一声，好像他的心要裂成两半似的。

（接上页）了莎士比亚的《冬天的故事》中的“好人波力克希尼斯”，他不是厌恶女人的人，尽管他和赫米温妮的友谊是纯洁的。波西库斯可能是罗马讽刺诗人波修斯（奥卢斯·波修斯·弗拉库斯）（34—62）之误，根据贝尔的说法，是斯特恩喜爱的一个权威人物，“非常纯洁……稳重，像羊羔一样温顺，像处子一样谦逊”。然而查理十二（1682—1718），瑞典国王，却是个有名望的真正的厌恶女人的人。他终生未婚，生活极为简朴，才貌双全的著名的美人柯尼希斯马克女伯爵最后成为波兰国王强者奥古斯特的情妇，她被情夫派去求和，但不论是她的美貌，还是计谋都不能成功地说服查理和她签约。

① 结束西班牙王位继承战争的条约（1713）。

② 玛丽（1516—1558），英格兰女王，对1558年丧失英格兰在外国土地上的最后一个据点加来十分痛心。据霍林希德的《编年史》说，她宣称：“在我死后被剖开的时候，你们会发现加来搁在我的心上。”

我父亲是个了不起的**动机制造者**，因此对于一个坐在他的身边，不管是哭还是笑的人来说，他都是一个极其危险的人物，——因为他通常比您自己还要了解你哭笑的动机——遇到这些场合他总是安慰脱庇叔叔，用的那种手段，表明他认为脱庇叔叔在整件事情，甚至在失去爱巴马儿中完全是无事生悲。——别难过了，脱庇兄弟，他会说，——终有一天，上帝会保佑我们又爆发一场战争的；这场战争爆发的时候，——诸交战国无论如何也不能阻挡我们参战。——我倒要看看，我亲爱的脱庇，他会接着说，能不能不用攻占城镇就可以把国家拿下，——或者不用围攻就可以攻占城镇。

脱庇叔叔从来没有平和地对我父亲向他的爱巴马儿进行的攻击给予这样的反击。——他认为这种攻击有失公允；而且更有甚者，因为在击马的时候，他也打了骑马的人，而且他可能击中最不光彩的部位；因此，遇到这些场合，他总是把他的烟斗放在桌子上，以非同寻常的火力防卫。

两年前的这个时候，我给读者讲过，脱庇叔叔并不能言善辩；就在同一页，我又举过一个截然相反的例子：——现在我再把那种现象重复一遍，再把与之矛盾的一件事实叙述一次。——他并不能言善辩，——对脱庇叔叔来说，发表长篇大论是很不容易的，——再说他痛恨的正是那种华而不实的东西；可有的时候思潮汹涌，一个人无法招架水流倒灌，以致在某种场合，脱庇叔叔一时间至少已经跟帖土罗①并驾齐驱。——但是在另外一些场合，在我看来，还远远超过了他。

有天晚上，脱庇叔叔给我父亲和约里克发表了一些辩护演说，我父亲对其中一篇极为欣赏，所以上床睡觉前把它记了下来。

---

① “一个辩士帖土罗”向腓力斯控告保罗，见《圣经·使徒行传》第 24 章第 1—8 节。考虑到脱庇叔叔争论的性质，斯特恩可能想到的是帖土良（约 155—约 222），基督教第一个伟大的拉丁语作家，其主要作品是《护教篇》，对亵渎基督教会的虚假指控进行了有理的批驳，是公元 1、 2 两个世纪写出的最有分量的基督教辩护文章。

我有幸在父亲的文稿中碰到了这篇演说，里面随处都插有他自己的心得体会，用 [ ] 括起来，表示认可，

脱庇兄弟为他自己希望战争继续下去的原则和行为的辩解。

我可以万无一失地说，我已经把脱庇叔叔的这篇辩护演说读了一百次，我认为它是个自卫的光辉范例，——而且还表现了他身上的一种谦恭有礼的可爱气质和良好的行为准则，我把我看到的一字不漏地（包括字里行间插入的词语）公之于世。

第三十二章

脱庇叔叔的辩护演说①

我并不是意识不到，项狄哥哥，当一个职业军人，像我那样盼望战争时，——这对于世界可能有不利的一面；——而且，无论他的动机和意图可能多么公正，——他根据一己之见来为自己的这种做法辩护时仍显得忸怩不安。

正因为如此，如果士兵是个谨慎的人，这有可能，在勇敢方面又毫不逊色，他肯定不会把他的愿望说出来让敌人听到；因为无论他要说什么，敌人是不会相信他的。——他甚至谨小慎微，对朋友也不说，——免得他的声誉受到损害：——但是如果他的心负担过重，而且求战的秘密渴望必须发泄出来，他会留着让一个兄弟来听，因为兄弟对他的性格知根知底，也知道他真正的想法、意向和荣誉的准则是什么：我希望，项狄哥哥，在这些方面，我所具备的将使我难以开口说：——我知道，我一直比我应该说的糟糕很多，——也许比我想的还要糟糕：但我就是这样，我亲爱的项狄哥

① 斯特恩把游侠骑士高于书生职业的观点（见《堂吉诃德》上卷第 37—38 章）和伯顿在《忧郁的解剖》开头抨击战争的观点结合起来了。

哥，你和我咂过同一对奶头，——从我的摇篮时代起就和我一起成长，——从我们孩提时最初的玩耍直到此时此刻，我一生的一举一动都没有对你隐瞒过，哪怕是一个念头也很少瞒你——我就是这么一个人，哥哥，此时此刻，你一定了解我，尽管我有种种毛病，还有种种弱点，不管是我的年龄，我的脾气，我的性情还是我的理解力造成的。

那么告诉我，我亲爱的项狄哥哥，当我谴责乌得勒支和约，为战争没有气势磅礴地进行得更久一些而感到伤心时，你认为你的兄弟伤心是基于一些没价值的观点；还是认为由于渴望战争，他竟然坏到希望他的更多的同类惨遭杀戮，——更多的人沦为奴隶，更多的家庭背井离乡，仅仅为了他自己高兴：——告诉我，项狄哥哥，你认为它是我的哪一个行为造成的？［我知道某个行为才怪呢，亲爱的脱庇，还不是由于我借给你一百英镑让你去搞这些该死的围攻。］

如果，在我是个小学生的时候，我一听见敲鼓声，我的心就和着鼓点狂跳——这是我的错吗？——在那里我扎下了偏爱的根吗？——我敲响的是内心的警钟，还是天性？

当《沃里克伯爵盖伊①》、《帕里斯默斯和帕里斯门诺斯》②、《瓦伦廷和奥尔森》③，还有《英格兰七大守护神》④ 在学校流传的

---

① 英国传奇故事中的英雄，自 12 世纪以来，他的广受欢迎的英勇事迹以多种形式流传着。小学生读的文本可能是在 17—18 世纪流行的歌谣或小本故事书里的一个故事。

② 波希米亚王子帕里斯默斯和他的儿子帕里斯门诺斯的历史，是对西班牙骑士传奇故事的模仿，广受欢迎。

③ 《瓦伦廷和奥尔森》是查理曼系列的一个传奇故事，自 15 世纪以来，以多种语言和多种文本广为流传。

④ 《英格兰七大守护神》也许是《基督教七大守护神》之误，在许多中世纪流行的故事中，这个名字是给予七个民族圣人的（英格兰的乔治，法兰西的丹尼斯，西班牙的詹姆斯，意大利的安东尼，苏格兰的安德鲁，爱尔兰的帕特里克和威尔士的大卫），他们的英勇事迹在无数的传奇故事、民谣和戏剧中广为颂扬。

时候，——难道这些书不都是用我自己的零用钱买的吗？那算自私吗，项狄哥哥？当我们读完持续了十年又八个月的特洛伊之围，——尽管有像我们在那慕尔具有的那样的一排大炮，这座城池在一个星期之后也许就会被攻克——难道我不是和全校的任何一个男孩一样担心希腊人和特洛伊人的毁灭吗？难道我没有因为把海伦娜①叫做母狗挨了三下戒尺吗？右手两下，左手一下。你们中间哪一个为赫克托耳流过更多的眼泪？当国王普里阿摩斯来到军营乞求归还他的尸体，没有得到而泪流满面回到特洛伊，② ——你知道，哥哥，我连饭都吃不下呀。——

——那说明我残忍呢？还是因为，项狄哥哥，我的血飞向军营，我的心为战争而狂跳，——证明我不是也为战争的苦难感到心痛吗？

哥哥呀！一名士兵收集月桂枝是一回事，——而分撒柏树枝是另外一回事。——［谁告诉你，我亲爱的脱庇，古人办丧事用柏树枝来着？］

——项狄哥哥，士兵冒着生命危险——首先跳进他肯定会被砍成肉片的战壕，这是一回事：——从公益精神和渴望荣誉出发，要第一个冲进缺口，——要站在最前列，耳边战鼓响，军号吹，军旗飘扬，勇敢前进，这是一回事：——我说，项狄哥哥，这样做是一回事——而反省战争的苦难；——考察对各国的破坏，考虑士兵自己，也就是造成这些的工具，被迫（如果能拿到一天六便士）忍受的无法忍受的疲劳和困苦，则是另一回事。

难道需要告诉我，亲爱的约里克，如同在勒菲弗的葬礼布道中你告诉我的那样，像人这样一个温文尔雅的生物，天生就富有爱心、仁慈、善良，就不是造就来做这种事的？——可是你为什么不

---

① 特洛伊的海伦。她被诱拐引发了特洛伊战争。

② 按照传统的说法，普里阿摩斯从杀了赫克脱耳的阿喀琉斯那里讨回了儿子的尸体。

加上一句，约里克，——如果不是出于天性——他这样做就是出于需要？——因为什么是战争？什么是战争，约里克，按照自由的准则，按照荣誉的准则，像我们这样打仗的时候——除了把一群文静无害的人集合在一起，手中拿着刀剑，把野心家和动乱者都控制在适当的范围之内，什么是战争？老天作证，项狄哥哥，我在这些事情中获得的快乐，——尤其是在我的草地滚木球场伴随我的围攻而来的无限快乐，在我心中升起。我希望也在下士心中升起，它来自我们俩都具有的这样一种意识：那就是在进行这些围攻时，我们是在响应我们创造的伟大目的。

第三十三章

我告诉过基督教徒读者——我说基督教徒——希望他就是——如果不是，我只能感到遗憾了——只是求他肯自己考虑这个问题，而不要完全责怪这本书。

我告诉过他，先生——因为老实说，当一个人用我这种奇怪的方式讲故事时，他就得不停地瞻前顾后，好在读者的想像中把一切紧紧地串在一起——就我个人而言，如果我起初不注意做得比这还多，那么多不牢靠、不明确的事情就会突然出现，再加上裂口漏洞层出不穷，——而星星所能提供的帮助少而又少，尽管如此，我仍然把星星挂在一些最昏暗的段落里，因为我知道世人容易迷路，尽管太阳在正午时分能给他们光明——现在，您瞧，我自己也迷路了！——

——但这是我父亲的错；每当我的大脑开始被人解剖时，不用戴眼镜您也会发现，他让一根您有时候在一块卖不掉的麻纱上看到的那种不匀溜的粗线从头到尾贯穿在网络上，极不雅观，您就是设法剪出一个※※，（在这儿我又挂了两盏灯）——或者一条束发带，或者一个拇指套，也还是可以看得见，或者摸得着。——

Quanto id diligentius in liberis procreandis cavendum①，卡尔丹②说。经过全局考虑，您可以看出我兜上这一圈又回到我出发的地点确实是行不通的——

我开始把这一章再来一遍。

第三十四章

在脱庇叔叔的辩护演说前的那一章的开头，我就告诉基督徒读者，——乌得勒支和平条约在脱庇叔叔和他的爱巴马儿之间产生的顾虑几乎与它在女王和其余的盟国之间产生的相同，尽管用的是一种与我现在要使用的有所不同的比喻。

人有时候以一种气冲冲的态度下了马，这就几乎等于对马说，“我这一辈子宁愿天天步行，先生，也不肯在你的背上再骑一英里。”现在还不能说脱庇叔叔就是以这种态度下马的；因为严格地讲，压根儿就不能说他下了马——倒是他的马儿把他甩了下来——而且有点儿恶毒，这反而使脱庇叔叔以十倍的不善来接受这种局面。让正规的职业赛马骑师按他们的喜好去解决这个问题吧。——我说，这在脱庇叔叔和他的爱巴马儿之间产生了一种顾虑。——从三月到十一月③，即条款签署之后的那个夏天，他对马儿没有什么需求，除了时不时地骑着出去走走短路，只不过是去看看敦刻尔克的堡垒和港口是不是根据条款被拆毁了。④

整整那个夏天，法国人在处理这件事情时总是倒行逆施。敦刻

---

① 拉丁文：我们怀孩子时还应该怎样更加小心。

② 吉罗拉莫·卡尔丹（1501—1576），意大利数学家、医生和占星家。在他的著作中找不到这一段文字，它出自法国医生让·费内尔（1497—1558）的《医学大全》（1554）。斯特恩是从《忧郁的解剖》第1部第2节第1小节第6段中转引来的。

③ 部队在冬季处于休整状态。

④ 根据《乌得勒支条约》，敦刻尔克于1713年9—11月拆毁。

尔克地方行政长官们的代表蒂热先生，向女王呈了那么多令人动情的请愿书，——恳求陛下，结果只惹得她大发雷霆，拆毁了那些兴许会使她不悦的军事设施，——不过饶了——饶了防波堤①，只是看在防波堤的分儿上；在裸露的情势下，它只能是一个令人同情的目标罢了——而女王（她也只不过是个女人）富有恻隐之心，——她的大臣也是如此，他们从心坎儿里不希望把这座城镇拆除，出于这样一些个人理由，※※※——

※※※；结果，整个局面使脱庇叔叔难以应付；因为，他和下士建造了这座城池还不满三个月，就使它处于要摧毁的境地，于是有各色各样的指挥、专员、代表，谈判和监督人员要让他动手摧毁。——一段没有行动的要命的时间啊！

下士赞成开始拆毁，办法是在防御土墙，或者城镇的主要堡垒上打开一个缺口——不行，——那绝对不行，下士，脱庇叔叔说，因为那样处置这座城池，英国卫戍部队在里面就不会有片刻的安全；因为如果法国人很奸诈——他们就像魔鬼一样奸诈，报告老爷，下士说——我一听到这种情况，特灵，就让我忧心忡忡，脱庇叔叔说，——因为他们不要个人的勇敢；如果防御土墙上被打开一个缺口，他们就会长驱直入，如果他们愿意，就会成为这个地方的主人：——让他们直入好了，下士双手举起他的工兵锹说，仿佛他要用铁锹狠揍脱庇叔叔似的——让他们进来好了，报告老爷，如果他们有胆量的话。——像这种情况，下士，脱庇叔叔说着就把右手滑到手杖的中央，把它像矛杆一样向后倒举着，食指伸开着，——敌人敢做什么，——不敢做什么，可不是一名指挥官考虑的问题；他

① 原文为 mole，在黑话里有“阴茎”的意思。

必须谨慎行事。我们要既朝海，又向陆，先从简易外围工事开始，尤其是其中最远的路易堡开始，先把它摧毁，——剩下的，当我们向城里撤退时，再左右开弓，一一毁掉；——然后我们就要炸毁防波堤，——再把港口填掉，——然后撤进城堡，再把它炸飞；做完以后，下士，我们就乘船回英国。——我们就在那儿，下士打起精神说——完全正确，脱庇叔叔说——眼睛望着教堂。

第三十五章

脱庇叔叔和特灵之间就拆毁敦刻尔克所进行的这样的一两次虚妄有趣的磋商，——一时间又招回了正从他身下溜走的那些快乐的念头：——静悄悄地——一切静悄悄地，进展十分沉重——魔法把头脑给弱者留下——**寂静**，后面跟着**沉默**，走进寂寥的客厅，然后把他们薄纱似的披风披在脱庇叔叔的头上；——**倦怠**，显得体质松懈、目光游移，悄悄地坐在他旁边的扶手椅上。——安贝格，莱茵贝格，林堡，于伊和波恩，一年之后[①]就没有了，——兰登，特雷雷巴赫，德鲁森，登德尔蒙德的景象下一年又不复存在，——在血海上匆匆闪过：——坑道，雷坑，掩体，堡垒和栅栏再也不能把人的休息这位公正敌人挡在外面：——脱庇叔叔穿过法国防线之后，在他晚餐吃鸡蛋时，再也不能从那里冲进法国的心脏了，——跨过瓦河，随着整个皮卡第地区在他身后展开，向巴黎的城门挺进，脑子里只想着荣誉，睡着了：——他再也不会做梦，他已经把王旗插在巴士底狱的塔顶了，醒来时脑海里还飘着王旗。

——更加温馨的景象，——更加轻柔的颤动甜蜜地潜入他的睡眠；——战斗的号角从他手中掉下，——他拿起诗琴，甜蜜的乐器！所有的乐器中最精美的！最难弹的！——你如何弹拨它呢，我亲爱的脱庇叔叔？

---

① 即1703年。

第三十六章

现在，因为我曾以不假思索的谈话方式，说过一两次，我确信每当我有时间写脱庇叔叔向沃德曼寡妇求爱的下述回忆时，事实证明那将是对这个世界讲过的关于爱和求爱的基础部分和实践部分的最完整的体系之一——您是不是会想像我将从描述什么是爱入手？是像普罗丁努斯①要说的那样，一半是神，一半是鬼——

——还是借助一个更关键的方程式，假设整个爱是十——让菲奇努斯②决定，“它一边有十分之几——另一边有十分之几；”——还是如同柏拉图让他所说的那样，它从头至尾完完全全是一个大魔鬼；③关于他的那个别出心裁的想法，我不会提出我的见解的：——不过我对柏拉图的见解是这样的；从这个事例看，他似乎是一个和贝纳德④医生有着同样脾气和推理方式的人。贝纳德医生

---

① 即普罗丁（204—270），著名的希腊新柏拉图主义者，他在《九章集》第3章第5节中宣称，爱是双重的，高一层的爱是神，低一层的是鬼或守护精灵。“魔鬼”在传统的基督教词义中，是一个误译。在这儿，可能还有以下有关菲奇诺的引述，斯特恩的直接来源是《忧郁的解剖》第3部第1节第1小节第2段。

② 即马西里奥·菲奇诺（1433—1499），意大利医生，柏拉图派哲学家，柏拉图和普罗丁的评注者，斯特恩在这儿松散地或以戏拟的方式涉及的是对柏拉图《会饮篇》的精心《评注》。

③ 柏拉图让第俄提玛断言爱是一个大精灵或恶鬼，位于人和神的中间（《会饮篇》 202）；斯特恩的直接来源是伯顿，出处同上。

④ 爱德华·贝纳德（全盛时期在1719年左右），英国医生和诗人，他在《冷水浴的历史》（约翰·弗洛亚爵士与贝纳德合著）中写道：“多少人由于出水疱过于严重而丧命。这是因为除了给膀胱带来痛性尿淋沥和别的疾病而外，还把有毒有害的斑蝥的臭气混在血液中刺激脉搏。因为我相信魔鬼老别西卜本人只不过是一只大斑蝥，飞蝇之王，它们是按它的本性行事的，无论把它们用在哪儿，都会使人类染上瘟疫……在这里，我不能略去舰队街一个药剂师的故事，他的老板几天之内死于一种热病，他的医生们很快把这种病造成了不治之症。他说，我家老板竟死得这么（转下页）

由于是水疱的大敌，而且想着一下子生了半打水疱，就像六匹马拉的灵车一样，肯定会把一个人拉向坟墓——因此草率地得出结论，魔鬼本身其实只不过是一个粗壮的大斑蝥。——

我对那些这样子在辩论时信口雌黄的人没有什么可说的，只说说纳西昂（争辩性地）向菲拉格里乌斯①所喊的——

"Ευγε! "难得一见啊！这是极好的推理，先生，的确！——"ὅτιφιλοσοφεῖς ἐν Πάθεσι."——当你兴头十足、充满激情对事实进行哲学思考时，你极其勇敢地瞄准了事实。

出于同样的原因，不可设想，我应该停下来探讨爱是不是一种疾病，——或者和拉齐斯②以及迪奥斯科里得斯③纠缠：爱的居所是在大脑里还是在肝脏里；——因为这将导致我接着考察两种截然相反的治疗病人的方法——一种是埃提乌斯的，他总是从大麻籽和碎黄瓜做的祛火灌肠剂开始——接下来饮一点睡莲和马齿苋——再吸上一撮 Hanea 草药做成的鼻烟；——而埃提乌斯敢拿它冒险的地方，——是他的黄玉戒指。④

（接上页）快，我感到很惊讶，因为他出了十二个水疱，而且都非常厉害：不错，一个在场的人指着圣邓斯坦教堂说，你说得完全对，因为不出四天功夫（在一组医生的帮助下）他被从床上拉进了那边的墓穴。"（伦敦，1702 年版，第 2 部第 199—200 页）。斑蝥也借代指一种用来治疗水疱的西班牙飞蝇制的药剂。

① 菲拉格里乌斯（全盛时期在公元 370 年左右），纳西昂的圣格列高利（参见第 419 页注①）的朋友和通信者。这一段希腊语，可以翻译成"好啊！你在受苦时进行哲学思考"，摘自格列高利的《书信之三十二》"菲拉格里奥"中，并无冷嘲的意思。

② 拉齐斯（全盛期在公元 925 年左右），阿拉伯医生，医学著作很多。

③ 佩达纽斯·迪奥斯科里得斯（全盛期在公元 75 年左右），希腊医生和巨著《药物论》的作者。这是一本直到 17 世纪尚未佚失的关于植物和药物的最重要的著作。

④ 阿米得努斯·埃提乌斯（全盛期在公元 540 年左右），希腊医生和重要的医学作家。下面这些草药的性能在埃提乌斯的《四经》中，第 1 章第 1 节，第 2 节，第 3 章第 3 节等处都予以讨论，这些都是常用的退热药。"Hanea"是斯特恩在本段的出处《忧郁的解剖》第 3 部第（转下页）

——另外一种是戈登纽斯的，他（在他的《爱情论》第十五章中）提出病人应该挨打，“ad putorem usque，”——直到他们再放出恶臭。①

在脱庇叔叔的恋爱事件的进展过程中，我父亲由于具备这一类的渊博知识，将忙于进行这些调查研究：我必须预先说这么多，他从他的爱情理论（顺便说一下，他用这种爱情理论想办法折磨脱庇叔叔的心情，和脱庇叔叔的恋情本身几乎不相上下），——他只向实践迈出了一步；——裁缝为脱庇叔叔做了一条新裤子时，他想办法硬要裁缝把一块樟脑处理过的打蜡布②当细麻布，这样便体体面面地在我的脱庇叔叔身上制造出戈登纽斯的效应。

这样做造成了什么变化，会在适当的地方读到：还需要给这件轶事补充的一点是，——不管它对脱庇叔叔有什么样的影响，——它对于这所房子却有一种坏影响；——如果脱庇叔叔没有像他所做的那样，把它用抽烟的办法抽倒，它还会对我的父亲也产生一种坏影响。

第三十七章

——不久，它就会自行显现出来。——我的主张是，我不必一开

（接上页）2节第5小节第1段中发现的，显然是伯顿对于ἄγνος，“纯洁的羔羊”的误译，这是一种有香味的灌木或树，据认为有助于保持贞洁。根据中世纪的宝石雕刻术，黄玉对一切激情有镇静效果，对于根除色欲尤有价值。

① 这句似乎是对著名的法国医生贝尔纳·德·戈登（全盛期在1285—1305）的一段话——《药用百合》第2章第20节中 De Amore qui hereos dicitur：“Frequenter et fortiter flagelletur donec totus incipiat fetere.”的释意。更接近的意译可在伯顿的书中找到。

② 打过蜡的布，有时在上面加点药物当绷带用。在原先的药草书中除了别的退热药外，还把樟脑列为防止精液的形成的药物。见伯顿的书，出处同前，斯特恩读到过：“Camphora pudendis alligata，et in bracâ gestata... membrum flaccidum reddit.”

始给爱是什么下个定义；只要我能清清楚楚地往下讲我的故事，有这个字眼本身的帮助，除了我和大家共同的观点，再不要任何其他的概念，我为什么不到时候就要和它有片刻的分歧呢？——当我再讲不下去，——而且发现自己方方面面都纠缠在这个不可思议的迷宫里时，——我的见解当然才会起作用，——并且把我领出去。

眼下，我希望当我告诉读者，脱庇叔叔坠入爱河时，我会得到充分的理解：

——并不是因为这个说法投我的所好：因为说一个人坠入爱河，——或者说他爱得深，——或者说爱得死去活来，——有时候甚至爱得难以自拔——都具有一种成语的含义，那就是爱是一种人下面的东西：——这又回到了柏拉图的见解上了，这种见解尽管有他的神圣之处，——但我认为是可恶的，异端邪说式的；——关于它就谈这么多吧。

因此爱是什么随它的便吧，——反正脱庇叔叔陷了进去。

——宽容的读者，可能还具有那样一种诱惑力——您也会的：因为在这个世界上您的眼睛从未看到过，或者您的色欲从未觊觎过比沃德曼寡妇更能挑动情欲的东西。

第三十八章

认为这是正确的，——需要诉诸笔墨——这里纸已经凑手。——坐下，先生，在您的脑海里把她画下来——尽可能地画得像您的情妇——只要您的良心允许，尽量不要像您的妻子——这对我全是一码事——只是要把您自己的想像画进去。

————自然界有过这么甜蜜的东西吗！——如此赏心悦目的东西吗！

——那么，亲爱的先生，我的脱庇叔叔怎么能抵御得了呢？

令人乐不可支的书啊！你的书皮里，至少会有一页，恶意不会把它抹黑，无知不能把它歪曲。

第三十九章

脱庇叔叔和他的情人坠入爱河的前十五天，布丽奇特小姐的一封快报就把这事儿通知了苏珊娜，——那封快报的内容，苏珊娜第二天就传达给了我母亲，——这使我在脱庇叔叔的恋情发生前两个星期，就有机会了解这种情况了。

我有一则消息告诉你，项狄先生，我母亲说，它会让你大吃一惊的。——

我父亲正占着他的第二张审议榻，心里琢磨着婚姻的艰难，这时我的母亲打破了沉默。——

"——我的脱庇兄弟，她说，要和沃德曼太太结婚了。"

——那么在他的有生之年，我的父亲说，他就永远不能再在他的床上斜躺着了。

使我父亲万分苦恼的是，我母亲从来不问一件她不明白的事情的意思。

——她不是一个知识妇女，我父亲会说——这是她的不幸——但她总可以问个问题嘛。——

我母亲从来不问。——总而言之，她最后离开这个世界时也不知道它是旋转的，还是静止的。——我父亲还自作多情给她上千次讲过，这个世界是怎么回事，——但她总是忘在脑后。

正因为如此，他们俩之间的谈话很少超出一个建议，——一句回答，一次反驳；完了以后，总要用几分钟歇口气儿（就像在裤子事件中那样），然后再往下进行。

要是他结婚了，会对我们更加不利，——我母亲说。

没有一点不利的，我父亲说，——就像在其他事情上一样，他满可以在这上面消耗他的财产。

——那还用说，我母亲说，就此结束了我给您说过的建议，——回答，——和反驳。

这对他也算是某种娱乐，——我父亲说。

一种极大的娱乐，我母亲答道，如果他会有小孩的话。——

——上帝保佑我，——我父亲心里说——※※※※※※※※※※※※※
※※※※※※※※※※※※※※※※※※※※※※※※※※※※※※※※※※※※
※※※※※※※※※※※※※※※※※※※※※※※※※※※※※※※※※※※※
※※※※※※※※※※※※※※※※※※※※※※※※※※※※※※※※※※※※
※※※※※※※※※※※※※※※※※※※※※※※※※

第四十章

现在，我正开始进入我的工作；借助于一顿素食，再加上几粒冷瓜籽①，我确信我将能够用一条说得过去的直线，继续讲脱庇叔叔和我自己的故事。好，

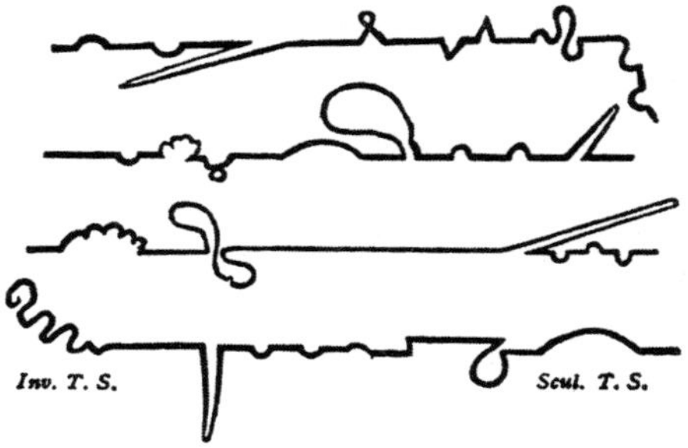

① 黄瓜、葫芦、南瓜等的种子。这样的饮食据认为能凉血，使激动的情绪镇定下来。

这些是我在第一二三四卷中进展的四条线路。[①] ——在第五卷中我一帆风顺，——我在里面所描述的准确的线路是这样的：

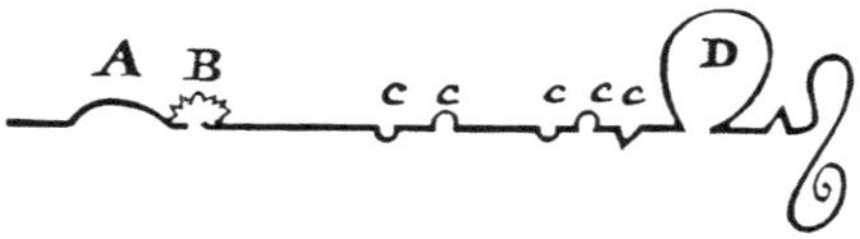

这条线路表明，除了在标有 A 的曲线处，我到纳瓦尔旅行过一回，——还有锯齿状曲线 B 是我在那儿和博西耶小姐和她的男侍一起，暂时外出换换空气外——我一点儿也没有跑题，直到约翰·德·拉·卡萨的魔鬼们领着我绕过您看到标有 D 的圆。——因为就 c c c c c 而言，它们只不过是插入成分，是国家最高的大臣们的生活中常有的浮沉、升降；和人们的经历比较的时候，——或者和我自己在 ABD 走过的三段弯路相比——它们就算不了什么。

在这最后一卷，我做得还要好些——因为从勒菲弗的那一个插曲的结尾，到脱庇叔叔的战役开始，——我很少迈出自己的正道一步。

如果我以这个速度弥补，这并不是不可能的——借助贝内文托的魔鬼们的恩准——不过此后，我可以达到这样进行的完美境界；

这是一条尽我所能画的直线，用的是一位书法教师的尺子（专门为画线借的），既不向右拐，也不朝左斜。

这条直线，——基督徒步入的道路！神说[②]——

——道德端正的象征！西塞罗说[③]——

① “Inv. T. S.”：此为特里斯舛·项狄所造。
“Scul. T. S.”：此为特里斯舛·项狄所刻。

② 指《圣经·希伯来书》第 12 章第 13 节说的“直路”，或者指某种类似的劝告。

③ 西塞罗的作品中并不罕见的形象。他经常使用“Recta via”（人生正道）这个短语。

——最好的线！种白菜的[1]说——是从所给的一点到另外一点所能画的最短的线，阿基米德说[2]。——

下次穿生日礼服[3]时，我希望太太小姐们将这件事情放在心上！

——多好的一段旅程啊！

请问诸位能不能告诉我，——也就是说，在我写关于直线的一章之前不要生气——由于什么错误——谁这样告诉他们的——或者是怎么搞的：你们这些才子一直把这条线和万有引力的线混为一谈呢？

第六卷　完

---

① 斯特恩这里有性暗示，“种”指性交，“白菜”指女性外生殖器。参比第8卷第1章。

② “两点间的距离直线最短”。——见阿基米德《论球和圆柱》第1章假定一。

③ 原文为 birth-day suits，又有“裸体”的意思。

绅士特里斯舛·项狄的生平与见解

Non enim excursus hic ejus, sed opus ipsum est. ①

PLIN, Lib. quintus Epistola sexta.

第七卷

① 拉丁文：“因为这不是跑题，而是作品本身。”这句格言影射第 7 卷出人意料的题材，摘自罗马作家、演说家小普林尼（约 62—约 114）《书信集》。

第一章

不——我想，我说道，如果当时折磨着我、直到此刻我觉得比魔鬼还要可怕的可恶的咳嗽允许，我会每年写两卷的——而在另一个地方——（可到底是哪里，我现在记不起来了）由于把我的书说成一台机器，而且把笔和尺子交叉放在桌子上，为了赢得更高的赞赏——我发誓如果生命的泉源①乐于让我身体健康、精神愉快，这部书在四十年内应该以这样的速度继续写下去。

目前，就我的精神而言，我没有多少可以指责的——不仅可指责的如此之少（除非把我挑到一根长长的杆子上②，二十四小时里头有十九个钟头要弄我，就是罪名），恰恰相反，我还有好多理由——好多理由感谢它呢：你使我背负生活的重担（除了它的忧患），愉快地走上生活的道路；就我记忆力所及，在我的一生里，你一时一刻也没有遗弃过我，也从来没有把那些出现在我的道路上的物体染成黑色或病恹恹的绿色；危难之中，你把我的前景镀上金色的希望，**死神**来敲我的门时——你命令他下次再来；而且用的是一种如此漫不经心的欢快语气，以至死神对自己的使命产生了怀疑——

"——这件事肯定出了什么差错，"他说。

在这个世界上我最恨的莫过于在讲故事的时候被人打断了——而那会儿我正在以我自己的方式给尤金纽斯讲述一个华而不实的故

① 参看《圣经·箴言》第13章第14节："智慧人的法则是生命的泉源，可以使人离开死亡的网罗。"

② 爱巴马儿的形象，或许可以追溯到贺拉斯（《讽刺诗集》第2卷第3首）。

事，说的是一个修女想入非非，自己变成了一个贝壳动物，一个僧人因吃了一只河蚌①而遭到谴责的事，并且我给他解释了这样做的道理——

“——难道一个如此严肃的人竟然陷入如此可悲的困境？”死神说道。你可是死里逃生，特里斯舛，尤金纽斯在我讲完故事后抓住我的手说道——

照这样下去，就没法活了，尤金纽斯，我回答说，因为这个婊子养的已经发现了我的住所——

——你这样叫他完全正确，尤金纽斯说道，——因为我们听说，他是靠罪孽来到世间的②——我并不在意他是从哪条道上来的，我说，只要他不急于把我带走就行——因为我还有四十卷要写，有四万件事情要说、要做，除了你自己；没有人会替我说、替我做这些事情的；你也看见了，他已经掐住了我的喉咙③（因为尤金纽斯在桌子那边很难听见我说话），在野外，我根本不是他的对手，就算只剩下这点儿七零八散的精力，还有我这两条蜘蛛腿（把一条腿抬到他面前）还能支撑我的话——尤金纽斯，我是不是最好不要逃命？这是我的建议，亲爱的特里斯舛，尤金纽斯说道——天哪！我要给他造成意想不到的麻烦——因为我要飞奔到加龙河畔，我说道，一次也不回头往后看；而且如果我听见他紧追不舍——我就跑掉，爬到维苏威火山上去——从那儿再跑到约帕④，再从约帕跑到海角天涯，如果他还跟着我，我就祈求上帝让他折断脖子——

---

① 这个故事可能受到《忧郁的解剖》第 1 部第 1 节第 3 小节第 2 段中的一个引文的启发。

② 参比《圣经 · 新约 · 罗马书》第 5 章第 12 节：“这就如罪是从一人入了世界，死又是从罪来的……”

③ 有人说斯特恩于 1762 年春嗓子哑了，此后再也没有全好。

④ 约帕：古以色列港市（今雅法），约拿从那里出海逃避上帝给的使命（见《圣经 · 旧约 · 约拿书》第 1 章第 3 节）；而彼得在那里看见了异象，使他继续向异教徒宣教（见《新约 · 使徒行传》第 11 章第 5—17 节）。

——在那里他比你冒的险更大，尤金纽斯说道。

尤金纽斯的风趣和爱心把已经消逝了几个月的血色带到脸上——那可是个道别的不祥时刻；他把我领到我的驿车上——Allons! ① 我说；车夫啪地甩了一鞭——我就像一颗出膛的炮弹似的离开了，跳了六七下就进了多佛尔。

第二章

真该死！我望着法国海岸说——一个人在出国之前应该对自己的国家有所了解——我从来没有到罗彻斯特教堂里面瞅过一眼，也没有关注过查塔姆码头，也没有拜谒过坎特伯雷的圣托马斯，② 虽然这三个地方都在我经过的路上。

——不过，我的情况确实特殊——

所以我没有和贝克特的托马斯或者别的任何人对这个问题再做争论，——我就跳上船，不过五分钟，我们已经扬帆航行，像风一样疾驶而去。

请问，船长，我走进船舱时说道，在这段航程里是不是死神永远也追不上人？

嘿，在这段航程里人们连晕船的时间也没有，他回答说——该死的撒谎者！因为我已经晕得一塌糊涂，我说道，——昏头昏脑！——四蹄朝天！——哎呀！细胞都四零五散了，还有血液呀，淋巴呀，神经液呀，加上稳定的与不易挥发的盐，全部搅成一团——天哪！样样东西就像一千个旋涡一样在里面打转儿——要是我能知道是否会写得更加清楚一些，就是花一个先令也在所不惜——

晕！晕！晕！晕！——

---

① 法文：咱们走吧。

② 这三座城镇都在伦敦到多佛尔的路上。贝克特的托马斯（约1118—1170）被人在坎特伯雷大教堂里杀害，圣坛也设在那里。

——我们什么时候能上岸，船长？——他们的心肠像石头一样——哟，我晕得要命！——把那个东西递给我，伙计——这是叫人最受不了的晕船——我希望我到底了——小姐！您怎么样？完了！完了！——噢！完——完了！先生——第一次怎么样？——不，这是第二次，第三次，第六次，第十次，先生，——哎哟！——头顶上踩得多凶啊！——喂！服务员！怎么回事——

风突然转向了！要死了！——看来我要和他迎个照面了。

——多幸运！——风又转向了，船长——噢，总算转向了——

船长，她说，看在上天分上，让我们上岸吧。

第三章

在加来和巴黎之间有三条不同的道路，这对于一个行色匆匆的人来说，极其不便，为了各自的利益每条路上各个城镇的代表都有很多话要说，您决定走哪条道时，半天的时间很容易就消磨掉了。

第一条道路是经过利勒和阿拉斯的，这是一条最繁忙的——但却是最有趣的，最有教育意义的路。

第二条道路是经过亚眠的，如果您想看看尚蒂伊，你不妨走这条路——

还有一条就是经过博韦的，要是您愿意，不妨走一走。

正因为如此，许多人都选择了经过博韦的这条路。

第四章

“喏，在我离开加来之前，”游记作家会说，“对它做一番描述该没问题吧。”——可我认为——在一个城镇并不干扰行人的情况下，他若要静悄悄地穿过去，不要打搅它，他必定会回过头，提起笔指向他跨过的每一条明沟，凭良心说，仅仅只是为了把它描绘一下——这问题可大着呢；因为，如果我们从写这些东西的文字来判断，由所有写过、跑过的人来判断——或者由所有跑过、写过的人来判断，这是一个不同的路子；或者由那些比别人更渴求远征，连写带跑的人来判断，我眼下走的就是这条路子——是从伟大的艾迪生那里学来的，① 他做的时候把书包挂在他的——上——并且每个动作都会擦痛他的马屁股——我们当中没有一个喜欢骑马疾驰的人不会在自己的土地上（假如他有）款款而行，写出他非写不可的东西，无论脚干脚湿都一样。

就我而言，由于上天是我的审判官，我将向它提出最后的上诉——我对加来的了解（除了我的理发师在磨他的剃刀时对我所讲的一点点之外）并不比此刻我对大开罗了解的多；因为当我晚上在加来上岸时，夜色朦胧，早上出发时，天又漆黑一片，然而由于仅仅知道是怎么一回事，由于在该镇的一个地方妄加判断，在另一个地方又胡乱拼凑——我就随便做一件旅游猜测，那就是我此时此刻就加来写跟我的胳膊一样长的一章文章；把值得让到该镇来的外地人好奇的每项的细节都写得十分明确，令人满意——以至于你会把我看做是加来的市镇秘书兼行政长官——先生，哪里会出现奇迹呢？德谟克利特②比我多笑十倍，难道他不是阿布德拉的市镇秘书兼行政长官吗？某某（我忘了他的名字）比我俩都谨慎，难道他不

---

① 指艾迪生的《意大利观感》，在这本书的《序言》里，他这样写道："我特别仔细地思考古代诗人写的，与我见到的地方和古迹有关联的各个段落；因为在我开始踏上旅程之前，我注意阅读经典作家来复苏我的记忆，并且从中收集一些将后我或许用得着的东西。我必须承认：我可以说我仔细考察对景点的不同描述，再将该地的自然风貌与诗人给我们提供的景致比较印证，这绝不是在旅行中遇到的一件最小的乐趣。"

② 德谟克利特（约前460—约前357），希腊最伟大的哲学家之一，色雷斯的阿布德拉的居民；据传说，他的同乡们都为他捐钱以缓解他的贫困。因为他不喜欢见了人生的景象哭泣，所以他得到了一个可笑的绰号："笑着的哲学家"。

是以弗所的市镇秘书兼行政长官吗？① ——再说，先生，加来应该用渊博的知识、正确的判断、实事求是和一丝不苟的笔描写。

——不——如果您不相信我，您可以苦苦细读这一章。

第五章

加来， Calatium， Calusium， Calesium. ②

如果我们可以相信这个城市的历史档案的话，因为我看在这个地方没有理由对它的权威表示怀疑，那么该镇原先不过是属于一个吉讷一世伯爵的小村庄；由于它宣称现有居民不少于一万四千人，还不包括 basse ville③ 或郊区的四百二十户人家——我想它一定是逐步发展到目前这种规模的。

虽然有四个修道院，但全城却仅有一个堂区教堂；我没有机会测量教堂的确切大小，但是大体上推测一下倒十分容易——既然城里有一万四千居民，要是教堂都能容纳，那它肯定就相当大了——如其不然——他们再没有一个教堂，就成一大遗憾了——教堂被建成十字形，供奉的是圣母马利亚；具有一个尖顶的尖塔位于教堂的中央，竖立在四个轻巧但又十分坚固的柱子上——它有十一个圣坛，大多数与其说美观，不如说精巧。大圣坛是这一类作品中的杰作；是用白色大理石建造的，据说差不多有六十英尺高——如果再高一些，它就和髑髅山一样高了——因此，我想它肯定是够高的了。

给我印象最深的莫过于那个大方场；尽管我不能说它铺得讲

---

① 指赫拉克利特（约前 540—约前 475），著名的希腊哲学家，他放弃了家传的以弗所行政长官的职位，专心于哲学思辨。由于他一生寂寞，深入钻研哲学而又藐视人类，被夸张地称为“哭泣的哲学家”，与德谟克利特形成对照。

② Calais 这个词原先的几种写法；为后面戏拟学究式旅游指南的适当的铺垫。

③ 法文：下城；防御工事以外的地区。

究，也不能说它建得漂亮；但它处于该镇的中心，大多数街道，尤其是那个城区的，都在那里终止；如果在加来能有一个喷水池，好像那里没有，因为那样的东西就会成为一大装饰品，毫无疑问，居民将把它修在这个广场中心，——确切地说，它不能算一个方场，——因为它从东到西要比从南到北长四十英尺；因此法国人一般更有理由将它称为广场而不是方场，因为严格地讲，它肯定不是方场。

市政厅似乎是一座蹩脚的建筑，好像也没得到很好的维修保护；要不然它将成为该地的第二大点缀；不过，它倒可以行使自己的职能，完全可以用来接待地方行政官员，因为他们时不时地要在这里集会；因此可以推测公正是分配得均匀有度的。

关于库尔甘[1]区我可是耳熟能详了，但那里没有一点稀奇的东西：库尔甘是该镇一个与众不同的地区，居住的都是清一色的水手和渔民；该地区有一些小街道，修建得十分整齐，房屋大都是砖砌的；那里人口极其稠密，但究其原因，可以说是饮食成分[2]造成的，——因此这也没有什么稀奇的。——旅行者不妨去看看，以了却一桩心事——但无论如何，可不能忘了参观 La Tour de Guet[3]；这个名称是从它的特殊职能而来的，因为在战争期间，它是用来发现、监视从海路或陆路靠近该地的敌人的；——它高得出奇，总是非常触目，您就是想避而不看，也办不到。

感到十分失望的是，我没有能获得许可对那些堡垒做一次严格的考察，因为它们是世界上最坚固的，而且自始至终，也就是说从它由波伦亚伯爵，法国的腓力[4]开始修建一直到目前的战争，进行过多次维修，花费（我后来从加斯科涅的一名工程师那里得

---

① 原文为 Courgain，来自 court gain，意思是“小收益”。

② 海味被认为能增进性功能。

③ 法文：瞭望塔。

④ 即腓力六世（1293—1350），法国瓦卢瓦王朝第一代国王（1328—1350），因与英王爱德华三世争夺王位及其他争端，引起百年战争的爆发（1337），法军两次惨败（1340，1346）。

知）——一亿多里弗赫①。特别值得注意的是，在格拉弗勒纳的顶端，当然是该镇防御最薄弱的地方，它们花的钱最多；因此简易外围工事向野外延伸了很长一段路，占了一大片土地。——不过这一切说过、做过之后，必须承认，加来本身无论如何没有像它的地理位置以及它次次给我们的祖先进入法国的那个便当入口那样值得重视：它也不是没有不便之处的；因为在那些时代它给英国人造成的麻烦不亚于我们这个时代敦刻尔克给我们造成的麻烦；所以它理所当然地被看作两个王国的锁钥，毫无疑问，正因为如此，就引起了谁应该控制它的诸多争斗：在这些争斗中，围攻加来，或者更确切地说封锁（由于它被陆地和海洋关了起来）加来是最值得纪念的，因为它抵挡住了爱德华三世整整一年的努力，最后却被饥荒和极度的苦难所终止；尤斯塔斯·德·圣皮埃尔②最先为他的同胞而牺牲，他的英勇行为使他跻身于英雄之列。既然用拉潘自己的话来说，费纸不会超过五十页，③ 如果不把那次浪漫事迹像围攻本身一样给读者做一番详细的交待，对于读者就有失公允了：

第六章

——可是英勇！宽容的读者啊！——我瞧不起它——我能掌握您已经足够了——要是再利用这支笔的运气，从您身上讨的便宜未免会有些过分——不——！凭那能温暖有真知灼见的头脑、能照亮超凡脱俗的地区的精神的万能的火起誓！我可不愿意强迫一个无助的人儿来做这种苦差使，叫您去支付我无权卖给您的那五十页的钱，可

① 法国旧时货币，当时价值相当于一磅白银。

② 加来最富有的市民。

③ 在他的《英国史》中，拉潘（参见第 363 页注③）叙述围攻加来（1347—1348）极其简略，不到一页。但斯特恩的根据是皮加尼奥尔的记述："尤斯塔斯·德·圣皮埃尔，本镇最杰出的人物"，文中说他和另外五个人为了挽救该镇，脖子上套着绞索把自己交给爱德华三世处治。

怜的人儿啊！——尽管我赤条条的，我倒想在山上吃草，微笑，因为北风既没有给我带来帐篷，也没有给我带来晚餐。

——好吧，穿上衣服，我勇敢的孩子！充分享用你去布洛涅的一路风光吧。

第七章

——**布洛涅**！——哈！——这样我们都聚在一起了——天堂前面的债务人和罪人；我们这快乐的一伙——但我没法呆着跟你们狂欢畅饮——我自己被人追赶着，就好像被一百个魔鬼在追赶着一样，还没来得及换好马就会被追上：——看在老天的分上，赶快——这是因为犯了叛国罪，一个矮子咬着站在他身旁的一个大汉的耳朵尽量低声说——要不就是因为犯了谋杀罪；大汉说——掷得好，六一幺①！我说道。不，第三个人说，这位先生犯了————

Ah! ma chere fille! ② 她做完晨祷，正从我身边轻快地走过时，我说道——你看上去像清晨一样鲜红（因为太阳正在升起，这使得这句赞美的话更加亲切）——不，那不可能，第四个人说道——（她对我行了一个屈膝礼——我吻了吻我的手）这是债务；他接着说：这肯定是为了债；第五个人说道；就是给一千镑我也不会替那位先生还债的，幺点说道；我也不会，六点说道，哪怕给我六千——掷得好，又是六一幺！我说道；——但是我除了欠**大自然**③的债以外，再不欠任何债，我只需要她的耐心，我将要偿还我欠她的每一文钱——**小姐**，您怎能心肠这么硬，要追捕一个穷苦的旅行者？他从事的都是合法的活动，没有妨碍任何人。挡住那个一脸死相、

---

① 将信口雌黄的一高一矮两个男子用赌徒的术语说成掷出的两粒骰子，结果一个为六，一个为幺。

② 法文：啊！我亲爱的姑娘！

③ 即死亡。

跨着大步的无赖似的骇人的罪人，他在我身后紧紧跟着——要不是为了您，他是从来不会跟我的——如果仅仅追随一两站，只是为了让我抢在他前头，我恳求您了，小姐——那就追吧，亲爱的小姐——

——的确，十分可惜，我的爱尔兰老板说道，这种善意的追求竟会半途而废；因为这位小姐被追得太远，听不到声儿了——

——呆子！我说道。

——那么说你在布洛涅也就再没有什么值得一看的了？

——天哪！那儿有最好的**人文学院**——。

——那再好也没有了；我说。

第八章

当一个人愿望的冲劲催促他的思想的速度比他所驾驶的车辆快九十倍时——真理就该遭殃了！他在上面倾吐内心失望的车辆及其装备（假设它们是你想用的材料制成的）就该遭殃了！

由于我肝火正旺时从来不笼统地品评人和事，“欲速则不达”；就是我对于这件事初次发生时所做的批评；——第二次，第三次，第四次，第五次，我把它分别限制在这几次之内，因而我只是把第二、第三、第四、第五次归咎于车夫，再没有往下追究；但是这种事情从第五次以后继续碰到我身上，第六次，第七次，第八次，第九次，第十次，无一例外，于是我不得不对这种事做一个全国性的批评思考；我用的是下列的语言；

法国驿车一出发，路上总会出差错。

或者命题可以是这样。

法国车夫出城不到三百码总要下车。

怎么啦？——活见鬼！——一根绳子断了！——一个疙瘩松了！——一颗钉子拔出来了！——一个螺栓要滑丝了！——一根条条，一块片片，一个疙瘩，一条带带，一颗扣扣，或者一枚别针需要更换了。——

既然这一切都是真的，我决不认为我因此有权将这辆驿车或者车夫开除——我也从来没有想到对上帝发誓，我宁愿步行一万次———要不假如我再乘驿车，就将我打入地狱——但我冷静地接受了眼前的事实，思考着某个条条或者片片，或者疙瘩，或者螺栓，或者扣扣，或者别针总会不合标准，或者需要更换，不管我想去哪儿——因此我从不生气，我在路上碰到的事情不管是好是坏，一律听之任之，然后再往前走：——你照着办吧，伙计！我说；他下车取他塞到车袋里的黑面包午餐已经浪费了五分钟，然后重新上了车，不慌不忙地往前走，以便吃得更加有滋有味儿——赶快点儿，伙计，我说，语气尖锐了点儿——但用的是最可以想像得到的有说服力的口吻，我把一枚二十四苏的硬币在玻璃上磕得丁当作响，注意把不发亮的一面对着他，他回头一望：这狗崽子把嘴咧到耳朵根上去了，露出一脸的灵光，在他黑黝黝的猪嘴里面，亮出一排珍珠般的牙齿，以至女王也想把她的珠宝当掉来买它们。——

天哪！{多好的牙板！——
多好的面包！——

就这样，当他吃完最后一口时，我们进入了蒙特勒伊镇。

第九章

依我看，在全法国没有一个城镇在地图上看上去比**蒙特勒伊**镇更好；——我承认，它在驿道手册上看起来没有这么好；但是当您来亲眼看见了它时——肯定它看上去最寒碜不过了。

然而该镇眼下有一样东西倒是十分好看的；那就是旅店老板的女儿①：她在亚眠呆了一年半，在巴黎呆了半年，以完成她的学业；所以她对于编织、缝纫、舞蹈、卖弄卖弄风情无不精通。——

① 斯特恩在《多情客游记》中又提到了她，于是有人说他心里有个特定的年轻女人。

——一个妞儿！我站着把她瞧了五分钟，把这几样特长扫了一遍，在此期间她至少把一打圆环丢进一只白色的线袜里——是的，是的，——我明白了，你这个狡猾的吉卜赛女人！——袜子很长，一头粗，一头细——你不必将它别到你的膝盖上——再说那只袜子是你自己的——正好合你的脚。——

——大自然应该给这个尤物讲一句关于一尊雕像的拇指①的话！——

——但是由于这个样品抵得上他们所有的拇指——再说，如果她的这些指头能对我有所指引，我将把她所有的拇指和手指都买下，——由于雅纳多娜（这是她的名字）亭亭玉立，正好适合叫人画下来——如果我不能把她画得比例得当，惟妙惟肖，而且没有那种好像把她用最湿的衣纹②裹住一样的坚定的笔法——我就不会再画了，要不我宁愿一辈子天天使尽自己的牛劲来拉。

——但是诸位却宁愿让我把堂区大教堂的长度、宽度和垂直高度给你们，或者给你们一幅从阿图瓦转移到这儿的圣奥斯特贝尔特大修道院的正面图——一切正好是我所料想的石匠和木匠所留下的模样，——如果对于基督的信仰可以持续如此之久，那么未来的五十年情况也会这样——这样一来，诸位可以在你们空闲的时候把它们测量一番——但是谁要测量你，雅纳多娜，谁就必须马上开始——你的躯体带着变化的原理；考虑到人生苦短，机遇有限，我是不会对你负片刻的责任的；一旦两年的时光一过，你可能会长得模样儿像个南瓜，失去你的体形——或者，你会像花儿一样凋零，失去你的美丽——不仅如此，你会像一个荡妇一样变质——失去你自己。——如果我的姑奶奶黛娜还活着的话，我也不会对她负责——千

① 也许是指公元前5世纪古希腊雕刻家波利克利托斯的《荷矛的男孩》这尊“样板雕像”的古典概念，据认为它建立了人体的理想标准，包括拇指与鼻子（！）应当相等的规则。

② 斯特恩也许知道古代雕刻家用的湿衣纹被认为对画家不宜。

真万确，她的画像难得一见——如果它是雷诺兹的手笔的话——

——但是如果在给它取名阿波罗之子后，我还继续画我的画，我就不得好死——

所以您必须满足原物；晚上经过蒙特勒伊时如果天气晴好，在您换马时，您会在您的马车门口看到它：不过除非您急匆匆的原因和我的一样不充分——您最好还是停下来：——她有一点 devote① 的味道：但是，先生，那对您只是三张低花顺②的优势——

——上帝呀——帮帮我吧！连一个点我都不会数了：我让对方抢了个先手，又让对方推了个光头，最后让对方赢了个大满贯。

第十章

经过全盘考虑，又考虑死神离我比我所想像的要近得多——我希望我是在阿布维尔，我说道，如果只是要去看看他们是如何梳毛纺线的③——于是我们出发了。

de Montreuil à Nampont-poste et demi

de Nampont à Bernay- - -poste

de Bernay à Nouvion- - -poste

de Nouvion à Abbeville poste④ *

① 法文：虔诚的女信徒。在《多情客游记》中，约里克把法国女人的一生分为三个阶段：卖弄风情者，自然神论者，虔信者，最后一个阶段是她信仰宗教的时候。

② 在玩扑克牌时，用于表示一点优势的术语。

③ 阿布维尔以纺织业闻名。

④ 法文：从蒙特勒伊到南蓬——一站半。从南蓬到贝尔奈——一站。从贝尔奈到努维永——一站。从努维永到阿布维尔——一站。一站的距离为六英里。

* 参见法国驿道手册第 36 页， 1762 年版。［斯特恩注。这里指的是《法国的主要驿道》，这是一本有关法国驿道的官方指南或一览表，从 1708 年到 1779 年，每年由雅耶洛特家族的成员在巴黎出版。］

——但是所有的梳毛人和纺毛人都已经上床睡觉了。

第十一章

旅行获益匪浅！只是它让一个人火起来；不过这也有补救的方法，您不妨在下一章中去找。

第十二章

如果我能与死亡商定，就像这会儿我和我的药剂师商定那样，我要怎么样，在哪儿服用他的灌肠剂——我一定会在朋友面前表示绝对不会照办的；因此，我只要认真思考这一巨大灾难的形态，因为它通常就像那灾难本身一样使我殚思竭虑，我总要怀着这样一种心愿把它遮掩起来，那就是万物的总理会把它理顺，不至于在我家里发生，叫我碰上——而是在某个体面旅馆里出现——在家里，我了解它，——朋友们的担忧，以及惨淡的爱心的颤抖的手要给我做的擦眉头和抹枕头的最后的照料将如此折磨我的灵魂，结果让我死于我的医生没有察觉的一种疾病：但是在一家旅店里，我需要的几项冷冰冰的服务花几个几尼就可以买到，而且给我一种无人打扰但十分准时的照料——但是注意。这家旅店不应当是阿布维尔的那家旅店——如果世界上再没有另外一家旅店，我就要把这家旅店从协约中勾销：所以

早晨四点准时把马套在四轮轻便马车上——是的，四点，先生，——要不，凭热纳维埃芙①起誓！我就要在屋里闹腾起来，会把死人吵醒的。

① 即圣热纳维埃芙（约 422—约 500），巴黎的女主保圣人。

第十三章

“叫他们像个车轮”①，饱学之士知道，这是一句辛辣的讽刺，针对的是壮游以及旅游时那种烦躁不安的情绪，大卫有先见之明，预计这种情绪会缠住子孙后代；因此，正如伟大的主教霍尔认为的那样，② 这句话是大卫对上帝的敌人发出的最尖刻的诅咒——而且，好像他说过，“我希望他们最大的不幸是不停滚动”——有多少运动，他继续说，（因为他很胖）——就有多少不安；以此类推，有多少安定，便有多少极乐。

现在，我（因为很瘦）却另有看法；有多少运动便有多少活力，便有多少快乐——静止，或者磨蹭，就等于死亡和魔鬼——

喂！喃！——整个世界都入睡了！——把马牵出来——把油给车轮膏上——拴到邮车上——再给那板条上钉上一根钉子——我要不失时机地——

现在我们正在谈论的、主教诅咒他的敌人进去（但不是上去，因为那就会把它变成伊克希翁的车轮③）的那个车轮，按照主教的体型，肯定应该是驿车的车轮，且不管它们当时是不是在巴勒斯坦安装上去的——而我的车轮，出于相反的理由，肯定是一旦转动就咯吱作响的一辆手推车车轮；假如我要成为这种车轮的评说人，我就会毫无顾忌地断言，在那个山区这种东西可多得很呢。

我爱毕达哥拉斯④的追随者（远远超出我敢给我亲爱的珍妮讲的

---

① 《圣经 · 诗篇》第 83 篇第 13 节。

② 见第 71 页注④。下面一段采用霍尔的《随想录》 140 页和《自商》 80 页的大意。

③ 根据希腊神话，伊克希翁因追求天后这种大逆不道的行为而被宙斯缚在永远旋转的车轮上受罚。

④ 毕达哥拉斯把身体视为灵魂的坟墓，认为真理只有通过一种净化了的高于身体的冲动和弱点的思想才能获得。他教导他的信徒过一种 （转下页）

程度)，是因为他们的“χωρισμὸν ἀπὸ τοῦ Σώματος, εἰς τὸ καλῶς φιλοσοφεῖν”——〔他们〕“脱离身体，为的是很好地思考”。人在身体里面时，是无法正确思考的；由于天性使然，他肯定会受蒙蔽，出现不同的偏差；主教和我因为体质不是太松，就是太紧，出现过这样的情况——**理性**的一半就是**感觉**，测量天国只不过是测量我们目前的胃口和消化情况而已——

——然而，照目前的情况来看，您认为这二者之中哪一种是极其错误的?

当然是你了：她说，这么早搅得全家不得安宁。

第十四章

——但是她不知道我发誓不到巴黎是不刮胡子的；——然而，我讨厌故作神秘；——正是从这些小灵魂之一的冷静慎重中，莱修斯① (lib. 13. *de moribus divinis*, cap. 24.) 做出了他的估计，他在估计中提出，一立方荷里的空间容纳八千亿灵魂是绰绰有余的，他认为这就是(从亚当堕落)到世界末日可能打入地狱的灵魂的巨大数额。

依据什么他做了第二个估计——如果不是依据上帝慈父般的善意——我就不得而知了——我更加茫然的是弗朗西斯科·里贝拉②脑子里是怎样想的，他声称一个不少于二百立方意里的空间足以容纳同样的数目——他肯定把他从书中读到的一些古罗马灵魂作为依

(接上页)沉思默想的生活，作为摆脱肉体的邪恶的手段。

① 莱昂纳杜斯·莱修斯(1554—1623)，耶稣会神学家；出自于他的《论神的完美与特性》第 13 卷第 24 章的这一段，斯特恩可能摘于伯顿的《忧郁的解剖》第 2 部第 2 节第 3 小节。一荷里大约等于 4.4 英里。

② 弗朗西斯科·里贝拉(1537—1591)，西班牙耶稣会会士，诠释家，虔诚的作家；这一段出自于他的《启示录》第 14 章第 20 节，斯特恩可能摘自于伯顿，出处同上。一意里大约等于 0.89 英里。

据，而没有考虑在一千八百年的进程中，经过逐渐的损耗减少，他们是怎样不可避免地缩小，以至于当他写作时，几乎荡然无存了。

莱修斯似乎是个更加冷静的人，在他的时代灵魂的数目之少现在是可以想像到的——

——我们发现他们现在数目更少——

而且来年冬天我们将会发现他们又减少了；因此，如果我们继续由一少再少，再少到无，我将毫不犹豫地断言，这样下去，再过半个世纪，我们就不会有一个灵魂了；由于这就是那个我怀疑基督教信仰的存在不会超越的时期，所以灵魂、信仰两者都完全消磨殆尽，反倒是一个好处。

洪福齐天的朱庇特啊！洪福齐天的其他每一位异教男神和女神啊！因为现在，你们全都要再次发挥作用，有普里阿普斯①尾随着你们——多么快乐的时代啊！——但我在哪里？我要闯入什么样的有滋有味的骚乱中去啊？我——我，我一定会在我中年②被斩断，只有借助于想像品味往后的时光——安息吧，慷慨的傻子！让我继续往下讲。

第十五章

——“我说，十分讨厌故作神秘”———离开石头路，我就把这话讲给车夫听；他啪的一鞭，以便抵消这句恭维；由于辕马小跑起来，骖马上蹦下跳，我们一路颠簸到了阿伊钟楼，它往日有世界最动听的钟声的盛名；但我们颠簸着从旁经过时，却没有听到音乐——钟声乱了套——（事实上，全法国钟声都是这样）。

因此，尽最大可能加快速度，我从

---

① 在希腊神话中，普里阿普斯系酒神狄俄尼索斯和爱神阿佛洛狄特之子，是男性生殖力之神，通常用一个巨大的阴茎来代表。

② 参见《圣经 · 诗篇》第 102 篇第 24 节：“我的神啊，不要使我中年去世。”

阿伊钟楼到了伊克斯库尔，从伊克斯库尔，我到了珀基内，又
从珀基内我到了亚眠，

关于这个镇子，我再没有什么给您讲的了，除了以前给您讲的——那就是——雅纳多娜去那里上过学。

第十六章

在紧一阵慢一阵地吹过一个人征帆的全部苦恼中，没有一个比我即将描述的这个具有更捉弄人、更折磨人的性质了——这种事儿，（除非您跟一名导游一起旅行，为了防止这种苦恼，大多数都这样做）——真是拿它没有办法：而且情况就是这样。

但愿您从来没有如此好的睡眠兴头——尽管您走过的或许是最美丽的国家——走的是最好的道路，——而且乘的是世界上最舒服的车——再说，您也相信您能够往前睡五十英里而不睁一次眼睛——何况，您就像对欧几里得几何的任何原理满意一样，显然十分满意，所以，无论如何，您睡着时跟醒着时一样心满意足——甚至可能更加满足——可是，每到一站都要一轮接一轮地付马钱——因此，就必须把手伸进口袋里，从那里数出三里弗赫十五苏（一苏接一苏）结束大部分计划，以致您不能超出六英里（或者假如它是一站半，那只不过是九英里）——如果它会使您的灵魂免于毁灭的话。

——我将同他们两清，我说，因为我要把正好这个数的钱包在一张纸里，一路上攥在手里做好准备："现在我就没别的事儿可做，"我说（使自己心平气和下来），"只有把这轻轻放进车夫的帽子里，一句话都不说。"——然后，又需要两个苏来喝酒——或者有一枚将不能流通的路易十四时代的十二苏硬币①——或者有从上一站

① 1738年，在路易十五统治下大举重铸苏。里弗赫是从前的法国硬币，价值相当于法郎，后来变成了法郎。一苏大约等于二十分之一里弗赫；一个里亚得等于四分之一苏。

拿出的里弗赫和一些零里亚得，先生已经把这些忘了；争吵（因为一个人睡着时不能很好地争辩）惊醒了他：使他想起了甜蜜的睡眠仍然可以失而复得；肉仍然可以压垮灵①，并且从这些打击中恢复过来——可是，然后呢，天哪！您只付了一站的钱——而这是一站半呀，这就迫使您拿出您的驿道手册，上面的字迹太小，叫您非睁大眼睛不可，不管您愿不愿意：随后 le Curé② 先生给您一撮鼻烟——或者一名可怜的士兵伸给您一条腿——或者一个光头僧侣③推过他的盒子——或者蓄水池的女祭司会给您的车轮浇水——车轮不要水——但她凭她女祭司的身份发誓（把水又泼回去）它们需要：——然后，您有了这种种需要争论的或者在头脑中反复考虑的问题；在这么做的时候，理性的力量彻底被唤醒了——您不妨尽力让它们再次睡着。

全怪碰上了这么一档子倒霉事儿，要不我已经干净利落地通过了尚蒂伊马厩④。

——但是车夫先是断定，然后又当着我的面一口咬定那两枚苏的硬币上没有标记，我睁开眼睛要眼见为实——看见上面的标记明明白白——一气之下，我便从马车上跳了下来，然后怀恨在心，把尚蒂伊的一切看了一遍。——我这样只试了三站半，就相信这是世界上快速旅行所依据的最佳原则；因为在这种心情下，难得有什么看起来非常诱人——您就没有多少景物或者没有任何景物让您留步；这就意味着我经过圣丹尼甚至不用侧过脑袋看旁边的大修

① 参比《圣经·新约·加拉太书》第 5 章第 17 节："因为情欲和圣灵相争，圣灵和情欲相争，这两个是彼此相敌，使你们不能做所愿意做的。"

② 法文：本堂神甫。

③ 骂男修士的话，盒子是盛他为他的修道会化来的钱的。

④ 大马厩由波旁公爵路易-亨利于 1719—1735 年建成，可容纳 1000 匹马，被认为是法国奢华的一个基准。位于法国赛马俱乐部举行一年一度的大赛的跑马场附近。

道院——

——他们丰富的珍藏！胡说八道！——除了他们的珠宝不加考虑，因为全是假的，它里面的任何一样东西，我都不肯给三个苏，除了犹大的灯笼①——就是那个我也不愿意，只是因为天就要黑了，它或许会有一点用场。

第十七章

啪，啪——啪，啪——啪，啪——原来这就是巴黎！我说（怀着同样的心情继续讲）——这就是巴黎！——哼！——巴黎！我喊道，第三次重复着这个名字——

一流的，最美丽的，最辉煌的——

——然而街道却很脏；

不过我想，它的样子比气味还好一些——啪，啪——啪，啪——你好大惊小怪啊！——好像它让善良的人急于得知，一个脸色苍白、身穿黑衣的人有幸在晚上九点被一名身穿翻着红色单面闪色花呢边的紧身短袄的车夫拉进了巴黎——啪，啪——啪，啪——啪，啪——啪，啪——我希望你的鞭子——

——但这是你们国家的精神；因此噼啪——继续噼啪吧。

哈！——没人让出靠墙的路②！——但在礼仪学校里，如果墙是

---

① 据说加略人犹大出卖耶稣的那天夜里使用过的灯笼和杯子保存在圣丹尼的大修道院的珍藏室里。作为一名新教徒，斯特恩认为那种“遗物”非常可笑。

② 在人行道窄或没有人行道的旧式街道上，碰到别人时，让人靠墙走被视为一种优待，因为这就让出了一条比用鹅卵石铺的或泥土街道中间更安全、（通常）更干净的通道，而这些街道通常比明水沟好不了多少。在《赫布里地群岛旅行记》 9 月 20 日的日记里，鲍斯韦尔引用了约翰逊的话，说，“在前一个时期，当他母亲在伦敦居住时，有两种人，一种是让出靠墙的路的人，一种是不让靠墙路的人；也就是平和的人和喜欢争吵的人。”

最好的——您怎么能另做一套呢？

请问他们什么时候点灯？什么？——夏天的几个月从不点灯！——呵！是吃色拉的时候了。——好稀罕！色拉和汤——汤和色拉——色拉和汤，还有——

——这对罪人来说太过分了。

现在我可受不了这个城市的野蛮；那个肆无忌惮的马车夫怎么能对那匹瘦马说那样下流的话？难道您没看到，朋友，街道窄得不像话，以至于整个巴黎连一辆独轮车转身的地方都没有？在全世界最壮丽的城市，如果街道再稍微宽一点，该不会有什么差错吧；况且，要是每条街道只有那么点儿地盘，一个人也只能知道（如果只是为了满意的话）他走的是哪一边。

一——二——三——四——五——六——七——八——九——十。——十家饭馆子！数目翻了一番的理发馆！坐车不到三分钟就全走完了！人们还以为全世界所有的厨师同理发师欢聚一堂，异口同声地说过——喂，咱们都到巴黎过日子去：法国人好吃——他们都是美食家——我们的地位就会提高；如果他们的神就是自己的肚腹①——他们的厨师肯定就是绅士：由于假发能叫人体面，假发制造者制造了假发——因此，理发师就会说，我们的地位将会更高——我们会在你们所有人之上——我们至少也会当上 Capitouls* ——pardi②！我们都会佩上剑——

---

① 见《圣经 · 腓立比书》第 3 章第 19 节："他们的神就是自己的肚腹。"

* 法文，图卢兹等地的行政长官。〔斯特恩注。这个词在 1761—1762 年的让 · 加拉事件中变得臭不可闻，当时图卢兹的一名胡格诺派（新教）教徒父亲因儿子的死亡被错误地处死，几乎可以肯定这是一种宗教迫害行为。大声疾呼要求予以免罪的伏尔泰这么认为；斯特恩当时经常出入的巴黎沙龙这么认为；利用小册子反法、反天主教的英国人也这么认为。斯特恩利用读者熟悉的这个词再次攻击与之刚刚停战的法国人，攻击罗马天主教。〕

② 法文，字面意思是"上帝作证"，但是没有它的渎神和力量，大体上是"确实"的对应词。

——因此，有人就会发誓（那是借着烛光，——但又不依赖它）他们继续干下去，直到今天。

第十八章

法国人肯定遭到了误解：——然而是不是因为他们没有充分说清楚自己的意思；或者不能以人们在这样重要的一个问题上所期望的，而且很可能为我们提出争议的那种一丝不苟的准确性说话，错误就在他们身上——还是，由于不能总是谨严地理解他们的语言，弄明白“他们用意何在”，我们也有一定的错误——我吃不准；但是当他们断言，“谁看了巴黎就等于见了一切，”他们肯定说的是那些在白天看过巴黎的人，这是显而易见的。

至于烛光——我对它不抱希望——我前面说过，不依赖它——而且我再重复一遍；但不是因为光与影对比过于分明——或者颜色迷离恍惚——或者既没有美，也没有和谐，等等……因为这不是实际情况——但这一方面，以下情况仍不确定，那就是在他们为您算的巴黎的五百家豪宅里——而且按保守的估计，在烛光下能很好地看到，感觉到，听到和理解到（顺便说一下，这句话引自利利①）的五百样好东西（因为一家豪宅只允许一样好东西）——五十个人当中我们要有一个能把大家的脑袋塞进它们中间那才怪呢。

下面不是法国计算的组成部分：它就是这种情况。

根据一千七百一十六年做的最近一次调查，因为从那时起，有了相当大的扩充，巴黎现有九百条街道；（即）
在所谓的“市”区——有五十三条街道。
在肉市的圣詹姆斯，有五十五条街道。
在圣奥波尔蒂恩，有三十四条街道。

① 显然是指威廉·利利语法和其他语法中的“看、感觉、听、理解”这几个动词的规则。

在卢浮区有二十五条街道。
在皇宫区，或圣奥诺留，有四十九条街道。
在马蒂尔山，有四十一条街道。
在圣尤斯塔斯，有二十九条街道。
在中央菜市，有二十七条街道。
在圣丹尼，有五十五条街道。
在圣马丁，有五十四条街道。
在圣保罗，或莫尔泰勒里，有二十七条街道。
在沙滩广场，有三十八条街道。
在圣阿沃伊或玻璃厂，有十九条街道。
在沼地或寺院，有五十二条街道。
在圣安东尼区，有六十八条街道。
在莫贝尔广场，有八十一条街道。
在圣贝内特区，有六十条街道。
在圣安德鲁·德·阿尔克，有五十一条街道。
在卢森堡区，有六十二条街道。
在圣日耳曼区，有五十五条街道，任何一条街您都可以走进去；当您白天清清楚楚看见了这些街道以及街道上的一切，——街上的门，街上的桥，街上的广场，街上的雕像————而且，通过他们所有堂区教堂，当然没有遗漏圣罗什和叙尔皮斯教堂①，征讨过这座城市———更使人高兴的是，您到四个宫殿转了一圈，您想去看有雕像，有图画的或者是没有雕像，没有图画的宫殿，随您的便——

——然后，您就会看到——

——不过，这是谁也不必告诉您的，因为您自己会在卢浮宫的门廊上看到这些字，

---

① 竣工于1740年的圣罗什教堂和竣工于1745年的圣叙尔皮斯教堂及其壮观的正面是18世纪受人崇尚的巴洛克“古典”建筑的杰出样板。

世间没有那样的人！——人间没有巴黎那样的城！

——呀呼哼*。

法国人有种处理每件大事的欢乐办法；对它也只能说这么多。

第十九章

提起欢乐这个词儿（像在前一章结尾时那样），它使人（即一名作者）想起忧郁这个词儿——尤其要是他对该词有话要说的话：不是根据任何分析——也不是出自任何趣味或系谱表，在它们之间似乎有比光明和黑暗，或任何性质上极端对立的两种事物更多类同的基础——这只不过是作家们维持词之间的理解的一种拙劣技巧罢了，就像政治家维持人之间的理解一样——而不知道不得已把它们彼此放置得有多近——现在有了这种观点，我可以使我的观点完全符合我的思想，我要把它写在下面——

忧郁

在离开尚蒂伊时，我声明这是世界上快速旅行所依据的最佳原则；但是我把它仅仅作为问题提出来，现在我仍然坚持同样的观点——只是当时对它的功能体会不足，而没有增加上这一点，那就是，尽管您确实以飞快的速度前进，然而对您自己来说，您前进得却很不容易；正因为如此，我在这里彻底地、永远地把它放弃，让它情愿为任何人效劳——它在一顿丰盛的晚餐后破坏了我们的消

---

* Non Orbis gentem, non urbem gens habet ullam

————ulla parem.

[斯特恩注。这一段可以译为：世界上再没有这样一种民族，任何民族也没有这样的城市。]

化，引起了严重的腹泻，这使我又一次想起了我出发时所依照的第一个原则——而有了这一原则，我将扔掉它奔向加龙河岸。

——不；——我一刻也不能停止向您讲这里的人的特点——他们的天才——他们的风俗——他们的习惯——他们的法律——他们的宗教——他们的政府——他们的工业——他们的商业——他们的金融及养活他们的所有资源和潜在的来源：尽管我可能有资格，由于跟他们在一起呆了三天两夜，而且在此期间，把这些问题当成我调查和思考的全部主题——

仍然——我仍然必须离开——路是铺过的——站与站的距离很短——天很长——现在只不过是中午——我将赶在国王之前到达枫丹白露——

——他要去那里吗？我不得而知——

第二十章

我现在最讨厌听人抱怨，尤其这个人如果是个旅行者的话，说什么我们在法国走得不如在英国快；可要是 consideratis considerandis①，我们其实走得快得多呢；这么说的意思是，如果您掂量掂量他们在您前前后后堆满如山的行李的车子——再想想他们那些瘦马，他们就给一丁点儿吃的——它们竟然还走得动，可真是个奇迹：它们受的苦可是最可怕的，因此我看很明显，要不是为了※※※※※※和※※※※※※这么两个词，一匹法国驿马不会知道活在世上到底该做些什么。这两个词里包含着些许营养，就好像您给了他一口玉米一样：现在因为这两个词并不值钱，我打心眼里想给读者挑明；但是这里面有一个问题——必须把这两个词给他讲明白，说得清清楚楚，否则那就达不到任何目的——可要是那样明明白白地说出来——尽管那些大人先生兴许会在卧室里笑——但我可知道，

① 拉丁文：考虑到所有的情况。

他们会在客厅里骂：为哪个理由，我有时在脑子里捣腾了又捣腾，不过等于白搭，用什么正派方法或滑稽手段我可以把它们控制好，我既使读者乐意听我讲的那只耳朵感到满意，又让他不想听的那一只耳朵不会不满意。

——我的墨水烧着我的手指去试一试——可要是我试了以后——那就会产生一个更加糟糕的后果——它会（我怕）烧了我的纸。

——不；——我不敢——

但是如果您想知道昂杜莱①的女修道院院长和她的修道院里一个见习修女是怎么克服困难的（只是首先希望我自己获得一切想像的成功）——我会毫无顾忌地告诉您。

第二十一章

要是在巴黎现在发行的大版分省地图上找一找，您就会发现昂杜莱坐落在把勃艮第和萨瓦分开的群山之间。昂杜莱女修道院院长可能患有关节强直病，或者叫硬关节（她膝盖里的滑液②因长时间的晨祷变硬了），把每种疗法都试遍了——刚开始是祷告，感恩；然后就不分青红皂白祈求天堂里所有的圣徒——接着是专门祈求在她之前得过硬腿症的每一位圣徒——再下来是用修道院里所有的圣骨敲打关节，主要是用那个从小就腿脚无力的路司得男子的股骨③——再就是睡觉时用自己的头巾把它裹起来——要么就是把她的念珠十字交叉——接下来是用俗人的手臂帮她，给关节涂上油膏和动物的热油——然后用润肤剂和消炎热敷来治疗——接着是蜀葵膏药、锦葵

① 想想下面这段叙述的性质，看起来斯特恩选择昂杜莱（Andoüillets）很可能是因为它与 andouille（香肠）、 andouillettes（小香肠）相像，拉伯雷常用这个词，暗含色情的意味（见《巨人传》第 4 卷第 35 章）。

② 关节内膜分泌的润滑液体。

③ “瘸腿”的路司得男子是被保罗治好的；这一记述见《圣经 · 使徒行传》第 14 章第 8—10 节。

膏药、亨利藜①膏、白百合膏药和胡芦巴膏药——然后用林木，我的意思是林木的烟，还把她的披肩②盖在腿上——然后是野菊苣，水田芥，细叶芹，甜塞西莉和辣根菜③的煎剂——由于这些方子一直没见效，最后有人劝她去试试波旁的热水浴——就这样她先得到了督察长代她打理事务的应允——而后才吩咐做好旅行的一切准备：一个大约十七岁的修道院见习修女正为她中指上的一块瘭疽④发愁。她总是不停地把指头插到女修道院院长扔掉的膏药之类的东西里。——这个见习修女得到了这样一个好处，结果忽视了一个患坐骨神经痛的老修女，她兴许会被波旁的热水浴永远治好的，可是玛格丽塔，那个小见习修女却被选做旅行的陪同。

一辆修道院的带绿粗呢衬里的旧折篷轻便马车按吩咐给拉到了太阳地里——被选做骡夫的修道院花匠牵出两匹老骡子，把它们尾巴头儿上的杂毛剪掉，这会儿还有一对平信徒修女⑤也在忙活着，一个在缝补衬里，一个在缝补黄色镶边的细条，这些都是时光的牙齿扯开的——下等花匠则用热酒渣整治骡夫的帽子——在正对着修道院的一个棚屋里头，还有个裁缝在音乐声中坐着忙活，他正在给马具选配四打铃铛，用皮带每系一个，就对它吹一声口哨——

——昂杜莱的木匠和铁匠专门开了一个研究车轮的会议；到第二天早晨七点，一切都显得漂漂亮亮，样样准备得停停当当，在修道院门口等着，去洗波旁的热水澡了——两排倒霉蛋一个钟头前就在那儿站好了。

昂杜莱女修道院院长在见习修女玛格丽塔搀扶下慢慢地向马车走过去。她们俩一袭白衣，胸前挂着黑色的念珠——

---

① 一种带黏液、有咸味的植物。

② 有一定等级的修士穿戴的一种短工作披风。

③ 一种抗坏血病的药草。

④ 指头上的脓炎肿块。

⑤ 此类修女穿修女服，履行发愿，但未受神职，无神品，一般从事勤杂工作。

——和这一幕形成对比的是一种简单的肃穆：她们登上马车；修女们身着象征纯洁的一色一样的衣服，每人占着一扇窗户，院长和玛格丽塔抬头一望——每个人（除了那个患坐骨神经痛的可怜修女）——每个人挥了挥自己的头巾头儿——然后又吻了吻放开头巾的白手：虔诚的院长和玛格丽塔像圣徒那样把双手按在胸口——举目望望天——然后又看看修女们——看样子在说："上帝保佑你们，亲爱的姐妹们。"

我声明我对这个故事很感兴趣，还真希望自己也在场呢。

那个花匠，我现在得叫他骡夫了，是个个头矮小、劲头十足、膀宽腰圆、性情和蔼、闲话不断、嗜酒如命的家伙，他很少为生活中的"怎么办"、"什么时候"这类事儿伤脑筋；所以他用修道院一个月的工钱做抵押赊了一皮桶酒，他把那桶酒放在马车后边，上面还盖了一件黄褐色的骑马大氅，防止太阳晒着；天气很热，他却不是个吝惜力气的人，走路的时间等于他坐车的十倍——他总是身不由己地落到马车的后边去；老是这么来来回回地走，结果路还没赶完一半，就出现了酒从皮桶的合法出口漏光的局面。

人生来就有些恶习。那一天整天闷热得要命——晚上倒挺惬意——酒香四溢——长葡萄的勃艮第山势陡峭——山脚下一座凉快的小屋门上悬着一根诱人的小树枝①，随着热情和谐地颤动着———阵微风吹过树叶，沙沙作响——"来吧，——来吧，口干舌燥的骡夫——快进来吧。"

——骡夫不愧为亚当的子孙。我不需要再多说一个字了。他给每头骡子来了结结实实的一鞭子，又盯着女修道院院长和玛格丽塔的脸（他就是那么做的）——好像在说，"我来了"——他又啪地来了一鞭——就像是对他的骡子说，"往前走"——他就这么偷偷摸摸地蹭到了后边，进了山脚下的那家小客店。

我给您说过，骡夫是个个头矮小、兴高采烈、喜欢叽叽喳喳的

① 树枝从前被用做客店的标志。

家伙。只要他有点儿勃艮第葡萄酒，边喝边聊，他就想不到明天，更不会思前想后；所以他就开始大侃特侃，说什么他如何是昂杜莱女修道院的主管花匠，等等，等等。还说出于对院长和玛格丽塔小姐的友情（玛格丽塔还在她的见习期呢），他才陪她们一道打萨瓦来，等等——等等——还说什么她怎么由于祈祷弄了个白肿块[①]——还有他费劲弄了多大一簇草药来缓解她的体液等等等等。要是波旁的水治不了那条腿——她可能两条腿都会瘸——等等，等等，等等——他这么起劲地编造他的故事，结果把故事的女主角忘了个干干净净——还有她一起的，那个小见习修女，还有比她们俩更难对付的——那两头骡子；骡子是喜欢占世上便宜的家伙，因为它们的父母占了它们的便宜——可它们的情况又不能把债向下传，让后代报恩（像男人、女人、野兽那样）——它们报恩的办法是侧面的，长远的，朝后的——能上山就上山，能下山就下山，能走什么道儿就走什么道儿。———肚子道德伦理的哲学家们从来没有正确地考虑过这种事儿——贪杯的可怜的骡夫又怎么会考虑呢？他压根儿就没想——该我们考虑考虑了；就让我们把这个最快活最没头脑的凡人留在他得心应手的地方吧——让我们来照看一会儿骡子、院长和玛格丽塔。

借着骡夫最后那两鞭子，两头骡子倒还安分地走着，凭着它们自己的良心上山，后来上了一半；可是在转一个弯儿时，那匹老一点儿的骡子，一个精明、狡猾的老鬼，朝一边瞅了瞅，发现后边没有骡夫——

娘的腿[②]！它骂起来，我可再不走了——要是我走，另一个答道——他们就该用我的皮鞭一面鼓了。——

它们俩合计好，就这么停下来了——

---

① 不发红的肿块，但口语里也指怀孕。

② 原文为 By my fig。 fig 有女人的外阴的含义。

第二十二章

——你们走呀，女修道院院长说。

——嘘——吁—吁—玛格丽塔叫着。

吁—吁—吁—吁—院长也吆喝起来。

—吁—吁—玛格丽塔叫着，撅起了她甜美的双唇发出介乎喊叫和口哨的声音。

咚—咚—咚—昂杜莱女修道院院长用她的金头手杖把马车底敲得震天响——

——那匹老骡子放了一个屁——

第二十三章

我们这下可给毁了，完了，我的孩子，女修道院院长对玛格丽塔说——我们得在这儿呆一整夜——我们会遭人抢劫——我们会被人糟蹋——

——我们会被糟蹋，玛格丽塔十拿九稳地说。

圣母马利亚！院长叫起来（把“啊”忘了）——为什么我叫这可恶的硬关节左右啊？我为什么要离开昂杜莱修道院呀？再说为什么您不能让您的仆人清清白白地到坟墓里去呀？

哟，我的手指！我的手指！见习修女喊道，听到“仆人”这个词她一下激动起来——为什么我不满足把它放在这儿，或者那儿，随便哪儿，而不是这鬼地方？

——鬼地方！女修道院院长说道。

鬼地方——见习修女说；因为恐惧打懵了她们的思维能力——一个不知道她在说什么——另一个不知道她在答什么。

哦，我的贞洁！贞洁！院长嚷道。

——洁！——洁！见习修女抽抽搭搭地说。

第二十四章

我亲爱的院长，见习修女说着便恢复了一点儿自制力，——别人告诉我，有两个词儿可以让任何马、驴、骡子上山，不管他乐不乐意；就算他再固执，脾气再坏，一听到这两个词儿说出来，他就听话了。这是两个带魔咒的词儿！女修道院院长惊恐万状地叫起来——不；玛格丽塔心平气静地答道——不过是两个罪恶的词儿——是什么？院长打断她的话问道：这是两个罪大恶极的词儿，玛格丽塔答道，——是两个要命的词儿——如果我们被糟蹋了，又因为它们而未被赦免就死了，咱们俩会——不过你可以对我说出来嘛，昂杜莱女修道院院长说——我亲爱的院长，见习修女说道，这两个词儿压根儿就不能叫人说出来；它们会让一个人身上的血一下子全涌到脸上——不过你可以咬着我的耳朵悄悄说，院长说道。

天哪！您就没个守护天使派到山脚下的那个小客店去吗？就没有一个宽厚友善的神灵闲着吗——难道没有什么自然力，能给通到骡夫心脏的动脉来些警告性的颤抖，蠕动，把骡夫从他的痛饮中唤醒吗？——对拿着黑色念珠的院长和玛格丽塔来说，没有什么甜美的吟唱能把她们从这个好主意中拉回来！

来吧！来吧！——可是太晚了——那些可怕的词这会儿被说了出来——

——可怎么说它们——您这能从洁净的双唇说出每一样存在的事物的人啊——教教我吧——指引我吧——

第二十五章

所有的罪过，女修道院院长说道，在她们所处的这种困境里，她变成了诡辩家，无论被我们修道院的告解神甫看成大罪还是小罪：没法进一步区分了。唉，一桩小罪本来就是所有的罪过里最轻的，——再给分成两半——不是只承担一半，撇下另一半——就是全部承担下来，再和个稀泥让你和另一个人平均分摊——这么一来，就被化解为无罪了。

所以我看连说一百次 bou， bou， bou， bou， bou，并没有什么罪过；若是从咱们的晨祷到晚祷，尽说 ger， ger， ger， ger， ger，也不算什么堕落：因此，我亲爱的女儿，昂杜莱女修道院院长继续说道——我来说 bou，你来说 ger；然后再换过来，因为说 fou 并不比说 bou 罪大——你就来说 fou——我再插进来（就像咱们晚祷时的哦，嚓，啦， 唻，咪和哆一样）说 ter。① 于是女修道院院长定了音，就这么开始了：

院长，　　　Bou－－bou－－bou－－
玛格丽塔，　——ger，　－－ger，　－－ger

玛格丽塔，　Fou－－fou－－fou－－
院长，　　　——ter，　－－ter，　－－ter.

那两匹骡子相互甩打了一下尾巴，以表示对这些音符的回应；但是仅此而已。——得过一会儿才会奏效，见习修女说。

院长，　　　Bou－bou－bou－bou－bou－bou－
玛格丽塔，　——ger，ger，ger，ger，ger，ger.

再快点儿，玛格丽塔嚷道。

Fou， fou， fou， fou， fou， fou， fou， fou， fou.

---

① 法文动词 bouger 意思是“走动”，“移动”，在 18 世纪用意粗俗；fouter（foutre）的意思是“推搡”、“交媾”。

再快点儿，玛格丽塔叫着。

Bou， bou， bou， bou， bou， bou， bou， bou， bou.

再快点儿——我的天啊！院长说道——它们听不懂咱们的话，玛格丽塔叫道——可是魔鬼听得懂呀，昂杜莱女修道院院长说。

第二十六章

我跑过了多大一片地方啊！——小姐，您在阅读，回味这个故事的当儿我又朝着温暖的太阳走近了多少度啊！我看到了多少美丽可爱的城市啊！**枫丹白露，桑斯，儒瓦尼，欧塞尔**，勃艮第的省会**第戎，夏隆**，还有马孔尼的省会马孔，还有到**里昂**去的路上的二十多个城镇——我已经把它们跑遍了——但就这些地方说一句话，我还不如给您讲讲月亮上的这么多的市镇：要是这一章和下一章还没有完全迷失，最起码在这一章我要做些我愿意做的事——

——哦，这可是个奇怪的故事，特里斯舛。

——唉呀！小姐，如果它是基于某篇关于受难的——关于与世无争的，或者听天由命的忧伤的演讲——那可没有给我造成什么麻烦：如果我写它是想根据对灵魂的提纯，以及人的精神（与肉体分离时）将得以永存所依赖的智慧、圣洁和敛心默祷的食粮——那么您离开它时会胃口更好——

——我希望我从来没有写过它：但是由于我从来没有抹掉任何事情——所以让我们用些可靠的办法把它直接从我们的头脑里清除出去吧。

——请把我的傻瓜帽子拿一下——我怕您是坐在上面了，小姐——它在坐垫下边——我要把它戴上——

我的天！这半个钟头来你头上一直戴着它呢。——那就让它呆

在那儿吧，再来个

哦—啦 嘀嘟 嘀
再来个哦—唻嘀嘟 嘀
再来个嗨—咚——呔—咚
呋嘟— — —咚—嘻。

现在，小姐，我希望咱们可以大着胆子再往前走一点儿了。

第二十七章

——关于枫丹白露[①]（如果您被问到的话），您需要说的无非是它距离巴黎大约四十英里（在南边什么地方），位于一片大森林的中央——它那儿有些东西可非同寻常——国王每隔两三年就和他的全体朝臣到那儿去一趟，寻求追猎的乐趣——在狩猎盛会期间，英国所有的上流绅士（您可别忘了您自己）都会得到一两匹老马参加狩猎，唯一要留神的就是别跑到国王前面——

不过，有两个原因您不必把这事见人就嚷。

第一，因为它会使上面提到过的那些老马更难搞到；

第二，它里面没有一句真话。——Allons！[②]

至于**桑斯**——您可用一句话把它打发掉——“它是大主教的教区。”

儒瓦尼嘛——我想，说得越少越好。

但是说到**欧塞尔**——我可以永远讲下去：因为在我周游欧洲的教育旅行中，毕竟我父亲（不想把我托付给他人）亲自陪伴我，此外还有脱庇叔叔，特灵和奥巴代亚。确实全家人大部分都来了，除

---

① 这座皇宫尽管豪华无比，特里斯舛却不大评说，这就是斯特恩噱头。
② 法文：咱们继续走。

了我母亲。她正忙着计划给我父亲织一条宽大的精纺毛线裤子——（这事儿是常识）——再说她也不想叫人打乱她循规蹈矩的生活，她就呆在项狄家宅里，好在这次远征期间好好地维持局面；对了，这一回，我父亲让我们在欧塞尔逗留了两天。他的研究工作总带有这么一种性质，那就是即便在沙漠中它也能找到水果——关于欧塞尔，他可能让我说个够：简而言之，不管我父亲走到哪儿——不过比起他一生中的其他阶段，这一次法意之旅更显突出——他的道路似乎大大地偏离了先前所有的旅行者走过的道路——他以如此古怪的眼光看国王、朝臣以五颜六色的锦袍——还有他对我们所经过的国家的人物、习俗的品评和同别的凡夫俗子的意见，尤其是脱庇叔叔和特灵的看法是这样的大相径庭——（我自己就更别提了）——更不同凡响的是——那些由于他的一套理论和见解造成的、我们接二连三碰到的事件和陷入的困境——凡此种种是一堆这么古怪、杂乱、哭笑不得的大杂拌儿——以至于全部搅在一起以后，它展现出一种同从前任何欧洲旅行截然不同的色调——以致我要贸然宣布——如果直到旅行不复存在——或者到了同样的地步——直到世界最后突然决定停止不动——所有的旅行者和游记读者都不再读它，——那一定是我的错，而且只能是我的。

——但是这个大包袱现在还不能打开；只是为了解开我父亲在欧塞尔逗留的谜团，它上边的一两根小线头倒可以松开。

——我已经提过——这线头太细小，不能老是悬着；而把它编进去时，它也就算到头了。

脱庇兄弟，我父亲说，趁晚饭还炖着，咱们到圣日耳曼大教堂去——就是光去看看塞吉耶先生①极力推荐的这些遗体也行。——什么人体我都愿意去看，脱庇叔叔说；因为在整个旅程中他都是亦步

① 多米尼克·塞吉耶（1593—1659），欧塞尔主教。1636 年，他打开了欧塞尔圣日耳曼大教堂地下室的墓穴，就他发现的埋藏在此的圣人遗体的情况，他还做了一份官方报告。

亦趋的——给我保驾吧！我父亲说道——他们全是些木乃伊——那么人就不需要刮脸啰；脱庇叔叔说——刮脸！不——我父亲喊起来——要是咱们留着胡子去，倒更像是亲戚哩——于是我们便向圣日耳曼大教堂冲去。下士用他的胳膊扶着主人，在后边断后。

每样东西都非常精致，非常富丽，非常高级，非常堂皇，我父亲对教堂司事说。这位司事是本笃会的一名年轻会友——但是我们的好奇心驱使着我们去看那些遗体，因为，塞吉耶先生给世界做了如此精确细致的描绘。——教堂司事鞠了个躬，先点燃了一支火把。这火把总是放在储藏室里，是专门准备的；他把我们领进了圣埃里巴尔德①的墓冢——这一位，司事把手放在墓上说，是巴伐利亚皇族的一位有名的亲王。他是查理曼、温和的路易和秃头查理②的三朝元老，在政府里执掌大权，他还很有一手，能把一切事情办得秩序井然，风纪严明——

这么说他的武功和文治一样显赫啰，脱庇叔叔说——我敢说他是个骁勇的战士——他是个修士——教堂司事说。

脱庇叔叔和特灵在彼此的脸上寻找安慰——但是没找到：我父亲在紧身裤的护裆片上拍着双手，每当什么事儿使他乐不可支时，他总是做出这种举动；虽说他讨厌修士和修士发出的那种比地狱里所有的恶魔还要难闻的气味——不过这一下对脱庇叔叔和特灵的打击可比对他的结实多了，因而相对来讲算是个胜利；这可让他着着实实乐了一遭。

——请问，您怎么称呼这位绅士？我父亲贸然问道。这个墓穴，这位年轻的本笃会会友朝下看着说，埋着圣**马克西玛**的遗骨，她专程从拉文纳来，就为了摸摸那遗体——

---

① 埃里巴尔德，欧塞尔主教，约死于857年。

② 查理曼从768年到814年统治法国，随后由他的儿子温和的路易继承王位，路易的儿子秃头查理于840年继承他父亲的王位，直到877年去世。

圣马克西莫斯[①]的遗体，我父亲说道，冷不丁地把他的圣人抬了出来——他们俩可是整个殉教史上最伟大的圣人中的两位，我父亲又加了一句——对不起，教堂司事说——就是为了摸摸大教堂创建人圣日耳曼[②]的遗骨——她这么做能得到什么呢？脱庇叔叔说——哪个女人这样做能得到什么呢？我父亲说——**殉教**呀；年轻的本笃会会友一边回答，一边朝地上鞠了个躬，同时用那么谦恭但却果断的调子说着那几个字，以至于一时把我父亲给镇住了。据认为，本笃会会友继续说道，圣马克西玛在这个墓里躺了四百年了，躺了两百年后才被封为圣徒——脱庇兄弟，我父亲说，在这一批殉教者里头，她的提升倒是挺慢的。——慢得要命，报告老爷，特灵说，除非可以买——我倒宁可卖个干干净净，脱庇叔叔说——我太同意你的观点啦，脱庇兄弟，我父亲说。

——可怜的圣马可西玛！我们从她的墓穴走过时，脱庇叔叔自语着：不管对意大利还是对法兰西来讲，她可是一位最可爱、最漂亮的女士，教堂司事继续说道——可是躺在她旁边的到底是谁呀，我们向前走着，我父亲用他的手杖指着一个大墓穴问道——是圣奥普塔[③]，先生，教堂司事答道——圣奥普塔倒被安置得挺合适！我父亲说：圣奥普塔是怎么个来历？他接着问道。圣奥普塔是个主教，教堂司事答道——

——天哪，果然不出我的预料！我父亲打断了他喊道——圣奥普塔！——圣奥普塔怎么会忘了呢？他掏出他的小记事本，在他写的当儿本笃会会士替他举着火把照亮。他把情况记了下来，作为他的教名理论体系一个新的支持，而且我要大着胆子说，他追求真理时是这么地公正无私，就算他在圣奥普塔的墓穴里发现了一笔财宝，

---

① 我父亲对拉丁文 maxima（马克西玛）和 maximus（马克西莫斯）的含义玩了个文字游戏，二者意思是“最大”的这个词的阴性和阳性形式。

② 圣日耳曼，欧塞尔主教（约 380—448），死在拉文纳，这就是圣马克西玛前来朝圣的缘由。

③ 圣奥普塔，欧塞尔主教（530—532 年在位）。拉丁文 optatus（奥普塔）意为“被渴望的，亲爱的”。

也不会让他有这么一半儿富有：这可是对死者做过的一次最成功的短暂拜谒；里面发生的一切让他兴趣如此高涨——因而他立刻决定在欧塞尔再逗留一天。

——明天我再来看看剩下的这些绅士，我们穿过广场时我父亲说——趁你去探访的时候，项狄哥哥，脱庇叔叔说——我和下士要去爬堡垒。

第二十八章

——唉，这可是绕得最乱的一股线——因为在上一章里，就它起码帮我过了欧塞尔而言，我在两段不同的旅途中齐头并进，而且用的是同样的笔法——在我正在写的这段旅程中，我已经完全离开了欧塞尔，而在我将要写到的那一段旅程中，我才走出欧塞尔一半——每件事物都有一定程度的完美；然而由于争取的目标过了这个界限，我就陷入了先前的旅行者没有经历过的一种境地；因为这会儿我跟我父亲和脱庇叔叔正要回去吃饭，经过欧塞尔的市场，——我这会儿同时又在去里昂，可我乘的驿车却摔得七零八碎——此外，我这会儿还正坐在加龙河畔普林吉洛*盖的一座漂亮的亭子里。这是斯利尼安①先

---

* 著名的西班牙建筑师堂普林吉洛。我的表兄安东尼在一本题赠给他的《故事》的批注中，对他大加赞赏。参阅小版本第 129 页。 [斯特恩注。“安东尼”即斯特恩的朋友霍尔-史蒂文森（见《序》），他的密友们都用这个名字叫他。这个名字也许影射圣徒安东尼，之所以选用它，可能是出于对二人生平的某些幽默对比。圣安东尼是基督教禁欲主义的创始人，他离开人类社会隐退到一个破城堡中。他的圣洁最终吸引了大批门徒；霍尔-史蒂文森很难说是个禁欲主义者，他也隐退到他的城堡中，由于该城堡严重破损，他取名为“飘摇堡”。在那儿，他由于极端殷勤好客，便吸引了一群拉伯雷式的人物。他们仿效梅德曼姆修道院的“修士”，自称“疯魔社”。斯特恩称之为“信仰家族”。“堂普林吉洛”是霍尔-史蒂文森给一位建筑师取的名字。他作为“疯魔社”中的一员，史蒂文森把他算做《飘摇堡故事集》的作者之一。]

① 据推测是斯特恩在图卢兹的房东。

生借给我的。我现在正坐在那儿笔意纵横，大写特写这些事儿哪。

——让我打起精神，继续赶路吧。

第二十九章

走进里昂时我自个儿清算了一下账目，我可真高兴，我说道——我的驿车乱糟糟地扔着，我的行李放在一辆在我面前慢吞吞地移动的马车上头——我可打心眼儿里高兴，它全摔成碎片儿了，我说道；因为现在我可以直接走水路去阿维尼翁了，这样就会让我走上一百二十英里的路程，却花不了七个里弗赫——再从那儿，我算着账继续说道，我就可以雇一对骡子——要是我喜欢的话，驴也行（因为没人认识我），然后穿过朗格多克平原，几乎什么也不用花——因祸得福，我还会往钱袋里整整赚上四百个里弗赫；还有快乐！那可抵得上——抵得上这钱数的两倍。我会用怎样的速度沿湍急的罗讷河飞流而下呀，我双手一拍继续说，**维瓦雷**在我的右手，**多芬尼**在我的左手，几乎看不见**维安纳**、瓦朗斯、维维雷这几个古城。要是我在隐庐和烤肋①山脚下射猎，从那里摘上一颗鲜红的葡萄会重新点燃油灯中什么样的火焰啊？看着进进退退的河岸上，还有传奇的古堡，在那儿殷勤的骑士曾经营救过苦难的人儿——头晕目眩地看着岩石、群山、瀑布，还有蕴含着自然本身以及她伟大的杰作的种种急促的景观——血液中涌动的是怎样一股清新的泉流啊！

我一边这么前进，一边想着我的马车，它的残骸最初看上去倒蛮气派，可是不知不觉，它变得越来越渺小了；油漆的新鲜劲儿不复存在了——镀的金也失去了光泽——整个东西在我眼里头显得这么可怜——这么可悲！——这么可鄙！唉，一句话，简直比昂杜莱女修道院本身还差劲得多——以至于我都要张开嘴巴叫它见鬼去了——正在这个时候，一个冒失的修车匠伶俐地从街对面走了过来，问先生

---

① 泰恩和昂皮附近著名的葡萄园。

是不是要修修马车——不，不，我连连左右摇头答道——先生想不想把它卖掉呢？修车匠又问——太乐意啦，我说道——铁架子值四十里弗赫——玻璃窗值四十多——皮件你可以留着继续用。

——这辆驿车带给我多大一笔财富啊？他给我数钱的时候我说道。这可是我通常的记账方法，起码是如此对付生活中的灾祸的——每遇一桩灾祸，我就从中赚上一点——

——我亲爱的珍妮，替我告诉世人，当一个人能遇到的最难以忍受的那种灾祸压到我身上时，我怎样表现才能像个男人应有的那样，为自己的骨气而骄傲——

够了够了，我正站在那儿，手里拿着我的袖箍，寻思什么还没有经过，您来到我身边说道——够了，特里斯舛，而且我也满意了，您咬着我的耳朵悄悄说了这么几个字※※※※※　※※　※※※※　※※※　※※※※※※；——※※※※　※※　※※※※——别的任何人都会陷到灾祸中心去的——

——凡事都有可取之处，我说道。

——我要到威尔士去呆上六个礼拜，还要喝喝山羊奶①——我会因为这起事故多活七年。正因为如此，我认为自己不可原谅，因为我常常抱怨命运，说她用这么多小灾小难把我捶打了一辈子，就像一位粗野的女公爵，我就是这么叫她的，当然，要是我有什么理由生她的气，那就是她没有给我送来一些大灾难——二十个该死的、巨大的损失对我来说像津贴一样有益。

——我只希望一年来上一百个中的一两个，——我就不会遭受付数目更大的土地税的痛苦了。

第三十章

对于那些叫喊着烦心事儿的人来说，因为知道什么是**烦心**，那

① 山羊是威尔士的特产；山羊奶被认为可以使人长寿，壮阳。

就再没有比一天绝大部分时间呆在法国最富足、最繁华，处处都是古迹的城市里昂①——但却看不到它，更大的烦心事儿了。由于什么缘故遭到阻拦，肯定是件烦心事儿；但是遭到一件烦心事儿阻拦——那就肯定成了哲学上的言之有理的

烦

上　加

烦。

我拿了我的两碟牛奶咖啡②（顺便说一句，对于一次消费来讲，那可真是棒极了，但您必须把牛奶和咖啡一起煮——要不它就只不过是咖啡和牛奶了）——当时最多不过是早上八点的光景，船要到中午才开，我有的是时间把里昂看个够，以此来磨磨我在世上所有的朋友的耐心。我要去大教堂走走，我看着我的单子说道，还要去瞅瞅巴西尔的利皮乌斯大钟③的神奇构造，首先——

世上的万事万物当中，我懂得最少的就是机械装置——我既没有天赋，也没有兴趣和想像力——再加上我有一颗对那类东西一窍不通的死脑瓜，所以我郑重宣布我从来都没有弄懂一只松鼠笼子或一个普通磨刀砂轮的运动原理——虽然我也花费过一生中的许多时光，悉心观察过前者——也曾带着一个基督徒能有的最大耐心站在后者旁边研究。——

我要去看这座大钟让人惊叹的运动情况，我说道，这是我要做的头一件事：然后我要去参观一下耶稣会的大图书馆。要是可能的话，还要去看上一眼用汉语（不是鞑靼语）和汉字写的三十卷中国

---

① 特里斯舛对法国第二大城市里昂的赞扬是以贬低巴黎为代价的。

② 咖啡在18世纪被认为有医疗效果，斯特恩加牛奶（或奶油）也许是要缓解他的肺病。

③ 雅各·斯庞（1647—1685），法国古文物专家，医生。斯特恩在下一章中将他列为他的权威之一。根据斯庞的《里昂城古文物研究》一书，这座有着令人惊叹的复杂构造的著名大钟，仅次于世界上最精致的斯特拉斯堡大钟。（见该书［里昂，1857］第24—25页。）

通史。①

我对汉语的了解几乎同我对利皮乌斯大钟运动构造的了解一样少，那么，为什么这些会挤进我单子上列的头两桩事儿呢——我把它作为一道自然难题留给好奇之辈。我承认它看起来像是一桩有违她贵妇身份的事儿；追求她的人和我一样有兴趣发现她的心境。

看过了这些古董以后，我半对着站在我后边的 Valet de place② 说道，——要是**我们**去圣伊勒纽斯教堂那倒无妨，还要看看绑过耶稣的那根柱子③——然后，再看看蓬蒂斯·皮拉特的故居④——那在下一个镇子里，valet de place 说——在维安纳；这我挺高兴，我说着就从椅子上很麻利地站起身来，跨着比平常步幅长一倍的大步走到屋子对面——“我更想看看情人墓⑤。”

这一行动的原因是什么，我为什么要迈着大步说这个——我也留给好奇之辈；但是由于它与钟表机械原理无关——要是我亲自解释一下，对读者倒有好处。

---

① 皮加尼奥尔·德·拉福斯（1673—1753），法国地理学家，历史学家，在第 7 卷里，斯特恩从他的《法兰西新游记》一书中汲取了大量资料。皮加尼奥尔称，这一套中国通史在法国是独一无二的。（见该书［巴黎，1755］第 1 章第 252 节）。

② 法文：导游。

③ 一截大理石柱，按照皮加尼奥尔·德·拉福斯的说法，见其著作第 1 章第 250 节，据认为基督就是被绑在上面挨打的；而斯庞在其著作第 71 页仅仅记载：据说基督教殉教者被绑在上面接受拷打。

④ 在他的《古文物研究》（里昂，1683）第 168 页中，斯庞解释说：“一个意大利人，亨伯特·皮拉特是最后一代多芬·亨伯特的秘书，他的名字使人们想入非非，把罗讷河附近维埃纳的一座塔叫做皮拉特塔；把圣瓦利耶附近的一座山庄称为皮拉特山庄，把德拉维圣母院称为皮拉特总督府。”

⑤ 一座古墓，来源众说纷纭，原来在韦斯郊区的里昂门外。这座古墓在斯庞的《研究》第 133 页中做了探讨。

第三十一章

啊！人的一生中有一段甜蜜美妙的时光，那时候，（大脑细嫩，富有纤维，就像糨糊一般）——一篇故事写两个痴情恋人被残忍的父母和更加残忍的命运拆散——

阿曼杜斯——他
阿曼达①——她——

谁都不知爱人身在何方，

他——在东
她——在西

土耳其人俘虏了阿曼杜斯，把他押到了摩洛哥皇帝的朝廷里，在那里，摩洛哥公主爱上了他，却把他在牢里关了二十年，就因为他仍然深爱着他的阿曼达——

她——（阿曼达）一直光着两脚，披头散发，到处流浪，越过岩石高山，打听阿曼杜斯的下落——阿曼杜斯！阿曼杜斯！——千山万壑回响着他的名字——

阿曼杜斯！阿曼杜斯！

每到一座城镇，她都孤苦伶仃地在城门口坐下——阿曼杜斯！——我的阿曼杜斯是不是进城了？——她漫游，漫游，漫游全世界——直到——难以料想的命运之神在一个夜晚的同一时刻，把他们带到他

① 原文为 Amandus 和 Amanda，是拉丁文“必须被人爱的人”的阳性和阴性形式。

们故乡里昂的城门口，虽然他们走的是不同的路，但两个人都以熟悉的乡音高声呼唤，

阿曼杜斯
我的阿曼达 } 还活着吗?

他们扑进对方的怀抱，两个人倒在地上高兴死了。

在每一位雅士的一生中，都有一段温馨的岁月，在那期间，这样的一个故事给头脑提供的精神食粮，要比旅行者编造的一切零零碎碎的古代积淀更加丰富。

——斯庞等人在他们的里昂记事里滤进过滤器的东西，全沾在我自己的过滤器的正面；而且，在某种旅行指南里，但天知道在哪一种里面所发现的，无非是——为了表示对阿曼杜斯和阿曼达的坚贞不渝的崇敬，城门外面建造了一座坟墓，直到今天，情人们前来拜谒他们，来证明自己的忠诚，——我这一辈子一旦陷入那一类境地，这座情人墓最终总会以某种办法闯进来——不仅如此，那种力量完完全全控制了我，以致我想起或说起里昂——甚至有时候看见一件里昂马甲，这件古迹总要出现在我的想像里；我往往信口开河，喋喋不休——尽管我怕有些失敬——“我以为这块圣地（虽然遭受忽视）和圣地麦加①一样重要，除了财富，也不亚于圣屋②，所以什么时候，我会专程去（尽管我去里昂没有别的事）拜谒一回。”

因此，在里昂所要参观的地方中，这虽说是最后要看的——但您知道，却不是最不值得看的；当我脑子里闪过这些念头时，便在房间里跨过一二十步，步幅比平时要大，心平气和地下了楼，进了

① 伊斯兰圣城，穆罕默德的出生地，天房所在地，所有伊斯兰圣地中最神圣的。

② 意大利洛雷托的一座石头建筑，据说曾经是圣母马利亚在拿撒勒的故居，后被天使从空中搬到洛雷托。它是罗马天主教教徒朝圣的一个著名的目的地，在斯特恩时代，它的宝库中有大量昂贵稀罕的还愿献品。

Basse Cour[①]，想要出击；由于已经叫人取来账单——因为不能肯定我是不是会重回旅馆，我就把账结了——又给了那个女仆十个苏，刚好听到勒布朗先生[②]的最后几句问候，祝我罗讷河之行一路顺风——正在这时，我被堵在了门口——

第三十二章

——一头可怜的驴子挡住了我的去路，他刚刚拐进门来，背上驮着两只大驮筐，是来收集不要钱的芜青头和白菜叶的；他迟疑不决地站着，两只前蹄跨在门槛里，两只后蹄站在街道上，不太明白是不是该进来。

喏，这是个我不忍心打的畜牲（不管我是多么匆忙）——他的眼神和姿势流露出一种对痛苦的默默忍耐，是那么真挚，又在极力为他求情，所以总是解除我的武装；甚至于我不想对他说句难听的话：恰恰相反，只要见着他——不管是在城里，还是乡下——不管他套在车上，还是压在筐下——不管他是没人管，还是有人赶——我总会有几句好话要对他说；而且说了一句，又想起一句（如果他像我一样没多少事可做的话）——我总要跟他交谈交谈；当然我的想像还从来没有如此活跃，以至于从他脸的凹痕上——以及在这些凹痕没有使我深受感动的地方——构想出他的反应，使我的心融进他的心里，明白一头驴子会自然想到的东西——就像明白一个人在这种场合的心理状态一样。说实话，在所有比我低级的动物中，他是唯一一个我可以这样对待的：至于鹦鹉，鹩哥之类——我从不和他们

① 法文：下院，厩院。

② 鲍斯威尔（《谈教育旅行》， 1766 年 1 月 2 日）提到里昂的勒布朗家，他一天花三里弗赫住的一个住处，因为是“住过的最好的住处”。如果这两个勒布朗是同一个人，这就说明斯特恩在旅行期间没有在这一“最好的住处”呆过。

交换一言半语——对于猿猴之类的动物也一样，原因大致相同；他们的行为矫揉造作，就像有的说话拿腔作势一样，同样都使我保持沉默：我也不和我的狗和猫讲话，尽管我对他们都很器重——（拿我的狗来说，要是他能说，他肯定会说）——可不知为什么，他们俩都没有交谈的天分——我跟他们的交谈，除了提议，回答，反驳而外，再什么都没有，我父亲和我母亲在他们的审议榻上就是这么结束交谈的——这些话一说——对话就结束了——

——但是跟一头驴子，我可以永远交谈下去。①

喂，老实头子！我叫道，——看来从他和门中间挤过去是办不到的——你是要进来，还是要出去？

驴子扭过头朝街上望去——

那好吧——我回答说——我们等一会你的主人吧：

——他若有所思把脑袋转过来，又眼巴巴儿地朝另一个方向看——

我完全理解你；我回答说——如果在这件事情上你走错一步，他会把你打死的——唉！一会儿只不过是一会儿，要是这一会儿能让一个同类免遭一顿痛打，这一会儿也不能算浪费。

进行这段交谈时，他正嚼着洋姜秆子，肚子饿得慌，嘴里却淡而无味。食之无味，扔之可惜，心里难免有点儿怨气，所以把嘴里的洋姜秆子吐掉了又捡起来，折腾了五六次——上帝救救你吧，伙计！我说道，你吃的是一顿苦饭———天干的是苦活——挨了多少苦打，我怕就是为了这种报酬——没有别的——对你来说这全是——这全是苦啊，不管别人的生活怎么样。——现在，你的嘴巴，如果人们知道实情的话，我敢说，苦得就像黄连一样——（因为他已经把秆子扔到一边去了），在这个世界上，你也许没有一个朋友会给你一块甜饼干吃。——说到这儿，我抽出刚刚买的一纸包甜饼干，给了

① 桑丘·潘沙希望有一头他可以与之“交谈”的驴（见《堂吉诃德》上第25章）。

他一块——就在我讲这件事的当儿，我的心猛然一震，一想到看见一头驴子怎样吃饼干，这种奇思妙想里面的快乐——胜过主持给他饼干这种行为的慈善。

等驴子吃完了饼干，我把他推进门来——这个可怜的畜牲驮得太重了——四条腿儿好像在身子下面直哆嗦——他差一点朝后栽过去，当我拽他的缰绳时，绳子在我手里突然断了——他神情凄凉地瞅着我的脸——"别用它抽我——不过要是你愿意，你就抽吧"——要是我抽你，我说，我就该死。

这个词儿只吐出一半来，就像昂杜莱女修道院院长说的一样——（所以这里面并没有什么罪过）——这时进来一个人，棒子就如响雷一般打在这个可怜的家伙的屁股上，从而结束了这番客套。

闪开！

我叫道——但这个惊叹含糊其辞——而且，我想，用的也不是地方——因为驴的驮筐上的那柳条尖儿戳了出来，驴子从我身边冲过去时，那柳条尖儿挂住了我的裤子口袋，把口袋朝着你可以想像的灾难性的方向撕开了——所以，刚才的那句

闪开！依我看，应当这会儿说才对——但我把这个留给

我的

裤　子

的

评论家们

来解决。就为这，我一直穿着这条破裤子。

第三十三章

当一切安顿停当后，我又和我的导游下了楼，来到 basse cour

里，以便赶往两位情人的墓地等处所——却又一次被挡在门口——这次挡路的不是驴子——而是那个揍驴子的人；这时候，他已经占领了（失败以后的情况往往都是这样）驴子刚才站的那个地点。

这原来是驿站派来的代理，他手里拿着一张指令，要我交六里弗赫零几苏的钱。

凭什么？我问。——这是代表国王行事，代理耸着肩膀答道——

——我的好朋友，我说——毫无疑问我是我——你是你——

——那么你是谁？他问。——别蒙我；我答道。

第三十四章①

——但明确无疑的事实却是，我接着对代理说道，只不过换了一下声明的形式而已——我对于法国国王什么都不欠，就差给他良好的祝愿；因为他是一个非常诚实正直的人，我祝愿他身体健康，尽情娱乐——

Pardonnez moi②——代理答道，在你去阿维尼翁的路上，从这儿到圣丰的下一站，你欠他六里弗赫四苏——因为这是皇家驿道③，你要为马和车夫付双倍的钱——否则的话，那就只不过是三里弗赫两苏而已——

——可我走的不是陆路；我说。

——你愿意走也可以走嘛；代理答道——

您最恭顺的仆人听命——我说着向他深深地鞠了一个躬。

代理怀着庄重而有教养的真诚——也向我深深鞠了一躬。——我

① 这一章的背后是一则由 Ozell 在拉伯雷《巨人传》第 2 部第 7 章的注里讲的笑话，说一位助理牧师被告知他必须为养一个女人缴税，不管他有没有情妇。

② 法文：请原谅。

③ 从巴黎、里昂或任何由国王实际管辖的地方出发的任何驿道要收双倍的钱。

这辈子还从来没有被一个躬搞得这么尴尬过。

——让这类人的那种严肃的做派见鬼去吧！我说——（旁白）他们对**讽刺挖苦**的理解不过如此——

那个对照物驮着筐子站在一旁——可有什么东西封住了我的嘴——我说不出这种名堂——

先生，我鼓足了勇气说道——我不想走驿道——

——可是你可以走嘛——他说道，还是坚持着起初的回答——如果你愿意，也可以走驿道嘛——

——我要给我的腌鲱鱼弄点盐，我说，即便我真愿意——

——可我偏不愿意——

——但你必须交钱，不管你愿不愿意。——

明白！交盐钱嘛①；我说（我心中有数）——

——还要交过路费；他补充道。讲讲理吧；我大声说——

我走的是水路——今天下午，我就沿罗讷河而下——我的行李在船上——其实，我已经把九里弗赫的旅费都付过了——

C'est tout egal②———码事儿；他说。

Bon Dieu③！什么，我走的路要付钱！不走的路也要付钱！

——C'est tout egal；代理答道。

———样个屁！我叫道——我宁肯先进一万个巴士底狱——

啊！英国呀！英国！你这自由之邦，理智之乡，你这最慈祥的母亲——最温柔的奶妈，我单腿跪地开始呼唤——

刹那间，勒布朗太太良心发现，她看见一个黑衣人，面如死灰在那里祈祷——经他那多褶的衣服一衬托，看上去更加灰白，——她问我需不需要教堂的帮助——

---

① 盐税是法国18世纪四大税之一。

② 法文：都一样。

③ 法文，字面意思是“仁慈的上帝”，但没有英文good God的渎神口气；相当于“天哪”。

我走**水路**——我说——还有一个人要我为走**油路**[1]掏腰包。

第三十五章

我意识到这位驿站代理要我给他缴六里弗赫四苏，我别无办法，只有在这种时候耍耍贫嘴，来顶这笔钱：

于是我就这么说道——

——请问，代理先生，在这件事情上你对一个孤弱无助的外国人跟对一个法国人的态度完全相反，这依照的是什么礼规？

没有的事；他说。

请原谅；我说道——先生，你一开始就扯我的裤子——现在你又要拿我的口袋——

可是——要是你像对你自己的人那样，先拿走我的口袋——然后再让我光着屁—我就成一个发牢骚的畜牲了——

因为这——

——这有悖天理。

——这有悖情理。

——这有悖**教义**。

但不违背这个——他说——说着就把一份印刷的文件递到我手里。

PAR LE ROY[2]

—— ——这是一个简练的引言，我说——接着往下念——

---

① 这句的意思是，“我坐船顺罗讷河而下；这个牧师，好像以为我快死了，想要主持最后的敷擦圣油仪式。”在英国国教教会里，牧师不遵循给教徒临终敷擦圣油的罗马天主教习俗。

② 法文：遵照王上敕令。

—— —— —— —— —— —— —— —— —— —— —— —— —— ——
—— —— —— —— —— —— —— —— —— —— —— —— —— ——
—— —— —— —— —— —— —— —— —— —— —— —— —— ——
—— —— —— —— —— —— —— —— —— —— —— —— —— ——
—— —— —— —— —— —— —— —— —— ——

——按这上头写的，我从头至尾，有点过快地念了一遍后说，好像是如果有人乘驿车从巴黎出发——他就必须一辈子天天都坐驿车旅行——要么就交过路费。——请原谅，代理说，这个法令的精神实质是这样的——如果你打算从巴黎逐站走到阿维尼翁等地，那么，要是你不先补交比你改变主意时所在的那个地方多两站的fermiers① 的钱，你就不得改变旅行的计划或方式——我们这么做的理由是，他接着说，不能因为你的变卦而减少**税收**——

——哦，天哪！我叫起来——如果变卦在法国也要交税的话——我们毫无办法，只有尽力和你们和解了——

于是便达成了和解；②

——如果这是一种不光彩的和解——因为是特里斯外·项狄奠的基——该绞死的只能是特里斯外·项狄了。

第三十六章

尽管我知道在这六里弗赫四苏的问题上，我跟代理耍了不少贫嘴，但我还是决意在离开这个地方之前，在我的游记中记下这些苛捐杂税；于是我把手伸进外衣口袋掏我的游记——（顺便提一句，也许对游客是个忠告，今后对自己的游记多加小心）“我的游记被人偷了”——在这种场合，从来没有一个倒霉的游客像我一样对自己的游记这么大吵大闹过。

---

① 法文：包税人。

② 巴黎和平条约于1763年签订，从而结束了七年战争。

天哪！地哪！海啊！火啊！我喊叫着，呼叫每样东西都来帮帮我，就是不叫我应该叫的——我的游记被人偷了！——我该怎么办呀？——代理先生！请问我站在你身边时，有没有丢下什么游记？——

你丢了很多稀奇古怪的东西；他答道——呸！我说，那只不过是一点儿，还不值六弗赫两苏呢——但这却是一个大包——他摇了摇头——勒布朗先生！勒布朗太太！你们看没看见我的什么纸头？——你，屋里的服务小姐！快上楼——弗朗索瓦！赶快跟她上去——

——我一定得找回我的游记——那可是有史以来记得最棒的游记，我大声说道——最聪明——最风趣——我该怎么办呀？——我该从哪儿找起啊？

桑丘·潘沙丢了他驴子的褡裢后，叫得也没这么痛苦。①

第三十七章

最初的一阵激动过后，大脑的记录员们开始从这团交叉事故让他们陷入的乱麻中慢慢解脱开来——不久我就想起来，我把游记落在车袋里了——由于把车卖了，我把游记也一起卖给了那个修车匠。我留出这片空白好让读者把他最习惯的咒赌进去——至于我嘛，如果我曾给我生命中的空白赌进过一个完整的咒，我想就是进入那种——※※※　※※※　※※，我说——所以我的法国游记充满了风趣；就像一个鸡蛋充满了蛋清蛋黄一样，如果说这只鸡蛋值一个便士，我的游记就值四百几尼——如果我这儿一直在给修车匠兜售——要卖四个金路易②——另外还把一辆值六个金路易的马车（天

① 因为丢了驴，桑丘“就放声大哭，哭得是那样地悲切，堂吉诃德竟被他的哭声惊醒了”（《堂吉诃德》第1部第3卷第9章）。

② 一种值二十法郎的金币。

哪）给了他；如果我把它卖给了多兹利，或者贝克特[①]，还是哪一个令人尊敬的书商，这个书商要么就是不做生意了，想要一辆马车——要么就是刚刚开业，——想要我的游记，同时还要两三个几尼——我倒可以把游记带在身上——却偏偏给了修车的！——这会儿就带我去找他，弗朗索瓦，——我说——让这个导游戴上帽子，在前面带路——我从代理身边走过时，却摘下帽子，跟在他后面。

第三十八章

我们到了修车匠家时，屋子和铺子都关着门；这是九月八号，圣母马利亚的圣诞日——

——嗒嗒嘀—嘀—嗒—嘀—嘀——人们倾巢而出玩五朔节花柱去了——这儿蹦蹦——那儿跳跳——谁也不肯管我和我的游记；于是我在门口的一条长凳上坐下来，思量起我的处境来：由于我的运气比平时好，还没等上半个钟头，女主人就进屋了，把头发上的papilliotes[②]取下来，然后又走向五朔节花柱——

法国女人，顺便提一下，爱五朔节花柱， á la folie[③]——也就是说，就像爱做晨祷一样——给她们一个五朔节花柱，不管在五月，六月，七月，还是九月——她们从来不问时令——总是欢迎——对她们来说，这就是等于吃肉、喝酒、洗澡、住房——要是我们有办法，就请诸位给她们送去多多的花柱（因为法国缺少木头）——

女人们就把花柱竖起来；竖好后，她们就围着它跳舞（男人们也陪着跳），一直跳到头晕眼花，才肯罢休。

---

① 斯特恩的书商。《项狄传》的1—4卷由罗伯特和詹姆斯·多兹利兄弟二人出版、销售， 5—9卷由托马斯·贝克特和P·A·德翁特出版、销售。

② 法文：卷发纸。

③ 法文：到了愚蠢的地步。

我说过，修车匠的老婆走了进来，把头发上的 papilliotes 取掉——这种打扮不能叫男人看，——因此她一把摘掉帽子，开门时先把 papilliotes 取掉，取的时候，其中一张掉到了地上——我立马就看见那是我写的字——

——唉呀，我的爷！我喊道——你怎么把我的游记顶在你头上，太太！——J'en suis bien mortifiée①，她说——幸好，我想，这些纸粘在那里——要是再深入一些，那就会把一个法国女人的脑袋搅成一团糨子——她还是永远没卷过头发的好。

Tenez②——她叫道——她一点不知道我痛苦的情形，便把我的游记从鬈发上取下来，郑重其事地一张一张地扔进我的帽子———张卷成这样———张卷成那样——唉！我担保；一旦书出版，我说，——

那些纸还会卷得更不像话呢。

第三十九章

现在去看看利皮乌斯的钟吧！我带着一个经历过一切艰难险阻的人的神气说道，——除了时间，再没有什么能妨碍我们看钟，看中国历史等等，弗朗索瓦说道——因为快十一点了——那我们得加快速度，我说着便朝大教堂大踏步走去。

我们走进西门时，我心里无法说，听见一名大教堂副教士下面的话使我有什么放心不下的，——利皮乌斯的大钟全散架了，好几年不走了——我想，这倒给我更多的时间去浏览中国历史；再说，我对那只破钟的描写可以比对它完好无缺时的描写更得心应手——

——于是，我坐上马车去了耶稣会学院。

由于想瞅一眼汉字写的中国历史——还要做些我能提及的别的

① 法文：我很丢脸。
② 法文：给，接着。

事情，因为这些事不到一定时候想不起来；我越来越接近关键时——我的血都凉了——刚才的念头渐渐消失了，直到最后，我无论如何也不肯满足它了——实际情况是，我的时间太短，而且我的心思在情人墓上——我祈求上帝，我说，同时把门环捏在手里，希望书斋的钥匙丢了；好出现——

因为所有的**耶稣会会员**都肝火旺——而且旺到连在最年长的信徒的记忆中也不明了的程度。①

第四十章

我熟知情人墓的地理概况，就好像我在里昂住了二十年一样，也就是说，我知道只要向右一拐，不走大门，径直向韦瑟郊区走就行了——因此我打发弗朗索瓦上船去，这样我就可以表达长久以来我所欠的情意，而没有人看见我的软弱。——我满心欢喜地朝墓地走去——当我看见堵在墓前的那扇大门时，我心潮澎湃——

——温情脉脉、忠心耿耿的精灵啊！我向阿曼杜斯和阿曼达喊道——很久——很久以来，我等待着在你们墓前洒下这滴泪——我来了——我来了——

可当我来时——却没有墓可让我落泪。

我的脱庇叔叔吹了《利洛布勒罗》，我能给他什么呢！

第四十一章

不管是怎么一种情况，也不管是什么样的心情——我只是匆匆地离开了情人墓——或者不如说，我没有离开它——（因为就不存在这样一件东西）正好有充分的时间上船赶路；——我乘船行驶才一

① 此处暗指为耶稣会会员章程的合法性而进行的斗争，斗争的结果是1764年法国对该会的镇压。

百来码，罗讷河与索恩河就交汇到一起，欢欢喜喜地载着我往下游流去。

但在我沿罗讷河旅行之前，我已经描述过这次航行了——

——所以现在，我在阿维尼翁——由于除了奥蒙德公爵居住的那座旧宅，这个地方没有什么可看的①，所以除了简单记述一下这个地方，也没有什么能让我驻足的，不过三分钟，您就会看见我骑着骡子过桥，弗朗索瓦骑着马，他的身后还驮着我的手提包，骡子和马的主人肩上扛着一杆长枪，胳膊下挎着一把剑，大步流星地走在我们前面，唯恐我们骑着他的牲口跑掉。要是进阿维尼翁时，您看见我裤子的情况了，——尽管，我想我上马时，您看得更加清楚——您就不会认为这种防备有什么不对，您心里也不会对这种防备气恼：就我而言，我心平气和地接受了这番对待；而且决定在旅程快结束时，把裤子送给他，因为这裤子给他带来了麻烦，他得全副武装全面警戒。

在往下写之前，让我撇开有关阿维尼翁的评述，情况是这样的；一个人到阿维尼翁的第一个夜晚，仅仅因为头上的帽子偶然间被风刮跑了，——于是他就说，“阿维尼翁比全法国的任何一个城镇都爱刮大风。”我认为他这种说法不妥，所以我也没把这当回事儿，直到后来我向旅馆老板打听这件事，他一本正经地告诉我，的确如此——而且我还听说，在这个国家是把阿维尼翁的多风当成俗话来说的②——我把他记下来，只不过想问问博学之士原因到底何在——后果我是看见了的——因为整个阿维尼翁有点学问的人都是公爵、侯爵、伯爵——要是个男爵倒成怪事了——所以在一个刮风的日子里

---

① “没有什么可看的”可能是斯特恩对天主教教义特有的嘲讽挖苦之语，因为自 14 世纪以来，阿维尼翁一直因其宏伟的教皇宫而闻名于世。奥蒙德公爵在阿维尼翁流放了三十年。当别的游记作家忽略这个有历史意义的建筑物时，斯特恩的兴趣却在乌得勒支条约，即奥蒙德流放的原因上，因此特意提到它。

② 俗谚云：“阿维尼翁多风，风不多时便多瘟。”

跟他们谈话几乎是不可能的。

朋友，我说，请你帮我牵一会儿骡子——我想把一只长统靴脱掉，它硌得我脚后跟生疼——那个人吊儿郎当地站在旅店门口，我想他大概操心着那屋子或者马厩吧，我把缰绳递到他手里——便开始脱我的靴子——这事儿办完后，我转过身从他手中牵过骡子，向他道了道谢——

——可是侯爵先生已经走了进来——

第四十二章

现在，我在漫游法国南部，骑着骡子从罗讷河岸可以走到加龙河岸，优哉游哉——优哉游哉——因为我已撇下了死神，天晓得——而且只有他晓得——死神离我有多远——“我跟随很多人漫游法国，他说，——但从来没有这么有气势”——他仍然紧跟不舍，——而我仍然在飞快地逃避他——可我是在快快乐乐地逃避——他仍在紧追——但他却像一个无望地追逐猎物的人——因为他落下了，每落下一步，神色就温和一点儿——我为什么要这么拼命飞奔逃避他呢?

所以，尽管驿站代理说了那么多，我还是又一次改变了旅行方式；这么风风火火、急急忙忙地赶过了一段路程之后，我心血来潮，想到我的骡子，想骑着骡子慢悠悠儿地一步一步穿过富饶的朗格多克平原。

一片富饶的大平原，尤其是没有大河，没有桥梁；没有什么看头，只有千篇一律的画面，对旅行者来说再没有比这更令人欣喜的了——对于游记作家来说再没有比这更可怕的了：因为一旦他们告诉您——土地感恩图报，大自然倾其所有，等等……他们手上就放着大平原却不知如何处理——这片平原对他们来说除了把他们带到某个城镇，没有多大用处，或者根本没有用处，而城镇也许更没多大用处，只不过是去下一个平原的新起点——如此这般，不一而足——这种情况真有意思！或者令人心旷神怡（情况正是如此）。

——判定是否我把自己的平原管理得好一些，这可是件最令人头疼的事情。

第四十三章

我还没走上两里格半路，这个背着枪的人就打量起他的引火药了。

我老远老远地在后面闲逛了三回；每一回至少落后半英里路：头一回，我和一个给包凯拉和塔拉斯孔①集市做鼓的鼓匠做了一番深谈——我不懂那些道道——

第二回，我说得不太准，我停下脚步——为了和两个比我时间更紧的方济各会会员②相见，由于吃不透我所做的事情——我便和他们一起折回。

第三回，是跟一个爱说闲话的人做一桩买卖，花四个苏买一提筐普罗旺斯无花果；要不是最后因为事关良心，这本来可以马上成交的；因为我付了钱，结果发现筐子底下藏了两打用葡萄叶盖着的鸡蛋——因为我本不打算买鸡蛋——我也没说要鸡蛋的话——要说它们所占的地方——这是什么意思呢？那些无花果完全值我花的钱——

——可是，我的初衷是要这个筐子——而爱说闲话的人的打算却是留下筐子，没有筐，她没法装鸡蛋——如果我没有筐，无花果我也同样没有办法拿，因为无花果已熟透了，大部分边儿上都裂开了：这就引起了一段短时间的争执，最后提出了各种各样的建议，我们俩应该怎么办呢——

——我们是怎么处理我们的鸡蛋和无花果的呢，我量您猜不出一点头绪，就是魔鬼本人不在那儿（我相信他在），他也猜不出：您只会读个中的全情——不是今年，因为我要赶紧讲我的脱庇叔叔的

① 罗讷河岸的两个城镇，在阿维尼翁南面。

② 13世纪，阿西西的圣方济各创建的托钵修会的成员。

恋爱故事——不过您可以从穿越这片平原的旅行中讲的故事集里读到它——因此，我管这些故事叫做我的

平原故事

像其他旅行者的笔一样，我的笔在这次旅程中，走过的是一条如此荒凉的道路，已经显得多么地干涩无力啊——世人必须评判评判——但是笔的踪迹这会儿全在一块儿发颤，告诉我这是我一生中最有成果、最繁忙的一段经历；因为关于时间，我没有与我那拿枪的伙计达成协议——由于要停下来与我所遇见的每一个没有小跑着的人交谈——由于要参加我面前的所有聚会——由于要等后面的每个人——由于要向那些穿过十字路口的人大喊——由于要吸引各种各样的行乞者、朝圣者、提琴手、托钵会修士——由于经过桑树下的每一个女人时总要议论她的腿，并且还用一撮鼻烟引诱她说话———句话，由于抓住这次旅行出现在我面前的各种尺寸、各种形状的每一个把柄——我把我的平原变成了一座城市——我总是与人结伴而行，而且形形色色的人都有；因为我的骡子跟我一样喜欢热闹，每遇见一个动物，他总有一些建议要提——我相信，我们可以把蓓尔美尔街或圣詹姆斯街一连走上一个月，奇遇也不会这么多——见到的人性也没有这么丰富。

啊！有一下子解开朗格多克人服饰上的每根辫子的那种轻快的坦率——无论底下藏着什么，它看上去都像盛世诗人所歌颂的那样单纯——我宁肯欺骗自己的想像，相信它的确如此。

那是在尼姆与吕内勒之间的那条路上，那里会有全法国最好的麝香葡萄酒，顺便提一下，这酒属于**蒙彼利埃**正直的教士们——谁要是在他们的餐桌上连一滴酒也不愿给他们，谁喝了这酒，就会倒八辈子霉。

——太阳落了——大伙儿干完了活；仙女们重新扎好自己的头发——小伙子们正准备狂欢痛饮——我的骡子死活不走了——这是横

笛和小鼓，我说——把我吓死了，他说——他们正奔向快乐之环①，我说着就用马刺刺了他一下——凭着圣徒 Boogar②，以及炼狱之门内的所有圣徒的名义起誓，他说——（跟昂杜莱的女修道院院长做出同一个决定）我不会再走一步的——这很好，先生，我说——只要我还活着，就不会与你们家的任何一个争论；于是我从他的背上跳下来，把一只靴子踢进这条沟里，另一只踢进那条沟里——我要参加一场舞会，我说——所以你在这儿等着吧。

我向他们走过去的时候，一个黑黝黝的劳动妇女从人群里站起身来欢迎我；她那暗栗子色近乎黑色的头发，用一个结扎起来，成了一条辫子。

我们正缺一名骑士，她边说边伸出双手，仿佛要叫人握住似的——你会得到一名骑士的；我抓住她的两只手说。

南内特，你要是打扮得像个公爵夫人就好了！

——就是裙子上有一条该死的口子！

南内特倒无所谓。

没有你我们什么也干不成，她带着自学来的礼貌放开一只手说道，同时用另一只手把我领过来。

阿波罗赏给一个跛脚青年一支笛子，他自己又加了一面小鼓，他坐在河岸上，便悦耳地练习着序曲——赶快给我把这根辫子扎起来，南内特说着就把一根头绳放进我手里——这教我忘记我是一个外地人——束发的结全松开了——我们认识已有七年了。

年轻人敲起了鼓点——笛子随后跟上，我们便出发了——“衣裙上的口子见鬼去吧！”

---

① 骑士操练，骑手试图把长矛投过一个悬着的环，不过这里像拉伯雷的《巨人传》里一样，有性意象。

② 一个从法文 bougre（家伙，妈的）或英语 bugger（家伙，该死）生造而来的发音近似的词。在这个词前后的“快乐之环”、“刺”、“炼狱之门内”都有秽语的含义，有意与眼前的一片田园式的纯真景象交织在一起。

年轻人的妹妹用她从天宫里偷来的嗓音与哥哥轮唱——这是一支加斯科涅回旋曲。

VIVA LA JOIA!

FIDON LA TRISTESSA! ①

仙女们加入了合唱，她们的情郎唱得比她们低了八度——

我愿意给一个克朗叫人把那口子缝起来——南内特本人却连一个苏都不想给——Viva la joia! 一直挂在她嘴上——Viva la joia! 一直闪在她眼里。一星亲切的火花在我们中间掠过——她看起来很亲切!——我为什么就不能这样活到头? 只不过是我们快乐与悲伤的发泄孔，我喊道，为什么一个人就不能心满意足地在这儿坐下——跳啊，唱啊，祈祷啊，与这位栗褐色女郎②一起进入天堂? 她任性地将脑袋歪在一边，煽情地翩翩起舞——该停了，我说；于是我换了舞伴和舞曲，从吕内勒跳到蒙彼利埃——再从那里跳到博斯卡纳斯，贝齐耶——我一路跳过纳博讷，卡尔卡松，瑙达利堡，最后一直跳到珀德里洛③的凉亭，在那儿，扯下一张黑线纸，我便可以闲话不说，直截了当讲脱庇叔叔的恋爱故事——

我是这样开始的——

第七卷　完

---

① 法文：快乐万岁！悲伤该死！ Fidon = fi donc；很显然这是斯特恩听到的普罗旺斯口音。

② 有一支流行的古老歌谣就叫《栗褐色女郎》。

③ 显然是普林吉洛之误。参见第 522 页注 *。提到的这些地名都在尼姆到图卢兹的路上，绵延 200 英里。

第八卷[1]

① 1765 年 1 月与第 7 卷同时出版。

第一章

——不过轻柔地开始——因为在这些欢乐的平原上，在这温暖和煦的阳光下，在这个时刻，众生都倾巢而出，吹笛的吹笛，拉琴的拉琴，载歌载舞来庆祝收葡萄酿酒的节令，每走一步判断都为想像惊骇，我要问问，尽管我在本书各处关于直线*发了不少议论——我倒要问问古往今来种白菜的好把式，无论他往前种还是往后种，在价值上没有多大区别（除非他对于其中一种情形比另一种要负更多的责任）——我倒要问问他敢不敢继续冷静地、一丝不苟地、正正规规地、一个接一个地种他的白菜，种成一条条直线，保持恬淡寡欲的距离，尤其要是裙子上的口子还没有缝好的话——而不会时不时地溜出，或者挤进某条讨厌的岔道——在冰国，在雾国，还有我知道的其他国土上，——这也许可以做到——

但在这种充满想像、凝聚汗水的清爽节气里，每种观念，实际的，不实际的，都有表达的地方——在这片国土上，我亲爱的尤金纽斯——在这片骑士和传奇的沃土上，我现在坐着，拧开我的墨水瓶，写我的脱庇叔叔的爱情故事，用**胡莉娅**追求她的**迭戈**的艰辛曲折，以我的书斋窗子望出去的整个视野，——如果您不来握我的手的话——

这可能是一部怎样的作品啊！

咱们开始吧！

* 参见第 6 卷第 152 页［斯特恩注。见本书 479—480 页。］

第二章

爱就如同当王八——

——可是眼下我说的是开始写一本书，而且长期以来，我心上有一件事要告诉读者，倘若现在不说出来，以后就是我活着也永远讲不成了（而这种**比方**在一天什么时候都可以讲）——我只不过提一下，然后就认认真真地开始。

是这么回事。

在这众所周知的世界上，开始写一本书，目前通用的方法各种各样，但我相信我的方法是最好的——我保证它是最虔诚的——因为我先写第一个句子——第二句便指望全能的上帝了。

这种方法会永远根除一名作家这种小题大做、荒唐、愚蠢的做法：敞开大门，把街坊、亲友，连同匠人和徒弟，拿着自己的锤子和家伙都叫进来，只是为了让他们瞧瞧我是如何把一个个句子相互连接起来，计划又是如何为整体而努力的。

我希望您看到我屁股刚从椅子上抬起来，带着什么样的自信，我抓着椅子扶手，抬起头——把那念头抓住，有时候甚至它还离我远着呢——

我确实相信，我把上天为另外一个人设计的许多想法截获了。

蒲柏和他的画像*与我不能同日而语①——没有一个殉道者会如

---

* 参见蒲柏的画像。［斯特恩注］

① 斯特恩也许是指亚历山大·蒲柏从古希腊、罗马诸神、缪斯和诗人中获得灵感的几幅寓言式的版画中的一幅。在斯特恩熟知的沃伯顿版蒲柏全集中，《温莎森林》前面就有一幅蒲柏的雕版画，头戴桂冠，执笔记录古罗马女花神福罗拉的口谕；《讽刺诗》前也有一幅雕版画，诗人以类似的姿势坐着，从墨丘利和阿波罗那里获取灵感；该书的另一幅雕版画描绘了《讽刺诗》的《尾声》“对话二”的几行诗，向他的笔发出呼吁：

啊，神圣的武器！专门用来捍卫真理，
唯独对愚蠢、邪恶和傲慢厌弃！ （转下页）

此满怀信仰或磨炼——我希望我对善行也可以这么说——但我没有

热情或愤怒——或者

愤怒或热情——

直到神和人一致同意用同一个名字称呼它——科学上——政治上——或者宗教上的十足的达尔杜弗①永远不会在我的内心激起一星火花，也不会出现比下一章里他会看到的更糟糕的字眼或更不友善的招呼。

第三章

——Bon jour！——早上好！——看来您已经趁早把斗篷披上了！——不过这可是一个寒冷的早晨啊，您对事情的见解完全正确——骑马胜于步行——而且腺体里的障碍物是危险的——对了，您的情妇情况怎么样——您妻子——还有双方孩子们的情况如何？您是什么时候得到那位老先生和老太太的消息的——您的妹妹、姑姑、叔叔和表亲们怎么样？——我希望他们的感冒、咳嗽、淋病、牙疼、热病、痛性尿淋沥、坐骨神经痛、肿胀以及眼疼已经好了。——该死的药剂师！放这么多血——开这么糟糕的泻剂——催吐药——泥罨剂——膏药——安眠药水——灌肠剂——反疱剂？——为什么要开这么多的甘汞晶粒？圣马利亚！还有这么大剂量的鸦片剂！当然会有危险！你们全家老老小小——凭我黛娜姑奶奶的旧黑天鹅绒面罩②起誓！我想它根本派不上用场。

（接上页）

缪斯会将你授与几乎所有遭过拒绝却蒙天启的手，

但众神必须予以引导、运筹。

① 法国喜剧作家莫里哀（1622—1673）同名喜剧中的道貌岸然的伪君子。这里的“信仰或磨炼”、“善行”、“热情”都是宗教辩论中的流行口号。

② 在众人面前戴面罩是名誉扫地的标志。

她跟车夫生孩子以前，这块面罩常戴常摘，下巴周围快磨光了——所以以后我们家的人谁都不肯戴它。要把这块面罩翻新，比面罩本身还费钱——而要戴一块磨光了的面罩或者一块半透明的面罩，那跟根本不戴面罩一样难看——

正因为如此，请诸位注意，在我们这个大家族里，近四代人中，我们只不过出了一位大主教①，一位威尔士法官，三四个郡长和一个江湖郎中——

而十六世纪，有不下一打神通广大、似有魔力的人物可让我们炫耀。

第四章

“爱就如同当王八”——受害的一方至少是第三方，但一般是家里最不知情的人，众所周知：这就是一件事情有半打说法的结果；而且只要人体的这条血管里有爱——也许那条血管里就有恨——感情稍高出半码——而愚蠢——不，小姐，——不是那里——我指的是现在我的食指所指的部位——我们怎么才能帮助自己呢？

您说怪不怪，在所有曾对这个神秘问题嘴里嘀咕过的平凡的人和不凡的人当中，脱庇叔叔是最不适合把他的探索推入那种感情斗争中去的；如同我们把事情办得更糟一样，他也肯定会让研究工作继续进行，好看看会出现什么结果——如果不是布丽奇特把这些研究提前通知了苏珊娜，而苏珊娜随即又向全世界反复声明，使脱庇叔叔觉得有必要对此事做深入探讨的话。

① 斯特恩的曾祖父理查德·斯特恩（约1596—1683）从1664年起任约克大主教一直到去世。

第五章

为什么织工、园丁和角斗士——或者一条腿有毛病的人（由脚上的某种疾病引起）——他们竟然让某位温情脉脉的仙女暗暗为他们心碎①，这些是古往今来的生理学家们妥善解决和说明过的问题。

一个喝水的人，如果他是发过愿的，而且这样做不是为了欺诈，他恰好也处于同样尴尬的境地：并不是说，一望而知，这里面有什么后果或逻辑的显示，“流过我的心田的涓涓冷水应该在我的珍妮的心里点燃一个火炬——”

——这种议题不会打动一个人；恰恰相反，它似乎与因果的自然运作背道而驰——

但它却显示出人类理性的软弱无能。

——“而只喝水身体非常健康？”

——绝对健康——小姐，就是友谊本身祝愿我有的那种健康——

——“而且什么也不喝！——什么不喝就喝水？”

——奔腾的液体！在你涌向大脑防洪闸门的那一刻——看看闸门是如何退让的！——

好奇游进来，招呼她的少女们跟上——她们跳进激流的中心——

幻想坐在岸上沉思，目光追随着水流，她把稻草和宽叶香蒲变成了船桅和船首斜桁——而**欲望**，一只手把马甲举到膝盖上，当她们游过她身边时，她用另一只手将她们一把抓住——

噢，你们这些只喝水的人！那么真是依靠这股虚妄的涌泉，你们才如此频繁地控制、运转着这个世界，好像它是一个水车轮子一般——碾磨着虚弱者的面孔②——将他们的肋骨化为粉末——朝他们

① 蒙田的随笔《论跛子》中有“瘸子最擅长玩维纳斯的把戏”的说法。

② 参比《圣经·旧约·以赛亚书》第 3 章第 15 节：“你们为何……搓磨贫穷人的脸呢？”

的鼻子上撒胡椒粉，有时甚至在改变自然本来的结构和面目——

——我要是你，约里克说，我会喝更多的水，尤金纽斯。——我要是你，约里克，尤金纽斯答道，我也会这样。

这说明他们两人都读过朗吉努斯①——

就我而言，我下了决心，只要我活着，除了我自己的书以外，别的书我绝对不读。

第六章

但愿脱庇叔叔是个只喝水的人；因为这样一来，事情就好解释了，也就是说，沃德曼寡妇一见到他，她就觉得内心里有什么东西在激荡，对他有好感——什么东西！——什么东西。

——什么东西或许比友谊有余——比爱情不足——什么东西——但不管是什么——不管在哪里——就是诸位能让我了解其中的秘密——我也不肯从我的骡子尾巴上拔下一根毫毛，也没有必要从我自己身上拔下一根来（实际上那坏蛋也没有多少好拔，再说他还不只是坏一点点）——

但事实上，脱庇叔叔不是一个只喝水的人；他既不喝纯净水，也不喝混合水，也不随便喝或者任何地方都喝，只是在某些前沿驻地偶尔喝喝，因为那里没有更好的酒——或者在他治伤期间他才喝；因为那时候军医告诉他说这么做会扩展肌肉纤维，让它们更快地接触愈合——脱庇叔叔喝水只是想图个安静。

现在人人皆知，自然中有果必有因，同样众所周知，脱庇叔叔

---

① 在《论崇高》的一部分轶文里，朗吉努斯（参见第 50 页注⑥）提到据认为是亚历山大大帝同他的顾问帕尔梅尼奥之间的一段对话。根据阿利安在《远征记》第 1 卷第 25 章第 2 节中记载下来的文本，帕尔梅尼奥在鼓动亚历山大大帝接受大流士提出的和平提案时说道，如果他是亚历山大，他就会欣然接受这些提案，“我也会的，”亚历山大答道，“如果我是帕尔梅尼奥的话。”

既不是织工——不是园丁，也不是角斗士——除非作为一个上尉，那也得您让他当一个硬邦的——但当时，他也仅是个步兵上尉而已——再说整个事儿是一种模棱两可的活动——除了脱庇叔叔的腿以外，没有任何东西要让我们去猜——但那在目前的假说中对我们没有多大用处，除非他腿上的毛病是由脚上的什么疾病引起的——可并不是他脚上的什么毛病引起了他的腿萎缩——因为脱庇叔叔的腿一点也没有萎缩。只不过由于完全不使用，才有点儿僵硬笨拙罢了，因为三年来他一直在我父亲城里的家里躺着，足不出户；可那条腿却虚胖多肉，而且在其他方面与另一条腿一样健康，一样有希望。

我声明，我不是在回忆我一生中的哪一种见解或者哪一个阶段，认为在那里比起目前的情况来，我的理解才更是不知道量入为出，不知道将我一直在写的这一章扭曲一下，好为下一章做铺垫：有人会认为我只是从陷进这类困境中寻找乐趣，只不过是想做些摆脱困境的新鲜实验罢了——您真是太不体谅人了！什么！难道那些把作为一名作家和一个人团团围住的不可避免的苦恼——特里斯外，难道它们还不够，你还要把自己纠缠得更加厉害不成？

你债台高筑， 难道这还不够吗？你的第五和第六卷书还剩十车①——尚未卖出，而你却智穷才尽，不知如何将它们脱手，这难道还不够吗。

到此时此刻，难道你还没有被你在佛兰德斯顶风滑冰时患上的那可恨的哮喘折磨够吗？是不是就在两个月之前，看见一位红衣主教像唱诗班的男童歌手那样在小便（用双手），于是你大笑一场，挣断了肺里的一根血管？因此，两个钟头内，你失掉了好多好多夸脱的血；要是你再流这么多的血，难道医学人士没有告诉你——那就会达到一加仑？——

① 第5、 6两卷印数为4，000册，出版十五个月后，仍有1，000来册尚未售出，斯特恩深感失望。

第七章

——但看在老天爷的分儿上，咱们不要再谈什么夸脱或加仑了——让我们把故事直接摆到面前吧；这故事是如此地细致入微而又错综复杂，它决不允许有任何变更，哪怕是一个标题也罢；而且不知怎么的，你让我差点儿捅到故事中央了。——

——我请求我们还是再小心一点儿。

第八章

脱庇叔叔和下士早就满怀热情、仓促草率地驻扎下来，好占领我们屡屡说到的那个地点，以便能和其余的盟军一道尽早把战斗打响；因此，他们忘记了整个事件中最不可或缺的一件东西；那既不是工兵铲、鹤嘴锄，也不是铁锹——

——那是一张睡人的床：由于当时的项狄家宅尚未配置家具；可怜的勒菲弗在里面死去的那家小客店也没有修建；因此，脱庇叔叔只好同意在沃德曼太太家的一张床上过一两夜，直到特灵下士（他除了具备一位优秀的贴身男仆、马夫、厨师、裁缝、外科医生和工程师所有的品质以外，还是一位出色的室内装潢师）在一个木匠和两个裁缝的帮助下，在脱庇叔叔的家里搭起了一张床。

夏娃的女儿，因为这就是沃德曼寡妇，而且这就是我打算描绘的她的全部特征——

——“她是个完美的女人”；

在房子和所有家具都是她自己的时候，她宁可住在五十里格以外——或者躺在她那温暖的床上——或是摆弄一把有鞘的刀——或者是任何您喜欢的东西——也不愿让一个男人成为她注意的对象。

大天白日，在户外根本就没有什么，因为在这种环境里，实实在在地说，一个女人能用不止一种的眼光观察一个男人——但是在

里，就她的内心而言，她看见他时，不能不带点儿把他与她的全部有形动产中的某些东西混为一体的眼光——直到借助这种合为一体的重复行动，他最后被强行列入她的财产清单中——

——然后就是美好的夜晚。

但这不是**理论体系**问题；因为上面我已经讲过了——也不是**每日祷告**的问题——因为我只制定自己的信条——也不是**事实**的问题——至少不是我所了解的事实；然而这是将与下面的问题有关联的有引导作用的问题。

第九章

我不谈衣服粗劣还是干净——我也不谈它们衬料结实的程度——但在这个问题上请不要把睡衣与晨衣的差别搞得像世界上任何别的事情那样大；那就是睡衣远远超出了别的衣服的长度，所以当您穿上时，它们会一直拖到脚跟上，而晨衣却盖不到脚面上，对吧？

然而，沃德曼寡妇的长睡衣（我想正是威廉国王和安妮女王统治时代的款式）正是按这种式样剪的；如果这种款式改变了（因为在意大利它们已不复存在了），——对公众来说就更加糟糕；这种睡衣的长度是两个半佛兰芒厄尔①；所以，一个中等身材的妇女两厄尔就行了，她能省下半厄尔的布料用来做她想做的东西。

这样一来，在七年的孀居生活中，在多少凄凉寒冷的夜晚，事情从一个接一个的小小的放任开始，不知不觉地发展到了这种地步，而且最近的两年来，已经固定为卧室的惯例之一——那就是沃德曼太太一被安顿上床，把两脚一伸到床尾，她就总是提醒布丽奇特注意这种情况——布丽奇特由于已经十分得体地铺好了脚下面的床单，便抓起我们正说起的那半厄尔布料，用双手轻轻地向下尽量拉直，然后再横着均匀地折叠四五下，接着从袖子里拿出一根特大

① 佛兰芒厄尔长度不一定，平均为27.4英寸。

号大头针，针尖直对着她，把所有的褶子在边缘稍上一点紧紧别在一起；做完之后，她把所有的褶子紧紧地卷到脚上，然后向女主人道一声晚安。

这是一成不变的规矩，若有变化，不外乎是这么一种情况，那就是在那些叫人直打哆嗦的、风狂雨骤的夜晚，如果布丽奇特没有卷好床上的脚，却做了这件事时——她就不看温度计，而是琢磨一下自己的情绪；这样做时，或站——或跪——或蹲，这就要看那天晚上她对女主人所怀的忠诚、希望和宽厚的程度了。在别的方方面面，这规矩是神圣的，或许它和基督教世界最死板的卧室中最机械的规矩可以一争高下。

头一天晚上，下士刚扶着脱庇叔叔走上大约有十级的台阶——沃德曼太太就一屁股坐进扶手椅里，把左腿压到右腿上跷着二郎腿，这正好让她的胳膊肘儿支到膝盖上，她把脸贴到手掌上，欠着身子，把问题的两方面一直琢磨到了半夜。

第二天晚上，她走到梳妆台前，由于已经吩咐过布丽奇特给她拿上一对新蜡烛放到桌子上，她便拿出她的结婚协议书，专心致志地看了一遍：第三天晚上（也就是脱庇叔叔呆的最后一个晚上），当布丽奇特已经向下拉过长睡衣，就要用特大号大头针别紧时——

——随着两只脚跟同时一蹬，但同时又是在她那种情况下最自然不过的一蹬——因为假如※※※※※※　※※※是中天的太阳，这便是朝东北方向的一蹬——她把大头针从布丽奇特指间蹬了出去——悬在大头针上的规矩也掉了——它落到地上，摔得粉碎。

从所有这些来看，显而易见，沃德曼寡妇爱上了我的脱庇叔叔。

第十章

那时候，脱庇叔叔满脑子都是别的事情，所以直到敦刻尔克拆毁，也就是欧洲其他所有的礼仪问题得以解决时，他才有空闲对这件事做出回应。

这便导致了一次停战（这里说的是脱庇叔叔——而对沃德曼太太来说，这是一段空白）——将近持续了十一年。可是在这种性质的种种情况中，因为这是造成惊吓的第二次打击，不管它会隔多久发生——正因为如此，我把这些称为脱庇叔叔同沃德曼太太的恋爱，而不是沃德曼太太同脱庇叔叔的恋爱。

这不是一个没有差异的区别。

它不像是一顶旧帽子撑起了檐儿——和一顶撑檐儿旧帽子①那样的事情，诸位对此总是彼此看法不一——但在这儿肯定是有区别的——

先生们，那就让我给你们讲一个大区别吧。

第十一章

且说，由于沃德曼寡妇确实爱上了我的脱庇叔叔——而脱庇叔叔并不爱沃德曼寡妇，所以对沃德曼寡妇来说，除了继续爱脱庇叔叔，她没有别的办法——要不就听其自然。

可沃德曼寡妇既不肯这么做，也不愿那么办——

——天哪！——我可忘了自己也有点她那样的脾气；因为这种脾气有时会在春分或秋分前后发作，每当发起脾气来，凡间的女神完全是如此那般，以致我为她都吃不下饭——可她才不管我吃不吃饭呢——

——她真该死！于是我把她送往鞑靼，再从鞑靼送到火地岛②，再一站一站送到魔鬼那里去：总而言之，没有一个阴间壁龛，我不

① “旧帽子”为秽语，指女性性器官。cocked hat 是一种通常撑起(cocked)檐儿的三角帽，但 cock 在俚语里指阴茎，当然可做相应的动词，所以第一句纯属秽语。第二句可按字面理解。

② 南美南端的火地岛原文为 Terra del Fuogo，在 18 世纪口语里 fugo 有“肛门”的意思。

接受她的神性，并不把它黏住的。

但是因为心肠软，这些潮水中的激情一分钟起伏十次，我立即又把她带了回来；由于我做一切事情都走极端，我偏把她置于银河的中央——

最璀璨的星！你会对某个人散布你的影响——

——让她和她的影响都见鬼去吧——因为一看到那个字眼，我就失去了所有的耐性——但愿这对他更有好处！——凭一切毛烘烘、灰惨惨的①东西起誓！我一边喊一边摘下我的皮帽子，把它绕在手指上——我不会花六便士买上一打这样的货色！

——但它也是一顶极好的帽子（我把它戴在头上，紧紧贴到耳朵上）——暖和——柔软；尤其要是顺毛捋的话——不过，哎呀！我永远不会有好运气——（到这里，我的哲学又翻船了）

——不；我决不会把指头往馅饼里戳（到这里，我破坏了我的比喻）——

从皮到屑

从里到外

从顶到底——我厌恶它，我憎恨它，我唾弃它——一看到它我就恶心——

它尽是些胡椒，

大蒜，

龙蒿，

盐，和

魔屎②——凭大厨子头儿起誓，因为我认为，他从早到晚，除了坐在炉边给我们发明一些刺激性的菜肴外，就什么也不做，我无论如何不会碰它——

特里斯舛啊！特里斯舛，珍妮喊道。

---

① 可以认为是一种双关语。

② 即阿魏，一种臭味很浓的药，但可用做调料。

珍妮啊！珍妮！我答道，便接上了第十二章。

第十二章

——“无论如何不要碰它”我说——
天哪，这种比喻激发起我多么丰富的想像力！

第十三章

这表明，让诸位高贤来说说你们自己对它的想法（因为谈到想法——凡是思想的人——对这件事和别的事的想法都非常相似）——至少按字母顺序①来说，爱肯定是最

A 熬煎人的

B 摆弄人的

C 措手不及的

D 歹毒的人生大事——最

E 恶性膨胀的

F 乏人的

G 疙疙瘩瘩的

H 花哨的

J 急躁的（没有 K 开头的）而且是所有人类情感中最

L 浪漫的：同时也是最

M 迷惘的

N 黏糊的

O 怄人的

① 原文按字母顺序罗列了从 A gitating 到 R idiculous 等 16 个形容词，译文按汉语拼音的排序来对应，仅将原文 I 开头的词换成汉语拼音 J 开头的词。

P 排他的

S 声嘶力竭的

R 惹笑的——顺便提一句，尽管 R 应该在先——不过总而言之，它所具有的性质，正是我父亲有一次在论述某个问题的长篇大论的结尾给我的脱庇叔叔讲的——“如果没有一种置换法，”他说，“脱庇兄弟，你很难将两种理念合为一体，”——怎么个置换法？脱庇叔叔嚷道。

车前马后，我父亲回答道——

——那他在那儿要做什么？脱庇叔叔嚷道——

没事可做，我父亲说，除了卷进去——要么随它去。

而沃德曼寡妇，我给您讲过，两套方法都不会采用。

然而，她把马准备停当，以静观事态的发展。

第十四章

命运女神们肯定都预见到了沃德曼寡妇同脱庇叔叔的恋爱，所以，从开天辟地之日起（而且比她们通常做这类事情时更显殷勤），她们就打造了这样一条因果链，把彼此紧紧拴在一起，以至于脱庇叔叔在世界上住的不大可能是别人的房子，在基督教世界上占用的也不可能是别的花园，只能是那恰好与沃德曼寡妇的房子和花园紧挨着的房子和花园；由于沃德曼太太花园里稠密的果木长在脱庇叔叔花园里的树篱里面这个有利条件，就把恋爱战斗所需的各种机会都交到她的手里；她能够观察脱庇叔叔的活动，同样也是他的战争议会的女主人；由于他那颗毫不猜疑的心已经准许下士通过布丽奇特的斡旋，给沃德曼寡妇做个柳条门以方便她的进出，这样一来，沃德曼寡妇就可以随便接近哨所的门；有时出于感激，她可以在哨所发起进攻，并且极力想炸飞我的脱庇叔叔。

第十五章

遗憾透顶的是——不过这肯定是从人们每天的观察中得来的，那就是，他好像一根蜡烛两头都可以点燃——只要还露出足够的烛芯；如果烛芯没有了——事情就完结了；可如果有烛芯——却从底下那头点，因为火焰在那种情况下不幸很容易熄灭——那事情还是罢了。

至于我嘛，如果我总是能安排，从哪一头燃烧自己——因为我受不了像牲畜一样给烧掉的想法——我就一定让一个轻佻女人从头顶把我点燃；因为这样一来，我就会体体面面地一直烧到烛座上；也就是说，即从头烧到心，从心烧到肝，从肝烧到肠，一步一步通过静脉和动脉，穿过曲曲弯弯纵横交错的肠子和肠膜一直烧到盲肠——

——请你告诉我，斯娄泼医生，我母亲生我的那天晚上，当斯娄泼医生在与我父亲的谈话中提到盲肠时，脱庇叔叔打断了他说道——请你告诉我，哪个是盲肠，脱庇叔叔说；尽管我是个老头子，确实直到今天我也不知道盲肠长在哪里。

盲肠嘛，斯娄泼医生答道——就在回肠与结肠中间——

——男人的呢？我父亲问道。

——和女人的完全一样，斯娄泼医生嚷道——

这我还不知道；我父亲说道。①

第十六章

——为了确保两套方法都顺利进行，沃德曼太太预先决定既不从这头，也不从那头点亮脱庇叔叔；而是，如有可能，她要像奢侈

① 我父亲很显然知道“caecum”（盲肠）这个词的基本含义是“一头封死的一个管子”。

的人点蜡一样，双管齐下，把他从两头同时点亮。

即便沃德曼太太花上整整七年的时间，翻遍所有包括步兵、骑兵在内的军事装备堆放室，从威尼斯的大军火库一直找到伦敦塔（专藏兵器），再加上布丽奇特的帮助，也找不到一件挡箭牌或活动掩体，称心如意到像脱庇叔叔办事那样恰到好处，给她准备得得心应手。

我相信我没有告诉你们——不过我不清楚——我可能已经告诉你们了——不管怎么着，那仍是这许多事情中的突出的一起，一个人与其为它争论不休，不如重做一遍——无论下士在哪个城镇或要塞执勤，在整个战斗过程中，脱庇叔叔对于他的哨所的内情总是特别留心，因为哨所就在他的左手，有一幅这个去处的平面图，顶部用两三根大头针钉了起来，但底部松开，以便在形势需要时，可以把它举到眼前，等等……所以，一旦决定进攻，沃德曼太太来到哨所门口后，再无事可做，只好伸出右手；同时将左脚侧着进去，去抓住地图、平面图、柱子或别的什么，并伸长脖子迎在半道里——好让它向自己移过来；——在这个当口，脱庇叔叔心情肯定会像着火一般——因为他总是用左手抓住地图的另一角，右手托着烟斗的顶头开始讲解。

进攻到了这个阶段；——世人自然会开始探讨沃德曼太太发挥将才的下一个举动的众多理由——那就是，她尽快地把脱庇叔叔手中的烟斗夺走；这样做有种种佯攻手段，不过通常总是更明显地指向图上的某个棱堡或矮防护墙，她总是在脱庇叔叔（可怜人啊！）托着烟斗在地图上前进不了五六个突阿斯时便把问题解决了。

——这就使脱庇叔叔不得不起用食指来指点地图。

这样做在进攻中造成的区别是：在第一种情况下，假使脱庇叔叔的防线拉得过长，她的食指尖抵住脱庇叔叔的烟斗头儿，她也许会沿着防线从但走到别是巴①而无任何结果：因为烟斗头儿上既没

① 《圣经》中的地名，标志迦南从北到南的疆界。见《士师记》第 20 章第 1 节。

有动脉热，也没有生命热，不会激起一丝的柔情——既不会因搏动而发火——也不会因同情而受火——它放出的只不过是烟而已。

然而沃德曼太太让自己的食指紧挨着脱庇叔叔的食指，摸遍了他的工事上所有的转弯和凹口——有时还与他的食指贴在一起——然后压在他的指甲上——然后把他的食指扳倒——然后碰碰这里——然后碰碰那里——至少使得某种东西开始活动了。

这虽然是轻微的接触，离主体还远着呢，但诱发了其余部位；因为这时，地图会背贴着哨所一侧慢慢地掉下去，心地单纯的脱庇叔叔总是将手平放在地图上，好继续他的讲解；沃德曼太太通过一次飞快的战术调动，肯定会把她的手放在地图上，与脱庇叔叔的手紧紧相挨；这便立即打开了一个通道，宽广得能让任何柔情蜜意都来去无阻，自由传递，这是一个任何精于基本而实用的调情方式的人都有理由做的——

她把食指抬高，正好与脱庇叔叔的并上（与先前一模一样）——这又不可避免地使大拇指活动起来——一旦食指和拇指忙活起来，整个手也就很自然地活动起来了。亲爱的脱庇叔叔啊，你的手从此便乱了阵脚——沃德曼太太试图让它抬起，或者只要轻轻推推，向前伸伸，模棱两可地压压，这些都是一只要挪开的手能够接受的——把它挤得稍稍偏离她预期的轨道。

这么做的时候，她怎么会忘记叫脱庇叔叔心里明白，哨所底部轻轻抵着他的小腿肚的正是她的腿（而不是别人的）——脱庇叔叔遭受这样的进攻，受到左右夹击——假使时而把他的中心地区打乱，难道是件奇事吗？——

——糟了！脱庇叔叔说。

第十七章

您会不难想像，沃德曼太太的这些进攻，是各色各样的；与历史上屡见不鲜的那些进攻一样，它们各不相同，但原因却同出一辙。一般旁观者根本不会把它们当进攻看待——即使那样看待了，也会把它们搞成一头乱发，裹不住也捋不清——不过，我的书不是写给他们看的：以后我碰到这样的进攻，一定会有足够的时间做更加详尽的描述，那不是几章就能写完的；要不是我父亲仔细地一一卷起来的一捆旧报纸和地图里的东西，这一章我没有什么要补充的了，其中有一张布尚①地图保存完好（而且还会继续这样保存下去，只要我还有能力保存什么）。这张地图的右下角还残留着沾有鼻烟的食指和拇指的指印，完全有理由断定，这是沃德曼太太抹下的；因为空白的另一边，我想就是脱庇叔叔的那一边，则是绝对地干净：这似乎是一次进攻的确凿证据；而且，地图对角上有两个穿孔的残迹虽然已有所扩展，但仍然清晰可辨，无疑，地图在哨所里正是通过这两个孔钉起来的——

我以众神灵的名义发誓！这件珍贵的遗物上虽有伤痕，有刺孔，但我对它比天主教堂的所有圣物还要珍重——在我记述这些事实时，总要把沙漠中扎进圣拉德贡德②的肉里的尖刺除去。这种尖刺，在您从**费斯去克吕尼**③的路上，与她同名的修女会的修女们会免费叫您看个够的。

第十八章

报告老爷，特灵说，我看堡垒受到了严重破坏——内港的水都快与防波堤一样高了——我也这么看；脱庇叔叔刚一叹气，又半道收住，回答说——不过，特灵，到客厅去，把规定拿来——它就在桌

---

① 围攻布尚（1711 年）是马尔伯勒的重大胜利之一，这座固若金汤的城镇只坚持了二十天就投降了。

② 圣拉德贡德（参见第 255 页注③）以苦行著称。据说她把“带有利尖”的灼热的金属十字架钉在自己的肉体上来克制肉体。

③ 原文为 Fesse 和 Cluny，前者为法文，后者来自拉丁文 Clunis，二者的意思都是“屁股”。

子上放着呢。

这六个星期它一直在那里扔着，下士回答说，可就是在今天早上，老太太用它点了火了——

——既然这样，脱庇叔叔说，我们就再没有理由干下去了。干得越多，报告老爷，就越可怜，下士说；同时，他现出一副可以想像到的最能表达郁闷情绪的神态，把铁锹扔进了身边的手推车，吃力地转过身去，寻找他的丁字镐、他的工兵铲、他的尖木桩及其他小军需品，准备把它们从场地上撤走——恰好在这个当口，从哨所里传来一声“嗨嘀！”，制止了他。由于哨所是薄木条钉成的，所以将这种声音向他的耳朵回荡过来，听起来更加悲怆。

——不行；下士心想，我要在老爷明儿一早起床之前把这事给办了；于是，他又把铁锹从手推车中拿出来，铲了一点土，似乎要把斜坡坡底的什么东西垫平——而真正的意图却是要更加靠近他的主人，好惹他开心——他铲起一两个土块，用铁锹把边缘修齐，又用锹背轻轻地拍了几下，便坐在脱庇叔叔脚旁，讲起下面的话来。

第十九章

万分遗憾的是——报告老爷，虽然我深信，我要讲的对一个士兵来说，只不过是一种愚蠢可笑的事情——

特灵，脱庇叔叔打断了下士的话嚷道，士兵和文人一样，难免会说些愚蠢可笑的事儿——不过并不是经常这样，报告老爷，下士回答说——脱庇叔叔点了点头。

——万分遗憾的是，下士瞥了一眼敦刻尔克和防波堤说，那神态就像塞维厄斯·苏尔皮修斯从亚细亚撤走时（当他从爱琴纳岛向迈加拉航行时）向科林斯和帕雷乌斯瞥了一眼一样①——

——“万分遗憾的是，报告老爷，要毁掉这些工事——同样万分

① 见第360页。

遗憾的是，已经让它们竖立到了现在。”——

——关于这两种情况，特灵，你都是正确的；脱庇叔叔说——原因是这样的，下士接着说，大堤遭毁的前前后后——我没吹过一次口哨，唱过一声歌儿，没哭，也没笑，也没议论过去建过的功业，好赖也没有向老爷您讲过一个故事——这就是原因所在——

——你有许多优点，特灵，脱庇叔叔说，由于你恰好会讲故事，无论是在我痛苦时逗我开心，还是在我严肃时让我轻松轻松，你给我讲的故事中，很少有赖的——我认为这可不是小小不言的优点——

因为，报告老爷，除了波希米亚国王及其七座城堡的故事外，——我讲的全是真的；那些故事说的都是我自己。——

我因此就更加喜欢这种题材，特灵，脱庇叔叔说，不过，请你告诉我，这个故事是怎么回事？你已经激起了我的好奇心。

我这就给您讲，下士马上说——只要，脱庇叔叔又认真地朝敦刻尔克和防波堤看了看说——只要它不是一个调笑的故事就行；对于这样的故事，特灵，一个人应当随身带来一半的娱乐；我目前的性情，会亏待你和你的故事的，特灵——这绝对不是一个调笑的故事，下士答道——我也不希望它纯粹是个严肃的故事，脱庇叔叔又添上一句——这个故事既不调笑，也不严肃，下士答道，而是正合老爷您的口味——那我就会真心实意感谢你的，我的脱庇叔叔大声说，特灵，请开始讲吧。

下士鞠了一躬；尽管要大大方方地脱去细长的圆猎帽并不是世人想像的那么一种轻而易举的事情——而在我看来，当一个人蹲在地上的时候，要像下士平日那样毕恭毕敬地鞠躬，也不会少费一点周折，然而把向着主人的右手手掌向后滑到草地上，略微靠后自己的身体，以便让它挥动得更开一点——同时，他不经意地用左手的拇指、食指和中指把帽子轻轻一抓，这样一来，帽子的直径便缩小了，所以，可以说，帽子是不经意地摘掉的——而不是忽地一下扯掉的——反正，下士同时完成了两个动作，而且比他的情形所允许的姿势还要好看些；他咳了两声，清了清嗓子，看以怎样的语调能把故事讲得最动听，而且最投合主人的心情——他和主人相互亲切地瞅了一眼，便这样讲了起来。

波希米亚国王及其七座城堡的故事

从前有一位波希米亚国——王——

下士正要进入王国的疆域，脱庇叔叔便迫使他停了一小会儿；下士是光着头开始讲的。在上一章的最后，他脱掉自己的圆猎帽以后，就一直把它搁在身边的地上。

——善良的眼睛对万物一览无余——所以，下士的故事还没有讲五个字，脱庇叔叔已经用手杖头儿把下士的圆猎帽碰了两次，一脸的疑问——好像在说，特灵，你为什么不把它给戴上？特灵毕恭毕敬、慢条斯理地拣起帽子，一边拣，一边羞愧地瞟了一眼帽子前边的绣花，图案的一些主要花瓣和最显眼的部位已经磨得灰突突的，没有什么光泽了，他又把帽子放在两脚之间，以便就这个问题进行一番说教。

——你要说的，脱庇叔叔嚷道，句句都是实话——

“特灵，这个世界上没有一件东西是永存的。”

——可是，亲爱的汤姆，当你的爱恋和怀念的表示耗尽时，特灵问，我们又将说什么呢？

那就没有必要说别的什么了，特灵，脱庇叔叔说；我相信，要是一个人永远去费脑筋那是不可能的。

下士意识到脱庇叔叔说得对；而且，让一个人绞尽脑汁想从他的帽子中提取更加纯粹的寓意，纯属徒劳；他没有再做努力，便戴上了帽子；他把手搭在脑门上，抹去经文和教义共同影响所产生的一道忧虑的皱纹，以相同的表情和声调继续讲述波希米亚国王及其七座城堡的故事。

波希米亚国王及其七座城堡的故事（续）

从前有一位波希米亚国王，不过，我只能给老爷讲他自己在位时的事情，别的朝代的都不行——

我压根儿就不希望你告诉我，特灵，脱庇叔叔嚷道。

——报告老爷，大约是在巨人们开始停止繁衍后代之前不久；——可是，是我主哪一年来着——

——我一点也不想知道，脱庇叔叔说。

——只不过，报告老爷，它会使故事看上去更庄重——

——这是你自己的故事，特灵，你就按你的款式把它装点装点吧；随便挑个日子，脱庇叔叔高兴地望着特灵继续说——全世界的日子由你挑一个，加上去——你都会受到热忱的欢迎——

下士鞠了一躬；因为从创世到挪亚的洪水；从挪亚的洪水到亚伯拉罕诞生，从老祖宗漫游到以色列人出埃及——纵贯朝代纪年时期、奥林匹亚纪年时期、建城纪元时期①以及世界各国其他重要时期直到基督出世，再从那时算到下士讲故事的那一刻的每一个世纪中的每一年——就算脱庇叔叔将如此悠久漫长的岁月都摆到了下士的脚下，然而，就像**慷慨**伸开双手奉送的东西，**谦虚**难得用一根手指去碰一下一样②——下士只满足于这一连串的年代中最糟糕的一年；为了防止诸位多数派和少数派在争论中将肉从骨头上撕下来，‘那一年是不是总是最后丢弃的年历中最后丢弃的一个年份’——我可以明白地告诉大家，它的确是这样一个年份；但是跟你们所知道

---

① 创世日期为公元前 4004 年 10 月 23 日，洪水开始于公元前 2349 年 12 月 7 日，亚伯拉罕生于公元前 1996 年，以色列人出埃及在公元前 1491 年 5 月 5 日。“朝代纪年时期”指新巴比伦王国开国国王那波帕拉萨尔在位年代（前 625—前 605）。罗马历史事件以罗马的创建为纪元。

② 斯特恩这里暗指意大利画家圭多·雷尼（1575—1642）一幅题名为《慷慨与谦虚》的画。

的原因却不一样——

这是他最熟悉的一年——由于是我主一千七百一十二年①，奥蒙德公爵正在佛兰德斯捣乱的那一年——下士选了这个年代，重新开始了他的波希米亚之行。

波希米亚国王及其七座城堡的故事（续）

我主一千七百一十二年，报告老爷，有一个——

——我老实跟你讲，特灵，脱庇叔叔说，别的任何一个年代，都会使我更加高兴一些，这不光是因为这一年在我们的历史上有一个可悲的污点；因为我们开走了军队，拒绝围攻凯努瓦，尽管法赫尔以难以置信的魄力继续着这一事业——而且同样因为你自己的故事的缘故，特灵；因为如果真有——从你刚才透露的来看，我倒是有点信以为真——如果其中真有巨人——

——只有一个，报告老爷——

——这与二十个一样糟糕，脱庇叔叔答道——为了安全起见，你应当把他们往后推七八百年，省得受批评家和其他人的伤害；所以，我劝你，以后再讲这个故事时——

——报告老爷，如果我活着，一旦讲过一回，特灵说，我是决不会再讲的，不管是讲给男人、女人还是小孩——呸——呸！脱庇叔叔说道——但说话的语气却带着亲切的鼓励，所以下士便以更大的兴致继续讲他的故事。

---

① 在西班牙王位继承战争的收尾战役中，奥蒙德公爵由于接到安女王或马尔伯勒的“命令”，在欧仁王子和荷兰将领弗兰索瓦·尼古拉·法赫尔（1655—1718）围攻凯努瓦时拒绝支援他们。这些“命令”的确切性质成为后来弹劾、审判奥蒙德的依据。同时代的记述表明军队和脱庇一样对被认为的失职行为十分愤慨。劳伦斯的父亲罗杰·斯特恩也在因停止敌对状态而被遣散的部队中间。

波希米亚国王及其七座城堡的故事（续）

从前，报告老爷，下士兴冲冲地搓着手，提高了嗓门讲了起来，有一位波希米亚国王——

别管具体日期，特灵，脱庇叔叔说，同时欠着身子，把手轻轻地搭在下士的肩上，以缓和自己插话的唐突——别管具体日期，特灵；一个故事没有这些细节，照样讲得很好，除非你对它们有绝对的把握——哪能有绝对把握！下士摇了摇头说。——

对；脱庇叔叔答道，特灵，对于一个像你我这样长大后扛枪打仗的人来说，向前看很少超过枪头，向后瞧难得越过背包，所以熟知这种事儿可不容易——上帝保佑您，老爷！下士说，既为理论本身，也为脱庇叔叔理论的态度所折服，他还有别的事儿好干；如果不打仗，不行军，不站岗放哨——报告老爷，他可以擦擦枪——整顿整顿装备——缝补缝补军装——刮刮胡子，搞搞卫生，好永远保持接受检阅时的那种派头；所以，请问老爷，下士扬扬得意地补充道，士兵为什么要了解地理学？

——你应该说年代学，特灵，脱庇叔叔说道；因为说到地理学，它对战士绝对有用；他必须熟悉他的职业要他涉及的每一个国家及其边界；他应当了解每一个城镇、村落，以及通往该地的水道、陆路、山谷；他经过每一条大河、小溪，特灵，瞅上一眼就能给你说出它叫什么名字——它是在哪些山里发源的——它流程如何，通航的距离多远——哪里可以蹚水过去——哪里不行；他应当知道每条河谷的出产能力，以及耕耘它的农民；他应能描述，或者必要的话，给你提供一幅精确的地图，把他的部队将要穿越的平原、关隘、堡垒、坡路、森林、沼泽统统描绘出来；他应当了解该地的出产、植物、矿藏、水域、动物、时令、气候、冷热程度、居民、习俗、语言、政策，甚至于宗教。

是不是还可以设想一下，下士，脱庇叔叔一边接着说，一边就在哨所里站起来，因为说到这里他便兴奋起来——马尔伯勒怎样能够挥师由梅兹河岸挺进到贝尔堡；再从贝尔堡开往凯尔彭诺德——（说到这里，下士再也坐不住了）再从凯尔彭诺德到卡尔萨肯，特灵；又从卡尔萨肯到纽道尔夫；又从纽道尔夫到兰登堡；再从兰登堡到米尔登海姆；又从米尔登海姆到埃尔钦根；从埃尔钦根又到吉尔根；从吉尔根又到巴尔梅尔乔芬；从巴尔梅尔乔芬又到斯凯伦堡；他在这里突破了敌人的工事；长驱直入强渡多瑙河；跨过莱希河——直捣帝国心脏，又统率大军穿过弗里堡，霍肯维尔特，舍纳维尔特，向布伦海姆和霍赫施泰特平原挺进？——尽管他很了不起，下士，但如果不借助地理学，他不可能前进一步，也不可能行一天军——至于年代学嘛，特灵，脱庇叔叔说着又在他的哨所里冷静地坐下来，我承认，在所有学科中，年代学对士兵来讲似乎是最可忽略的，要不是在确定火药发明时那种学科有一天能给人们不少启发的话；而火药凶猛的杀伤力势如雷霆，使万物望风披靡，因此给我们开创了一个军事改进的新纪元，完全改变了陆海攻防的性质，同时又激发出各种作战技艺，因而在确定发现它的确切时间上，无论如何精确也不为过；在探求哪个伟人发现它，以及什么需要促成了它的出现，怎么追究也不嫌烦琐。

我决不是要对史学家一致的定论提出质疑，脱庇叔叔继续说道，不赞成查理四世之子文采斯劳斯①在位时，我主一三八〇年——一位名叫施瓦茨②的教士在威尼斯人对热那亚人作战中把火药的使用教给了威尼斯人；但可以肯定的是，他并不是第一个使用火药的人；因为如果我们可以相信莱昂主教堂佩德罗③的话——请问老爷，

① 文采斯劳斯（1361—1419），于1378年成为神圣罗马帝国皇帝。

② 贝特霍尔德·施瓦茨，德国僧人，据说在1330年左右发明了火炮。

③ 莱昂主教、编年史家佩德罗死于1112年，斯特恩误解了伊菲雷姆·钱伯斯的《百科全书》中的资料，因此出现了这段话中的差错，钱伯斯的《百科全书》引证彼得·迈克西亚，作为1343年摩尔人使用火药的根据，而堂佩德罗则是更早使用火枪的权威。

主教及教士们为什么要为火药大伤脑筋呢？——天晓得，脱庇叔叔答道——他的远见卓识能发现一切事物的优点——他在他写的攻克托莱多城的阿丰索王本纪里断言，在比那个时间足足早了三十七年的一三四三年火药已经是公开的秘密，不仅在摩尔人和基督徒当时的海战中，而且在他们与西班牙和巴巴里进行的许多著名围攻中，火药都曾被双方成功地使用——而且众所周知，培根修士①早在施瓦茨降生的一百五十多年前，已专门论述过火药的性质，并十分大方地把一种制作配方公之于众——而中国人，脱庇叔叔补充说，则使我们尴尬，所有相关的记载更使我们汗颜，因为他们扬言甚至在培根修士前几百年即已发明了火药——

——我相信他们都在撒谎，特灵嚷道。

——在这个问题上他们不同程度地受骗了，脱庇叔叔说，我从他们目前军事建筑可怜的状况上看得明明白白；除了一条有无侧堡的砖墙的护城河外，别无他物——至于建筑四角的所谓的棱堡，构筑极其原始，看上去完全—— ——像我讲的七座城堡之一，报告老爷，特灵说。

脱庇叔叔尽管极不善于比较，但还是极其客气地拒不接受特灵给的这种比较——直到特灵说他还有半打的波希米亚故事，却不知如何出手——脱庇叔叔深受下士幽默轻松的心情的感染——便中止了对火药的高谈阔论——并恳求下士继续讲他的波希米亚国王及其七座城堡的故事。

波希米亚国王及其七座城堡的故事（续）

这位不幸的波希米亚国王，特灵说道——他真的不幸吗？脱庇叔叔嚷道，因为他仍然沉醉在火药及其他军事事务的议论里，所以

---

① 罗杰·培根（约1214—约1294），英国哲学家、科学家，在其《人工与自然的神奇力量》中，揭示了火药爆炸的相当可观的知识。

尽管希望特灵接着往下讲，但他所给的诸多干扰并不是牢牢盘踞在心头，一定要把这个形容词解释清楚——他真的不幸吗，特灵？脱庇叔叔有些动情地问道——下士先是恨不得这个词儿和它所有的同义词统统滚蛋，所以立即开始回想波希米亚国王故事中的重大事件；但每件事都表明，他是古往今来世界上最幸运的人——这就使下士噎住了：他又不想收回他的形容词——更不想去解释它——最不想扭曲他的故事（像一些博学之士那样）去为一种体系服务——于是抬起头来盯着脱庇叔叔的脸求援——却发现脱庇叔叔坐着指望他来帮忙呢——经过一番哼哈以后，他便接着往下讲——

波希米亚国王，报告老爷，下士答道，就是不幸——因为他虽然酷爱航海和各种海事——可波希米亚境内却没有任何海港城——

到底是怎么回事呢——特灵，脱庇叔叔嚷道，因为波希米亚完全地处内陆，没有别的办法——也许有办法；特灵说，如果上帝照应的话——

脱庇叔叔一说到上帝的存在和属性总带有几分怀疑和踌躇——

——我不信，脱庇叔叔停顿了片刻答道——我说过波希米亚地处内陆，东连西里西亚和摩拉维亚；北接卢萨蒂亚和上萨克森，南和巴伐利亚比邻，西与弗兰科尼亚接壤：波希米亚不可能濒海，除非它不再是波希米亚——再说，海也到不了波希米亚，除非它淹没德国的大部分，毁灭千百万无法抵御大海的不幸的居民——骇人听闻！特灵叫道——那就说明，脱庇叔叔温和地说，作为一国之父而抱这种想法，太缺乏爱心了——所以特灵，我认为——这种事情不可能发生。

下士心悦诚服地鞠了一躬；接着往下讲。

夏日的傍晚，波希米亚国王带着王后和群臣恰好外出散步——

唉，恰好这个词儿用得好，特灵，脱庇叔叔嚷道，因为波希米亚国王和他的王后可能出外散步，别去管它；——这是一种偶发事件，它可能发生，可能不发生，完全按照机缘而定。

威廉王认为在这个世界上万事前定，报告老爷，特灵说；因为他常常对他的士兵说，“每颗炮弹都有其归宿。”他是个伟人，脱庇叔叔说——直到今天我仍然相信，特灵继续说，在兰登战役中把我致残的那颗子弹，之所以对准我的膝盖，没有别的目的，无非是要让我退役，再为老爷效劳，这样，我老了以后会得到很好的照顾——绝对不会有别的推想，特灵，脱庇叔叔说。

主仆二人突然心潮澎湃；——随后出现了短暂的沉默。

再说，下士重续话题——但语气比较快活——要不是那一枪，报告老爷，我永远不会坠入爱河的。

这么说你坠入过爱河，特灵！脱庇叔叔笑着说——

扑通一下，下士答道——脑袋耳朵全淹没了，报告老爷。什么时候，什么地方——怎么发生的？——我可从来没有听说过一点风声；脱庇叔叔说：——我敢说，特灵答道，团里的鼓手小兵无人不晓啊——现在我该知道了——脱庇叔叔说。

老爷耿耿于怀的是，下士说，我部在兰登一役中溃不成军①；剩下的人人四散逃命；要不是温德姆、拉姆利、高尔韦等团的部队在内尔斯皮肯桥断后，国王自己恐怕也难以脱身——当时他可是四面受敌，老爷您也知道，陷入重围之中啊——

不愧是勇士！脱庇叔叔嚷道，劲头上来了——在这全军覆没的当儿，我看见他跃马打我身上跨过，下士，奔向左翼，调来英国骑兵的残部跟他一起支援右翼，如有可能，要让卢森堡的部队威风扫地——我看见他的绶带的花结刚刚被打掉，却给高尔韦的残部注入了活力——他跃马向前——然后忽地一转，直冲孔蒂部的排头——英勇无比，真是气贯长虹！脱庇叔叔嚷道——他头戴王冠受之无愧——

---

① 这一战役代价极高，伤亡达20，000人。三位英军团级将领是休·温德姆（1708年卒）；亨利·拉姆利（1660—1722）；高尔韦伯爵（1648—1720）。卢森堡公爵弗兰索瓦·亨利·德·蒙莫朗西（1628—1695），法国元帅，在兰登作战部队的统帅；孔蒂王子（1664—1709），法国骑兵统领。托马斯·塔尔马什（约1651—1694），法国在利默里克和施泰因基克作战的陆军中将。

就像盗贼应得绞索一样；特灵喊道。

脱庇叔叔深知下士忠诚不贰；——否则这个比喻根本不合他的心意——而下士说出来以后也并不完全中意——但已无法收回——他无可奈何，只好继续往下说。

负伤的数目惊人，人人只求保命，哪有功夫考虑别的什么——尽管塔尔马什小心翼翼，脱庇叔叔说，撤走了步兵——但我却被留在战场上，下士说。你是这样；可怜人呀！脱庇叔叔答道——所以第二天正午我被换下来以前，下士接着说，我和另外十三四个人被装上一辆大车要运往医院。

人的身体哪里受伤，报告老爷，也比不上膝盖上受伤疼痛难忍——

除了腹股沟；脱庇叔叔说。报告老爷，下士答道，我以为肯定膝盖处最疼，因为这一带筋腱和其他叫不上名堂的东西太多。

正因为如此，脱庇叔叔说，腹股沟敏感的程度远远胜过别处——这一带不仅筋腱和其他叫不上名堂的东西（因为我对它们的名堂知道得并不比你多）——太多——而且还※※※——

一直呆在她的凉亭里的沃德曼太太——顿时屏声息气——解开便帽下巴处的别针，靠一条腿站了起来——

脱庇叔叔和特灵进行了一段平和而又势均力敌的争执，到后来特灵想起他屡屡为主人的苦痛失声，却从未为自己的痛苦掉过一滴眼泪——于是主张放弃争论，但脱庇叔叔却死活不允许——那证明不了什么，特灵，他说，只能说明你性情温厚——

因此，如若其余情况相同，腹股沟与膝盖处伤痛孰轻孰重——迄今仍无定论。

第二十章

我膝盖上的疼痛，下士继续说道，本身就已经难以忍受；再加上，破坏严重的道路坑坑洼洼，车子颠簸难行——真是雪上加霜——

每走一步都要我的命：所以由于失血过多，又缺少必要的护理，再加上我觉得在发烧——（可怜的人儿！脱庇叔叔说）所有这些加在一起，报告老爷，我哪能受得了啊。

我们的大车被排在整个车队的最后面，停在一个农民家里，我把我遭的罪说给一位年轻女子听；他们把我扶进屋，这位年轻女子从口袋中拿出一种强心粉，把它撒在糖上，她看到这样做使我精神振作了起来，又给我来了第二回和第三回——所以，报告老爷，我就把我的痛苦说给她听，我说我实在受不了了，我转向屋子旮旯里的一张床，说我宁可躺在床上——然后死掉，也不愿继续赶路了——当她试图把我扶到床上去时，我在她的胳膊腕里昏过去了。她是个好人！下士一边说，一边擦眼睛，老爷您就会听到的。

我想爱情一向都是令人开心的事，脱庇叔叔说。

它（有时候）是世间最严肃的事情，报告老爷。

在这位年轻女子的劝说下，下士继续说，运载伤兵的大车把我留下以后又出发了：她给他们担保要是再让我上车，我当下就会断气。所以当我苏醒过来时——我发现自己躺在一间安静的小屋里，屋内只有这位年轻女子，还有那位农民和他的妻子。我被横放在屋角的床上，我的伤腿担在一把椅子上，年轻女子就在我身边，一只手把她蘸过醋的手帕角儿贴在我的鼻子上，另一只手揉着我的太阳穴。

起初我以为她是这个农民的女儿（因为这不是一家客栈）——所以我给了她一个装着十八弗洛林①的小钱袋，这个钱袋是我那可怜的汤姆兄弟（说到这里特灵擦起了眼睛）动身前往里斯本之前托一名新兵捎给我做纪念的——

——我还从来没有给老爷您讲过那个催人泪下的故事呢——讲到这里特灵第三次擦起了他的眼睛。

年轻女子把老农和他的妻子叫进屋里，把钱给他们看了，好让

① 金币名。

他们相信我有支付一张床和我需要的什么必需品的能力，直到我可以被送往医院为止——好啦！她说着就把钱袋扎起来——钱先存在我这里——可是我并不是被雇来专门为你管钱的，我还要当你的护士。

从她说话的态度，还有她的衣着，这时候我开始对她的衣着更加留意了——我觉得这位年轻女子不大可能是这个农民的女儿。

她身穿一件黑袍，一直垂到脚趾上，头发压在一条贴近脑门的麻纱带子下面：她是个修女，报告老爷，像她这样的修女，老爷您知道，在佛兰德斯多得很呢，她们自由自在，不受约束——根据你的描述，特灵，脱庇叔叔说，我敢说她是一名年轻的贝居安女修会修女①，这些修女除了在西属荷兰——阿姆斯特丹除外——才能见到，别的地方都没有，她们与普通修女有所不同，一旦她们想结婚便可离开修道院还俗；她们专门探访和照料病人——就我个人而言，我倒认为她们是出自善良的天性才这么做的。

——她常对我说，特灵说，她这么做是看在基督的分上——这一点我不喜欢。——我相信，特灵，我们俩都错了，脱庇叔叔说，——今晚我们可以在我的项狄哥哥家就这个问题向约里克先生讨教一下——所以要提醒我；脱庇叔叔补充道。

这个年轻的贝居安修女，下士继续说道，刚刚得点空儿告诉我“她要做我的护士”，接着便忙来忙去开始尽一个护士的职责，为我准备东西——只一会儿功夫——虽然我觉得十分漫长——她就带着法兰绒布块等等东西返回来了，把我的膝盖热敷了两个钟头以后，她还为我熬了一小盆稀粥作为晚饭——她希望我好好休息，并且答应一大早就过来陪我。——她还希望我，报告老爷，千万不要出问题。当天夜里我发起了高烧——她的身影儿让我心神不安得厉害——我时时刻刻都把这世界分为两半——一半送给她——并且不停地哭喊着，我除了有一个背包和十八个弗罗林可以与她分享外，再一无所

---

① 参见第 270 页注①。

有——整个晚上这位美丽的贝居安修女，像个天使一样，守在我的床边，撩开我的床帷说要给我露酒喝——她信守诺言如期到来，真的给我送来了露酒。我从梦中惊醒。实际上她极少离开我，我已经习惯了从她的双手中获得生命，所以每当她离开房间时，我心里难过，面无血色：可是，下士继续说道（发着世界上最奇怪的感慨）——

“那不是爱情”——因为在这三个星期当中她几乎时时陪伴着我，用手敷我的膝盖，不分白天黑夜——我说老实话，报告老爷——※※一次。

这就奇怪了，特灵，脱庇叔叔说——

我也这么想——沃德曼太太说。

不可能，下士说。

第二十一章

——可这一点也不奇怪，下士继续说道——看见脱庇叔叔在沉思着——因为爱情，报告老爷，在这一点上完全像战争；那就是尽管一个士兵到星期六晚上已经避开敌人的子弹整整三个星期了，——可是星期天早晨他也许就会被子弹射穿心脏——这儿发生的事恰恰就是这样，报告老爷，唯一的区别在于——那是个星期天的下午，我猛然一下坠入爱河了——它突然在我身上爆炸了，报告老爷，就像一颗炸弹——我连句“我的天哪”都没来得及说。

我想，特灵，脱庇叔叔说，一个男人不会这么突如其来地坠入爱河的。

会的，报告老爷，要是他碰上了的话——特灵回答说。

请你告诉我，脱庇叔叔说，这是怎么回事。

——非常高兴，下士说着就鞠了一躬。

第二十二章

在那段时间，下士继续说道，我东逃西躲生怕坠入爱河，并且眼看着就要挨到头了，如果不是命运注定的话——命运是不可抗拒的。

那是个星期天，是下午，我已经给老爷讲了——

老农和他的妻子出去了——

房子里静悄悄的，就像半夜三更一般——

院子里甚至连只鸭子都没有——

——就在这时候，那位美丽的贝居安修女进来看望我。

我的伤口恢复得挺不错——炎症已经消退了一段时日了，但是随后却是膝盖上下奇痒难忍，搞得我整夜都没法合眼。

让我瞧瞧，她说着就在我搁膝盖的那一面的地面上跪下来，把手放在我的膝盖下面的部位上——只需轻轻挠挠就可以了，贝居安修女说；于是她用床单将这一部位蒙了起来，接着用右手的食指在我的膝盖下面轻轻挠起来，她的食指沿着包扎在伤口上的法兰绒布块边儿前后划动着。

过了五六分钟，我微微感觉到了她的第二根手指的指尖——很快它就与另一根指尖并在了一起，她就这样来来回回挠了好长一会儿；接着我的心头闪过一个念头，我要恋爱了——看着她那只手是多么地白，我的脸红了——我这辈子，报告老爷，再也见不到那样白的手了——

——在那个地方见不到了：脱庇叔叔说——

尽管这么说叫下士极其失望——他还是忍不住笑了。

这个年轻的贝居安修女，下士继续说道，认为这样挠对我大有好处——她用两根手指挠了一段时间——后来又用三根指头继续挠——后来又渐渐地放下了第四根指头，最后干脆用整只手搓起来：关于手，报告老爷，我只想再说一个字——那就是，它比缎子还柔软——

——特灵，随你怎么称赞都行，脱庇叔叔说；我会更加高兴地听你的故事——下士极其真诚地向主人表示感谢；但是对于这位贝居安修女的手，他再无话可说，只是把原来那句话再三重复——要把它的效果发挥得淋漓尽致。

漂亮的贝居安修女，下士说，继续用整只手在我膝盖下方揉着——直到后来，我怕她的这份热忱会累坏了她——“我要再揉一千次，”她说，“看在基督的分儿上”——一边说着一边把手掠过法兰绒布块，移向我膝盖的上部，那个部位我同样痒得要命，她也揉了起来。

于是，我意识到自己开始爱上她了——

随着她在我腿上不间断地挠动挠动——我感觉到一股爱流从她的手下面不断弥漫出来，报告老爷，扩散到我身体的每一个部位——

搓的次数越多，挠的距离也越长，——我血管中燃起的火焰就越强烈——终于，随着她指尖的两三次更长的划动——我的激情升腾到了顶点——我一把抓住了她的手——

——然后，你把它贴在你的唇边，特灵，脱庇叔叔说——还做了一番表白。

下士的爱情是不是真如脱庇叔叔所描绘的那样收场，这并不重要；它却包含了有史以来人们所写的所有爱情传奇的精髓，这也就足够了。

第二十三章

下士一讲完他的恋爱故事——或者不如说是脱庇叔叔替他讲完的——沃德曼太太就悄悄地从她的凉亭中奔出来，换掉了她头巾帽上的别针，穿过柳条门，缓缓朝脱庇叔叔的哨所挺进：特灵在脱庇叔叔心里造成的意向是一个极其有利的转机，可不能把它错过。——

——攻击已经决定：它的实施变得更为容易，因为脱庇叔叔已经命令下士将散布在敦刻尔克所在的地面上各处的工兵铲、铁锹、丁字镐、尖木桩，及其他军需品都用车推走，——下士已经开路了——战场已经清理干净了。

现在想想吧，先生，要按计划行事，这是多么荒谬，无论是打仗，还是做文章，或者人们有理由去做的任何别的事情（不管做这件事有没有韵味）——因为如果计划不顾情势的变化，该用金字记录下来（我是说将它保存在戈瑟姆①档案馆里）——这当然是指沃德曼太太要在脱庇叔叔的哨所里面向他发动攻击的“沃德曼太太计划”——现在在这个节骨眼儿上“计划”搁浅了，成了“敦刻尔克计划”——而敦刻尔克故事成了一个轻松消闲的故事，这与她能造成的每一种印象背道而驰：再说，即便她可以依计划行事——在攻击哨所中对手和手指的巧妙运用，却被特灵故事里的那位美丽的贝居安修女的做法超过了——所以，这个时候，那种进攻，无论它先前多么成功——现在却变成了能够发动的最无生气的进攻——

啊！这就随女人的便吧。沃德曼太太刚刚推开柳条门，她随机应变的天赋就得以发挥了。

——眨眼间她又想出一套新的攻击招数。

第二十四章

——真是烦死我了，项狄上尉，沃德曼太太接近脱庇叔叔哨所的门时，把她的麻纱手帕举在左眼上说——一粒灰尘——或者沙子——或者别的什么——也不知道是什么东西，进到我这只眼睛里

① 指戈瑟姆的“聪明人”，表面上憨厚，以隐藏真正的狡猾。戈瑟姆是诺丁汉郡的一个城镇，据传那里的居民假装糊涂，以避免因侮辱约翰王而招致的惩罚。

了——快给我瞧瞧——不在白眼仁儿上——

说着，沃德曼太太便侧着身子凑到脱庇叔叔身旁，挤到他的长凳的角儿上坐下，给了他一个勿需站起来就可以做这件事的机会————快给我瞧瞧——她说。

老实人啊！你还真的那么心地纯真，像孩子们看西洋镜一样；往她的眼睛里瞧着，谁要是伤害你，那简直是罪过。

——假如一个人心甘情愿地往那种东西里面看——那我就没有什么可说的了——

脱庇叔叔从来没有干过这种事儿：我可以替他担保，即使他身边有一只像色雷斯的罗多皮丝*那样的漂亮的眼睛，他也会在沙发上静静地从六月坐到一月（您知道，这可把最热最冷的月份全包括在内了），也说不清那是一只黑眼睛还是一只蓝眼睛。

难就难在要让我的脱庇叔叔瞧它一眼。

这一关已经过了。并且

我望见他的烟斗在他的手里晃来晃去，烟灰从里面掉了出来——他瞧着——瞧着——然后揉揉他的眼睛——再瞧着，那种好性情比伽利略寻找太阳黑子①还要多一倍。

——枉费功夫！因为凭赋予这个器官生命的神力起誓——这会儿沃德曼寡妇的左眼像她的右眼一样清澈明亮——里面既无灰尘，也没沙子，也没有尘土、谷壳，也没有一丝一毫不透明物体在里面浮动——里面什么都没有，我亲爱的慈父般的叔叔哟！只有一束闪烁

---

* Rodope Thracia tam inevitabili fascino instructa，tam exacte oculis intuens attraxit，ut si in illam quis incidesset，fieri non posset，quin caperetur. ——身份不详。［斯特恩注。色雷斯的罗多皮丝是公元前 6 世纪希腊著名的交际花。注释中的拉丁语出自希里奥多努斯的《埃塞俄比亚史》第 2 章第 25 节，转引自《忧郁的解剖》第 3 部第 2 节第 2 小节第 3 段，可以翻译如下：色雷斯的罗多皮丝有令人难以抗拒的魅力，她在望着任何一个人时，她那双勾魂摄魄的眼睛都会令这个人神魂颠倒，一旦有人碰在她手里，只能被她迷住。］

① 伽利略于 1610 年发现太阳黑子；他的有关重要信件于三年后发表。

的诱人的火苗，悄悄地从它的每个部位中喷射出来，从四面八方，射向你的眼睛——

——假如你，脱庇叔叔，把这粒灰尘寻找得再长一会儿——那你就完了。

第二十五章

在这种事情上，一只眼睛绝像是一门火炮；与其说是眼睛或者火炮本身，倒不如说是眼睛的举动——以及火炮的举动，通过这种举动，无论是前者还是后者都具有如此强大的杀伤力。我认为这种比较还不赖：可是，就像这个比较被放在本章的开头一样，它被用做一种装饰，反过来我的希望无非是，每当我谈到沃德曼太太的双眼时（下一阶段有一次例外），您都将这个比较保存在你的想像中。

我向你保证，脱庇叔叔说，我在你眼睛里什么也瞧不见。

不在白眼仁儿里；沃德曼太太说；脱庇叔叔便竭尽全力地朝她的瞳孔里瞧——

在古往今来所有的眼睛当中——从您自己的眼睛，小姐，一直到维纳斯本人的眼睛，她的眼睛自然是世间最勾魂摄魄的一双眼睛——从来都没有哪只眼睛，能像我的脱庇叔叔正瞧着的这只眼睛那样夺走他的安宁——小姐，它不是一只骨碌碌转动的眼睛——不是一只顽皮或任性的眼睛——它也不是一只闪动着——粗野或者专横——强取豪夺的光芒的眼睛，这样的一只眼睛会立即把我的脱庇叔叔体内人性的乳汁凝结起来——相反，它是一只充满了亲切的致意——和温柔的回应的眼睛——会说话——却不像某些粗制滥造的风琴的小号音栓，我与之交谈的众多只眼睛就是用它进行粗哑的交谈的——而是柔声细语着——就像一位行将咽气的圣徒最后的低语——“你怎么能把日子过得这么难挨呢，项狄上尉，而且又孤身一人，没有一个枕头的胸脯——没有一个诉说烦恼的心腹，怎么行呢？”

它是一只这样的眼睛——

可是，假如我再多说一个字，我自己也会爱上它的。

——那就会要脱庇叔叔的命了。

第二十六章

再没比遭遇同一件意外时我父亲与脱庇叔叔的迥然不同的态度更能有趣地显示他们的性格的了——因为我不把爱情称为一种灾难，这个想法源于我的一种信念，认为男人的心更适合谈情说爱——天哪！脱庇叔叔在没有爱情的情况下充满了仁爱的心是怎么回事呢。

我父亲，正像从他的许多文章中表现出来的那样，结婚前非常容易受这种激情的左右——然而这是由于他天性中的某种尖酸滑稽的急躁造成的，无论什么时候，当这种情感出现在他身上时，他绝不会像基督徒似的逆来顺受；而是破口大骂，暴跳如雷，脚踢拳打，胡作非为，还会对人们描写的眼睛进行最尖刻的抨击——有一首关于某人的眼睛的诗，搞得他一连两三个夜晚不得安眠；他在第一次怒不可遏时，他是这样开头的：

“这是一个魔鬼——它所造成的巨大灾祸
连异教徒、犹太人或土耳其人都未曾超过。”*

总而言之，在情绪发作的过程中，我父亲横加指责，出言不逊，几乎要破口大骂了——只是他还没有完全照搬厄努尔夫斯的办法做事——他过于冲动粗暴；没有采用厄努尔夫斯的做法——因为尽管我父亲，由于眼睛里容不下沙子，不是骂这个，就是骂那个，骂

* 这将会同我父亲的《苏格拉底传》等作品一起印行。［斯特恩注。这一对句摘自伯顿的《忧郁的解剖》（伯顿说它出自罗［伯特］托［夫特］之手）第3部第2节第4小节第1段。］

遍天下的万事万物，不管对他的爱情有没有裨益——然而每当他一连串的咒骂结束时，他总要把自己也大骂一通，骂他是世界上没有遮拦的傻老冒。

脱庇叔叔则恰恰相反，他像个羔羊一样逆来顺受——静静地坐在那儿，任凭这剂毒药在他的血管中肆虐，毫不反抗——即便伤势急剧恶化（就像他腹股沟上的伤一样），他也从不说一句烦躁不满的话——他既不怨天，也不怨地——既不想，也不说任何能伤害别人的事；他只是独自坐着，吧嗒着烟斗沉思——瞧着自己的瘸腿——然后吐出一句感慨万端的“嘿嗬！”。这里面虽然有烟，但绝不会搅扰任何一个人。

他就像羔羊一样逆来顺受——我说。

其实，他起初是搞错了；因为就在那天早晨，他跟我父亲骑马出去，如果有可能，想拯救一片美丽的树林，因为教长和教士们正在把这片树林砍倒送给穷人；*从脱庇叔叔家可以非常清楚地看见这片树林，并且按照他对这场威嫩代尔战役①的描述来看，这片树林对他极其有用——他们匆匆催马小跑着前去拯救这片树林——马鞍坐上很不舒服——马儿更差劲，如此等情不一而足……结果呢，血浆在脱庇叔叔下身的两层皮中间冒出来——血刚冒出来时（由于脱庇叔叔没有任何爱情的经历）他竟以为是这种感情的组成部分——直到后来一方的水疱破了——另一方的仍然完好——这时，脱庇叔叔才恍然大悟，认识到，他的伤并不是表皮的伤——而是伤到心上去了。

第二十七章

这个世界是羞于保持节操的——脱庇叔叔对这个世界不甚了然；所以当他发觉自己爱上沃德曼寡妇时，他并没有想到，这件事

---

* 项狄先生一定指的是那些精神贫乏的人，因为他们合伙分钱。［斯特恩注］

① 在1708年9月末进行。

跟沃德曼太太用一把打开的小刀在他的手指头划上一道口子一样，要搞得神神秘秘的：如其不然——然而由于他一向把特灵看作一位谦恭的朋友；而且他活一天，他总有新的理由这样对待他——他用什么方式把这件事告知他还不都是一样。

“我恋爱了，下士！”脱庇叔叔说。

第二十八章

恋爱了！——下士说——前天我给老爷讲波希米亚国王的故事时，您还好好儿的呀——波希米亚！脱庇叔叔说— — — —沉思了好一阵子— — —那个故事怎么收场了，特灵？

——报告老爷，不知怎么回事，我们弄了个不了了之——可是当时老爷就像我现在一样与恋爱不沾边呀——就是你把手推车推走的那会儿——和沃德曼太太碰到一起了，脱庇叔叔说——她在这儿留下了一颗子弹——脱庇叔叔补充说——指了指自己的胸膛——

——报告老爷，她顶不住围攻，就像她不会飞一样——下士嚷道。——

——可是由于我们是邻居，特灵，——我想最好的办法就是先文文明明地让她知道这件事——脱庇叔叔说。

要是我，下士说，可以冒昧采取跟老爷不同的做法——

——要不干吗我要跟你谈呢，特灵：脱庇叔叔温和地说——

——那么，报告老爷，我会一开始就回她一个迅雷不及掩耳的突然袭击——然后再文文明明地告诉她——因为要是让她事先知道老爷您爱上她的什么蛛丝马迹的话——上帝保佑她——她眼下对此一无所知，特灵，脱庇叔叔说——就像那未出生的小孩不知道一样——

可爱的人儿呀！——

沃德曼太太在二十四小时以前就已把这事的方方面面和布丽奇特小姐讲了；而且就在那会儿，她坐着跟她商议，触及到了对于此事的一些小小的忧虑，决不会在水沟里挺尸的魔鬼已经向她提示——还没等他用上一半时间，就让她悄悄地唱完了她的 te Deum①——

我非常害怕，沃德曼寡妇说，万一我嫁给了他，布丽奇特——这位可怜的上尉腹股沟上的伤势那么严重，他的健康可就没法保证了——

夫人，也许没有你想的那么厉害，布丽奇特说——再说我相信，她补充说——它已经干了——

——我倒想了解一下——仅仅是为他着想，沃德曼太太说——

——不出十天，我们就会对它了解得一清二楚的——布丽奇特小姐答道，因为上尉向你大献殷勤的时候——我确信特灵先生会向我求爱的——我就让他得手——布丽奇特接着说——以便从他嘴里把一切一股脑儿套出来——

这些措施马上就被采用了——而脱庇叔叔和下士也在继续他们的步骤。

现在，下士说，左手叉腰，右手一挥，仿佛胜券在握——而且并不过分——要是老爷您允许我实施这次攻击的计划——

——那会使我大喜过望的，特灵，脱庇叔叔说，——而且我预计，你办这种事肯定会像我的副官，先给你一个克朗，下士，喝顿开战酒。

报告老爷，下士说（先为他领受战事鞠了一躬）——我们首先把老爷那件有花边的衣服从那作战时用的大皮箱里取出来，好好晾一晾，然后把那件金蓝色衣服的袖子往短里收一下——接着我会把您的白拉米伊大假发重新塞进管子②里——再找个裁缝把老爷的大红薄裤子翻一下——

——最好用那条红长毛绒的，脱庇叔叔说——那条看上去太笨——下士说。

---

① 见第 47 页注①。

② 管子是用来卷假发的黏土圆筒。

第二十九章

——你把我的剑涂点石膏粉①擦一擦——遵命，特灵答道。

第三十章

——可是老爷您的那两片剃刀得往快磨一下——而我要把我的圆猎帽洗刷一新，再穿上可怜的勒菲弗中尉的军大衣，那是老爷您为了纪念他而送给我穿的——老爷的胡子一刮干净——穿上了老爷的衬衫，您那件蓝金相间的，或者是您那件大红的——有时这件，有时那件——万事俱备只待进攻——我们就勇敢挺进，就像那是一座棱堡的正面一样；当老爷您向右边进攻客厅里的沃德曼太太的时候——我就在左边进攻厨房里的布丽奇特小姐；要是占领了那一通道，我能担保，下士说着就在他的头上打个响指——这一天就是我们的了。

我希望我能把握好它；脱庇叔叔说——不过我声明，下士，我宁愿向壕沟里的边缘前进——

——女人完全是另一码事儿——下士说。

——我想也是，脱庇叔叔说。

第三十一章

在脱庇叔叔恋爱期间，如果万一我父亲说的什么话可能激怒了他，那就是我父亲总是胡乱使用隐修士希拉里翁②的一句话；他在

① 用来磨光金属。

② 圣希拉里翁（291—371），他把隐修院制度引入巴勒斯坦。后面的事件在圣哲罗姆的《隐修士圣希拉里翁传》第3章中有叙述，也在《忧郁的解剖》第3部第2节第5小节第1段被提及。

谈到他的禁食、他的守候、鞭笞，以及别的一些修道手段时——会说——尽管用的是与一位隐修士很不相称的滑稽语言——“它们是他用来使他的驴（指他的身体）不踢的手段。”

这句话很合我父亲的心意；它不仅是一种精炼的表达方式——同时也是一种精炼的中伤我们的下身的欲求的方式；所以我父亲一生有好多年，这是他一贯的表达模式——他一旦使用激情这个词儿——总要用驴子来代替——因此事实上可以说，在那个时候他一直是骑在他自己的，要不就是别人的驴子的骨架上或者脊背上。

在这里我必须向您说明

我父亲的驴

和我的爱巴马儿之间的不同——以便在我们往前进展时，在我们的想像中尽量地把它们的特征区别开来。

因为我的爱巴马儿，要是您回想一下，绝不是个凶恶的牲畜；他身上几乎没有一根驴毛或一点驴样儿——它是运动用的呆头呆脑的小牝马，眼下可以送你出去玩玩———条蛆虫，一只蝴蝶，一幅图画，一把琴弓———次脱庇叔叔的围攻——或者任何一件东西，一个人想办法骑上去，赶着它从人生的烦恼和焦虑中跑开——它是和天地万物一样有用的动物——我真不知道世界上没有了它怎么能行——

——但对我父亲的驴——哦！骑他——骑他——骑他——（那是三遍，难道不是吗？）——骑他可不行：——这是一头骚货——谁若不阻止他尥蹶子，就让谁触霉头。

第三十二章

哎！亲爱的脱庇兄弟，我父亲在脱庇叔叔恋爱后第一次见到他时说——你的**驴子**[①]怎么样了？

---

① 英文中的 ass（驴）与 arse（屁股）在 18 世纪发音更加近似。

那时脱庇叔叔想到更多的是他起过水疱的部位，而不是希拉里翁的隐喻——而且由于我们的成见（您知道）对字音的影响就像对事物形态的影响一样大，所以他认为，我父亲在选字上不很讲究，所以就用那个部位特有的名称来问它；这样，尽管我母亲、斯娄泼医生、约里克先生正坐在客厅里，他认为顺从我父亲所用的字眼儿比不顺从会更礼貌些。当一个人处于两种失礼的夹缝里，而且必须做出一种失礼行为的时候——我总是看到——随他选什么，众人都会责怪他的——所以如果脱庇叔叔遭到责怪的话，我是不会吃惊的。

我的**驴**——脱庇叔叔说，好多了——项狄哥哥——从这个开头中我父亲就对他的**驴子**寄予了厚望；并且要继续追问下去；但由于斯娄泼医生放声大笑起来——接着我母亲大喊我的天哪！——这就把我父亲的**驴子**从地里赶走了——然后大家都笑了起来——有一段时间，再没有把他牵来关照。

就这样，在没有他的情况下，谈话继续进行。

人人都说，我母亲说，你在谈恋爱，脱庇兄弟——我们希望那是真的。

嫂子，我相信，脱庇叔叔说，我是和任何男人通常做的那样，在恋爱——我父亲哼了一声——那你是什么时候知道的？——我母亲问道——

——水疱破了的时候；脱庇叔叔回答。

脱庇叔叔的回答使我父亲的心情好了起来——因此他又发起了冲锋。

第三十三章

古人一致认为，脱庇兄弟，我父亲说，根据受影响的不同部位——头脑或者肝脏——便有两种截然不同的爱——我认为，当一个人恋爱的时候，他应该考虑一下他陷入的是其中的哪一种。

是哪一种又有什么意思呢，项狄哥哥，脱庇叔叔答道，只要它使一个男人结婚，爱他的妻子，再生几个孩子就行了。

——几个孩子！我父亲喊着就从他的椅子上起来，一边从我母亲和斯娄泼医生中间挤过去，一边直勾勾地盯着她的脸——几个孩子！我父亲走过来走过去，大声重复着脱庇叔叔的话——

——不，我亲爱的脱庇兄弟，我父亲大声说，一下子恢复了常态，走到了脱庇叔叔的椅子背后——并不是如果你有了二十个孩子我就应该感到难过——恰恰相反，我应该感到高兴才是——脱庇，像一位慈爱的父亲那样关爱他们每一个——

脱庇叔叔偷偷地把手伸到了椅子背后，把我父亲的手捏了一把——

——不仅如此，他抓住脱庇叔叔的手接着说——我亲爱的脱庇，人性的优点你有这么多，它的残酷你又是那么少——遗憾的是，世界上的人并不都像你；如果我是一位亚洲君主，我父亲补充说，为他自己的新提议而激动起来——我将迫使你，假如它不会损伤你的精力——也不会使你基本的水分干得太快——也不会减弱你的记忆和想像，脱庇兄弟，如果这些把戏玩过度了的话，这些现象是很容易发生的——亲爱的脱庇，我将为你找我的帝国中最美的女人，然后我将迫使你， nolens， volens①，给我一个月生一个臣民，月月如此——

在我父亲说完这句话的最后几个字时——我母亲吸了一撮鼻烟。

我生孩子，脱庇叔叔说， nolens， volens，也就是，不管我愿意不愿意，不会为了讨得世界上最伟大的国君的欢心——

——脱庇兄弟，强迫你说明我不通人情；我父亲说——但举这个例子是为了向你说明，我要使你正确理解的不是你生孩子的问题——假如你有能力的话——而是你所依据的爱情和婚姻制度——

———至少，约里克说道，项狄上尉关于爱情的见解中有许多清

① 拉丁文：不管愿意不愿意。

楚明白的道理：正是在我必须负责的一生虚度了的时光中，我读了许多当代盛极一时的诗人和演说家的作品，从他们那儿我从来没能得到这么多——

约里克，我希望，我父亲说，你读过柏拉图①；因为从那儿你会得知有两种**爱情**——我知道，约里克回答，古人有两种**宗教**——一种——是平民的，另一种是学者的；但我认为**一种爱情**对这两种人就足够了——

不行；我父亲回答——由于同样的原因：因为这两种爱，根据菲奇努斯对巴列西乌斯②的评论，一种是理性的——

——另一种是天性的——

第一个古人——没有母亲——这与维纳斯毫不相干：第二个，为朱庇特和狄俄涅所生——

——请问哥哥，脱庇叔叔说，一个信奉上帝的人与这又有什么相干的呢？我父亲不能停下来回答，因为怕打断了他谈话的连贯——

后者，他继续说，完全具有维纳斯的特性。

第一个，是从天堂掉下来的金链③，激发出包含于其中的爱情史诗，并激发起对于哲学和真理的渴望——第二个，只是激发出欲

---

① 在《会饮篇》中，柏拉图让保萨尼阿斯说："难道我坚持有两个（爱）神不对吗？年长的，没有母亲，被叫做神圣的阿佛洛狄特——她是乌拉诺斯的女儿；年轻的，是宙斯和狄俄涅的女儿——我们叫她普通的；而她的同事爱神也正好被叫做普通的，因为另一个爱神被称为神圣的。"而斯特恩下面一段的直接出处是《忧郁的解剖》的第 3 部第 1 节第 1 小节第 2 段。

② 即弗朗西斯科 · 巴列 · 德 · 科瓦鲁维亚斯（生活在 16 世纪），西班牙医学作家，腓力二世的御医。这是一段对《忧郁的解剖》的第 3 部第 1 节第 1 小节第 2 段的混乱意译。在那里伯顿引用了巴列西乌斯和菲奇努斯对柏拉图的评论；巴列西乌斯的出处是在他的《医学与哲学争论》，而菲奇努斯的是他的对《会饮篇》的《评注》第 6 章第 7 节和第 8 节。菲奇努斯，参见第 471 页注②。

③ 从荷马到弥尔顿，金链一直是表示爱、和谐的意象，从天空延伸到地上。

望而已——

——我认为生儿育女对世界的贡献，约里克说，就和发现经度一样大①——

——确实，我母亲说，爱维护着世界的和平——

——还有家庭的——亲爱的，我承认——

——爱充满了人间；我母亲说——

可它使天堂空空如也——亲爱的；我父亲答道。

——充满天堂的，斯娄泼得意洋洋地大声说，是处子。

不如说是推向窘境的修女！我父亲说。

第三十四章

我父亲总是以一种单刀直入、锐不可当的方式争论，刺杀撕扯，而且在轮到他时，给每个人一顿敲打，好让人记住他——这样一来，如果一起有二十个人——不到半个钟头，他肯定会让所有的人都把矛头指向他。

他这样单枪匹马作战的主要原因是，如果出现了一个更不好防守的要塞，他肯定奋不顾身扑进去；说句公道话，一旦他到了那里，他就会英勇捍卫，不管是一个勇敢的人还是一个善良的人，都不会愿意看到他被驱逐出去。

正因为如此，约里克尽管也经常攻击他——可总不忍心全力以赴地攻击。

斯娄泼医生的**处子**在上一章结尾时，总算把他堵到了防御土墙

① 早在1713年，英国议会的一项法案已提出给测定海上经度的方法予以高达20，000英镑的奖励；在斯特恩写这一卷的时候，福尔比的约翰·哈里森（1693—1776）已因他的航海天文钟获得了一笔巨款，他最终得到了全部奖金。伯顿对菲奇努斯的翻译是这样的：“……生儿育女……同发现真理一样必要……”（《忧郁的解剖》第3部第1节第1小节第2段）

的右面；当他正开始在斯娄泼的耳边把基督教世界所有的女修道院都炸飞的时候，特灵下士来到客厅，通知脱庇叔叔，说他的那条薄红裤子，就是他要进攻沃德曼太太时穿的，不能穿了；因为，裁缝把它撕开要翻过来时，才发现它早已翻过了——那就再翻过来嘛，兄弟，我父亲赶紧说，因为在这种事情上还会翻好多遍才会完结的——已经烂得不成样子了，下士说——那就无论如何，我父亲说，定做一条新的，兄弟——尽管我知道，我父亲转向在场的人接着说，沃德曼寡妇已经热恋上我的脱庇兄弟很多年了，并且用尽了女人的一切手段来使他坠入同种感情，现在既然她已经把他俘获了——她的热劲就会翻过顶点——

——她已经得手了。

假如是这样，我父亲继续说，我相信，柏拉图从没想到过这个——爱情，你看，与其说是一种**情感**，还不如说是一种**情境**，一个男人一进去，像我的脱庇兄弟要做的那样，就等于参了军——不管他喜欢不喜欢兵役——一旦参了军——他就要表现出好像喜欢的样子；并且采取一切步骤表明他是个无畏的男人。

这种假说，就像我父亲其余的假说一样，听起来确实蛮有道理，而脱庇叔叔只有一句反对它的话——特灵已经准备好予以支持——可我父亲还没得出结论——

正因为如此，我父亲继续说（又把这种情况陈述了一遍），尽管全世界都知道，沃德曼太太喜欢我的脱庇兄弟——我的脱庇兄弟反过也喜欢沃德曼太太，世间任何障碍都不能阻止这段乐曲就在这天晚上奏响，而我可以担保，这同一个调子不会在一年后的今天演奏。

我们没把尺寸量好，脱庇叔叔用疑问的神情望着特灵的脸说。

我宁肯用我的圆猎帽打赌，特灵说——特灵的圆猎帽，我曾给您说过，是他永久的赌注；为了发动这次进攻，就在那天晚上已被刷洗一新——它使这一投注的赔率显得更为可观——报告老爷，我以我的圆猎帽，赌一先令——如果，特灵（鞠了一躬）继续说，在老爷您面前下赌注合适的话——

这没有什么不合适的，我父亲说——这是一种表达方式；至于说你用你的圆猎帽赌一先令——你的意思只不过是这样——那就是你相信——

——喏，你相信什么呀？

沃德曼寡妇，禀报大人，挺不住十天——

朋友，斯娄泼讥笑着嚷道，你从哪儿得到这些关于女人的学问的？

和一个旧教修女谈恋爱中得到的；特灵说。

是个贝居安修女，脱庇叔叔说。

斯娄泼医生火冒三丈，再也听不进去其中的差别了；而我父亲则利用这一契机不分青红皂白开始大肆攻击所有的修女和贝居安修女会修女，说那是一堆蠢笨的老破鞋——斯娄泼实在受不了啦——脱庇叔叔由于要对他的裤子采取一些措施——约里克要对他的第四大部分[①]采取一些步骤——以应付他们明天各自的进攻——这伙人便散了：于是只剩下我父亲一个人，从那时到睡觉时间还有半个钟头；他便叫人送来笔墨信纸，给我的脱庇叔叔写了下面这封劝导信。

脱庇贤弟，

我要对你说的，是关于女人的禀性和向她们求爱的方式；你有机会得到这方面的一封劝导信，而我又有能力给你写——这也许对你有好处——尽管对我却没有那么多的好处。

如果对于安排我们命运的人来说，这是一件乐事——你也没有因为知道这种情况而吃亏受苦，那么要是此时此刻你笔蘸墨水，而不是我，那我就心满意足了；可情况却不是这样—— ——项狄夫人现在就在我身旁铺床——我信笔乱写，想到什么就写什么，这些提示和教训也许对你会有用处；我想在这封信里给你一份我的爱的表

---

① 他的布道文的主要修辞部分。

示；而不担心接受它的方式，脱庇贤弟。

首先，关于爱情中涉及到的宗教问题——尽管从我脸上的红光，我察觉到我在开始对你谈论这个问题时脸红了，同样我也知道，尽管你守口如瓶，你却很少忽略它的功能——可我还是要以一种特殊方式来提醒你一条（在你求爱期间），因为我不想遗漏这一点；那就是，不管是在早上还是下午，一旦要从事冒险的计划，必须首先向万能的上帝祈求保佑你不要从事邪恶的计划。

把你的脑袋剃光，至少四五天剃一次，方便的话就更勤些；以防因为心不在焉，在她的面前摘掉假发时，她会发现有多少是被光阴剪去的——多少是被特灵剪去的。

——最好是不要让她有秃顶的想法。①

你一定要铭记在心，并把这作为你的座右铭去遵照执行，脱庇——

“女人是胆怯的”：她们胆怯倒是好事——否则就拿她们没有办法了。

你的裤子不要太紧，也不要在大腿周围松垮垮地吊着，像我们祖先的宽松短罩裤一样。

——严守中庸之道，不做任何结论。

不管你要说什么，多说还是少说，不要忘记用一种低柔的语调来说。沉默，以及任何与之相近的东西，把午夜神秘的梦织进头脑：正因为如此，如果你有办法，千万不要扔下火钳和火棒。

在与她的谈话中，避免任何形式的诙谐和滑稽，同时要尽你所能，让她别读有这种倾向的书籍和文章：有一些虔诚的小册子，如果你能引诱她读一读——那会很有好处：但不许她看拉伯雷、斯卡龙②或者《堂吉诃德》——

① 头发浓密意味着性功能强；秃顶则刚好相反。

② 保罗·斯卡龙（1610—1660），法国诙谐叙事诗人、戏剧家、小说家，他的主要作品《滑稽小说》对斯特恩的影响很深。

——这些都是引人发笑的作品；你知道，亲爱的脱庇，没有比淫欲更严重的激情了。

先在你衬衫的胸前别上一枚别针，再进入她的客厅。

如果你得到允许，跟她坐在同一张沙发上，并且她给你机会把你的手搭在她的手上——注意要握住它——你一旦把你的手放在她的手上面，她就会摸着你的脾气。让这事和其他尽量多的事情悬而未决；这样做，你可以让她对你心存好奇；如果她没有被那一举动所征服，而你的驴还在不断地踢，因为有充分的理由这么认为——那么你必须首先，按照古锡西厄人的做法，在耳朵下面放掉几盎司血，他们就是用这个办法根治一阵阵最激烈的欲望发作的。

阿维森纳，仿照这种做法，主张在这个部位涂上嚏根草糖浆，进行适当的排泄和通便——我理所当然也相信。可你无论如何一定要少吃或不吃山羊肉，不吃马鹿肉——甚至驹肉；并且小心杜绝——也就是尽量不吃孔雀、鹤、大鹬、小鸊鷉和水鸡——①

至于你的饮料——我用不着给你讲，那必须是**马鞭草**②和HANEA草的浸剂，伊连③讲到过它们的疗效——可如果你吃腻了——可以不时地中断一下，用黄瓜、甜瓜、马齿苋、睡莲、忍冬和生菜来代替。

我眼下所想到的，再没有了——

——除非爆发一场新的战争——就这样，亲爱的脱庇，祝你万事如意，

你诚挚的哥哥，

沃尔特·项狄

---

① 这一段及其前后几段均摘自《忧郁的解剖》第3部第2节第5小节第1段。

② 马鞭草有苦涩味，以前被用做清凉药。 Hanea，参见第472页注④。

③ 克劳狄乌斯·伊连努斯（200年左右在世），罗马修辞学作家和教师；这里指他的《论动物特性》第9章第26节，转引自伯顿，出处同前。上面写到据说雅典妇女把“hanea”放在床上以缓解性欲节制的痛苦。

第三十五章

就在我父亲写他的劝导信的当儿，脱庇叔叔和下士正在忙着准备进攻。由于翻薄红裤子的事儿已被搁在一边（至少在眼下），就没有什么事儿能把进攻推迟过明天早上；于是把它定在了十一点。

来，亲爱的，我父亲对我母亲说——如果你和我去看看脱庇兄弟——为他的进攻鼓鼓劲儿，那才像做哥哥和嫂子的。

我的父亲和母亲进去的时候，脱庇叔叔和下士都已准备就绪一段时间了，时钟打了十一下，到了出击行动的时刻了——可关于这一事件的记述是不应该编排在这样一部著作的第八卷的结尾的。——我父亲只是来得及把劝导信放进我的脱庇叔叔的大衣口袋里——并和我母亲一起祝愿他出击成功。

我倒是想，我母亲说，出于好奇透过钥匙孔看看啊——要名正言顺，亲爱的，我父亲说——

只要你愿意，就从钥匙孔里偷看去吧。

第八卷　完

绅士特里斯舛·项狄的生平与见解

Si quid urbaniufculè lufum a nobis, per Mufas et Charitas et omnium poetarum Numina, Ore te, ne me malè capias.[①]

第九卷

① 拉丁文："如若我们借助众缪斯、美惠三女神和所有诗人的神圣意愿恣意戏弄了什么，我请求您，不要把我看得太坏。"这一段题辞出自伯顿《忧郁的解剖》第3部第1节第1小节第1段，引用的是朱利叶斯·恺撒·斯卡利杰对卡登的请求。

献与
一位
伟人①

尽管，a priori，打算把《脱庇叔叔的恋情》献给※※※先生——a posteriori②，我觉得更有理由将它献给※※※※※※※爵爷。

如果这表露出我对诸位大人的妒忌，我将会由衷地感到难过；因为，a posteriori，在宫廷拉丁语中表示吻手以谋求提拔——或谋求别的什么——以便得到它。

我对※※※※※※※爵爷的看法比起当初对※※※先生的看法，不好也不坏。封号犹如硬币上的印记，可以给一块贱金属赋予一种理想的区部价值；然而金银会在全世界流通，除了它自身的重量外，不需要别的推荐。

当初在※※※先生去职期间使我想起给他提供半小时娱乐的那种良好的愿望——此时显得更加强烈，因为半小时的娱乐在辛劳和悲伤之后，要比在一次哲学就餐之余更有用，更提神。

彻底的娱乐莫过于完全改变观念；观念的差异莫过于大臣们和纯真的情侣们的观念那样有天渊之别：正因为如此，当我谈起政治家和爱国者并且为他们划定防止将来混淆他们的界限时——我提议把那一卷献给某个高尚的牧人③，

---

① 七年以前《项狄传》开首两卷就是题献给皮特的。在本篇献辞中斯特恩十分委婉地提到1761年到1766年这位伟大的下院领袖离任去职一事，也委婉地提到1766年他出任首相，先后受封为皮特子爵和查塔姆伯爵。

② 拉丁文。a priori，这里的意思是“起初”；a posteriori，这里的意思是“随后一想”。在后面一段，斯特恩玩弄 posterior 的其他几种含义：位置较后，职位较低，身体的后部等。

③ 乔治·格伦维尔（首任财政大臣，1763—1965）的绰号，是皮特在1763年起用的。格伦维尔发表演说问他应当在哪儿找到税收，“告诉我哪儿，告诉我哪儿，”皮特用一句歌词回答，“高尚的牧人，告诉我哪儿。”

高傲的学识从来没有教他的思想，
偏离得像政治家或爱国者的道路一样；
然而从一个云遮雾绕的头脑里，简朴的自然
给了他的希望一片谦卑的蓝天；
某个野性的世界被层层深林拥抱——
某个幸福的海岛周围一片汪洋淼淼——
而在通向那片平等的天空的地点，
他那些忠实的狗儿应与他相伴。①

总而言之，我这样把一套崭新的物体介绍给他的想像，从而不可避免地把一种娱乐赋予他痴情的默想。

作者

① 英国著名诗人蒲柏《人论》中关于"可怜的印第安人"的著名诗行。

第一章

我呼唤分别遏制我们在这个世界上的事业的时间和机遇之神[①]为我作证，直到此刻，我从来也无法详细了解脱庇叔叔的恋情，还有母亲在讲这一件事时表现出的好奇心，——或者像我父亲常说的，她心里的一种截然不同的冲动——希望她透过钥匙孔去窥视窥视他们。

“亲爱的，该叫它什么就叫它什么吧，我父亲说道，只要你愿意，就从钥匙孔里偷看去吧。”

除了我经常谈到的我父亲的习惯中的那种酸溜溜的情绪骚动，什么也不会发出这样的曲意逢迎——然而，他天性直率、慷慨，始终愿意服理；因此他受到良心的谴责时，很难把这种不雅的反驳进行到底。

按夫妻惯例，我母亲当时用她的左臂挽在我父亲的右臂下面晃悠，她的手心搭在我父亲的手背上——她把指头抬起来，又放下去——这动作很难叫做敲打；或者就算是敲打——要说那是一种抗议的敲打，还是坦白的敲打，那可要难倒一个诡辩家：我父亲从头到脚都感觉灵敏，所以能把它正确归类——良心大大增强了她的打击——他突然把脸转向另一边，我母亲以为他的身子也会随之转过去，朝家走去，于是以左腿为中心，右腿做了一个反向动作，把身子远远带向前边，以致当他转过头来时，遇到的却是她的目光——又是一阵慌乱！他发现有一千种可以消除那种指摘的理由，还有同样多的指责自己的理由——一块薄薄的、蓝蓝的、冷冷的、清澈透

① 参比《圣经 · 旧约 · 传道书》第 9 章第 11 节：“所临到众人的，是在乎当时的机会。”

明的水晶，所有的体液都处于安静状态，哪怕点点滴滴最微小的欲望都会从底下看得一清二楚，如果它存在的话——但它没有——而我自己怎么如此放荡，尤其在春分或秋分前的一段时间——只有天知道——我母亲——小姐——从来都不是这样，无论是出于天性，还是出于习惯，还是遵照榜样。

一年四季，一股温吞吞的血流在她的血管里井然有序地流淌，无论是白天，还是黑夜，所有关键的时刻都是一样；她也没有从祈祷文手册冒起的泡沫中给她的情绪注入半点热情，因为这类文字没有多大意思，甚至没有一点意思，天性便往往不得不去找一点意思——至于我父亲的榜样！那里远远没有援助或者煽动，所以他一生的全部任务就是把那一类的胡思乱想从她脑袋里清除出去——自然尽了自己的一份力，省去了他的这种麻烦；以及很不协调的事情，我父亲清楚这一点——一七六六年八月十二日，我坐在这里身穿一件紫色紧身短袄，脚穿一双黄拖鞋，既没戴假发，也没戴帽子，我父亲说过“正因为如此，我的思想和行为都不应该像其他人的孩子”，这时的我正是这种预言的一种最富有悲喜剧色彩的实现。

我父亲的过错在于攻击母亲的动机而不是行为本身：因为毫无疑问，钥匙孔是为别的目的而制作的；考虑到这种行为是一件与真正目的有碍，而且否定了钥匙孔的本质的行为——所以它变得违背情理；而且，您看，到了犯罪的地步。

正因为如此，请诸位注意，钥匙孔成了罪恶的渊薮，比世界上所有的孔洞加在一起还要恶劣。

——这就把我引向了脱庇叔叔的恋情。

第二章①

尽管下士保证要把脱庇叔叔的拉米伊大假发塞进管子里去，但由于时间太短，所以没有产生多大的效果：假发好多年来一直塞在他作战时用的旧皮箱的旮旯儿里；样子太糟糕，不容易收拾好，蜡烛头的使用又不太明白，所以这件事不像人们所希望的那样顺手。下士笑眯眯的，把两条胳膊伸成直角往后拽了二十来次，如有可能，想把它弄得神气一点——如果**郁闷**把它看上一眼就会使这位夫人陪上一抹微笑——除了下士要卷的地方到处都卷着；在他看来，要是一两绺侧面的发卷儿会使它争光，他宁可让死人站起身来。

情况就是这样——或者不如说在别的任何一个脑门上，情况好像都是这样；但是脱庇叔叔脑门上的那种甜美慈善的神情，把周围的一切，完完全全地化为它自己，再加上天性又用如此漂亮的手笔把**绅士**二字写在他面容的每一条纹路上，以致他那灰突突的金边礼帽和那极大的薄塔夫绸的帽花在他的头上也十分合适；尽管这些东西本身不值价，但一让脱庇叔叔戴上，它们就成为非同小可的东西了，全然像被技巧之手捡起，增加了他的体面。

在这个世界上，要造成这种效果，再没有比脱庇叔叔的蓝色和金色搭配更有伟力的了——如果优雅不是需要一定的数量的话：自从这套衣服做成后的十五六年里，脱庇叔叔过着全然的静养生活，因为他除了去去草地滚木球场，很少走得更远——那么它的蓝金色军装已经变得太紧，就是下士能帮他穿上，也极其困难：把袖子往上提，也没有什么好处。——衣服的后背下面，两侧的衣缝等处都

① 第9卷最早的版式不同于前8卷，其特点是每章另起一页开始，这就造成了每章结尾后剩下多少不等的空白，研究者认为这显示了这一卷书的单薄，也许还反映了作者的疲惫。但译文遵循的两个版本只注明这一特点，却仍采用连排版式。

加了花边，那是威廉王统治时期的款式；长话短说，那天早上，军装让太阳一照，如此耀眼，金光闪闪，穿上它有一股雄姿英发的神气，所以脱庇叔叔想到披挂上阵①，再没有比这更能有效地欺骗他的想像的了。

至于那条红色的薄裤子，已经被裁缝从腿裆里撕开了，乱七八糟地扔在那里——

——是的，小姐，——但是我们不要过于异想天开。前一天晚上，这套衣服认为不能穿，脱庇叔叔的衣橱里又没有选择的余地，他就穿上红色的长毛绒裤出击了。

下士穿的是可怜的勒菲弗的军大衣；头发塞在圆猎帽底下，这顶帽子是他专门为这一活动刷洗干净的，他从主人身旁迈出了三大步：一股军人的傲气把他的衬衣鼓吹到手腕上；手腕上有一条黑色的皮带，带结下面缀着流苏，带上挂着下士的手杖——脱庇叔叔拿着拐杖就像拿着一支长矛。

——至少看上去挺好，我父亲心里说。

第三章

脱庇叔叔不止一次地回过头，想看看下士是怎样支援他的；而下士像常做的那样，轻轻地挥舞着拐杖——并不浮夸，而用最甜美、最尊敬的鼓励语气劝老爷："不要害怕。"

这时候脱庇叔叔确实害怕；而且还害怕得要命：他不知道（正如我父亲指责的那样）女人哪里对头，哪里不对头，因此在哪个女人跟前都极不自在——除非处于悲哀或者痛苦之中；然后就是无穷的同情；最谦恭有礼的浪漫骑士也不会走得更远，至少不会只用一条腿走路去擦女人的眼泪，而且除了有一次上了沃德曼太太的当，瞅过她的眼睛外，他从来没有凝视过任何一个女人的眼睛；他经常

---

① 使用阴茎套的18世纪说法。

由于心地单纯，告诉我父亲说，那几乎（如果不是完全的话）跟讲下流话一样糟糕。——

——是这样吗？我父亲会说。

第四章

她不会，他们走到离沃德曼太太的门不足二十步远的时候，脱庇叔叔吞吞吐吐地说——下士，她不会见怪吧。——

——报告老爷，下士说，她要见怪，就像里斯本的那个犹太寡妇见怪我的汤姆兄弟一样。——

——此话怎讲？脱庇叔叔转身盯着下士，问道。

老爷，下士答道，您听说过汤姆的不幸；但这件事跟他的不幸毫不相干，如果汤姆不娶那寡妇——或者如果他们结婚以后，他们只是把猪肉塞进香肠里使神高兴的话，那老实人决不会被人从暖烘烘的被窝拖出来，拖上宗教法庭——这可是个可恶的地方——下士摇了摇头补充说，——可怜的人一进去，报告老爷，他就永远待下去了。

这倒是真的；脱庇叔叔神情严肃地望着沃德曼太太的住宅，说道。

再没有比终生囚禁更可悲的了，下士继续说——也没有像自由那么甜蜜的东西了，报告老爷。

是啊，特灵——脱庇叔叔若有所思地说——

一个人自由时——下士一边喊，一边这样挥舞着手杖①——

我父亲一千个最细的推论也不会把独身生活说得比这更加透彻。

脱庇叔叔急切地朝他的小屋和草地滚木球场望去。

下士无意之中用他的魔杖施展魔法，招来了算计之神；他无事

① 特灵的挥舞似乎像18世纪画的精子运动图示。

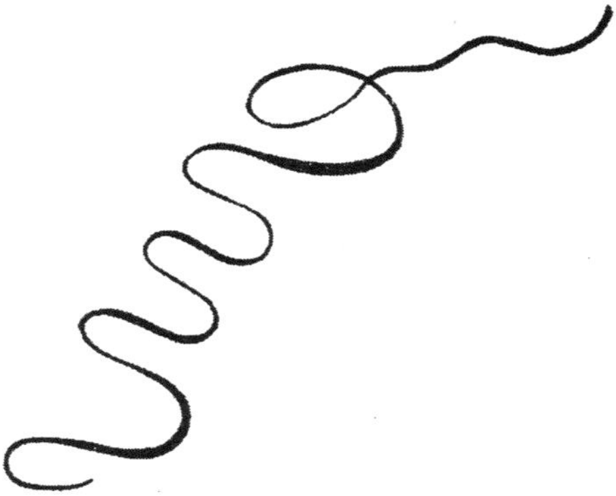

可做，只有再用他的故事对脱庇叔叔施以魔法，而且下士用这种最不合规矩的召魔唤鬼的方式来做这件事。

第五章

由于汤姆的地方很舒适，报告老爷——天气又温暖——这就使他认真地考虑起了自己立身处世的问题；当时恰好发生了这么一件事：在一条街上开香肠店的一个犹太人命不好，害痛性尿淋沥死了，便把一桩红火的买卖留给他的寡妇——汤姆认为（因为在里斯本人人都尽力为自己谋算）帮助寡妇把生意做下去不会有什么坏处：于是没有给寡妇做任何介绍，只是在她的店里买了一磅香肠——汤姆便干起来了——他一边走路，一边心里琢磨这件事；就算出现了最糟的情况，他至少得到了一磅香肠，也值——但是，报告老爷，如果情况顺利，他就站稳脚跟了；因为他得到的不只是一磅香肠——还有一个老婆——还有一爿香肠店呢。

家里的用人从高到低个个都希望汤姆马到成功；报告老爷，我可以想像，我看见这会儿他穿着白麻纱马甲和裤子，歪戴着帽子，高高兴兴走在街上，挥舞着手杖，见了谁都要笑一笑，说句开心话：——唉呀！汤姆！你再不要笑了，下士向他身边的地上看着，喊道，好像他在呼唤地牢里的汤姆。

可怜人啊！脱庇叔叔体贴地说。

报告老爷，汤姆可是个为人老实、心情快活的热血小伙。

——那么说他像你了，特灵，脱庇叔叔急忙说道。

下士的脸一直红到了指头尖儿上——一滴羞怯动情的眼泪——又一滴对脱庇叔叔感激的眼泪——还有一滴对他兄弟的不幸流露出的伤心泪，涌进他的眼眶，一起从脸上流了下来；脱庇叔叔心里又燃烧起来，好像一盏灯把另一盏灯点燃了一样；并且紧紧地抓住特灵的大衣（它原来是勒菲弗的）的胸口，好像要歇歇他那条瘸腿似的，但实际上是为了满足一种更加细微的感受——他不声不响地站了一分半钟；最后放下手，下士鞠了一躬，继续讲他兄弟和犹太寡妇的故事。

第六章

报告老爷，汤姆进到商店里时，除了一名可怜的黑人女孩外，再没有一个人，女孩手里拿着一根长长的手杖，一头轻轻地扎着一束白色的羽毛，正在驱赶苍蝇——而不是把它们拍死。——这是一幅美丽的画面！脱庇叔叔说道——她受过迫害，特灵，所以学会了仁慈——

——报告老爷，无论是出于天性，还是由于磨炼，她是一个好孩子；在这个孤苦无助的女子的故事里，有一些能把一副铁石心肠融化的情况，特灵说道；一个阴冷的冬夜，当老爷您的心情不错时，它们就会同剩下的汤姆的故事一道讲给你听，因为它是整个故事的一个组成部分——

那就别忘了，特灵，脱庇叔叔说道。

请问老爷，黑人有灵魂吗？下士（满腹狐疑地）问道。

下士，脱庇叔叔说道，我并不十分精通那类事情；不过我相信，上帝不会不给他灵魂的，至少不会比你我的少——

——这就使一个人理解不了另一个人，可悲呀，下士说道。

会有这种情况的；脱庇叔叔说道。那么，请问老爷，为什么对待一名黑人丫头就会比对待白人丫头差呢？

我解释不了，脱庇叔叔说道——

——仅仅是，下士摇着头嚷道，因为她没有人出来保护——

——特灵，脱庇叔叔说道，——正是这种情况才要求对她保护的——让她和同胞姐妹们在一起；现在是战争的运气把鞭子交到我们手中——将来，它会到哪里，天知道！——但是，不管它在哪里，特灵！勇敢的人，都不会无情地使用它的。

——但愿不会发生这样的事情，下士说道。

阿门，脱庇叔叔将手放在心口上应答道。①

---

① 伊格内修斯·桑丘是一个黑人，并且生来就是奴隶，当时他是卡迪根四世伯爵的一名管家，他在1766年7月21日给斯特恩写了一封热情洋溢的信，赞扬他的仁慈，并“热情地请求”他能够“对奴隶制度给予一定的关注……这个问题如果以你自己的方式处理，就会解除许多枷锁，也许还会促成我们整个岛国的改革……”六天以后，斯特恩回信作答，以下是部分内容：

“桑丘，无论在世界大事还是这些小事中，存在着一种奇怪的巧合；因为以前我一直在写一个关于一个无亲无友的可怜的黑人女孩的悲伤感人的故事，而我的眼睛刺痛刚刚过去，就收到了你那封代表她众多的同胞姐妹写来的劝告信——可是为什么是她的同胞呢？——或者是你的呢？桑丘，——而不是我的；正是靠最细微的色彩和最难以察觉的色彩变化，大自然，从圣詹姆士宫一带的白皙的面庞转向非洲那乌黑的肤色：桑丘，血缘以及自然的关系终止在哪一种颜色上呢？而且我们还必须从色度表上下降多少色调，慈悲才会与它们一起消失？但是对于役使另外半个世界犹如畜牲而且极力让他们沦为畜牲的半个世界来说，这不是件寻常的事情，我的好桑丘。

“就我而言，我一向西看（至少在我忧心忡忡时）没有不想到我们的同胞在那里背着重负的，而我要是能够替那些负担最重的人减轻一丝一毫；我就愿为他们去麦加朝圣……

“如果我能够将我所写的故事与我谈论的结合在一起，这就是为那些受苦受难的人尽了一点心意；而且更为重要的是：确实，这么大的一部分世界，受着，而且长期以来一直受着黑暗的枷锁与苦难的枷锁的束缚，这使整个世界都黯然失色……”

下士又回头接着讲他的故事——但在讲的过程中带着一种窘迫，那是这个世界的读者理解不了的；因为自始至终，情绪不断发生突变，一会儿这样，一会儿又是那样，但都是真挚的感情，由于远离了话题，先前那种给故事赋予意义和精神的抑扬顿挫的语调没有了：他不止一次试图恢复先前的语调，但都不能令他满意；因此他重重地哼了一声！为了重振消退的精神，恢复助人的天性，他左臂叉腰，右臂稍稍伸出来把天性在另一边又扶住，——下士极力接近先前的语调；于是他以那种姿态继续讲他的故事。

第七章

报告老爷，因为当时汤姆与那个摩尔姑娘没有什么事情，于是就走进后边的那间屋子和犹太寡妇议论起爱情来——还有他的那磅香肠；我已经给老爷您说过，这是一个心地坦诚、性情快乐的小伙子，他的性格就表现在他的表情举止上，他搬了一把椅子，虽不赔礼道歉，倒是蛮有礼貌，他把椅子放在桌子旁，离她很近，然后坐下。

报告老爷，再没有比一个女人做香肠时去讨她的欢心那么尴尬的事儿了——于是汤姆谈论起香肠；起初，还很严肃，——“香肠是怎么做的——用什么肉，什么香草，什么香料”——接着就有点儿轻浮——诸如“用什么皮——是不是它从不破——是不是最大的就是最好的”——诸如此类，不一而足——他一边说着话，一边注意把他要说的关于香肠的谈话当作佐料加在香肠下面，而不是上方；——这样他可以有表现的余地——

这都是由于忽视了那种预防措施，脱庇叔叔把手搭在特灵的肩上说，拉莫特伯爵在威嫩代尔战役①中之所以吃了败仗：就是因为他逼进树林过于迅速；要是他没有这样做，利勒就不会落在我们手

① 参见第589页注①。在两小时的战斗中法军损失6，000至7，000人，盟军损失912人。

里，根特、布鲁日也是一样，这两个地方都步了利勒的后尘；时间又接近年底，脱庇叔叔继续说，可怕的季节接踵而来，要是事情并不像当初那样发生，那么我们的部队肯定会在空旷地带被一举歼灭。——

——那么，请问老爷，为什么婚事可以天定①，战事就不能天定呢？——脱庇叔叔沉思着。——

宗教让他说的是一回事，他的战略战术的高超观念诱使他说的又是一回事；因此他没办法构想出一个完全称心的答案——脱庇叔叔便什么也没说；下士就把他的故事讲完。

报告老爷，由于汤姆发现，他得手了，他的那番有关香肠的话被亲切地接受了，于是便开始帮她做香肠了。——首先，抓着香肠圈儿，她用手把挤进去的肉往下捋——紧接着，他将绳子切成适当的长度，抓在手里，她再一根一根地抽出来——随后，她用嘴衔着绳子，以便在需要的时候把它们抽出来——就这样得寸进尺，直到最后他贸然亲自动手扎起了香肠，而她却抓着肠鼻子。——

——报告老爷，一个寡妇选第二任丈夫时尽量选得与第一任不一样：因此还没等汤姆提到这事，寡妇的心里已经有六成把握了。

尽管她抓起一根香肠假装自我防卫：——汤姆却立即抓住另一根——

但是眼看着汤姆已将更多软骨塞了进去——

她签了投降书，——汤姆盖了章；这事就算结束了。

第八章

报告老爷，所有的女人，特灵继续说道（评论着他的故事），从最高尚的到最低下的，都爱开玩笑；难就难在要知道她们怎样剪裁这些笑话；这就不得而知了，不过，可以试一试，就像我们试野战

① “婚事天定”是一句谚语。

炮那样，把炮膛抬高或者降低，直到我们击中目标。① ——

——我喜欢这个比方，脱庇叔叔说道，胜过喜欢事情本身——

——因为老爷您，下士说，爱荣誉胜过爱欢乐。

我希望，特灵，脱庇叔叔答道，我爱人类胜于爱荣誉爱快乐；由于战争知识显然有助于世界的美好与宁静——特别是我们在草地滚木球场上共同训练的那一部分，除了缩短**野心**的步幅外，没有别的目的，而且以掠夺多数人来维护少数人的生命和财产——我相信，下士，每当鼓声震耳欲聋时，我们谁也不需要那种转过身来前进的仁慈和同情。

说到这里，脱庇叔叔转过身，步伐坚定地前进，就像走在他的连队的排头一样——而忠实的下士，扛着手杖，迈出第一步时，把手打到外衣下摆上——紧跟在脱庇叔叔后面，沿着林阴道前进。

——喏，这两个肉头会干什么？我父亲冲着我母亲嚷道——奇怪透顶，从形式上看，他们是在围攻沃德曼太太，而且绕着她的房子前进，想标出壁垒的线路。

我敢说，我母亲说道——————不过且慢，亲爱的先生——因为在这个场合我母亲敢说的——我父亲所说的——加上她的回答和他的反驳，必须在另外一章由后代——我说，由后代——别在意，如果我又重复这个字的话——阅读、琢磨、释义、评述、讨论——或者一句话，肯定会被他们翻阅一遍——因为这本书比《摩西的使命》或者《木桶的故事》② 多做了些什么，就不会和它们一起漂下时光的水沟？

我不想再争论这件事了：光阴荏苒：我写的每一个字母都告诉

---

① 有这么一个谚语："向姑娘求爱，必须谎话连篇，蜜语甜言：／向寡妇求爱，必须脱下裤子，向她发难。"

② 又一次影射沃伯顿主教（参见第303页注①），他对于把他最重要的神学著作《摩西的神圣使命》与情调大相径庭的斯威夫特和斯特恩的著作不恰当地相提并论并不感到好笑。《木桶的故事》以诙谐的口气题献给"后代王子"。

我生命随着我的笔如何飞逝；生命中的每一天，每一时，比你脖子上戴的红宝石更为珍贵，我亲爱的珍妮！每日每时就像大风天的轻云一般，飞过我们的头顶，永不复返——万事逼人——当你在转动那把锁时，——看！生命已生华发；每一次我吻你的手道别，以及随后的每一次分离，都是你我即将永诀的前奏。① ——

——上天对我们俩发发慈悲吧！

第九章

现在，不管世上人对那声呼喊怎么想——我都不会买账的。

第十章

我母亲把左臂挽在我父亲的右臂上走了，一直走到那堵老花园墙的死角，这里正是骑着驾车马的奥巴代亚把斯娄泼医生撞翻的地方：因为这个死角正好对着沃德曼太太房子的正面，所以当我父亲过来时，他向正面扫了一眼；看到我的脱庇叔叔和下士离门还不足十步的距离，他便转过身来——“咱们等上一会儿吧，我父亲说，看看我的脱庇兄弟和他的仆人特灵头一次进门来用什么礼节——我父亲又说了一句，我们一分钟也耽搁不了：”——就算十分钟也没关系，我母亲说。

——我们半分钟也耽搁不了；我父亲说道。

下士这会子正忙着讲他的弟弟汤姆与犹太寡妇的故事：故事在继续——还在继续——中间有一些插曲——然后又回来，继续进

① 参见《圣经 · 诗篇》第 78 篇第 39 节：“他想到他们不过是血气。是一阵去而不返的风。”《约伯记》第 7 章第 9 节：“云彩消散而过；照样，人下阴间也不再上来。”《箴言》第 31 章第 10 节：“才德的妇人谁能得着呢？她的价值远胜过红宝石。”

行——又继续进行；故事没完没了——读者发现这个故事很长——

——愿上帝帮帮我父亲！每换一种新的姿势，他就会呸上五十次，并且对下士的拐杖包括它的挥舞和晃悠，骂了个狗血淋头！

当我父亲正在等待的这类事件悬在命运的天平上时，头脑有三次改变期望原则的优势，因为如果没有这种优势，头脑就无法把这番景象看完。

好奇控制了第一瞬间；第二瞬间全是经济活动，以证明第一瞬间的花费划算——接着是第三，第四，第五，第六瞬间，依次下去直到最后审判日的到来——这是一个**荣誉**问题。

毋需给我讲，伦理作家已经把这统统归因于耐心；但依我看，**美德**完全有自己统治的范围，而且在这范围内有足够的事情好做，不用侵占**荣誉**留给他的那几座拆毁了的城堡。

我父亲尽力和这三位助手坚持着听完特灵的故事；然后又听完下一章里我的脱庇叔叔对战斗的赞歌；看到他们俩并没有朝沃德曼太太的家门挺进，而是转身走向大街，这与他的期望完全背道而驰——他那种稍带尖酸的情绪立即发作，而这种情绪，在某种情况下，使他的性格显然完全与众不同。

第十一章

——“喏，　这两个肉头在干什么？”我父亲嚷道— —等等等等— — — —

我敢说，我母亲说，他们在建筑堡垒——

——不会在沃德曼太太的房地上建吧！我父亲大声说着，就往后退了一步——

我想不会：我母亲说。

我希望，我父亲抬高嗓门说道，整个修建城堡的学问，连同它那些没有名堂的坑道，雷坑，掩体，堡垒，土丘，以及河渠统统见鬼去——

——都是些蠢笨的东西——我母亲说。

现在她有一种作风，顺便说一下，如果诸位大人先生有的愿意模仿它，这会儿我愿意拿出我的那件紫红紧身短袄，还有我的那双黄色拖鞋——而那绝不是拒不赞同我父亲给她提出的建议，而仅仅是因为她没有理解，或者无法把思想宗旨或议题所涉及的那个重要技术词语或术语关联连接起来。她满足于做教父、教母答应她的所有事情①——不过仅此而已；并且将继续把一个难懂的字眼一连使用二十年——如果它是一个动词，便可以用它所有的语态或时态给予回答，却不会给她自己任何查问的麻烦。

这种情况对于我父亲来说是一种永久的痛苦之源，而且他们之间一开始进行有意思的对话，这种情况就卡断了脖子，它比最粗鲁的反驳危害还大——幸存下来的几句是涉及壕沟的更有意思的话——

——“它们是些蠢笨的东西；”我母亲说。

——特别是那些壕沟②；我父亲答道。

这就足够了——他品尝到了胜利的喜悦——便接着往下说。

——严格地说，这些并不是沃德曼太太的房地，我父亲说道，在一定程度上，纠正自己的说法——因为她只不过是终生的租户，——

——那情况就大不一样了——我母亲说——

——在一个傻瓜的脑袋里，我父亲答道——

除非她恰好有个孩子——我母亲说——

——但是她首先必须得劝服我的脱庇兄弟让她生一个——

——那还用说，项狄先生，我母亲说。

——不过如果说到劝说——我父亲说——但愿主能对他们大发

---

① 教父教母代表按英国国教仪式受洗的孩子许诺弃绝魔鬼及其一切行为，让孩子学会“一个基督教徒为保持灵魂健康应当知道和相信的一切东西”。

② 原文 cuvetts，法文，还有“床上便壶”的意思。

慈悲。

阿门：我母亲轻轻地说道。

阿门：我父亲响亮地喊道。

阿门：我母亲又说——但是带着一种说话结束时由个人同情而感发的叹息声，它使我父亲的每一根神经纤维都感到不安——他立刻掏出他的历书；但是还没有等他打开，约里克的教徒从教堂里走了出来，而这一下子替他解决了一半问题——接着我母亲告诉他是圣餐日①——这又让他对于另一半也不大怀疑了——他把历书装进了口袋。

考虑着千方百计的第一财政大臣不可能带着比这更为尴尬的神色回家。

第十二章

从上一章的结尾回头看看，考察考察写下的东西的结构，就有必要在这一页以及随后的五页②中，插入大量五花八门的情节，以维持机智与蠢笨之间的那种平衡，要是没有这种平衡，恐怕一本书连一年都维持不下去：这倒不是一种会解决问题的可怜兮兮、偷偷摸摸的偏离正道（要不是它的名称，一个人不妨继续在国王的大道上往下走）——不；如果是要偏离正道，那么也一定是一种蹦蹦跳跳的偏离，并且是在一个蹦蹦跳跳的题材上的偏离，在那儿，马和骑手除了往回跳，都不会被抓住。

唯一的困难，就是增加符合服务性质的力量：**想像**反复无常——**机智**不可强求——**诙谐**（尽管她是一名性情好的骚娘儿）不会

① 尽管在斯特恩的时代，风俗因地而异，但圣餐一般每月举行一次，经常在每月的第一个星期日举行。这里也许影射项狄先生在每月的第一个星期天晚上有关心“某些别的家庭小事”的习惯。参见 7—9 页。

② 指原书的页数。

招之即来，哪怕一个帝国要献在她的脚下。

——对一个男人来说，最好的办法就是祷告——

除非这使他想起自己的弱点和缺点，既有肉体上的，也有精神上的——要是为了那个目的，他会发现自己把它们说出来比没有说出来时糟糕——要是为了别的目的，则会好一些。

就我而言，天底下还有没有一种我能想到的精神上的或者技术上的办法，我在这种情况下还没有采用：有时候，是通过我直接向灵魂本身诉说，并根据她的能力范围对这一问题跟她再三争论——

——我绝对不能再让这些能力放宽一英寸——

接下来，是通过改变我的体系，而且试试看通过戒酒、禁欲①使这种体系对肉体能造成什么影响：这些做法本身都是有益的，我说——它们是绝对有益的；——它们是相对有益的；——它们有益于健康——它们有益于今世的幸福——它们有益于来世的幸福——

总而言之，它们除了对于那件被企求的事情外，对一切事情都有益；而在那里，它们除了让灵魂还保持上天做的原样外：对于一切都无益：至于有信、有望，这些神学美德，它们则给予灵魂勇气；可是随后那种一把鼻涕一把眼泪的温顺德行（我父亲总是这么叫它）则又把它悄悄带走，这样你又回到了起点上。

现在，在所有平平常常的情况下，我找不到还有跟这样回答一样好的东西——

——当然，如果对于逻辑有所依赖，而且我没有被自爱蒙住眼睛的话，那么在我身上肯定有一种真正的天赋，仅仅是根据我不知道什么是妒忌的这种征兆：因为我一旦想到有助于促成优秀创作的任何灵丹妙药，我会立刻公之于众；希望全人类都能够写得和我一样好。

---

① 英国圣公会“教父问答”中有这样的话：“你对邻居有什么责任？”“让我的肉体戒酒、禁欲。”

——这一点他们肯定会做到，如果他们同样不太动脑筋的话。

第十三章

现在，在平常情况下，那就是，当我只是蠢笨，而且思绪滞重，笔下黏糊的时候——

或者说，我不知道是怎么回事，陷进无名作品的一种冷冰冰的没有比喻的心境中，而且要了我的魂儿也无法自拔；因此只好像一名荷兰评论家①一样继续往下写，一直写到这一章的结尾，除非能采取什么办法——

——我对舞弄笔墨一刻也忍受不了；因为要是一撮鼻烟，或者在房间里来回踱一两回都解决不了问题的话——我就立刻拿出一把剃刀；在手掌上试了一下刀锋后没有进一步的举动，除了先在胡子上涂上皂沫，我便把胡子剃掉；只是留心如果还落下一根毫毛的话，千万不要留一根花白的：剃完之后，我便换上衬衣——穿上一件好些的外套——派人去拿我最后的一副假发——给手指戴上黄玉戒指②；总而言之，按照我最时髦的款式从头到脚打扮一番。

要是不这样做，地狱里的魔鬼现在肯定在里边：想一想，先生，每个男人在刮自己的胡子时总是聚精会神（尽管凡规则皆有例外），而且在刮的过程中不可避免地要正对着自己坐着，假使他动手干这件事的话——同样，情景像所有其他的事件一样，有她自己的主意装进头脑。——

——我认为，一个胡子拉碴的男子的奇思异想只要起动一次就增加七年的少年轻狂；而且要是它们不愿冒被剃掉的危险的话，或许由于经常刮来刮去，反而被推上宏伟的顶峰——荷马留着那么长的胡子又怎么能写作呢，我不得而知——这有碍于我的假说，我倒

---

① 据认为荷兰评论家比其他评论家还要迟钝。参见第 436 页注①。

② 参见第 472 页注④对黄玉的评说。

无所谓——不过还是让我们回到盥洗室里来吧。

卢多维库斯·索邦嫩西斯认为这纯属身体事务（ἐξωτερικὴ πρᾶξις①），他就是这么叫的——不过他被蒙骗了：灵魂与肉体在它们遇到的每一件事情上，都是共享者：一个人只要穿上衣裳，他的思想同时也就穿上了衣裳；如果他的装束像位绅士，那么每一种思想都会立刻涌进他的想像，跟他一起变斯文了——这样他便无事可做，只有拿起笔，写出来也像他自己。

正因为如此，如果诸位大人先生想知道我写得是否干净，宜于阅读，你们考察一下我在洗衣店的账单，你们就会像对我的书一样有一个全面的评价：有一个月我就可以表明，我用干净的文笔弄脏了三十一件衬衣；可是别忘了，由于我在那个月所写的作品要比一年剩下的月份加起来写的受到的辱骂、诅咒、批判、攻击更多，对我摇的不可思议的头更多。

——可是他们这些先生大人并没有看我的账单。

第十四章

由于我从未打算偏离正道，因此我正在做这一准备，一直等到到了第十五章——我要把这一章派上任何一种我认为合适的用场——这会儿，我已经有二十章准备就绪——我可以在里面把我有关扣眼的一章写进去——

或者关于“呸”的一章应该紧随其后——

或者关于“疙瘩”② 的一章，如果大人先生们挽过疙瘩的话——这些疙瘩也许会给我造成祸害：最安全的办法就是仿效饱学之士们的文章，并对我一直在写的东西提出异议，尽管我有言在

① 希腊文：外部的物质。卢多维库斯·索邦嫩西斯，是斯特恩编造的。索邦嫩西斯（Sorbonensis）也许从索邦学院（Sorbonne）而来。

② 影射婚“结”，或者房事。

先，我压根儿就不知道如何答辩。

首先，倒可以说，有一种火气很大的瑟赛蒂兹式①的讽刺，黑得像写这本书的墨——（顺便说一下，不论是谁这样说，他都受惠于希腊军队中的这位点名官，因为他能允许像瑟赛蒂兹这样一个形容丑陋、满嘴脏话的人的名字继续出现在他的点名册上——因为花名册给他提供了一个绰号）——在这些他将激发出的产品中，世间种种个人的洗刷不会给沉沦的天才带来任何好处——恰恰相反，因为这个人越脏，一般来说他就越能成功。

对于这，我没有别的答案——至少没有现成的——除了贝内文托大主教却写了他那本《论礼仪》的龌龊传奇，众所周知，穿着紫色的外衣，紫色的马甲，还有紫色的裤子；② 还有，这种悔罪感使他写了一篇《启示录》评注，一部分人认为这是一部严肃的作品，但只根据那种授职，另一部分人则认为，它与这一评价还相差十万八千里。

对于这种补救办法，还有一种异议，那就是它缺乏普遍性；鉴于剔除的一部分，尽管被大力强调，由于一种不可更改的自然法规，这个种群的一半完全不能利用它：我所能说的无非是，女作家，无论是英国的，还是法国的，必须在没有它的情况下前进下去——

至于西班牙的女士们——我决不感到苦恼——

---

① 在《伊利亚特》中，瑟赛蒂兹是一名满口污言秽语、最会骂人的士兵。瑟赛蒂兹式的：惯用污言秽语的、满口脏话的。

② 乔万尼·德拉·卡萨见第 378 页注①，他的《论礼仪》是一本关于礼貌言谈的散文专论；斯特恩显然没有读过这本书，这从他用“龌龊的”这个形容词就看得出来；但他说德拉·卡萨的“悔罪感”有何依据，却不大清楚。沃克在《论教育》中简短记述了德拉·卡萨的失宠，原因是他写了一部淫亵风趣的诗歌作品《火炉集》，但据说另一个人写了《约翰福音》“释义”（不是《启示录》），此人倒是后悔写了这本书。“紫色”指罗马教会的主教穿的紫红色的衣袍。

第十五章

第十五章终于来了；它没有给我们带来什么，除了一句令人难过的标记："在这个世界上快乐是怎样从我们的脚下溜走的；"

至于说我偏离正道——我在老天面前声明：我是离题了！人是多么奇怪的动物啊！她说。

的确是这样，我说——但是最好还是把这些东西从我们的脑海里清除出去，并且回到我的脱庇叔叔那儿去。

第十六章

我的脱庇叔叔和下士已经走到街道的尽头了，他们想起了他们的事在另一条道上；于是他们转过头来，径直向沃德曼太太的门口前进。

您放心，老爷；下士从他身边走过去敲门时用手碰了碰自己的圆猎帽说，——脱庇叔叔一反他对待他忠实仆人的一贯态度，好话坏话一言不发；事实上，他还没有完全理顺思路；他希望再商量一下，当下士登上门前的三级台阶时——他哼了两声——脱庇叔叔的一部分最谦恭的精神随着每口气，飞到下士那儿去了；他站着，门环在手里悬了足足有一分钟，他不知道为什么。布丽奇特偷偷地站在里面，食指和拇指捏住门闩，由于迫切地期待，僵在那里；而沃德曼太太一只眼睛又带上了准备接受蹂躏的神情，屏声息气坐在她卧室的窗帏后，看着他们一路走来。

特灵！脱庇叔叔说——但是，当他清楚地吐出这几个字时，这一分钟已经完了，特灵放下了门环。

脱庇叔叔意识到商议的全部希望都被这一下砸在了脑袋上——便吹起了《利拉布勒罗》。

第十七章

当布丽奇特小姐的食指和拇指放在门闩上时，下士没有像老爷的裁缝那样频频敲门——我举的例子可能涉及到家事了；我欠了我的裁缝至少二十五镑钱，并对那人的耐心惊叹不已——

——但这根本算不了什么：只不过欠债是件讨厌的事情而已；一些贫穷王子的金库里似乎有一个致命的问题，尤其是我们家的金库，任何经济管理都无法约束得了：就我而言，我相信，世界上没有一个或大或小的王子、主教、教皇或君王，从内心深处比我更渴望安分守己——或者想为它采取更适当的手段。一年到头，我给钱从不超过半个几尼——从不穿着靴子走路——从不为牙签讨价还价——从不在帽盒上花一个先令；在乡下的六个月中，我日子过得十分简朴，尽管脾气很好，与世无争，我还是比卢梭①更胜一筹——我没有养仆人、侍童，也没有养马，养牛，养狗，养猫，不养任何能吃喝的东西，除了一个瘦弱可怜的维斯太贞女②（好让我的炉火不灭），她跟我一样胃口不好——但是如果你们认为这会把我造就成为一个哲学家——好心的人们！我也不会为你们的判断而在意的。

真正的哲学——可是在我叔叔吹《利拉布勒罗》时，是没法探讨这个问题的。

——咱们进屋吧。

---

① 法国哲学家让·雅克·卢梭（1712—1778）提出了这样一个反论：野蛮状态优于文明社会，并力劝人类返璞归真、回归“自然”。1766年秋，当斯特恩写这本书时，卢梭自己正住在德比郡他和斯特恩共同的朋友大卫·休姆为他争取到的一座房子里，过着流亡之中的简朴生活，尽管很难说有哲学内涵。斯特恩从未见过卢梭，不过他们有共同的朋友，包括狄德罗和休姆。

② 玩弄字眼，取vestal的第二个意思（处女），它的本意是指专门看护维斯太女神圣火的贞女。维斯太是炉火女神，其炉火在她的神坛必须长燃不熄。

第十八章

第十九章

第二十章

——※※。

※※——

——你一定会看到这个地方的，夫人；脱庇叔叔说。

沃德曼太太脸红了——朝门瞅着——脸又变白了——又微微发红——恢复了自然颜色——最后又变得比先前更红了；为了照顾文墨不深的读者，我这样翻译出来——

“上帝啊！我不能看它——
如果我看了，世人会有什么说法？
如果我看了——我就应该赶紧趴下——
我希望我能看看它——
看看它不会有罪吧。
——我愿意看看它。”

所有这一切掠过沃德曼太太的想像时，脱庇叔叔已经从沙发上站了起来，走到客厅门的另一边，在过道里给特灵下了一道命令——

※※※※※※※※※※※※※※※※※※※※※※※※※※※※※——我想在阁楼上，脱庇叔叔说——我今儿早上在那儿见过，报告老爷，特灵答道——那就马上去取，特灵，脱庇叔叔说，把它拿到客厅里来。

下士虽然并不赞成这些命令，但还是以最愉快的心情服从了。第一个命令不合他的心意——但第二个合；于是他戴上他的圆猎帽，以他的跛膝所允许的最快速度走去。脱庇叔叔回到客厅，又坐在了沙发上。

——你可以把手指放在这个地方——脱庇叔叔说。——不过，我可不想碰它，沃德曼太太心里说。

这里需要再翻译一下：——这说明仅仅通过言语了解的情况是多么有限——我们必须追溯到本源上去。

现在，为了清除弥漫在这三页①中的迷雾，我必须尽可能说清楚一些。

你们用手搓三下脑门子——擤擤鼻子——清理一下排泄器官——打个喷嚏，我的好心人！——上帝保佑你们——

现在，尽量帮帮我吧。

第二十一章

女人挑选丈夫有五十种不同的目的（把所有的目的都算在内——既有世俗的，也有宗教的），她首先开始仔细权衡，然后在心中区分、辨别，这许多目的中哪一个是她的：然后通过谈话、询问、论证、推断和调查，看看她是不是抓对了——如果抓对了——就轻轻地往这面拽拽，往那面扯扯，进一步加以判断，看它是不是会被拽断。

为了把这种印象留在读者的想像中，什牢坑驳鸩在他的第三辑《十连篇文集》的开头所作的比喻过于荒谬，所以我对女性怀的敬意不允许我来引用它，——要不，这倒并不缺乏幽默。

“她首先让驴子停下，什牢坑驳鸩说，左手抓住缰绳（以防他跑掉），右手伸到驮筐底上摸——摸什么？——您不会很快知道的，什牢坑驳鸩打断我说——

“我什么都没有，好心的女士，只有空瓶子；”驴子说。

① 指原书的页数。

“我驮的是牛肚；”第二头驴子说。

——你也不比他们好多少，她对第三头驴子说；因为除了裤子和拖鞋，你的驮筐里什么也没有——对第四、第五头驴子也是这么说，这样一头接一头整串驴子都过去了，直到驮着它的驴子来到跟前，她把驮筐翻了个底朝天，看一看——想一想——品一品——量一量——拉长——弄湿——擦干——然后再用牙横着咬咬，竖着咬咬——

——咬什么？——看在基督分上！

我保证，什牢坑驳鸠说，世上的任何力量永远没法从我的心里榨出这个秘密的。

第二十二章

我们生活在一个四面八方被神秘和哑谜包围着的世界上——那无关紧要——要不，这种现象就显得奇怪了，大自然，把万物造得恰如其分，各得其所，而且给过她的手的任何事物赋予形状和才能时，不管是她设计耕犁、篷车、马车——还是塑造其他动物，哪怕它只不过是一头驴驹，她极少或从不出错，除非是为了消遣，您肯定能得到您想要的东西；然而，与此同时，她在炮制像一名已婚男子这样简单的东西时，竟然永远笨手笨脚，完不成任务。

问题是出在泥巴的选择上呢——还是经常在烘烤中糟蹋了；因为烘烤过了头，一名丈夫出来时，一方面要么可能外皮过硬（您知道）——另一方面要么由于火候不够，硬度不足——要不就是这位伟大的工匠对这一种类的那一部分小小的柏拉图式的急需不甚留意，为了满足他们的需要，她正在制造这一部分——要么就是这位娘娘有时候不大知道哪种丈夫可以——我不得而知：这件事我们晚饭后再聊吧。

够了，不论是观察本身，还是根据观察进行的推理，都不能达到目的——反而适得其反；因为说到脱庇叔叔的适婚条件，是再好不过的了：她可是用最优质天然的泥巴捏他的——泥巴是用她自己的奶水和好的，并且呵进去了最甜蜜的精神——她把他炮制得文雅、大度和仁慈——她在他的心里注满了信任，并给它配置了各种通道，为了进行最温柔的职能的交流——她还考虑了注定婚姻的其他原因——

因而※※※。

这种**恩赐**并没有被脱庇叔叔的伤挫败。

现在，这最后一项有虚构之嫌了；魔鬼在这个世界上专门搅扰我们的信念。他在沃德曼太太的脑海里掀起了对这一项东西的重重顾虑；同时，他这个真正的魔鬼已经完成了自己的任务，办法就是使脱庇叔叔的美德变得一钱不值，只成了一些空瓶子、牛肚子、裤子和拖鞋而已。

第二十三章

布丽奇特小姐把一个可怜的婢女所值的那点儿信誉全部都抵押上了，她要在十天内把这件事儿搞个水落石出；实际上，这是建立在最留有余地的假定之一上面的：也就是说，就在脱庇叔叔对她女主人求爱的当儿，下士除了向布丽奇特求爱外，找不到更好的事情好做——“我要让他把它从他那里弄出来，”布丽奇特说，“想要多少就要多少。”

友谊有两件衣服；一件外衣，一件内衣，布丽奇特用一件迎合她的女主人的口味——而用另一件来做自己最开心的事情；根据脱庇叔叔的伤情下的注，就像魔鬼本人下的一样多——但沃德曼太太可只有一件——而且很可能是最后一件（不泄布丽奇特小姐的气，也不怀疑她的才），她决心自己玩这副牌。

她不需要鼓励：一个小孩子都可以看出他手里的牌——他在打

出手里的王牌时那么爽快——对于夹头对①一无所知——而且如此坦白而毫无防备地和沃德曼寡妇坐在同一张沙发上，以至于一颗豁达的心早已哭泣着在这场游戏中赢了他。

咱们把这个比喻丢掉吧。

第二十四章

——而且这个故事还——对不起：因为虽然我一直走笔疾书，赶写到这一部分，心里急如星火，而且还清楚它是我必须奉献给这世界的最精彩的部分，然而，现在既然写到这儿了，那就欢迎任何一个人拿起我的笔，替我继续写这个故事——我看出了我要描写的难度——我感觉到了自己能力的不足。

至少，我可以聊以自慰的是，在这一章的开头，一场最无关痛痒的热病攻上身来，让我在一周里失去了十八盎司的血；所以，我尚存些许希望，这安慰与其在大脑微妙的光环里，不如说在一些血清或血球里，——随它的便吧——一篇祈祷文不会有什么害处的——我把这件事交给被乞求的神灵，按他所见到的善意激发或充实吧。

祈祷

曾经坐在我爱戴的**塞万提斯**从容的笔端的最甜蜜幽默的文雅精灵；您天天溜进他的窗棂，您一来就把他牢狱中的幽暗变成正午的辉煌——使他的小水罐有了天酿的芳香，在他写到桑丘和他的主人

① 指把对方的最大的牌夹在中间的两张同一花色的牌，如对方手中最大的牌为K，你手中有A和Q，表明优势明显。

时，您把神秘的披风罩在他萎缩的残肢*上，把它展开，盖住了他生活中的一切不幸——

——进来吧，我求您！——看看这条裤子吧！——它是我在这世界上的全部家当——那可怜的裂口是在里昂扯破的——

我的衬衫啊！瞧它们之间出现了多么致命的分裂——因为下摆在伦巴第，剩下的部分在这儿——我总是有六件衬衣，米兰的一个狡猾的吉卜赛人似的洗衣女工剪去了五件的前下摆——说句公道话，她这么做是经过深思熟虑的——因为我就要离开意大利回国了。①

可是，尽管如此，在锡耶那，我的一把手枪的引火盒被偷走了，有两次我花五个保罗②却只买到两个老鸡蛋，一次是在拉蒂科费尼，一次是在卡普阿——我并不认为想在法国和意大利旅行，只要人们一路上耐着性子不发火，就像某些人③要让你相信的那样，

---

* 他在雷邦多战役中失去了一只手。［斯特恩注。他在《堂吉诃德》的前言中写道，“你可以认为它是在某个凄凉阴暗的监狱里生的烦乱不安的孩子，因为悲惨脏乱在那里安家，凄凉的声音在那里居住。”从这番话中，人们认为塞万提斯是1597年至1602年在塞维利亚的监狱中服刑时的一个时期里构思，也许动笔写他的杰作的。］

① 斯特恩在意大利的时间是1765年11月至1766年5月。

② 卡普阿，位于那不勒斯正北通往罗马的路上；拉蒂科费尼，一座著名城堡的所在地，在罗马北面70英里处；锡耶那，再往北40英里处，在通往佛罗伦萨的路上。保罗，一种旧意大利钱币。

③ 指托拜亚斯·斯摩莱特（参见第434页注⑪） 1766年出版的生动但含有恶意的《法意游记》。在《多情客游记》中，斯特恩进一步攻击这个坏脾气的医生：

“博学的**斯迈尔芬格斯**从布伦旅行到巴黎——又从巴黎旅行到罗马——如此再走——但他出发时带着恶意和反感，所以他所到之处看到的各种景象不是褪了色的，就是变了形的——他描述了那些景象，但那仅仅是对他悲凉情感的描述。……

“在斯迈尔芬格斯回家的路上，我又在都灵碰见了他；他要讲述的是一个悲伤的冒险故事，‘在那里他提到了洪水和田野造成的重大事故，还讲到人吃人的情况：食人习性’——他被活剥了皮，惨遭折磨，每一站受到的虐待比圣巴多罗买还要悲惨—— （转下页）

是这么一件糟糕的事儿：颠簸肯定是有的，要不我们怎么会进入大自然摆了那么多娱乐桌的谷地呢。——如果你幻想他们会把车借给您，白白让您把它们颠成碎片，那简直是无稽之谈；如果您不付十二个苏给您的车轮子上上油，可怜的农民该如何得到面包上抹的黄油？——我们实在期望太高了——膳宿费超出一般标准一两个里弗赫——其实最多也就一先令九个半便士——谁愿意为了它给自己的哲学造成混乱？看在上天，也看在你自己的情分上把钱给了吧——双手伸开把钱给了，在您离去时不要把失望留在站在门口的美丽的老板娘和她的闺女的眼神上——再说，我亲爱的先生，您得到的她们每人一个姐妹般的亲吻都值一镑——至少我有过这种经历——

——因为脱庇叔叔的恋情一直在我脑海里盘旋，就好像我自己谈恋爱一般，对我发生影响——我是处在慷慨、友善的最完美的境地；随着马车的每一下震动，我感觉到了最宜人的和谐在心中震颤；所以，道路崎岖还是平坦，那都没有什么区别；我看见的每一件景物或者要处理的每件事物都触动了情感或狂喜的某个秘密的弹簧。

——这些是我听过的最甜蜜的声音；我立刻取下眼镜，以便听得更加清晰——这是玛丽亚；车夫注意到我在倾听，于是说道——可怜的玛丽亚，他接着说（把身子侧向一边，好让我看得见她，因为他正好挡在我们中间），她正坐在河岸上，用笛子吹奏晚祷曲，她的小山羊卧在她身旁。

年轻人在说这话时，他的语气和表情与一颗多情的心如此协调，于是我立刻发誓等我到达穆兰时一定给他一个二十四苏的硬币，——

——可怜的玛丽亚是谁呀？我问。

（接上页）

"——我要告诉全世界，斯迈尔芬格斯喊道。我说，你最好告诉你的医生。"（"在街上——加来"）

是我们周围所有村子爱慕和怜悯的对象；车夫说——只是在三年前，太阳再照不到这个美丽、聪慧、和蔼的少女身上了；玛丽亚的命应该好一点，而不是由教区副牧师先发表她的婚姻公告，然后又搞鬼提出异议——

他接着说，这时玛丽亚停顿了一会儿之后把笛子对在唇上，又开始吹那支曲子——还是相同的音调；——但比刚才要甜蜜十倍：这是献给圣母马利亚的晚礼拜乐曲，年轻人说——可是谁教给她吹奏的——她的笛子是怎么来的，谁也不知道；我们都认为这两样都是上天帮的忙；因为自从她心神不安以后，这似乎是她唯一的安慰——她的手一拿起笛子，几乎不分昼夜一律吹奏那首礼拜乐曲。

车夫讲这件事时格外小心谨慎，而且极其自然流畅，让我不禁从他脸上发现了某种高出他身份的东西，如果不是可怜的玛丽亚完全占据了我的心田，我就会盘查出他的身世来的。

这时候，我们几乎到了玛丽亚坐着的河岸上：她穿一件薄薄的白上衣，头发全编成两条辫子，盘进一个丝网里，几片橄榄叶盘绕在一侧，看起来有点怪异——她很美；如果我曾经感受过真正的心痛的全部力量的话，就是在我看见她的那一刻——

——上帝保佑她！可怜的姑娘！方圆各个教区的教堂和修道院，车夫说，为她望了上百次弥撒，——但是没有任何作用；我们还是抱有希望，因为她时不时地有一段心里明白的时候，认为圣母马利亚终会让她恢复神智的；可是她的父母，因为最了解她，所以对此不抱任何希望，认为她已永远地失去了意识。

当车夫说起这种情况时，**玛丽亚**吹了一支曲子，充满了忧伤、缠绵、哀怨之情，我情不自禁地跳下马车，去帮助她，在一股热情的驱使下，我不知不觉坐在她和她的山羊中间。

玛丽亚若有所思地把我瞅了一会儿，然后又瞅瞅她的山羊——接着又看看我——然后又看看山羊，如此交替往复——

——哎，玛丽亚，我轻轻地说——你发现了什么相似的地方吗？

我恳求公正的读者相信我，正是由于自己愚信人是多么残忍的野兽——我才提出了这个问题；我不愿苦中作乐让那种不合时宜的现象出现，以猎取拉伯雷撒下的种种风趣——可我承认我的心折磨着我，想到这件事我就非常痛心，于是我发誓我要在自己的余生中大力推崇智慧，说些严肃话——决不——决不在有生之年跟男女老幼调笑、嬉戏。

至于给他们写些废话——我相信，还是有节制的——不过我把它留给世人好了。

再会，玛丽亚！——再会，可怜不幸的姑娘！——什么时候，但不是现在，我可能会听见你亲口对我诉说你的悲伤——但是我失望了；因为那一刻她拿起笛子向我诉说一个那么悲哀的故事，我只好站起身来，迈着踉踉跄跄的步子轻轻地向马车走去。

——穆兰的客店真是太棒了！

第二十五章

当我们读到本章结尾的时候（而不是在这以前），我们必须翻回去看看那空白的两章。为了那两章，这半个小时里我的自尊心一直在流血——我把血止住，办法就是提起我的一只黄拖鞋，把它使劲扔到了屋子另一边，并对着鞋跟发表了一项声明——

——无论它与世界上迄今为止所写的或者也许现在正在写的一半章节有多少相似之处，——那都像宙克西斯马①的涎沫一样是不经意的。再说，我倒是很看重一个字也没有的一章；而且考虑到世界上还有那些更糟的事情——这绝不是讽刺的适当题材——

——那么为什么就这么空着呢？这儿，不用等我的回答，我会

① 斯特恩可能把著名的希腊画家宙克西斯（全盛期在公元前400年左右）与另一位希腊画家尼俄塞斯（全盛期在公元前245年左右）混为一谈了。据普林尼记载（见《博物志》第35章第36节），后者曾把海绵扔到画上，从而成功地画出马嘴中的涎沫。

不会被骂做傻瓜、笨蛋、二五眼、窝囊废、饭桶、草包、蠢材、木头、朽木、粪土——等一大堆令人作呕的脏话，多得就像列尔内的卖烧饼的骂庞大固埃王的放羊娃们嘴里吐出来那样①——我就像布丽奇特说的那样，他们怎么高兴就怎么骂吧；因为他们怎么可能在第十八章以前就预见到我肯定会写这本书的第二十五章呢?

——这样我就不见怪了——我只希望这能给世人一个教训，“让人们用自己的方式讲他们的故事吧。”

第壹拾捌章

就在下士动手敲门之前，布丽奇特小姐把门打开了，开门与脱庇叔叔被领进客厅之间的间隔很短，所以沃德曼太太刚好来得及从窗帏后面出来——把一本《圣经》搁到桌子上，朝门走了一两步去迎接他。

脱庇叔叔向沃德曼太太行了个礼，完全遵照我主一千七百一十三年绅士向淑女行礼的规矩——然后向后转，跟她齐步并排走到沙发那儿，说了三个简简单单的字——不过不是在他坐下之前——也不是在坐下之后——而是一边落座，一边告诉，“他恋爱了”——这样脱庇叔叔在发表这一宣言时把自己弄得比需要的更加紧张。

沃德曼太太自然低下眼睑，瞅着她围裙上自己一直在缝的一个口子，时时刻刻都在盼着我的脱庇叔叔继续说下去；但是脱庇叔叔可没一点发挥的本事，再说，在种种事情中，偏偏**爱情**是他最不擅长的一个话题——他告诉沃德曼太太一旦他爱上了她，就不再去管

① 在拉伯雷的《巨人传》第1部第25章中，卖烧饼的“把他们大骂了一通，指着说他们是下流胚、豁牙子、红毛猪、癞皮狗、王八羔子、笨猪、兔崽子、尿炕的、二流子、没齿锯子、浪荡汉、馋嘴狼、酒鬼、牛皮桶子、贱骨头、粗坯、叫花子、泼皮、吃闲饭的、浮尸、穷光蛋、饭桶、猪猡、臭丘八、瘪三、流氓、小孙子、放屁筒子、吃屎和尚等等一大堆骂人的脏话儿……”

它了，索性让这事儿听其自然往下发展。

我父亲总是对他牵强附会所谓的脱庇叔叔的这一套做法津津乐道，他常常说，如果他的脱庇兄弟在他的进程中，只消再加上一支烟斗——他就以此发现通向世上一半女人心灵的途径了，如果他相信一句西班牙谚语的话。①

脱庇叔叔从来都不理解我父亲的用意；我能从中引申出的也不外乎是对大多数常人常犯的一种错误的谴责——但是法国人一无例外地相信，就像相信真身②一样，“谈爱就是做爱”。

——我宁肯着手如法炮制一根黑香肠来。

咱们接着讲吧：沃德曼太太坐下来，几乎从那一瞬间里的第一下心跳开始，就期望脱庇叔叔也会接着讲。这时无论哪一方的沉默一般都显得有失体统：因此她慢慢向他凑近一点儿，抬起眼，微红着脸——她便开始应战——或者答话（如果您更喜欢这样说的话），这样便同脱庇叔叔交谈了起来。

婚姻的拖累和烦扰真是太大了，沃德曼太太说。我想也是——脱庇叔叔说：因此沃德曼太太接着说，项狄上尉，像你这么悠闲自在的人——对自己，对朋友，对娱乐都十分满意——我不知道有什么理由能把你拉到婚姻当中去——

——这些都在国教祈祷书里写着，③ 脱庇叔叔说。

脱庇叔叔小心谨慎就说到这种程度，不超出自己理解的深度，便让沃德曼太太在海湾上由着性儿去航行。

---

① 有许多西班牙谚语都强调洛佩·德·维加的“寡言少语是爱的信号”（《娇气女郎》第 2 幕第 4 场）。

② 此处指耶稣的身体与血液“千真万确、实实在在地”存在于圣餐当中这一教义。

③ 根据英国国教祈祷书，结婚“是为了生养孩子，并依照主的旨意教育他们，从而不负圣名之赞誉……为了消除罪孽、杜绝私通；所以那种不具备自制力的人可以结婚，可以成为基督教会的纯洁成员……为了共同的社会，相互的帮助和慰藉，人们无论在成功与逆境中都应相互关心”。

——至于孩子嘛——沃德曼太太说——尽管可能是这种制度的主要目的，我想，也是每位父母的自然心愿——可是我们大家不是都发现孩子是肯定无疑的悲哀和很不可靠的安慰吗？还有，先生，有什么能偿还一个人的心痛——对一个把孩子带到世上的痛苦无助的母亲的许多牵心、焦虑，有什么样的补偿呢？我声明，脱庇叔叔由于怜惜而深感不安地说，我不知道任何补偿的办法；除非它就是取悦过上帝的那种乐事——

——乱弹琴！她说。

第壹拾玖章

在这样一类情况下，乱弹琴这几个字可以用无数的音符、曲调、土音、唱腔、神态、表情和口音说出来，每一种说法有各自不同的含义，就像肮脏不同于洁净一样——所以诡辩家（因为在这一点上是个良心问题）估计不会少于一万四千种，您用它们既可以做正确的事情，也可以做错误的事情。

沃德曼太太碰上了乱弹琴，它把脱庇叔叔谦和的血液一下子召集到了脸上——这样一来，他心里觉得他多少有些莫测高深，就突然停下来；由于不再深入探讨婚姻的痛苦或快乐，他便把自己的一只手按到心窝上，表示愿意原原本本接受它们并和她一起分享。

脱庇叔叔说了这一番话以后，他就不想再说了；由于眼睛瞅见了沃德曼太太放在桌上的那本《圣经》，他便把它拿起来；噢！天哪！他无意中翻到了里面的一段，不是别的，正好就是最使他感兴趣的——围攻耶利奇的那一段——他把它读了一遍——就像他表白爱情那样，让求婚的事情听其自然发展下去。现在这事儿搞得既不像一种收敛剂，也不像一种通畅药；不像鸦片、金鸡纳树皮、山靛、泻鼠李①，也不像其他大自然恩赐给世界的任何药物——总而言之，

① 一种绿篱植物，以前用做泻药。

它没有对她产生任何作用；原因就是在此之前已经有什么在发挥作用了——我真多嘴！这是件什么事儿，我已经预见过十多回了；可是在这个问题上仍然有火——走吧。

第二十六章

对于一个要从伦敦去爱丁堡的十足的外乡人来说，在动身前打听一下到约克有多少英里是很自然的事；因为约克大约就在半中间——如果他接着打问一下市政部门等方面的情况也不会有人觉得奇怪——

沃德曼太太的前夫患了一辈子的坐骨神经痛，因此对于她来说，想知道从髋部到腹股沟有多远；以及这一部位比那一部位她自己在感情上可能多受多少罪或少受多少苦，也是同样自然的事情。

因此她把德雷克①的解剖学从头到尾读过一遍。她也涉猎过华顿②关于大脑的论著，还曾借阅过格拉夫有关骨骼与肌肉的书*；可是对这种病症仍然摸不着头脑。

她同样从自己身体的机能推理——提出原理——引出推论，可没有得出结论。

为了把一切弄个水落石出，她两次请教斯娄泼医生，“是不是可怜的项狄上尉的伤有可能康复——？”

——他已经康复了，斯娄泼医生会说——

---

① 詹姆斯·德雷克（1667—1707），医生，政治作家，著有一部深受人们欢迎的医学论著《新人类学，又名新解剖体系》。

② 托马斯·华顿（1614—1673），著名的解剖学家，在他的著作《腺书；或对全身腺的描述》中探讨了大脑的性质。

* 这肯定是项狄先生的一个失误；因为格拉夫所写的书是关于胰液和生殖器官的。［斯特恩注。雷格内尔·德·格拉夫（1641—1673），著名的荷兰内科医生，关于这些课题都写有专著；沃德曼太太可能查阅过他的《论男性生殖器官》。］

什么！完全好了？

——完全好了：夫人——

那你说康复是什么意思呢？沃德曼太太会问。

斯娄泼医生是世间最不善下定义的人；所以沃德曼太太不可能弄明白：总而言之，除了从脱庇叔叔本人那儿了解，她没有办法榨出任何情况。

在这种平息疑点的调查中有一丝人性的特色——而我差不多就相信那条跟夏娃说话的蛇与这种人性特点相当接近了；因为女性上当受骗的倾向不可能严重到不了解情况就该悍然与魔鬼聊天的程度——可是有人性的特色——那我该怎么说呢？——这可是个用衣服遮盖的那一部位的特色，给询问者一种权利去吹毛求疵，就像他是您的外科医生一样。

"——症状是不是没有缓解？——

"——躺在床上是不是好受一些？

"——他两面侧身躺着都行吗？

"——他能不能骑马？

"——运动对伤是不是有害？"等等，问得如此温柔，直接说到脱庇叔叔的心坎儿上了，以至于每个问题都比这种邪恶本身十倍地深入他的心底——但当沃德曼太太借助于那慕尔，绕着圈子去动脱庇叔叔的腹股沟；并引他向前沿的外护墙的尖端发起进攻，跟荷兰人一起手拿利剑去夺取圣罗什的防御壁垒——随后他耳边奏响了轻柔的音乐，抓着他的手把浑身是血的他拉出堑壕，当他被抬进他的帐篷时，她擦着眼泪——天哪！地啊！海啊！——一切都掀起来了——天性之泉涌过了自己的水平——一位仁慈的天使坐在沙发上，他的身旁——他的心燃起了火焰——如果他能有一千颗心，他会把每一颗心都奉献给沃德曼太太。

——亲爱的先生，沃德曼太太有点直截了当地说，您是在哪里受到这种可悲的打击的？——问话的时候，沃德曼太太瞟了一眼脱庇叔叔红绒裤上的裤带，自然希望作为最简捷的回答，脱庇叔叔会把他的食指按到那个地方——结果却不是那样——因为脱庇叔叔是在圣尼古拉堡门前，在正对着圣罗什的半棱堡的凸角的一堵土护墙的一条横向壕沟里负的伤，他随时都能把一枚大头针钉到石头砸着他时他所站的那个地方：这一砸当下砸到脱庇叔叔的感觉中枢上——而且还砸出了他的那慕尔城镇和要塞及其城郊的大地图，这张地图是他长期患病期间买下的，由下士帮忙贴在一块木板上——自此之后，它就与其他军用杂物一起搁在阁楼上，所以下士就被派遣到阁楼上去把它取回来。

脱庇叔叔用沃德曼太太的剪刀从圣尼古拉堡门前的转角开始，量了三十突阿斯；她带着那种处女的羞怯把她的手指按到那个地方，以致礼仪女神，如果当时在的话——如果不在，那就是她的影子了——摇了摇头，一根手指在她眼前晃着——不让她解释这个差错。

不开心的沃德曼太太啊！——

——因为除了呼唤你，什么也不能让这一章随着神灵结束——可是我的心告诉我，在这种关头呼唤只不过是一种伪装的侮辱而已，趁我还没有向一个苦恼的女人呼唤的当儿——就让这一章见鬼去吧；如果有什么豢养的该死的批评家愿意费心把它带走的话。

第二十七章

脱庇叔叔的地图被拿下来送到厨房里去了。

第二十八章

——这儿是梅兹河——这儿是桑布尔河；下士把右手伸出一点指着地图说，左手却搭在布丽奇特小姐的肩上——但不是挨着他的那边的肩——还有这儿，他说，是那慕尔城——这是城堡——那儿是法军——这里是老爷和我自己——布丽奇特小姐，下士拉住她的手说，就是在这个该死的堑壕里，他受的伤，把这儿砸了个稀烂——说

“这儿”两个字时，他把她的手背轻轻地压到他要摸的地方——然后把手放下去。

特灵先生，我们以为伤到更中间一点——布丽奇特小姐说——

那我们就永远完了——下士说。

——也就让我可怜的女主人完了——布丽奇特说。

下士对这一句俏皮话没有回答，只是把布丽奇特小姐亲了一下。

得啦——得啦——布丽奇特说——她把左手的手掌伸得与地平行，把另一只手的手指从左手掌上滑过去，那种做法，如果有一点儿肉赘或凸起，是办不到的——半句实话也没有，她的一句话没说到一半，下士就嚷道——

——要是你亲眼见的，布丽奇特说，我知道那准是真的。

——我以我的名誉担保，下士把手放到心口上说，由于真的生气，说话的时候脸红了——这只是一个故事，布丽奇特小姐，绝对是假的——不管，布丽奇特打断他的话说，它是真的还是假的，我和我的女主人一点儿都不会在意——只是一个人结婚了，才愿意至少一个人发生这种事——

对于布丽奇特小姐来说，多少有点儿不幸的是，她早就用她的手的活动发动进攻了；而下士立即※※。

第二十九章

“布丽奇特该笑还是该哭”，这就像四月的一个早晨的泪汪汪的眼皮里的瞬间的竞争。①

---

① 比较莎士比亚《维洛那二绅士》第1幕第3场：“这恋爱的春天多么像阴晴不定的四月天气，刚刚露出灿烂的太阳，片刻间就被一片乌云赶走。”

她一把抓起了一根擀面杖——十之八九，她已经笑了——

她把擀面杖放下——她哭了；如果有一滴泪不含苦涩的味道，下士就会十分伤心，因为他使用了那种理由；可是下士比我的脱庇叔叔懂得女人的心，至少是四张大同花顺对三张同花顺①，所以他就以这种方式袭击布丽奇特小姐了。

我知道，布丽奇特小姐，下士说着就毕恭毕敬地亲了她一下，你生性善良，谦和，为人慷慨大方，如果我对你了解得不错的话，就算你肯定要当伯爵夫人，你也连只虫子也不忍伤害，更不必说伤害像我家老爷那样勇敢高尚的一个心灵的荣誉了——可是亲爱的布丽奇特，你被人煽动上当受骗，当女人的往往是这样，“取悦别人胜于她们取悦自己——”

听了下士的这番话，布丽奇特激动得泪如泉涌。

——告诉我——告诉我吧，亲爱的布丽奇特，下士握住她僵垂在她体侧的一只手接着说，——又亲了一下——谁的猜疑误导了你?

布丽奇特抽泣了一两声——然后睁开双眼——下士用她的围裙底边擦了擦她的泪——她便敞开了她的心，把一切都告诉了他。

第三十章

脱庇叔叔和下士分别行动，参加了这次战役中最辉煌的场面，完全中断了彼此的联系，就像被梅兹河和桑布尔河分开了一样。

脱庇叔叔那边，每天下午轮换着穿上他的红银相间和蓝金相间的军装，持续着没完没了的攻击，却不知道这些就是攻击——所以没有什么要传送的消息——

下士那边呢，在拿下布丽奇特时，取得了相当大的优势——因而有好多的消息要报告——可是优势在哪里——而且是以什么手段取

---

① 在皮克牌中，四张大同花顺指 AKQJ 四张牌，而三张同花顺仅仅是同一花色的牌中任何三张相连的牌。这句话的意思就是有相当大的优势。

得优势，那可需要一名优秀的历史学家，下士可不敢贸然去做这种事；尽管他对荣誉有充分的认识，但他宁肯永远光着脑袋，不要桂冠，也不愿让主人的端庄有丝毫的损害——

——最忠诚、侠义的仆人啊！——我以前已经向你呼唤过一次，特灵！——如果我还能把你奉为（也就是说）圣贤和睦相处的话——我就会在下一页里毫不拘礼地这么做了。

第三十一章

一天晚上，脱庇叔叔把烟斗搁在桌子上，扳着指头（从大拇指开始）历数沃德曼太太的所有的优点；一连数了两三遍，不是因为有的漏数了，就是因为有的数重了，还没扳过中指就已经搞糊涂了——特灵，你过来！他又拿起烟斗来说，——给我把笔墨拿来：特灵连纸也拿来了。

拿一大张——特灵！脱庇叔叔说着就用烟斗示意特灵搬个椅子和他挨着坐到桌子旁边。下士照办了——立即把纸放在他面前——把笔拿起来蘸进墨水里。

——她有一千条优点，特灵！脱庇叔叔说——

请问老爷，我要不要把这些优点都写下来？下士问。

——不过都得按主次顺序写，脱庇叔叔答道；因为，特灵，在所有的优点中，最能赢得我的心，而且能确保其他优点的，是她性格中的悲天悯人之心——我声明，脱庇叔叔抬起头来望着天花板补充道——夸大一千倍，特灵，就算我是她的兄长，她也不可能更加经常，更加无微不至地询问我的伤痛了——尽管现在已经好了。

下士对脱庇叔叔的声明未作回答，只是短促地咳嗽了一声——他又一次把笔蘸进墨水瓶；脱庇叔叔用烟斗头尽力指向那张纸的左上角——下士写下

悯人——————————————这两个字。

请问，下士，特灵一写完，脱庇叔叔就说——布丽奇特小姐对

你在兰登战役中膝盖骨受的伤打问了多少次?

报告老爷，她压根儿就没有打问过。

这，下士，脱庇叔叔满怀他的善良天性所能允许的得意之情说道——这就说明了女主人和侍女的性格中的差别——如果战事把同样的灾难分配给我的话，沃德曼太太会把相关的每种情况问上一百次——报告老爷，她会把老爷您的腹股沟的情况再多问十倍——那种疼痛，特灵，是同样地刻骨铭心——同情对二者都能起很大的作用——

——愿上帝保佑老爷！下士叫道——一个女人的同情跟一个男人膝盖骨上的伤有多大关系呢？就是老爷您的膝盖骨在兰登战役中被打成一万个碎片，沃德曼太太也会跟布丽奇特一样不大伤脑筋的；因为，下士补充说，他压低嗓门，清清楚楚地道出他的理由——

“膝盖离身体的主要部位还远着呢——而腹股沟，老爷您知道，就是那个地方的帷墙。”

脱庇叔叔长长地吹了一声口哨——但音调低得连桌子对面都几乎听不见。

下士走得太远，欲退不能——他就三言两语把其余的话讲完了——

脱庇叔叔轻轻地把烟斗放到了火炉围栏上，仿佛它是从散开的蜘蛛网上绕下来一样——

——咱们到我的项狄哥哥家去吧，他说。

第三十二章

趁脱庇叔叔和特灵去我父亲家的当儿，正好有空告诉您：几个月前，沃德曼太太和我母亲成了知己；而布丽奇特小姐不仅把她的女主人的秘密，而且连她背的自己的包袱都在花园墙背后痛痛快快地交给了苏珊娜。

至于我母亲嘛，她没有看出任何破绽，所以一点也没有大惊小怪——但是苏珊娜在透漏家庭秘密时足以自行达到你可能会有的种种目的；因为她立马借助手势把这些话传给了乔纳森——乔纳森在厨子滴油烤一块羊腰肉的时候，又以同样的办法告诉了厨子；厨子把它连同厨房里的油水廉价卖给了马车夫，马车夫又用它向挤奶女工换了点同样价值的东西——尽管这是在干草棚里嘀嘀咕咕进行的，可是**传闻**女神用她的铜喇叭把声音接住，又在屋顶上吹了出去——总而言之，村子里甚至五英里方圆内的老奶奶也没有一个不知道脱庇叔叔围攻的困难和拖延投降的那些秘密条款的。——

我父亲的办法是把自然界的每件事都逼进一种假说中去，从来没有人像他那样用这种办法歪曲**事实**——我的脱庇叔叔刚一行动，他就听到了传闻；对于这种传闻给他弟弟造成的冒犯，他突然火冒三丈，尽管我母亲坐在旁边，这火先冲着约里克发了起来——不仅，“那些女人中了邪了，整个事儿都是桃色案件；”而且世界上的邪恶与混乱，无论什么种类，什么性质，上起亚当的堕落，下至我的脱庇叔叔的堕落（兼容并包），在某种意义上都是由于同样一种无法控制的欲望引起的。

约里克正把我父亲的假说引向中和，这时候脱庇叔叔进了屋，眼神里带着无穷无尽的仁慈和宽容的迹象，我父亲的雄辩又重新燃起，向那种情欲发起轰击——怒气攻心时就不大讲究选择字眼——脱庇叔叔一坐到火旁，填满烟斗，我父亲就这样发作起来。

第三十三章

——应该采取措施来延续像人这样一个伟大、高尚、神圣的物种——我远远不是在否定——可哲学对万事万物畅所欲言；因此我仍然认为，并且坚持认为下面这种情况是一种憾事，这件事竟然是利用一种埋没才能，让灵魂的一切智慧、观照、运作倒退的激情来完成的——亲爱的，我父亲接着对我母亲说，一种使聪明人和傻子并驾齐驱，使我们从洞穴和藏身之处走出来时更像猩猩和四脚兽，而不像人的激情。

我知道人们会说，我父亲继续说（利用的是预辩法[①]），就事物本身而言，简单地对待——就像饥渴，或者睡眠——这件事不好也不坏——或者无所谓丢人不丢人。——那为什么第欧根尼和柏拉图的雅趣坚决反对它呢？[②] 为什么当我们要制造、种植一个人的时候要把灯吹灭呢？为什么其中所有的内容——成分——准备措施——工具，以及起作用的东西，都心照不宣，不用语言、翻译或者迂回来表达呢？

——杀人毙命的行为，我父亲提高了嗓门——转向脱庇叔叔接着说——你知道，是荣耀的——而我们杀人使用的武器却堂而皇之——我们肩上扛着这些武器行进——我们把它们佩在身边迈步——我们给它们镀金——我们给它们雕刻——我们给它们镶嵌——我们把它们装饰起来——不，如果它只是个无赖大炮的话，我们在炮膛上铸一个装饰品就够了。——

——脱庇叔叔放下烟斗想找个好点的字眼——而约里克起身把整个假说砸了个稀巴烂——

——奥巴代亚发出一声哀怨，冲进屋子中间，它呼吁大家都立刻倾听。

事情是这样的：

不知是根据庄园的古老习俗，还是作为大宗什一税的保管[③]，我父亲被责成养一头公牛为堂区所用，前一年夏天，奥巴代亚牵着

---

① 一种修辞格，指预先提出可能有的反对意见而加以辩驳。

② 犬儒派的代表人物第欧根尼据说曾“反对”——尽管肯定不是由于雅趣的缘故——为了获得性满足而依赖女人的男人干扰、消耗和丧失他们所需要的独立。在《法篇》（见第6章第783节）中，柏拉图让雅典人痛斥“第三种最大最强烈的需要和欲望……欲火，因为它燃起人们的各种放荡与疯狂”；他在整个《对话录》中一直反对“疯狂和暴烈的主宰”，肉欲。

③ 保管和分配以谷物、干草和木材形式交纳的教堂捐税的俗人。

他的母牛某一天突然来访——我说某一天——是因为碰巧就是他和我父亲的女佣结婚的那一天——所以相互一推算就知道了。因为当奥巴代亚的妻子临产时——奥巴代亚对上帝千恩万谢——

——现在呢，奥巴代亚说，我就要有个小牛犊了：这样奥巴代亚就天天去看她的母牛。

她要是在星期一——星期二——最远星期三生小牛——

母牛可没生小牛——没有——她要到下周才会生——母牛往后推了好多天——直到奥巴代亚的猜疑心（像个好男人的疑心）第六个周末才落到那头公牛身上。

当时的堂区特别大，我父亲的公牛，说真的，活动的范围大得跑不完；但他却以某种方式硬要干点活儿——由于他干活总是神态严肃，我父亲对他评价很高。

——报告老爷，奥巴代亚说，镇上大多数人都认为这全怪那头公牛——

——可不会有不生小牛的母牛吧？我父亲转向斯娄泼医生答道。

哪有这种事：斯娄泼医生说，可这个男人的妻子可能早产了——请问孩子的脑袋上长头发了没有？——斯娄泼医生补问了一句——

——毛发浓得就像我一样；奥巴代亚说。——奥巴代亚已经有三个星期没有刮脸了——唷— —唷— — — —唷— — — —我父亲叫着；打了个惊叹式的口哨开始说这句话——这么说来，脱庇兄弟，我那头可怜的公牛，是一头顶呱呱的公牛，可能在还纯洁一些的时候就关照过欧罗巴①——如果它少上两条腿，可能还会被赶到伦敦民事律师公会②去，丧失自己的个性——这对于一头城镇公牛来说，脱

① 宙斯为腓尼基公主美貌所倾倒，便装做一头公牛把她驮到克里特岛，与他生了弥诺斯、拉达曼提斯和萨耳珀冬。

② 伦敦的民法博士学会，受理离婚和其他民事事务。

庇兄弟，就等于它的生命——

老天！我母亲说，这到底是个什么故事呀？——

无非是**公牛**、**公鸡**之类的荒诞故事，约里克说，——这可是我听过的这类故事中最好的。

第九卷　完[①]

① 斯特恩再没有续写这本书。

新版附记

这是一部闻名世界的奇书，又是英国小说史乃至世界小说史上的一部里程碑式的作品。

1998 年，作家出版社的一位编辑约我翻译此书，他只听说这是本奇书，想看看到底奇在哪里，但很快又因一些原因叫停了。后来译林出版社的顾爱彬先生促成了此书的翻译与出版，为出版此书他还从外单位特邀了文字功底好、工作责任心强的王延庆先生做责编。我对这两位先生深表谢意。译林出版社印了多少册，不得而知，但市场上似乎早已脱销。现任译林出版社社长的顾爱彬先生 2008 年在《文汇读书周报》上看到陈思和先生的《项狄传》一文，因文章后面还对译文褒扬了几句，顾先生便特意将该文章复印下来寄给我，并说要重新包装一下重印。现在一晃又是近三年的光景，似乎没有任何动静。译者当然无权过问重印事宜，但我听说读者仍有需求。前不久，上海译文出版社的冯涛先生问及此书，我查了一下合同，早已过了有效期，冯先生表示他们愿意再版此书，我与冯先生打过多年的交道，他的业务水平和责任心我深为敬佩，所以便欣然同意，并将它对照原文修订了一遍。

我的译文所依据的版本是 James Aiken Work 编的 1940 年奥德赛版。 Work 声明他编订的版本是按分卷出版的伦敦第一版重印的，甚至保留了斯特恩奇怪的标点和原版字体、版式、段落、格式等诸多特点。所以译本也力图保留这些明显的特色，包括字体上的变化等等。这次又按照 Melvyn New 和 Joan New 编的 2003 年企鹅版做了修订，增加了这个新版本提供的一些注释。

译者

二〇一一年三月

Laurence Sterne

The Life and Opinions of Tristram Shandy, Gentleman

图书在版编目（CIP）数据

项狄传：插图珍藏本/（英）劳伦斯·斯特恩（Laurence Sterne）著；蒲隆译. 一上海：上海译文出版社，2020.6（2024.6 重印）

书名原文：The Life and Opinions of Tristram Shandy，Gentleman

ISBN 978-7-5327-8415-8

Ⅰ. ①项… Ⅱ. ①劳…②蒲… Ⅲ. ①长篇小说一英国一现代 Ⅳ. ①I561.45

中国版本图书馆 CIP 数据核字（2020）第 066867 号

译文版插图珍藏本世界文学名著

总策划/冯涛

技术总监/朱奇　设计总监/张志全

项狄传

〔英〕劳伦斯·斯特恩　著　蒲　隆　译　〔英〕John Austen　插图

责任编辑/冯　涛　装帧设计/张志全工作室

上海译文出版社有限公司出版、发行

网址：www. yiwen. com. cn

201101　上海市闵行区号景路 159 弄 B 座

南京爱德印刷有限公司印刷

开本 889×1194　1/32　印张 23.25　插页 6　字数 470,000

2020 年 7 月第 1 版　2024 年 6 月第 4 次印刷

印数：10,001—12,000 册

ISBN 978-7-5327-8415-8/I·5166

定价：289.00 元